GOLDMANN KLASSIKER
MIT ERLÄUTERUNGEN

Inhalt

Sturmhöhe.......................... 7

Nachwort 398
Zeittafel zu Emily Brontë 408
Anmerkungen 409
Personen des Romans (Übersicht) 411
Bibliographische Hinweise.............. 412

Erstes Kapitel

1801. – Eben komme ich von einem Besuch bei meinem Gutsherrn zurück – dem einsamen Nachbarn, mit dem allein ich es hier zu tun habe. Wirklich, dies ist ein schönes Land! Ich glaube, in ganz England hätte ich nirgendwo sonst einen so gänzlich von allem Trubel der Gesellschaft abgeschiedenen Ort finden können. Der wahre Himmel für einen Menschenfeind – und Mr. Heathcliff und ich sind solch ein passendes Paar, um die Einsamkeit miteinander zu teilen. Ein prächtiger Bursche! Wie er so mißtrauisch seine schwarzen Augen zusammenkniff, als ich herangeritten kam, und dann seine Finger entschlossen noch tiefer in seinen Westentaschen verbarg, als ich meinen Namen nannte, da gewann er damit gleich mein Herz und ahnte es kaum.

»Mr. Heathcliff?« fragte ich.

Ein Nicken war die Antwort.

»Mr. Lockwood, Ihr neuer Pächter, Sir!« stellte ich mich vor. »Ich hielt es für selbstverständlich, Ihnen sogleich einen Besuch zu machen. Darf ich hoffen, daß ich Ihnen mit meinem beharrlichen Bemühen um den Thrushcross-Hof als Wohnsitz keine Ungelegenheiten bereitet habe? Ich hörte gestern, Sie hätten andere Gedanken –«

»Der Thrushcross-Hof gehört mir, Sir!« unterbrach er mich, zusammenzuckend. »Ich würde keinem erlauben, mir Ungelegenheiten zu bereiten, solange ich das verhindern kann. Treten Sie ein!«

Das »Treten Sie ein!« wurde mit zusammengebissenen Zähnen hervorgestoßen und drückte etwa aus: »Geh zum Teufel!« Selbst das Tor, an dem er lehnte, gab keine einladende Bewegung zu erkennen, wie sie seinen Worten eigentlich hätte folgen müssen. Doch ich glaube, gerade dieser Umstand bestimmte mich, die

Einladung anzunehmen. Dieser Mann, der noch weit reservierter zu sein schien als ich, begann mich zu interessieren.

Als er sah, daß die Brust meines Pferdes gegen das Gatter drückte, streckte er schließlich die Hand aus, um die Kette zu lösen. Dann ging er mir mürrisch auf dem Gehweg voraus und rief, als wir auf den Hof kamen: »Joseph, nimm Mr. Lockwoods Pferd und schaff Wein heran!«

»Vermutlich haben wir hier das gesamte Dienstpersonal vor uns«, folgerte ich aus dieser umfassenden Anweisung. »Kein Wunder, daß zwischen den Gehwegplatten Gras wächst und sich um das Heckenstutzen nur das liebe Vieh kümmert.«

Joseph war ein älterer, nein, ein alter Mann; sehr alt vielleicht, doch rüstig und sehnig. »Gott steh' uns bei!« sprach er mit quengeliger Stimme wie zu sich selbst, während er mir vom Pferd half, und zwar mit einem deutlichen Unterton des Mißfallens. Er sah mich dabei mit einer so sauren Miene an, daß ich wohlmeinend vermutete, er brauche göttliche Hilfe, um sein Mittagessen zu verdauen, und sein frommer Spruch habe mit meiner unvermuteten Ankunft nichts zu tun.

»Wuthering Heights« ist der Name von Mr. Heathcliffs Wohnsitz. Das Adjektiv »Wuthering« ist ein typisches Dialektwort dieser Provinz und beschreibt mit seiner Lautsymbolik den atmosphärischen Tumult, dem die Höhen, wo er wohnt, bei stürmischem Wetter ausgesetzt sind. Ein reines, stärkendes Lüftchen muß da oben wohl immer wehen. Man kann sich ungefähr vorstellen, welche Kraft der Nordwind haben muß, der über den Hügelkamm bläst, wenn man die extreme Neigung der wenigen verkrüppelten Tannen sieht, die am Ende des Hauses stehen, und die dürre Dornenhecke, die ihr ganzes Geäst in eine Richtung streckt, als wolle sie von der Sonne Almosen erbetteln. Glücklicherweise hat der Architekt in weiser Voraussicht das Haus fest gebaut: Die schmalen Fenster sind tief in die Mauern eingelassen und die Hausecken mit großen, vorspringenden Steinen besonders geschützt.

Ehe ich über die Schwelle trat, blieb ich einen Augenblick stehen, um die grotesken Schnitzereien zu bewundern, mit denen die Vorderfront und besonders das Hauptportal überreich versehen waren. Mitten unter einem Gewimmel zerbröckelnder Greife und schamloser kleiner Buben entdeckte ich über dem Eingang die Jahreszahl »1500« und den Namen »Hareton Earnshaw«. Ich hätte dem brummigen Besitzer gern ein paar Fragen gestellt und ihn um eine kurze Geschichte des Hofes gebeten, aber seine Haltung an der Tür schien meinen eiligen Eintritt oder endgültigen Abschied zu fordern, und ich hatte kein Verlangen, seine drängende Ungeduld noch zu vermehren, bevor ich Gelegenheit gehabt hatte, das Innere des Hauses zu besichtigen.

Eine einzige Stufe brachte uns direkt ins Wohnzimmer, ohne irgendeinen Flur oder Gang. Ein solcher Raum wird hier vorwiegend »das Haus« genannt, und es ist im allgemeinen Küche und Wohnzimmer zugleich. Aber auf Wuthering Heights hatte die Küche sich anscheinend in einen anderen Teil des Hauses zurückziehen müssen, wenigstens drang tief aus seinem Inneren Stimmengewirr zu mir und das Geklapper von Geschirr; auch sah ich an der großen Feuerstelle keinerlei Anzeichen, daß dort gebraten, gekocht oder gebacken wurde, und an den Wänden glitzerten keine kupfernen Pfannen und zinnernen Siebe. Ein Ende erstrahlte allerdings in prächtigen Lichtreflexen, wo sich in den Borden eines riesigen eichenen Büfetts reihenweise ungeheure Zinnschüsseln, zwischen denen silberne Krüge und Bierhumpen standen, bis hoch unter das Dach auftürmten. Die Decke ist niemals verkleidet worden: Ihre gesamte Anatomie lag vor dem forschenden Auge bloß, ausgenommen dort, wo ein Holzrahmen, der mit dem Vorrat an Haferplätzchen und Bündeln von Rinder- und Hammelkeulen sowie Schinken beladen war, sie verdeckte. Über dem Kamin hingen verschiedene heimtückisch aussehende Feuerwaffen: alte Flinten und ein Paar Reiterpistolen, und auf dem Kaminsims standen zur Zierde drei buntbemalte Teebüchsen. Der Steinfußboden glatt und weiß; die primitiven Stühle mit hoher Rückenlehne waren grün gestrichen; ein oder zwei schwere schwarze Sessel standen im Schatten. In der Wölbung unter dem Büfett ruhte eine riesige rehfarbene Pointer-Hündin, umgeben von einem Wurf quietschender Welpen. Und andere Hunde regten sich in anderen Winkeln.

An diesem Raum und seiner Einrichtung wäre gar nichts Besonderes gewesen, hätte er einem schlichten nordenglischen Bauern gehört, der sich mit seinem eigensinnigen Gesichtsausdruck und seinen stählernen Gliedern noch vorteilhafter in Kniehosen und Gamaschen ausnimmt. Solch eine Gestalt, die gemütlich in einem Lehnstuhl sitzt, vor sich auf dem runden Tisch einen Krug mit schäumendem Bier, kriegt man hier in den Bergen im Umkreis von fünf oder sechs Meilen überall zu sehen, wenn man nur rechtzeitig nach Tisch losgeht. Aber Mr. Heathcliff bildet einen eigenartigen Kontrast zu seinem Wohnsitz und Lebensstil. Er hat das Aussehen eines dunkelhäutigen Zigeuners, die Kleidung und das Benehmen eines Gentleman, das heißt eines Gentleman wie viele unserer Gutsbesitzer, eher etwas nachlässig, vielleicht, und ziemlich mürrisch, aber das steht ihm nicht einmal übel, denn, aufrecht und hübsch, wie er ist, macht er selbst damit eine gute Figur. Möglich, daß manche Leute ihn für eingebildet halten und vermuten, er sei noch stolz auf sein unkultiviertes Benehmen. Mir sagt eine innere Stimme, daß er das nicht ist. Ich weiß instinktiv, seine Reserve entspringt einer Abneigung, Gefühle zur Schau zu stellen und sich gegenseitig Nettigkeiten zu sagen. Er liebt und haßt im Verborgenen und würde es als Ungehörigkeit betrachten, wiedergeliebt oder -gehaßt zu werden. Aber nein, hier gehe ich zu weit! Ich versehe ihn zu großzügig mit meinen eigenen Eigenschaften. Mr. Heathcliff mag ganz andere Gründe haben als ich, weshalb er seine Hand nicht aus der Tasche nimmt, wenn er auf jemanden trifft, der gern seine Bekanntschaft machen möchte. Ich hoffe, daß meine Veranlagung nahezu einmalig ist. Meine liebe Mutter pflegte zu sagen, ich dürfte nie ein gemütliches Heim haben; und erst letzten Sommer habe ich mich eines solchen als unwürdig erwiesen.

Während ich einen sonnigen Monat am Meeresstrand genoß, geriet ich in die Gesellschaft eines zauberhaften Geschöpfs, einer richtigen Göttin in meinen Augen, die mich äußerst faszinierte – solange sie mich nicht beachtete. Ich »erklärte ihr nie meine Liebe« mit Worten; doch wenn Blicke auch eine Sprache sind, hätte selbst der Einfältigste erraten, daß ich bis über die Oh-

ren verliebt war. Sie verstand mich schließlich und blickte zurück
– mit dem süßesten Augenaufschlag, den man sich vorstellen
kann. Und was tat ich? Ich schäme mich, es zu bekennen: Ich
schrumpfte eisig in mich zurück wie eine Schnecke. Bei jedem
kurzen Blick von ihr wurde ich kälter und zog mich noch weiter
zurück, bis schließlich die arme Unschuld ihren eigenen Sinnen
nicht mehr traute und ganz verwirrt über ihren vermeintlichen
Irrtum ihre Mama überredete, das Feld zu räumen. Mein seltsames Benehmen hat mir den Ruf eiskalt überlegter Herzlosigkeit
eingebracht; wie unverdient, kann nur ich allein ermessen.

Mein Wirt steuerte auf seinen Stuhl am Kamin zu, und ich
nahm ihm gegenüber auf der anderen Seite Platz. Ich wollte die
Gesprächspause damit ausfüllen, daß ich versuchte, die Hundemutter zu streicheln, die ihre Jungen verlassen hatte und wie ein
Wolf zähnefletschend um meine Waden schlich, als wolle sie zuschnappen. Mein Streicheln rief ein langes, kehliges Knurren
hervor.

»Sie täten besser, den Hund in Ruhe zu lassen!« brummte Mr.
Heathcliff im gleichen Ton wie sein Hund, während er das Tier
mit einem Fußtritt in Schach hielt. »Sie ist's nicht gewohnt, verhätschelt zu werden – ist kein Schoßhund.«

Dann wandte er sich zu einer Seitentür und rief noch einmal:
»Joseph!«

Man hörte zwar Joseph aus der Tiefe des Kellers Unverständliches murmeln, doch gab er in keiner Weise zu erkennen, daß er
nach oben käme. So tauchte sein Herr zu ihm hinunter und ließ
mich mit der bösartigen Hündin und einem Paar grimmig dreinblickender zottiger englischer Schäferhunde allein, die es sich gemeinsam zur Aufgabe gemacht hatten, mißtrauisch alle meine
Bewegungen zu überwachen.

Da mir nicht daran gelegen war, Bekanntschaft mit ihren
Raubtiergebissen zu machen, saß ich still. Aber in der Annahme,
daß sie es kaum kapieren würden, wenn ich sie mit Grimassen
herausforderte, gab ich unglücklicherweise dem Drang nach,
dem Trio zuzublinzeln und Fratzen zu schneiden. Und da geschah es: Irgendeine Veränderung meiner Physiognomie irri-

tierte Madame derart, daß sie plötzlich wild wurde und auf meine Knie sprang. Ich schleuderte sie zurück und beeilte mich, den Tisch zwischen uns zu bringen. Das aber brachte die ganze Meute auf die Beine: Ein halbes Dutzend vierfüßiger Bösewichter jeden Alters und jeder Größe sprang aus verborgenen Schlupfwinkeln heraus und mitten in den Raum. Meine Fersen und Rockschöße bildeten offenbar besonders beliebte Angriffspunkte, wie ich bald zu spüren bekam; und während ich die größeren Kämpfer, so gut ich konnte, mit dem Schürhaken abwehrte, war ich doch gezwungen, zur Wiederherstellung des Friedens laut den Beistand eines Hausbewohners herbeizurufen.

Mr. Heathcliff und sein Mann stiegen mit einem Phlegma, daß man aus der Haut fahren konnte, die Kellertreppe herauf. Ich glaube nicht, daß sie sich eine Sekunde schneller bewegten als sonst, obwohl am Kamin ein wahrer Sturm tobte, ein Lärmen und Kläffen, als wäre die Hölle los.

Glücklicherweise bewies ein Wesen aus der Küche mehr Schnelligkeit: Eine resolute Person mit hochgeschürztem Kleid, nackten Armen und feuergeröteten Backen stürzte, eine Bratpfanne schwingend, in unsere Mitte und gebrauchte diese Waffe und ihre Zunge so energisch, daß der Aufruhr sich wie mit einem Zauberschlag legte und nur sie noch hochatmend dastand, wogend wie das Meer nach dem Sturm, als ihr Herr die Szene betrat.

»Was zum Teufel ist denn hier los?« fragte er und fixierte mich in einer Weise, die ich nach dieser ungastlichen Behandlung nur schwer ertragen konnte.

»Ja, zum Teufel, was wohl!« brummte ich. »Die besessene Schweineherde konnte bestimmt keine übleren Geister in sich gehabt haben als Ihre Bestien dort, Sir! Sie könnten ebenso gut einen Fremden mit einer Tigerbrut allein lassen!«

»Leute, die nichts anfassen, lassen sie auch in Ruhe«, bemerkte er, stellte die Flasche vor mich hin und rückte den Tisch wieder an seinen alten Platz. »Es ist gut, daß die Hunde wachsam sind. – Ein Glas Wein gefällig?«

»Nein, danke!«

»Doch nicht gebissen, etwa?«

»Wäre ich's, hätte ich dem Beißer mein Siegel aufgedrückt.«
Heathcliffs Gesicht entspannte sich zu einem Grinsen.
»Sachte, sachte«, sagte er, »Sie sind aufgeregt, Mr. Lockwood. Hier, trinken Sie ein Glas Wein. Gäste sind äußerst selten in diesem Haus, so daß ich und meine Hunde, ich will das gerne zugeben, kaum wissen, wie man sie empfängt. Ihr Wohl, Sir!«
Ich verneigte mich und erhob ebenfalls das Glas. Ich begann einzusehen, daß es eigentlich albern wäre, wegen des schlechten Betragens dieses Köterhaufens nun schmollend dazusitzen. Außerdem hatte ich nicht vor, dem Burschen zu gestatten, sich auf meine Kosten noch weiter zu amüsieren, wozu er gerade aufgelegt schien.

Er – wahrscheinlich bewogen durch die kluge Überlegung, wie töricht es wäre, einen guten Pächter vor den Kopf zu stoßen – mäßigte etwas seinen lakonischen Stil, bei dem gewöhnlich alle Fürwörter und Hilfszeitwörter dran glauben mußten, und brachte das Gespräch auf ein Thema, das, wie er annahm, für mich von Interesse wäre: die Vor- und Nachteile meines jetzigen abgeschiedenen Wohnsitzes.

Ich fand, er sprach sehr verständig über die verschiedenen Gesichtspunkte, die wir berührten, und ehe ich nach Hause ging, fühlte ich mich soweit ermutigt, daß ich mir vornahm, ihn morgen wieder zu besuchen. Er selbst wünschte offenbar keineswegs, nochmals von mir belästigt zu werden. Trotzdem werde ich hingehen. Es ist erstaunlich, wie gesellig ich mir vorkomme, wenn ich mich mit ihm vergleiche.

Zweites Kapitel

Gestern nachmittag setzte Nebel und Kälte ein. Ich war eigentlich halb entschlossen, die Zeit lieber am Kaminfeuer meines Arbeitszimmers hinzubringen, anstatt durch Heide und Morast zu waten, um mich mühsam nach Wuthering Heights durchzuschlagen.

Als ich jedoch vom Mittagessen heraufkam (NB.: ich esse zwischen zwölf und ein Uhr; die Haushälterin, eine würdige Dame, die ich als Erbstück mit dem Haus übernommen habe, kann oder will meinen Wunsch nicht begreifen, daß man mir um fünf servieren möchte) – als ich also mit dieser Absicht die Treppe hinaufstieg und mein Zimmer betrat, fand ich dort ein junges Dienstmädchen, das umgeben von Reisig und Kohlenkästen vor dem Feuer kniete und gerade einen höllischen Staub aufwirbelte, indem sie beim Ausräumen und Schüren die Flammen unter Aschenhaufen erstickte. Dieser Anblick trieb mich sogleich zurück. Ich nahm meinen Hut, und nach einem Marsch von vier Meilen erreichte ich Heathcliffs Gartenpforte gerade noch zur rechten Zeit, um den ersten flaumigen Flocken eines Schneeschauers zu entrinnen.

Auf dieser öden Bergkuppe war die Erde hart gefroren, und die eisige Luft ließ mich an allen Gliedern zittern. Da ich nicht imstande war, die Kette zu lösen, schwang ich mich schließlich hinüber, rannte den gepflasterten, mit Stachelbeersträuchern eingefaßten Gehweg hinauf und pochte um Einlaß, bis meine Knöchel schmerzten und die Hunde heulten; aber vergeblich.

»Elendes Pack!« rief ich im Geiste aus. »Für eure grobe Ungastlichkeit verdientet ihr ständige Absonderung von eurer Gattung! Wenigstens tagsüber würde ich meine Türen nicht verriegeln. Aber es soll mir egal sein, ich will hinein!« So entschlossen, ergriff ich die Türklinke und rüttelte heftig daran. Aus einem runden Stallfenster schaute Josephs essigsaures Gesicht.

»Was wollen Se?« schrie er. »Der Härr is drunnen uf der Schafweid. Gehn Se hinnen um de Schaine rum, wenn Se mit ihm sprechen wolln.«

»Ist denn niemand drinnen, um die Tür zu öffnen?« rief ich als Antwort.

»Da is wer, nur die Missis, und die macht nicht uff, und wenn Se hier herumlärmen bis in d' Nacht.«

»Was denn? Können Sie ihr denn nicht sagen, wer ich bin, he, Joseph?«

»Nee, ich bedank' mich! Ich will da nix mit zu schaffen ham!« brummte der Kopf und verschwand.

ZWEITES KAPITEL

Nun fiel der Schnee in dicken Flocken herunter. Ich wollte es nochmals mit dem Türgriff versuchen, als ein junger Mann ohne Rock, eine Forke geschultert, hinten auf dem Hof erschien. Er gab mir Zeichen, ihm zu folgen, und nachdem wir eine Waschküche und einen gepflasterten Vorhof durchschritten hatten, wo sich ein Kohlenschuppen, eine Pumpe und ein Taubenschlag befanden, gelangten wir schließlich in das große, warme, heitere Gemach, in dem man mich gestern empfangen hatte. Es erglühte herrlich im Widerschein eines mächtigen Feuers, das mit einem Gemisch von Kohlen, Torfstücken und Holz unterhalten wurde. Und in der Nähe des Tisches, der mit einem reichlichen Abendbrot gedeckt war, hatte ich das Vergnügen, «Missis» zu sehen, von deren Existenz ich bisher nichts geahnt hatte.

Ich verbeugte mich und wartete, da ich dachte, sie würde mich auffordern, Platz zu nehmen. Zurückgelehnt in ihren Stuhl, blickte sie mich an – und blieb regungslos und stumm.

»Unfreundliches Wetter!« bemerkte ich. »Ich fürchte, Mrs. Heathcliff, die Folgen der Lässigkeit Ihres Personals muß die Tür tragen: Ich hatte ziemliche Mühe, mich bemerkbar zu machen.«

Sie öffnete keineswegs den Mund. Ich starrte sie an – und sie starrte mich an. Kühl und rücksichtslos hielt sie ihre Augen auf mich gerichtet, was mir äußerst unangenehm und zuwider war.

»Setzen Sie sich hin!« sagte der junge Mann brummig. »Er wird bald hier sein.«

Ich gehorchte und räusperte mich und rief die niederträchtige Juno, die bei dieser zweiten Begegnung geruhte, ihre äußerste Schwanzspitze zu bewegen, gewissermaßen als Zeichen, daß sie mich wiedererkannte.

»Ein schönes Tier!« begann ich wieder. »Haben Sie vor, die Kleinen abzugeben, gnädige Frau?«

»Sie gehören mir nicht«, sagte die liebenswürdige Gastgeberin, abweisender, als selbst Heathcliff hätte antworten können.

»Ah, sind das hier Ihre Lieblinge?« fuhr ich fort und wandte mich um zu einem obskuren Kissen, auf dem, wie mir schien, junge Katzen lagen.

»Merkwürdige Lieblinge!« sagte sie verächtlich.
Unglücklicherweise war es ein Wurf toter Kaninchen. Wieder einmal räusperte ich mich und rückte näher zum Kamin, wobei ich meine Bemerkung über das schlechte Wetter wiederholte.

»Sie hätten nicht ausgehen sollen«, sagte sie, erhob sich und langte nach zwei der bemalten Teebüchsen auf dem Kaminsims.

Sie hatte bisher im Schatten gesessen. Nun konnte ich deutlich ihre ganze Gestalt und ihr Gesicht sehen. Sie war schlank und augenscheinlich kaum dem Mädchenalter entwachsen; sie besaß eine hervorragende Figur und das feinste, erlesenste kleine Gesicht, das ich je das Vergnügen gehabt habe anzuschauen: flachsblonde oder eher goldene Locken, die ihr lose auf die zarten Schultern herabfielen, und Augen, die unwiderstehlich gewesen wären, wenn sie freundlich geblickt hätten. Zum Glück für mein empfängliches Herz schwankte ihr Ausdruck nur zwischen Verachtung und einer Art Verzweiflung, die außerordentlich seltsam anmutete in diesem jungen Gesicht.

Die Büchsen waren für sie fast unerreichbar. Ich machte eine Bewegung, ihr zu helfen. Wie ein Geizhals sich umwendet, wenn jemand den Versuch macht, ihm beim Zählen seines Geldes beizustehen, so drehte sie sich zu mir um.

»Ich brauche Ihre Hilfe nicht!« fuhr sie mich an. »Ich kann sie gut allein herunterkriegen.«

»Ich bitte um Verzeihung!« beeilte ich mich zu erwidern.

»Hat man Sie zum Tee eingeladen?« fragte sie, während sie vor ihr hübsches Kleid eine Schürze band und auf Antwort wartend einen Löffel Teeblätter über dem Kessel in der Schwebe hielt.

»Ich würde mich freuen, eine Tasse abzubekommen«, antwortete ich.

»Hat man Sie eingeladen?« wiederholte sie.

»Nein«, sagte ich mit einem halben Lächeln, »aber Sie wären ja genau die richtige Person, die mich jetzt einladen könnte.«

Unwirsch warf sie alles, Tee und Löffel, zurück an seinen Platz und setzte sich wieder auf ihren Stuhl. Ihre Stirn runzelte sich, und ihre rote Unterlippe schob sich vor wie bei einem Kind, das weinen will.

Unterdessen stand der junge Mann, der einen ausgesprochen schäbigen Rock angezogen hatte, hoch aufgerichtet vor der hellen Flamme und schaute aus den Augenwinkeln auf mich herab, bei Gott so, als hätten wir noch eine blutige Fehde auszutragen. Ich begann zu zweifeln, ob er wirklich ein Knecht sei. In Kleidung und Sprechweise wirkte er primitiv; jene höhere Art, die man bei Mr. und Mrs. Heathcliff beobachten konnte, fehlte bei ihm völlig. Seine dicken braunen Locken waren strubbelig und ungepflegt, sein Bart wucherte fast über das ganze Gesicht, so daß er aussah wie ein Bär, und seine Hände waren gebräunt wie die eines gewöhnlichen Arbeiters. Dennoch war sein Benehmen frei und ungezwungen, ja fast hochmütig, und der Dame des Hauses gegenüber zeigte er keine dienstbotenhafte Beflissenheit.

Da mir eindeutige Beweise seines Standes fehlten, hielt ich es für das Beste, sein merkwürdiges Benehmen zu ignorieren, und fünf Minuten später befreite mich Heathcliffs Eintritt wenigstens einigermaßen aus meiner unbehaglichen Situation.

»Sie sehen, Sir, ich bin meinem Versprechen treu geblieben und gekommen!« rief ich aus und mimte den Aufgeräumten. »Und ich fürchte, das Wetter wird mich für eine halbe Stunde hier festhalten, falls Sie mir so lange Unterschlupf gewähren können.«

»Halbe Stunde?« sagte er und schüttelte die weißen Flocken von seinen Kleidern. »Möchte wissen, ob Sie gern im dicksten Schneesturm umherwandern wollen. Wissen Sie, daß Sie dabei Gefahr laufen, sich in den Sümpfen zu verirren? Selbst Leute, die mit dem Moor gut vertraut sind, kommen an solchen Abenden häufig vom Wege ab. Und ich kann Ihnen versichern: Vorläufig besteht keine Aussicht auf eine Wetterbesserung.«

»Vielleicht kann ich einen Ihrer Leute als Führer mitbekommen, der dann bei mir übernachten kann. Könnten Sie einen bis morgen entbehren?«

»Nein, keinen.«

»Oh – was machen wir da? Ja, dann muß ich mich eben auf meinen eigenen Spürsinn verlassen.«

»Hm!«

»Gibt's nun bald Tee?« fragte der in dem schäbigen Rock, während sein wilder Blick von mir zu der jungen Dame sprang.

»Soll *er* welchen haben?« fragte sie und wandte sich an Heathcliff.

»Nun mach ihn schon! Worauf wartest du?!« war die Antwort, die er so wild und wütend hervorstieß, daß ich zusammenfuhr. Der Ton, in dem dies gesagt wurde, verriet eine wirklich böse Natur. Ich fühlte mich nicht länger geneigt, Heathcliff einen prächtigen Kerl zu nennen.

Als die Vorbereitungen beendet waren, lud er mich mit den Worten ein: »Nun, Sir, rutschen Sie mit Ihrem Stuhl heran!« Und wir alle, den ungehobelten Burschen eingeschlossen, setzten uns um den Tisch. Ein finsteres Schweigen herrschte, während wir unser Mahl genossen.

Ich dachte: Habe ich diese Wolke heraufbeschworen, so muß ich auch versuchen, sie wieder zu vertreiben. Sie konnten doch nicht alle Tage so düster und schweigsam dasitzen: Ja, mochten sie noch so schlecht gelaunt sein, es schien mir einfach undenkbar, daß diese finstere Miene, mit der sie dreinblickten, ihr normales Alltagsgesicht war.

»Es ist merkwürdig«, begann ich, nachdem ich eine Tasse Tee getrunken hatte und auf eine neue wartete, »es ist merkwürdig, wie die Gewohnheit unseren Geschmack und unsere Ansichten formen kann. Viele können sich nicht vorstellen, daß man in einem vollständig von der Welt zurückgezogenen Leben, wie Sie es führen, Mr. Heathcliff, noch glücklich sein könne. Aber ich wage zu behaupten, daß im Kreis Ihrer Familie und an der Seite Ihrer liebenswürdigen Lady, die als guter Geist in Ihrem Heim und Herzen waltet...«

»Meine liebenswürdige Lady!« unterbrach er mich mit einem fast diabolischen Grinsen. »Wo ist sie – meine liebenswürdige Lady?«

»Mrs. Heathcliff, Ihre Gattin, meinte ich.«

»Ah so, ja – oh! Sie wollen andeuten, daß ihr Geist gewissermaßen jetzt das Amt eines Schutzengels innehat und als solcher über das Geschick von Wuthering Heights wacht, auch wenn ihr Leib dahingegangen ist. Habe ich Sie recht verstanden?«

Ich sah, daß ich mir einen argen Schnitzer geleistet hatte, und versuchte, ihn wiedergutzumachen. Ich hätte sehen müssen, daß zwischen den beiden ein zu großer Altersunterschied war, als daß sie hätten Mann und Frau sein können. Er war ungefähr vierzig, in einem Alter, wo der Mann auf der Höhe seiner Schaffenskraft ist und nur selten der Illusion verfällt, daß ein junges Mädchen ihn aus Liebe heiratet. Dieser Traum ist den Jahren vorbehalten, wo wir grau werden und verkalken. Sie sah nicht älter aus als siebzehn.

Dann kam mir blitzartig die Erleuchtung: Der Tölpel an meiner Seite, der seinen Tee aus der Untertasse trinkt und sein Brot mit ungewaschenen Händen ißt, könnte ihr Ehemann sein – Heathcliff junior natürlich. Hier sieht man die Folgen des Lebendigbegrabenseins: Sie hat sich an diesen Bauern weggeworfen aus purer Unkenntnis, daß noch bessere Männer existieren! Jammerschade – ich muß aufpassen, daß sie nicht meinetwegen ihre Wahl bereut.

Der letzte Gedanke mag dünkelhaft erscheinen – er war es nicht. Meinen Nachbarn konnte ich kaum ertragen, so widerlich fand ich ihn; dagegen wußte ich aus Erfahrung, daß ich ziemlich attraktiv wirke.

»Mrs. Heathcliff ist meine Schwiegertochter«, sagte Heathcliff und bestätigte meine Vermutung. Er warf ihr dabei einen sonderbaren Blick zu, einen haßerfüllten Blick, wenn ich ihn richtig deutete – es sei denn, seine Gesichtsmuskeln sind schon so pervertiert, daß sie nicht mehr wie bei andern Leuten die Sprache der Seele ausdrücken.

»Ah, gewiß doch – jetzt sehe ich: *Sie* besitzen die Gunst dieser gütigen Fee«, bemerkte ich und wandte mich meinem Nachbarn zu.

Damit hatte ich mich in eine noch peinlichere Situation gebracht als zuvor. Der junge Mann lief rot an, ballte seine Faust und sah ganz so aus, als wolle er handgreiflich werden. Dann aber schien er seine Fassung wiederzugewinnen und unterdrückte den Sturm in seinem Innern mit einem halblaut gemurmelten brutalen Fluch gegen mich, den ich jedoch geflissentlich überhörte.

»Pech gehabt mit Ihren Vermutungen, Sir!« bemerkte mein Gastgeber. »Keiner von uns hat das Vorrecht, Ihre gute Fee sein eigen zu nennen. Ihr Mann ist tot. Ich sagte, sie sei meine Schwiegertochter, also muß sie wohl meinen Sohn geheiratet haben.«

»Und dieser junge Mann ist –«

»Nicht mein Sohn, seien Sie sicher!«

Heathcliff lächelte wieder, als wäre es doch ein zu gewagter Scherz, ihm die Vaterschaft dieses Bären zuzumuten.

»Mein Name ist Hareton Earnshaw«, brummte der andere, »und ich möcht' Ihnen raten, ihn zu respektieren!«

»Respektlosigkeit kann man mir wohl nicht nachsagen«, war meine Antwort, während ich über die Würde, mit der er sich vorstellte, innerlich lachen mußte.

Er heftete den Blick auf mich, und wir starrten einander eine Weile an, länger, als mir daran lag, denn ich fürchtete in Versuchung zu kommen, ihm entweder ein paar herunterzuhauen oder meiner Heiterkeit freien Lauf zu lassen. Unmißverständlich regte sich in mir das Gefühl, hier in diesem trauten Familienkreis fehl am Platze zu sein. Das körperliche Wohlbehagen, das der warme Raum verbreitete, wurde durch die unerquickliche Stimmung, die von diesen Menschen ausging und immer mehr überhand nahm, wieder völlig aufgehoben. Ich beschloß, es mir sorgfältig zu überlegen, bevor ich mich ein drittes Mal unter diese Dachsparren wagte.

Da das Essen beendet war und niemand eine Unterhaltung begann, trat ich ans Fenster, um nach dem Wetter zu sehen.

Ein betrüblicher Anblick bot sich mir: Schon war es dunkle Nacht draußen, und Himmel und Hügel verschmolzen in einem Wirbel von Wind und alles erstickendem Schnee.

»Es scheint mir ganz unmöglich, daß ich jetzt noch heimfinde ohne Führer«, konnte ich mich nicht enthalten auszurufen. »Die Wege werden schon vom Schnee zugedeckt sein, und selbst wenn sie noch passierbar wären, könnte ich kaum einen Schritt weit sehen.«

»Hareton, treib die Schafe in die Scheuneneinfahrt. Sie werden einschneien, wenn sie über Nacht in der Hürde bleiben. Und leg ein Brett davor«, sagte Heathcliff.

»Was soll ich jetzt machen?« fuhr ich fort, immer stärker irritiert.

Ich bekam keine Antwort auf meine Frage, und als ich mich umblickte, sah ich nur Joseph, der den Hunden das Futter brachte, und Mrs. Heathcliff, die über das Feuer gebeugt sich damit unterhielt, ein Bündel Streichhölzer abzubrennen, das vom Kaminsims gefallen war, als sie die Teebüchse wieder an ihren Platz stellte.

Nachdem Joseph seine Last abgesetzt hatte, schaute er sich forschend im Raum um und krächzte dann mit brüchiger Stimme: »Wie bringt'rs nur fertig, so faul da 'rumzustehn, wo die annern all furt sin! Aber 'n Nichtsnutz seid'r, un rede nutzt nix — bessern tut'r Eich nimmer, aber geradewegs zum Deifel geht'r, wie Eire Mutter z'vor!«

Für einen Augenblick bildete ich mir ein, daß dieses Probestück seiner Redekunst an mich gerichtet sei, und ohnedies wütend, ging ich auf den alten Schurken los, um ihn mit einem Fußtritt zur Tür hinauszubefördern. Doch blieb ich verblüfft stehen, als ich hörte, was Mrs. Heathcliff dem Mann zur Antwort gab.

»Du elender alter Heuchler!« entgegnete sie. »Fürchtest du dich gar nicht, wenn du so leichtsinnig den Teufel beim Namen rufst, daß du mit Haut und Haaren von ihm geholt wirst? Ich warne dich: Hör auf, mich weiter zu provozieren, oder ich werde ihm sagen, er würde mir mit deiner raschen Höllenfahrt einen ganz besonderen Gefallen tun. Bleib nur da und schau her«, fuhr sie fort und nahm aus einem Regal ein großes schwarzes Buch. »Ich will dir zeigen, was für Fortschritte ich in der Schwarzen Kunst gemacht habe. Bald bin ich in der Lage, das Haus damit zu säubern. Daß neulich die rote Kuh verreckte, war kein Zufall, und deinen Rheumatismus kannst du auch kaum unter die göttlichen Heimsuchungen zählen!«

»Oh, was bist du schlecht, schlecht!« stieß der Alte, nach Luft schnappend, hervor. »O Herr, erlöse uns von dem Übel!«

»Nein, er wird dich nicht erlösen! Du bist längst ein Verworfener – mach, daß du fortkommst, oder ich tu' dir ernsthaft etwas an! Ich werde euch alle in Wachs und Ton nachbilden, und der

erste, der den Kreis, den ich um mich ziehe, überschreitet, wird –
nein, ich sage nicht, was ihm geschehen wird, aber du wirst es ja
sehen! Geh, und sei sicher, wo du auch hingehst: Mein Auge
sieht dich!«

Die kleine Hexe ließ in ihren schönen Augen spöttische Bosheit aufblitzen, und zitternd vor Entsetzen eilte Joseph hinaus.
Man hörte ihn im Davongehen Gebetsworte murmeln und dazwischen immer wieder ausrufen: »Böse!«

Ich vermutete, sie habe sich einen makabren Scherz mit ihm erlaubt, anders konnte ich mir ihr Verhalten nicht erklären, und nun, da wir allein waren, bemühte ich mich, sie für meine mißliche Lage zu interessieren.

»Mrs. Heathcliff«, sagte ich ernst, »Sie müssen entschuldigen, daß ich Sie behellige. Ich bin so dreist, weil ich mir sage: Jemand, der so ein Gesicht hat wie Sie, muß gewiß auch ein gutes Herz haben. Also bitte, seien Sie so gut und nennen Sie mir ein paar Anhaltspunkte, mit deren Hilfe ich meinen Weg nach Hause finden kann. Ich habe ebenso wenig eine Ahnung, wie ich heimkommen soll, als Sie sie vielleicht haben, wenn Sie nach London gelangen möchten.«

»Nehmen Sie den Weg, den Sie gekommen sind«, antwortete sie, während sie sich in dem Lehnstuhl niederließ, wo sie die Kerze und das große Buch aufgeschlagen vor sich hatte. »Der Rat ist kurz, doch einen besseren kann ich nicht geben.«

»Würde Ihnen, wenn Sie hören, daß man mich tot in einem Sumpf oder einer Schneewehe gefunden hat, Ihr Gewissen nicht zuflüstern, daß es zum Teil Ihre Schuld ist?«

»Wieso? Ich kann Sie ja nicht begleiten. Die würden mich nicht bis ans Ende der Gartenmauer gehen lassen.«

»Sie? Ich würde es mir nicht verzeihen, wenn ich Sie veranlassen sollte, meinetwegen in einer solchen Nacht auch nur über die Hausschwelle zu treten!« rief ich aus. »Ich wollte nur, daß Sie mir meinen Weg *beschreiben,* nicht daß Sie ihn mir *zeigen* oder daß Sie Mr. Heathcliff überreden, mir einen Führer mitzugeben.«

»Wen denn? Es käme ja nur er selbst in Frage, und außer ihm Earnshaw, Zillah, Joseph und ich. Wen möchten Sie haben?«

»Gibt es keine Knechte auf dem Hof?«
»Nein, da ist weiter niemand.«
»Folglich muß ich hier bleiben?«
»Das können Sie mit Ihrem Gastgeber regeln. Ich halt' mich da heraus.«

»Hoffentlich wird Ihnen das eine Lehre sein, in diesem Gelände keine unbedachten Wanderungen mehr zu unternehmen!« scholl vom Mücheneingang her Heathcliffs harte Stimme. »Was das Übernachten betrifft: Auf Gäste bin ich nicht eingerichtet. Sie müssen schon mit Hareton oder Joseph ein Bett teilen, wenn Sie hier bleiben wollen.«

»Ich könnte ja hier in einem Sessel schlafen«, antwortete ich.

»Nein, nein! Ein Fremder ist ein Fremder, ob er arm oder reich ist. Das würde mir schlecht anstehen, den ganzen Bereich hier unten irgendwem zu überlassen, während ich nicht auf dem Posten bin und aufpassen kann!« sagte der ungehobelte Kerl.

Nach dieser Beleidigung war meine Geduld am Ende. Mit dem Ausdruck des Abscheus stürzte ich an ihm vorbei hinaus in den Hof, wo ich in der Eile mit Earnshaw zusammenrannte. Es war so dunkel, daß ich das Tor nicht sehen konnte, durch das er hinausging, und wie ich umhertappte und es suchte, hörte ich eine weitere Probe des bei ihnen üblichen Umgangstons.

Zunächst schien der junge Mann geneigt, mir helfen zu wollen.

»Ich gehe mit ihm bis zum Park«, sagte er.

»Du gehst mit ihm zur Hölle!« rief sein Herr, oder was er für ihn war. »Und wer sieht nach den Pferden, he?«

»Was ist denn wichtiger: einen Abend die Pferde vernachlässigen oder ein Menschenleben? Jemand muß gehen«, murmelte Mrs. Heathcliff, freundlicher, als ich erwartet hatte.

»Aber nicht auf deinen Befehl!« gab Hareton zurück. »Wenn du so großen Wert darauf legst, solltest du besser den Mund halten.«

»Dann hoffe ich nur, sein Geist möge umherspuken und dich verfolgen, wenn der Mann im Moor den Tod findet. Und ich hoffe und wünsche, daß Mr. Heathcliff nie einen andern Pächter finden wird, bis die Grange schließlich eine Ruine ist!« antwortete sie mit Schärfe.

»Hört, hört, wie se se verwünschen dut!« brummelte Joseph, auf den ich zusteuerte.

Er saß in Hörweite und melkte beim Schein einer Laterne die Kühe. Ohne viel Umstände ergriff ich die Laterne und eilte damit dem nächsten Ausgang zu, indem ich rief, daß ich sie morgen zurückschicken würde.

»Härre, Härre, er stehlt sech unsre Lantern!« schrie der Alte und nahm meine Verfolgung auf. »He, Gnasher! He, Hund! He, Wolf! Faßt ihn, faßt ihn!«

Als ich die kleine Gartenpforte öffnete, sprangen mir zwei haarige Ungeheuer an die Kehle und rissen mich nieder, wobei das Licht erlosch, während ein wieherndes Gelächter, das von Heathcliff und Hareton kam, allem die Krone aufsetzte und meine Wut und Beschämung ins Unermeßliche steigerte.

Glücklicherweise zeigten die Biester keine Lust, mich bei lebendigem Leibe zu verschlingen, sondern streckten nur die Pfoten von sich und gähnten und wedelten mit dem Schwanz. Aber sie wollten auch kein Aufstehen dulden, und ich war gezwungen, liegen zu bleiben, bis es ihren niederträchtigen Herren gefiel, mich zu befreien. Dann, ohne Hut und zitternd vor Wut, verlangte ich von den Halunken, mich augenblicklich hinauszulassen – bei Gefahr ihres Lebens, falls sie mich noch eine Minute länger hier zurückhielten –, und fügte noch einige zusammenhanglose Drohungen hinzu, deren haßerfülltes Pathos stark an König Lear erinnerte.

Meine maßlose Aufregung verursachte ein heftiges Nasenbluten, und noch immer lachte Heathcliff, und noch immer schimpfte ich. Ich weiß nicht, wie die Szene geendet hätte, wenn nicht eine Person in der Nähe gewesen wäre, die vernünftiger war als ich und wohlwollender als mein Gastgeber. Das war Zillah, die dralle Haushälterin, die endlich herbeigelaufen kam, um nach dem Anlaß des Aufruhrs zu sehen. Sie dachte, daß man mir gegenüber handgreiflich geworden wäre, und da sie nicht wagte, ihren Chef anzugreifen, richtete sie ihre Wortartillerie gegen den jüngeren Schurken.

»Also, Mr. Earnshaw«, schrie sie, »ich bin nur neugierig, was

Sie nächstens anstellen werden! Sind wir dabei, an unserer eigenen Türschwelle die Leute umzubringen? Nein, mir wird klar, dies ist kein Haus für mich. Sehn Sie sich doch nur den armen Burschen an! Er ringt ja nach Luft, als wollt' er ersticken! Na, na! Ruhig, ruhig, mußt dich nicht so aufregen. Komm nur, das kriegen wir schon. So, so: Nun mal stillhalten!«

Bei diesen Worten bespritzte sie mich plötzlich mit eisigem Wasser, das mir den Hals hinunterlief, und zog mich in die Küche. Mr. Heathcliff, der nach seinem Heiterkeitsanfall schnell wieder in seine alte mürrische Art zurückfiel, folgte uns. Ich fühlte mich äußerst elend, schwindlig und schwach, und es blieb mir daher gar nichts anderes übrig, als für diese Nacht unter seinem Dach zu bleiben. Er trug Zillah auf, mir ein Glas Branntwein zu geben, und begab sich dann in die inneren Gemächer, während sie mir ihr Beileid aussprach und mich in meiner traurigen und heiklen Lage zu trösten versuchte. Nachdem sie seiner Weisung nachgekommen war, wodurch ich mich tatsächlich ein wenig besser fühlte, brachte sie mich zu meinem Nachtquartier.

Drittes Kapitel

Während sie mir die Treppe hinauf voranging, empfahl sie mir, die Kerze abzuschirmen und jedes Geräusch zu vermeiden, denn ihr Herr habe eine wunderliche Meinung von der Kammer, in der sie mich unterbringen wolle, und wäre strikt dagegen, daß jemand dort übernachte.

Ich fragte nach dem Grund.

Sie wüßte ihn nicht, antwortete sie. Sie lebe erst seit knapp zwei Jahren hier, und die Bewohner zeigten so viele Wunderlichkeiten, daß es sich gar nicht lohne, über irgend etwas sich aufzuregen.

Ich war selbst zu benommen, um mich darüber aufzuregen oder Neugier zu zeigen, schloß meine Türe und sah mich nach einem Bett um. Das gesamte Mobiliar bestand aus einem Stuhl, einem Kleiderschrank und einem großen Eichenverschlag, der ziemlich oben quadratische Öffnungen hatte, die an Kutschenfenster erinnerten.

Ich näherte mich diesem Gehäuse, schaute hinein und erkannte, daß es ein eigenartiges altmodisches Bett war, sehr zweckmäßig konstruiert, um das Bedürfnis eines jeden Familienglieds nach einem Raum für sich allein zu befriedigen. Es bildete in der Stube tatsächlich ein kleines Kämmerchen für sich, und das Fensterbrett, welches es einschloß, diente als Tisch.

Ich schob die getäfelten Seiten zurück, kroch mit meinem Licht hinein, schob sie wieder zusammen und fühlte mich nun vor der Wachsamkeit Heathcliffs und sonst irgend jemands sicher.

Auf dem Fenstersims, wo ich meine Kerze abstellte, lag in einer Ecke ein Stapel stockfleckiger Bücher, und das Brett selbst war über und über bedeckt mit Geschreibsel, das in die Farbe hineingekratzt war. Bei näherem Zusehen stellte sich heraus, daß diese Inschriften nur aus einem Namen bestanden, der in immer anderen Buchstaben, großen und kleinen, wiederholt wurde:

»Catherine Earnshaw« las ich, hier und da abgewandelt in »Catherine Heathcliff« und dann wieder in »Catherine Linton«.

In dumpfer Lustlosigkeit lehnte ich meinen Kopf gegen das Fenster und fuhr fort zu buchstabieren: Catherine Earnshaw – Heathcliff – Linton, bis mir die Augen zufielen. Doch hatten sie sich noch keine fünf Minuten ausgeruht, als vor mir aus dem Dunkel grelleuchtende weiße Buchstaben auftauchten und gespensterhaft umhertanzten – die Luft wimmelte plötzlich von Catherines. Als ich mich ermannte und die Augen aufriß, um den zudringlichen Namen zu verscheuchen, entdeckte ich, daß der brennende Docht meiner Kerze sich herabgeneigt hatte und auf einem der alten Einbände schwelte. Es roch nach angebranntem Kalbsleder.

Ich kürzte den blakenden Docht, und da ich mich infolge der Kälte und einer andauernden Übelkeit sehr unbehaglich fühlte, setzte ich mich, mit dem lädierten Buch auf den Knien, aufrecht hin und schlug es auf. Es war ein in schlechter Qualität gedrucktes Testament, das schrecklich muffig roch. Ein Vorsatzblatt trug die Eintragung: »Dieses Buch gehört Catherine Earnshaw« und ein Datum, das mehr als ein Vierteljahrhundert zurücklag.

Ich klappte es zu und nahm ein anderes in die Hand, und wieder ein anderes, bis ich sie alle untersucht hatte. Catherine besaß eine nicht alltägliche kleine Bibliothek, die viel benutzt worden war, wie man am zerlesenen Zustand der Bücher feststellen konnte, wenn auch nicht immer zu ihrem eigentlichen Zweck. Kaum ein Kapitel war einem Kommentar – oder was als ein solcher erschien – mit Tinte und Feder entgangen, jedes kleinste Fleckchen, das der Drucker weiß gelassen hatte, war damit bedeckt.

Teilweise waren es nur abgerissene Sätze, aber manchmal schienen die Notizen die Form eines regelmäßigen Tagebuches anzunehmen, hingekritzelt mit kindlicher Handschrift. Oben auf einer besonderen Seite, die unbedruckt geblieben war (wahrscheinlich für die Inhaberin, als sie sie entdeckte, ein ganz großer Schatz), erblickte ich etwas, was mich köstlich amüsierte: eine ausgezeichnete Karikatur meines Freundes Joseph – grob und doch gekonnt mit ein paar Strichen hingesetzt.

Ich begann mich für die unbekannte Catherine zu interessieren und machte mich daran, ihre verblaßten Hieroglyphen zu entziffern.

»Ein gräßlicher Sonntag!« fing die Eintragung an, die darunterstand. »Ich wünschte, mein Vater wäre da. Hindley ist ein Stellvertreter zum Kotzen – wie er sich Heathcliff gegenüber benimmt, ist abscheulich – H. und ich wollen rebellieren – einen ersten Schritt haben wir heute abend getan.

Den ganzen Tag goß es in Strömen. Wir konnten nicht zur Kirche gehen, aber Joseph bestand darauf, uns auf dem Dachboden eine Andacht zu halten, und während Hindley und seine Frau sich drunten vor einem behaglichen Feuer rekelten und gewiß alles andere taten als in ihrer Bibel lesen – dafür steh' ich ein –, wurden Heathcliff, ich und der unglückliche Stalljunge mit unsern Gebetbüchern nach oben kommandiert. Wir wurden nebeneinander auf einen Sack Korn gesetzt, stöhnten und zitterten vor Kälte und hofften, Joseph werde es hier auch zu kalt sein, so daß er uns in seinem eigenen Interesse die Predigt abkürzen würde. Ein trügerischer Gedanke! Die Andacht dauerte genau drei Stunden, und trotzdem hatte mein Bruder noch die Dreistigkeit, als er uns herunterkommen sah, auszurufen: ›Was? Schon fertig?‹

An Sonntagabenden durften wir sonst immer spielen, vorausgesetzt, daß wir nicht zu laut waren. Jetzt genügt schon ein bloßes Kichern, daß man uns in die Ecke stellt.

›Ihr vergeßt, wer hier der Herr ist‹, sagte der Tyrann. ›Den ersten von euch, der mich aus der Haut bringt, schlag' ich kurz und klein! Ich bitte mir aus, daß ihr euch vollkommen gesittet und ruhig verhaltet. O Junge! Warst du das? Frances, Liebling, zieh ihm im Vorbeigehen die Ohren lang. Ich habe gehört, wie er mit den Fingern schnippte.‹

Frances zog ihm recht herzhaft und kräftig die Ohren lang und ging dann und setzte sich ihrem Gatten aufs Knie. Und da saßen sie und benahmen sich wie zwei kleine Kinder, küßten sich und redeten Unsinn, stundenlang – dummes Palaver, dessen wir uns geschämt hätten.

Indessen richteten wir uns unterm Küchenbüfett eine Höhle ein und machten es uns da so gemütlich wie möglich. Ich habe gerade unsere Schürzen zusammengebunden und sie als Vorhang aufgehängt, als Joseph aus irgendeinem Grund vom Stall hereinkommt. Er reißt sofort mein Werk herunter, gibt mir ein paar hinter die Ohren und krächzt: ›De Härr ös knapp unner de Ard, un Sunnt'g noch nech vörbei, un dr Klang funs Gotteswort habt'r noch in de Uhren, un ihr mußt anfange Theater ze spälen! Ihr seid wull narr'sch? Setzt euch alle beede hen, ihr beesen Kinner, un schamt eich! Do sin gude Biecher g'nug, wenn'r drin läse wullt. Hockt eich här un dänkt nach iber eire Sälen!‹

Sprach's und setzte uns so weit vom Feuer entfernt, daß wir die Druckschrift der alten Schwarte, die er uns an den Kopf warf, nur mit Mühe lesen konnten.

Ich konnte diese Art der Beschäftigung nicht ertragen, ergriff das schmierige Buch am Rücken und schleuderte es in die Hundehütte. Dabei erklärte ich mit Nachdruck, daß ich ein gutes Buch nicht leiden könne. Heathcliff warf seines hinterdrein.

Da gab's aber einen Tumult!

›Härr Hindley‹, schrie unser Kaplan, ›komme Se ämal! Miss Cathy hät'n Rücken vom ›Helm des Heils‹ rongergerössen, un de Heathcliff hät in ärsten Teel vom ›Breiten Weg zur Verdammnis‹ neingeträtn! Die wärn uns noch's Haus überm Koppe anzünn, wenn Se su was dulde dun. Ach, was de alte Härr se vermebelt hätt', aber där kommt nech wedder!‹

Hindley kam von seinem Paradies am Kamin herbeigeeilt, packte den einen von uns am Kragen und den anderen beim Arm und stieß uns in die hintere Küche, wo, wie Joseph versicherte, uns ganz gewiß ›der Deibel‹ holen würde. Und so getröstet, krochen wir jeder in einen anderen Winkel, um dort seine Ankunft zu erwarten.

Ich langte mir dies Buch und ein Tintenfaß vom Regal, stieß die Haustür ein Stück auf, um Licht zu haben, und habe nun zwanzig Minuten lang die Zeit mit Schreiben verbracht. Aber mein Kamerad wird ungeduldig und schlägt vor, wir sollten uns den Mantel der Milchmagd nehmen und unter seinem Schutz im Moor umherlaufen. Ein guter Vorschlag – und wenn dann der alte Griesgram hereinkommt, glaubt er vielleicht, seine Prophezeiung sei wahr geworden – draußen im Regen können wir es nicht feuchter und kälter haben, als es hier ist.«

Ich vermute, Catherine führte ihr Vorhaben aus, denn der nächste Satz handelt von etwas anderem und ist, so scheint es, unter vielen Tränen geschrieben worden.

»Nie hätte ich mir das träumen lassen, daß Hindley mich so zum Weinen bringen würde!« schrieb sie. »Ich habe solche Kopfschmerzen, daß ich nicht weiß, wo ich bleiben soll – auf dem Kissen kann ich's nicht mehr aushalten, und doch kann und will ich ihn nicht im Stich lassen. Armer Heathcliff! Hindley nennt ihn einen Vagabunden und will nicht mehr, daß er bei uns am Tisch sitzt. Und er sagt, er und ich dürfen nicht mehr zusammen spielen, und droht, ihn aus dem Haus zu jagen, wenn wir uns an seine Anordnung nicht halten.

Er gibt unserm Vater die Schuld (unerhört!), er habe H. verwöhnt und zu großzügig behandelt, und schwört, er will's ihm schon zeigen, auf welchen Platz er gehört und wie klein er noch wird –«

Über die trübe beleuchtete Seite gebeugt, begann ich schläfrig zu werden und hin und wieder einzunicken. Mein Auge wanderte von der Handschrift zum Gedruckten. Ich sah einen rotumrahmten Titel: »Siebenzigmal sieben und die erste der einundsiebenzig. Ein frommer Diskurs, gehalten von Reverend Jabes Branderham in der Kirche zu Gimmerton Sough.« Und während ich, nur halb bei Bewußtsein, noch zu ergrübeln suchte, wie Jabes Branderham wohl sein Thema ausgeführt haben mochte, sank ich in die Kissen zurück und schlief ein.

Ach, was für entsetzliche Folgen schlechter Tee und schlechte Laune haben können! Denn was konnte sonst schuld daran sein, daß ich eine solch furchtbare Nacht verbrachte? Ich kann mich an keine Nacht erinnern, soweit ich zurückdenke, in der ich ähnlich gelitten habe.

Ich fing an zu träumen – fast noch, ehe ich aufgehört hatte, das Bewußtsein für meine Umgebung ganz zu verlieren. Ich dachte, es sei Morgen und ich hätte mich auf den Heimweg gemacht, mit Joseph als Führer. Wie wir mühsam durch den Schnee stapften, der metertief auf unserer Straße lag, ermüdete mich mein Begleiter mit ständigen Vorhaltungen, daß ich keinen Pilgerstab mitgenommen hätte, und sagte, daß ich ohne einen solchen nie ins Haus gelangen könne. Dabei schwang er prahlerisch einen Knüppel mit dickem Knauf, der nach meiner Kenntnis wohl so genannt wurde.

Einen Augenblick schien es mir absurd, daß ich eine solche Waffe benötigte, um zu meinem eigenen Wohnsitz den Zutritt zu erkämpfen. Dann kam mir blitzartig eine Idee. Ich ging nicht dorthin. Wir waren vielmehr unterwegs, um den berühmten Jabes Branderham über den Text »Siebenzigmal sieben« predigen zu hören, und entweder Joseph, der Prediger, oder ich hatten die »erste der einundsiebenzig« begangen und sollten öffentlich angeprangert und exkommuniziert werden.

Wir kamen zum Gotteshaus. Ich bin tatsächlich auf meinen Wanderungen zwei- oder dreimal dort vorbeigekommen. Es liegt tief unten auf der Talsohle zwischen zwei Hügeln, in einem richtigen Loch in der Nähe eines Sumpfes, und es heißt, daß die wenigen hier Begrabenen in dem feuchten Torf mumienhaft erhalten bleiben. Das Dach hat man bis heute immer wieder repariert. Aber da das Gehalt des Geistlichen nur zwanzig Pfund im Jahr beträgt und eine Dienstwohnung mit zwei Räumen wegen des verfallenen Zustandes in Kürze auf einen verringert zu werden droht, ist kein Geistlicher bereit, hier die Pflichten eines Pastors zu übernehmen, zumal noch das Gerücht kursiert, seine Herde würde ihn eher verhungern lassen, als daß sie seine Einnahmen um einen Pfennig aus ihrer eigenen Tasche aufbesserte. Dennoch hatte Jabes in meinem Traum eine große und aufmerksame Gemeinde. Und er predigte – mein Gott! Was für eine Predigt: gegliedert in vierhundertundneunzig Teile, von denen jeder den Umfang einer normalen Kanzelrede hatte, und jeder behandelte eine besondere Sünde! Wo er sie alle aufspürte, kann ich nicht sagen. Er hatte eine eigene Art, die Sprüche in der Bibel auszulegen, und er setzte offenbar voraus, daß der Gläubige bei jeder Gelegenheit andere Sünden beging, die von der merkwürdigsten Art waren: seltsame Übertretungen, von denen ich nie vorher geahnt hatte, daß es sie gibt.

Oh, wie müde wurde ich! Wie ich mich krümmte und gähnte, und wie ich einnickte und wieder aufschreckte! Wie ich mich zwickte und kniff und mir die Augen rieb, wie ich aufstand und mich wieder setzte und Joseph anstieß, mir zu sagen, ob er jemals damit fertig würde.

Ich war dazu verurteilt, bis zum Schluß alles mitanzuhören. Endlich kam er zu der »ersten der einundsiebzig«. In diesem kritischen Augenblick kam mir eine plötzliche Eingebung: Ich wurde getrieben, mich zu erheben und Jabes Branderham als den Sünder der Sünde, die kein Christenmensch zu vergeben braucht, anzuklagen.

»Sir«, rief ich aus, »hier innerhalb dieser vier Mauern sitzend, habe ich die vierhundertneunzig Hauptpunkte Ihres Diskurses ausgehalten und vergeben. Siebenzigmal siebenmal habe ich meinen Hut genommen und wollte gehen – siebenzigmal siebenmal haben Sie mich, so unsinnig es auch war, gezwungen, meinen Sitz wieder einzunehmen. Die vierhunderteinundneunzigste ist zuviel! Auf, meine Leidensgenossen, packt ihn! Holt ihn herunter und schlagt ihn kurz und klein, daß die Stätte, die ihn kannte, ihn hinfort nicht mehr kennt!«

»Du bist der Mann!« schrie Jabes nach einer feierlichen Pause und lehnte sich über den Polsterrand seiner Kanzel. »Siebenzigmal siebenmal hast du dein Gesicht zu einem Gähnen verzerrt – siebenzigmal siebenmal hielt ich Ratschlag mit meiner Seele: Siehe, das ist menschliche Schwachheit, die auch vergeben werden kann! Die erste der einundsiebzig ist gekommen. Brüder, vollstreckt an ihm das Urteil, wie geschrieben steht. Solche Ehre haben alle seine Heiligen!«

Nach diesem Schlußwort stürzte die ganze Versammlung, ihre Pilgerstäbe schwingend, auf mich zu und umringte mich. Und ich, ohne Waffe zu meiner Verteidigung, begann mich mit Joseph zu raufen, meinem nächsten und wildesten Angreifer, um ihm die seinige zu entreißen. Beim Zusammenfluten der Menge wurden zahlreiche Stöcke gekreuzt, und manche mir zugedachten Hiebe sausten auf andere Schädel nieder. Die ganze Kirche hallte jetzt wider von all dem Klatschen und Klopfen, von Schlag und Gegenschlag. Jeder erhob die Hand gegen seinen Nachbarn, und Branderham, der nicht untätig bleiben wollte, bezeigte seinen Eifer in einem Hagel lauter Schläge auf die Kanzelbrüstung, die so schmerzhaft laut waren, daß sie mich schließlich zu meiner unsagbaren Erleichterung aufweckten.

Und was war es, das zu diesem furchtbaren Tumult den Anlaß gegeben hatte? Was hatte bei diesem Krach die Rolle des Jabes gespielt? Bloß ein Fichtenzweig, der mein Fenster berührte, wenn ein Windstoß ihn packte, und dessen trockene Zapfen dann gegen die Scheiben pochten!

Ich horchte verwirrt einen Augenblick hinaus, entdeckte dann den Ruhestörer, drehte mich herum, schlief von neuem ein und träumte wieder, womöglich noch unangenehmer als vorher.

DRITTES KAPITEL

Diesmal war ich mir bewußt, daß ich in dem eichenen Kabinett lag, und ich hörte deutlich den stürmischen Wind und das Schneetreiben. Ich hörte auch den Fichtenzweig sein aufreizendes Geräusch wiederholen und schrieb es der richtigen Ursache zu. Aber es ärgerte mich so sehr, daß ich beschloß, es möglichst zum Schweigen zu bringen. Und mir schien, daß ich aufstand und mich bemühte, den Fensterflügel loszuhaken. Der Haken war aber mit der Öse fest verlötet, ein Umstand, den ich vorhin, als ich wach war, wohl bemerkt, inzwischen aber vergessen hatte.

»Und trotzdem, das muß aufhören!« murmelte ich, zerschlug die Glasscheibe mit der Faust und streckte den Arm aus, um diesen zudringlichen Zweig zu ergreifen – statt dessen schlossen sich meine Finger um eine kleine, eiskalte Hand!

Das grauenhafte Entsetzen eines Alptraumes kam über mich. Ich versuchte, den Arm zurückzuziehen, aber die Hand umklammerte fest die meine, und eine äußerst traurige Stimme schluchzte: »Laß mich ein – laß mich ein!«

»Wer bist du?« fragte ich, während ich mich von dem Griff zu befreien suchte.

»Catherine Linton«, antwortete es, fröstelnd und zitternd vor Kälte. (Warum dachte ich gerade an Linton? Ich hatte wohl zwanzigmal häufiger Earnshaw gelesen als Linton.) »Ich bin nach Hause gekommen. Ich hatte mich im Moor verirrt!«

Während es sprach, nahm ich undeutlich ein Kindergesicht wahr, das durch das Fenster blickte. Der Schrecken machte mich grausam, und da es mir nicht gelingen wollte, das Geschöpf abzuschütteln, zog ich sein Handgelenk an die zerbrochene Scheibe heran und rieb es darauf hin und her, bis Blut floß und die Bettwäsche tränkte. Noch immer jammerte es: »Laß mich ein!« und lockerte seinen hartnäckigen Griff nicht, so daß ich vor Angst fast wahnsinnig wurde.

»Wie kann ich denn?« sagte ich schließlich. »Laß mich los, wenn du willst, daß ich dich einlassen soll.«

Die kleinen Finger lösten sich, ich zog schnell meine Hand herein, türmte hastig die Bücher zu einer Pyramide vor das Loch und hielt mir die Ohren zu, um das jammervolle Bitten nicht mehr hören zu müssen.

Ich glaube, wohl eine Viertelstunde lang hielt ich sie mir zu, doch in dem Augenblick, da ich wieder hinhörte, vernahm ich dasselbe Jammergeschrei von draußen.

»Mach, daß du fortkommst!« schrie ich. »Du kommst mir nicht herein, und wenn du zwanzig Jahre darum bittest!«

»Es sind zwanzig Jahre«, klagte die Stimme. »Zwanzig Jahre! Ich bin seit zwanzig Jahren ein heimatloses Kind!«

Darauf vernahm ich ein schwaches Kratzen draußen, und der Stoß der Bücher wankte, als ob jemand dagegenstieße.

Ich wollte aufspringen, konnte aber kein Glied rühren und schrie in namenloser Angst gellend auf.

Zu meiner Verwirrung entdeckte ich, daß mein gellender Schrei keine Einbildung gewesen war. Hastige Schritte näherten sich meiner Zimmertür, jemand stieß sie mit kräftiger Hand auf, und ein flackernder Lichtschein drang durch die Oberfenster meines Bettkabinetts. Bebend saß ich da und wischte mir den Schweiß von der Stirn. Der Eindringling schien zu zögern und murmelte etwas vor sich hin. Schließlich äußerte er halb flüsternd und wohl kaum eine Antwort erwartend: »Ist da jemand?«

Ich hielt es für das Beste, meine Anwesenheit zu gestehen, denn ich erkannte Heathcliffs Stimme und fürchtete, er werde weiter suchen, wenn ich mich still verhielte. In dieser Absicht wandte ich mich also um und öffnete die Läden. Die Wirkung, die ich damit erzielte, werde ich so bald nicht vergessen.

Heathcliff stand in Hemd und Unterhosen in der Nähe der Stubentür. In der Hand hielt er eine Kerze, die ihm über die Finger tropfte, und sein Gesicht war so weiß wie die Wand hinter ihm. Beim ersten Knarren des Eichenholzes durchfuhr es ihn wie ein elektrischer Schlag! Das Licht entfiel seiner Hand, und seine Erregung war so groß, daß er es kaum aufzuheben vermochte.

»Es ist nur Ihr Gast, Sir!« meldete ich mich mit lauter Stimme, da ich ihm die Demütigung, noch länger seine Feigheit zu zeigen, ersparen wollte. »Unglücklicherweise muß ich im Schlaf laut geschrien haben, wegen eines schrecklichen Alptraumes. Es ist mir sehr unangenehm, daß ich Sie gestört habe. Entschuldigen Sie bitte!«

»Oh, zum Teufel mit Ihnen, Mr. Lockwood! Ich wollte, Sie wären beim –«, begann mein Gastgeber und setzte die Kerze auf einem Stuhl ab, weil es ihm unmöglich war, sie ruhig in der Hand zu halten.

»Und wer hat Sie in dieses Zimmer geführt?« fuhr er fort, während er die Fingernägel in die Handflächen preßte und mit den Zähnen knirschte, um des krampfartigen Zitterns seiner Kinnbacken Herr zu werden. »Wer war es? Ich hätte große Lust, den Betreffenden noch in diesem Augenblick aus dem Hause zu jagen!«

»Es war Ihre Dienstmagd, Zillah«, antwortete ich, während ich von dem Bett heruntersprang und rasch in meine Kleider fuhr. »Ich hätte nichts dagegen einzuwenden, wenn Sie's täten, Mr. Heathcliff. Sie hat es wirklich verdient. Ich vermute, sie wollte sich auf meine Kosten einen neuen Beweis verschaffen, daß es in diesem Raum spukt. Nun, dem ist so: Es wimmelt hier von Geistern und Gespenstern. Sie haben allen Grund, das Zimmer abzuschließen, das kann ich Ihnen versichern. Für einen Schlaf in solch einer Gespensterburg wird sich jeder bedanken!«

»Was wollen Sie damit sagen?« fragte Heathcliff. »Und was tun Sie? Legen Sie sich erst einmal wieder hin und schlafen Sie, bis die Nacht vorbei ist, da Sie nun mal hier sind! Aber um Himmels willen, lassen Sie mich nicht noch einmal ein solch fürchterliches Geschrei hören! Es gibt dafür keine Entschuldigung, es sei denn, es wird Ihnen gerade die Kehle durchgeschnitten!«

»Hätte die kleine Furie zum Fenster hereingekonnt, würde sie mich wahrscheinlich erdrosselt haben«, entgegnete ich. »Ich werde mich nicht noch einmal der Verfolgung durch Ihre gastlichen Vorfahren aussetzen. War nicht der Reverend Jabes Branderham mütterlicherseits mit Ihnen verwandt? Und diese freche Kröte, Catherine Linton oder Earnshaw oder wie sie hieß – sie muß ein Wechselbalg gewesen sein – ein böses kleines Ding! Sie sagte mir, sie gehe seit zwanzig Jahren um: eine gerechte Strafe für ihre Übertretungen bei Lebzeiten, daran zweifle ich nicht!«

Kaum hatte ich das gesagt, als ich mich an die Verbindung von Heathcliff mit Catherines Namen in dem Buch erinnerte, die ich aus dem Gedächtnis verloren hatte, bis sie mir nun wieder einfiel. Ich errötete über meine Unbedachtheit, aber ohne weiter zu zeigen, daß mir mein Vergehen bewußt geworden war, beeilte ich mich hinzuzufügen: »Die Wahrheit ist, Sir, daß ich die erste Hälfte der Nacht damit zubrachte...«, hier stockte ich von neuem. Ich hatte sagen wollen: »in jenen alten Büchern zu blättern« – damit hätte ich aber meine Kenntnis ihres gedruckten wie ihres geschriebenen Inhalts verraten. So korrigierte ich mich und fuhr fort: »...den Namen, der in das Fensterbrett eingekratzt ist, zu buchstabieren. Eine monotone Beschäftigung, die einschläfernd wirken sollte wie Zahlen oder –«

»Was fällt Ihnen ein, in dieser Art mit mir zu reden?« donnerte Heathcliff mit wilder Heftigkeit. »Wie – wie können Sie es wagen, unter meinem Dach?! – Gott! Er muß verrückt sein, solche Reden zu führen!« Und er griff sich verzweifelt an die Stirn.

Ich wußte nicht, ob ich auf diese Sache empfindlich reagieren oder mit meiner Erklärung fortfahren sollte. Aber er schien mir so mitgenommen, daß ich schließlich Mitleid hatte und fortfuhr, ihm meine Träume zu erzählen. Ich versicherte, daß ich den Namen »Catherine Linton« nie vorher gehört hätte, daß aber das häufige Lesen desselben wohl einen Eindruck hinterlassen hatte, der Gestalt annahm, als ich meine Vorstellungskraft nicht länger unter Kontrolle hatte.

Heathcliff zog sich, während ich sprach, mehr und mehr zurück in den Schutz des Bettes, und als er sich schließlich dort niederließ, war er meinen Blicken fast entzogen. Doch seine hastigen, unregelmäßigen Atemzüge ließen mich erraten, daß er bemüht war, einer übermäßig heftigen Erregung Herr zu werden.

Ich wollte ihm nicht gern zeigen, daß ich seine Aufregung wahrgenommen hatte, und setzte darum ziemlich geräuschvoll meine Toilette fort, schaute auf die Uhr und hielt Selbstgespräche über die Länge der Nacht: »Was, noch nicht einmal drei Uhr! Ich hätte schwören können, daß es sechs ist. Hier scheint die Zeit stillzustehen. Wir müssen bestimmt um acht zu Bett gegangen sein!«

»Stets um neun im Winter, und raus um vier«, sagte mein Gastgeber, ein Stöhnen unterdrückend, und da sich der Schatten seines Arms bewegte, bildete ich mir ein, er wischte sich schnell eine Träne aus dem Auge. »Mr. Lockwood«, setzte er hinzu, »Sie können in mein Zimmer gehen. Unten sind Sie so früh nur im Wege, und durch Ihren kindischen Schrei ist mein Schlaf ohnehin beim Teufel.«

»Und meiner auch«, erwiderte ich. »Ich werde im Hof auf und ab gehen, bis es hell wird, und dann mach' ich, daß ich fortkomme. Und Sie brauchen nicht zu befürchten, daß ich Sie noch einmal belästigen werde. Vergnügen in Geselligkeit zu suchen, ob auf dem Land oder in der Stadt, davon bin ich nun wahrhaftig kuriert! Ein vernünftiger Mann sollte Gesellschaft genug an sich selbst haben.«

»Entzückende Gesellschaft!« murmelte Heathcliff. »Nehmen Sie die Kerze und gehen Sie, wohin Sie wollen. Ich werde gleich nachkommen. Aber gehen Sie nicht in den Hof, die Hunde sind nicht angekettet. Und was das Haus betrifft – Juno hält dort Wache, und – nein, Sie können nur auf den Treppen und Gängen herumgehen. Aber nun fort! In zwei Minuten komme ich nach!«

Ich gehorchte insofern, als ich das Zimmer verließ. Als ich dann aber nicht wußte, wohin die engen Gänge führten, und daher stehen blieb, wurde ich unfreiwillig Zeuge eines abergläubischen Verhaltens meines Wirtes, das in seltsamem Widerspruch zu seiner ausreichenden Vernünftigkeit stand.

Er stieg auf das Bett und öffnete gewaltsam das Fenster, wobei er, während er daran zerrte und riß, in unkontrollierbares Weinen ausbrach.

»Komm rein! Komm rein!« schluchzte er. »Cathy, komm doch, bitte! Oh, nur *einmal* noch! O mein Herzensliebling! Hör mich doch *dieses* Mal, endlich!«

Das Gespenst war launisch, wie Gespenster es zu sein pflegen. Es zeigte sich nicht. Aber Schnee und Wind wirbelten wild herein, erreichten sogar mich und bliesen das Licht aus.

Aus seinem kindischen Gefasel sprach echter Kummer und eine so tiefe Herzensnot, daß ich Mitleid mit ihm empfand und sein närrisches Benehmen gern übersehen wollte, und so zog ich mich zurück, halb böse mit mir selbst, daß ich ihn überhaupt belauscht hatte; vor allem aber ärgerte ich mich, daß ich ihm meinen lächerlichen Alptraum erzählt hatte, da er solch eine bittere Seelenpein hervorrief, wenn ich auch nicht begreifen konnte, warum.

Ich stieg vorsichtig in den unteren Teil des Hauses und landete in der hinteren Küche, wo mich ein noch glimmendes Feuer, zusammengescharrt, in die Lage versetzte, meine Kerze wieder anzuzünden. Nichts rührte sich außer einer dunkelgefleckten grauen Katze, die aus der Asche kroch und mich mit einem kläglichen Miauen begrüßte.

Zwei halbrunde Bänke umschlossen den Herd fast ganz. Auf einer von ihnen streckte ich mich aus, und die Katze bestieg die andere. Wir waren beide eingenickt, als irgend jemand unsere Einsamkeit störte; es war Joseph, der eine Holzleiter herunterkam, die durch eine Falltür im Dach oben verschwand, vermutlich den Aufgang zu seiner Bodenkammer.

Er warf einen mißtrauischen Blick auf die kleine Flamme, die ich zwischen den Gitterstäben des Rostes belebt hatte, fegte die Katze von ihrem erhöhten Sitz und begann, nachdem er selbst diesen Platz eingenommen hatte, umständlich seine Drei-Zoll-Pfeife mit Tabak zu stopfen. Meine Gegenwart in seinem Heiligtum wurde von ihm offensichtlich als eine Unverschämtheit angesehen, ein freches Stück, zu schändlich, um Worte darüber zu verlieren. Schweigend nahm er das Mundstück zwischen die Lippen, verschränkte die Arme und paffte los. Ich überließ ihn ungestört seinem Genuß; und nachdem er den letzten Zug getan und den letzten Rauchring in die Luft geblasen hatte, stieß er einen tiefen Seufzer aus, rappelte sich auf und schritt so würdevoll davon, wie er gekommen war.

Mit einem elastischeren Schritt trat der nächste ein. Und nun öffnete ich den Mund zu einem »Guten Morgen«, schloß ihn aber wieder, ohne den Gruß zu vollenden. Denn Hareton Earnshaw verrichtete gerade sein Morgengebet sotto voce, mit einer Serie von Flüchen auf alles und jedes, was ihm gerade in die Hand fiel, während er eine Ecke durchstöberte. Er suchte offenbar einen Spaten oder eine Schaufel, um den Schnee vor dem Haus wegzuräumen. Er warf einen Blick über die Rückenlehne der Bank, blähte die Nüstern und dachte ebenso wenig daran, mit mir Höflichkeiten auszutauschen, wie mit meinem Kumpanen, der Katze.

Ich schloß aus seinen Vorbereitungen, daß es mir jetzt erlaubt sei hinauszugehen, verließ meinen harten Sitz und machte eine Bewegung, ihm zu folgen. Er bemerkte dies, wies mit dem Spaten auf eine Tür, die nach innen führte, und deutete mit einem unartikulierten Laut an, daß dort der Ort sei, wohin ich zu gehen hätte, falls ich den Platz wechseln wolle.

Die Tür führte hinein in den großen Wohnraum, wo die weiblichen Bewohner bereits tätig waren. Zillah trieb mit einem kolossalen Blasebalg Feuerfunken den Schornstein hinauf, und Mrs. Heathcliff kniete am Herd und las beim Schein des auflodernden Feuers in einem Buch. Sie schützte mit der Hand ihre Augen vor der Gluthitze und schien ganz vertieft in ihre Beschäftigung, von der sie nur abließ, um die Magd zu schelten, wenn die sie mit Funken besprühte, oder um hin und wieder einen Hund zurückzustoßen, der sich allzu vorwitzig mit der Schnauze ihrem Gesicht näherte.

Ich war überrascht, auch Heathcliff hier zu sehen. Er stand am Feuer, den Rücken mir zugewandt, und hatte gerade der armen Zillah eine stürmische Szene gemacht, die hin und wieder ihre Tätigkeit unterbrach, um sich mit einem Schürzenzipfel die Augen zu wischen und entrüstet aufzuseufzen.

»Und du, du nichtsnutziges –«, wandte er sich mit Donnerstimme an seine Schwiegertochter, als ich eintrat, und gebrauchte einen so harmlosen Beinamen wie Gans oder Schaf, der aber schließlich im allgemeinen mit einem Gedankenstrich wiedergegeben wird, »da bist du wieder bei deinen faulen Tricks! Alle übrigen verdienen sich ihr Brot – du lebst fröhlich auf meine Kosten! Leg deinen Schund beiseite und such dir Arbeit. Für die Plage, daß ich dich ewig vor Augen habe, sollst du mir wenigstens etwas zahlen – hörst du, verdammtes Frauenzimmer!«

»Ich lege meinen Schund beiseite, weil du mich dazu zwingen könntest, wenn ich mich weigere«, antwortete die junge Dame, schloß ihr Buch und warf es auf einen Stuhl. »Aber ich denke nicht daran, etwas anderes zu tun, als was mir beliebt, und wenn du dir die Zunge aus dem Hals fluchst!«

Heathcliff hob die Hand, und die Sprecherin, die offenkundig deren Wucht kannte, sprang in sichere Entfernung. Ich hatte kein Verlangen, mich an diesem Hund-und-Katz-Gezänk zu ergötzen, und ging daher mit raschen Schritten nach vorn, als hätte ich es eilig, mich am Feuer zu erwärmen, und hätte den vorangegangenen Disput überhört. Beide besaßen immerhin Anstand genug, weitere Feindseligkeiten erst einmal zu unterlassen. Um nicht in Versuchung zu kommen, steckte Heathcliff die Fäuste in die Taschen. Mrs. Heathcliff verzog die Lippen zu einem Flunsch und ging zu einem weit entfernten Sessel, wo sie, ihrem Wort getreu, die Rolle einer Statue spielte, solange ich da war.

Ich blieb nicht lange. An ihrem Frühstück teilzunehmen, lehnte ich ab, und beim ersten Hellwerden ging ich hinaus an die frische Luft, die jetzt klar und still und kalt wie unberührbares Eis war.

Noch ehe ich das Ende des Gartens erreicht hatte, brachte mich mein Wirt mit Hallo-Rufen zum Stehenbleiben und bot mir an, mich übers Moor zu begleiten. Das war schon angebracht, denn der ganze Bergrücken war ein wogendes weißes Meer, wobei das Anschwellen und Abfallen keineswegs entsprechende Bodenerhebungen und Senkungen anzeigte – viele Gruben zum mindesten waren zu einer ebenen Fläche aufgefüllt, und ganze Hügelketten, die Abfallhalden der Steinbrüche, waren von der Landkarte gelöscht, die meine gestrige Wanderung in meinem Gedächtnis aufgezeichnet hatte.

Ich hatte gestern an einer Seite der Straße in Abständen von sechs oder sieben Metern aufrechtstehende Steine bemerkt, eine ununterbrochene Reihe, die sich die ganze Strecke durch das Ödland hinzog. Man hatte sie errichtet und mit Kalk weiß angestrichen, damit sie im Dunkeln und auch im Winter als Wegzeichen dienten, wenn ein Schneefall wie der gegenwärtige verwischte, wo zu beiden Seiten die feste Straße aufhörte und die tiefen Sümpfe begannen. Aber abgesehen von einem dunklen Punkt, der hier und da hervorlugte, waren sie alle spurlos verschwunden, und mein Begleiter mußte mich häufig warnen, mich mehr rechts oder links zu halten, wenn ich meinte, ich sei korrekt den Windungen der Straße gefolgt.

Wir sprachen wenig miteinander, und am Eingang zum Thrushcross-Park hielt er an und meinte, ich könnte von hier ab nicht mehr fehlgehen. Unser Abschiedsgruß beschränkte sich auf hastige Verbeugungen, und dann ging ich weiter und verließ mich auf meine eigene Findigkeit, denn das Pförtnerhäuschen ist bis jetzt noch unbesetzt.

Die Entfernung vom Tor bis zum Haus beträgt zwei Meilen. Ich glaube, ich brachte es fertig, vier daraus zu machen, was leicht damit erklärt ist, daß ich mich zwischen den Bäumen verirrte und oft bis zum Hals im Schnee versank, eine mißliche Lage, die nur diejenigen, die sie durchgemacht haben, beurteilen können. Wo ich auch umhergeirrt sein mag, jedenfalls schlug die Uhr zwölf, als ich das Haus betrat, und das macht genau eine Stunde für jede Meile des normalen Weges von Wuthering Heights hierher.

Meine zum Inventar gehörende Haushälterin und ihr Gefolge eilten zu meiner Begrüßung herbei, lärmten und riefen, daß sie mich schon völlig aufgegeben hätten. Jedermann mußte annehmen, daß ich die letzte Nacht den Weg verfehlt habe und umgekommen sei, und sie hätten sich schon gefragt, wie und wo sie am besten nach meinen Überresten suchen sollten.

Ich bat sie, sich zu beruhigen, da sie mich nun wohlbehalten wieder hier sähen, und frosterstarrt bis ins Innerste schleppte ich mich die Treppe hinauf. Oben zog ich mir trockene Kleidung an und ging dreißig bis vierzig Minuten auf und ab, um die zum Leben notwendige Körperwärme wiederherzustellen, und begab mich dann in mein Arbeitszimmer, wackelig auf den Beinen wie ein Kätzchen. Fast zu groß war diese Schwäche, als daß ich das muntere Feuer und den dampfenden Kaffee noch hätte genießen können, den ein dienstbarer Geist zu meiner Erfrischung bereitet hatte.

Viertes Kapitel

Was für wetterwendische Leute wir doch sind! Ich, der ich beschlossen hatte, mich aus allem gesellschaftlichen Verkehr herauszuhalten, und meinem Stern dankte, daß er mich endlich einen Ort hatte finden lassen, wo der kaum möglich war – ich Schwächling sah mich zuletzt gezwungen, die Waffen zu strecken, nachdem ich bis zum Abend gegen meine Niedergeschlagenheit angekämpft hatte.

Unter dem Vorwand, mich über die dringenden Bedürfnisse meines Haushalts informieren zu wollen, ersuchte ich Mrs. Dean, als sie das Abendbrot hereinbrachte, Platz zu nehmen und dazubleiben, während ich aß; und ich hoffte ernstlich, sie werde sich als rechte Klatschbase erweisen, die mich durch ihr Geschwätz entweder aufmuntert oder einschläfert.

»Sie leben hier schon ziemlich lange«, begann ich. »Sagten Sie nicht sechzehn Jahre?«

»Achtzehn, Sir. Ich kam zur Bedienung der Mistress hierher, als sie heiratete. Nach ihrem Tod behielt mich der Master als Wirtschafterin.«

»Ah! So verhält sich das!«

Hier entstand eine Pause. Sie ist vielleicht doch keine Klatschbase, befürchtete ich, oder höchstens ihre eigenen Angelegenheiten betreffend, und die konnten mich kaum interessieren. Doch nachdem sie eine Weile so dagesessen hatte, die Hände im Schoß und einen versonnenen Ausdruck in dem roten Gesicht, rief sie aus: »Ach, die Zeiten haben sich seit damals sehr geändert!«

»Ja«, bemerkte ich, »Sie haben hier vermutlich so manche Veränderung miterlebt?«

»Das habe ich – und Sorgen auch«, sagte sie.

Oh, ich werde das Gespräch auf die Familie meines Gutsherrn bringen! dachte ich bei mir selbst. Das ist ein gutes Thema für den Anfang! Und die hübsche mädchenhafte Witwe dort – ich möchte gern ihre Geschichte kennen: ob sie aus dieser Gegend stammt oder, was wahrscheinlicher ist, eine Fremde ist, die grobe Eingeborene nicht als Verwandte anerkennen wollen.

VIERTES KAPITEL

In dieser Absicht fragte ich Mrs. Dean, warum Heathcliff den Thrushcross-Hof verpachte und es vorgezogen habe, in einer weit schlechteren Gegend und Behausung zu leben.

»Ist er nicht reich genug, das Gut instand zu halten?« erkundigte ich mich.

»Reich, Sir!« erwiderte sie. »Er hat wer weiß wieviel Geld, und jedes Jahr wird es mehr. Doch, er ist reich genug und könnte in einem feineren Haus als diesem leben, aber er ist eben geizig, und wenn er vorgehabt hätte, auf den Thrushcross-Hof umzuziehen, so genügte der Hinweis auf einen guten Pächter, damit er droben blieb – auf die Gelegenheit, ein paar Hunderter mehr zu verdienen, möchte er nicht verzichten. Es ist merkwürdig, daß Leute, die allein stehen in der Welt, so geizig sind!«

»Er hatte, wie es scheint, einen Sohn?«

»Ja, er hatte einen – er ist tot.«

»Und jene junge Dame, Mrs. Heathcliff, ist dessen Witwe?«

»Ja.«

»Woher stammt sie eigentlich?«

»Nun, Sir, sie ist die Tochter meines verstorbenen Chefs: Catherine Linton war ihr Mädchenname. Ich habe sie großgezogen, das arme Ding! Ich wünschte, Mr. Heathcliff würde hierherziehen – dann wären wir wieder zusammen!«

»Was, Catherine Linton?« rief ich erstaunt aus. Aber eine Minute Nachdenken überzeugte mich, daß es nicht meine geisterhafte Catherine sein konnte. »Dann«, fuhr ich fort, »hieß mein Vorgänger Linton?«

»Ganz recht.«

»Und wer ist denn dieser Earnshaw, Hareton Earnshaw, der mit Mr. Heathcliff zusammenlebt? Sind sie verwandt miteinander?«

»Nein, er ist der Neffe der verstorbenen Mrs. Linton.«

»Also ist er der Vetter der jungen Dame?«

»Ja; und ihr Ehemann war auch ihr Vetter, der eine von Mutters, der andere von Vaters Seite. Heathcliff heiratete Mr. Lintons Schwester.«

»Mir fiel auf: Das Haus auf Wuthering Heights hat ›Earnshaw‹ über der Haustür stehen. Ist das eine alte Familie?«

»Sehr alt, Sir, und Hareton ist der letzte von ihnen, wie unsere Miss Cathy von uns – ich meine, der Lintons. Sind Sie auf Wuthering Heights gewesen? Entschuldigen Sie, daß ich danach frage, aber ich wüßte gern, wie es ihr geht!«

»Mrs. Heathcliff? Sie sah sehr gut aus und sehr hübsch, aber ich glaube, sie ist nicht sehr glücklich.«

»Du liebe Zeit! Das wundert mich nicht! Und wie fanden Sie den Hausherrn?«

»Es ist ein ziemlich rauher Bursche, Mrs. Dean; ist das nicht sein Charakter?«

»Rauh wie eine Säge und hart wie Stein! Je weniger Sie mit ihm zu tun haben, um so besser.«

»Er muß wohl Schicksalsschlägen ausgesetzt gewesen sein, daß er ein solcher Rüpel geworden ist. Wissen Sie etwas von seiner Lebensgeschichte?«

»Er ist ein Kuckuck, Sir – ich weiß alles über sein Leben, außer wo er geboren ist und wer seine Eltern waren und wie er anfing zu Geld zu kommen. Und Hareton wurde wie ein nackter Spatz einfach aus dem Nest geworfen! Der arme Junge ist der einzige in der ganzen Gemeinde, der keine Ahnung hat, wie sehr er angeschmiert worden ist.«

»Nun, Mrs. Dean, es wäre wirklich ein menschenfreundliches Werk, wenn Sie mir einiges von meinem Nachbarn erzählen würden, denn ich könnte jetzt doch nicht schlafen, wenn ich zu Bett gehe. Also seien Sie so gut, bleiben Sie noch ein Stündchen sitzen und erzählen Sie mir etwas.«

»O gewiß, Sir! Ich will mir nur eine kleine Handarbeit holen, und dann bleibe ich bei Ihnen sitzen, solange Sie wollen. Aber Sie haben sich eine Erkältung geholt. Ich sah Sie vorhin zittern, als hätten Sie Schüttelfrost. Sie sollten Haferschleim essen, das treibt sie aus.«

Die ehrenwerte Frau hastete fort, und ich rückte noch näher ans Feuer heran. Mein Kopf war heiß, und der übrige Körper war eisig. Auch fühlte ich mich so merkwürdig erregt, als wollten im nächsten Augenblick meine Nerven den Dienst versagen, was mir zwar kein Unbehagen bereitete, aber mich doch besorgt

VIERTES KAPITEL

machte und noch macht, daß die Ereignisse von gestern und heute noch ernste Folgen haben könnten.

Mrs. Dean kam zurück und brachte außer einem Handarbeitskörbchen eine dampfende Schüssel mit, und nachdem sie diese auf dem Kaminsims abgestellt hatte, zog sie ihren Stuhl heran, offensichtlich erfreut, mich so umgänglich zu finden.

Ehe ich hierher kam, begann sie, ohne eine weitere Aufforderung abzuwarten, war ich fast ständig auf Wuthering Heights. Denn meine Mutter hatte Mr. Hindley Earnshaw, Haretons Vater also, aufgezogen, und ich spielte viel mit den Kindern. Ich machte auch Botengänge, half bei der Heuernte und lungerte auf der Farm herum, bereit für alles, was man mir auftragen wollte.

An einem schönen Sommermorgen – zu Beginn der Ernte, ich erinnere mich – kam der alte Earnshaw die Treppe herunter, angezogen für eine Reise. Nachdem er Joseph gesagt hatte, was den Tag über zu tun sei, wandte er sich an Hindley, Cathy und mich – denn ich saß mit ihnen am Frühstückstisch und aß meinen Porridge – und sagte zu seinem Sohn: »Nun, mein Guter, ich mache mich heute auf den Weg nach Liverpool, was soll ich dir mitbringen? Du kannst dir wünschen, was du willst, nur laß es nicht schwer sein, denn ich gehe zu Fuß hin und zurück: Sechzig Meilen jeder Weg, da ist man lange unterwegs!«

Hindley wünschte sich eine Geige; und dann fragte er Miss Cathy. Sie war kaum sechs Jahre alt, aber sie konnte jedes Pferd im Stall reiten, und sie wünschte sich eine Peitsche. Er vergaß auch mich nicht, denn er hatte ein gutes Herz, wenn er auch manchmal recht streng sein konnte. Er versprach, mir die Tasche voll Äpfel und Birnen mitzubringen, und küßte dann seine Kinder, sagte Lebewohl und machte sich auf den Weg.

Die drei Tage seiner Abwesenheit schienen uns allen eine lange Zeit, und oft fragte die kleine Cathy, wann er denn wieder daheim sein würde. Mrs. Earnshaw erwartete ihn um die Abendbrotzeit am dritten Tag und verschob die Mahlzeit von Stunde zu Stunde, doch er kam immer noch nicht, und schließlich wurden die Kinder müde, zum Tor hinunterzulaufen, um nach ihm auszuschauen. Dann wurde es dunkel; sie wollte sie gern zu Bett schicken, doch sie bettelten flehentlich, man möge ihnen erlauben aufzubleiben; und es war schon gegen elf Uhr, als die Türklinke sich geräuschlos bewegte und der Hausherr eintraf. Er warf sich in einen Sessel, lachte und stöhnte und bat sie alle, ihn einen Augenblick in Ruhe zu lassen, denn er sei halb tot vor Erschöpfung – um nichts in der Welt möchte er einen solchen Weg noch einmal machen.

»Und schließlich ist man zu Tode erschöpft!« sagte er und öffnete seinen Mantel, den er zusammengebündelt in den Armen hielt. »Sieh her, Frau«, sagte er. »Nie in meinem Leben habe ich mich so geschunden! Aber du mußt es schließlich als eine Gottesgabe hinnehmen, wenn es auch fast so schwarz ist, als käme es vom Teufel.«

Wir drängten uns hinzu, und über Miss Cathys Kopf hinweg konnte ich ein schmutziges, zerlumptes, schwarzhaariges Kind erspähen, das groß genug war, um gehen und sprechen zu können. Sein Gesicht sah älter aus als das Catherines. Doch als man es auf die Füße stellte, starrte es nur umher und wiederholte unaufhörlich irgendein Kauderwelsch, das niemand verstehen konnte. Ich war bange vor ihm, und Mrs. Earnshaw schien nicht übel Lust zu haben, es zur Tür hinauszuwerfen. Sie geriet in Zorn, fuhr in die Höhe und fragte, wie er auf den Einfall kommen könne, dieses Zigeunerbalg ins Haus zu bringen, wo sie doch genug für ihre eigenen Kinder zu sorgen hätten? Was er denn mit ihm anfangen wolle? Ob er etwa verrückt geworden sei?

Der Hausherr versuchte, die Sache zu erklären, aber er war wirklich halb tot vor Müdigkeit, und alles, was ich zwischen ihrem Schimpfen erfuhr, war eine Geschichte von einem Kind, das er hungernd und obdachlos und so gut wie stumm in den Straßen Liverpools gesehen habe; er habe sich seiner angenommen und nach den Angehörigen geforscht. Keine Seele wußte, wem es gehörte; und da seine Geldmittel und seine Zeit beschränkt waren, hielt er es für besser, es gleich mit heimzunehmen, anstatt sich noch in unnütze Ausgaben zu stürzen, denn er war nun mal ent-

VIERTES KAPITEL

schlossen, es in der hilflosen Lage, in der er's gefunden hatte, nicht allein zu lassen.

Nun, am Ende hat sich meine Herrin wieder beruhigt, nachdem sie genug gegrollt und gebrummt hatte, und Mr. Earnshaw befahl mir, das Kind zu waschen, ihm reine Sachen anzuziehen und es bei den Kindern schlafen zu lassen.

Hindley und Cathy begnügten sich mit Zusehen und Zuhören, bis der Friede wiederhergestellt war. Dann begannen beide, ihres Vaters Taschen nach den versprochenen Geschenken zu durchsuchen. Hindley war ein Junge von vierzehn Jahren, aber als er aus seines Vaters Mantel nur Stücke und Trümmer von dem, was einst eine Geige gewesen war, hervorzog, plärrte er laut los. Auch Cathy verbarg ihre Empfindungen nicht, als sie erfuhr, der Herr habe bei der Fürsorge für den kleinen Fremdling ihre Peitsche verloren; sie schnitt Grimassen und spuckte das kleine dumme Ding an – was ihr eine schallende Ohrfeige von ihrem Vater eintrug, um ihr feinere Manieren beizubringen.

Sie weigerten sich entschieden, es bei sich im Bett oder auch nur im Zimmer zu haben, und ich hatte ebenfalls nicht mehr Verstand und legte es auf den Treppenabsatz in der Hoffnung, es möchte morgen nicht mehr da sein. Zufällig, oder durch den Klang seiner Stimme angelockt, kroch es zu Mr. Earnshaws Tür, und dort fand er es beim Verlassen seiner Kammer. Eine Untersuchung wurde angestellt, wie es dorthin gekommen sei, ich mußte es gestehen und wurde wegen meiner Feigheit und Unmenschlichkeit aus dem Haus gewiesen.

Dies war Heathcliffs Einführung in die Familie. Als ich mich ein paar Tage später wieder einstellte (denn ich konnte mir nicht denken, daß ich für immer verbannt sei), vernahm ich, daß sie ihm den Namen »Heathcliff« gegeben hatten. Es war der Name eines Sohnes, der als Kind gestorben war; er diente ihm seither als Vorname und Familienname.

Miss Cathy und er waren nun dicke Freunde, aber Hindley haßte ihn, und, um die Wahrheit zu sagen, ich auch. Wir quälten ihn, wo wir nur konnten, und behandelten ihn schändlich, denn ich war nicht vernünftig genug, um mein Unrecht zu begreifen, und die Herrin legte nie ein Wort für ihn ein, wenn sie sah, daß ihm Übles geschah.

Er schien ein zurückhaltendes, geduldiges Kind, vielleicht war er auch einiges an schlechter Behandlung gewöhnt. Er hielt Hindleys Püffen stand, ohne mit der Wimper zu zucken oder eine Träne zu vergießen, und mein Zwicken und Kneifen brachte ihn nur dazu, hörbar die Luft einzuziehen und die Augen aufzureißen, als ob er sich versehentlich gestoßen hätte und niemand etwas dafür könnte.

Als der alte Earnshaw entdeckte, daß sein Sohn das arme vaterlose Kind, wie er ihn nannte, schikanierte, wurde er ganz wild. Er hatte Heathcliff merkwürdig liebgewonnen, glaubte alles, was er sagte (er sagte übrigens wenig und meist die Wahrheit), und verhätschelte ihn weit mehr als Cathy, die für die Rolle des Lieblings zu wild und zu eigensinnig war.

So erzeugte er von Anfang an böse Gefühle im Haus, und bei Mrs. Earnshaws Tod, der nach kaum zwei Jahren eintrat, betrachtete der junge Herr seinen Vater eher als Unterdrücker denn als Freund und Heathcliff als Usurpator, der ihm die Zuneigung des Vaters und die Vorrechte eines Sohnes gestohlen hatte, und er verbitterte beim Brüten über dieses Unrecht.

Eine Zeitlang teilte ich seine Gefühle. Aber als die Kinder an den Masern erkrankten und ich sie zu pflegen hatte und plötzlich die Sorgen einer Mutter auf mich nehmen mußte, änderte sich meine Ansicht. Heathcliff war gefährlich krank, und als es am schlimmsten um ihn stand, wollte er mich ständig an seinem Bett haben. Ich glaube, er fühlte, daß ich ziemlich viel für ihn tat, und er war nicht so gewitzt zu merken, daß ich's nur gezwungenermaßen tat, als Pflicht. Jedenfalls möchte ich dies sagen: Er war das ruhigste Kind, das je eine Krankenschwester zu betreuen hatte. Der Unterschied zwischen ihm und den anderen zwang mich, weniger parteiisch zu sein. Cathy und ihr Bruder plagten mich schrecklich, er dagegen war wie ein Lamm und klagte nie, obgleich man sagen muß, daß Härte und nicht Sanftmut mir die Mühe ersparte.

Er kam durch, und der Doktor behauptete, es sei zum großen

VIERTES KAPITEL

Teil mir zu verdanken, und lobte mich wegen meiner guten Pflege. Auf sein Lob bildete ich mir nicht wenig ein und wurde dem Wesen gegenüber, dem ich es verdankte, milder gestimmt, und so verlor Hindley seinen letzten Verbündeten. Doch konnte ich in Heathcliff keineswegs etwas Besonderes sehen und wunderte mich oft, was mein Herr eigentlich an dem mürrischen Jungen fand, der ihm nie, soweit ich mich erinnere, durch irgendein Zeichen der Dankbarkeit seine Güte vergalt. Er war seinem Wohltäter gegenüber nicht unverschämt, sondern einfach gefühllos, wenngleich er vollkommen begriff, wie sehr der alte Herr ihn ins Herz geschlossen hatte und daß er nur ein Wort zu sagen brauchte, damit das ganze Haus sich seinen Wünschen beugte.

Zum Beispiel erinnere ich mich, daß Mr. Earnshaw ein paar Füllen auf dem Jahrmarkt gekauft hatte und jedem der Jungen eins gab. Heathcliff nahm sich das schönste, aber bald begann es zu lahmen, und als er das entdeckte, sagte er zu Hindley: »Du mußt mir das Pferd tauschen, ich mag meins nicht mehr, und wenn du es nicht tust, so erzähle ich deinem Vater, daß du mich in dieser Woche dreimal verprügelt hast, und zeige ihm meinen Arm, der noch blau ist bis zur Schulter.«

Hindley streckte ihm die Zunge heraus und versetzte ihm eins hinter die Ohren.

»Du tust es besser gleich«, beharrte Heathcliff und rettete sich zur Haustür (denn sie waren im Stall). »Du mußt es doch tun, und wenn ich von diesen Schlägen etwas sage, kriegst du sie mit Zinsen wieder.«

»Raus, du Hund!« schrie Hindley und bedrohte ihn mit einem eisernen Gewicht von der Kartoffelwaage.

»Wirf doch!« antwortete er und blieb stehen. »Dann werde ich ihm erzählen, wie du geprahlt hast, du werdest mich aus dem Haus jagen, sobald er gestorben ist; und paß auf, ob nicht du es bist, den er dann sofort hinausjagt.«

Hindley warf es, traf ihn an der Brust, und er fiel zu Boden, war aber gleich wieder hoch, wankend, nach Atem ringend und bleich. Und hätte ich es nicht verhindert, so wäre er in diesem

Zustand sofort zum Hausherrn gegangen und hätte nur anzudeuten brauchen, wer ihn so zugerichtet hatte, um volle Genugtuung zu bekommen.

»Also nimm mein Fohlen, du Zigeuner!« sagte der junge Earnshaw. »Und ich wünsche, daß es dir das Genick bricht; nimm es und sei verdammt, du erbärmlicher Einschleicher! Und luchse meinem Vater alles ab, was er hat – nur zeig ihm hinterher, was du wirklich bist, du Satansbrut! Und nimm das hier; hoffentlich tritt es dich so vor den Schädel, daß dir das Gehirn herauskommt!«

Heathcliff war gegangen, um das Tier loszubinden und hinüberzuführen in seinen eigenen Stall. Er wollte gerade hinter dem Pferd vorbeigehen, als Hindley seine Rede damit beendete, daß er ihn unter die Hufe des Tieres stieß. Ohne abzuwarten, ob sich seine Hoffnung erfüllte, lief er davon, so schnell er konnte.

Ich war überrascht, wie kaltblütig sich Heathcliff wieder aufraffte und in seinem Vorhaben fortfuhr. Er tauschte den Sattel und alles andere aus und setzte sich dann auf ein Heubündel nieder, um die Übelkeit zu überwinden, die der heftige Stoß ihm verursacht hatte, bevor er zurück ins Haus ging.

Ich hatte es leicht, ihn zu überreden, dem Pferd die Schuld an seinen blauen Flecken zu geben, wenn wir die Sache erklären müßten. Es war ihm gleich, welche Geschichte erzählt wurde, wenn er nur sein Ziel erreicht hatte.

Über Vorkommnisse wie diese beklagte er sich so selten, daß ich wirklich dachte, er sei nicht nachtragend. Ich täuschte mich vollkommen, wie Sie hören werden.

Fünftes Kapitel

Mr. Earnshaws Gesundheit begann im Laufe der Zeit nachzulassen. Er war immer aktiv und gesund gewesen, doch jetzt verließen ihn oft plötzlich die Kräfte, und als er sich nur noch auf die Kaminecke beschränkt sah, wurde er außerordentlich reizbar. Ein Nichts ärgerte ihn, und vermeintliche Geringschätzung seiner Autorität konnte einen Tobsuchtsanfall auslösen.

Besonders regte er sich auf, wenn jemand es wagte, seinem Liebling zu nahe zu treten, etwa versuchte, ihn zu foppen oder herumzukommandieren. Ständig paßte er auf, daß keiner ein verkehrtes Wort zu ihm sagte. Es hatte sich anscheinend die Meinung bei ihm festgesetzt, daß, weil er Heathcliff mochte, alle anderen ihn haßten und ihm gern einen üblen Streich spielten.

Das war nicht gut für den Burschen, denn die Gutherzigen unter uns mochten den Hausherrn nicht erzürnen, richteten sich nach ihm und behandelten seinen Günstling wie ein rohes Ei; und das gab dem Hochmut und den bösen Launen des Kindes reiche Nahrung. Doch wurde eine solche nachgiebige Haltung bis zu einem gewissen Grade eine Notwendigkeit. Zwei- oder dreimal passierte es nämlich, daß Hindley ihn verlachte und verspottete, während sein Vater in der Nähe war, und das brachte den alten Mann dermaßen in Rage, daß er einen Stock ergriff, um ihn zu schlagen, und er zitterte vor Wut, weil er nicht mehr die Kraft dazu hatte.

Schließlich riet unser Pfarrer (wir hatten damals einen jungen Pfarrer, der hier sein Leben fristen konnte, weil er die kleinen Lintons und Earnshaws unterrichtete und sein bißchen Land selbst beackerte), den jungen Mann aufs College zu schicken, und Mr. Earnshaw stimmte zu, wenn auch schweren Herzens, denn er sagte: »Hindley ist ein Taugenichts und wird es in der Fremde nie zu etwas bringen.«

Ich hoffte von Herzen, daß wir nun Frieden hätten. Es schmerzte mich, daß der Herr durch seine gute Tat so viel Ungemach haben sollte. Ich bildete mir nämlich ein, daß die Alters- und Krankheitserscheinungen, die ihn so unzufrieden machten, ihren Ursprung in den Familienzwistigkeiten hätten – und er behauptete auch, daß es sich so verhielte –, aber wissen Sie, Sir, in Wirklichkeit war es doch wohl das Alter, das ihm zu schaffen machte.

Trotzdem hätte alles ganz erträglich sein können, wenn nicht zwei im Haus uns das Leben schwer gemacht hätten: Miss Cathy und Joseph, der Knecht. Sie haben ihn vermutlich droben gesehen. Er war und ist höchstwahrscheinlich heute noch der unangenehmste Pharisäer, der je in der Bibel gestöbert hat, um die Verheißungen selbst einzuheimsen und die Flüche auf seine Nachbarn zu schleudern. Da er es so gut verstand, zu predigen und fromme Redensarten im Munde zu führen, gelang es ihm, einen großen Eindruck auf Mr. Earnshaw zu machen, und je schwächer der Herr wurde, desto größer wurde Josephs Einfluß.

Unablässig setzte er ihm zu und mahnte ihn, an sein Seelenheil zu denken und seine Kinder strenger zu erziehen. Er bestärkte ihn in der Meinung, Hindley sei ein verworfener Mensch, und Abend für Abend hörte man ihn mit nörgelnder Stimme zahlreiche Geschichten vorbringen, was Heathcliff und Catherine wieder alles angestellt hätten, wobei er stets darauf bedacht war, Earnshaws Schwäche für Heathcliff zu berücksichtigen und die größere Schuld Cathy zuzuschreiben.

Ja, sie hatte wirklich eine Art, sich zu benehmen, wie ich es nie vorher bei einem Kind beobachtet habe. Uns alle brachte sie fünfzigmal und öfter am Tag aus dem Häuschen. Von der Stunde an, da sie nach unten kam, bis zu jener, da sie zu Bett ging, waren wir nicht eine Minute sicher, daß sie nicht irgendeinen Unfug anstellte. Stets sprudelte sie über vor Lebenslust, ihr Mundwerk stand nie still – sie sang, lachte und plagte jeden, der es nicht ebenso machte. Ein wilder, böser Racker war sie, aber sie hatte die hübschesten Augen, das süßeste Lächeln und den flinksten Fuß in der ganzen Gemeinde. Ich glaube auch, sie meinte es nicht böse, denn wenn sie mich einmal ernstlich zum Weinen gebracht hatte, kam es selten vor, daß sie nicht bei mir blieb und mitweinte, bis ich mich wieder beruhigt hatte.

Sie mochte Heathcliff viel zu gern. Die größte Strafe, die wir für sie ersinnen konnten, war die, sie von ihm getrennt zu halten, und doch wurde sie seinetwegen öfter gescholten als irgendeiner von uns. Beim Spiel übernahm sie äußerst gern die Rolle der kleinen Herrin, kommandierte ihre Spielkameraden und gebrauchte dabei oft ihre lockere Hand. Sie trat auch mir gegenüber so auf, aber ich dachte nicht daran, mich so behandeln zu lassen, und das gab ich ihr zu verstehen.

Nun, Mr. Earnshaw hatte kein Verständnis für Scherze seiner

FÜNFTES KAPITEL

Kinder. Er war immer streng und ernst mit ihnen umgegangen. Catherine ihrerseits begriff nicht, warum ihr Vater in seinem kränkelnden Zustand ärgerlicher und ungeduldiger sein sollte als früher.

Seine quengeligen Vorwürfe weckten in ihr ein boshaftes Vergnügen, ihn zu provozieren. Sie war nie so glücklich, als wenn wir alle miteinander sie ausschimpften und sie uns mit verwegenem, frechem Blick und schlagfertigen Antworten trotzte. Sie verstand es, Josephs fromme Strafpredigten ins Lächerliche zu ziehen, quälte und plagte mich und tat das, was ihr Vater am meisten haßte: Sie zeigte, wie ihr gespielter frecher Kommandoton, den er für bare Münze nahm, mehr Macht über Heathcliff hatte als seine Freundlichkeit, wie der Junge ihren Anweisungen in allem folgte und seinen nur, wenn es ihm paßte.

Wenn sie sich den ganzen Tag so schlimm wie nur möglich benommen hatte, kam sie manchmal des Abends und umschmeichelte ihn, um es wiedergutzumachen.

»Nee, Cathy«, pflegte dann der alte Mann zu sagen, »ich kann dich nicht liebhaben. Du bist schlimmer als dein Bruder. Geh, sag dein Gebet, Kind, und bitte Gott um Verzeihung. Ich fürchte, deine Mutter und ich, wir müssen uns eines Tages noch Vorwürfe machen, daß wir dich überhaupt großgezogen haben!«

Das brachte sie zunächst zum Weinen, aber da sie immer wieder zurückgestoßen wurde, verhärtete sie sich und lachte nur, wenn ich ihr vorschlug, sie solle sagen, es tue ihr leid, sie sehe ihre Schuld ein und bitte um Verzeihung.

Doch die Stunde kam schließlich, die Mr. Earnshaws Leiden ein Ende machte. Er starb friedlich in seinem Sessel am Kamin an einem Oktoberabend. Ein starker Wind tobte ums Haus und lärmte im Schornstein. Es hörte sich wild und stürmisch an, aber es war nicht kalt, und wir waren alle zusammen – ich, ein wenig abseits vom Feuer, mit meinem Strickzeug beschäftigt, und Joseph, der am Tisch die Bibel las (denn dazumal saßen die Dienstboten gewöhnlich mit der Herrschaft zusammen in der Wohnstube, wenn die Arbeit getan war). Miss Cathy war krank gewesen, und das machte sie still. Sie lehnte sich gegen ihres Vaters

Knie, und Heathcliff lag auf dem Fußboden, den Kopf in ihrem Schoß.

Ich erinnere mich, wie der Herr, ehe er anfing zu dösen, ihr feines Haar streichelte – selten hatte er die Freude, sie so lieb zu sehen – und sagte: »Warum kannst du nicht immer ein gutes Mädchen sein, Cathy?«

Und sie wandte ihm ihr Gesicht zu, lachte und antwortete: »Warum kannst du nicht immer ein guter Mann sein, Vater?«

Aber sobald sie sah, daß er sich wieder ärgerte, küßte sie seine Hand und sagte, sie wolle ihn in Schlaf singen. Sie begann ganz leise zu singen, bis seine Finger sich aus ihren lösten und sein Kopf auf die Brust sank. Da sagte ich ihr, sie solle nun still sein und sich nicht rühren, damit sie ihn nicht aufwecke. Eine gute halbe Stunde verhielten wir uns alle mucksmäuschenstill und wären noch länger so geblieben, wenn nicht Joseph, der sein Kapitel beendet hatte, aufgestanden wäre und gesagt hätte, er müsse den Herrn nun wecken, es sei Zeit, die Abendandacht zu halten und schlafen zu gehen. Er trat an ihn heran, rief ihn beim Namen und rührte seine Schulter an. Aber da er sich gar nicht regte, nahm er die Kerze und leuchtete ihm ins Gesicht.

Ich dachte mir, daß da etwas nicht stimmte, als er das Licht wieder niedersetzte und die Kinder jedes bei einem Arm ergriff und ihnen zuflüsterte, sie sollten »nach oben verschwinden ohne großes Karjohle« – sie könnten allein heut abend beten, er hätte noch was zu tun.

»Erst will ich Vater gute Nacht sagen«, sagte Catherine und legte ihre Arme um seinen Hals, ehe wir sie hindern konnten. Das arme Ding entdeckte sofort ihren Verlust – sie kreischte auf: »Oh, er ist tot, Heathcliff! Er ist tot!«

Und sie fingen beide herzbrechend zu weinen an.

Ich stimmte in ihr Wehklagen ein und schluchzte laut und bitterlich. Aber Joseph fragte, was wir uns denn dächten, über einen Heiligen im Himmel solch eine Heulerei anzufangen. Er sagte mir, ich solle meinen Mantel anziehen und nach Gimmerton laufen, um den Doktor und den Pfarrer zu holen. Es ging mir zwar nicht in den Kopf, was uns die jetzt noch nützen sollten, doch ich ging jedenfalls, durch Sturm und Regen, und brachte den einen, den Doktor, gleich mit. Der andere sagte, er wolle im Lauf des Vormittags kommen.

Ich überließ es Joseph, die Dinge zu erklären, und lief zum Kinderzimmer hinauf. Die Tür stand halb offen, und ich sah, daß sie noch nicht geschlafen hatten, obgleich es nach Mitternacht war. Aber sie waren ruhiger geworden und brauchten meinen Trost nicht mehr. Die kleinen Seelen trösteten einander mit besseren Gedanken, als ich sie hätte aufbringen können. In ihrem unschuldigen Gespräch malten sie sich den Himmel so schön aus, wie es kein Pfarrer je besser verstanden hat, und während ich schluchzend zuhörte, konnte ich nicht anders als wünschen, wir wären schon alle dort vereinigt.

Sechstes Kapitel

Mr. Hindley kam zum Begräbnis heim, und was uns erstaunte und den Nachbarn rechts und links zu klatschen gab, er brachte eine Frau mit. Was sie für eine war und woher sie stammte, verriet er uns nie. Wahrscheinlich hat sie weder ein Name noch eine Mitgift empfohlen, sonst hätte er die Verbindung wohl kaum vor seinem Vater verheimlicht.

Sie war keine, die durch ihr Dasein im Haus störend gewirkt hätte.

Von dem Augenblick an, da sie über die Schwelle trat, schien sie alles, was sie sah, herrlich und entzückend zu finden, und auch das, was um sie her vorging – ausgenommen die Vorbereitungen für das Begräbnis und die Anwesenheit der Trauergäste. Als es damit losging, benahm sie sich so merkwürdig, daß ich dachte, sie sei nicht ganz richtig im Kopf. Sie lief hinauf in ihr Zimmer und zog mich mit, obwohl ich eigentlich die Kinder hätte anziehen sollen, und da saß sie zitternd und händeringend und fragte immer wieder: »Sind sie jetzt fort?«

Dann versuchte sie mir zu beschreiben, welche Wirkung es auf sie hätte, wenn sie schwarze Trauerkleidung sähe, und wurde dabei ganz hysterisch, sprang auf und zitterte und verfiel zuletzt in ein krampfhaftes Weinen – und als ich sie fragte, was ihr denn fehle, antwortete sie, sie wisse es selbst nicht, aber sie hätte solche Angst vor dem Sterben! Daß es ans Sterben ging, konnte ich mir bei ihr ebenso wenig vorstellen wie bei mir. Sie war zwar überschlank, aber jung und von blühendem Aussehen, und ihre Augen blitzten und funkelten wie Diamanten. Gewiß, ich bemerkte es wohl, daß sie beim Treppensteigen nach Luft rang und sehr hastig atmete, daß irgendein unerwartetes Geräusch sie zittern und beben ließ und daß sie manchmal recht unangenehm hustete, aber ich hatte keine Ahnung, was diese Symptome bedeuteten, und sah mich keineswegs veranlaßt, ihr Mitgefühl entgegenzubringen. Wissen Sie, Mr. Lockwood, normalerweise sind wir hier Fremden gegenüber zurückhaltend und laufen ihnen nicht hinterher, sondern erwarten, daß sie sich erst einmal uns anpassen.

Der junge Earnshaw hatte sich in den drei Jahren seiner Abwesenheit ziemlich verändert. Er war magerer geworden und hatte sein frisches Aussehen verloren und sprach und kleidete sich anders. Schon am Tag seiner Heimkehr sagte er zu Joseph und mir, wir müßten uns nun in der hinteren Küche einrichten und die Wohnstube ihm überlassen. Eigentlich hatte er vorgehabt, einen kleinen Raum, den er tapezieren und mit Teppichen auslegen wollte, als Wohnzimmer zu benutzen. Aber seine Frau äußerte ein solches Vergnügen an der Diele mit den weißen Bodenfliesen, dem riesigen Kamin, wo man in die Glut schauen konnte, dem Zinngeschirr und Delfter Steingut in den Regalen, der Hundehütte und dem reichlich vorhandenen Platz, daß er zu ihrem Wohlbefinden einen eigens für sie hergerichteten »Salon« für unnötig hielt und sein ursprüngliches Vorhaben fallen ließ.

Auch darüber freute sie sich, daß sie unter der neuen Verwandtschaft eine Schwester fand, und am Anfang schwatzte sie stundenlang mit Catherine und küßte sie und lief mit ihr umher und machte ihr eine Menge Geschenke. Ihre Zuneigung ließ jedoch sehr bald nach, sie wurde reizbar, und Hindley wurde tyrannisch. Wenige Worte von ihr, mit denen sie zu verstehen gab, daß sie Heathcliff nicht mochte, genügten, um in ihm den ganzen alten Haß gegen den Jungen wieder wachzurufen. Er verbannte ihn aus der Familie und jagte ihn zu den Dienstboten, beraubte ihn der Unterrichtsstunden beim Pfarrer und bestand darauf, daß er statt dessen draußen auf dem Feld arbeite, und er mußte ebenso hart ran wie jeder andere junge Bursche auf dem Hof.

Heathcliff trug seine Erniedrigung zunächst sehr gefaßt, denn Cathy kam und lehrte ihn, was sie gelernt hatte, und arbeitete oder spielte mit ihm auf den Feldern. Es schien damals, als würden sie wie Wilde aufwachsen, denn der junge Herr kümmerte sich nicht darum, wie sie sich benahmen und was sie taten, wenn sie ihm nur nicht in den Weg kamen. Er würde nicht einmal darauf geachtet haben, ob sie sonntags zur Kirche gingen, wenn nicht Joseph und der Pfarrer ihm die Vernachlässigung seiner Pflicht vorgehalten hätten, sobald sie im Gottesdienst wieder einmal nicht anwesend gewesen waren, und das erinnerte ihn daran, Heathcliff eine Tracht Prügel zu verordnen und Catherine das Mittag- oder Abendessen zu entziehen.

Aber es war eines ihrer Hauptvergnügen, schon morgens wegzulaufen, hinaus ins Moor, und dort den ganzen Tag zu bleiben, und die Strafe, die das nach sich zog, wurde bald zu einer Sache, die man nicht mehr ernst nahm, ja sie lachten sogar darüber. Mochte der Pfarrer Catherine noch so viele Kapitel zum Auswendiglernen geben, und mochte Joseph Heathcliff verdreschen, bis ihm der Arm weh tat – in dem Augenblick, wo sie wieder beieinander waren, hatten sie alles vergessen, spätestens dann, wenn sie irgendeinen spitzbübischen Racheplan ausgeheckt hatten. So manches Mal habe ich heimlich geweint, wenn ich beobachten mußte, wie sie täglich wilder und verwegener wurden, und wagte doch nicht, ein Wort zu sagen, aus Furcht, den wenigen Einfluß, den ich auf die störrischen Geschöpfe hatte, auch noch zu verlieren.

Eines Sonntagabends wurden sie wieder mal aus der Wohnstube hinausgejagt, weil sie laut gewesen waren oder wegen eines ähnlichen leichten Vergehens, und als ich sie zum Abendessen rufen wollte, konnte ich sie nirgends finden. Wir suchten das ganze Haus ab, oben und unten, und den Hof und die Ställe. Sie waren und blieben verschwunden. Schließlich geriet Hindley in Wut und sagte, wir sollten den Riegel vorschieben und niemanden mehr hereinlassen diese Nacht.

Alle im Haus gingen zu Bett; ich aber, zu unruhig, um mich hinzulegen, öffnete mein Fenster und steckte den Kopf hinaus in die Regennacht, um zu lauschen, denn ich war entschlossen, sie trotz des Verbots hereinzulassen, falls sie heimkehrten. Nach einer Weile hörte ich Schritte auf der Straße, und das Licht einer Laterne schimmerte durch das Tor. Ich warf mir einen Schal um und lief hinaus, um zu verhindern, daß sie durch ihr Klopfen Mr. Earnshaw weckten. Es war Heathcliff, und ich erschrak, als ich ihn allein sah.

»Wo ist Miss Catherine?« rief ich hastig. »Kein Unfall, hoffentlich?«

»Sie ist auf Thrushcross Grange«, antwortete er, »und ich wäre auch dort geblieben, aber sie waren nicht so höflich, mich zum Bleiben aufzufordern.«

»Na, du kannst dich auf etwas gefaßt machen!« sagte ich. »Du bist wahrscheinlich nicht eher zufrieden, als bis man dich rauswirft. Was in aller Welt fiel euch ein, nach Thrushcross Grange zu laufen?«

»Laß mich erst mal aus den nassen Sachen steigen, Nelly, dann will ich dir alles erzählen«, antwortete er.

Ich ermahnte ihn, sich ja in acht zu nehmen, daß er den Herrn nicht aufwecke, und während er sich auszog und ich wartete, um die Kerze zu löschen, fuhr er fort: »Cathy und ich entwischten aus dem Waschhaus, um durchs Grüne zu streifen, und als wir die Grange-Lichter herüberschimmern sahen, kam uns der Gedanke, hinzugehen und nachzusehen, ob die Lintons ihre Sonntagabende auch damit verbrachten, frierend in Ecken herumzustehen, während ihr Vater und ihre Mutter gemütlich dasaßen, aßen und tranken und sangen und lachten, und so dicht vor dem Feuer, daß sie sich fast die Augen ausbrannten. Nimmst du das an? Oder meinst du, daß sie den Katechismus lesen und von ihrem Bediensteten abgefragt werden und spaltenweise Bibelnamen zu lernen aufbekommen, wenn sie nicht ordentlich antworten?«

»Vermutlich nicht«, antwortete ich. »Bestimmt sind es gute Kinder, die eine Behandlung, wie du sie für dein schlechtes Betragen empfängst, nicht nötig haben.«

»Rede nicht so scheinheilig daher, Nelly«, sagte er. »Was für ein Unsinn! Wir sind von den Heights oben bis hinunter zum Park gerannt, ohne anzuhalten – und Catherine verlor eindeutig den Wettlauf, weil sie barfuß war. Du kannst morgen ihre Schuhe im Sumpf suchen. Wir krochen durch eine Lücke in der Hecke, tappten im Dunkeln den Fußweg hinauf, und in einem Blumenbeet unterm Wohnzimmer bezogen wir unsern Posten. Licht kam heraus; sie hatten die Fensterläden nicht geschlossen, und die Vorhänge waren nur halb zugezogen. Wir konnten beide hineinsehen, als wir erhöht standen: Ein Mauervorsprung überm Kellerfenster bot unseren Füßen eine schmale Plattform, wobei wir uns am Fenstersims festhielten, und wir sahen – war das schön! – einen prächtigen Raum, ganz ausgelegt mit roten Teppichen, und rotgepolsterte Stühle und Tische, und eine reinweiße Zimmerdecke mit Goldrand, von deren Mitte ein wahrer Regen von Glastropfen an Silberketten schimmerte. Die alten Mr. und Mrs. Linton waren nicht da. Edgar und seine Schwester hatten die Pracht ganz für sich allein. Hätten sie nicht glücklich sein müssen? Wir hätten uns im Himmel geglaubt! Doch nun rate, was deine guten Kinder taten! Isabella – ich glaube, sie ist elf, ein Jahr jünger als Cathy – lag hinten bei der Tür auf dem Boden und kreischte, als ob sie am Spieß steckte. Edgar stand am Kamin und weinte still vor sich hin, und mitten auf dem Tisch saß ein kleiner Hund, schüttelte seine Pfote und kläffte – sie hatten ihn, wie wir aus ihren gegenseitigen Beschuldigungen schlossen, beinahe eben in Stücke gerissen. Die Idioten! Das war ihr Vergnügen! Herumzustreiten, wer ein Bündel warmer Haare halten soll, und jeder fängt an loszuheulen, weil ihn schließlich keiner nehmen will, nachdem sie sich zuvor um ihn gerauft haben. Wir mußten über diese verhätschelten Dinger lachen, wir konnten sie nur verachten! Wann erlebst du bei mir, daß ich gerade das haben will, was auch Catherine möchte? Oder findest du uns jemals so: jeden für sich in einem Winkel, zwischen uns der ganze Raum, und unser Spiel besteht darin, daß wir brüllen, schluchzen und uns auf dem Boden wälzen? Ich würde um nichts in der Welt mit Edgar Linton auf Thrushcross Grange tauschen – nicht einmal, wenn ich Joseph aus dem höchsten Giebelfenster hinunterwerfen und mit Hindleys Blut die Hausfront anmalen dürfte.«

»Schscht! Bist du still!« unterbrach ich. »Noch hast du mir nicht erzählt, wieso Catherine zurückgeblieben ist.«

»Ich habe doch gesagt, daß wir gelacht haben«, antwortete er. »Die Lintons hörten uns und stürzten beide zugleich wie Pfeile zur Tür. Erst war Schweigen, und dann ein Geschrei: ›O Mama, Mama! O Papa! O Mama, komm her! O Papa!‹ Sie haben tatsächlich in etwa so geheult und gebrüllt. Um sie noch mehr zu erschrecken, machten wir fürchterliche Geräusche, und dann ließen wir uns vom Fensterbrett herunterfallen, weil jemand die Riegel zurückschob und wir fühlten, wir sollten jetzt besser fliehen. Ich hatte Cathy bei der Hand und drängte sie vorwärts, als sie plötzlich hinfiel.

›Renn, Heathcliff, renne!‹ flüsterte sie. ›Sie haben die Bulldogge losgelassen, und die hat mich geschnappt!‹

Das Teufelsbiest hatte sie am Fußgelenk gepackt. Ich hörte ihr abscheuliches Schnaufen. Cathy schrie nicht auf – nein, beileibe nicht! Das hätte sie für unwürdig gehalten, selbst wenn sie von einer verrückten Kuh auf die Hörner gespießt worden wäre. Ich aber, ich tat's und fluchte so brüllend, um alle Feinde der Christenheit zu vernichten, und ich nahm einen Stein und zwängte ihn dem Köter zwischen die Kiefer und versuchte mit aller Macht, ihn bis in die Kehle hinunterzustoßen. Ein Schwein von einem Diener kam schließlich mit einer Laterne angerannt und schrie immerzu: ›Halt fest, Skulker, halt fest!‹

Immerhin änderte er den Ton, als er Skulkers Beute sah. Der Hund war nahezu erdrosselt, seine große purpurne Zunge hing einen halben Meter aus seinem Maul heraus, und von seinen herabhängenden Lefzen tropfte blutiger Geifer.

Der Mann hob Cathy auf; ihr war übel; nicht aus Furcht, da

bin ich sicher, sondern vor Schmerzen. Er trug sie hinein; ich folgte, Verwünschungen und Rache vor mich hin brummelnd.

›Nun, wen haben Sie da erwischt, Robert?‹ schrie Linton laut vom Eingang her.

›Skulker hat ein kleines Mädchen erwischt, Sir‹, antwortete er, ›und da ist noch ein Bursche‹, fügte er hinzu und packte mich, ›der scheint mir ein ganz Ausgefuchster zu sein! Sehr wahrscheinlich wollten die Räuber sie durchs Fenster einsteigen lassen, damit sie der Bande die Tür öffnen, wenn alle eingeschlafen sind, so daß sie uns bequem ermorden können. Hältst du dein Dreckmaul, du stinkender Dieb, du! Du kommst an den Galgen dafür! Mr. Linton, Sir, legen Sie ja nicht ihre Büchse fort!‹

›Nein, nein, Robert!‹ sagte der Dummkopf. ›Die Schurken wußten, daß gestern der Tag war, wo ich die Pacht erhalte; sie dachten, sie hätten es ganz schlau gemacht und mich nun in der Falle. Komm herein; ich werde ihnen schon einen gebührenden Empfang bereiten! Da, John, mach die Kette fest. Gib Skulker Wasser, Jenny. Sich in die Festung eines Friedensrichters wagen, und dazu noch am Sonntag! Wo sind die Grenzen ihrer Frechheit? Meine liebe Mary, schau her! Brauchst keine Angst zu haben, es ist ja nur ein Junge – aber der Schurke steht ihm deutlich im Gesicht geschrieben! Wäre es für das Land nicht ein Segen, wenn man ihn sofort hängte, ehe er seine Natur ebenso in Taten offenbart wie nun in seinen Gesichtszügen?‹

Er zog mich unter den Kronleuchter, und Mrs. Linton setzte ihre Brille auf und hob entsetzt die Hände. Die feigen Kinder trauten sich auch näher, und Isabella lispelte: ›Schreckliches Geschöpf! Sperr ihn in den Keller, Papa. Er sieht haargenau so aus wie der Sohn der Wahrsagerin, der meinen zahmen Fasan gestohlen hat. Nicht wahr, Edgar?‹

Während sie mich unter die Lupe nahmen, kam Cathy heran; sie hörte gerade noch die letzten Worte und mußte lachen. Edgar Linton hatte noch so viel Grips, um sie, nachdem er sie angestarrt hatte, wiederzuerkennen. Sie sehen uns in der Kirche, weißt du, wenn wir sie auch selten woanders treffen.

›Das ist doch Miss Earnshaw!‹ flüsterte er seiner Mutter zu, ›und guck nur, wie Skulker sie gebissen hat – wie ihr Fuß blutet!‹

›Miss Earnshaw? Unsinn!‹ rief die Dame. ›Miss Earnshaw, die mit einem Zigeuner durchs Land streift! Und doch, mein Schatz, du hast recht, das Kind trägt Trauer – ja, tatsächlich – und es kann sein, daß sie nun fürs Leben verkrüppelt ist!‹

›Was für eine sträfliche Nachlässigkeit von ihrem Bruder!‹ rief Mr. Linton aus und wandte sich von mir zu Catherine. ›Ich habe aus dem, was mir Shielders‹ (das war der Pfarrer, Sir) ›gesagt hat, entnommen, daß er sie in völligem Heidentum aufwachsen läßt. Aber wer ist der da? Wo hat sie diesen Kameraden aufgelesen? Oho! Ich wage zu behaupten, daß es sich hier um diese seltsame Erwerbung handelt, die mein verstorbener Nachbar auf seiner Reise nach Liverpool machte – ein ausgesetzter kleiner Inder oder Amerikaner oder Spanier.‹

›Ein böser Bube jedenfalls‹, bemerkte die alte Lady, ›und ganz unmöglich für ein anständiges Haus! Ist dir sein Fluchen aufgefallen, Linton? Ich bin schockiert bei dem Gedanken, daß meine Kinder es gehört haben könnten!‹

Ich fing wieder an zu fluchen – sei nicht böse, Nelly –, und Robert wurde angewiesen, mich hinauszusetzen. Ich weigerte mich, ohne Cathy zu gehen – er schleifte mich in den Garten, drückte mir die Laterne in die Hand, versicherte mir, daß man Mr. Earnshaw über mein Betragen informieren würde, und mit der Aufforderung ›Mach, daß du fortkommst, aber schnell!‹ verriegelte er hinter mir die Tür.

Die Vorhänge waren noch immer offen und an einer Seite mit einer Kordel befestigt, und so nahm ich den Beobachtungsposten wieder ein, denn falls Catherine den Wunsch gehabt hätte zurückzukehren, hatte ich die Absicht, die großen Glasfenster in tausend Stücke zu zerschmettern, wenn sie sie nicht hinausließen.

Sie saß in aller Gemütsruhe auf dem Sofa. Mrs. Linton nahm ihr den großen grauen Mantel des Milchmädchens ab, den wir uns für unsern Ausflug ausgeborgt hatten, schüttelte den Kopf und machte ihr Vorhaltungen, wie ich vermutete; sie war eine junge Dame, und sie machten daher einen deutlichen Unterschied zwischen ihrer Behandlung und meiner. Dann brachte ein

Dienstmädchen eine Schüssel mit warmem Wasser und wusch ihr die Füße; und Mr. Linton mischte ihr in einem Glas einen Negus, und Isabella schüttete einen Teller voll Kuchen in ihren Schoß, und Edgar stand etwas entfernt mit offenem Mund da. Danach trockneten und kämmten sie ihr schönes Haar und gaben ihr ein paar große Pantoffeln und schoben sie zum Kaminfeuer, und als ich sie verließ, war sie so fröhlich wie immer, teilte ihr Essen mit dem kleinen Hund und mit Skulker, den sie in die Nase kniff, während er abbiß, und entfachte einen Funken Frohsinn in den leeren Augen der Lintons – eine trübe Widerspiegelung ihres eigenen bezaubernden Gesichtes. Ich sah, sie bestaunten sie mit offenem Mund; sie ist ihnen so maßlos überlegen – allen ist sie überlegen, nicht wahr, Nelly?«

»Die Sache ist noch nicht ausgestanden. Sie wird größere Folgen haben, als du denkst!« antwortete ich, deckte ihn zu und löschte das Licht. »Du bist unverbesserlich, Heathcliff, und Mr. Hindley wird genötigt sein, die äußersten Maßnahmen zu ergreifen, wart's mal ab.«

Mehr als ich es wünschte, wurden meine Worte wahr. Das unglückliche Abenteuer machte Earnshaw wütend. Und dann beehrte uns Mr. Linton selbst, um die Angelegenheit in Ordnung zu bringen, am nächsten Tag mit seinem Besuch und las dem jungen Herrn dermaßen die Leviten über seine Verantwortung als Familienoberhaupt, daß er tatsächlich veranlaßt wurde, sich ernsthaft darum zu kümmern. Heathcliff erhielt keine Hiebe, aber es wurde ihm gesagt, daß er fortgejagt werde, wenn er noch ein Wort zu Miss Catherine spreche; und Mrs. Earnshaw übernahm es, ihre Schwägerin gehörig im Zaum zu halten, als sie heimkehrte, wobei sie List anwandte, nicht Gewalt – mit Gewalt wäre ihr das unmöglich gewesen.

Siebentes Kapitel

Cathy blieb fünf Wochen auf Thrushcross Grange, bis Weihnachten. Bis dahin war ihr Fuß vollständig geheilt, und ihre Manieren waren ebenfalls viel besser geworden. Die gnädige Frau besuchte sie unterdessen oft und begann ihre Reformpläne damit, daß sie versuchte, mit feinen Kleidern und Schmeicheleien, die sie bereitwillig entgegennahm, ihr Selbstbewußtsein zu heben. So sahen wir dann statt einer zügellosen kleinen Wilden ohne Hut, die ins Haus gesprungen kam und uns alle stürmisch umarmte, daß uns die Luft ausging, eine sehr würdige Person von einem hübschen schwarzen Pony absteigen, mit braunen Ringellocken, die unter ihrem federgeschmückten Biberhut hervorlugten, und einem langen Mantel aus feinem Tuch, den sie notgedrungen mit beiden Händen hochhalten mußte, um hereinrauschen zu können.

Hindley hob sie vom Pferd und rief entzückt aus: »Nanu, Cathy, du bist ja eine richtige Schönheit! Ich hätte dich kaum wiedererkannt – du siehst ja jetzt wie eine Dame aus. Isabella Linton kann den Vergleich mit ihr nicht aushalten, nicht wahr, Frances?«

»Isabella hat nicht ihre natürlichen Vorzüge«, antwortete seine Frau, »aber Cathy muß aufpassen, daß sie hier nicht wieder verwildert. Ellen, hilf Miss Catherine aus ihren Sachen. Warte, Liebes, du wirst deine Frisur durcheinanderbringen – laß mich deinen Hut aufbinden.«

Ich nahm ihr den Mantel ab, und darunter kamen zum Vorschein: ein seidenes Schottenkleid, weiße Hosen und glänzende Lackschuhe. Als die Hunde kamen und zur Begrüßung an ihr hochsprangen, funkelten wohl ihre Augen voll Freude, doch wagte sie kaum, sie anzufassen, damit sie nicht ihr schönes Kleid beschmutzten.

Sie küßte mich vorsichtig – ich war ganz mit Mehl bestäubt, da ich gerade dabei war, den Weihnachtskuchen zu backen, und mich in die Arme zu nehmen wäre nicht gut möglich gewesen –, und dann sah sie sich nach Heathcliff um. Mr. und Mrs. Earnshaw beobachteten besorgt dieses Zusammentreffen und dachten, es solle gewissermaßen ein Test sein, und sie wollten daraus ihre Schlüsse ziehen, ob es gelingen würde, die beiden Freunde voneinander zu trennen.

Zunächst war Heathcliff schwer aufzufinden. War er schon vor Catherines Abwesenheit nachlässig und verwahrlost gewesen, so war er das seitdem noch zehnmal mehr.

Niemand außer mir schenkte ihm auch nur so viel Beachtung, daß er ihn einen Schmutzfink nannte und ihm empfahl, sich wenigstens einmal die Woche zu waschen; und Kinder seines Alters haben selten von Natur aus eine Vorliebe für Wasser und Seife. Daher waren sein Gesicht und seine Hände gewöhnlich traurig verdunkelt, nämlich braunschwarz vor Schmutz, gar nicht zu reden von seiner Kleidung, die drei Monate in Staub und Schlamm hinter sich hatte, und seinem dicken ungekämmten Haar. Er mochte sich wohl, und mit Recht, verschämt hinter der Sitzbank versteckt haben, als er statt des erwarteten strubbelköpfigen Gegenstücks zu sich ein strahlendes, anmutiges Fräulein das Haus betreten sah.

»Ist Heathcliff nicht da?« fragte sie, während sie ihre Handschuhe abstreifte und Finger sehen ließ, die vom Nichtstun und Stubenhocken wundervoll weiß geworden waren.

»Heathcliff, du kannst hervorkommen«, schrie Mr. Hindley, der sich an seiner Verlegenheit weidete und befriedigt darauf wartete, daß er gezwungen sein würde, sich in seinem widerwärtigen Zustand als schmutziger junger Lump zu zeigen. »Du kannst kommen und Miss Catherine begrüßen, wie das übrige Gesinde.«

Cathy hatte inzwischen ihren Freund in seinem Versteck erspäht und flog hin zu ihm, um ihn zu umarmen. In Sekundenschnelle hatte sie ihm auf die Wange sieben oder acht Küsse gegeben; dann hielt sie inne, trat zurück und brach in Lachen aus: »Ei, wie siehst du so schwarz und so böse aus! Und wie – wie komisch und wie scheußlich! Aber das kommt wohl daher, daß ich an Edgar und Isabella Linton gewöhnt bin. Na, Heathcliff, hast du mich vergessen?«

Sie hatte einigen Grund, diese Frage zu stellen, denn Scham und Stolz ließen ihn doppelt finster blicken und machten ihn stocksteif.

»Nun gib schon die Hand, Heathcliff«, sagte Mr. Earnshaw herablassend. »Unter diesen Umständen ist das einmal erlaubt.«

»Das werde ich nicht tun!« antwortete der Junge, der endlich seine Sprache wiederfand. »Ich werde mich hier doch nicht auslachen lassen, ich denke nicht daran!«

Und er wäre davongestürmt, wenn Miss Cathy ihn nicht festgehalten hätte.

»Ich habe dich nicht auslachen wollen«, sagte sie. »Ich konnte nichts dafür, es rutschte mir so raus. Heathcliff, komm, laß uns wenigstens einander die Hand geben! Warum schmollst du denn jetzt? Es war ja nur, weil du so merkwürdig aussiehst. Wenn du dein Gesicht wäschst und dein Haar bürstest, ist alles in Ordnung. Aber du bist so dreckig!«

Sie blickte besorgt auf die schwarzen Finger, die sie in ihrer Hand hielt, und dann auf ihr Kleid, das durch die Berührung mit ihm kaum an Schönheit gewonnen hatte.

»Du brauchst mich ja nicht anzufassen!« rief er, ihrem Auge folgend, und entriß ihr seine Hand. »Ich bin so dreckig, wie es mir paßt, und ich bin gern dreckig, und ich will dreckig sein.«

Und damit stürzte er mit vorgestrecktem Kopf aus dem Zimmer, unter dem Gelächter des Herrn und der gnädigen Frau und zur großen Verwunderung Catherines, die nicht begreifen konnte, wieso ihre Bemerkungen solch einen Zornesausbruch hervorzurufen vermochten.

Nachdem ich bei Catherine Kammerzofe gespielt, meine Kuchen in den Ofen geschoben und mit großen Feuern im Kamin, wie sich's für Heiligabend gehört, Wohnraum und Küche gemütlich gemacht hatte, traf ich Anstalten, mich hinzusetzen und damit zu vergnügen, ganz für mich allein Weihnachtslieder zu singen, ohne Rücksicht auf Josephs Behauptung, meine fröhlichen Weisen unterschieden sich kaum von Gassenhauern.

Er hatte sich zu stillem Gebet in seine Kammer zurückgezogen, und Mr. und Mrs. Earnshaw warben um des kleinen Fräuleins Freundschaft mit allerlei Kleinigkeiten und Spielereien, die sie für sie gekauft hatten, damit sie mit ihnen den kleinen Lintons eine Freude mache, in Erwiderung ihrer Liebenswürdigkeit.

Sie hatten sie eingeladen, den morgigen Tag auf Wuthering Heights zu verbringen, und die Einladung war unter einer Bedingung angenommen worden: Mrs. Linton bat inständig, daß man ihre Lieblinge von dem »unartigen, fluchenden Jungen« sorgfältig fernhalte.

Unter diesen Umständen befand ich mich also allein. Vom Ofen her stieg mir der würzige Duft der Weihnachtsbäckerei in die Nase, und ich bewunderte die blanken Küchenutensilien, die glänzende, mit Stechpalmen geschmückte Schlaguhr, die Silberbecher, die auf einem Tablett bereitstanden, um zum Nachtessen mit Warmbier gefüllt zu werden, und vor allem die fleckenlose Reinheit des sauber gefegten und geschrubbten Fußbodens, um den ich mich besonders bemüht hatte.

Ich zollte jedem Gegenstand innerlich meine Anerkennung, und dann dachte ich daran, wie früher der alte Earnshaw hereinzukommen pflegte, wenn alles sauber war, und mich ein Blitzmädel nannte und einen Shilling in meine Hand gleiten ließ als Weihnachtsgeschenk. Und dann mußte ich an seine Vorliebe für Heathcliff denken und an seine Besorgnis, daß man ihn nach seinem Tode vernachlässigen werde, und das führte mich natürlich dazu, die jetzige Lage des armen Burschen zu bedenken, und statt zu singen, wie ich es vorgehabt hatte, mußte ich plötzlich weinen. Ich sagte mir aber bald, daß es sinnvoller sei, einiges Unrecht wiedergutzumachen, statt Tränen darüber zu vergießen. Ich stand also auf und ging hinaus in den Hof, um ihn zu suchen.

Er war nicht weit: Ich fand ihn dabei, wie er das glänzende Fell des neuen Ponys striegelte und die anderen Tiere fütterte, wie immer um diese Zeit.

»Beeil dich, Heathcliff«, sagte ich, »die Küche ist so gemütlich – und Joseph ist oben. Mach schnell und laß mich dich ganz schick anziehen, ehe Miss Cathy herauskommt – und dann könnt ihr zusammensitzen und habt den Kamin ganz für euch allein und könnt plaudern, bis Schlafenszeit ist.«

Er arbeitete weiter und drehte nicht einmal den Kopf nach mir um.

»Komm – du kommst doch, ja?« redete ich weiter. »'s gibt 'nen kleinen Kuchen für jeden von euch; und du brauchst 'ne halbe Stunde, bis du fein angezogen bist.«

Ich wartete fünf Minuten, aber da ich keine Antwort bekam, ging ich schließlich wieder... Catherine saß mit ihrem Bruder und ihrer Schwägerin beim Abendbrot. Joseph und ich setzten uns in der Küche zu einem ungeselligen Mahl zusammen, das mit Vorwürfen auf der einen und schnippischen Antworten auf der andern Seite gewürzt war. Heathcliffs Kuchen und Käse standen die ganze Nacht auf dem Tisch – für die Wichtelmännchen. Er brachte es fertig, bis neun Uhr seine Arbeit hinzuziehen, und dann stieg er stur und stumm in seine Kammer hinauf.

Cathy blieb noch lange auf, da sie eine Menge Dinge für den Empfang ihrer neuen Freunde vorzubereiten und zu ordnen hatte. Nur einmal kam sie in die Küche, um nach ihrem alten Freund zu sehen, aber er war nicht da, und so fragte sie nur, was denn mit ihm los sei, und ging dann wieder.

Am Morgen stand er früh auf, und da es ein Feiertag war, trug er seine schlechte Laune hinaus zum Moor und erschien erst wieder, nachdem die Familie zum Kirchgang aufgebrochen war. Fasten und Nachdenken schienen ihn in eine bessere Stimmung gebracht zu haben. Er schlich eine Weile um mich herum, und nachdem er seinen Mut zusammengenommen hatte, rief er unvermittelt aus: »Nelly, mach mich anständig, ich will gut sein.«

»Höchste Zeit, Heathcliff«, sagte ich, »du hast Catherine traurig gemacht. Wahrscheinlich tut ihr's leid, daß sie überhaupt heimgekommen ist. Es sieht so aus, als ob du neidisch auf sie bist, weil man von ihr mehr hermacht als von dir.«

Daß er auf Catherine neidisch sein sollte, war ihm unverständlich, aber daß er sie bekümmere, das verstand er klar genug.

»Hat sie gesagt, daß sie traurig sei?« erkundigte er sich und sah sehr ernst drein.

»Sie hat geweint, als ich ihr heute morgen sagte, du wärest schon wieder weg.«

»Nun, ich habe letzte Nacht geweint«, entgegnete er, »und ich hatte mehr Grund zum Weinen als sie.«

»Ja, du hattest wohl Grund dazu, wenn du mit hochmütigem Herzen und leerem Magen ins Bett gehst«, sagte ich. »Hochmut kommt vor dem Fall. Aber wenn du dich deiner Empfindlichkeit schämst, mußt du um Verzeihung bitten; denk daran, wenn sie hereinkommt. Du mußt zu ihr hinaufgehen und ihr einen Kuß geben und sagen – na, du weißt am besten, was du sagen mußt – nur sei herzlich zu ihr und nicht so, als ob du dächtest, ihr schönes Kleid habe sie nun in eine Fremde verwandelt. Und jetzt, obwohl ich eigentlich das Mittagessen machen muß, stehle ich mir die Zeit, um dich so herzurichten, daß Edgar Linton neben dir wie ein Waisenknabe aussehen soll, und das stimmt: So sieht er aus! Du bist jünger, und doch möchte ich wetten, du bist größer und doppelt so breit in den Schultern – du könntest ihn im Handumdrehen niederschlagen, daß er auf dem Boden liegt; meinst du nicht, daß du das könntest?«

Heathcliffs Gesicht hellte sich einen Augenblick auf; dann aber verfinsterte es sich von neuem, und er seufzte: »Aber Nelly, wenn ich ihn auch zwanzigmal zu Boden kriege, nimmt ihm das nichts von seinem guten Aussehen, und mich macht es nicht schöner. Ich wollte, ich hätte auch so blondes Haar und so helle Haut und wäre so hübsch angezogen und könnte mich so gut benehmen und hätte auch die Aussicht, einmal sehr reich zu werden, wie er!«

»Und würdest immerzu nach der Mama schreien«, fügte ich hinzu, »und würdest dich vor jedem Bauernjungen fürchten, der seine Faust gegen dich erhebt, und hocktest wegen eines Regenschauers den ganzen Tag zu Hause. O Heathcliff, was ist mit dir los? Komm zum Spiegel, und ich will dir zeigen, was du dir wünschen sollst. Siehst du diese beiden Falten zwischen deinen Augen über der Nasenwurzel und diese dicken Brauen, die, statt sich hochzuwölben, in der Mitte einfallen und herabsinken, und das schwarze Teufelspaar, tief darunter verborgen, das nie freimütig und kühn seine Fenster öffnet, sondern wie Späher des Satans blinzelnd dort lauert? Wünsche dir und lerne, die mürrischen Falten zu glätten, deine Augen frei und offen aufzuschlagen, und wandle die Teufel in vertrauensvolle, unschuldige Engel, die keinen Argwohn kennen und in jedem stets einen Freund sehen, solange sie nicht sicher sind, daß es ein Feind ist. Bekomm nicht den Ausdruck eines bösartigen Köters, der zu wissen scheint, daß die Tritte, die er kriegt, ihm zustehen, und der doch für das, was er leidet, nicht nur den bösen Herrn, der ihn tritt, sondern alle Welt verantwortlich macht und haßt.«

»Mit anderen Worten: Ich soll mir Edgar Lintons große blaue Augen und glatte Stirn wünschen«, entgegnete er. »Das tue ich ja auch – doch es verhilft mir nicht dazu.«

»Ein gutes Herz verhilft dir auch zu einem hübschen Gesicht, mein Junge«, fuhr ich fort, »und wenn du schwarz wie ein Neger wärst. Und ein böses Herz wird das hübscheste Gesicht schlimmer als häßlich machen. Und nun, da wir Waschen, Kämmen und Schmollen glücklich hinter uns gebracht haben – sag mir, hältst du dich nicht doch für ganz hübsch? Ich finde es jedenfalls, sage ich dir. Du könntest ein verkleideter Prinz sein. Wer weiß denn, ob dein Vater nicht Kaiser von China war und deine Mutter eine indische Königin, und jeder von ihnen reich genug, um mit einem Wochenlohn Wuthering Heights und Thrushcross Grange zusammen aufzukaufen? Und böse Seeleute haben dich entführt und nach England gebracht. Ich an deiner Stelle würde von meiner Herkunft eine hohe Meinung haben; der Gedanke an das, was ich bin, würde mir helfen, die Schikanen eines kleinen Bauern mit Mut und Würde zu ertragen!«

So schwatzte ich daher, und Heathcliff verlor mehr und mehr seinen finsteren, verkniffenen Gesichtsausdruck und fing an, ganz liebenswürdig dreinzuschauen. Da wurde unsere Unterhaltung auf einmal durch ein rumpelndes Geräusch unterbrochen, das die Straße heraufkam und in den Hof einbog. Er lief ans Fenster, und ich eilte zur Tür, gerade noch rechtzeitig, um zu sehen, wie die beiden Lintons, in Mäntel und Pelze gehüllt, aus der Familienkutsche kletterten und die Earnshaws von ihren Pferden stiegen – im Winter ritten sie oft zur Kirche. Catherine nahm die beiden Kinder bei der Hand, führte sie ins Haus und setzte sie vor das Kaminfeuer, das schnell etwas Farbe in ihre weißen Gesichter brachte.

Ich redete Heathcliff zu, nun schnell hineinzugehen und sich von seiner liebenswürdigen Seite zu zeigen, und er gehorchte willig. Aber das Unglück wollte es, daß, als er die Küchentür öffnete und hineinwollte, Hindley auf der anderen Seite die Hand am Türgriff hatte und hinauswollte. Sie prallten zusammen, und der Hausherr, irritiert, ihn so sauber und frohgemut zu sehen, oder vielleicht auch beflissen, Mrs. Linton sein Versprechen zu halten, stieß ihn in die Küche zurück und befahl Joseph ärgerlich: »Daß mir der Kerl nicht ins Zimmer kommt! Sperr ihn in die Bodenkammer, bis das Mittagessen vorbei ist. Er wird sonst seine Finger nicht von den Torten lassen und sich damit vollstopfen und das Obst stehlen, wenn man ihn nur eine Minute damit allein läßt.«

»Nein, Sir«, konnte ich mich nicht enthalten zu sagen, »der rührt gewiß nichts an, der nicht! Und ich meine, er muß ebenso gut sein Teil von den Leckereien haben wie wir.«

»Er bekommt sein Teil von meiner Hand, wenn ich ihn vor Dunkelwerden noch einmal hier unten erwische«, schrie Hindley. »Fort, du Vagabund! Was hast du dich so fein gemacht, du willst wohl den geschniegelten Affen spielen, he? Wart nur, bis ich deine eleganten Locken zu fassen kriege – und dann sieh, ob ich sie noch ein bißchen länger ziehen kann!«

»Sie sind schon lang genug«, bemerkte Master Linton, der verstohlen durch die Tür blickte. »Mich wundert, daß er nicht Kopfweh davon kriegt. Wie eine Pferdemähne hängen sie ihm in die Augen.«

Gewiß machte er diese Bemerkung ohne die Absicht zu kränken, doch Heathcliffs heftige Natur konnte von einem, den er wohl schon damals als Rivalen haßte, solche anscheinende Frechheit nicht hinnehmen. Er ergriff eine Schüssel mit heißem Apfelmus, das erste, was ihm unter die Hände kam, und schüttete es dem Sprecher voll ins Gesicht. Der begann sofort ein Wehgeschrei, das Isabella und Catherine herbeieilen ließ.

Mr. Earnshaw schnappte sich sogleich den Übeltäter und beförderte ihn in seine Kammer hinauf, wo er ihm zweifellos ein nachdrückliches Heilmittel verabreichte, um den Ausbruch hitziger Wut etwas abzukühlen, denn als er zurückkam, war er rot und atemlos. Ich nahm den Abwaschlappen und rieb ziemlich unsanft Edgars Mund und Nase ab und sagte ihm, es geschähe ihm recht, warum mische er sich ein. Seine Schwester fing an zu weinen und wollte nach Hause, und Cathy stand mit rotem Kopf dabei und schämte sich für alle.

»Du hättest nicht mit ihm sprechen sollen!« machte sie Master Linton Vorhaltungen. »Er war in übler Laune, und nun hast du dir deinen Besuch hier verdorben, und er kriegt Prügel. Oh, ich kann es nicht ertragen, daß er geprügelt wird! Ich kann jetzt nicht zu Mittag essen. Warum hast du nur mit ihm gesprochen, Edgar?«

»Ich hab' nicht«, schluchzte der Junge, entkam meinen Händen und erledigte den Rest der Reinigung mit seinem Batisttaschentuch. »Ich habe Mama versprochen, kein Wort mit ihm zu reden, und ich hab's auch nicht getan!«

»Nun laß das Geheule!« antwortete Catherine verächtlich. »Du bist daran nicht gestorben – richte nicht noch mehr Unheil an – mein Bruder kommt jetzt – sei still! Hör auf, Isabella! Hat *dir* denn jemand was getan?«

»Los, Kinder, los – auf eure Plätze!« rief Hindley, der mit gespielter Munterkeit hereingehastet kam. »Dieser rohe Bursche hat mich ganz schön in Fahrt gebracht. Das nächste Mal, Master Edgar, verschaffst du dir dein Recht durch deine eigenen Fäuste – das wird dir Appetit machen!«

Angesichts des duftenden Festmahls fand die kleine Gesellschaft ihren Frohmut wieder. Sie waren hungrig nach der Fahrt und schnell getröstet, zumal ja niemand ernsthaft zu Schaden gekommen war.

Mr. Earnshaw schnitt den Braten auf und reichte ihnen gehäufte Teller, und seine Frau wußte die Unterhaltung lebhaft in Gang zu bringen und sorgte für heitere Stimmung. Ich stand hinter ihrem Stuhl, um zu bedienen, und war schmerzlich berührt, als ich sah, wie Catherine mit trockenen Augen und gleichmütiger Miene einen Gänseflügel zerteilte.

SIEBENTES KAPITEL

Ein herzloses Kind, dachte ich bei mir selbst. Wie leicht sie über den Kummer ihres alten Spielkameraden hinweggeht! Ich hätte sie nicht für so egoistisch gehalten.

Sie führte eine Gabel voll zum Munde, dann ließ sie sie wieder sinken. Ihre Wangen röteten sich, und Tränen strömten über sie hin. Sie ließ die Gabel zu Boden fallen und verschwand hastig unter dem Tisch, um ihre Bewegung zu verbergen. Ich nannte sie nicht länger gefühllos, denn ich erkannte, daß sie den ganzen Tag eine Art Fegefeuer und Reinigungsprozeß durchmachte und verzweifelt nach einer Gelegenheit suchte, einmal für sich zu sein oder Heathcliff zu sehen, der vom Hausherrn eingeschlossen worden war, wie ich beim Versuch, ihm heimlich etwas Essen zuzustecken, feststellte.

Abends wurde getanzt, und da Isabella Linton keinen Partner hatte, bat Cathy darum, daß man ihn doch nun befreien und herunterholen möchte. Aber alle ihre Bitten waren nutzlos, und ich wurde dazu bestimmt, dem Mangel abzuhelfen und Isabellas Herr zu sein.

Bei dieser anregenden Betätigung verflog bald unser Trübsinn, und unsere Festesfreude wurde durch die Ankunft der fünfzehn Mann starken Musikkapelle aus Gimmerton noch erhöht: eine Trompete, eine Posaune, Klarinetten, Fagotte, Waldhörner, eine Baßgeige und außerdem noch Sänger. Sie machen jedes Jahr zu Weihnachten die Runde und kommen in alle respektablen Häuser und empfangen Spenden, und wir hielten es für einen Hochgenuß, sie zu hören.

Nachdem die üblichen Weihnachtslieder gesungen worden waren, ließen wir sie weltliche und heitere Lieder singen. Mrs. Earnshaw liebte die Musik, und so bekamen wir viel zu hören.

Catherine liebte sie auch, aber sie sagte, sie klänge am besten oben auf der letzten Treppenstufe, und sie ging im Dunkeln hinauf. Ich folgte ihr. Drunten schlossen sie die Tür und bemerkten unsere Abwesenheit gar nicht; es waren so viele Leute da. Sie machte oben auf dem Treppenabsatz nicht halt, sondern stieg weiter hinauf zur Dachkammer, wo Heathcliff eingesperrt war, und rief ihn. Trotzig verweigerte er eine Weile jede Antwort, sie rief aber beharrlich weiter und brachte ihn schließlich so weit, durch die Bretterwand mit ihr Verbindung aufzunehmen.

Ich ließ die armen Dinger ungestört sich unterhalten, bis ich den Eindruck hatte, daß die Lieder aufhörten und die Sänger Erfrischungen bekämen. Da kletterte ich die Leiter hinauf, um Cathy zu warnen.

Statt sie draußen zu finden, hörte ich ihre Stimme von drinnen. Der kleine Affe war durch die Dachluke der einen Kammer hinaus aufs Dach und von da in die andere Bodenkammer hinübergeklettert, und nur mit großer Mühe konnte ich sie überreden, wieder herauszukommen.

Als sie es schließlich tat, kam Heathcliff mit, und sie bestand darauf, daß ich ihn mit in die Küche nahm, da mein Dienstgenosse sich ja zu einem Nachbarn begeben hatte, um die Klänge unserer »Teufelslitanei«, wie er es zu nennen beliebte, nicht hören zu müssen.

Ich sagte ihnen, ich sei keineswegs gesonnen, sie bei ihren Streichen zu unterstützen, aber da der Eingesperrte seit gestern mittag nichts gegessen habe, so wolle ich dies eine Mal ein Auge zudrücken.

Er ging mit mir hinunter. Ich stellte ihm einen Stuhl hin, nahe beim Feuer, und bot ihm eine Menge guter Sachen an. Aber ihm war übel, und er konnte nur wenig essen, so daß mein Versuch, ihm anständig etwas aufzutischen, für die Katz war. Er stützte die Ellbogen auf die Knie und das Kinn in die Hände und blieb in dumpfes Brüten versunken. Auf meine Frage, woran er denn dächte, antwortete er ernst: »Ich bin am Überlegen, wie ich's Hindley heimzahlen werde. Es ist mir gleich, wie lange ich warten muß, wenn ich's ihm nur endlich einmal geben kann. Ich hoffe, er wird nicht sterben, ehe ich soweit bin.«

»O pfui, Heathcliff!« sagte ich. »Böse Menschen zu bestrafen ist Gottes Sache; wir sollten lernen zu vergeben.«

»Nein, Gott würde nicht die Genugtuung haben, die ich haben werde«, entgegnete er. »Wenn ich nur den besten Weg wüßte, wie ich's anfange! Laß mich in Ruhe, damit ich einen Plan machen kann. Solange ich mir das überlege, fühle ich keine Schmerzen.«

SIEBENTES KAPITEL

Aber, Mr. Lockwood, ich vergesse ganz, daß diese Geschichten Sie gar nicht interessieren können. Ich ärgere mich über mich selbst, wie konnte ich nur so ins Schwatzen kommen, und Ihr Haferschleim ist kalt, und Sie sind schläfrig und sehnen sich nach dem Bett! Ich hätte Heathcliffs Geschichte, alles, was Sie wissen müssen, mit einem halben Dutzend Worten erzählen können.

Auf diese Weise unterbrach sich die Haushälterin, stand auf und legte ihre Näharbeit beiseite. Doch ich fühlte mich unfähig, aufzustehen und meinen Platz am warmen Kamin zu verlassen, und ich war weit davon entfernt, schläfrig zu sein.

»Bleiben Sie sitzen, Mrs. Dean«, rief ich. »So bleiben Sie doch sitzen, nur ein halbes Stündchen noch! Sie haben ganz recht daran getan, die Geschichte ausführlich zu erzählen. Gerade so ist es mir lieb, und Sie müssen sie auch in dieser Weise zu Ende bringen. Ich bin an jeder Person, die Sie erwähnt haben, mehr oder weniger interessiert.«

»Die Uhr schlägt elf, Sir.«

»Macht nichts. Ich gehe nie vor Mitternacht schlafen. Ein oder zwei Uhr morgens ist früh genug für einen, der bis zehn liegen bleibt.«

»Sie sollten nicht bis zehn liegen bleiben. Morgenstund hat Gold im Mund. Wer bis zehn Uhr nicht sein halbes Tagewerk geschafft hat, der läuft Gefahr, daß auch die andere Hälfte ungetan bleibt.«

»Trotzdem, Mrs. Dean, nehmen Sie wieder Platz, weil ich sowieso die Absicht habe, morgen bis zum Nachmittag liegen zu bleiben. Ich prophezeie mir nämlich mindestens eine hartnäckige Erkältung.«

»Ich hoffe nicht, Sir. – Also gut, dann erlauben Sie mir, etwa drei Jahre zu überspringen. Während dieser Zeit war Mrs. Earnshaw...«

»Nein, nein, ich erlaube nichts dergleichen! Kennen Sie nicht das Gefühl, mit dem Sie dasitzen und die Katze beobachten, die auf dem Teppich genau vor Ihnen gerade ihr Junges leckt, und Sie nehmen so intensiv Anteil, daß es Sie ernsthaft in Rage versetzen kann, wenn sie ein Ohr vergißt?«

»Ist das nicht schrecklich langweilig?«

»Im Gegenteil, furchtbar spannend! Und so geht es mir jetzt, und deshalb, bitte, machen Sie sehr genau weiter! Ich merke, daß die Leute in dieser Gegend gegenüber den Stadtleuten ebenso an Wert gewinnen wie die Spinne in einem Gefängnis gegenüber der Spinne in einem Haus für ihre jeweils verschiedenen Insassen; und doch kann man das vertiefte Interesse nicht ausschließlich der Situation des Beschauers zuschreiben. Die Menschen leben tatsächlich hier ernsthafter, ruhen mehr in sich selbst und sind weniger abhängig von oberflächlicher Abwechslung und frivolen äußerlichen Dingen. Ich könnte mir hier fast vorstellen, daß es möglich wäre, jemand ein Leben lang zu lieben, und ich habe bisher nicht einmal an eine Liebe eines Jahres geglaubt. Der eine Zustand gleicht dem eines hungrigen Mannes, dem man ein einziges Gericht vorsetzt, auf das er seinen ganzen Appetit konzentrieren kann, um ihm gerecht zu werden, der andere wäre, ihn an eine reichhaltige Tafel feinster französischer Küche zu führen: Er wird aus dem Ganzen vielleicht ebenso viel Genuß herausholen, aber jeder Gang der Mahlzeit ist für seine Aufmerksamkeit und Erinnerung nur ein unbedeutendes kleines Teilchen, ein bloßes Atom, und hinterläßt nur einen flüchtigen Eindruck.«

»Oh, hier sind wir auch nicht anders als sonstwo. Sie müssen uns nur erst kennenlernen«, bemerkte Mrs. Dean, durch meine Worte etwas verwirrt.

»Entschuldigen Sie«, antwortete ich. »Sie, beste Freundin, sind ein überzeugender Beweis gegen diese Behauptung. Abgesehen von einigen sprachlichen Eigentümlichkeiten dieser Provinz, die belanglos sind, finde ich in Ihrem Benehmen nicht die Spur von dem, was ich als typisch für die Angehörigen Ihrer Klasse halte. Ich bin überzeugt, Sie haben sich ein gut Teil mehr Gedanken gemacht, als die Mehrzahl der Dienstboten das im allgemeinen tut. Da Sie keine Gelegenheit hatten, sich in törichten Nichtigkeiten zu verzetteln, haben Sie Ihre geistigen Fähigkeiten ausgebildet.«

Mrs. Dean lachte.

»Gewiß halte ich mich für eine solide, vernünftige Person«,

sagte sie, »wenn auch nicht gerade deshalb, weil man hier in den Bergen lebt und immer die gleichen Gesichter sieht und die gleichen Vorgänge das ganze Jahr hindurch; aber ich habe strenge Zucht kennengelernt, die mich Weisheit lehrte. Und dann, Mr. Lockwood: Ich habe mehr gelesen, als Sie wohl annehmen. Sie werden hier in unserer Bibliothek kein Buch finden, in das ich nicht hineingeblickt und aus dem ich nicht auch etwas für mich entnommen habe, es sei denn, es handele sich um die Reihe in Griechisch und Latein und die andere französischer Bücher, und die weiß ich immerhin auseinanderzuhalten. Mehr kann man von eines armen Mannes Tochter nicht erwarten. – Doch wenn ich meine Geschichte so weitschweifig weitererzählen soll, täte ich besser daran fortzufahren, und statt drei Jahre zu überspringen, will ich mich damit begnügen, in den nächsten Sommer zu gehen – den Sommer von 1778, ja, das ist beinahe dreiundzwanzig Jahre her.«

Achtes Kapitel

An einem schönen Junimorgen wurde mein erstes allerliebstes kleine Pflegekind und der Letzte aus dem alten Earnshaw-Geschlecht geboren.

Wir waren gerade auf einem weit entfernten Feld beim Heuen, als das Mädchen, das gewöhnlich unser Frühstück brachte, eine Stunde früher als sonst herangelaufen kam – quer über die Wiese und den Feldweg herauf – und im Laufen meinen Namen rief.

»Oh, so ein prächtiges Kind!« keuchte sie. »Der schönste Junge von der Welt! Aber der Doktor sagt, Missis muß sterben. Er sagt, sie habe schon seit vielen Monaten die Schwindsucht. Ich hörte, wie er's Mr. Hindley sagte – und nun hat sie nichts mehr zuzusetzen, was die Krankheit aufhält, und sie wird noch vor dem Winter tot sein. Du mußt sofort nach Hause kommen. Du sollst es pflegen, Nelly, es mit Milch und Zucker füttern und es warten, Tag und Nacht. Ich wollte, ich wäre an deiner Stelle, weil es ganz deins ist, wenn Missis nicht mehr da ist!«

»Ist sie denn sehr krank?« fragte ich, während ich meinen Rechen hinwarf und mir den Hut zuband.

»Ich glaube, ja; doch sie läßt sich nichts anmerken, und sie redet, als ob sie dächte, sie werde noch erleben, wie es zum Mann heranwächst. Sie ist ganz aus dem Häuschen vor Freude, 's ist ja auch gar so reizend! Wenn ich sie wäre, ich würde gewiß nicht sterben. Ich würde schon von seinem bloßen Anblick gesund – dem Doktor Kenneth zum Trotz. Ich war schön wütend auf ihn. Frau Archer brachte das Engelchen zum Herrn hinunter, ins ›Haus‹, und sein Gesicht begann sich gerade aufzuhellen, da kommt doch der alte Unglücksrabe und sagt: ›Earnshaw, 's ist ein Segen, daß es Ihrer Frau noch vergönnt war, Ihnen diesen Sohn zu hinterlassen. Als sie hier ankam, gewann ich sofort die Überzeugung, daß wir sie nicht lange behalten würden. Und jetzt muß ich es Ihnen sagen: Im Winter wird es wohl mit ihr zu Ende gehen. Nun seien Sie vernünftig und grämen Sie sich nicht zu sehr darüber, da ist nichts zu machen. Und außerdem – Sie hätten klüger wählen und nicht solch ein zartes, schwächliches Mädchen nehmen sollen.‹«

»Und was hat der Herr geantwortet?« fragte ich.

»Ich glaub', er fluchte – aber ich habe nicht darauf geachtet, ich war ja so gespannt, das Kind zu sehen.« Und sie begann wieder, voller Entzücken das Kind zu beschreiben. Ebenso eifrig wie sie eilte ich heimwärts, um es nun selbst zu bewundern, obgleich ich um Hindleys willen sehr traurig war. Er hatte in seinem Herzen nur für zwei Idole Raum: für seine Frau und sich selbst. Er war vernarrt in beide und betete das eine an, und ich konnte mir nicht vorstellen, wie er den Verlust ertragen würde.

Als wir auf Wuthering Heights anlangten, stand er schon an der Haustür, und im Hineingehen fragte ich: »Wie geht's dem Kind?«

»Kann schon fast laufen, Nell!« antwortete er mit einem lieben Lächeln.

»Und die Mistress?« wagte ich zu fragen. »Der Doktor sagt, sie...«

»Der verdammte Doktor!« unterbrach er mich und wurde rot.

ACHTES KAPITEL

»Frances ist ganz in Ordnung – heute in einer Woche wird sie völlig wohlauf sein. Gehst du hinauf? Willst du ihr sagen, daß ich komme, wenn sie verspricht, nicht den Mund aufzutun? Ich bin fortgegangen, weil sie nicht still sein wollte; und sie muß – sag ihr, Mr. Kenneth hat gesagt, sie müsse sich ganz ruhig verhalten.«

Ich richtete das Mrs. Earnshaw aus. Sie schien zum Scherzen aufgelegt und antwortete fröhlich: »Ich habe kaum ein Wort gesprochen, Ellen, und da ist er zweimal weinend hinausgegangen. Also gut, sage ihm, ich verspreche, kein Wort zu reden, aber das verbietet mir nicht, über ihn zu lachen!«

Arme Seele! Sie hat bis kurz vor dem Tod ihr fröhliches Herz behalten. Und ihr Gemahl blieb mit einer verbissenen wütenden Sturheit bei der Behauptung, es gehe ihr von Tag zu Tag besser. Als Kenneth ihn darauf aufmerksam machte, daß in dem vorgeschrittenen Stadium der Krankheit Medikamente nichts mehr nützten und weitere Ausgaben für ärztliche Hilfe unnötig seien, antwortete er scharf: »Ich weiß, Sie sind unnötig – 's geht ihr gut – sie wünscht von Ihnen keine Behandlung mehr! Sie hat nie die Schwindsucht gehabt. Sie hatte Fieber, und das ist jetzt fort. Ihr Puls schlägt nun so normal wie meiner, und ihre Wangen sind ebenso kühl wie meine.«

Er erzählte seiner Frau die gleiche Geschichte, und sie schien ihm zu glauben. Doch eines Abends, als sie an seiner Schulter lehnte und gerade sagte, sie denke, sie wäre imstande, morgen aufzustehen, bekam sie einen Hustenanfall – einen ganz leichten. Er richtete sie in seinen Armen auf, sie legte die Hände um seinen Nacken, ihr Gesicht veränderte sich, und sie war tot.

Wie es das Mädchen vorausgesehen hatte, kam der kleine Hareton ganz in meine Hände. Wenn Mr. Earnshaw ihn nur gesund sah und nicht schreien hörte, so war er mit ihm zufrieden. Was seine eigene Person anging, bemächtigte sich seiner eine wachsende Verzweiflung. Sein Kummer war von jener Art, die kein Gejammer will. Er weinte nicht und betete nicht – er fluchte und trotzte, verwünschte Gott und die Menschen und gab sich einem verantwortungslosen, liederlichen Leben hin.

Die Dienstboten konnten seine tyrannische Art und sein schlechtes Benehmen nicht lange ertragen. Joseph und ich waren schließlich die einzigen, die willens waren zu bleiben. Ich brachte es nicht übers Herz, den mir anvertrauten Kleinen zu verlassen, und außerdem, Sie wissen ja, war ich Mr. Earnshaws Milchschwester und mit ihm gemeinsam aufgewachsen und entschuldigte daher sein Benehmen bereitwilliger, als es ein Fremder getan haben würde.

Joseph blieb, um sich vor Pächtern und Tagelöhnern als Herr aufzuspielen, und weil es seine Berufung war, dort zu sein, wo es eine Menge Schlechtigkeiten zu schelten und zu strafen gab.

Des Hausherrn schlimme Wege und schlechte Gesellschaft gaben ein schönes Beispiel ab für Catherine und Heathcliff. Die Behandlung, die Heathcliff von ihm erfuhr, hätte ausgereicht, um aus einem Heiligen einen Teufel zu machen. Und wirklich hatte es den Anschein, als wäre der Bursche zu jener Zeit von irgend etwas Teuflischem besessen. Es freute ihn mitzuerleben, wie Hindley sich zu Schanden machte und unrettbar immer tiefer sank, und sein feindseliger Trotz und seine Wildheit fielen täglich mehr auf.

Es ist mir nicht möglich, auch nur annähernd zu beschreiben, in was für einem höllischen Haus wir lebten. Der Pfarrer gab es auf, uns zu besuchen, und zuletzt kam niemand Anständiges mehr in unsere Nähe, nur Edgar Lintons Besuche bei Miss Cathy bildeten eine Ausnahme. Mit fünfzehn war sie die Königin der Gegend; sie hatte nicht ihresgleichen, und sie erwies sich als ein hochmütiges, starrköpfiges Geschöpf! Ich gebe zu: Ich mochte sie nicht, nachdem sie den Kinderschuhen entwachsen war, und ich reizte sie ständig mit meinem Bemühen, ihr ihre Arroganz abzugewöhnen. Trotzdem faßte sie nie einen Widerwillen gegen mich. Alten Bindungen gegenüber bewies sie eine merkwürdige Beharrlichkeit; sogar Heathcliff war sie unverändert zugetan, und der junge Linton mit all seiner Überlegenheit hatte es schwer, einen gleich tiefen Eindruck auf sie zu machen.

Er war mein letzter Herr. Sein Porträt hängt dort über dem Kamin. Früher hing es auf der einen Seite und das seiner Frau auf der anderen; aber ihres hat man fortgenommen, sonst könnten Sie sich eine Vorstellung machen, wie sie war. Können Sie es sehen?

Mrs. Dean hob die Kerze, und ich erblickte ein Gesicht mit sanften Zügen, das außerordentliche Ähnlichkeit mit der jungen Dame auf den Heights aufwies, aber nachdenklicher und liebenswürdiger im Ausdruck war. Es war ein schönes Bild. Das lange helle Haar lockte sich leicht an den Schläfen; die Augen waren groß und ernst; die Gestalt fast zu anmutig. Ich wunderte mich nicht, daß Catherine Earnshaw um dieses Mannes willen ihren ersten Freund hatte vergessen können. Ich wunderte mich sehr, daß er mit einem Charakter, der seinem Äußeren entsprach, eine Catherine Earnshaw, wie ich sie mir vorstellte, lieben konnte.

»Ein sehr sympathisches Bildnis«, bemerkte ich zu der Haushälterin. »Ist es ähnlich?«

»Ja«, antwortete sie, »aber er sah besser aus, wenn er lebhaft wurde; das ist sein Alltagsgesicht; es fehlte ihm im allgemeinen an Schwung.«

Catherine hatte ihre Bekanntschaft mit den Lintons nach ihrem fünfwöchigen Aufenthalt dort weiter aufrechterhalten. Und da sie keine Gelegenheit hatte, sich in ihrer Gesellschaft von ihrer ruppigen Seite zu zeigen, und so viel Feingefühl besaß, daß ihr dort, wo sie stets gleichbleibende Zuvorkommenheit erfuhr, unhöfliches Benehmen peinlich gewesen wäre, täuschte sie unwissentlich die alte Dame und den alten Herrn durch ihre offene, liebenswürdige Art. Sie gewann Isabellas Bewunderung und das Herz und die Seele ihres Bruders – Eroberungen, die ihr von Anfang an schmeichelten, denn sie war voller Ehrgeiz –, was sie dazu brachte, einen Doppelcharakter anzunehmen und bei ihnen eine andere zu sein als zu Hause, ohne daß sie eigentlich die Absicht hatte, irgend jemanden zu betrügen.

An dem Ort, wo sie hörte, wie Heathcliff ein »vulgärer junger Raufbold« und »schlimmer als ein Tier« genannt wurde, achtete sie darauf, sich nicht nach seiner Manier aufzuführen; aber zu

Hause neigte sie wenig dazu, Höflichkeit zu praktizieren, über die nur gelacht wurde, und ihre wilde Natur zu zähmen, wenn es ihr doch weder Ansehen noch Lob einbrachte.

Mr. Edgar brachte selten den Mut auf, offen Wuthering Heights zu besuchen. Er hatte Angst wegen Earnshaws schlechtem Ruf und schrak vor einer Begegnung mit ihm zurück; und doch gaben wir uns stets alle Mühe, ihn mit der größten Höflichkeit zu empfangen, wenn er kam. Der Hausherr selbst vermied es, ihn zu verletzen – da er wußte, warum er kam; und wenn er nicht freundlich sein konnte, ging er ihm aus dem Weg. Eher denke ich, daß Catherine sein Erscheinen dort unangenehm war. Sie legte zu Hause keinen Wert auf ihr Äußeres, spielte nicht die Kokette, und es war ihr offensichtlich nicht recht, daß ihre beiden Freunde überhaupt zusammentrafen. Denn wenn Heathcliff sich in Lintons Anwesenheit verächtlich über ihn äußerte, konnte sie dem natürlich nicht so zustimmen, wie sie es sonst tat, wenn er nicht da war; und wenn Linton dann Heathcliff seinen Ekel und seine Antipathie bekundete, so durfte sie das nicht gleichgültig hinnehmen, da das wieder ihren alten Spielkameraden verletzt hätte.

Ich habe viel gelacht über ihre Verlegenheiten und ihre heimlichen Nöte, die sie vergebens vor meinem Spott zu verbergen suchte. Das klingt boshaft, aber sie war so stolz – es war wirklich unmöglich, mit ihren Kümmernissen Mitleid zu haben, solange sie nicht mehr Demut gelernt hatte.

Schließlich überwand sie sich so weit, daß sie zu mir kam und beichtete und mir alles anvertraute, denn sie hatte sonst keine Seele, die sie hätte um Rat fragen können.

Eines Nachmittags war Mr. Hindley von zu Hause fortgegangen, und Heathcliff beschloß daraufhin, sich einen freien Tag zu machen. Er war damals, denke ich, sechzehn Jahre alt. Er sah nicht schlecht aus, war auch nicht unintelligent, und doch machte er einen innerlich und äußerlich abstoßenden, verwahrlosten Eindruck, von dem man jetzt, wenn man ihn heutzutage sieht, keine Spur mehr findet.

Vor allem war damals von seiner früheren guten Erziehung

nichts mehr zu merken. Fortgesetzte harte Arbeit von früh bis spät hatte in ihm allen früheren Wissensdurst und alle seine Liebe zu Büchern und Kenntnissen ausgelöscht. Das Überlegenheitsgefühl aus der Kindheit war verschwunden, das ihm einst durch des alten Mr. Earnshaws Vorliebe für ihn eingeflößt worden war. Er hatte lange versucht, im Lernen mit Catherine auf gleicher Höhe zu bleiben, und gab es schließlich mit tiefem, wenn auch schweigendem Bedauern auf, verzichtete vollständig. Es gab nichts mehr, was ihn noch dazu bringen konnte, einen Schritt zu machen auf dem Weg nach oben, um sich zu erheben, als er herausfand, daß er zwangsläufig von jeder Höhe wieder herabsinken und infolge seiner dienenden Stellung unter seinem früheren Niveau leben würde. Von da an hielt seine äußere Erscheinung Schritt mit seinem geistigen Niedergang. Er gewöhnte sich eine schlaffe, schlaksige Haltung an, einen latschigen Gang und einen unsteten, gemeinen Blick. Sein ohnehin verschlossenes Wesen steigerte sich zu einer übertriebenen, unglaublich schroffen Ungeselligkeit, und augenscheinlich machte es ihm ein grimmiges Vergnügen, bei seinen wenigen Bekannten eher Abneigung als Wertschätzung hervorzurufen.

Catherine und er waren in seinen wenigen freien Stunden noch immer zusammen als unzertrennliche Gefährten. Aber er drückte seine zärtlichen Gefühle für sie nicht mehr in Worten aus, und er schreckte mit ärgerlichem Mißtrauen vor ihren mädchenhaften Küssen zurück, so, als sei er sich bewußt, daß sie solche Zeichen der Zuneigung an einen Unwürdigen verschwende. An jenem Nachmittag also kam er ins »Haus«, um zu verkünden, daß er heute nichts mehr zu tun gedenke, während ich gerade Miss Cathy half, ihr Kleid in Ordnung zu bringen. Sie hatte nicht damit gerechnet, daß es ihm einfallen werde zu faulenzen, hatte vielmehr angenommen, sie werde das ganze Haus für sich allein haben, und hatte es irgendwie fertiggebracht, Mr. Edgar von ihres Bruders Abwesenheit zu informieren, und machte sich gerade für ihn fertig.

»Cathy, hast du heute nachmittag was vor?« fragte Heathcliff. »Gehst du irgendwohin?«

»Nein, es regnet ja«, antwortete sie.

»Warum hast du dann das Seidenkleid an?« fragte er. »'s kommt doch wohl niemand her, hoffe ich?«

»Nicht daß ich wüßte«, stammelte Miss Cathy. »Aber du solltest jetzt auf dem Feld sein, Heathcliff. Es ist eine Stunde nach Tisch. Ich dachte, du wärest längst fort.«

»'s kommt ja nicht oft vor, daß Hindley uns von seiner verfluchten Gegenwart befreit«, bemerkte der Junge. »Ich arbeite heute nicht mehr, ich bleibe bei dir.«

»Oh, aber Joseph wird's erzählen«, gab sie zu bedenken. »'s ist besser, du gehst!«

»Joseph lädt auf der hinteren Seite von Pennistow Crag Kalk auf. Damit hat er bis zum Abend zu tun und wird nie was davon erfahren.«

Sprach's, trat sich rekelnd zum Feuer und ließ sich dort gemütlich nieder. Catherine dachte einen Augenblick nach, mit gerunzelter Stirn. Sie wollte dem Besuch den Weg ebnen.

»Isabella und Edgar Linton sprachen davon, heute nachmittag vorbeizukommen«, sagte sie nach einer Minute Stillschweigen. »Da es regnet, erwarte ich sie kaum; aber wenn sie doch kommen, so kann dich das unnützerweise in Unannehmlichkeiten bringen.«

»Laß Ellen sagen, du seist nicht zu sprechen, Cathy«, beharrte er. »Jag mich doch nicht wegen solch blöden, jämmerlichen Freunden von dir hinaus! Manchmal reicht's mir, so daß ich losbrüllen möchte, daß sie – Aber ich werde es nicht –«

»Daß sie was?« rief Catherine und starrte ihn mit einem beunruhigten Gesichtsausdruck an. »O Nelly!« schrie sie dann gereizt auf und riß mit einem Ruck ihren Kopf aus meinen Händen. »Du hast mir ja die Locken fast ausgekämmt! 's ist genug! Laß mich in Ruhe! – Was reicht dir, Heathcliff?«

»Nichts – nur guck mal auf den Kalender an der Wand.« Er zeigte auf ein gerahmtes Blatt, das in der Nähe des Fensters an der Wand hing, und fuhr fort: »Die Kreuze sind für die Abende, die du mit den Lintons verbracht hast, und die Punkte für die, an denen du mit mir zusammen warst – siehst du, daß ich jeden Tag markiert habe?«

»Ja – sehr blöd! Als ob ich auf so etwas achte!« entgegnete Catherine verdrießlich. »Und was hat das für einen Sinn?«

»Dir zu zeigen, daß *ich* auf so etwas achte!« sagte Heathcliff.

»Und soll ich etwa immer mit dir zusammensitzen?« fragte sie und wurde immer ärgerlicher. »Was hab' ich davon? Was sprichst du denn schon mit mir? Du könntest genauso gut stumm sein oder ein kleines Kind – so wenig sagst du, um mich zu unterhalten, oder unternimmst etwas!«

»Du hast mir bis jetzt noch nicht gesagt, daß ich dir zu wenig rede oder daß du meine Gesellschaft nicht magst, Cathy!« ereiferte sich Heathcliff.

»Das ist überhaupt keine Gesellschaft, wenn Leute nichts wissen und nichts sagen«, murrte sie.

Ihr Kamerad erhob sich, aber er hatte keine Zeit, seinen Gefühlen noch weiter Ausdruck zu geben, denn der Hufschlag eines Pferdes war auf den Platten des Gehwegs zu hören, und dann pochte es sacht an der Tür, und der junge Linton trat ein. Sein Gesicht strahlte vor Freude über die unerwartete Aufforderung, die er erhalten hatte.

Zweifellos fiel Catherine der Unterschied zwischen ihren beiden Freunden auf, jetzt, als der eine hereinkam und der andere hinausging. Der Gegensatz war etwa so, wie wenn man aus einem öden, düsteren Kohlenrevier in ein fruchtbares, sonniges Tal kommt. Schon seine Stimme und sein Gruß waren ein solcher Gegensatz, ebenso wie seine Erscheinung. Er hatte eine angenehme, leise Art zu sprechen und sprach die Worte aus, wie Sie es tun. Das klingt weniger hart, als wir hier sprechen.

»Ich bin doch nicht etwa zu früh gekommen?« sagte er mit einem Blick auf mich. Ich hatte begonnen, das Tafelsilber zu putzen und einige Schubladen des Küchenschranks am andern Ende des Raums aufzuräumen.

»Nein«, antwortete Catherine. »Was machst du da, Nelly?«

»Meine Arbeit, Miss«, antwortete ich. (Mr. Hindley hatte mir die Anweisung gegeben, bei allen privaten Besuchen Lintons stets als Dritte zugegen zu sein.)

Sie trat hinter mich und flüsterte verärgert: »Mach, daß du mit deinen Staublappen fortkommst! Wenn Gäste im Haus sind, fangen Dienstboten nicht im gleichen Zimmer mit Scheuern und Saubermachen an!«

»Es ist eine gute Gelegenheit, jetzt, da der Herr fort ist«, antwortete ich laut. »Er hat's gar nicht gern, wenn ich mich an diese Sachen mache und hier herumfuhrwerke, wenn er da ist. Gewiß wird Mr. Edgar mich entschuldigen.«

»Ich hab's gar nicht gern, daß du hier herumfuhrwerkst, wenn *ich* da bin«, rief die junge Dame gebieterisch und ließ ihrem Gast keine Zeit, etwas zu sagen. Sie hatte seit dem kleinen Disput mit Heathcliff ihren Gleichmut noch nicht wiedergewonnen.

»Das tut mir leid, Miss Catherine!« war meine Antwort, und ich fuhr beharrlich in meiner Arbeit fort.

Sie riß mir in der Annahme, daß Edgar sie nicht sehen konnte, den Lappen aus der Hand und kniff mich, mit einer langen drehenden Bewegung, sehr boshaft in den Arm.

Ich sagte schon, ich mochte sie nicht und genoß es, sie dann und wann von ihrem hohen Roß herunterzuholen; außerdem hatte sie mir sehr weh getan. So sprang ich also von den Knien auf und kreischte los: »O Miss, das ist ein gemeiner Streich! Sie haben kein Recht, mich zu kneifen, und ich denke nicht daran, mir das gefallen zu lassen!«

»Ich hab' dich überhaupt nicht angefaßt, du verlogenes Geschöpf!« schrie sie, während es ihr in den Fingern zuckte, den Akt zu wiederholen, und ihre Ohren sich vor Zorn flammend röteten. Sie vermochte nie ihre Leidenschaft zu verbergen, die stets ihr ganzes Gesicht in Flammen setzte.

»So, und was ist denn das?« antwortete ich scharf und zeigte einen purpurroten Fleck auf meinem Arm als Beweis vor, um sie zu widerlegen.

Sie stampfte mit dem Fuß auf, schwankte einen Augenblick, und dann, unwiderstehlich getrieben von dem bösen Geist in ihr, klatschte ein heftiger Schlag auf meine Wange, der mir das Wasser in die Augen trieb.

»Catherine, Liebes! Catherine!« trat nun Linton dazwischen, ganz schockiert über das doppelte Vergehen der Unwahrheit und der Gewalttätigkeit, das sein Idol begangen hatte.

»Geh hinaus, Ellen!« wiederholte sie, am ganzen Leib zitternd.

Der kleine Hareton, der mir überallhin folgte und neben mir auf dem Boden gesessen hatte, begann mitzuweinen, als er meine Tränen sah. »Böse Tante Cathy«, schluchzte er, was natürlich ihren Zorn auf sein unglückliches Haupt herabzog. Sie packte ihn bei den Schultern und schüttelte ihn, bis das arme Kind blau wurde und Edgar ihre Hände festhielt, um ihn zu befreien. Im Augenblick hatte sie ihm eine Hand entwunden, und der erstaunte junge Mann fühlte sie auf sein eigenes Ohr klatschen in einer Weise, die nicht als Scherz mißverstanden werden konnte.

Bestürzt zog er sich zurück. Ich nahm Hareton auf den Arm und ging mit ihm in die Küche hinaus, ließ aber die Verbindungstür offen, denn ich war neugierig, wie das enden würde.

Der beleidigte Gast bewegte sich bleich und mit bebenden Lippen hin zu der Stelle, wo er seinen Hut abgelegt hatte.

»So ist's richtig!« sagte ich zu mir selbst. »Sei gewarnt und geh! Du kannst von Glück sagen, daß du mal etwas von ihrem wahren Charakter zu sehen bekommen hast.«

»Wo gehst du hin?« fragte Catherine und schoß ihm voraus zur Tür.

Er wich zur Seite und versuchte, an ihr vorbeizukommen.

»Du darfst jetzt nicht gehen!« rief sie energisch.

»Ich darf, und ich werde auch!« entgegnete er mit gedämpfter Stimme.

»Nein«, beharrte sie und hielt den Türgriff fest, »noch nicht, Edgar Linton! Du wirst mich nicht in dieser Stimmung allein lassen. Mir wäre die Nacht elend, und ich will mich nicht deinetwegen elend fühlen!«

»Kann ich bleiben, nachdem du mich geschlagen hast?« fragte Linton.

Catherine blieb stumm.

»Du benimmst dich ja, daß man Angst kriegt vor dir und sich deinetwegen schämt«, fuhr er fort. »Ich komme nicht wieder her!«

Ihre Augen begannen zu glitzern, und ihre Lider zuckten.

»Und du hast vorsätzlich die Unwahrheit gesagt!« fügte er hinzu.

»Hab' ich nicht!« rief sie, ihre Sprache wiederfindend. »Ich tat's nicht absichtlich – also gut, geh, bitte – mach dich davon! Und ich weine jetzt – weine mich krank!«

Sie ließ sich bei einem Stuhl auf die Knie niederfallen und fing ganz im Ernst zu weinen an.

Edgar beharrte bei seinem Entschluß – bis in den Hof; dort drückte er sich eine Weile herum. Ich beschloß, ihn anzufeuern.

»Miss Cathy ist schrecklich eigensinnig, Sir!« rief ich hinaus. »So schlimm wie ein verzogenes Kind. Sie sollten jetzt besser heimreiten, sonst wird sie noch krank, nur um uns Kummer zu machen.«

Der sanfte Junge mit seinem weichen Herzen blickte besorgt durch das Fenster. Er hatte so viel Kraft, sich zu entfernen, wie eine Katze Kraft hat, fortzugehen und eine Maus halb getötet oder einen Vogel halb verzehrt liegen zu lassen.

Ah, dachte ich, dem ist nicht mehr zu helfen! Er kann machen, was er will, er entgeht seinem Schicksal nicht.

Und so war es. Er drehte sich plötzlich um, eilte zurück ins Haus und schloß die Tür hinter sich. Und als ich nach einer Weile hineinging, um sie zu informieren, daß Earnshaw sinnlos betrunken nach Hause gekommen sei, bereit, alles kurz und klein zu schlagen (seine übliche Stimmung in diesem Zustand), sah ich, daß der Streit sie einander nur nähergebracht hatte. Er hatte es ihnen ermöglicht, die Schranken jugendlicher Schüchternheit zu durchbrechen und ihre Verbindung nicht mehr als Freundschaft zu tarnen, sondern sich als Liebende zu bekennen.

Die Nachricht von Mr. Hindleys Ankunft trieb Linton eiligst zu seinem Pferd und Catherine auf ihre Kammer. Ich ging, um den kleinen Hareton zu verstecken und aus der Vogelflinte des Herrn die Kugel herauszunehmen. Er liebte es, in seinem volltrunkenen Zustand mit dem Gewehr zu spielen, was jeden in Lebensgefahr brachte, der irgendwie seine Aufmerksamkeit auf sich lenkte. Ich entfernte daher die Ladung, damit er kein Unheil anrichtete, falls er einmal wirklich abdrücken sollte.

Neuntes Kapitel

Schreckliche Flüche ausstoßend, trat er ein und ertappte mich bei dem Bemühen, seinen Sohn im Küchenschrank zu verstauen. Hareton hatte sich früh ein heilsamer Schrecken vor seinem Vater eingeprägt, und so hütete er sich ängstlich davor, ihm zu begegnen und sich entweder der wilden Zärtlichkeit eines Raubtiers oder dem Zornausbruch eines Verrückten auszusetzen – denn in dem einen Fall lief er Gefahr, zu Tode gedrückt und geküßt, im andern, ins Feuer geschleudert oder an die Wand geschmettert zu werden – und so verhielt sich das arme Wesen mucksmäuschenstill, wo ich ihn auch versteckte.

»Da! Bin ich endlich dahintergekommen?« schrie Hindley, indem er mich wie einen Hund hinten am Genick packte und zurückzog. »Himmel und Hölle! Du hast dir wohl heimlich geschworen, das Kind da umzubringen! Ich weiß jetzt, wie es kommt, daß er mir nie begegnet. Aber mit des Satans Hilfe will ich dich das Schlachtemesser schlucken lassen, Nelly! Du brauchst nicht zu lachen, denn ich hab' grad Kenneth mit dem Kopf zuerst in den Blackhorse-Sumpf gesteckt, und ob's ein oder zwei sind, ist auch egal – und ich muß einen von euch umbringen, eher hab' ich keine Ruhe!«

»Aber ich mag das Schlachtemesser nicht, Mr. Hindley«, antwortete ich. »Damit sind grüne Heringe zerteilt worden. Ich möchte lieber erschossen werden, wenn's Ihnen nichts ausmacht, bitte sehr!«

»Du sollst eher verdammt sein«, sagte er, »und das wirst du auch! Kein Gesetz in England kann einen Mann hindern, in seinem Haus auf Ordnung zu halten, und in meinem geht es drunter und drüber! Mach deinen Mund auf!«

Er hielt das Messer in der Hand und stieß mir seine Spitze zwischen die Zähne. Doch ich bin seinen verrückten Einfällen gegenüber nie sehr ängstlich gewesen. Ich spuckte aus und beteuerte, es schmecke abscheulich – ich könnte es um keinen Preis herunterkriegen.

»Oh«, sagte er, mich loslassend, »ich sehe, dieser scheußliche kleine Lump ist gar nicht Hareton – entschuldige, Nell! –, denn wenn er's wäre, verdiente er, bei lebendigem Leibe geschunden zu werden, weil er nicht herbeigelaufen kommt, um mich zu begrüßen, und statt dessen kreischt, als wäre ich ein Ungeheuer. Entartetes Kind, komm hierher! Ich werd' dich lehren, einen gutherzigen, verblendeten Vater hereinzulegen. Nun, meinst du nicht, der Bursche sähe mit gestutzten Ohren besser aus? So was macht einen Hund grimmiger, und ich liebe, was grimmig ist – gib mir die Schere – was Grimmiges und Rassiges! Außerdem ist es höllische Ziererei, teuflische Eitelkeit ist es, so an unseren Ohren zu hängen – sind wir doch Esel genug auch ohne sie. Scht, Kind, scht! Also dann ist es doch mein Liebling! Still, wisch die Augen ab – es gibt was zum Freuen. Küß mich! Was? Er will nicht! Küß mich, Hareton! Verdammt sollst du sein, küß mich! Herrgott, und so ein Scheusal soll ich aufziehen! So wahr ich lebe, ich breche dem Balg das Genick.«

Der arme Hareton kreischte und strampelte in seines Vaters Armen, was er konnte, und verdoppelte sein Gebrüll, als der ihn die Treppe hinauftrug und ihn über das Geländer hielt. Ich rief aus, daß er das Kind zu Tode ängstige, und stürzte hinauf, um es zu retten. Als ich oben ankam, lehnte Hindley vornüber auf dem Geländer, um auf ein Geräusch von unten zu horchen, und vergaß beinahe, was er in Händen hatte.

»Wer ist das?« fragte er, als er unten Schritte hörte, die sich dem Fuß der Treppe näherten.

Ich beugte mich auch vor, um Heathcliff, dessen Schritte ich erkannt hatte, ein Zeichen zu geben, nicht weiterzugehen; doch in dem Augenblick, als ich meine Augen von Hareton abwandte, bäumte der sich plötzlich auf, befreite sich aus dem nachlässigen Griff, der ihn hielt, und fiel hinunter.

Es war kaum Zeit, einen Schauer des Entsetzens zu empfinden, als wir auch schon sahen, daß der kleine Kerl unversehrt geblieben war. Heathcliff stand gerade im kritischen Moment darunter. Einem natürlichen Impuls folgend, fing er das Kind auf, stellte es auf seine Füße und schaute dann hinauf, um den Urheber des Unfalls zu entdecken.

Ein Geizhals, der sich gerade von einem Lotterielos zu fünf Schilling getrennt hat und am nächsten Tag entdeckt, daß er bei dem Handel fünftausend Pfund verloren hat, könnte kein verdutzteres Gesicht machen als Heathcliff beim Anblick von Mr. Earnshaws Gestalt droben. Klarer, als Worte es vermochten, drückten seine Züge den heftigen Ärger darüber aus, daß er mit eigenen Händen die Gelegenheit zur Rache vereitelt hatte. Wenn es dunkel gewesen wäre, so hätte er wahrscheinlich versucht, den Irrtum wieder in Ordnung zu bringen, indem er Hareton mit dem Kopf gegen die Treppenstufen geschleudert und ihm so den Schädel eingeschlagen hätte; aber wir waren alle Zeugen seiner Rettung, und ich war augenblicklich unten und preßte meinen kostbaren Schatz ans Herz.

Hindley kam gemächlicher die Treppe herunter, ernüchtert und verlegen.

»Du bist schuld, Ellen«, sagte er. »Du hättest dafür sorgen sollen, daß er mir nicht unter die Augen kommt; du hättest ihn mir wegnehmen müssen! Ist er irgendwo verletzt?«

»Verletzt!« schrie ich zornig. »Wenn er nicht tot ist, so wird er sein Leben lang ein Idiot bleiben! Oh! Ich wundere mich, daß seine Mutter nicht aus dem Grab aufsteht, um zu sehen, wie Sie mit ihm umgehen. Sie sind ja schlimmer als ein Heide – sein eigen Fleisch und Blut so zu behandeln!«

Er versuchte, das Kind zu berühren, das nun, da es sich wieder in meinen Armen wußte, seinem Schrecken schluchzend Luft machte.

Kaum jedoch hatte es sein Vater mit einem Finger ganz leicht angerührt, als es wieder gellend aufschrie und sich sträubte und wand, als ob es Krämpfe kriege.

»Sie sollen ihn in Ruhe lassen!« fuhr ich fort. »Er haßt Sie – alle hassen Sie – das ist die Wahrheit! Ein glückliches Familienleben hatten Sie, und in einen schönen Zustand haben Sie's gebracht!«

»Das soll noch viel besser werden, Nelly«, lachte der heruntergekommene Mann, der seine Härte wiederfand. »Jetzt macht, daß ihr beide fortkommt. Und höre du, Heathcliff! Räum das Feld, ich will von dir nichts hören und sehen... Ich wollte dich nicht gerade heute nacht umbringen – es sei denn, daß es mir einfallen sollte, das Haus anzuzünden; aber das hängt davon ab, wie mir grad zumute ist –«

Während er so sprach, nahm er eine Halbliterflasche Branntwein aus dem Küchenschrank und goß sich davon etwas in ein Trinkglas.

»Nein, tun Sie's nicht!« beschwor ich ihn. »Mr. Hindley, lassen Sie es sich zur Warnung dienen. Haben Sie wenigstens Mitleid mit dem unglücklichen Jungen, wenn es Ihnen schon egal ist, was aus Ihnen selbst wird.«

»Jeder andere wird für ihn als Vater besser sein, als ich's bin«, antwortete er.

»Erbarmen Sie sich doch Ihrer eigenen Seele!« sagte ich und versuchte, ihm das Glas zu entwinden.

»Im Gegenteil, es wird mir ein großes Vergnügen sein, sie in die Verdammnis zu schicken, um ihren Schöpfer zu strafen«, rief der Gotteslästerer. »Prost – auf die Verdammnis!«

Er trank den Schnaps und befahl uns ungeduldig fortzugehen und fügte eine Reihe gräßlicher Verwünschungen an, zu schlimm, als daß man sie wiederholen oder sich an sie erinnern möchte.

»'s ist ein Jammer, daß er sich mit seinem Saufen nicht umbringen kann«, bemerkte Heathcliff und murmelte einige Flüche zurück, als die Tür geschlossen war. »Er tut wirklich sein Bestes, aber so wie er gebaut ist, wird daraus nichts. Mr. Kenneth sagt, er wolle seine Stute wetten, daß Hindley jeden Mann diesseits von Gimmerton überlebt und zu Grab geht als weißhaariger Sünder – es sei denn, daß ihm durch einen glücklichen Zufall etwas Außergewöhnliches zustößt.«

Ich ging in die Küche und setzte mich hin, um mein kleines Lamm in den Schlaf zu lullen. Heathcliff kam durch den Raum, und ich dachte, er ginge hinüber zur Scheune. Wie sich nachher herausstellte, hatte er die Küche gar nicht verlassen, sondern sich auf der anderen Seite der Sitzbank, weitab vom Feuer, auf eine Bank an der Mauer hingelegt.

Ich schaukelte Hareton auf meinen Knien und summte ein

NEUNTES KAPITEL

Lied, das begann: »Die Kinder weinten spät in der Nacht, im Grab ist die Mutter davon erwacht...«

Da steckte Miss Cathy, die den Lärm auf ihrem Zimmer vernommen hatte, den Kopf herein und flüsterte: »Bist du allein, Nelly?«

»Ja, Miss«, antwortete ich.

Sie trat ein und näherte sich dem Herd. Ich schaute auf, in der Annahme, daß sie mir etwas sagen wolle. Der Ausdruck ihres Gesichts schien mir verstört und sorgenvoll. Ihre Lippen waren halb geöffnet, als ob sie sprechen wollte, und sie holte tief Luft, aber es wurde nur ein Seufzer statt eines Satzes.

Ich nahm mein Singen wieder auf, da ich ihr Betragen von vorhin noch nicht vergessen hatte.

»Wo ist Heathcliff?« fragte sie, mich unterbrechend.

»Bei seiner Arbeit im Stall«, war meine Antwort.

Er widersprach mir nicht; vielleicht war er eingedöst.

Es folgte wieder eine lange Pause, in der ich wahrnahm, wie von Catherines Wange ein oder zwei Tropfen auf die Fliesen hinabfielen.

Schämt sie sich ihres Betragens? fragte ich mich. Das wäre etwas Neues! Aber sie soll nur selber davon anfangen – ich werd' ihr nicht helfen!

Was nicht ihre eigene Person betraf, machte ihr wenig Sorgen.

»Ach Gott«, rief sie endlich, »ich bin ganz unglücklich!«

»Traurig«, bemerkte ich. »Sie sind wirklich schwer zufriedenzustellen. So viele Freunde und so wenig Sorgen, und doch können Sie sich nicht zufriedengeben?«

»Nelly, kannst du ein Geheimnis bewahren?« fuhr sie fort, kniete bei mir nieder und schlug ihre lebhaften Augen zu mir auf mit einem Blick, der Groll und übler Laune augenblicklich den Boden entzieht, selbst wenn man alles Recht der Welt dazu hätte.

»Lohnt es sich auch, es für sich zu behalten?« erkundigte ich mich, schon etwas weniger mißgestimmt.

»Ja, und es quält mich, und ich muß es dir anvertrauen! Ich möchte wissen, was ich tun soll. Heute hat mir Edgar Linton einen Heiratsantrag gemacht, und ich habe ihm meine Antwort gegeben. Ehe ich dir nun sage, ob ich eingewilligt oder abgelehnt habe, sage du mir, was ich hätte antworten sollen.«

»Wirklich, Miss Catherine, wie kann ich das wissen?« antwortete ich. »Gewiß, wenn ich daran denke, wie Sie sich heute nachmittag in seiner Gegenwart aufgeführt haben, kann ich wohl sagen, daß es das Klügste wäre, ihm einen Korb zu geben, denn da er Sie nach diesem Auftritt gefragt hat, muß er entweder hoffnungslos dumm sein oder ein verwegener Narr.«

»Wenn du so sprichst, werde ich dir nichts mehr erzählen«, erwiderte sie gekränkt und stand auf. »Ich habe ja gesagt, Nelly. Nun schnell, sag, ob das verkehrt war!«

»Sie haben ja gesagt? Wozu dann noch darüber diskutieren? Sie haben Ihr Wort gegeben und können es nicht zurücknehmen.«

»Aber sag, ob ich's richtig gemacht habe, sag es, los!« rief sie in ärgerlichem Ton aus, rieb sich die Hände und runzelte die Stirn.

»Da sind eine ganze Menge Dinge, die bedacht werden wollen, ehe diese Frage richtig beantwortet werden kann«, sagte ich mit umständlicher Wichtigkeit. »Zuerst und vor allem: Lieben Sie Mr. Edgar?«

»Was kann man dagegen machen? Natürlich liebe ich ihn«, antwortete sie.

Dann ging ich mit ihr folgende Fragen durch – für ein Mädchen von zweiundzwanzig waren sie durchaus angebracht.

»Warum lieben Sie ihn, Miss Cathy?«

»Unsinn, ich liebe ihn eben – das genügt.«

»Keineswegs, Sie müssen sagen, warum.«

»Nun gut: weil er hübsch ist und weil man gern mit ihm zusammen ist.«

»Schlecht«, war mein Kommentar.

»Und weil er jung ist und fröhlich.«

»Noch immer: schlecht.«

»Und weil er mich liebt.«

»Zählt nicht, wenn's jetzt kommt.«

»Und er wird reich sein, und ich möchte gern die vornehmste Frau in der Nachbarschaft sein, und ich werde stolz sein, solch einen Mann zu haben.«

»Am allerschlechtesten! Und nun sagen Sie, wie Sie ihn lieben.«
»Wie jeder liebt – was bist du dumm, Nelly.«
»Keineswegs. Antworten Sie.«
»Ich liebe den Boden unter seinen Füßen und die Luft über seinem Haupt und alles, was er anrührt, und jedes Wort, das er sagt. Ich liebe alle seine Blicke und alles, was er tut, und ihn völlig und ganz und gar. Da, nun weißt du's!«
»Und warum?«
»Also nein, du machst dich lustig darüber, das ist ganz schlecht von dir! Es ist kein Scherz für mich!« sagte die junge Dame schmollend und kehrte ihr Gesicht dem Feuer zu.
»Scherzen liegt mir sehr fern, Miss Catherine«, erwiderte ich. »Sie lieben Mr. Edgar, weil er hübsch ist und jung und fröhlich und reich und Sie liebt. Das letzte jedoch zählt nicht – Sie würden ihn wahrscheinlich auch ohne diesen Umstand lieben; und wäre nur die Liebe vorhanden und besäße er die vier vorher genannten Vorzüge nicht, so würden Sie ihn nicht lieben.«
»Nein, gewiß nicht – ich würde ihn höchstens bemitleiden, ihn sehr bedauern, vielleicht, wenn er häßlich wäre und ein Tölpel.«
»Aber es gibt noch andere hübsche, reiche junge Männer in der Welt, hübscher vielleicht und reicher, als er es ist. Was sollte Sie davon abhalten, die zu lieben?«
»Wenn es sie gibt, so habe ich keine Chance, ihnen zu begegnen – ich habe noch keinen anderen gesehen als Edgar.«
»Das kann aber noch kommen, und er wird nicht immer hübsch sein und jung, und es mag auch sein, daß er nicht immer reich ist.«
»Er ist es jetzt, und ich habe es nur mit der Gegenwart zu tun. Ich wünschte, du sprächest vernünftig.«
»Gut, das erledigt die Sache. Wenn Sie es nur mit der Gegenwart zu tun haben, so heiraten Sie Mr. Linton.«
»Ich brauche dazu nicht deine Erlaubnis – ich *werde* ihn heiraten. Und doch hast du mir noch immer nicht gesagt, ob ich's richtig mache.«
»Vollkommen richtig, wenn Leute es richtig machen, die nur

für die Gegenwart heiraten. Und nun lassen Sie uns mal hören, worüber Sie unglücklich sind. Ihr Bruder wird sich freuen... Die alten Herrschaften werden nichts dagegen haben, denke ich. Sie werden ein unordentliches, trostloses Heim mit einem wohlhabenden, hochgeachteten vertauschen. Und Sie lieben Edgar, und Edgar liebt Sie. Alles scheint in Butter – wo ist das Hindernis?«

»Hier und hier«, antwortete Catherine und schlug mit der einen Hand an die Stirn und mit der anderen an die Brust, »wo auch immer die Seele sitzen mag – in meiner Seele und in meinem Herzen bin ich überzeugt davon, daß ich's falsch mache.«

»Das ist sehr merkwürdig! Das begreife ich nicht.«

»Das weiß auch nur ich – es ist mein Geheimnis, aber wenn du mich nicht auslachst, will ich versuchen, es dir zu erklären. Ich kann's nicht klar ausdrücken – aber ich lass' dich fühlen, wie mir's ums Herz ist.«

Sie setzte sich wieder zu mir, ihr Gesicht wurde trauriger und ernster, und ihre gefalteten Hände zitterten.

»Nelly, hast du nie seltsame Träume?« sagte sie plötzlich nach einigen Minuten des Nachdenkens.

»Doch, hin und wieder«, antwortete ich.

»Ich auch. Ich habe in meinem Leben Träume gehabt, die seitdem immer bei mir sind und meine Vorstellungen veränderten. Sie sind mir durch und durch gegangen, so wie Wein, den man dem Wasser zufügt, und haben die Farbe meiner Gedanken verwandelt. Und dies ist einer – ich werde ihn dir jetzt erzählen – aber gib dir Mühe, daß du nicht an irgendeiner Stelle lachst.«

»O tun Sie's nicht, Miss Catherine!« rief ich. »Wir erleben schon Gräßliches genug, ohne daß wir Geister und Geschichten heraufbeschwören, die uns verwirren. Kommen Sie, seien Sie fröhlich, seien Sie wieder die alte Catherine! Schauen Sie mal auf den kleinen Hareton: *Er* träumt nichts Schreckliches. Wie süß er im Schlaf lächelt!«

»Ja, und wie süß sein Vater flucht da drüben in seiner Einsamkeit! Du erinnerst dich wohl noch, wie er grad solch ein pausbäkkiges Ding war – und grad so unschuldig. Doch, Nelly, du mußt mir jetzt zuhören, du würdest mir einen Gefallen damit tun. Es dauert nicht lange, und ich habe heute abend nicht die Kraft, lustig zu sein.«

»Ich will nichts davon hören, ich will nicht!« wiederholte ich rasch.

Ich war damals, was Träume anbelangt, sehr abergläubisch und bin es noch heute, und Catherine hatte an jenem Abend einen so seltsam schwermütigen Blick, der mich fürchten ließ, daß ich aus ihrem Traum eine Prophezeiung hätte entnehmen müssen, die mich eine fürchterliche Katastrophe voraussehen ließ.

Sie war verärgert, aber bestand nicht mehr auf ihrem Willen. Nach einer Weile fing sie von etwas anderem an: »Wenn ich im Himmel wäre, Nelly, würde ich höchst unglücklich sein.«

»Weil Sie dafür noch nicht reif sind«, antwortete ich. »Alle Sünder müssen im Himmel unglücklich sein.«

»Aber es ist nicht deswegen. Ich habe mal geträumt, daß ich dort sei.«

»Ich sag's Ihnen noch einmal, ich will nichts von Ihren Träumen hören, Miss Catherine! Ich gehe zu Bett«, unterbrach ich sie wieder.

Sie lachte und drückte mich auf den Stuhl nieder, denn ich machte eine Bewegung, als wollte ich aufstehen.

»Es ist doch nichts!« rief sie. »Ich wollte doch nur sagen, daß der Himmel nicht meine wahre Heimat zu sein schien, und ich weinte herzbrechend, weil ich wieder zurück auf die Erde wollte. Und die Engel waren so zornig über mich, daß sie mich hinauswarfen, mitten auf die Heide über Wuthering Heights, und da erwachte ich, schluchzend vor Freude. Das wird genügen und kann dir ebenso gut mein Geheimnis erklären wie der andere Traum. Ich habe ebenso wenig ein Recht, Edgar Linton zu heiraten, wie ich ein Recht habe, im Himmel zu sein; und wenn der böse Mann da drinnen Heathcliff nicht so tief heruntergebracht und ganz zerstört hätte, würde ich auch nie daran gedacht haben. Jetzt wäre es unter meinem Stand, es würde mich degradieren, Heathcliff zu heiraten. Und darum soll er nie wissen, wie sehr ich ihn liebhabe – und das nicht, weil er hübsch ist, Nelly, sondern dies ist der Grund: Er ist ich, er ist mehr mein Ich, als ich es selber bin. Aus was für Stoff auch unsere Seelen gemacht sind, seine und meine sind sich völlig gleich, und die Lintons ist so verschieden von meiner wie Mondschein vom Blitz oder Frost vom Feuer.«

Noch ehe sie zu Ende geredet hatte, bemerkte ich Heathcliffs Anwesenheit. Ich vernahm ein leichtes Geräusch, wandte den Kopf und sah ihn von der Bank aufstehen und lautlos davonschleichen. Er hatte alles mitangehört, und als er Catherine sagen hörte, es wäre unter ihrem Stand und würde sie degradieren, ihn zu heiraten, wollte er nichts weiter hören und ging hinaus.

Meine Gesprächspartnerin, die auf dem Boden saß, konnte der Rückenlehne der Sitzbank wegen seine Anwesenheit oder sein Fortgehen nicht bemerken; ich aber fuhr hoch und machte ihr ein Zeichen, still zu sein.

»Warum?« fragte sie und schaute nervös um sich.

»Joseph ist hier«, antwortete ich, da ich gerade das Rollen seiner Karrenräder auf der Straße vernahm, »und Heathcliff wird mit ihm hereinkommen. Ich bin nicht sicher, ob er nicht eben an der Tür war.«

»Oh, an der Tür könnte er mich nicht belauschen!« sagte sie. »Gib mir Hareton, während du das Abendbrot machst, und wenn es fertig ist, lad mich ein, mit dir zu essen. Die Überzeugung, daß Heathcliff keine Ahnung von diesen Dingen hat, beruhigte immerhin mein Gewissen – er ahnt doch nichts, nicht wahr? Er weiß doch nicht, was das heißt: lieben!«

»Ich sehe keinen Grund, warum er das nicht genauso wissen sollte wie Sie«, entgegnete ich, »und wenn er auf *Sie* verfallen ist, wird man ihn nur sehr bedauern können, denn sobald Sie Mrs. Linton werden, wird er der unglücklichste Mensch von der Welt sein und verliert Freundschaft und Liebe und alles! Haben Sie schon überlegt, wie Sie die Trennung ertragen werden und wie er's ertragen soll, ganz verlassen zu sein? Denn, Miss Catherine –«

»Er ganz verlassen! Wir getrennt!« rief sie mit einem Ton der Empörung aus. »Wer wollte uns denn trennen, bitte? Es wird ihn nur Milons Geschick treffen! Nicht, solange ich lebe, Ellen, wird das irgend jemand fertigkriegen! Alle Lintons der Welt könnten sich in nichts auflösen, ehe ich mich bereit fände, Heathcliff aufzugeben. Oh, das ist's nicht, was ich vorhabe – das ist's nicht, was ich meine! Ich möchte nicht Mrs. Linton werden, forderte man solch einen Preis! Er wird für mich immer bleiben, was er sein Leben lang für mich gewesen ist. Edgar muß seine Antipathie überwinden und ihn wenigstens tolerieren. Und das wird er auch, wenn er meine wahren Gefühle für ihn kennenlernt. Nelly, ich sehe jetzt, du hältst mich für ein egoistisches Miststück; aber hast du nie bedacht, daß wir Bettler wären, wenn Heathcliff und ich heiraten würden? Dagegen kann ich, wenn ich Linton heirate, Heathcliff helfen, daß er vorwärtskommt, und kann ihm woanders einen Platz verschaffen, wo mein Bruder nichts zu sagen hat.«

»Mit dem Geld Ihres Ehemannes, Miss Catherine?« fragte ich. »Sie werden ihn unter Umständen nicht so beeinflußbar finden, wie Sie es sich gedacht haben; und obwohl mir kaum ein Urteil darüber zusteht, meine ich, das ist wohl der schlechteste Grund, den Sie bisher genannt haben, um Lintons Frau zu werden.«

»Nein, keineswegs«, widersprach sie, »das ist der beste! Bei den andern Gründen ging es um die Befriedigung meiner Wünsche und auch darum, Edgar zufriedenzustellen. Bei diesem aber geht es um jemanden, der in seiner Person alles das umfaßt, was ich für Edgar und mich selbst empfinde. Ich kann es nicht richtig ausdrücken, aber sicher hast du wie jedermann eine Vorstellung oder wenigstens eine Ahnung davon, daß es außerhalb von dir noch eine Existenz gibt oder geben sollte. Was hätte meine Erschaffung für einen Sinn, wenn ich vollständig hier in diesem Leben aufginge? Meine großen Nöte in dieser Welt sind Heathcliffs Nöte gewesen, und ich habe alle seine Leiden von Anfang an gesehen und mitgefühlt; mein großer Gedanke im Leben ist er. Wenn alles andere zugrunde ginge und er bliebe, würde ich doch fortfahren zu sein; wenn aber alles andere bliebe und nur er wäre ausgelöscht, so würde mir das ganze Universum total fremd werden. Ich wäre dann kein Teil mehr davon. Meine Liebe zu Linton ist wie das Laub in den Wäldern. Die Zeit wird sie verändern, ich bin mir dessen wohl bewußt, so wie der Winter die Bäume verändert. Meine Liebe zu Heathcliff gleicht den ewigen Felsen unter ihnen – sie sind eine Quelle kaum wahrnehmbarer Freuden, aber notwendig. Nelly, ich bin Heathcliff – er ist immer, immer in meinem Sinn – nicht als ein Vergnügen, ebenso wenig wie ich mir selbst stets ein Vergnügen bin – doch als mein eigenes Sein. Sprich nicht wieder von unserer Trennung – sie ist undurchführbar, und –«

Sie hielt inne und verbarg ihr Gesicht in den Falten meines Kleides, aber ich schob sie mit Gewalt fort. Meine Geduld mit ihrer Narrheit war zu Ende!

»Wenn ich noch irgendeinen Sinn in Ihrem Unsinn finden kann, Miss«, sagte ich, »so trägt das nur dazu bei, mich zu überzeugen, daß Sie von den Pflichten, die Sie mit einer Heirat auf sich nehmen, keine Ahnung haben, oder aber, daß Sie ein schlechtes, gewissenloses Mädchen sind. Verschonen Sie mich mit weiteren Geheimnissen! Ich verspreche nicht, sie für mich zu behalten.«

»Aber das behältst du für dich?« fragte sie besorgt.

»Nein, ich verspreche nichts«, wiederholte ich.

Sie wollte weiter in mich dringen, als Josephs Eintritt unserem Gespräch ein Ende machte; und Catherine setzte sich in eine Ecke und nahm mir Hareton ab, während ich das Abendessen bereitete.

Nachdem es gekocht war, fingen Joseph und ich zu streiten an, wer von uns Mr. Hindley etwas zu essen bringen solle; und wir wurden uns nicht eher einig, als bis alles beinahe kalt war. Schließlich kamen wir überein, daß wir warten wollten, bis er selbst etwas verlange, denn wir fürchteten uns, besonders dann zu ihm zu gehen, wenn er einige Zeit allein gewesen war.

»Un wiesu is dann där Lump noch nich vum Fäld hämkumme? Wo treibt'r sich rum? Werd Maulaffe feilhalte!« meckerte der alte Mann, der sich nach Heathcliff umschaute.

»Ich werde ihn rufen«, antwortete ich. »Sicher ist er in der Scheune.«

Ich ging und rief ihn, bekam aber keine Antwort. Als ich zurückkam, flüsterte ich Catherine zu, daß er einen erheblichen

Teil von dem, was sie mir anvertraut habe, gehört haben müsse, dessen sei ich sicher; und ich erzählte ihr, wie ich ihn aus der Küche gehen sah, gerade als sie über ihres Bruders Benehmen ihm gegenüber klagte.

Sie sprang in schierem Entsetzen auf, warf Hareton auf die Sitzbank und rannte los, um selbst ihren Freund zu suchen, und nahm sich nicht die Zeit, darüber nachzudenken, warum sie so aufgeregt war oder wie ihr Gerede auf ihn gewirkt haben könnte.

Sie blieb so lange aus, daß Joseph vorschlug, wir sollten nicht länger warten. Scharfsinnig vermutete er, daß sie wegblieben, um nicht sein langes Tischgebet anhören zu müssen. Sie wären »schlächt gnuch för jäde Schandtat«, behauptete er. Und in ihrem Interesse fügte er an diesem Abend seinem üblichen viertelstündigen Tischgebet noch ein besonderes Gebet hinzu und hätte ein anderes der Danksagung angehängt, wäre nicht seine junge Mistress plötzlich hereingestürmt mit dem eiligen Befehl, daß er die Straße hinunterlaufen müsse und Heathcliff suchen, wo er sich auch herumtreibe, und ihn veranlassen, sofort zurückzukommen!

»Ich will und muß mit ihm reden, noch ehe ich schlafen gehe«, sagte sie. »Und das Tor ist offen, er ist irgendwo außer Hörweite, denn er hat nicht geantwortet, obwohl ich oben beim Schafstall nach ihm gerufen habe, so laut ich konnte.«

Joseph machte zunächst Einwände; jedoch war es ihr so bitterernst, daß sie keinen Widerspruch duldete, und so setzte er schließlich seinen Hut auf und ging murrend hinaus.

Inzwischen lief Catherine auf und ab und rief dabei: »Ich möchte wissen, wo er steckt – ich frage mich, wo er sein kann! Was habe ich denn gesagt, Nelly? Ich hab's vergessen. War er bös über meine schlechte Laune heute nachmittag? Lieber Himmel! Sag mir, was habe ich gesagt, daß er sich so grämt? Ach, ich wollte, er käme! Ach, käme er doch!«

»Was für ein Lärm um nichts!« rief ich, obgleich mir selbst gar nicht wohl war. »Ich weiß nicht, warum Sie gleich so ängstlich sind! Es ist bestimmt kein Grund zur Aufregung, wenn Heathcliff einen Mondscheinbummel durchs Moor macht oder schmollend auf dem Heuboden liegt und zu verärgert ist, um zu antworten. Ich wette, er hat sich dort versteckt. Warten Sie, ob ich ihn dort nicht aufstöbere!«

Ich ging von neuem auf die Suche. Doch umsonst, und Joseph erreichte auch nichts.

»De Borsche wärd schlimmer un schlimmer!« bemerkte er, als er wieder hereinkam. »Är hat's Gatter spärrangelwät uffstehn lasse, un Miss ihr Pony hot zwä Forche Korn runnergetrampelt un is quär dorch nieber uff de Wiese! Na, wie dr Härre morje fuchsdeiwelswild werd sin, un rächt hot'r! Är is ja de Geduld in Person mit su änem lieerliche Geschöpf – jo, de Geduld in Person is'r! Awer är wärd's nich immer sin – ihr werd's sähn, ihr alle! Ihr müßt'n nich um nix un wieder nix verrickt mache!«

»Hast du Heathcliff gefunden, du Esel?« unterbrach ihn Catherine. »Hast du nach ihm gesucht, wie ich es dir aufgetragen hatte?«

»Äch sullt lieber noch dä Gaul siehn«, antwortete er. »'s wär gescheider. Awer äch kann kän Gaul un kän Mänsch suche gähn in su'ner Naacht, die su schwarz is als wie'n Schoornstän! Un där Heathcliff is nich de Borsche, där uff mei Pfeife heere dut – vielleecht is'r nich su värstockt, wann Ihr'n rufe dut.«

Es war für den Sommer ein sehr dunkler Abend. Die Wolken waren schwarz, als sollte es gleich losdonnern, und ich sagte, wir würden besser daran tun, uns jetzt alle hinzusetzen, der Regen, wenn er gleich losbreche, werde ihn schon heimtreiben.

Catherine ließ sich jedoch nicht zur Ruhe überreden. Sie lief weiter hin und her, vom Gatter zur Haustür, in einem Zustand der Aufregung, der kein Innehalten gestattete, und bezog schließlich einen Dauerposten an einer Seite der Hauswand, nahe der Straße. Dort blieb sie, ungeachtet meiner Vorhaltungen, des grollenden Donners und der großen Tropfen, die um sie herum niederklatschten. Immer wieder rief sie nach Heathcliff, lauschte dann und weinte schließlich laut auf. Sie übertraf Hareton und jedes andere Kind, wenn es darum ging, sich gut und kräftig auszuweinen.

Um Mitternacht, während wir noch aufsaßen, kam, wild an

den Fenstern rüttelnd, der Sturm über die Höhen. Er tobte, gewaltige Donner krachten; und entweder der Sturm oder der Blitz spaltete einen Baum an der Ecke des Hauses. Ein riesiger Ast fiel aufs Dach und schmetterte ein Stück des östlichen Schornsteins herunter, so daß lärmend Steine und Sott ins Küchenfeuer gepoltert kamen.

Wir dachten nicht anders, als daß der Blitz unter uns eingeschlagen hätte, und Joseph warf sich auf die Knie und flehte den Herrn an, der Patriarchen Noah und Lot zu gedenken und wie in früheren Zeiten den Gerechten zu verschonen, wenn er die Gottlosen heimsuche. Ich hatte das dunkle Gefühl, daß dies auch ein Gericht über uns sei. Der Jona, den ich im Sinn hatte, war Mr. Earnshaw, und ich rüttelte am Türgriff zu seinem Zimmer, um mich zu vergewissern, ob er noch am Leben sei. Er antwortete hörbar genug auf eine Weise, die meinen Genossen veranlaßte, noch lauter als vorher zu Gott zu schreien, daß ein großer Unterschied gemacht werden müsse zwischen Heiligen gleich ihm und Sündern gleich seinem Herrn. Aber das Unwetter war in zwanzig Minuten vorbei und ließ uns alle unversehrt, ausgenommen Cathy, die sich geweigert hatte, im Hause Schutz zu suchen, und zur Strafe für ihre Dickköpfigkeit völlig durchnäßt worden war, da sie ohne Hut und Umschlagtuch draußen stehen blieb, um so viel Wasser wie möglich mit ihren Haaren und Kleidern aufzusaugen.

Sie kam herein und legte sich, triefend wie sie war, auf die Sitzbank, wandte uns den Rücken zu und verbarg ihr Gesicht in den Händen.

»Also Miss!« rief ich aus und berührte sie an der Schulter. »Sie sind wohl erpicht darauf, sich den Tod zu holen, was?! Wissen Sie, wie spät es ist? Halb eins. Kommen Sie! Gehen wir ins Bett! Es hat keinen Zweck, noch länger auf den törichten Jungen zu warten – er wird nach Gimmerton gegangen sein und dort übernachten. Er glaubt nicht, daß wir so spät noch auf sind und auf ihn warten; oder er denkt, daß höchstens Mr. Hindley noch auf ist, und er will es lieber vermeiden, daß ihm vom Herrn persönlich die Tür geöffnet wird.«

»Nä, nä, är's nich in Gimmerton!« sagte Joseph. »Äch würd' mich nich wunnern, wänner in 'ner Moorgrub stäcke dut. Die Heimsuchung war nich för nix un hot ähn Sinn, un Ehr mißt uffpasse, Miss, nu seid Ehr dran. Dem Himmel sei Dank für alles! Alle Dinge müssen zum Besten dienen denen, die auserwählt sind un herausgeläsen aus 'm Kehricht! Ehr wißt ja, was de Heilige Schrift sagt –«

Und er fing an, verschiedene Bibeltexte herzusagen, und nannte uns die Kapitel und Verse, wo wir sie finden könnten.

Nachdem ich vergebens versucht hatte, das eigensinnige Mädchen zu bewegen, aufzustehen und ihre nassen Sachen auszuziehen, ließ ich ihn weiterpredigen und sie weiterfrieren und begab mich mit dem kleinen Hareton zu Bett, der so fest schlief, als ob es kein Unwetter gegeben hätte und alle um ihn herum tief und fest geschlafen hätten.

Ich hörte Joseph noch eine Weile weiterlesen, dann vernahm ich seinen langsamen Tritt auf der Leiter, und dann schlief ich ein.

Als ich am anderen Morgen etwas später als sonst hinunterkam, sah ich beim Licht der Sonnenstrahlen, die durch die Ritzen der Fensterläden drangen, Miss Catherine noch immer am Feuer sitzen. Die Tür zur Wohnstube stand halb offen, Licht flutete durch die Fenster, die nicht geschlossen worden waren. Hindley war aus seinem Bau herausgekommen und stand verstört und schläfrig am Küchenherd.

»Was fehlt dir, Cathy?« sagte er gerade, als ich eintrat. »Du siehst ja traurig aus wie ein junger Hund, den man ersäuft hat. Warum bist du so naß und so blaß, Kind?«

»Ich bin naß geworden«, antwortete sie zögernd, »und mir ist kalt, das ist alles.«

»Oh, sie ist ungezogen!« rief ich, als ich feststellte, daß der Herr leidlich nüchtern war. »In dem Regenguß gestern abend wurde sie bis auf die Haut naß und hat nun die ganze Nacht hier gesessen, und ich konnte sie nicht dazu bewegen, aufzustehen und sich schlafen zu legen.«

Mr. Earnshaw starrte uns verwundert an. »Die ganze Nacht«,

wiederholte er. »Was hat sie denn veranlaßt aufzubleiben? Angst vor Gewitter doch sicher nicht? Das war ja seit Stunden vorüber.«

Keiner von uns wollte Heathcliffs Abwesenheit erwähnen, solange wir es verheimlichen konnten. So antwortete ich, ich wüßte nicht, warum sie sich das in den Kopf gesetzt hätte, aufzubleiben; und sie sagte nichts.

Der Morgen war frisch und kühl; ich stieß das Fenster auf, und augenblicklich füllte sich der Raum mit süßen Düften aus dem Garten. Catherine aber rief verdrießlich: »Ellen, schließ das Fenster. Ich komme hier noch um vor Kälte!« Und ihre Zähne klapperten, als sie noch näher an die fast erloschene Glut heranrückte.

»Sie ist krank«, sagte Hindley und ergriff ihr Handgelenk. »Ich vermute, das ist der Grund, warum sie nicht zu Bett gehen wollte. Verdammt! Ich will hier nicht mit noch mehr Krankheit belästigt werden. Was hat dich denn in den Regen hinausgetrieben?«

»Hinter de Borsche herränne, wie üblich!« krächzte Joseph, der, als wir zögerten, die Gelegenheit ergriff, um seine böse Zunge hineinzustecken. »Wenn ich Sie wäre, Härr, dät'ch dene allesamt de Dür vor de Nase zuschlahn, ganz gleich, ob hochgeborn oder schlicht! Da is keen Tag, wenn Se wäch sin, daß de Linton nich wie 'ne Katz angeschliche kimmt – na, un Miss Nelly, das is mer 'ne Feine! Se sitzt in d' Küche un paßt för se auf, un wänn Se zur eene Dür neinkummn, macht er sich durch die annre davun. Un denn geht die junge Lady ihrersäts aach uf de Kurmache aus. Das is en scheens Benähme, nach zwelfe in de Nacht mit däm elende faule Zigeinerborsche, dem Heathcliff, im Feld herumzestreiche. Die denke, äch wär blind, awer das bin'ch nich. Äch hon de junge Linton kumme un gähn gesähn, un Eich« (damit wandte er sich an mich) »nixnutzige, schlampige Häxe hab'ch uffspringe un in de Wohnstub stürze gesähn, suwie mer de Hufschlag vum Härre sei'm Gaul geheert hot.«

»Sei still, du mieser Lauscher!« rief Catherine. »Keine Unverschämtheiten hier vor mir! Edgar Linton kam gestern, per Zufall,

Hindley, und *ich* war es, die ihn fortschickte, weil ich wußte, daß du ihm nicht gern begegnet wärest – in dem Zustand, in dem du warst.«

»Du lügst, Cathy, ohne Zweifel«, antwortete ihr Bruder, »und du bist ein verfluchter Einfaltspinsel! Aber lassen wir mal Linton aus dem Spiel, im Augenblick. Sag mir, warst du gestern abend nicht mit Heathcliff zusammen? Sag die Wahrheit jetzt, du brauchst keine Angst zu haben, daß er's kriegt. Wenn ich ihn auch seit eh und je nicht mag, hat er mir doch einen guten Dienst erwiesen, grad vor kurzem, und das macht mein Gewissen empfindlich, so daß ich ihm nicht das Genick breche. Damit es aber nicht doch dazu kommt, werde ich ihn gleich in der Morgenstunde an seine Arbeit schicken, und wenn er weg ist, rate ich euch allen, gut aufzupassen, daß ihr mich nicht reizt!«

»Ich habe Heathcliff gestern abend überhaupt nicht gesehen«, antwortete Catherine und begann bitterlich zu schluchzen, »und wenn du ihm die Tür weist, geh' ich mit ihm. Aber vielleicht wirst du dazu nie mehr Gelegenheit haben – vielleicht ist er auf und davon.« Hier brach sie in haltloses Weinen aus, und der Rest ihrer Worte war nicht mehr zu verstehen.

Hindley bedachte sie mit einem Schwall zorniger Flüche und befahl ihr, sofort auf ihr Zimmer zu gehen, oder sie sollte nicht umsonst heulen! Ich drang in sie zu gehorchen, und ich werde nie vergessen, welch eine Szene sie aufführte, als wir ihr Zimmer erreichten. Es erschreckte mich – ich dachte, sie wäre verrückt geworden, und ich bat Joseph inständig, schnell den Doktor zu holen.

Es erwies sich als der Beginn eines Deliriums. Mr. Kenneth erklärte sie für gefährlich krank, als er sie gesehen hatte. Sie hatte Fieber.

Er ließ sie zur Ader und sagte mir, ich solle ihr Molke und Haferschleim geben und solle darauf achten, daß sie sich nicht die Treppe hinunterstürze oder aus dem Fenster springe; und dann ging er wieder, denn er hatte in der Gemeinde viel zu tun, wo die gewöhnliche Entfernung von Haus zu Haus zwei oder drei Meilen betrug.

Obwohl ich nicht behaupten kann, daß ich eine sanfte Krankenschwester abgab, und Joseph und der Herr auch nicht besser waren und obwohl unsere Patientin so schwierig und starrköpfig war, wie das ein Patient nur sein kann, überstand sie es doch.

Die alte Mrs. Linton besuchte uns einige Male, gewiß um nach dem Rechten zu sehen, und schalt und kommandierte alle, und als Catherine auf dem Wege der Besserung war, bestand sie darauf, daß man sie nach Thrushcross Grange bringe; wir waren sehr dankbar, sie los zu sein. Aber die alte Dame hatte Grund, ihre Freundlichkeit zu bereuen. Sie und ihr Gatte bekamen das Fieber und starben beide kurz nacheinander innerhalb weniger Tage.

Unsere junge Dame kehrte zu uns zurück – frecher, jähzorniger und hochmütiger denn je. Von Heathcliff hatten wir seit jenem Gewitter nichts mehr gehört; und eines Tages, als sie mich aufs Äußerste gereizt hatte, wollte es das Unglück, daß ich ihr die Schuld an seinem Verschwinden gab (was ja auch zutraf, wie sie wohl wußte). Daraufhin brach sie für mehrere Monate jede Beziehung zu mir ab und kannte mich nur noch in meiner Eigenschaft als Dienstbote. Auch Joseph kam in Acht und Bann: Er konnte den Mund nicht halten und kanzelte sie ab wie ein kleines Mädchen, und sie betrachtete sich doch schon als erwachsene Frau und als unsere Herrin und meinte, daß ihre Krankheit unlängst ihr das Recht gab, mit Rücksicht behandelt zu werden. Ferner hatte der Doktor gesagt, sie könne nicht viel Widerspruch vertragen und man solle ihr ihren Willen lassen; und es war ihrer Ansicht nach nichts weniger als Mord und Anschlag auf ihr Leben, wenn irgend jemand es wagte, aufzustehen und ihr zu widersprechen.

Von Mr. Earnshaw und seinen Kumpanen hielt sie sich fern, und ihr Bruder, durch Kenneth angewiesen, erlaubte ihr, was immer sie wollte, angesichts der ernsthaften Gefahr eines Anfalls, die bei ihren Zornausbrüchen immer bestand, und vermied im allgemeinen, ihr feuriges Temperament noch zu reizen. Er war eher zu nachgiebig ihren Launen gegenüber, und das nicht aus Liebe, sondern aus Ehrgeiz. Er wünschte ernstlich, daß sie durch eine Verbindung mit den Lintons der Familie Ehre einbrächte; mochte sie auf uns herumtrampeln wie auf Sklaven, was kümmerte ihn das, solange sie nur ihn in Ruhe ließ!

Edgar Linton, wie unzählige vor und nach ihm, war närrisch verliebt und hielt sich für den glücklichsten Menschen an dem Tage, da er sie zur Kirche von Gimmerton führte, drei Jahre nach seines Vaters Tod.

Ganz gegen meine Neigung ließ ich mich überreden, Wuthering Heights zu verlassen und die junge Frau ins neue Heim zu begleiten. Der kleine Hareton war fast fünf Jahre alt, und ich hatte gerade angefangen, ihm die Buchstaben beizubringen. Es war ein schmerzlicher Abschied, aber Catherines Tränen flossen reichlicher als die unseren. Zuerst hatte ich mich ja geweigert mitzugehen; doch als sie feststellte, daß sie mit Bitten und Flehen bei mir nichts ausrichtete, ging sie lamentierend zu ihrem Gemahl und zu ihrem Bruder. Der eine bot mir großzügig hohen Lohn an, der andere befahl mir, meine Sachen zu packen und mich davonzumachen: Er brauche keine Frauen im Haus, sagte er, da es ja nun keine Herrin mehr gäbe, und was Hareton betreffe, den solle nun der Pfarrer in die Hand nehmen. Und so blieb mir keine andere Wahl, als zu tun, was mir befohlen wurde. Dem Herrn sagte ich, er wolle alle anständigen Leute nur darum loswerden, um noch etwas schneller sich selbst ruinieren zu können. Hareton küßte ich zum Abschied, und seitdem bin ich ihm ganz fremd geworden, und es ist seltsam zu denken, aber ich hab' keinen Zweifel, daß er alles von Ellen Dean vergessen hat und nicht weiß, daß er für sie mehr war als die ganze Welt und sie für ihn!

An diesem Punkt ihrer Geschichte warf die Haushälterin zufällig einen Blick auf die Uhr über dem Kamin und war ganz erstaunt zu sehen, daß die Zeiger schon auf halb zwei zeigten. Sie wollte nichts davon hören, auch nur eine Sekunde länger zu bleiben, und tatsächlich war es auch mir ganz lieb, daß die Fortsetzung ihrer Geschichte aufgeschoben wurde. Und nun, da sie zur Ruhe gegangen ist und ich noch eine weitere Stunde oder zwei verträumt habe, werde ich mich aufraffen und mich ebenfalls hinlegen, trotz schmerzender Benommenheit in Kopf und Gliedern.

Zehntes Kapitel

Eine bezaubernde Einführung in ein Einsiedlerleben! Vier Wochen Qualen, Schüttelfrost und Krankheit! O diese rauhen Winde und strengen, nördlichen Himmel, diese unpassierbaren Straßen und saumseligen Landärzte! Und dieser Mangel an Menschengesichtern und, schlimmer als alles, die fürchterliche Eröffnung von Kenneth, daß ich nicht damit rechnen könne, vor dem Frühling draußen zu sein!

Mr. Heathcliff hat mich gerade mit seinem Besuch beehrt. Vor ungefähr acht Tagen schickte er mir ein paar Birkhühner – die letzten der Saison. Schurke! Er ist nicht völlig schuldlos an meiner Krankheit, und ich hatte große Lust, es ihm zu sagen. Aber ach! Wie konnte ich einen Mann kränken, der so gütig war, eine gute Stunde an meinem Bett zu sitzen und über andere Themen als Pillen und Tropfen, Pflaster und Blutegel zu sprechen?

Ich spüre im Augenblick eine kleine Erleichterung. Zum Lesen bin ich noch zu schwach, doch fühle ich mich so, als ob mir etwas Anregung gut täte. Warum nicht Mrs. Dean heraufbitten, damit sie ihre Geschichte zu Ende bringt? Ich glaube, die Hauptereignisse bekomme ich noch zusammen, soweit sie mit ihnen gekommen war. Ja, ich erinnere mich: Der Held war davongelaufen, und man hatte drei Jahre lang nichts von ihm gehört. Und die Heldin hatte geheiratet. Ich werde klingeln. Sie wird entzückt sein, mich zu einer fröhlichen Unterhaltung aufgelegt zu finden.

Mrs. Dean kam.

»Es ist noch nicht Zeit für Ihre Medizin, Sir; erst in zwanzig Minuten ist sie zu nehmen«, fing sie an.

»Weg damit!« antwortete ich. »Ich wünsche vielmehr –«

»Der Doktor sagt, Sie können die Pulver jetzt weglassen.«

»Von Herzen einverstanden! Doch unterbrechen Sie mich nicht. Kommen Sie und nehmen Sie hier Platz. Lassen Sie die

Finger von diesen scheußlichen Fläschchen. Sie haben gewiß Ihr Strickzeug bei sich – holen Sie es heraus – gut! Und nun erzählen Sie die Geschichte von Mr. Heathcliff weiter, von jenem Punkt an, wo Sie aufgehört haben, bis zum heutigen Tag. Hat er seine Ausbildung auf dem Kontinent beendet und kehrte er von dort als Gentleman zurück? Oder hat er ein Stipendium für die Universität erhalten? Oder brannte er nach Amerika durch und kam dadurch zu Ehren, daß er seine Wahlheimat schröpfte und Blut fließen ließ? Oder machte er sein Glück rascher auf englischen Landstraßen?«

»Er hat sich vielleicht in all diesen Berufen ein wenig umgetan, Mr. Lockwood, aber ich könnte nicht dafür bürgen, daß es so war. Auch sagte ich ja schon früher, daß ich nicht wüßte, wie er zu seinem Geld gekommen war. Es entzieht sich meiner Kenntnis, wie er es fertigbrachte, sich Bildung anzueignen und aus der rohen Unwissenheit, in die er gesunken war, herauszukommen. Doch mit Ihrer Erlaubnis will ich fortfahren und in meiner Weise weitererzählen, wenn Sie meinen, daß es Sie unterhalten und nicht ermüden wird. Fühlen Sie sich heute morgen besser?«

»Viel besser.«

»Das ist eine gute Nachricht.«

Ich begleitete also Miss Catherine nach Thrushcross Grange, und zu meiner angenehmen Überraschung benahm sie sich viel besser, als ich zu hoffen gewagt hatte. Sie schien in Mr. Linton maßlos vernarrt zu sein, und selbst seine Schwester bekam von ihr eine Menge Zuneigung zu spüren. Sicherlich ging es beiden vor allem um Catherines Zufriedenheit. Nicht der Dornbusch bog sich zum Geißblatt, sondern das Geißblatt umrankte den Dornbusch. Es gab keine gegenseitigen Zugeständnisse, eins stand aufrecht, die anderen gaben nach; und wer kann bösartig oder übel gelaunt sein, wenn er weder auf Widerspruch noch auf Gleichgültigkeit stößt?

Ich bemerkte, daß Mr. Edgar eine tiefwurzelnde Furcht hatte, sie zu verstimmen. Er ließ sie das nicht merken; aber jedesmal, wenn er mich eine scharfe Antwort geben hörte oder sonst jemand vom Personal unmutig werden sah bei einem ihrer herrischen Befehle, zeigte sich seine Besorgnis durch ein mißbilligendes Stirnrunzeln im Gesicht, das sich nie verfinsterte, wenn es ihn selbst betraf. Er sprach oftmals streng mit mir über meine Dreistigkeit und behauptete im Ernst, daß es für ihn wie ein Messerstich sei, so weh täte es ihm, wenn er seine Frau verärgert sähe.

Um einen gütigen Herrn nicht zu bekümmern, lernte ich weniger empfindlich zu sein, und für den Zeitraum eines halben Jahres lag das Pulver so harmlos da wie Sand, weil kein Feuer in die Nähe kam, um es zur Explosion zu bringen. Catherine hatte hin und wieder Zeiten, wo sie düsterer Stimmung und schweigsam war, die von ihrem Gatten mit teilnehmendem Schweigen respektiert wurden. Da sie früher nie solche Depressionen gekannt hatte, sah er darin eine Nachwirkung ihrer schweren Krankheit. War bei ihr wieder Sonnenschein, so strahlte auch er sofort. Ich kann wohl sagen, daß sie sich wirklich eines tiefen, wachsenden Glücks erfreuten.

Es endete. Nun, schließlich müssen wir uns damit abfinden, einsam zu sein. Die Milden und Großzügigen sind nur mit mehr Berechtigung selbstsüchtig als die Herrschenden – und es endete, als die Umstände ihnen zeigten, daß das Interesse des einen in den Gedanken des andern nicht an erster Stelle stand.

An einem milden Septemberabend kam ich gerade mit einem schweren Korb Äpfel, die ich aufgelesen hatte, aus dem Garten. Es war dämmrig geworden, und der Mond schaute über die hohe Hofmauer und brachte unbestimmte Schatten, die in den Ecken der zahlreichen Vorsprünge des Gebäudes lauerten, zum Leben. Ich setzte meine Last auf der Treppe bei der Küchentür ab, um auszuruhen und noch ein paar Atemzüge der lauen, süßen Luft einzuatmen. Meine Augen waren auf den Mond gerichtet, und dem Eingang kehrte ich den Rücken zu, als ich hinter mir eine Stimme hörte: »Nelly, bist du es?«

Es war eine tiefe Stimme, deren Ton mir fremd war; dennoch war da etwas in der Art, wie mein Name ausgesprochen wurde, das mir vertraut vorkam. Ich wandte mich um, furchtsam, um festzustellen, wer da sprach, denn die Türen waren verschlossen, und ich hatte niemanden gesehen, als ich zu den Treppenstufen kam.

Etwas regte sich in dem kleinen Vorbau, und näher herantretend konnte ich deutlich einen großen Mann in dunkler Kleidung erkennen, mit dunklem Gesicht und Haar. Er lehnte an der Wand und hatte die Hand auf die Klinke gelegt, als ob er vorhatte, die Tür selbst zu öffnen.

Wer kann das sein? dachte ich. Mr. Earnshaw? O nein! Die Stimme hat keine Ähnlichkeit mit seiner.

»Ich warte hier schon eine Stunde«, begann er wieder, während ich fortfuhr, ihn anzustarren, »und die ganze Zeit über ist es hier totenstill gewesen. Ich wagte nicht hinauszugehen. Du kennst mich nicht? Sieh mich an, ich bin kein Fremder!«

Ein Strahl des Mondlichts fiel auf sein Gesicht: Die Wangen waren bleich und halb verdeckt von einem schwarzen Backenbart, die Brauen finster zusammengezogen und darunter tiefliegende, ganz besondere Augen. An die Augen erinnerte ich mich.

»Was!« schrie ich auf, unsicher, ob ich ihn für einen Besucher aus dieser Welt ansehen sollte, und hob die Hände voller Staunen. »Was! Sie kommen zurück? Sind Sie es wirklich? Ja?«

»Ja, Heathcliff«, antwortete er und schaute von mir weg hinauf zu den Fenstern, die lauter glitzernde Monde spiegelten, aber kein Licht von drinnen zeigten. »Sind sie zu Hause – wo ist sie? Nelly, du bist nicht gerade erfreut – du mußt nicht so verstört sein. Ist sie hier? Sag doch! Ich muß ein Wort mit ihr sprechen – mit deiner Herrin. Geh und sag, jemand aus Gimmerton möchte sie sprechen.«

»Wie wird sie es aufnehmen?« rief ich aus. »Was wird sie tun? Diese Überraschung – das macht mich ganz konfus – sie wird den Kopf verlieren! Und Sie *sind* Heathcliff? Aber verändert! Nein, das ist ja nicht zu fassen! Sind Sie Soldat gewesen?«

»Geh und bestell, was ich dir gesagt habe«, unterbrach er mich ungeduldig. »Das ist ja zum Verrücktwerden, bis du endlich soweit bist!«

Er drückte die Klinke nieder, und ich trat ein; aber als ich vor dem Wohnzimmer stand, wo Mr. und Mrs. Linton waren, konnte ich's nicht über mich bringen einzutreten.

ZEHNTES KAPITEL

Endlich, nach langem Zögern, entschloß ich mich zu einem Vorwand: hineinzugehen und zu fragen, ob sie die Kerzen angezündet haben wollten, und öffnete die Tür.

Sie saßen zusammen in einer Fensternische. Die geöffneten Fensterflügel waren bis an die Wand zurückgeschlagen und gaben den Blick frei über die Gartenbäume und den verwilderten grünen Park bis in das Tal von Gimmerton mit einem langen, sich fast bis zur Höhe windenden Nebelstreifen (denn, wie Sie vielleicht bemerkt haben, mündet gleich hinter der Kirche der Moorgraben in einen kleinen Bach, der der Biegung des engen Tales folgt). Wuthering Heights erhob sich über diesem silbrigen Dunst, aber unser altes Haus war nicht zu sehen, denn es liegt auf der anderen Seite der Höhe.

Beides, das Zimmer mit seinen Bewohnern, und die Szene, auf die sie schauten, sah wundersam friedlich aus. Ich zögerte, den Auftrag auszuführen, und ich war tatsächlich so weit, wieder hinauszugehen und meine Botschaft unausgesprochen zu lassen, nachdem ich meine Frage wegen der Kerzen gestellt hatte; aber dann empfand ich das Alberne meines Betragens, und das veranlaßte mich, kehrtzumachen und zu stammeln: »Jemand aus Gimmerton wünscht Sie zu sprechen, gnädige Frau.«

»Was will er?« fragte Mrs. Linton.

»Ich habe ihn nicht gefragt«, antwortete ich.

»Na gut, zieh die Vorhänge zu, Nelly«, sagte sie, »und bring den Tee herauf. Ich bin sofort wieder da!«

Sie verließ das Zimmer. Mr. Edgar erkundigte sich so nebenbei, wer denn da gekommen wäre.

»Jemand, den die gnädige Frau nicht erwartet«, antwortete ich. »Jener Heathcliff, Sie erinnern sich, Sir, der früher bei den Earnshaws lebte.«

»Was, der Zigeuner – der Ackerknecht?« rief er. »Warum hast du das Catherine nicht gesagt?«

»Schscht! So dürfen Sie ihn nicht nennen«, sagte ich. »Sie würde sehr traurig sein, wenn sie das hörte. Es brach ihr beinahe das Herz, als er fortlief. Ich glaube, seine Rückkehr wird sie sehr erfreuen.«

Mr. Linton schritt zu einem Fenster an der anderen Seite des Zimmers, das zum Hof hinausging. Er öffnete es und beugte sich hinaus. Ich vermute, sie standen darunter, denn er rief hastig: »Steh nicht dort draußen herum, mein Liebes! Bring den Mann herein, wenn es etwas Besonderes ist.«

Bald hörte ich das Klicken des Riegels, und Catherine flog die Treppe herauf, außer Atem und wild, zu aufgeregt, um Freude zu zeigen. Wirklich, nach ihrem Gesicht würden Sie eher auf ein schreckliches Unglück geschlossen haben.

»O Edgar, Edgar!« keuchte sie und schlang ihre Arme um seinen Hals. »O Edgar, Liebster! Heathcliff ist wiedergekommen, denk dir!« Und sie umarmte ihn noch fester und drückte ihn.

»Schon gut, schon gut«, rief ihr Gemahl ärgerlich, »mußt mich deshalb nicht gleich erwürgen! Ich habe ihn nie für eine solche Kostbarkeit gehalten. Es gibt keinen Grund, seinetwegen gleich aus dem Häuschen zu geraten!«

»Ich weiß, du hast ihn nie leiden können«, antwortete sie und unterdrückte ein wenig die Heftigkeit ihres Entzückens. »Doch um meinetwillen müßt ihr jetzt Freunde sein. Soll ich ihm sagen, daß er heraufkommen soll?«

»Hierher«, fragte er, »ins Wohnzimmer?«

»Wohin sonst?«

Er sah verärgert drein und empfahl die Küche als einen passenden Ort für ihn.

Mrs. Linton musterte ihn mit einem seltsamen Ausdruck: halb ärgerlich, halb amüsiert über seinen dünkelhaften Stolz.

»Nein«, sagte sie nach einer Weile, »ich kann nicht in der Küche sitzen. Stell hier zwei Tische auf, Ellen: einen für deinen Herrn und Miss Isabella, die feinen Leute, den andern für Heathcliff und mich, die niedere Klasse. Wird das dir so recht sein, Liebling? Oder soll für mich anderswo Feuer gemacht werden? Wenn ja, so gib Anweisung. Ich laufe hinunter und halte meinen Gast fest, damit er mir nicht wegläuft. Es ist einfach zu schön, um wahr zu sein!«

Sie wollte gerade wieder forteilen; doch Edgar hielt sie fest.

»*Du* bittest ihn heraufzukommen«, sagte er, sich an mich wendend, »und du, Catherine: Man kann sich auch freuen, ohne gleich albern zu werden. Der gesamte Haushalt braucht nicht mitanzusehen, wie du einen fortgelaufenen Knecht als Bruder willkommen heißt.«

Ich ging hinunter und fand Heathcliff unter dem Schutzdach vor der Haustür, anscheinend schon auf die Aufforderung zum Eintreten wartend. Er folgte mir, ohne Worte zu verlieren, und ich führte ihn hinein zum Herrn und zur gnädigen Frau, deren gerötete Wangen Spuren einer hitzigen Aussprache verrieten. Aber diese Wangen glühten noch aus einem anderen Gefühl, als ihr Freund in der Tür erschien. Sie sprang ihm entgegen, ergriff seine beiden Hände und führte ihn zu Linton. Und dann ergriff sie Lintons widerstrebende Finger und preßte sie in die Hand des anderen.

Jetzt, beim vollen Licht des Feuers und der Kerzen, war ich über Heathcliffs Verwandlung noch erstaunter. Er war ein großer, athletischer, gut aussehender Mann geworden, neben dem mein Herr ziemlich schmal und jugendlich wirkte. Seine aufrechte Haltung legte den Gedanken nahe, daß er in der Armee gewesen sein müsse. Sein Gesicht wirkte durch Ausdruck und Festigkeit der Züge viel älter als das Mr. Lintons; es sah klug aus und hatte keine Spuren früherer Erniedrigung zurückbehalten. Eine halb gebändigte Wildheit lauerte jedoch unter den herabhängenden buschigen Augenbrauen und in den Augen voll schwarzen Feuers, aber sie wurde beherrscht, und sein Benehmen war geradezu vornehm zu nennen, die Grobheit war ganz abgelegt, wenn auch zu ernst und formell-höflich, um charmant zu wirken.

Meines Herrn Überraschung war nicht geringer als die meine, ja übertraf sie noch. Er war einen Augenblick in Verlegenheit, wie er den Ackerknecht (wie er ihn genannt hatte) anreden sollte. Heathcliff ließ seine schmale Hand los, stand da, blickte ihn kühl an und wartete, bis er sich zu sprechen entschloß.

»Setzen Sie sich, Sir«, sagte er endlich. »Mrs. Linton erinnert sich an alte Zeiten und wollte gerne, daß ich Ihnen einen herzlichen Empfang bereite, und natürlich macht es mich glücklich, wenn sich etwas ereignet, was ihr Freude macht.«

»Und mich ebenso«, antwortete Heathcliff, »besonders, wenn es etwas ist, an dem ich teilhabe. Ein oder zwei Stunden will ich gerne bleiben.«

Er nahm Catherine gegenüber Platz, die ihn gleichsam mit ihrem Blick festhielt, als fürchte sie, er könne verschwinden, wenn sie das Auge von ihm wende. Er sah sie nicht oft an, ein kurzer Blick hin und wieder genügte, doch blitzte mit jedem Mal deutlicher die unverhohlene Freude auf, die er aus ihren Augen trank.

Sie waren viel zu sehr von ihrer gegenseitigen Freude in Anspruch genommen, um Verlegenheit zu empfinden. Nicht so Mr. Edgar: Er wurde aus purem Ärger bleich, ein Gefühl, das seinen Höhepunkt erreichte, als seine Frau aufstand, über den Teppich schritt, Heathcliffs Hände von neuem ergriff und wie von Sinnen lachte.

»Morgen werde ich denken, es war ein Traum!« rief sie aus. »Ich werde es nicht glauben können, daß ich dich wieder einmal gesehen, gefühlt und gesprochen habe – und dabei verdienst du, grausamer Heathcliff, diesen Empfang gar nicht. Drei Jahre wegzubleiben, ohne etwas von dir hören zu lassen, und nie an mich zu denken!«

»Und doch ein wenig mehr, als du an mich gedacht hast!« murmelte er. »Ich hörte erst vor kurzem von deiner Heirat, Cathy, und während ich unten im Hof wartete, überlegte ich mir diesen Plan: Nur noch einmal einen Blick erhaschen von deinem Gesicht – ein erstauntes Anstarren vielleicht und gespielte Freude –, danach meine Rechnung mit Hindley begleichen und dann dem Gesetz zuvorkommen und mich selbst richten. Dein Willkommen ist der Anlaß, daß ich mir diese Vorhaben aus dem Sinn schlage. Aber hüte dich, mir das nächste Mal mit einer andern Miene zu begegnen! Nein, du treibst mich nicht wieder fort – es hat dir wohl leid getan, ja? Nun, dazu hattest du auch Grund genug. Es war ein bitteres Leben, das ich zu durchkämpfen hatte, seit ich das letzte Mal deine Stimme hörte, und du mußt mir verzeihen, ich habe nur für dich gekämpft!«

»Catherine, wenn wir nicht kalten Tee haben wollen, so komm bitte zu Tisch«, unterbrach Linton und bemühte sich, seinen normalen Ton und das gebührende Maß von Höflichkeit zu bewahren. »Mr. Heathcliff hat noch einen langen Marsch vor sich, wo er heute nacht auch logiert, und ich bin durstig.«

Sie nahm ihren Platz vor der Teemaschine ein, und Miss Isabella kam, von der Tischglocke gerufen, und dann, nachdem ich noch jedem seinen Stuhl an den Tisch herangeschoben hatte, verließ ich den Raum.

Das Mahl dauerte kaum zehn Minuten. Catherines Tasse wurde nie gefüllt, sie konnte weder essen noch trinken. Edgar hatte Tee auf seine Untertasse verschüttet und trank kaum einen Schluck.

Ihr Gast dehnte seinen Besuch an jenem Abend nicht über Gebühr aus und blieb nicht länger als eine Stunde. Als er aufbrach, fragte ich, ob er nach Gimmerton gehe.

»Nein, nach Wuthering Heights hinauf«, antwortete er. »Mr. Earnshaw hat mich eingeladen, als ich ihn heute morgen besuchte.«

Mr. Earnshaw hat ihn eingeladen! Und er hat Mr. Earnshaw besucht! Lange, nachdem er fort war, dachte ich noch über diesen Satz nach. Sollte es sich herausstellen, daß er so etwas wie ein Heuchler ist, und sollte er nur heimgekommen sein, um im verborgenen Unheil anzurichten? Ich sann darüber nach – ich hatte so ein Gefühl tief im Grunde meines Herzens, das mich nichts Gutes erwarten ließ, und ich dachte, daß es besser gewesen wäre, er wäre fortgeblieben.

Mitten in der Nacht wurde ich von Mrs. Linton aus meinem ersten Schlummer geweckt, die in mein Zimmer geschlüpft war, an meinem Bett Platz genommen hatte und mich an den Haaren zog, um mich wachzukriegen.

»Ich kann nicht schlafen, Ellen«, sagte sie gleichsam zur Entschuldigung. »Und ich brauche in meinem Glück ein lebendes Wesen, das teilnimmt! Edgar schmollt, weil ich mich über etwas freue, das ihn nicht interessiert. Er macht den Mund nur auf, um kleinlich herumzunörgeln und blöde Reden zu halten, und er behauptet, ich wäre grausam und selbstsüchtig, weil ich mich mit ihm unterhalten will, wenn er sich elend und müde fühlt. Er schafft es immer, krank zu sein, wenn ihm auch nur das Geringste in die Quere kommt! Ich habe noch ein paar lobende Worte über Heathcliff gesagt, und er, entweder weil er Kopfschmerzen hat oder vielleicht aus Eifersucht, fängt gleich an zu weinen, so daß ich aufgestanden bin und ihn allein gelassen habe.«

»Was hat es für einen Sinn, vor ihm Heathcliff zu preisen?« antwortete ich. »Als Jungen schon mochten sie sich gegenseitig nicht, und Heathcliff würde es ebenso wenig mögen, wenn er Lobsprüche auf ihn hörte – so sind halt die Menschen. Lassen Sie doch Mr. Linton mit Heathcliff in Ruhe, wenn Sie es nicht zu einem offenen Streit zwischen den beiden kommen lassen wollen.«

»Aber ist das nicht ein Zeichen von großer Schwäche?« fuhr sie fort. »Ich bin nicht eifersüchtig, ich fühle mich nie verletzt. Ich bin nicht neidisch, wenn ich den Glanz von Isabellas blonden Haaren sehe und ihre weiße Haut, wenn ich sehe, mit welch wählerischem Geschmack sie sich kleidet und wie die ganze Familie sie verwöhnt. Sogar du, Nelly, hältst gleich zu ihr, wenn ich mal mit ihr Streit habe, und ich gebe nach wie eine närrische Mutter, ich nenne sie Liebling und umschmeichle sie, bis sie wieder guter Laune ist. Ihrem Bruder gefällt es, wenn er uns in herzlichem Einvernehmen sieht, und das wiederum gefällt mir. Aber sie sind sich sehr ähnlich: Sie sind verzogene Kinder und bilden sich ein, die Welt sei nur zu ihrer Bequemlichkeit da und jedermann habe sich ihnen anzupassen. Und obwohl ich beiden ihren Willen lasse, denke ich manchmal, eine ordentliche Züchtigung könnte ihnen nur gut tun.«

»Sie irren sich, Mrs. Linton«, sagte ich. »Die beiden lassen Ihnen den Willen – ich weiß, was das geben würde, wenn sie es nicht täten! Sie können ihnen wohl einmal nachgeben, solange es deren Pflicht ist, Ihnen jeden Wunsch von den Augen abzulesen. Sie könnten sich jedoch einmal entzweien wegen einer Sache, die für beide Seiten von gleicher Bedeutung ist, und dann dürften diejenigen, die Sie als schwach bezeichnen, sehr wohl imstande sein, ebenso hartnäckig zu sein wie Sie!«

»Und dann kämpfen wir auf Leben und Tod, bis einer auf der Strecke bleibt, nicht wahr, Nelly?« entgegnete sie lachend.

»Nein! Ich sage dir, ich habe solch ein Vertrauen in Lintons Liebe, daß ich glaube, ich könnte ihn töten, ohne daß er wünschte, es mir zu vergelten!«

Ich gab ihr den Rat, ihn um dieser Zuneigung willen um so mehr zu schätzen.

»Das tue ich«, antwortete sie. »Aber er braucht nicht gleich wegen jeder Kleinigkeit zu winseln. Es ist kindisch; und anstatt sich in Tränen aufzulösen, weil ich sagte, Heathcliff verdiene nun jedermanns Achtung und es würde dem vornehmsten Mann im Lande zur Ehre gereichen, sein Freund zu sein, hätte er es statt meiner sagen und schon aus Sympathie sich darüber freuen sollen. Er muß sich an ihn gewöhnen, und es könnte dann ebenso gut sein, daß er ihn mag. Wenn ich bedenke, wieviel Grund Heathcliff hat, ihn zu mögen – und meiner Ansicht nach benahm er sich ausgezeichnet.«

»Was halten Sie davon, daß er nach Wuthering Heights geht?« forschte ich. »Er hat sich augenscheinlich in jeder Hinsicht gebessert – ein wahrer Christ, der all seinen Feinden ringsum die Freundeshand anbietet!«

»Er erklärte es mir«, entgegnete sie. »Ich habe mich ebenso sehr wie du gewundert. Er sagte, er habe dort angeklopft, um von dir Informationen über mich zu erhalten, in der Annahme, du wohntest noch dort. Und Joseph sagte es Hindley, der herauskam und ihn auszufragen begann, was er die ganze Zeit über gemacht habe und wie es ihm ergangen sei, und ihn schließlich aufforderte einzutreten. Drinnen saßen mehrere Personen beim Kartenspiel, Heathcliff setzte sich dazu, mein Bruder verlor Geld an ihn, und da er ihn wohlausgerüstet fand, bat er ihn, er möge am Abend wiederkommen, und er nahm die Einladung an. Hindley ist zu unbekümmert, als daß er sich seinen Umgang klug auswählte. Er denkt nicht darüber nach, ob er Ursache hätte, jemandem zu mißtrauen, den er zutiefst verletzt hat. Aber Heathcliff beteuert, seine Hauptgründe, eine Verbindung mit seinem ehemaligen Peiniger wiederaufzunehmen, seien der Wunsch, sich nicht weit entfernt von der Grange einzuquartieren, so daß man zu Fuß hinkommen kann, und ein Gefühl der Anhänglichkeit an das Haus, wo wir so lange zusammen lebten, und ebenso die Hoffnung, daß ich mehr Gelegenheit haben werde, ihn dort zu sehen, als wenn er sich in Gimmerton niederlassen würde. Er will ja für die Erlaubnis, auf den Heights zu logieren, großzügige Bezahlung anbieten; und ohne Zweifel wird meines Bruders Geldgier ihn veranlassen, das Angebot anzunehmen. Er war schon immer gierig, obwohl er das, was er mit einer Hand packt, mit der anderen wieder hinauswirft.«

»'nen schönen Platz hat sich der junge Mann als Wohnung ausgesucht!« sagte ich. »Haben Sie keine Furcht vor den Konsequenzen, Mrs. Linton?«

»Keine für meinen Freund«, antwortete sie. »Sein Dickschädel wird ihn schon vor Gefahr bewahren – ein wenig für Hindley, aber moralisch kann er nicht mehr tiefer sinken, als er schon ist –, und was körperlichen Schaden angeht, da steh' ich dazwischen. Was heute abend geschehen ist, hat mich mit Gott und der Menschheit versöhnt! In zorniger Auflehnung hatte ich mich empört gegen die Vorsehung. – Oh, ich habe sehr, sehr bitteres Leid durchgemacht, Nelly! Wenn dies Geschöpf wüßte, wie bitter es war, er würde sich schämen, nun meine Befreiung davon mit dummer Empfindlichkeit zu trüben. – Was mich veranlaßt hat, es allein zu tragen, war nur, daß ich's gut mit ihm meinte: Hätte ich das einmal ausgedrückt, was ich an Seelenqualen ständig durchmachte, es hätte ihn gelehrt, so inbrünstig nach Linderung zu schmachten wie ich. – Jedenfalls, es ist vorbei, und ich nehme ihm seine Blödheit nicht übel. – Ich vermag jetzt alles zu ertragen, künftighin! Sollte das gemeinste Stück, das es gibt, mich auf die Backe schlagen, ich halte ihm nicht nur die andre hin, sondern bitte noch um Verzeihung, daß ich's provoziert habe – und zum Beweis gehe ich und mache auf der Stelle meinen Frieden mit Edgar. – Gute Nacht – ich bin ein Engel!«

In dieser selbstgefälligen Überzeugung ging sie fort; und der Erfolg ihres ausgeführten Entschlusses zeigte sich am nächsten Tag. Mr. Linton hatte nicht nur seiner schlechten Laune abgeschworen (obwohl seine Stimmung immer noch gedrückt erschien neben Catherines übersprudelnder Lebhaftigkeit), sondern wagte auch nichts dagegen einzuwenden, als sie Isabella am Nachmittag nach Wuthering Heights mitnehmen wollte. Und sie belohnte ihn dafür mit solch einem Sommer von Süßigkeit und Liebe, daß aus dem Haus für mehrere Tage ein Paradies wurde; sowohl der Herr als auch die Dienstboten profitierten von dem beständigen Sonnenschein.

Heathcliff – Mr. Heathcliff müßte ich in Zukunft sagen – machte von der Besuchserlaubnis in Thrushcross Grange zunächst nur vorsichtig Gebrauch; er schien abzuschätzen, wie weit der Eigentümer sein Eindringen dulden würde. Auch Catherine hielt es für klug, sich im Herzeigen ihrer Freude zu mäßigen, wenn sie ihn empfing, und allmählich setzte er das Recht durch, empfangen zu werden.

Er behielt einen großen Teil der Zurückhaltung bei, die während seiner Kindheit so auffällig an ihm war, und das half ihm, alle aufsehenerregenden Gefühlskundgebungen zu unterdrükken. Das Unbehagen meines Herrn schlief ein, es kam zu einer Ruhepause, und weitere Umstände sorgten dafür, daß es für eine Weile in einen andern Kanal umgeleitet wurde.

Der Ursprung der neuen Sorge war Isabella Linton, die das nicht vorhersehbare Unglück hatte, eine plötzliche und unwiderstehliche Neigung für den geduldeten Gast an den Tag zu legen. Sie war damals eine bezaubernde junge Dame von achtzehn, noch kindlich in ihren Manieren, obschon begabt mit scharfem Witz, starkem Gefühl und dazu einem heftigen Temperament, wenn sie gereizt wurde. Ihr Bruder, der sie zärtlich liebte, war über diese phantastische Wahl entsetzt. Auch wenn er die Erniedrigung beiseite ließ, die eine Verbindung mit einem namenlosen Mann bedeutete, und die Wahrscheinlichkeit, daß sein Eigentum in Ermangelung männlicher Erben in eines solchen Hände gelangen könnte, hatte er gefühlsmäßig Heathcliffs Charakter erfaßt, um zu wissen, daß trotz der Änderung seines Äußeren sein Geist unveränderlich der gleiche blieb. Und er fürchtete jenen Geist, fand ihn abstoßend, schreckte in böser Ahnung vor dem Gedanken zurück, Isabella seiner Obhut anzuvertrauen.

Es hätte ihn noch mehr erschreckt, wäre er gewahr geworden, daß ihre Liebe nicht auf Gegenliebe stieß; denn in dem Augenblick, da er die Existenz dieser Liebe entdeckte, hatte er wohlüberlegten Absichten Heathcliffs die Schuld gegeben.

Wir hatten alle schon eine geraume Zeit bemerkt, daß sich Miss Linton wegen irgend etwas grämte und abhärmte. Sie wurde mürrisch und unleidlich, gab Catherine ständig bissige Antworten und fuhr sie an, auf die drohende Gefahr hin, ihre begrenzte Geduld zu erschöpfen. Wir entschuldigten sie bis zu einem gewissen Grad und machten ihre schlechte Gesundheit dafür verantwortlich – sie schwand vor unseren Augen dahin und wurde immer weniger. Doch eines Tages, als sie besonders launisch gewesen war, ihr Frühstück zurückwies und sich beschwerte, daß die Dienstboten nicht täten, was sie ihnen sagte, daß die Mistress im Haus sie nichts gelten lasse und sie völlig ohne Bedeutung sei, daß auch Edgar sie vernachlässige, daß sie sich bei den ständig offenstehenden Türen erkältet hätte und wir das Feuer im Wohnzimmer mit Absicht ausgehen ließen, um sie zu ärgern, und hundert noch nichtigere Anklagen – da bestand Mrs. Linton darauf, daß sie sich zu Bett lege, und drohte ihr, nachdem sie sie tüchtig ausgescholten hatte, nach dem Doktor zu schicken.

Kenneths Erwähnung veranlaßte sie, augenblicklich auszurufen, daß sie vollkommen gesund sei; was sie unglücklich mache, sei nur, daß Catherine so barsch mit ihr umgehe.

»Du ungezogenes Herzchen, wie kannst du sagen, ich bin barsch?« rief die Mistress, erstaunt über diese ungerechtfertigte Behauptung. »Du bist bestimmt nicht ganz bei Verstand. Wann bin ich barsch gewesen, sag mir?«

»Gestern«, schluchzte Isabella, »und jetzt!«

»Gestern!« sagte ihre Schwägerin. »Bei welchem Anlaß?«

»Bei unserem Spaziergang am Moor entlang. Du sagtest mir, ich könnte umherstreichen, wo immer ich wollte, während du gemächlich mit Mr. Heathcliff weitergingst!«

»Und das ist deine Auffassung von Barschheit?« sagte Catherine lachend. »Es war kein Wink, daß wir dich gern los sein wollten; es machte uns nichts aus, ob du bei uns bliebst oder nicht. Ich dachte nur, was Heathcliff sprach, würde für deine Ohren nicht sehr unterhaltsam sein.«

»O nein«, weinte die junge Dame. »Du wolltest mich forthaben, weil du wußtest, daß ich gerne dableiben wollte!«

»Ist sie nicht ganz richtig im Kopf?« fragte Mrs. Linton, sich an mich wendend. »Ich wiederhole unsere Unterhaltung, Wort für Wort, Isabella, und du sagst, was dich gekränkt hat.«

»Es geht mir nicht um die Unterhaltung«, antwortete sie. »Ich wollte mit –«

»Nun, was denn?« rief Catherine, die bemerkte, daß sie zögerte, den Satz zu vollenden.

»– mit ihm zusammensein; und ich möchte nicht immer weggeschickt werden!« fuhr sie erregt fort. »Du bist wie ein Hund am Futternapf, der keinen anderen heranlassen will, Cathy, und denkst: Selber essen macht fett. Hauptsache, du selbst wirst geliebt!«

»Du bist ein unverschämtes kleines Biest!« rief Mrs. Linton aus, entrüstet und befremdet. »Aber ich kann diesen Blödsinn nicht glauben! Es ist unmöglich, daß du Bewunderung für Heathcliff hegen kannst – daß du an seiner Person irgend etwas finden kannst, was akzeptabel ist! Ich hoffe, ich habe dich eben mißverstanden, Isabella?«

»Nein, keineswegs«, sagte das vernarrte Mädchen. »Ich liebe ihn mehr, als du je Edgar geliebt hast; und es könnte sein, daß er mich auch liebt, wenn du ihn nur läßt!«

»Na, dann möchte ich nicht für ein Königreich du sein!« erklärte Catherine mit Nachdruck – und das schien ehrlich gemeint. »Nelly, hilf mir, sie zu überzeugen, wie irre das ist. Erzähle ihr, was Heathcliff ist – ein unkultiviertes Geschöpf, ohne Bildung, ohne Sitten, eine dürre, steinige Wildnis, wo nichts wächst außer Stechginster. Ebenso gut könnte ich den kleinen Kanarienvogel an einem Wintertag in den Park setzen wie dir raten, ihm dein Herz zu schenken! Es ist nur eine bedauerliche Unkenntnis seines Charakters, Kind, und nichts sonst, was dir einen solchen Traum in den Kopf kommen läßt. Bitte, bilde dir nicht ein, daß er unter einer rauhen Schale Tiefen von Güte und Liebe verbirgt! Er ist kein ungeschliffener Diamant – eine bäuerlichgrobe Auster mit einer Perle drin; er ist ein wilder, mitleidloser, raubgieriger Wolf. Ich sage nie zu ihm: ›Laß diesen oder jenen Gegner in Ruhe, weil es unedel wäre oder gemein, sie zu schädigen‹; ich sage: ›Laß sie in Ruhe, weil *ich's* nicht gern sehe, daß ihnen Unrecht geschieht!‹ Und er drückt dich wie ein kleines Vogelei zusammen, wenn er feststellt, daß du eine unangenehme Last für ihn bist. Ich weiß, er könnte keine Linton lieben, und doch wäre er durchaus imstande, deine Mitgift und Aussichten auf eine Erbschaft zu heiraten. Habsucht wird bei ihm immer mehr eine unausrottbare Sünde. Da hast du mein Bild von ihm, und ich bin seine Freundin – so sehr, daß ich, hätte er ernsthaft daran gedacht, dich zu kriegen, vielleicht meinen Mund gehalten haben würde und dich auf ihn hereinfallen ließe.«

Voll Empörung betrachtete Miss Linton ihre Schwägerin.

»Pfui! Pfui!« wiederholte sie aufgebracht. »Du bist ja schlimmer als zwanzig Feinde, du Giftschlange von einer Freundin!«

»Ah, du glaubst mir also nicht?« sagte Catherine. »Du denkst, ich spreche aus purem Egoismus?«

»Da bin ich sicher«, erwiderte Isabella scharf, »und ich finde dich ekelhaft.«

»Gut!« schrie die andere. »Mach deine eigenen Erfahrungen, wenn das deine Meinung ist. Ich habe mein Möglichstes getan, dich zu überzeugen, aber angesichts deiner unverschämten Frechheit gebe ich's jetzt auf, mit dir noch weiter darüber zu diskutieren.«

»Und ich muß darunter leiden, weil sie nur immer an sich denkt!« schluchzte die Jüngere, als Mrs. Linton den Raum verließ. »Alles, alles ist gegen mich, meinen einzigen Trost hat sie mir zunichte gemacht. Aber es ist nicht wahr, was sie gesagt hat, nicht? Mr. Heathcliff ist kein Teufel, er ist ein ehrlicher Mensch, und treu ist er auch, denn wie sonst hätte er sie im Gedächtnis behalten können?«

»Verbannen Sie ihn aus Ihren Gedanken, Miss!« sagte ich. »Er ist ein Vogel, der Böses anzeigt, kein Mann für Sie. Mrs. Linton hat ihre Meinung über ihn recht scharf ausgesprochen, und doch kann ich ihr nicht widersprechen. Sie kennt ihn besser als ich oder irgend jemand sonst, und sie würde ihn nie schlechter machen, als er ist. Ehrliche Leute haben nichts zu verbergen. Wovon hat er gelebt? Wie ist er reich geworden? Warum hat er sich auf Wuthering Heights einlogiert, im Haus eines Mannes, den er verabscheut? Sie sagen, seit er gekommen ist, wird's mit Mr. Earnshaw schlimmer und schlimmer. Sie sitzen ständig die ganze Nacht auf, und Hindley hat Geld aufgenommen auf sein Land und tut nichts als spielen und trinken, hörte ich gerade letzte Woche. Joseph war's, der's mir erzählte – ich traf ihn in Gimmerton. ›Nelly‹, sagte er, ›mer wärn alsbald 'ne amtliche Leichenschau ham bei uns z'Haus. Eener von den' hätt' fast sin Finger abg'hackt 'kriegt beim Abhaltn dän annern, sich selm abzustächen wie'n Kalb. 's ist dr Härre, Sie wissen's, där sich's su in'n Kupf gesätzt hat, zum Lätzten Gericht zu gähn. Er färcht' sich nich vor seene Richter, wäder vor Paulus noch vor Petrus, noch vor Johannes, noch vor Matthäus, noch vor kei'm annern von ihn', är nich! Är hätt's gärne, ihn verlangt's, vor se zu träten un ihn' fräch die Stirn zu bietn! Un en schöner Bursche is das, der Heathcliff, gäben Se acht, das is 'n ganz Seltener! Er hat 'ne Lache, bei däm är su de Zähne flätschen kann, daß es jädermann den Magen umdräht, als wär' man de Zielscheib vun ei'm richt'gen Teifelsspaß. Tut er nie etwas sagen von sei'm feinen Läben bei uns, wänn'r zu dr Grange gäht? Das is de Läbensweise von'm – auf bei Sonnenuntergang, Würfel, Branntwein, g'schloßne Fänsterläden und Kärzenlicht bis zum annern Dag mittags, dann gäht dr Narr fluchend un tobend nauf zu seiner Kammer, daß ährliche Leit sich fur lauter Scham de Finger in d' Uhren halten; un där Spitzbube, nu ja, där kann sein Geld zählen, un ässen un schlafen, un nischt wie wäch zum Nachbarn zum Schwatz mät seinem Weib. N'türlich ärzählt'r Frau Catherine, wie ihrs Vaters Guld in seine Tasche ränntun ihrs Vaters Sohn nunnergaloppiert dän Breiten Wäch, während är vurränntums Tor zu öffnen!‹ Nun, Miss Linton, Joseph ist ein alter Schurke, aber kein Lügner, und wenn das wahr ist, was er von Heathcliffs Benehmen erzählt, würden Sie dann noch dran denken, sich solch einen zum Mann zu wünschen?«

»Du steckst unter einer Decke mit den übrigen, Ellen!« antwortete sie. »Ich werde nicht auf deinen Klatsch hören. Wie mißgünstig mußt du sein, daß du mich zu überzeugen wünschst, daß es kein Glück in der Welt gibt!«

Ob sie über diese Neigung hinweggekommen wäre, wenn man sie in Ruhe gelassen hätte, oder ob sie daran festgehalten hätte, indem sie sie ständig hegte und pflegte, vermag ich nicht zu sagen; sie hatte wenig Zeit zum Nachdenken. Am folgenden Tag war eine Gerichtssitzung in der nächsten Stadt. Mein Herr war verpflichtet, daran teilzunehmen, und Mr. Heathcliff, der um seine Abwesenheit wußte, war früher als sonst da.

Catherine und Isabella saßen in der Bibliothek, es herrschte eine gespannte Atmosphäre, aber sie schwiegen, letztere beunruhigt über ihre Indiskretion und die Preisgabe ihrer geheimsten Gefühle, die sie in einem momentanen leidenschaftlichen Ausbruch begangen hatte, erstere, nach reiflicher Überlegung, wirklich aufgebracht über ihre Gefährtin; und wenn sie innerlich auch wieder lachte über deren Keckheit, war sie doch nicht geneigt, daraus eine Sache zum Lachen für sie zu machen.

Sie lachte tatsächlich, als sie Heathcliff am Fenster vorbeikommen sah. Ich war gerade dabei, den Kamin auszufegen, und ich bemerkte ein boshaftes Lächeln auf ihren Lippen. Isabella, von ihren Gedanken oder einem Buch in Anspruch genommen, blieb ahnungslos, bis die Tür sich öffnete, und dann war es zu spät für einen Versuch zu entwischen, was sie mit Freuden getan haben würde, hätte es noch eine Möglichkeit gegeben.

»Nur herein, du kommst gerade richtig!« rief die Mistress lebhaft aus und zog einen Stuhl hin zum Feuer. »Hier sind zwei Menschen, die dringend einen Dritten brauchen, um das Eis zwischen sich aufzutauen. Und du bist genau der, den wir beide uns wählen sollten. Heathcliff, ich bin stolz, dir endlich jemanden zu zeigen, der für dich noch mehr schwärmt als ich. Ich vermute, du fühlst dich geschmeichelt – nein, 's ist nicht Nelly, guck nicht zu ihr hin! Meiner armen kleinen Schwägerin bricht es das Herz beim bloßen Betrachten deiner physischen und moralischen Schönheit. Es liegt allein bei dir, Edgars Schwager zu werden! Nein, nein, Isabella, du wirst jetzt nicht weglaufen«, fuhr sie fort und hielt in gespielter Ausgelassenheit das beschämte Mädchen fest, das entrüstet aufgesprungen war. »Wir haben uns deinetwegen, Heathcliff, wie Katzen angefaucht, und was Beteuerungen der Zuneigung und Bewunderung angeht, wurde ich klar geschlagen. Und überdies wurde ich belehrt: Hätte ich nur so viel Anstand, beiseite zu treten, dann würde meine Rivalin, als die sie sich selbst versteht, in dein Herz einen Pfeil schießen, der dich verzaubert und für immer an sie fesselt, so daß mein Bild in ewige Vergessenheit gerät!«

»Catherine«, sagte Isabella, die versuchte, ihre Würde zu wahren, und es verschmähte, sich dem festen Griff, der sie hielt, mit Gewalt zu entwinden, »ich wäre dir dankbar, wenn du bei der Wahrheit bliebest und mich nicht verleumdetest, auch nicht zum Spaß! Mr. Heathcliff, seien Sie so liebenswürdig und bitten Sie Ihre Freundin, mich loszulassen – sie vergißt, daß Sie und ich nicht auf vertrautem Fuß stehen, und was sie amüsant findet, ist für mich unaussprechlich peinlich.«

Als der Gast nicht antwortete, sondern mit gleichgültiger Miene Platz nahm, als sei es vollkommen unwichtig, was für Gefühle sie ihm gegenüber hege, wandte sie sich zu ihrer Peinigerin um und bat sie mit flüsternder Stimme inbrünstig, sie loszulassen.

»Auf gar keinen Fall!« schrie Mrs. Linton als Antwort. »Ich lasse mich nicht noch einmal einen Hund am Futternapf nennen. Nun also, du wirst jetzt hier bleiben! Heathcliff, warum zeigst du keine Zufriedenheit über meine angenehmen Neuigkeiten? Isabella beteuert, daß Edgars Liebe zu mir nichts ist im Vergleich zu der, die sie für dich hegt. Ich bin sicher, daß sie Reden dieser Art gehalten hat, nicht wahr, Ellen? Und sie hat überhaupt nichts zu sich genommen seit dem vorgestrigen Spaziergang, aus Kummer und Zorn darüber, daß ich sie fortgeschickt habe aus deiner Gesellschaft, und bildet sich ein, sie sei unerwünscht.«

»Ich glaube, ihr Verhalten beweist das Gegenteil«, sagte

Heathcliff und rückte seinen Stuhl herum, um ihnen gegenüberzusitzen. »Sie möchte jetzt auf jeden Fall nicht in meiner Gesellschaft sein!«

Und er starrte unentwegt den Gegenstand der Unterhaltung an, wie man ein seltsames, abstoßendes Tier anstarrt, einen giftigen Tausendfüßler aus Indien zum Beispiel, den zu besichtigen einen die Neugierde verleitet, trotz des Abscheus, den er in einem erweckt.

Das arme Ding konnte das nicht ertragen. Sie wurde in schneller Folge abwechselnd weiß und rot, und während Tränen an ihren Wimpern perlten, wandte sie alle Kraft ihrer schmalen Finger auf, um sich von Catherines festem Griff loszumachen, und als sie merkte, daß ebenso schnell, wie sie einen Finger von ihrem Arm gelöst hatte, sich ein anderer um ihn schloß, und sie nicht imstande war, sie alle zusammen zu entfernen, begann sie ihre Nägel zu gebrauchen, und deren Schärfe hatte augenblicklich rote Halbmonde in die Hand der Festhaltenden gegraben.

»Das ist ja eine wütende Tigerin!« rief Mrs. Linton aus, gab sie frei und schüttelte die Hand vor Schmerz. »Mach, daß du fortkommst, um Gottes willen, du Furie, und laß dich nicht mehr blicken! Wie unklug, solche Krallen *ihm* zu zeigen! Kannst du dir nicht vorstellen, welche Schlüsse er daraus ziehen wird? Sieh, Heathcliff, was diese Instrumente für Schaden anrichten! – Du mußt aufpassen, daß sie dir nicht die Augen auskratzt.«

»Ich würd' sie ihr von den Fingern reißen, wenn sie mich je damit bedrohte«, antwortete er brutal, als die Tür sich hinter ihr geschlossen hatte. »Aber was fiel dir eigentlich ein, das arme Luder auf solch eine Art aufzuziehen, Cathy? Es ist doch nicht wahr, was du vorhin gesagt hast, oder?«

»Ich versichere dir, es ist wahr«, erwiderte sie. »Sie grämt sich deinetwegen schon wochenlang und schwärmte heute morgen von dir und überschüttete mich mit einer Flut von Schimpfworten, weil ich ihr ehrlich und frei heraus deine Mängel vor Augen führte in der Absicht, sie von ihrer überspannten Liebe zu kurieren. Aber beachte es nicht weiter. Ich hatte nur vor, ihr für ihre Unverschämtheit einen Denkzettel zu geben, mehr nicht – ich hab' sie viel zu gern, mein lieber Heathcliff, als daß ich dich sie nehmen und verschlingen lasse.«

»Und ich mag sie viel zu wenig, als daß ich's versuchen würde«, sagte er, »höchstens wie ein Vampir auf sehr grausige Art. Du würdest von merkwürdigen Dingen hören, wenn ich mit jenem widerlich rührseligen, wachsbleichen Gesicht allein lebte. Das Üblichste würde täglich oder jeden zweiten Tag sein, dies weiße Gesicht zu bemalen, daß es in allen Regenbogenfarben schillert, und ihr ein dunkelblaues Auge zu verpassen statt ihrer hellblauen, die denen Lintons abscheulich ähnlich sehen.«

»Köstlich!« bemerkte Catherine. »Es sind doch Taubenaugen, Engelsaugen!«

»Ist sie nicht die Erbin ihres Bruders?« fragte er nach kurzem Stillschweigen.

»Das sollte mir leid tun, wenn's so wäre«, erwiderte seine Gefährtin. »Ein halbes Dutzend Neffen werden ihren Erbanspruch anmelden, so Gott will! Zieh deine Gedanken jetzt mal von diesem Thema ab – du neigst sehr dazu, deines Nächsten Gut zu begehren; doch merke dir: *Dieses* Nächsten Gut ist meins.«

»Das würde es nichtsdestoweniger sein, wenn es meins wäre«, sagte Heathcliff. »Aber wenn Isabella Linton auch einfältig sein mag, total irre ist sie kaum, und darum – kurz gesagt, lassen wir die ganze Sache fallen, wie du empfiehlst.«

Sie ließen sie fallen und verloren kein Wort mehr darüber, und Catherine verlor sie wahrscheinlich auch aus ihren Gedanken. Doch der andere, das bestimmte Gefühl hatte ich, rief sie sich im Lauf des Abends oft ins Gedächtnis zurück. Ich sah ihn in sich hineinlächeln – eher grinsen – und in unheilverkündendes Nachdenken verfallen, wann immer Mrs. Linton aus irgendeinem Grund abwesend war.

Ich war entschlossen, ihn nicht aus den Augen zu lassen. Mein Herz hing in unveränderlicher Treue an meinem Herrn, der mir lieber war als Catherine, und das aus gutem Grund, denn er war freundlich, verläßlich und edel, und sie – sie konnte nicht das Gegenteil genannt werden, doch sie nahm sich große Freiheiten heraus, daß ich wenig Vertrauen in ihre Prinzipien hatte und noch weniger Sympathie für ihre Gefühle. Ich wünschte, es möchte etwas geschehen, was beide Höfe, Wuthering Heights und die Grange, von Mr. Heathcliff befreite, still und ohne Aufsehen, so daß wir wieder das Leben führen könnten, wie es vor seiner Ankunft gewesen war. Seine Besuche waren ein ständiger Alptraum für mich, und ich vermute, auch für meinen Herrn. Sein Aufenthalt auf den Heights war so bedrückend, daß man's mit Worten nicht beschreiben kann. Ich hatte das Gefühl, daß Gott das verirrte Schaf dort verlassen hatte und es seinen bösen Wegen überließ und ein böses Tier herumstrich, um ihm den Rückweg zur Hürde zu versperren und bei Gelegenheit zuzuspringen und es zu zerreißen.

Elftes Kapitel

Manchmal, wenn ich allein war und über diese Dinge nachdachte, bin ich in plötzlichem Schrecken aufgesprungen und habe meinen Hut umgebunden, um zur Farm hinzueilen und dort nach dem Rechten zu sehen. Ich habe mir eingebildet, es sei meine Pflicht, ihn zu warnen und ihn wissen zu lassen, wie die Leute über ihn redeten. Aber dann fielen mir seine tiefeingewurzelten bösen Laster ein und wie aussichtslos der Versuch sei, ihn zu bessern, und ich nahm davon Abstand, das düstere Haus wieder zu betreten – ich weiß auch nicht, ob ich die Kraft aufgebracht hätte, meinen Vorsatz auszuführen, wenn ich hineingegangen wäre.

Einmal, als ich nach Gimmerton ging, machte ich einen kleinen Umweg und kam an dem alten Tor vorbei. Es war etwa zu der Zeit der Ereignisse, die ich eben erzählte: an einem hellen, frostigen Nachmittag, die Felder waren kahl, und die Straße war hart und trocken.

Wo die Landstraße linker Hand zum Moor abzweigt, befindet sich ein Wegstein: ein unbehauener Sandsteinblock mit den eingemeißelten Buchstaben W. H. auf der Nordseite, G. auf der Ostseite und T. G. auf der Südwestseite. Er dient als Wegweiser zur Grange, zu den Heights und zum Dorf.

ELFTES KAPITEL

Die Sonne schien gelb auf sein graues Haupt, als ich dort anlangte, und ließ mich an den Sommer denken. Ich kann nicht sagen, wie es kam, aber ganz plötzlich wurde mein Herz von Kindheitserinnerungen überflutet. Für Hindley und mich war dies vor zwanzig Jahren unser Lieblingsplatz gewesen.

Ich starrte lange auf den verwitterten Block, und als ich mich bückte, bemerkte ich an seinem Fuß auch das Loch, das noch voller Schneckenhäuser und Kieselsteine war, die wir gern mit anderen vergänglichen Dingen dort aufhoben – und auf einmal sah ich frisch und lebendig, als sei es Wirklichkeit, meinen Spielkameraden von einst auf dem verwitterten Rasen sitzen, seinen dunklen, eckigen Kopf vornübergebeugt, und mit einer Schieferscherbe schaufelte seine kleine Hand die Erde heraus.

»Armer Hindley!« rief ich unwillkürlich aus.

Ich fuhr zusammen – es war wohl eine Sinnestäuschung – ich glaubte einen Moment gesehen zu haben, wie das Kind den Kopf hob und mich geradewegs ansah! Es war im Nu vorbei, aber sogleich fühlte ich ein unwiderstehliches Verlangen, auf den Heights zu sein. Aberglaube trieb mich, diesem Impuls nachzugeben. Angenommen, er wäre jetzt tot, dachte ich, oder er würde bald sterben! Angenommen, dies wäre ein Vorzeichen seines Todes!

Je näher ich dem Hause kam, desto aufgeregter wurde ich, und als es schließlich vor meinen Blicken auftauchte, zitterte ich an allen Gliedern. Die Erscheinung war schneller gewesen als ich, stand dort und blickte durch das Tor. Das war mein erster Gedanke beim Anblick eines braunäugigen Jungen mit einem Wuschelkopf, der sein rötliches Gesicht gegen die Gitterstäbe preßte. Ich vermutete: Das muß Hareton sein, *mein* Hareton, kaum verändert in den zehn Monaten, seit ich ihn verlassen hatte.

»Gott segne dich, Liebling!« rief ich und vergaß augenblicklich meine törichte Furcht. »Hareton, ich bin's doch, Nelly! Deine Nelly! Dein Kindermädchen!«

Er zog sich um mehr als Armeslänge zurück, so daß er außer Reichweite war, und hob einen großen Kieselstein auf.

»Ich komme, deinen Vater zu besuchen, Hareton«, fügte ich

hinzu, denn ich schloß aus seinem Verhalten, daß er Nelly, wenn sie überhaupt noch in seiner Erinnerung lebte, und mich nicht als ein und dieselbe Person erkannte.

Er hob sein Wurfgeschoß, ich begann ihm gut zuzureden, konnte ihn aber nicht hindern, es auf mich zu schleudern. Der Stein traf meinen Hut, und dann folgte, von den stammelnden Lippen des kleinen Burschen, eine lange Reihe von Flüchen, die, ob er sie nun verstand oder nicht, in jedem Fall mit einem Nachdruck und einer Betonung hervorgebracht wurden, die Übung verrieten, und sein Kindergesicht verzerrte sich dabei zu einem Ausdruck erschreckender Bosheit.

Sie können mir glauben, in diesem Augenblick empfand ich mehr Mitleid mit ihm als Ärger. Dem Weinen nahe, holte ich eine Apfelsine aus meiner Tasche und bot sie ihm an, um ihn zu versöhnen.

Er zögerte, dann riß er sie mir aus der Hand, als ob er fürchtete, ich wolle ihn nur damit locken und anführen.

Ich zeigte ihm noch eine zweite, hielt sie aber so, daß er sie nicht erreichen konnte.

»Wer hat dir diese feinen Worte beigebracht, mein Bürschchen?« erkundigte ich mich. »Der Pfarrer?«

»Ihr sollt verdammt sein, der Pfarrer und du! Gib's her!« rief er.

»Erst sag, bei wem du deinen Unterricht bekommst, dann sollst du sie haben«, sagte ich. »Wer ist dein Lehrer?«

»Teufel Vati«, war seine Antwort.

»Und was lernst du bei Vati?« fuhr ich fort.

Er sprang hoch, um die Frucht zu erreichen; ich hielt sie höher. »Nun, was lehrt er dich?« fragte ich noch einmal.

»Nix«, sagte er, »nur ihm aus dem Weg zu gehen – Vati kann mich nicht leiden, weil ich auf ihn fluch' und schimpf'.«

»Ah! Und lehrt dich dann der Teufel, auf Vati zu fluchen und zu schimpfen?« meinte ich.

»Ja – nee«, meinte er zögernd.

»Wer denn?«

»Heathcliff.«

Ich fragte ihn, ob er Mr. Heathcliff gern hätte.

»Ja«, sagte er.

Als ich wissen wollte, warum er ihn gern hätte, konnte ich nur aus ihm herausbekommen: »Ich weiß nich' – er zahlt Vati heim, was er mir tut. Er sagt, ich kann ru'ch tun, was ich will.«

»Und der Pfarrer bringt dir also nicht Lesen und Schreiben bei?« fuhr ich beharrlich fort.

»Nein, man hat mir gesagt, der Pfarrer kriegt die – Zähne eingeschlagen, wenn er über die Schwelle kommt. Heathcliff hat das gesagt!«

Ich legte die Apfelsine in seine Hand und bat ihn, seinem Vater zu bestellen, daß eine Frau, Nelly Dean, an der Gartenpforte warte und ihn gern sprechen wolle.

Er ging den Weg hinauf und trat ins Haus, aber statt Hindley erschien Heathcliff an der Haustür, und ich drehte mich auf der Stelle um und rannte die Straße hinunter, so schnell ich nur rennen konnte und ohne haltzumachen, bis zum Wegstein, und war so erschrocken, als hätte ich einen Geist beschworen.

Dies hat nicht viel mit Miss Isabellas Geschichte zu tun, außer daß es für mich der Anlaß wurde, künftig äußerst wachsam zu sein und mein Möglichstes zu tun, daß dieser schlechte Einfluß sich nicht auf der Grange ebenfalls ausbreite, auch auf die Gefahr hin, einen häuslichen Sturm heraufzubeschwören, weil ich Mrs. Lintons Vergnügen durchkreuzte.

Als Heathcliff das nächste Mal kam, traf es sich, daß meine junge Dame gerade im Hof stand und die Tauben fütterte. Sie hatte drei Tage lang kein Wort mit ihrer Schwägerin gesprochen, aber sie hatte ihr wehleidiges Gejammer ebenfalls aufgegeben, und das hielten wir alle für eine große Erleichterung.

Heathcliff hatte eigentlich nicht die Gewohnheit, wie ich wußte, an Miss Linton auch nur eine einzige unnütze Höflichkeit zu verschwenden. Heute war seine erste Vorsichtsmaßregel, als er sie bemerkte, einen prüfenden Blick über die Hausfront gehen zu lassen. Ich stand am Küchenfenster, aber so, daß ich nicht gesehen werden konnte. Er ging darauf über das Hofpflaster zu ihr hin und sagte etwas. Sie schien verlegen und wollte fortlaufen.

Um dies zu verhindern, legte er seine Hand auf ihren Arm. Sie wandte ihr Gesicht ab. Anscheinend hatte er eine Frage gestellt, die sie nicht beantworten mochte. Wieder ein hastiger Blick nach dem Haus, und da er sich unbeobachtet glaubte, hatte der Halunke die Frechheit, sie zu küssen.

»Judas! Verräter!« stieß ich zwischen den Zähnen hervor. »Du bist also auch noch ein Heuchler, ein raffinierter Betrüger?!«

»Wen meinst du, Nelly?« sagte Catherines Stimme dicht an meiner Seite. Ich war so sehr damit beschäftigt gewesen, das Paar draußen zu beobachten, daß ich ihren Eintritt nicht wahrgenommen hatte.

»Ihren unwürdigen Freund«, antwortete ich hitzig, »den herumschleichenden Fuchs dort drüben. – Ah, jetzt hat er uns entdeckt – er kommt herein! Nun bin ich aber neugierig, ob ihm dafür eine plausible Ausrede einfällt, daß er unserem Fräulein den Hof macht, obwohl er Ihnen erzählt hat, er mag sie nicht.«

Mrs. Linton sah, wie Isabella sich losriß und in den Garten rannte, und eine Minute später öffnete Heathcliff die Tür.

Ich konnte es mir nicht versagen, meiner Empörung etwas Luft zu machen, aber Catherine gebot mir ärgerlich, den Mund zu halten, und drohte, mich aus der Küche zu weisen, falls ich noch eine Bemerkung wagen sollte.

»Wenn man dich hört, könnte man denken, du wärst die Mistress!« rief sie. »Es tut wirklich not, dich mal in deine Schranken zu weisen! Heathcliff, was soll das heißen, daß du uns solche Aufregung machst? Ich hatte dir doch gesagt, du sollst Isabella in Ruhe lassen! Du wirst dich bitte nach meinem Wunsch richten, wenn du weiter Wert darauf legst hierherzukommen und nicht willst, daß Linton dir die Tür weist.«

»Gott bewahre ihn, das zu versuchen!« antwortete der schwarze Lump – in diesem Augenblick haßte ich ihn. »Gott erhalte ihn sanft und geduldig! Jeden Tag bin ich versessener darauf, ihn in den Himmel zu befördern!«

»Schscht!« sagte Catherine und schloß die innere Tür. »Mach mich nicht bös! Warum hast du meinen Wunsch mißachtet? Ist sie dir absichtlich über den Weg gelaufen?«

»Was geht's dich an?« brummte er. »Es ist mein gutes Recht, sie zu küssen, wenn sie es will und es sich gefallen läßt; und du hast kein Recht, etwas dagegen zu haben. Ich bin nicht dein Mann, du hast keinen Grund, auf mich eifersüchtig zu sein!«

»Ich bin nicht eifersüchtig *auf* dich«, entgegnete die Mistress, »ich bin eifersüchtig *für* dich – ich sorge mich um dich. Mach ein freundliches Gesicht, du sollst mich nicht so finster ansehen. Wenn du Isabella gern hast, sollst du sie heiraten. Aber hast du sie denn gern? Sag die Wahrheit, Heathcliff! Siehst du, darauf willst du nicht antworten. Ich bin sicher, du magst sie nicht.«

»Und würde es Mr. Linton denn billigen, daß seine Schwester diesen Mann heiratet?« erkundigte ich mich.

»Mr. Linton sollte es wohl billigen«, entgegnete meine Lady entschieden.

»Er kann sich die Mühe sparen«, sagte Heathcliff. »Ich kann auch ohne seine Einwilligung auskommen. – Und was dich betrifft, Catherine, so möchte ich dir jetzt, da wir gerade dabei sind, ein paar Worte sagen. Ich möchte dir zur Kenntnis geben, daß ich weiß, wie abscheulich du mich behandelt hast – abscheulich! Hörst du? Und wenn du dir einbildest, daß ich das nicht merke, so bist du eine Närrin. Und wenn du denkst, ich kann mit süßen Worten getröstet werden, so bist du ein Dummkopf. Und wenn du dir vorstellst, ich werde das alles ruhig hinnehmen, so will ich dich in allernächster Zeit vom Gegenteil überzeugen! Einstweilen danke schön, daß du mir das Geheimnis deiner Schwägerin verraten hast – du kannst sicher sein, daß ich davon Gebrauch mache – und halte du dich heraus!«

»Was ist nur in diesen Menschen gefahren?« rief Mrs. Linton bestürzt. »Ich soll dich abscheulich behandelt haben – und du willst das nicht ruhig hinnehmen! Was willst du eigentlich, du undankbares Scheusal? Wieso habe ich dich abscheulich behandelt?«

»Ich will mich nicht an dir rächen«, erwiderte Heathcliff weniger heftig. »Das ist nicht meine Absicht. Der Tyrann schindet seine Sklaven zu Tode, ohne daß die sich gegen ihn wenden; sie treten und unterdrücken vielmehr, was noch unter ihnen steht.

Du darfst mich gern zu deinem Vergnügen zu Tode foltern, nur gestatte mir, daß ich mich im selben Stil auch ein wenig amüsiere. Und soweit es dir möglich ist, vermeide bitte Beleidigungen. Nachdem du mir meinen Palast niedergerissen und dem Erdboden gleichgemacht hast, brauchst du mir jetzt nicht eine elende Hütte zu errichten und dich dabei noch wer weiß wie selbstlos zu fühlen, wenn du sie mir als Heim anbietest. Wenn ich mir vorstelle, du wünschtest wirklich, daß ich Isabella heirate, würde ich mir die Kehle durchschneiden!«

»Oh, das Schlimme ist also, daß ich *nicht* eifersüchtig bin, wie?« schrie Catherine. »Gut, es soll nicht mehr vorkommen, daß ich dir eine Frau vorschlage. Es ist ebenso schlimm, wie wenn man dem Satan eine verlorene Seele anbietet. Dein größtes Glück besteht wie seins darin, andere ins Unglück zu stürzen. Du beweist es. Edgar hat die schlechte Laune abgelegt, die er zeigte, als du kamst; ich fange an, mich ruhig und sicher zu fühlen; du aber kannst diesen Frieden bei uns nicht ertragen, sondern versuchst, mit allen Mitteln Streit anzufangen. Streite nur mit Edgar, wenn es dir Vergnügen macht, Heathcliff, und täusche seine Schwester. Du hast damit tatsächlich die wirksamste Methode herausgefunden, wie du dich an mir rächen kannst.«

Die Unterhaltung brach an diesem Punkt ab. Mrs. Linton setzte sich erhitzt und mit finsterer Miene ans Feuer. Ihre leidenschaftlichen Gefühle, die ihr bei der Auseinandersetzung dazu gedient hatten, mit Heftigkeit ihre Meinung zu sagen, konnte sie jetzt weder unterdrücken noch beherrschen. Sie war ganz außer sich. Er stand mit verschränkten Armen am Kamin und brütete über seinen bösen Gedanken. Und in dieser Stellung verließ ich sie, um den Herrn aufzusuchen, der sich schon wunderte, was Catherine so lange unten festhielt.

»Ellen«, sagte er, als ich eintrat, »hast du deine Mistress nicht gesehen?«

»Ja, sie ist in der Küche, Sir«, antwortete ich. »Mr. Heathcliff hat sich derart aufgeführt, daß sie ganz fassungslos ist. Und wirklich, ich meine, es ist Zeit, daß man einen anderen Zustand schafft und ihm seine Besuche untersagt. Zu große Nachgiebigkeit ist niemals gut; und jetzt ist es so weit gekommen...« Und ich berichtete von der Szene im Hof und, soweit ich es wagte, von der ganzen darauffolgenden Auseinandersetzung. Ich dachte mir, es könne für Mrs. Linton nicht von Nachteil sein, wenn man ihren Mann aufklärte, es sei denn, sie setzte sich hinterher selbst ins Unrecht, indem sie ihren Gast verteidigte.

Edgar Linton fiel es schwer, mich ruhig bis zum Ende anzuhören, und als er dann sprach, verrieten schon seine ersten Worte, daß er seine Frau nicht von Schuld freisprach.

»Das ist unerträglich!« rief er aus. »Es ist eine Schande, daß sie diesen Menschen ihren Freund nennt und mir seine Gesellschaft aufzwingt! Ruf mir zwei Männer von draußen, Ellen! Catherine soll nicht länger mit diesem gemeinen Raufbold herumstreiten – ich habe das lange genug mit angesehen.«

Er ging hinunter, gebot den Leuten, im Flur zu warten, und begab sich, von mir gefolgt, zur Küche. Dort hatten die beiden ihre heftige Auseinandersetzung wiederaufgenommen. Zum mindesten schalt Mrs. Linton mit erneuter Kraft. Heathcliff war ans Fenster getreten und ließ den Kopf hängen, von ihrem heftigen Tadel offensichtlich etwas eingeschüchtert.

Er sah den Herrn zuerst und gab ihr hastig ein Zeichen, damit sie schweigen sollte; sie gehorchte und brach jäh ab, als sie entdeckte, weshalb er ihr einen Wink gegeben hatte.

»Was soll das heißen?« sagte Linton und wandte sich an sie. »Hast du gar kein Gefühl für Anstand, daß du nach dem Ton, den dieser Lump sich dir gegenüber herausnimmt, noch hier bist? Ich vermute, du denkst dir nichts dabei, weil das nun mal seine Art zu reden ist. Du bist an seine Roheit gewöhnt und bildest dir vielleicht ein, ich könnte mich auch daran gewöhnen!«

»Hast du an der Tür gelauscht, Edgar?« fragte sie in einem Ton, der sowohl Unbekümmertheit wie auch die Geringschätzung seines Ärgers enthielt und ihren Gatten aufs äußerste reizen mußte.

Heathcliff, der aufgesehen hatte, als Linton sprach, lachte bei Catherines Worten höhnisch auf, vermutlich in der Absicht, Lintons Aufmerksamkeit auf sich zu lenken.

Das gelang ihm auch, aber Edgar hatte nicht die Absicht, ihn mit einem leidenschaftlichen Zornausbruch zu amüsieren.

»Ich habe bisher mit Ihnen Nachsicht gehabt, Sir«, sagte er ruhig, »nicht weil ich in Unkenntnis war über Ihren miserablen, verdorbenen Charakter, sondern weil ich fühlte, daß Sie selbst nur teilweise dafür verantwortlich sind; und weil Catherine die Bekanntschaft mit Ihnen aufrechtzuerhalten wünschte, willigte ich ein – törichterweise. Ihre Anwesenheit ist ein moralisches Gift, das die Umgebung verseucht und auch den Anständigsten infizieren kann. Aus diesem Grund und um schlimmere Folgen zu verhüten, untersage ich Ihnen von nun an, dieses Haus zu betreten, und fordere Sie hiermit auf, sich sofort zu entfernen. Wenn Sie nicht in drei Minuten draußen sind, werden Sie einen unfreiwilligen und schimpflichen Abgang haben.«

Heathcliff maß den Sprecher von oben bis unten mit Augen voller Hohn.

»Cathy, dein Lämmchen donnert wie ein Stier!« sagte er. »Er ist in Gefahr, sich an meinen Fäusten den Schädel einzurennen. Weiß Gott, Mr. Linton, es tut mir unendlich leid, daß es sich so wenig lohnt, Sie zusammenzuschlagen!«

Mein Herr blickte zum Flur und gab mir ein Zeichen, die Leute zu holen – er hatte nicht die Absicht, sich in eine Prügelei einzulassen.

Ich gehorchte dem Wink, aber Mrs. Linton folgte mir argwöhnisch, und als ich die Männer rufen wollte, riß sie mich zurück in die Küche, schlug die Tür zu und schloß sie ab.

»Faire Methoden«, sagte sie auf den ärgerlich überraschten Blick ihres Mannes. »Wenn du nicht die Courage hast, ihn anzugreifen, dann bitte um Entschuldigung oder nimm die Prügel in Kauf. Das wird dich davon heilen, mehr Heldenmut zu heucheln, als du besitzt. Nein, lieber verschlucke ich den Schlüssel, als daß du ihn bekommst! Meine Freundschaft und Liebe zu euch beiden wird ja schön belohnt! Für meine ständige Nachsicht mit der schwachen Natur des einen und der bösen des andern ernte ich von beiden Seiten schnödesten Undank, womit sie ihre sture Dummheit beweisen! Edgar, eben noch habe ich dich und die Deinen verteidigt, aber jetzt wünsche ich, Heathcliff möchte dich dafür, daß du von mir etwas Schlechtes zu denken wagst, windelweich prügeln!«

Es bedurfte nicht erst Prügel, um diese Wirkung bei dem Herrn zu erzielen – er war ohnehin schon gebrochen und windelweich. Er hatte versucht, den Schlüssel Catherines Hand zu entreißen, den sie daraufhin ins Feuer warf, dort, wo es am heißesten war. Daraufhin wurde Mr. Edgar von einem nervösen Zittern befallen, und sein Gesicht wurde totenblaß. Es war ihm gänzlich unmöglich, seiner Gefühle Herr zu werden – Entsetzen und Scham überwältigten ihn vollkommen. Er hielt sich an einer Stuhllehne fest und verbarg sein Gesicht in den Händen.

»O Himmel! In alten Zeiten hätte dir das die Ritterschaft eingebracht!« rief Mrs. Linton. »Wir sind besiegt! Wir sind besiegt! Heathcliff würde jetzt ebenso wenig einen Finger gegen dich erheben, wie der König seine Armee gegen eine Mäuseschar in Marsch setzen würde. Beruhige dich! Es tut dir niemand etwas! Du bist kein Lamm, du bist ein kleiner Hasenfuß.«

»Meine Glückwünsche zu dem zimperlichen Schlappschwanz, Cathy!« sagte ihr Freund. »Ich gratuliere dir zu deinem Geschmack! Und dieses sabbernde, zitternde Ding hast du mir vorgezogen! Einen Faustschlag ist er nicht wert, aber ich würde ihm mit der größten Befriedigung einen Fußtritt versetzen. Weint er, oder ist er vor Angst in Ohnmacht gefallen?«

Der Bursche näherte sich und gab dem Stuhl, auf den sich Linton stützte, einen Stoß. Er hätte mehr Abstand wahren sollen; mein Herr schnellte hoch und versetzte ihm einen Faustschlag genau gegen die Kehle, der einen schmächtigeren Mann gefällt haben würde.

Heathcliff nahm es für eine Minute den Atem, und während er nach Luft rang, ging Mr. Linton zur Hintertür in den Hof hinaus und von dort zum vorderen Hauseingang.

»So! Mit deinem Herkommen ist's nun vorbei!« schrie Catherine. »Mach jetzt, daß du fortkommst – er wird mit einem Paar Pistolen und einem halben Dutzend Helfern wiederkommen. Wenn er unser Gespräch tatsächlich belauscht hat, wird er dir nie vergeben. Du hast mir da einen üblen Streich gespielt, Heathcliff! Aber nun geh schon, beeile dich! Ich sehe lieber Edgar in Nöten als dich.«

»Glaubst du, ich gehe jetzt weg, nach diesem Schlag, von dem mir noch die Gurgel brennt?« donnerte er. »Zum Teufel, nein! Bevor ich über die Schwelle gehe, breche ich ihm sämtliche Rippen, zerquetsche ich ihn wie eine taube Haselnuß! Wenn ich ihn nicht jetzt zu Boden strecke, daß er keinen Pieps mehr sagt, werde ich ihn mir anderswann vornehmen und dann umbringen. Also wenn du auf sein Leben Wert legst, laß mich an ihn ran!«

Ich erfand eine kleine Lüge. »Er kommt nicht«, warf ich ein. »Da sind der Kutscher und die beiden Gärtner. Sie werden doch sicherlich nicht darauf warten, daß die Sie auf die Straße werfen! Jeder hat einen Knüppel in der Hand, und der Herr wird höchstwahrscheinlich vom Wohnzimmerfenster aus aufpassen, daß sie seine Befehle ausführen.«

Die Gärtner und der Kutscher waren allerdings da, aber Linton kam mit ihnen. Sie hatten bereits den Hof betreten. Heathcliff kam nach kurzer Überlegung doch zu dem Schluß, daß es besser sei, sich nicht mit drei untergeordneten Leuten herumzuprügeln. Er ergriff den Feuerhaken, zerschmetterte das Schloß der Flurtür und machte sich in dem Augenblick aus dem Staub, als sie mit schwerem Schritt hereinkamen.

Mrs. Linton, die sehr aufgeregt war, bat mich, sie hinaufzubegleiten. Sie kannte meinen Anteil an diesem Tumult nicht, und ich war auch interessiert daran, sie darüber in Unkenntnis zu lassen.

»Ich werde bald wahnsinnig, Nelly!« rief sie aus und warf sich auf das Sofa. »Tausend Schmiedehämmer klopfen in meinem Kopf! Sag Isabella, sie soll mir ja aus dem Weg gehen – an diesem Aufruhr ist sie schuld, und wenn sie oder irgend jemand sonst mich jetzt noch reizt, werde ich wild. Und, Nelly, sage Edgar, wenn du ihn heute abend noch sehen solltest, daß ich in Gefahr bin, ernstlich krank zu werden. Ich wünsche es mir sogar, daß es dahin kommt. Er hat mich entsetzlich aufgeregt und unglücklich gemacht. Ich möchte ihm gern einen Schreck einjagen. Übrigens

ELFTES KAPITEL

kommt er ja vielleicht und beginnt eine lange Litanei von Vorwürfen und Klagen. Ich werde ihm natürlich die Vorwürfe zurückgeben, und wer weiß, wo das enden wird! Willst du mir den Gefallen tun, meine gute Nelly? Dir ist doch klar, daß man mir in dieser Sache in keiner Weise einen Vorwurf machen kann. Was fiel ihm auch ein, den Lauscher zu spielen? Heathcliff wurde ausfallend, nachdem du gegangen warst, aber von Isabella hätte ich ihn abbringen können, und das übrige war ja unwichtig. Nun ist alles verdorben durch dieses verrückte Verlangen, etwas Schlechtes über sich zu erfahren, von dem manche Leute besessen sind! Wenn Edgar nichts von unserer Unterhaltung aufgeschnappt hätte, hätte er auch nichts versäumt! Wirklich, als er mich in diesem dummen Ton der Gereiztheit anfuhr, nachdem ich seinetwegen Heathcliff ausgescholten und angeschrien hatte, bis ich heiser war, war es mir ziemlich egal, was die beiden einander antun könnten, besonders, da ich fühlte, daß – wie die Szene auch enden mochte – wir alle für wer weiß wie lange Zeit auseinandergerissen sein würden! Also, wenn ich Heathcliff nicht als Freund behalten darf, wenn Edgar kleinlich und eifersüchtig sein will, dann will ich ihnen beiden das Herz brechen, indem ich meines breche. Das wäre die rascheste Art, allem ein Ende zu machen, falls man mich zum Äußersten treibt! Aber das wäre eine Tat, die ich mir aufspare für den Augenblick völliger Hoffnungslosigkeit – und sie soll Linton nicht überraschen. Bisher hat er es immer sorgsam vermieden, mich zu reizen und aufzuregen. Du mußt ihm vor Augen führen, welche Gefahr droht, wenn er dies Verhalten aufgibt, und mußt ihn erinnern, daß ich mit meinem leidenschaftlichen Temperament leicht an den Rand des Wahnsinns geraten kann, wenn es entflammt. – Ellen, ich wollte, du würdest deinen gleichgültigen Gesichtsausdruck einmal ablegen und dich etwas mehr besorgt um mich zeigen!«

Die gleichgültige Miene, mit der ich ihre Anweisungen entgegennahm, mußte zweifellos recht ärgerlich für sie sein, denn es war ihr sehr ernst mit allem, was sie sagte. Ich aber glaubte, ein Mensch, der einen hysterischen Anfall im voraus planen und berechnen könne, müsse es mit einiger Willensanstrengung auch fertigbringen, sich selbst im Zustand der Erregung noch einigermaßen zu beherrschen, und ich wollte auch ihrem Mann keinen »Schrecken einjagen«, wie sie sagte, und seine Sorgen noch vermehren, nur um ihrem Egoismus zu dienen. Darum sagte ich auch nichts, als ich den Herrn traf, der auf dem Weg ins Wohnzimmer war, doch ich nahm mir die Freiheit, umzukehren und zu horchen, ob sie ihren Streit wiederaufnehmen würden.

Er begann zuerst zu sprechen.

»Bleib, wo du bist, Catherine«, sagte er, ohne Ärger in der Stimme, aber mit trauriger Mutlosigkeit. »Ich gehe gleich wieder. Ich will weder neuen Streit noch Versöhnung. Ich möchte nur wissen, ob du nach den Ereignissen des heutigen Abends beabsichtigst, dein intimes Verhältnis mit...«

»Oh, um Himmels willen«, unterbrach ihn seine Frau und stampfte mit dem Fuß auf, »um Himmels willen, hör jetzt doch auf damit! Dein kaltes Blut gerät nicht in Fieber – in deinen Adern fließt Eiswasser, aber in meinen kocht es, und der Anblick einer solchen Kälte kann mich rasend machen!«

»Du bist mich gleich los – beantworte meine Frage«, beharrte Mr. Linton. »Du *mußt* sie mir beantworten, und durch deine Heftigkeit lass' ich mich durchaus nicht erschrecken. Ich habe gemerkt, daß du so ruhig und gelassen sein kannst wie jeder andere auch, wenn du nur willst und es dir in den Kram paßt. Also willst du Heathcliff aufgeben, oder willst du mich aufgeben? Es ist unmöglich, daß du gleichzeitig *mein* Freund und *seiner* sein kannst, und ich will jetzt wissen, wen von uns du wählst.«

»Ich verlange, allein gelassen zu werden!« schrie Catherine wütend. »Ich fordere dich auf: Geh! Siehst du nicht, daß ich mich kaum auf den Beinen halten kann?! Edgar, laß mich – laß mich in Ruhe!«

Sie nahm die Klingel und klingelte, bis sie mit einem schrillen Ton zersprang. Ich trat gemächlich ein. Es reichte, um selbst das Gemüt eines Heiligen aufzubringen: dieses sinnlose, böse Wüten und Toben! Da lag sie nun, schlug ihren Kopf immer wieder auf die Sofalehne und knirschte mit den Zähnen, daß man meinen konnte, sie müßten gleich in Stücke brechen!

Mr. Linton stand da und blickte auf sie in plötzlicher Reue und Angst. Er trug mir auf, Wasser zu holen. Sie war ganz außer Atem und hatte keine Luft mehr zum Sprechen.

Ich brachte ein Glas voll, und da sie nicht trinken wollte, sprengte ich es ihr über das Gesicht. Nach ein paar Sekunden streckte sie sich aus, wurde starr und steif und verdrehte die Augen, während ihre Wangen, die plötzlich bleich und bläulich wurden, an das Aussehen einer Toten erinnerten.

Linton starrte sie entsetzt an.

»Das hat nicht viel zu bedeuten«, flüsterte ich. Ich wollte nicht, daß er nachgab, obwohl ich innerlich erschrocken war.

»Sie hat Blut auf den Lippen!« sagte er schaudernd.

»Macht nichts!« antwortete ich trocken. Und ich erzählte ihm, daß sie es sich schon vorgenommen hatte, bevor er hereinkam, ihm einen Tobsuchtsanfall vorzuführen.

Unvorsichtigerweise berichtete ich das ziemlich laut, und sie hörte mich, denn sie sprang plötzlich auf; ihr Haar hing ihr wild über die Schultern herab, ihre Augen funkelten, und die Muskeln an Hals und Armen traten unnatürlich hervor. Ich machte mich zum mindesten auf gebrochene Knochen gefaßt; aber sie sah nur einen Augenblick wild um sich und stürzte dann aus dem Zimmer.

Der Herr wies mich an, ihr zu folgen, und ich tat es bis vor ihre Zimmertür. Weiter kam ich nicht, denn sie schlug sie mir vor der Nase zu und schloß von innen ab.

Als sie am nächsten Morgen keine Anstalten machte, zum Frühstück herunterzukommen, ging ich hinauf und fragte, ob ich es ihr hinaufbringen solle.

»Nein!« antwortete sie entschieden.

Die gleiche Frage wurde zu Mittag und zum Tee an sie gerichtet und am darauffolgenden Tag, und sie gab immer die gleiche Antwort.

Mr. Linton verbrachte die Zeit in der Bibliothek und fragte nicht, was seine Frau machte. Isabella und er hatten eine einstündige Unterredung, in deren Verlauf er versuchte, bei ihr irgendein Empfinden von Ekel oder Entsetzen vor Heathcliffs Annäherungsversuchen zu entdecken. Doch mit ihren ausweichenden Antworten konnte er nichts anfangen und sah sich genötigt, das Verhör ergebnislos abzubrechen. Er fügte jedoch die ernste Warnung hinzu: Sollte sie so verrückt sein, diesen nichtswürdigen Freier zu ermutigen, so würde er alle Bande der Verwandtschaft zwischen ihr und ihm auflösen.

Zwölftes Kapitel

Während Miss Linton schwermütig durch Park und Garten streifte, fast immer schweigsam und fast immer in Tränen, und sich ihr Bruder hinter seinen Büchern verschanzte, die er nicht einmal aufschlug, vermutlich ständig in der unbestimmten Erwartung, Catherine werde ihr Benehmen bereuen und aus eigenem Antrieb kommen und um Verzeihung bitten, und während *sie* hartnäckig weiterfastete, wahrscheinlich mit der Einbildung, daß Edgar bei jeder Mahlzeit, weil sie nicht erschien, der Bissen im Hals stecken blieb und nur Stolz ihn davon abhielt, zu ihr zu eilen und sich ihr zu Füßen zu werfen, ging ich meinen häuslichen Pflichten nach, fest überzeugt, daß es auf der Grange nur einen einzigen vernünftigen Menschen gab, und der war ich.

Ich verschwendete keine Worte der Teilnahme an das Fräulein noch Vorhaltungen an meine Mistress, und ebenso wenig beachtete ich die Seufzer meines Herrn, der danach schmachtete, wenigstens den Namen seiner Frau zu hören, da er ja ihre Stimme entbehren mußte.

Ich war der Meinung, sie sollten sich ohne mein Zutun wiederfinden. Das war freilich ein ermüdend langsamer Prozeß, aber endlich glaubte ich doch, mich über so etwas wie einen schmalen Silberstreifen der Besserung freuen zu können.

Am dritten Tag entriegelte Mrs. Linton ihre Tür und verlangte frisches Trink- und Waschwasser und eine Schüssel mit Haferbrei, denn sie glaube, sie werde sterben. Letzteres hielt ich für eine Bemerkung, die für Edgars Ohren bestimmt sei; ich glaubte nichts dergleichen, behielt es daher für mich und brachte ihr Tee und Toast.

ZWÖLFTES KAPITEL

Sie aß und trank gierig, sank dann wieder auf ihr Kissen zurück, rang ihre Hände und stöhnte.

»Oh, ich will sterben«, rief sie, »da niemandem etwas an mir liegt. Oh, ich wollte, ich hätte nichts zu mir genommen!«

Dann, eine ganze Weile später, hörte ich sie murmeln: »Nein, ich will nicht sterben – er würde froh sein – er liebt mich überhaupt nicht – er würde mich gar nicht vermissen!«

»Wünschen Sie etwas, gnädige Frau?« fragte ich und bewahrte äußerlich noch meine Ruhe, trotz ihres gespenstischen Aussehens und ihres sonderbar übertriebenen Gebarens.

»Was tut dieser gefühllose Mensch?« fragte sie und strich sich die dicken wirren Locken aus dem eingefallenen Gesicht. »Hat er die Schlafsucht, oder ist er tot?«

»Keins von beiden«, erwiderte ich, »sofern Sie Mr. Linton meinen. Ich glaube, es geht ihm ganz gut, wenn ihn auch seine Studien mehr in Anspruch nehmen, als sie sollten; er steckt ständig bei seinen Büchern, da er keine andere Gesellschaft hat.«

Ich hätte nicht so gesprochen, wenn ich ihren wahren Zustand gekannt hätte, aber ich konnte nun einmal das Gefühl nicht loswerden, daß sie zum großen Teil schauspielerte.

»Bei seinen Büchern!« schrie sie, ganz außer sich. »Und ich dem Tode nah! Am Rande des Grabes! Mein Gott! Weiß er, wie verändert ich bin?« fuhr sie fort und starrte in den gegenüberhängenden Spiegel. »Ist das Catherine Linton? Er denkt sich, das ist nur eine Laune von mir, gar ein Spiel. Kannst du ihm nicht sagen, daß es schrecklicher Ernst ist? Nelly, wenn es nicht schon zu spät ist, wähle ich zwischen zwei Möglichkeiten, sobald ich über seine wahren Gefühle Bescheid weiß: entweder gleich verhungern – aber das wäre nur dann eine Strafe, wenn er ein Herz hätte – oder gesund werden und außer Landes gehen. Willst du mir nicht endlich die Wahrheit über ihn sagen? Doch bedenke, was du sagst. Ist ihm tatsächlich mein Leben so völlig gleichgültig?«

»Aber gnädige Frau«, antwortete ich, »der Herr hat ja keine Ahnung von Ihrem Zustand, und was er nicht weiß, macht ihn nicht heiß; er weiß ja gar nicht, daß Sie verhungern wollen.«

»Du glaubst nicht daran? Kannst du ihm nicht sagen, wie ernst es mir damit ist?« entgegnete sie. »So überzeuge ihn doch. Sage ihm deine eigene Meinung, sage, du seist überzeugt, daß ich es tun werde.«

»Nein, Mrs. Linton«, wagte ich darauf hinzuweisen, »Sie vergessen, daß Sie heute abend mit großem Appetit etwas gegessen haben, und morgen werden Sie die gute Wirkung davon verspüren.«

»Wenn ich nur wüßte, daß er sich zu Tode grämen würde«, unterbrach sie mich, »so würde ich mich sofort umbringen! In diesen drei entsetzlichen Nächten habe ich kein Auge zugetan – und oh, was für Foltern habe ich durchgemacht! Was für Qualen habe ich gelitten, Nelly! Doch ich fange an zu glauben, daß du mich nicht magst. Wie sonderbar! Ich meinte immer: Obgleich sich alle gegenseitig hassen und verachten, könnten sie doch nicht anders als mich liebhaben – und nun sind sie alle in wenigen Stunden zu meinen Feinden geworden. Wenigstens *sie*, da bin ich sicher, die Leute hier im Haus. Wie traurig, dem Tod ins Angesicht zu schauen, umgeben von ihren kalten Gesichtern! Isabella, entsetzt und angewidert, wird zu feige sein, mein Zimmer zu betreten: Es wäre doch zu schrecklich, Catherine sterben zu sehen. Und Edgar wird, das Ende erwartend, feierlich an meinem Lager stehen. Und wenn's vorüber ist, wird er beten und Gott dafür danken, daß in seinem Haus wieder der Friede hergestellt ist, und dann wird er zu seinen Büchern zurückkehren. Was, um alles in der Welt, hat er mit Büchern zu schaffen, wenn ich sterbe?«

Sie konnte die Vorstellung von Mr. Lintons philosophischer Resignation, die ich ihr in den Kopf gesetzt hatte, nicht ertragen. Sie warf sich hin und her, ihre fiebrige Verwirrung steigerte sich zur Raserei, sie wurde so wild, daß sie ihr Kopfkissen mit den Zähnen zerfetzte; dann sprang sie, glühend vor Hitze, aus dem Bett und verlangte, ich solle das Fenster öffnen. Es war mitten im Winter, ein scharfer Wind wehte aus Nordost, und ich weigerte mich daher.

Die seltsame Veränderung ihres Gesichtes und der rasche Wechsel ihrer Stimmungen begannen, mich aufs höchste zu beunruhigen. Ihre frühere Krankheit fiel mir ein und die Weisung des Arztes, sie nicht aufzuregen.

Vor einer Minute noch hatte sie getobt, jetzt stützte sie sich auf meinen Arm, hatte meine Weigerung vergessen und fand offenbar ein kindliches Vergnügen darin, aus dem zerrissenen Kopfkissen die Federn herauszuziehen und sie auf dem Bettlaken nach ihrer verschiedenen Art in kleine Häufchen zu ordnen. Ihr Geist hatte sich anderen Gedanken zugewandt.

»Die ist von einem Truthahn«, murmelte sie vor sich hin, »und die von einer Wildente, und die ist von einer Taube. Ach, sie stopfen Taubenfedern in die Kissen – kein Wunder, daß ich nicht sterben konnte! Ich muß achtgeben, daß ich sie auf den Boden werfe, wenn ich mich wieder hinlege. Und die hier ist von einem Sumpfhuhn, und die würde ich unter Tausenden erkennen: Sie ist von einem Kiebitz. Hübscher Vogel! Kreiste über unseren Köpfen mitten im Moor. Er wollte zu seinem Nest, denn die Wolken berührten die Höhen, und er fühlte, daß es gleich regnen würde. Diese Feder wurde in der Heide aufgelesen, der Vogel wurde nicht geschossen. Wir sahen sein Nest im Winter, es war voll von kleinen Gerippen. Heathcliff hatte ein Netz drübergespannt, und so wagten die Alten sich nicht heran. Danach mußte er mir versprechen, daß er nie wieder einen Kiebitz schießt, und er hat's auch nicht getan. Ach, hier sind noch mehr! Hat er auf meine Kiebitze geschossen, Nelly? Sind welche von ihnen rot? Laß mich sehen!«

»Lassen Sie doch dies Kleinkinderspiel!« unterbrach ich sie, entwand ihr das Kissen und drehte es um, mit den Löchern zur Matratze hin, denn sie war gerade dabei gewesen, mit vollen Händen Federn herauszuholen. »Legen Sie sich hin und schließen Sie die Augen, Sie phantasieren ja! Eine schöne Schweinerei! Die Daunen fliegen wie Schneeflocken herum!« Ich lief hin und her, sie aufzulesen.

»Nelly«, fuhr sie fort, »ich sehe dich als eine alte Frau – du hast graue Haare und gebeugte Schultern. Dies Bett ist die Feenhöhle unter dem Felsen von Penistone, und du sammelst Elfenpfeile auf, um damit auf unsere jungen Kühe zu schießen, aber wenn ich in der Nähe bin, tust du so, als seien es nur Wollflocken. So wirst du in fünfzig Jahren sein; ich weiß, daß du jetzt nicht so bist. Ich phantasiere nicht, du irrst dich, denn sonst würde ich ja glauben, du wärst wirklich die verschrumpelte alte Hexe, und ich würde meinen, ich wäre in der Felsenhöhle von Penistone, und dabei weiß ich ganz genau, daß es Nacht ist und daß da auf dem Tisch zwei Kerzen brennen, die den schwarzen Schrank schimmern lassen wie Jett.«

»Den schwarzen Schrank? Wo ist der?« fragte ich. »Sie reden im Schlaf!«

»Dort an der Wand, wo er immer steht. Er sieht wirklich sehr merkwürdig aus – ich sehe ein Gesicht darin!«

»Es ist kein Schrank im Zimmer und war nie einer da«, sagte ich, mich wieder hinsetzend, und schob den Bettvorhang beiseite, um sie besser beobachten zu können.

»Siehst du das Gesicht nicht?« fragte sie und blickte aufmerksam in den Spiegel.

Was ich auch sagte, ich war außerstande, ihr begreiflich zu machen, daß es ihr eigenes war; so stand ich schließlich auf und verhängte den Spiegel mit einem Tuch.

»Es ist ja immer noch dahinter!« beharrte sie angstvoll. »Und es hat sich bewegt. Wer mag das sein? Hoffentlich kommt es nicht hervor, wenn du fort bist! O Nelly, in diesem Zimmer spukt es! Ich habe gräßliche Angst, hier allein zu sein!«

Ich nahm ihre Hand in meine und redete ihr gut zu, denn ein Schauer nach dem andern schüttelte sie, und ihr Blick hing weiter wie gebannt an dem verhängnisvollen Spiegel.

»Es ist niemand hier!« beharrte ich. »Sie haben sich im Spiegel selbst gesehen, Mrs. Linton; vor einer Weile wußten Sie das noch ganz gut.«

»Mich selbst«, keuchte sie, »und die Uhr schlägt zwölf! So ist es also wahr! Das ist ja furchtbar!«

Ihre Finger griffen krampfhaft nach der Bettdecke, die sie sich über das Gesicht zog. Ich versuchte, mich zur Tür zu stehlen, um ihren Mann heraufzurufen; doch wurde ich von einem schrillen Schrei zurückgeholt. Das Tuch war vom Spiegelrahmen herabgeglitten.

»Was ist denn nur?« rief ich. »Wer wird denn so ein Hasenfuß sein! Kommen Sie zu sich! Das ist das Glas, der Spiegel, Mrs. Linton, und darin sehen Sie sich und mich auch, hier neben Ihnen.«

Zitternd und verwirrt klammerte sie sich an mich, doch allmählich wich das Entsetzen aus ihrem bleichen Gesicht und machte Schamröte Platz.

»Ach, du liebe Güte! Ich dachte, ich sei zu Hause«, seufzte sie. »Ich dachte, ich läge in meinem Zimmer auf Wuthering Heights. Und weil ich so schwach bin, verwirrten sich meine Gedanken, und ich habe wohl sogar geschrien. Sprich nicht darüber, aber bleibe bei mir. Ich fürchte mich vor dem Einschlafen, meine Träume ängstigen mich so.«

»Ein richtiger Schlaf würde Ihnen gut tun, gnädige Frau«, antwortete ich, »und ich hoffe, diese Leiden werden Sie von weiteren Versuchen zu verhungern abbringen.«

»Oh, wäre ich nur in meinem Bett im alten Haus!« fuhr sie klagend fort und rang die Hände. »Ach, und der Wind, der dort vorm Fenster durch die Föhren braust! Laß mich ihn spüren – er kommt geradewegs vom Moor – laß mich ihn einatmen, einen tiefen Atemzug voll!«

Um sie zu beruhigen, öffnete ich einen Augenblick das Fenster. Ein kalter Windstoß fuhr herein; ich schloß es wieder und kehrte an meinen Platz zurück.

Sie lag nun still da, das Gesicht in Tränen gebadet. Körperliche Erschöpfung hatte ihrem Geist alle Kraft genommen. Unsere feurige Catherine war nur noch ein wehklagendes Kind!

»Wie lange ist es her, daß ich mich hier eingeschlossen habe?« fragte sie, plötzlich wieder auflebend.

»Am Montagabend war es«, erwiderte ich, »und jetzt haben wir Donnerstagnacht oder vielmehr schon Freitagmorgen.«

»Wie, derselben Woche?« rief sie aus. »So kurze Zeit nur?«

»Lang genug, wenn man nur von kaltem Wasser und übler Laune lebt«, bemerkte ich.

»Nun, mir kommt's so vor, als wären es zahllose Stunden«, murmelte sie zweifelnd; »es muß länger her sein. Ich erinnere mich, daß ich im Wohnzimmer war, nachdem sie sich gestritten hatten und Edgar mich gemein herausforderte und ich verzweifelt in dieses Zimmer hier lief. Kaum hatte ich die Tür verriegelt, wurde mir schwarz vor Augen, und ich fiel zu Boden. Ich konnte Edgar nicht klarmachen, daß ich bestimmt einen Anfall bekäme oder die Tobsucht, wenn er fortführe, mich zu quälen! Ich hatte die Herrschaft über meine Zunge und meine Gedanken völlig verloren, und er ahnte vielleicht nichts von meinem Zustand; mir blieb gerade noch so viel Verstand, daß ich versuchte, ihm und seiner Stimme zu entkommen. – Ehe ich wieder so weit bei Besinnung war, daß ich hören und sehen konnte, dämmerte schon der Morgen. Nelly, ich will dir jetzt sagen, was ich da gedacht habe und was mir seitdem wieder und immer wieder durch den Kopf geht, so daß ich langsam um meinen Verstand fürchte: Ich dachte, als ich auf dem Boden lag, mit dem Kopf neben dem Tischbein, und meine Augen nur undeutlich das graue Viereck des Fensters wahrnahmen, daß ich daheim in dem alten eichenen Wandbett eingeschlossen läge, und das Herz war mir schwer wegen irgendeines großen Kummers, auf den ich mich beim Aufwachen aber nicht besinnen konnte. Ich dachte nach und quälte mich, um herauszubekommen, was es sein könne, und seltsamerweise waren die ganzen letzten sieben Jahre meines Lebens wie ausgelöscht! Ich konnte mich nicht erinnern, daß es sie überhaupt gegeben hatte. Ich war ein Kind; mein Vater war gerade beerdigt, und mein Elend entsprang der Trennung von Heathcliff, die Hindley angeordnet hatte. Ich lag zum erstenmal allein im Bett, und als ich nach einer durchweinten Nacht aus einem quälenden Morgenschlummer erwachte, hob ich die Hand, um die Täfelung beiseite zu schieben – und stieß gegen die Tischplatte! Ich tastete über den Teppich, und dann stürzte die Erinnerung auf mich ein. Verzweiflungsvoll weinte ich über das letzte Ereignis. Ich kann nicht sagen, warum ich mich so tief unglücklich fühlte – ich muß vorübergehend geistesgestört gewesen sein, denn es gibt kaum einen Grund. Aber wenn du dir vorstellst, daß mir mit zwölf Jahren mein Zuhause, die Heights, meine Kindheitserinnerungen und mein ein und alles – das war Heathcliff damals für mich – entrissen wurden und ich mit einem

ZWÖLFTES KAPITEL

Schlag in Mrs. Linton, die Lady von Thrushcross Grange und die Frau eines Fremden, verwandelt worden bin, verbannt und verstoßen von allem, was meine Welt war, dann kannst du ein klein wenig ermessen, in welchem Abgrund ich mich befand! Schüttle deinen Kopf, so viel du willst, Nelly, du hast mitgeholfen, mich zu entwurzeln! Du hattest mit Edgar sprechen wollen, wirklich, das hättest du tun müssen und ihn zwingen, mich in Ruhe zu lassen! Oh, ich glühe! Ich wollte, ich wäre draußen! Ich wollte, ich wäre wieder ein Mädchen, halb wild, verwegen und frei, und könnte über Kränkungen lachen, statt rasend darüber zu werden! Warum bin ich so verändert? Warum können ein paar Worte mich so aufregen? Wäre ich nur einmal wieder in der Heide auf den Hügeln drüben, ich würde gewiß wieder ich selbst sein... Mach noch einmal das Fenster auf, weit! Laß es offen! Schnell! Warum rührst du dich nicht?«

»Weil ich nicht will, daß Sie sich auf den Tod erkälten«, antwortete ich.

»Du willst mir keine Möglichkeit zum Leben geben, meinst du wohl«, sagte sie verdrießlich. »Nun, noch bin ich nicht hilflos, ich öffne es selbst!«

Und sie glitt aus dem Bett, ehe ich sie daran hindern konnte, wankte quer durchs Zimmer, riß das Fenster auf und lehnte sich hinaus, ungeachtet der eisigen Luft, die ihr wie mit Messern in die Haut schnitt.

Ich flehte sie an und versuchte schließlich, sie mit Gewalt vom Fenster zurückzudrängen. Aber ich mußte bald einsehen, daß die Kraft, die ihr der Wahnsinn verlieh, der meinen weit überlegen war (und daß sie wahnsinnig war, davon überzeugten mich sehr bald ihre nachfolgenden Handlungen und irren Reden).

Es war eine mondlose Nacht, und drunten lag alles in dunstiger Finsternis; aus keinem Haus nah oder fern schimmerte ein Licht, es war überall längst gelöscht worden. Die Lichter von Wuthering Heights waren bei uns nicht zu sehen – trotzdem behauptete sie, sie könne sie herüberscheinen sehen.

»Sieh«, rief sie aufgeregt, »dort ist mein Zimmer, wo das Licht brennt und draußen vorm Fenster die Bäume sich biegen... Und in Josephs Bodenkammer ist auch Licht... Joseph ist lange auf, nicht wahr? Er wartet, daß ich heimkomme, damit er das Tor abschließen kann... Nun, er wird noch eine Weile warten müssen. Es ist eine beschwerliche Reise, und man unternimmt sie mit traurigem Herzen; und auf unserem Weg müssen wir am Friedhof von Gimmerton vorbei! Wir haben den Geistern der Toten oft gemeinsam getrotzt und uns gegenseitig herausgefordert, wer von uns sich wohl traute, zwischen den Gräbern zu stehen und sie zu rufen... Aber Heathcliff, wenn ich dich jetzt herausfordere, traust du dich wieder? Wenn du's wagst, behalte ich dich da und lasse dich nicht mehr fort. Ich will nicht allein dort liegen; und wenn sie mich auch zwölf Fuß tief begraben und noch die Kirche auf mich stürzen, werde ich doch nie und nimmer Ruhe finden, bis du bei mir bist!«

Sie hielt inne und fuhr dann mit einem seltsamen Lächeln fort: »Er überlegt es sich... er möchte lieber, daß ich zu ihm komme! Gut, dann finde du einen Weg! Nicht über den Friedhof dort... Was bist du langsam! Sei nur ruhig, du bist mir doch immer gefolgt!«

Ich sah ein, daß es keinen Sinn hatte, mit ihr zu streiten, da sie nicht zurechnungsfähig war, und so überlegte ich, wie ich irgend etwas greifen könnte, um es ihr umzutun und sie gegen die kalte Nachtluft zu schützen, ohne sie loszulassen (denn ich durfte sie am offenen Fenster nicht allein lassen). Ich war deshalb ganz verblüfft, als sich plötzlich der Türgriff quietschend bewegte und Mr. Linton eintrat. Er war soeben erst aus der Bibliothek gekommen, hatte uns reden gehört, als er draußen den Korridor entlangging, und kam, von Neugier oder Sorge getrieben, um nachzusehen, was das zu dieser späten Stunde zu bedeuten habe.

»O Sir«, rief ich, noch ehe er über den Anblick, der sich ihm bot, und die düstere Atmosphäre des Zimmers einen Ausruf des Erstaunens über die Lippen bringen konnte, »meine arme Herrin ist krank, und ich kann nicht mit ihr fertig werden! Bitte, helfen Sie mir und reden Sie ihr zu, wieder ins Bett zu gehen. Vergessen Sie Ihren Ärger, denn man erreicht bei ihr nur etwas, wenn man auf sie eingeht.«

»Catherine krank?« brachte er schließlich hervor und kam hastig zu uns. »Mach das Fenster zu, Ellen! Catherine! Warum...?«

Er verstummte. Catherines verhärmtes Aussehen und verstörtes Wesen nahmen ihm die Sprache, und in hilflosem Entsetzen blickte er von ihr zu mir.

»Sie hat sich die ganze Zeit hier in Kummer verzehrt«, fuhr ich fort, »hat fast nichts gegessen und nie geklagt. Bis heute abend hat sie niemanden von uns zu sich hineingelassen, und so konnten wir Sie auch nicht über ihren Zustand informieren, da wir ja selbst nichts davon wußten; aber es ist wohl nicht schlimm.«

Ich fühlte selbst, wie unbeholfen ich meine Erklärungen herausbrachte. Der Herr runzelte die Stirn. »Es ist nicht schlimm, meinst du, Ellen Dean?« sagte er streng. »Du wirst mir noch genauer Rechenschaft darüber geben müssen, warum du mich so in Unkenntnis gelassen hast.« Und er nahm seine Frau in die Arme und betrachtete sie mit schmerzlicher Besorgnis.

Zuerst gab sie kein Zeichen des Wiedererkennens. Er blieb unsichtbar für ihren abwesenden Blick. Doch ihre Verwirrung hielt nicht an. Sie hatte aufgehört, in die Nacht hinauszustarren, ihre Aufmerksamkeit wurde mehr und mehr von ihm in Anspruch genommen, und schließlich entdeckte sie, wer sie im Arm hielt.

»Ah, bist du wirklich einmal gekommen, Edgar Linton?« sagte sie lebhaft. »Du gehörst zu den Dingen, die immer dann da sind, wenn man sie am wenigsten gebrauchen kann, und die man nie findet, wenn man sie nötig hat! Vermutlich wird's jetzt viele Klagen geben... ja, das wird es... aber die können mich von meinem engen Heim dort drunten nicht zurückhalten, meinem Ruheplatz, wo ich hin muß, noch ehe der Frühling vorbei ist! Er ist nicht bei den Lintons unterm Kirchendach, merk dir's wohl, sondern unter freiem Himmel mit einem schlichten Grabstein, und du kannst dir überlegen, ob du zu ihnen gehen oder zu mir kommen willst!«

»Catherine, was ist nur in dich gefahren?« begann der Herr. »Bin ich dir denn gar nichts mehr? Liebst du diesen elenden Heath...«

»Still!« schrie Mrs. Linton. »Bist du augenblicklich still! Wenn du diesen Namen aussprichst, beende ich die ganze Sache sofort mit einem Sprung aus dem Fenster! Was du jetzt im Arm hältst, kannst du haben, aber meine Seele wird droben auf der Höhe sein, bevor deine Hände mich wieder greifen können. Ich brauche dich nicht, Edgar, ich hab' dich nicht mehr nötig... Geh zu deinen Büchern zurück... Ich bin froh, daß du noch einen Trost besitzt; denn alles, was du an mir hattest, ist dahin.«

»Sie ist nicht bei sich, Sir«, unterbrach ich. »Sie hat den ganzen Abend sinnloses Zeug geredet; aber wenn sie nur ihre Ruhe und richtige Pflege hat, wird sie sich schon erholen... Nur: Wir müssen in Zukunft aufpassen, daß wir sie nicht aufregen.«

»Ich brauche keine weiteren Ratschläge von dir«, antwortete Mr. Linton. »Du kanntest das Naturell deiner Herrin und hast mich noch ermutigt, sie zappeln zu lassen. Und mir auch nicht eine einzige Andeutung gemacht, wie es während dieser drei Tage um sie stand! Das war herzlos! Monatelanges Krankenlager hätte sie nicht so herunterbringen können!«

Ich begann mich zu verteidigen, denn es schien mir doch zu arg, für eines andern böse Launenhaftigkeit die Schuld zu bekommen!

»Ich kannte Mrs. Lintons Naturell als starrköpfig und tyrannisch«, schrie ich, »aber es war mir nicht bekannt, daß Sie ihr wildes Temperament noch unterstützen und fördern wollen! Ich wußte nicht, daß ich, um sie zufriedenzustellen, bei Mr. Heathcliff ein Auge zudrücken und nichts gesehen haben sollte. Ich habe gewissenhaft meine Pflicht erfüllt, wie man sie von einer treuen Dienerin erwarten kann, als ich Ihnen Bescheid sagte, und hab' ja auch den Lohn einer treuen Dienerin erhalten! Nun, ich werd' es mir merken und das nächste Mal vorsichtiger sein. Das nächste Mal können Sie selbst zusehen, wo Sie Ihre Informationen herbekommen!«

»Das nächste Mal, wenn du mir Klatsch zuträgst, wirst du aus meinem Dienst entlassen und kannst gehen, Ellen Dean«, entgegnete er.

»Also dann wollen Sie lieber nichts mehr darüber hören, vermute ich, Mr. Linton? Heathcliff hat Ihre Erlaubnis, dem Fräulein den Hof zu machen und bei jeder Gelegenheit, die Ihre Abwesenheit bietet, hier hereinzuschauen, um die Herrin gegen Sie aufzuwiegeln?«

Trotz ihrer Verwirrung hatte Catherine doch aufmerksam unser Gespräch verfolgt.

»Ah, Nelly hat den Verräter gespielt«, rief sie zornbebend aus. »Nelly ist im verborgenen mein Feind. Du Hexe! Ich hab' es ja gewußt, daß du Elfenpfeile suchst, um uns zu treffen! Laß mich los, das soll sie mir bereuen! Die soll heulend auf den Knien um Vergebung bitten!«

Die Wut des Wahnsinns funkelte in ihren Augen; sie kämpfte verzweifelt, um sich aus Lintons Armen zu befreien. Ich verspürte keine Neigung, das Weitere abzuwarten, und verließ das Zimmer, entschlossen, auf eigene Verantwortung ärztliche Hilfe herbeizuholen.

Als ich durch den Garten ging, um die Straße zu erreichen, sah ich an einer Stelle, wo sich ein Zügelhaken in der Mauer befindet, etwas Weißes in einer unregelmäßigen, zuckenden Bewegung, die offenbar nicht vom Wind verursacht wurde. Trotz meiner Eile blieb ich stehen, um festzustellen, was es sei, damit ich mir nicht später einmal einbilden könnte, es habe sich um ein Wesen aus einer anderen Welt gehandelt.

Zu meiner großen Überraschung und Bestürzung fand ich heraus, mehr durch Betasten als Sehen, daß es sich um Miss Isabellas Hündchen handelte, an einem Taschentuch aufgeknüpft und nahe daran, seinen letzten Schnaufer zu tun.

Schnell befreite ich das arme Tierchen und setzte es in den Garten nieder. Ich hatte noch gesehen, wie es seiner Herrin die Treppe hinauf folgte, als diese zu Bett ging, und es war mir unverständlich, wie es hierher geraten sein konnte und wer so boshaft gewesen war, es in dieser Weise zu mißhandeln.

Während ich den Knoten vom Haken löste, war mir die ganze Zeit, als ob ich aus einiger Entfernung den Hufschlag eines galoppierenden Pferdes vernähme, aber mein Kopf war so voll von anderen Dingen, daß ich diesem Umstand keine Beachtung schenkte, obgleich es in dieser Gegend um zwei Uhr morgens ein ungewöhnliches Geräusch war.

Doktor Kenneth trat glücklicherweise gerade aus seinem Haus, um einen Patienten im Dorf zu besuchen, als ich die Straße heraufkam, und mein Bericht von Catherine Lintons Erkrankung veranlaßte ihn, sofort mit mir zu kommen.

Er war immer aufrichtig und geradeaus und machte auch jetzt kein Hehl aus seinen Zweifeln, daß sie diese zweite Attacke überleben werde, es sei denn, sie wäre seinen Verordnungen gegenüber jetzt gefügiger als früher.

»Nelly Dean«, sagte er, »ich kann mich des Gefühls nicht erwehren, daß da eine besondere Ursache vorliegt. Was hat es auf der Grange gegeben? Man hört hier merkwürdige Dinge. Ein kräftiges, tüchtiges Mädchen wie die Catherine wird nicht wegen einer Kleinigkeit krank, und Leute ihrer Art dürfen sich auch keine Krankheit leisten. Sie durch Fieber und dergleichen durchzubringen ist ein hartes Stück Arbeit. Wie kam es denn dazu?«

»Der Herr wird Ihnen alles berichten«, antwortete ich, »aber Sie kennen ja die jähzornige Veranlagung der Earnshaws, und Mrs. Linton übertrifft sie alle. So viel kann ich Ihnen sagen: Es begann mit einem Streit. Während eines leidenschaftlichen Wutanfalls fiel sie plötzlich in eine Art Ohnmacht. Zum mindesten berichtet sie das selbst so. Denn in höchster Erregung lief sie fort und schloß sich ein. Dann verweigerte sie tagelang jede Nahrung, und jetzt fällt sie abwechselnd mal in Raserei und mal in eine Art Traumzustand, erkennt wohl ihre Umgebung, aber hat den Kopf voll von sonderbaren Gedanken und Vorstellungen.«

»Mr. Linton wird es schwernehmen?« bemerkte Kenneth in fragendem Ton.

»Schwer? Das Herz würde ihm brechen, wenn etwas passieren sollte!« erwiderte ich. »Beunruhigen Sie ihn nur nicht mehr als nötig.«

»Nun, ich habe es ihm ja gesagt, er solle sich vorsehen«, sagte mein Begleiter, »und er muß die Folgen tragen, wenn er meine Warnung in den Wind schlägt! War er nicht in letzter Zeit gut Freund mit Heathcliff?«

»Heathcliff kommt häufig zur Grange«, antwortete ich, »doch kommt er mehr wegen der Herrin, die ihn schon als Jungen gekannt hat, und nicht so sehr deshalb, weil etwa der Herr seine Gesellschaft schätzt. Im Augenblick ist er der Mühe enthoben, sich melden zu lassen – weil er vermessene Absichten auf Miss Linton gezeigt hat. Ich kann mir kaum denken, daß man ihn je wieder empfangen wird.«

»Und zeigt Miss Linton ihm die kalte Schulter?« war die nächste Frage des Arztes.

»Sie hat mich nicht ins Vertrauen gezogen«, erwiderte ich, denn es widerstrebte mir, das Gespräch fortzusetzen.

»Nein, natürlich nicht, sie ist eine ganz Schlaue«, bemerkte er, den Kopf schüttelnd. »Sie behält ihre Absichten schön für sich und fragt keinen um Rat. Aber sie macht recht bedenkliche Streiche. Ich weiß es aus zuverlässiger Quelle, daß in der vergangenen Nacht – und es war wirklich eine herrliche Nacht! – sie und Heathcliff in der Pflanzung hinter eurem Haus herumspazierten, über zwei Stunden lang; und er drängte sie, nicht wieder ins Haus zu gehen, sondern auf sein Pferd zu steigen, und ab mit ihm! Mein Gewährsmann sagt, sie konnte ihn nur dadurch hinhalten, daß sie ihm ihr Ehrenwort gab, bei ihrem nächsten Treffen dazu bereit zu sein. Wann das sein sollte, konnte er nicht mehr mitkriegen. Aber du solltest Mr. Linton dazu bringen, daß er scharf aufpaßt!«

Diese Neuigkeit ließ meine alten Ängste wieder aufleben; ich ließ Kenneth langsamer folgen und legte fast den ganzen Weg im Laufschritt zurück. Der kleine Hund kläffte noch im Garten. Ich nahm mir eine Minute Zeit, um ihm die Pforte zu öffnen, aber anstatt zur Haustür zu laufen, jagte er hin und her, schnüffelte im Gras und wäre auf die Straße entwischt, hätte ich ihn nicht gepackt und mit mir ins Haus genommen.

Als erstes ging ich hinauf in Isabellas Zimmer, wo sich mein Verdacht bestätigte: Es war leer. Wäre ich ein paar Stunden früher dagewesen, hätte Mrs. Lintons Krankheit sie vielleicht von ihrem voreiligen Schritt zurückgehalten. Was aber konnte jetzt noch getan werden? Es bestand nur eine geringe Chance, sie einzuholen, wenn man sich sofort an die Verfolgung machte. Ich jedoch konnte sie nicht verfolgen, und ebenso wenig wagte ich, die Familie aufzuschrecken und das ganze Haus in Aufregung zu versetzen, noch weniger, meinem Herrn die Sache zu enthüllen, der, von seinem gegenwärtigen Kummer ganz in Anspruch genommen, neuen nicht mehr verkraften konnte!

Ich sah keinen anderen Weg, als den Mund zu halten und den Dingen ihren Lauf zu lassen, und da Kenneth inzwischen eingetroffen war, ging ich, eine gelassene Miene aufsetzend, was mir nur sehr schlecht gelingen wollte, hinein, um ihn anzumelden.

Catherine lag in unruhigem Schlummer. Ihrem Mann war es gelungen, sie nach ihrem Tobsuchtsanfall zu beschwichtigen; jetzt beugte er sich über ihr Kissen und beobachtete besorgt jeden Schatten und jede Veränderung in ihren schmerzlich ausdrucksvollen Zügen.

Der Arzt, nachdem er den Fall eingehend untersucht hatte, sprach hoffnungsvoll zu ihm von einem günstigen Verlauf der Krankheit, wenn es uns nur gelänge, für absolute Ruhe in ihrer Umgebung zu sorgen. Mir jedoch sagte er unter vier Augen, die drohende Gefahr sei nicht so sehr der Tod als vielmehr dauernde Geistesgestörtheit.

Weder Mr. Linton noch ich schlossen in dieser Nacht ein Auge; wir gingen überhaupt nicht zu Bett, und die Dienstboten waren alle lange vor der gewohnten Zeit auf, bewegten sich mit behutsamen Schritten im Haus umher und sprachen nur im Flüsterton, wenn sie bei ihren Verrichtungen einander begegneten. Jeder war tätig außer Miss Isabella, und allmählich fiel es auf, und man begann Bemerkungen zu machen, was sie für einen gesunden Schlaf habe. Auch ihr Bruder fragte, ob sie aufgestanden sei, und schien ungeduldig zu sein wegen ihres Ausbleibens und wohl auch gekränkt, daß sie sich so wenig um ihre Schwägerin besorgt zeigte.

Ich zitterte, daß er mich schicken würde, sie zu rufen; doch es blieb mir erspart, ihre Flucht als erste verkünden zu müssen. Eins der Mädchen, ein gedankenloses Ding, das schon frühmorgens zu einer Besorgung in Gimmerton gewesen war, kam atemlos, mit offenem Mund, die Treppe herauf, stürzte ohne nachzudenken ins Zimmer und schrie: »O Gott, o Gott! Was werden wir noch alles erleben! Herr, Herr, unser gnädiges Fräulein...«

»Mach nicht solchen Lärm!« rief ich hastig, wütend über ihr lautes, rücksichtsloses Gebaren.

»Sprich leiser, Mary! – Was ist los?« sagte Mr. Linton. »Was fehlt dem gnädigen Fräulein?«

»Weg is sie, weg! Der Heathcliff ist mit ihr durchgebrannt!« stieß sie hervor.

»Das ist nicht wahr!« rief Linton und stand erregt auf. »Es kann nicht sein! Wie bist du nur auf diesen Einfall gekommen? Ellen Dean, geh und suche sie! Das ist ja undenkbar – das kann doch nicht sein!«

Während er sprach, brachte er das Mädchen zur Tür und wiederholte die Frage, wie sie zu solch einer Behauptung komme.

»Nun, ich traf unterwegs einen Burschen, der hier die Milch holt«, stammelte sie, »und der meinte, wir hätten wohl ganz schöne Sorgen auf der Grange. Ich dachte, er meinte wegen Missis' Krankheit, und so sagte ich ja. Da sagte er: ›Ich vermute, es is schon jemand hinter ihnen her, nicht?‹ Ich starrte ihn an. Da merkte er, daß ich keine Ahnung hatte, und erzählte mir, wie kurz nach Mitternacht bei einem Hufschmied, zwei Meilen hinter Gimmerton, ein Herr und eine Dame haltgemacht hätten, um ein Pferd beschlagen zu lassen. Des Schmieds Tochter sei aufgestanden und habe heimlich durchs Fenster gespäht, um zu sehen, wer das wohl ist: Sie hat die beiden sofort erkannt! Und sie bemerkte, wie der Mann – sie war sicher, es war Heathcliff, außerdem ist er nicht zu verwechseln – als Bezahlung ihrem Vater ein Goldstück in die Hand drückte. Die Dame hatte einen Schleier vor dem Gesicht, aber sie bat um einen Schluck Wasser, und während sie trank, fiel er zurück, und das Mädchen sah sie ganz deutlich. Heathcliff hielt die Zügel von beiden Pferden, als sie davonritten, und sie kehrten dem Dorf den Rücken und ritten so schnell, wie die schlechten Wege es erlaubten. Und das Mädchen sagte dem Vater nichts, aber heut morgen hat sie es in ganz Gimmerton herumerzählt.«

Ich lief und warf zum Schein einen Blick in Isabellas Zimmer und bestätigte, als ich zurückkam, die Behauptung der Magd. Mr. Linton hatte seinen Platz am Bett wieder eingenommen; bei meinem Eintritt hob er die Augen, las aus meinem bestürzten Gesicht den Sachverhalt und senkte sie wieder, ohne einen Befehl zu erteilen oder auch nur ein Wort zu äußern.

»Sollen wir irgendwelche Maßnahmen ergreifen, um sie einzuholen und zurückzubringen?« erkundigte ich mich. »Was sollen wir jetzt machen?«

»Sie ging aus eigenem Antrieb«, antwortete der Herr. »Sie hatte das Recht zu gehen, wenn es ihr gefiel. Stör mich nicht noch einmal ihretwegen. Von jetzt an ist sie nur noch dem Namen nach meine Schwester – nicht weil ich mit ihr nichts mehr zu tun haben will, sondern weil sie mit mir nichts mehr hat zu tun haben wollen.«

Das war alles, was er zu dieser Sache sagte. Er hat sich nicht ein einziges Mal mehr nach ihr erkundigt oder sie in irgendeinem Zusammenhang erwähnt, außer daß er mich anwies, alles, was ihr im Haus gehörte, an ihren neuen Wohnort zu senden, wo immer der war, sobald ich die Adresse erfuhr.

Dreizehntes Kapitel

Zwei Monate blieben die Flüchtlinge verschwunden. In diesen zwei Monaten kämpfte Mrs. Linton mit einer sehr schweren Krankheit, die man Gehirnentzündung nannte, und überwand sie.

Keine Mutter hätte ihr einziges Kind mit mehr Hingabe pflegen können, als Edgar seine Frau umsorgte. Tag und Nacht wachte er und ertrug geduldig alle Launen, womit ein Mensch mit reizbaren Nerven und zerrüttetem Verstand einen andern plagen kann. Und obwohl Kenneth einmal bemerkte, was er da vor dem Grab rette, werde ihm seine Mühe nur damit lohnen, daß es künftig eine Quelle ständiger Sorge für ihn sei, ja, daß er tatsächlich seine Gesundheit und Kraft aufopfere, nur um eine menschliche Ruine am Leben zu erhalten, kannte seine Freude und Dankbarkeit doch keine Grenzen, als Catherines Leben außer Gefahr war.

Und Stunde um Stunde saß er bei ihr, verfolgte die allmähliche Rückkehr körperlicher Gesundheit und nährte seine allzu optimistischen Hoffnungen mit der Illusion, daß auch ihr Geist wieder ins rechte Gleis komme und sie bald wieder die alte Catherine sein werde.

Anfang März verließ sie zum erstenmal ihr Zimmer. Mr. Linton hatte ihr am Morgen eine Handvoll goldgelber Krokusse aufs Kissen gelegt. Ihre Augen hatten einen Freudenschimmer schon lange nicht mehr gekannt; nun erblickten sie beim Erwachen die Blüten und leuchteten voller Entzücken auf, als sie sie eifrig aufnahm.

»Dies sind die ersten Blumen auf den Heights!« rief sie aus. »Sie erinnern mich an milden Tauwind und warmen Sonnenschein und Schneeschmelze. Edgar, haben wir heute nicht Südwind, und ist der Schnee nicht fast weg?«

»Bei uns hier unten ist der Schnee schon weg, Liebling«, antwortete ihr Mann, »und auf dem Moor sehe ich nur noch zwei weiße Flecken. Der Himmel ist blau, und die Lerchen singen, und die Gräben und Bäche sind alle randvoll. Catherine, voriges Jahr um diese Zeit wünschte ich mir sehnlichst, dich unter diesem Dach zu haben – jetzt wünsche ich, du wärest ein oder zwei Meilen weiter oben auf den Höhen dort. Es weht ein so angenehmes Lüftchen, ich hab' das Gefühl, das würde dich bestimmt gesund machen.«

»Ich werde nur noch einmal da draußen sein«, sagte die Kranke, »und du wirst mich dann verlassen, und ich bleibe dort für immer. Nächstes Frühjahr wirst du dich wieder danach sehnen, mich unter diesem Dach zu haben, und du wirst zurückblicken und denken, daß du heute glücklich warst.«

Linton überschüttete sie mit den zärtlichsten Liebkosungen und versuchte sie mit den liebevollsten Worten aufzuheitern; sie aber blickte abwesend auf die Blumen, während sich Tränen an ihren Wimpern sammelten und die Wangen hinunterrannen, ohne daß sie es zu bemerken schien.

Wir wußten, daß es ihr tatsächlich besser ging, und kamen daher zu dem Schluß, daß das lange Beschränktsein auf einen Raum die Hauptschuld an dieser Verzagtheit trage und durch einen Wechsel der Umgebung zum Teil wenigstens behoben werden könnte.

Der Herr wies mich an, in dem wochenlang verlassenen Wohnzimmer ein Feuer anzumachen und einen bequemen Sessel ans Fenster zu rücken, wo es sonnig war; und dann brachte er sie hinunter, und sie saß eine lange Zeit da und genoß die wohltuende Wärme, und wie wir erwartet hatten, lebte sie in der neuen Umgebung auf, die zwar wohlvertraut, aber doch frei von traurigen Erinnerungen an das verhaßte Krankenzimmer war. Gegen Abend schien sie reichlich erschöpft zu sein, doch keine Vernunftgründe konnten sie bewegen, wieder in ihr Zimmer zurückzukehren, und ich mußte das Wohnzimmersofa als Bett für sie herrichten, bis ein anderer Raum für sie vorbereitet werden konnte.

Um das ermüdende Treppauf und Treppab zu vermeiden, richteten wir dieses Zimmer hier ein, wo Sie augenblicklich liegen, im selben Stock wie das Wohnzimmer, und bald war sie kräftig genug, um, auf Edgars Arm gestützt, von einem zum anderen zu gehen.

Ach, ich dachte damals bei mir, sie könnte wieder gesund werden bei all der Pflege, die sie empfing. Und es gab doppelten Grund, das zu wünschen, denn von ihrem Leben hing ein zweites ab; wir hegten nämlich die Hoffnung, daß in Kürze durch die Geburt eines Erben Mr. Lintons Herz erfreut und sein Land vor fremdem Zugriff gesichert sein würde.

Ich sollte noch erwähnen, daß Isabella etwa sechs Wochen nach ihrem Verschwinden ihrem Bruder einen kurzen Brief sandte, in dem sie ihre Heirat mit Heathcliff anzeigte. Er schien trocken und kalt, aber unten am Rand war mit Bleistift eine unklare Entschuldigung hingekritzelt und die flehentliche Bitte, sie liebzubehalten und ihr zu vergeben, wenn ihr Verhalten ihn gekränkt hätte, wobei sie geltend machte, sie habe damals nicht anders handeln können, und nun, da es einmal geschehen sei, habe sie nicht mehr die Macht, es wieder rückgängig zu machen.

DREIZEHNTES KAPITEL

So viel ich weiß, hat Linton ihr darauf nicht geantwortet, und vierzehn Tage später bekam ich einen langen Brief von ihr, den ich merkwürdig fand, wenn ich bedachte, daß er aus der Feder einer Braut stammte, die gerade aus den Flitterwochen kam. Ich will ihn vorlesen, denn ich habe ihn bis heute aufgehoben. Jedes Andenken an einen lieben Toten ist kostbar, wenn man ihn im Leben geschätzt hat.

Liebe Ellen, beginnt er.

Ich bin gestern abend auf Wuthering Heights eingetroffen und habe zum erstenmal davon gehört, daß Catherine sehr krank war und es noch immer ist. Vermutlich darf ich ihr nicht schreiben, und mein Bruder ist entweder zu verärgert oder zu betrübt, um auf meinen Brief zu antworten, den ich ihm geschrieben habe. Dennoch, ich muß an jemand schreiben, und da bleibst nur Du mir noch übrig.

Laß Edgar wissen, daß ich die Welt drum geben würde, sein liebes Gesicht noch einmal wiederzusehen – und daß mein Herz schon nach Thrushcross Grange zurückkehrte, als ich kaum vierundzwanzig Stunden fort war, und auch in diesem Augenblick dort weilt – voll zärtlicher Gefühle für ihn und Catherine! Und doch kann ich meinem Herzen nicht folgen (diese Worte sind unterstrichen) – sie sollen mich nicht zurückerwarten und können daraus folgern, was sie wollen, doch sollen sie nicht meine Willensschwachheit oder mangelnde Zuneigung dafür verantwortlich machen.

Was ich jetzt noch schreibe, ist für Dich allein bestimmt. Ich möchte Dir zwei Fragen stellen. Die erste ist:

Wie hast Du es fertiggebracht, Dir menschliches Mitgefühl zu bewahren, als Du hier oben lebtest? Ich kann nicht ein einziges Gefühl entdecken, das die Menschen, die hier um mich leben, mit mir teilen.

Die zweite Frage, an der ich sehr interessiert bin, ist die:

Ist Mr. Heathcliff ein Mensch? Wenn ja, ist er verrückt? Und wenn nicht, ist er ein Teufel? Ich will Dir jetzt nicht meine Gründe nennen, warum ich dies frage, aber ich flehe Dich an, erkläre mir, wenn Du kannst, was ich da eigentlich geheiratet habe – das heißt, wenn Du mich besuchen kommst, und Du mußt kommen, Ellen, sehr bald. Schreibe nicht, aber komm und bring mir etwas von Edgar.

Nun sollst Du hören, wie ich in meinem neuen Heim – denn als solches muß ich die Heights wohl jetzt betrachten – empfangen worden bin. Eigentlich amüsiert es mich nur, wenn ich mich bei Dingen wie dem Mangel an äußerlicher Behaglichkeit aufhalte; im Grund beschäftige ich mich nie damit, außer in dem Augenblick, wo ich sie vermisse. Ich würde vor Freude lachen und tanzen, wenn ich entdeckte, daß ihr Nichtvorhandensein mein ganzes Elend ausmachte und alles übrige nur ein unwirklicher Traum ist!

Die Sonne ging gerade hinter unserem Gehöft unter, als wir die Richtung zum Moor einschlugen; daran sah ich, daß es sechs Uhr sein mußte, und mein Begleiter machte eine halbe Stunde halt, um den Park und die Gärten und wahrscheinlich auch das Haus selbst, so gut er konnte, zu inspizieren; so war es dunkel, als wir im gepflasterten Hof vom Pferd stiegen, und Dein alter Dienstgenosse Joseph kam heraus, um uns beim flackernden Schein einer Kerze zu empfangen. Er tat das mit einer ausgesuchten Höflichkeit, die ganz seinem guten Ruf entsprach. Er begann damit, sein Licht hochzuheben und mir mit seiner Fackel ins Gesicht zu leuchten; er besah mich genau mit seinem boshaft schielenden Blick, schob dann seine Unterlippe vor und wandte sich geringschätzig ab.

Dann nahm er die beiden Pferde und führte sie in den Stall, um wiederzukommen und umständlich das äußere Tor abzuschließen, als ob wir in einer mittelalterlichen Burg lebten.

Heathcliff blieb noch draußen, um mit ihm zu sprechen, und ich betrat die Küche, ein dunkles, unsauberes Loch. Ich bin sicher, Du würdest sie nicht wiedererkennen, so hat sie sich verändert, seit Du in ihr gearbeitet hast.

Beim Herd stand ein verwildertes Kind von starkem Körperbau in schmutziger Kleidung, das in den Augen und um den Mund herum etwas von Catherine hatte.

Das ist Edgars richtiger Neffe, überlegte ich, gewissermaßen auch meiner; ich muß ihm also die Hand schütteln und – ja – ich muß ihm einen Kuß geben. Es ist immer richtig, gleich zu Anfang ein gutes Einvernehmen herzustellen.

Ich ging auf ihn zu und sagte, während ich seine rundliche Faust zu fassen versuchte: »Wie geht's, mein Lieber?«

Er antwortete in einem Jargon, den ich nicht verstand.

»Werden wir beide Freunde sein, Hareton?« war mein nächster Versuch einer Unterhaltung.

Ein Fluch und eine Drohung, Throttler auf mich zu hetzen, wenn ich nicht gleich »abhaue«, belohnte meine Beharrlichkeit.

»He, Throttler, Bursche!« flüsterte das kleine Scheusal und jagte eine nicht ganz rassenreine Bulldogge von ihrem Lager in der Ecke auf. »Na, willste wohl kommen?« fragte er mit Befehlsstimme.

Da ich an meinem Leben hing, war ich zum Nachgeben gezwungen; ich ging über die Schwelle zurück, um draußen auf das Eintreffen der anderen zu warten. Mr. Heathcliff war nirgends zu sehen, und Joseph, dem ich in den Stall gefolgt war und den ich ersuchte, mich hineinzubegleiten, rümpfte die Nase, nachdem er mich angestarrt und etwas vor sich hin gemurmelt hatte, und gab zur Antwort: »S-teif! S-teif! S-teif! Hat jä'n Christenmänsch so was gehört? Ihr nuschelt und nuschelt und brächt Eich ein' ab beim Sprächen! Wie sull'ch verstähn, was'r sagt?«

»Ich sagte, ich bitte Sie, mit mir mitzukommen ins Haus!« schrie ich in der Meinung, er sei taub, höchst unangenehm berührt von seiner Grobheit.

»Nee, aber nich' mit mir! Äch hab' was anners ze dun«, antwortete er und setzte seine Arbeit fort, wobei er seine hervorstehenden Kinnbacken bewegte und mein Kleid und Gesicht (ersteres viel zu fein, letzteres, da bin ich sicher, so verzagt und dem Weinen nah, wie er's sich nur wünschen konnte) mit überlegener Verachtung musterte.

Ich wanderte auf dem Hof herum und gelangte durch ein Pförtchen zu einer anderen Tür und nahm mir die Freiheit, dort anzuklopfen, in der Hoffnung, ein höflicher Dienstbote möchte sich zeigen.

Nach kurzer Pause der Ungewißheit wurde sie geöffnet. Ein großer, hagerer Mann ohne Halstuch, der auch sonst äußerst schlampig gekleidet war, stand in der Tür. Seine Gesichtszüge waren unter Massen zottigen Haars, das ihm bis auf die Schultern herabhing, begraben und nicht zu erkennen; seine Augen glichen denen Catherines auf eine gespenstische Art, nur war all ihre Schönheit dahin.

»Was haben Sie hier zu suchen?« fragte er grimmig. »Wer sind Sie?«

»Mein Name *war* Isabella Linton«, antwortete ich. »Wir haben uns früher schon mal kennengelernt, Sir. Ich bin seit kurzem mit Mr. Heathcliff verheiratet, und er hat mich hierhergebracht – mit Ihrer Erlaubnis, vermute ich.«

»Ist er also zurückgekommen?« fragte der Einsiedler und blickte wild um sich, wie ein hungriger Wolf.

»Ja, wir sind gerade angekommen«, sagte ich, »aber er ließ mich bei der Küchentür stehen, und als ich hineingehen wollte, spielte Ihr kleiner Junge dort Wächter und hat mich mit Hilfe einer Bulldogge weggejagt.«

»'s ist man gut, daß der verfluchte Schurke sein Wort gehalten hat!« knurrte mein künftiger Hauswirt und spähte in die Finsternis hinaus, in der Erwartung, hinter mir Heathcliff zu entdecken, und dann erging er sich in einem Selbstgespräch, das aus Verwünschungen und Drohungen bestand, was er getan haben würde, wenn der »Teufel« ihn hintergangen hätte.

Ich bereute schon, hier angeklopft zu haben, und hatte große Lust, mich fortzustehlen, bevor er mit Fluchen zu Ende war; doch ehe ich meine Absicht ausführen konnte, kommandierte er mich hinein, schloß die Tür hinter mir und verriegelte sie.

Ein großes Kaminfeuer war die einzige Lichtquelle in dem riesigen Raum, dessen Fußboden eine eintönig graue Farbe angenommen hatte, und auch das einst glänzende Zinngeschirr, das meinen Blick anzuziehen pflegte, als ich ein kleines Mädchen war, wies eine ähnliche, von Staub und Schmutz geschaffene Tönung auf.

Ich frage, ob es möglich wäre, das Mädchen zu rufen und mich auf mein Zimmer zu bringen, damit ich wüßte, wo ich schlafen könnte. Mr. Earnshaw würdigte mich keiner Antwort. Er ging auf und ab, die Hände in den Taschen, und hatte meine Anwesenheit offenbar ganz vergessen; und er war augenscheinlich so tief in Gedanken versunken und sein ganzes Aussehen wirkte so abweisend und menschenfeindlich, daß ich es nicht wagte, ihn noch einmal anzusprechen.

Du kannst Dir denken, Ellen, wie unsagbar trostlos ich mich fühlte, als ich da so verlassen an jenem ungastlichen Herd saß und daran dachte, daß kaum vier Meilen von hier mein wunderschönes Heim liegt, das die einzigen Menschen birgt, die mir auf Erden lieb sind, und doch könnte ebenso gut der Atlantik zwischen uns sein statt dieser vier Meilen: Ich kann nicht hinüber!

Ich habe mich immer wieder gefragt: Wohin muß ich mich wenden, um Trost zu finden? Und – sag das auf keinen Fall Edgar oder Catherine – neben jeder andern Sorge belastete mich dies: daß keiner hier zu finden war, der gegen Heathcliff mein Verbündeter sein konnte oder wollte!

Ich hatte auf Wuthering Heights Schutz gesucht, beinahe gern, weil ich durch dieses Arrangement davor sicher war, mit ihm allein zu leben; aber er kannte die Leute, zu denen wir kamen, und brauchte deshalb auch keine Einmischung ihrerseits zu befürchten.

Ich saß trübselig da und dachte nach; die Uhr schlug acht und schlug neun, und der, in dessen Gesellschaft ich mich befand, schritt immer noch auf und ab, den Kopf bis auf die Brust gesenkt und vollkommen stumm, es sei denn, daß gelegentlich ein Stöhnen oder ein bitterer Ausruf aus ihm hervorbrach.

Ich lauschte, ob ich nicht eine weibliche Stimme im Hause vernehmen könnte, und füllte die Zwischenzeit mit wildem Bedauern und bösen Vorahnungen aus, die zuletzt in nicht zu unterdrückendem Seufzen und Weinen hörbar wurden. Ich war mir nicht bewußt, wie offen ich meinen Kummer zeigte, bis Earnshaw plötzlich in seinem gleichmäßigen Auf und Ab innehielt und mich verblüfft anstarrte. Ich nutzte schnell die mir erneut zugewandte Aufmerksamkeit und rief: »Ich bin müde von der

Reise und möchte zu Bett gehen! Wo ist denn Ihr Hausmädchen? Lassen Sie mich wissen, wo ich sie finden kann, da sie nicht kommt und sich um mich kümmert!«

»Wir haben keins«, antwortete er. »Sie müssen sich schon selbst bedienen!«

»Wo soll ich denn schlafen?« schluchzte ich; von Müdigkeit und Elend niedergedrückt, war ich nicht mehr imstande, noch Haltung zu bewahren.

»Joseph wird Ihnen Heathcliffs Kammer zeigen«, sagte er; »machen Sie nur die Tür dort auf – er ist da drinnen.«

Ich wollte gehorchen, aber er hielt mich plötzlich fest und fügte in einem ganz seltsamen Ton hinzu: »Haben Sie die Güte, Ihre Türe gut abzuschließen, und schieben Sie den Riegel vor – vergessen Sie's nicht!«

»Na schön!« sagte ich. »Aber weshalb eigentlich, Mr. Earnshaw?«

Der Gedanke, mich mit Heathcliff einzuschließen, war nicht nach meinem Geschmack.

»Schauen Sie her!« erwiderte er und zog aus seiner Weste eine merkwürdig konstruierte Pistole heraus, an deren Lauf ein zweischneidiges Messer montiert war, das, durch einen geheimen Federmechanismus bewegt, plötzlich hervorsprang. »So was ist 'ne große Versuchung für 'nen verzweifelten Mann, nicht wahr? Ich kann nicht widerstehen, jede Nacht mit dieser Waffe hinaufzugehen und nachzusehen, ob seine Tür offen ist. Wenn ich sie einmal offen finde, ist er erledigt! Ich tu' das regelmäßig jeden Abend, selbst wenn ich noch unmittelbar davor hundert Gründe hatte, die mich davon abhalten sollten – irgendein Teufel treibt mich, meine eigenen Pläne zu durchkreuzen, indem ich ihn umbringe. Du kannst, aus Liebe, gegen jede Versuchung ankämpfen, du kannst anstellen, was du willst; wenn die Zeit gekommen ist, werden alle Engel im Himmel ihn nicht retten!«

Ich betrachtete neugierig die Waffe; ein entsetzlicher Gedanke kam mir: Wie mächtig wäre ich, besäße ich solch ein Instrument! Ich nahm es ihm aus der Hand und berührte die Klinge. Er sah erstaunt, welchen Ausdruck mein Gesicht einen kurzen Augenblick annahm. Es war nicht Abscheu, es war heftiges Verlangen. Argwöhnisch riß er die Pistole wieder an sich, schloß das Messer und ließ sie in ihrem Versteck verschwinden.

»Von mir aus können Sie es ihm ruhig sagen«, erklärte er. »Warnen Sie ihn nur und passen Sie auf ihn auf. Sie wissen jetzt, auf welchem Fuß wir stehen, und daß er ständig in Gefahr schwebt, schockiert Sie anscheinend nicht.«

»Was hat Heathcliff Ihnen getan?« fragte ich. »Was für ein Unrecht hat er Ihnen zugefügt, das diesen entsetzlichen Haß rechtfertigt? Wäre es nicht gescheiter, ihn zu ersuchen, das Haus zu verlassen?«

»Nein«, donnerte Earnshaw. »Sollte er den Versuch machen, mich zu verlassen, so ist er ein toter Mann, und wenn Sie ihn überreden, es auf einen Versuch ankommen zu lassen, so sind Sie eine Mörderin! Soll ich alles verlieren, ohne eine Chance, es wiederzugewinnen? Soll Hareton betteln gehen? O verdammt! Ich *will* es zurückhaben, und sein Geld will ich dazuhaben, und dann sein Blut, und seine Seele soll die Hölle bekommen! Mit diesem Gast wird sie zehnmal schwärzer, als sie je zuvor war!«

Ellen, Du hast mir schon manches von Deinem alten Herrn berichtet. Er ist ganz offenkundig am Rande des Wahnsinns – wenigstens war er es gestern abend. Mich schauderte in seiner Nähe, und das mürrische Wesen des ungehobelten Knechts wäre mir im Vergleich dazu bei weitem angenehmer gewesen.

Er begann nun wieder schwermütig auf und ab zu gehen, und ich drückte die Klinke nieder und entfloh in die Küche.

Joseph stand über das Feuer gebeugt und sah in eine große Pfanne, die darüber hin und her schwang, und eine Holzschüssel mit Hafermehl stand auf der Sitzbank daneben. Der Inhalt der Pfanne begann zu kochen, und er wandte sich, um mit der Hand in die Schüssel zu tauchen. Ich vermutete, daß dies die Vorbereitung unserer Abendmahlzeit sei, und hungrig, wie ich war, beschloß ich, sie sollte auch eßbar sein – und so rief ich mit schriller Stimme: »*Ich* mach' den Porridge!« Ich entfernte die Schüssel aus seiner Reichweite und legte als nächstes Hut und Reithabit ab. »Mr. Earnshaw«, fuhr ich fort, »gab mir den Rat, mich selbst zu bedienen – ich tu's – ich werde hier nicht die Dame spielen und dabei verhungern.«

»Härrgott!« murmelte er, wobei er sich hinsetzte und vom Knie bis zum Knöchel über seine gerippten Strümpfe strich. »Wänn's jätze wieder alles anners gähn sull – grad wo'ch mich an zwä Härre gewiehnt hab', wänn mär jätze 'ne Härrin vorgesätzt wärd, de ieber mich bestimme sull, dann ist's Zeit, mäch davunzemache. Äch dät nie dänke, daß'ch dän Dag erläbe, wo'ch dän alten Platz värlasse müßt – abr äch färchte, är is jätze do!«

Mit seinem Lamentieren erreichte er bei mir gar nichts; ich ging munter ans Werk, wobei ich mit einem Seufzer daran dachte, daß es eine Zeit gegeben hatte, wo das alles mir einen riesengroßen Spaß gemacht hätte; doch mußte ich diese Erinnerungen schnellstens vergessen. Mich wieder auf die Gegenwart zu besinnen war für mich wie eine geistige Folter, und je größer die Gefahr war, vergangenes Glück noch einmal heraufzubeschwören, desto schneller ging der Holzlöffel herum, und desto rascher fielen die Händevoll Mehl ins Wasser.

Joseph beobachtete meine Art zu kochen mit wachsender Entrüstung.

»Da ham wär's!« stieß er hervor. »Hareton, du wärst dein Brei heut nacht nich ässen, 's wärde nur Klumpe sein, su dick wie 'ne Faust. Da, schun wieder! An Eirer Ställe würd'ch de Schüssel un alls neinschmeiße! Da, schöpft dän Schaum ab, un dann seid'r färtch damit. Bums, bums! 's is 'n Glück, daß där Kässelbuden nich durch is!«

Es war tatsächlich eine ziemlich klumpige Masse geworden, die in vier Schüsseln verteilt wurde. Dazu war aus der Milchkammer ein großer Krug frischer Milch geholt worden, nach dem Hareton gleich griff, um gierig daraus zu trinken, wobei die Milch von seinen dicken Lippen herabrann.

Ich protestierte und verlangte, er solle seine Milch aus einem Becher trinken, da mir ein Getränk nicht mehr schmecke, mit dem so unsauber umgegangen werde. Der alte Zyniker fand diese Empfindlichkeit äußerst kränkend und versicherte mir einige Male, daß »där Bub Stick fir Stück ämso guud wär'« wie ich »un jädes Stick kärngesund«, und wollte wissen, was ich mir eigentlich einbildete. Inzwischen fuhr der kindliche Raufbold fort, seine Milch zu schlürfen, und sah mich dabei mit funkelnden Blicken herausfordernd an, während er in den Krug sabberte.

»Ich esse mein Abendbrot in einem anderen Raum«, sagte ich. »Habt ihr nicht so etwas wie ein Wohnzimmer?«

»Wohnzimmer!« echote er spöttisch. »Wohnzimmer! Nä, mär ham keine Wohnzimmer. Wänn Eich unsre Gesellschaft nich paßt, dann kinnt'r die vom Härre ham, un wänn Eich die vom Härre nich paßt, dann mißt'r wieder zu uns kumme.«

»Dann geh' ich eben nach oben!« antwortete ich. »Zeig mir ein Zimmer, wo ich bleiben kann.«

Ich stellte meine Schüssel auf ein Tablett und holte mir selbst noch etwas Milch.

Mit viel Geschimpfe erhob sich der Bursche und stieg mir voran die Treppe hinauf. Wir gingen bis zum Boden hinauf; hin und wieder öffnete er eine Tür, um einen Blick in die Zimmer zu werfen, an denen wir vorbeikamen.

»Hier is'n Raum«, sagte er schließlich und stieß eine schief in den Angeln hängende Brettertür auf. »Gut genug, um ä bißchen Porridge drin zu ässe. Da is'n Bündel Korn in där Äcke durt, leidlich propper; wenn Se färchten, Ihr scheenes Seidnes dreck'ch ze mache, dann lehn' Se Ihr Schnuppduch owendrüwer.«

Der »Raum« war eine Art Rumpelkammer oder Verschlag. Es roch stark nach Malz und Korn, den Artikeln, die in Säcken ringsherum aufgestapelt waren, so daß in der Mitte viel Platz war.

»Aber Mann, was soll das!« rief ich aus und sah ihn ärgerlich an. »Hier kann man doch nicht schlafen. Ich möchte mein Schlafzimmer sehen.«

»Schlafzimmer!« wiederholte er in spöttischem Ton. »Ähr sullt all de Schlafzimmer sähn, die da sin – dies här is meins.«

Er zeigte in den zweiten Verschlag, der sich von dem ersten nur darin unterschied, daß die Wände noch kahler waren und daß an einem Ende ein großes, niedriges, vorhangloses Bett stand, mit einer indigoblauen Bettdecke.

»Was soll ich denn mit deinem?« fuhr ich ihn wütend an. »Ich vermute, Mr. Heathcliff wohnt nicht unter dem Dach, oder?«

»Oh! 's ist Härrn Heathcliffs Zimmer, zu däm Ähr wullt?« rief er, als ob er eine neue Entdeckung gemacht hätte. »Konntet'r das nich gleich sachen? Un dann hätt'ch Eich sahn misse, un hätt' mär all die Arbät gespart, daß'r das grad nicht sähn kinnt. Är hält's stäts verschlosse, un keen annerer stäckt da seine Nase rein als nur är sälwer.«

»Das ist ja ein reizendes Haus, Joseph«, konnte ich mich nicht enthalten zu bemerken, »und so nette Leute! Ich glaube, an dem Tag, an dem ich auf die Idee kam, mein Geschick mit dem ihren zu verbinden, muß ich völlig verrückt gewesen sein. Aber, wie sich das auch verhält, das hilft mir im Augenblick nicht weiter. – Es gibt doch noch andere Räume. Um Himmels willen, beeile dich, Mann, und laß mich endlich irgendwo zur Ruhe kommen!«

Auf diese beschwörende Bitte gab er keine Antwort; er stapfte nur verbissen die Holzstufen hinunter und blieb unschlüssig vor einem Zimmer stehen, welches, schloß ich aus diesem Zögern und der Güte seiner Einrichtung, wohl das beste im Haus sein mußte.

Ein wertvoller Teppich lag auf dem Boden, nur war er so verstaubt und verdreckt, daß das Muster nicht mehr erkennbar war. Der Kaminsims war mit bunten Papiergirlanden behangen, die jetzt in Fetzen herunterhingen. Ein stattliches Eichenbett hatte dichte rote Vorhänge aus ziemlich teurem Material und in moderner Machart. Doch waren sie offensichtlich schlecht behandelt worden: Der Faltenrand war aus den Ringen gerissen, und die eiserne Stange, die den Vorhang tragen sollte, war auf einer Seite so verbogen, daß der Stoff auf dem Boden schleifte. Die Stühle waren auch beschädigt, viele von ihnen sogar erheblich, und tiefe Risse verunstalteten die Wandtäfelung.

Ich war gerade bemüht, so viel Entschlußkraft aufzubringen, wie nötig war, um einzutreten und von dem Raum Besitz zu ergreifen, als mein Schwachkopf von einem Führer verkündete: »Das hier ist däm Härre seins.«

Mein Abendessen war inzwischen kalt geworden, der Appetit war mir vergangen und meine Geduld erschöpft. Ich bestand darauf, man möge mir augenblicklich einen Platz besorgen, wo ich die Möglichkeit hätte, mich auszuruhen.

»Wo dänn zum Deiwel?« fing der fromme Alte wieder an. »Dä Härr sägne uns! Dä Härr vergäb' uns! Wo zur Hölle wullt'r dänn hingähn? Se unnützes, lästiges Ding! Ähr hobt jätze alle gesiehn bis uf däm Häreton sein bißchen Kammer. 's gibt kän anners Loch mehr im ganzen Haus, wu mär sich hinläge kinnt!«

Ich war so aufgebracht, daß ich mein Tablett mit allem, was darauf stand, zu Boden warf und mich dann auf die oberste Treppenstufe setzte, das Gesicht in den Händen verbarg und weinte.

»Ach! Ach!« rief Joseph aus. »Rächt su, Miss Cathy! Rächt su, Miss Cathy! Jädenfalls, laßt nur dän Härre iber das kaputte Gescherr stolpere, da krieg' mär was zu höre, mär hörn, wie's zu sein hat und wie mär säch zu benähme hat. Ähr mischt Eich in alls ein un seid für nuscht gut! Ähr sullt jätze bis uff Weihnachte faste, dafier daß'r de gude Gottesgaben so rumschmeißt in Eirer Dollwut! Awer äch sullte mäch sähr ärren, wänn'r lange sulche Launen zeicht, nee, lang werd's nich dauern. Määnt'r, Heathcliff dät solche Maniere dullen? Äch winschte nur, är dät Eich bei solch ei'm Wutanfall erwische! Wann där Eich dabei erwische dät –! Das winsch' äch nur.«

Und so ging er schimpfend hinunter in seine Höhle; die Kerze nahm er mit, und ich blieb im Dunkeln.

Ich hatte nun Zeit, über mein albernes Benehmen nachzudenken, und kam zu der Einsicht, daß ich meinen Stolz unterdrükken und mein heftiges Wesen zügeln müßte; darum machte ich mich jetzt selbst daran, die Folgen meines Zornausbruchs zu beseitigen.

Ein unerwarteter Helfer erschien mir in der Gestalt von Throttler, den ich jetzt als Sohn unseres alten Skulker wiedererkannte. Er hatte seine Kindheit bei uns auf Grange verbracht, und mein Vater hatte ihn Mr. Hindley geschenkt. Es kam mir vor, als ob er mich erkennte – er stieß mir seine Schnauze ins Gesicht, wohl zum Zeichen der Begrüßung, und machte sich dann eilig über den Porridge her, während ich von Stufe zu Stufe tastete, um das zerbrochene Geschirr aufzusuchen und die Milchspritzer mit meinem Taschentuch vom Treppengeländer abzuwischen.

Unsere Arbeit war kaum beendet, als ich Earnshaws Schritte im Flur hörte. Throttler kniff den Schwanz ein und drückte sich an die Wand; ich verbarg mich in der nächsten Türnische. Die Bemühungen des Hundes, ihm aus dem Weg zu gehen, waren leider nicht erfolgreich, wie ich aus einem Gepolter unten und einem langen, jammervollen Jaulen entnahm. Ich hatte mehr Glück. Er ging an mir vorbei, betrat sein Zimmer und schloß die Tür.

Gleich danach kam Joseph mit Hareton die Treppe herauf, um ihn zu Bett zu bringen. Ich hatte in Haretons Zimmer Zuflucht gefunden, und der alte Mann sagte, als er mich sah: »Jätze is wuhl Platz genuch im Has, sullt'ch dänke, für Eich un Eiren Stulz. 's is läär. Ähr kinnt's ganz fir Eich alleene ham un Ihn, där immer dän Dritten macht in sulch schlächter Gesellschaft!«

Erleichtert folgte ich diesem Wink, und kaum hatte ich mich beim Kamin in einen Sessel geworfen, nickte ich auch schon ein und schlief fest.

Mein Schlummer war tief und süß, aber leider viel zu schnell zu Ende. Mr. Heathcliff weckte mich; er war soeben hereingekommen und fragte mich in seiner liebevollen Art, was ich da täte.

Ich nannte ihm den Grund meines langen Aufbleibens: weil er den Schlüssel zu unserm Zimmer in der Tasche hätte.

Das Wörtchen »unser« erregte entsetzlichen Anstoß – es war eine tödliche Beleidigung. Er fluchte und schwor, es wäre nicht mein Zimmer und würde auch nie meines sein, und er würde – aber ich will seine Ausdrücke nicht wiederholen noch beschreiben, wie er sich gewöhnlich aufführt. In dem Bemühen, meinen Abscheu zu gewinnen, ist er erfinderisch und unermüdlich! Manchmal staune ich über ihn und möchte gerne wissen, was er für ein Mensch ist, und dies Verlangen ist so stark, daß ich meine Furcht darüber vergesse; und doch versichere ich Dir, ein Tiger oder eine Giftschlange könnte mich nicht in so schreckliche Angst bringen wie er. Er erzählte mir von Catherines Krankheit und beschuldigte meinen Bruder, sie verursacht zu haben, und versprach, daß ich an Edgars Stelle büßen sollte, bis er ihn selbst zu fassen kriegte.

Wie ich ihn hasse! Ich bin so unglücklich – was war ich für eine Närrin! Hüte dich, zu irgendeinem auf der Grange auch nur ein Sterbenswörtchen davon verlauten zu lassen. Ich erwarte Dich jeden Tag – enttäusche mich nicht!

Isabella.

Vierzehntes Kapitel

Sobald ich diesen Brief durchgelesen hatte, ging ich zum Herrn und teilte ihm mit, daß seine Schwester auf Wuthering Heights angekommen sei und mir einen Brief gesandt habe, in dem sie ihre Sorge über Mrs. Lintons Befinden zum Ausdruck bringe und ihren brennenden Wunsch, den Bruder zu sehen; auch habe sie die Bitte, daß er ihr durch mich so bald als möglich ein Zeichen seiner Verzeihung übersenden möge.

»Verzeihung?« sagte Linton. »Ich habe ihr nichts zu verzeihen, Ellen. Du kannst heute nachmittag, wenn du willst, nach Wuthering Heights gehen und sagen, daß ich nicht böse bin, aber traurig, sie verloren zu haben, besonders da ich mir nicht vorstellen kann, daß sie je glücklich wird. Daß ich aber hingehe und sie besuche, ist ganz ausgeschlossen; wir sind für immer geschiedene Leute. Wenn sie mir wirklich einen Gefallen tun will, soll sie den Schurken, den sie geheiratet hat, veranlassen, von hier wegzuziehen und ins Ausland zu gehen.«

»Wollen Sie ihr nicht wenigstens ein paar Zeilen schreiben, Sir?« bat ich flehentlich.

»Nein«, antwortete er. »Das ist unnötig. Mein Verkehr mit Heathcliffs Familie sollte ebenso sparsam bemessen sein wie der seine mit meinem Haus. Es gibt zwischen uns keine Verbindung, und so soll es auch in Zukunft bleiben!«

Mr. Edgars Kälte bedrückte mich sehr; und während des ganzen Weges von der Grange nach den Heights zerbrach ich mir den Kopf, wie ich seinen Worten mehr Herzlichkeit und Wärme geben könnte, wenn ich sie berichtete, und wie seine Weigerung, Isabella wenigstens ein paar tröstende Zeilen zu schicken, abzumildern wäre.

Sie hatte wohl seit dem Morgen schon Ausschau nach mir gehalten. Ich sah sie durchs Fenster spähen, als ich den Gartenweg hinaufging, und nickte ihr zu; aber sie zog sich zurück, als fürchte sie, beobachtet zu werden.

Ich trat ein, ohne anzuklopfen. Ach, welch ein trauriges, düsteres Bild bot das früher so schmucke, gemütliche Haus! Ich muß gestehen, wenn ich an der Stelle der jungen Dame gewesen wäre, hätte ich wenigstens den Herd gefegt und die Tische mit einem Staubtuch abgewischt. Sie aber war schon vom Geist der Verwahrlosung, der sie hier umgab und überall spürbar war, angesteckt worden. Ihr hübsches Gesicht war bleich und schlaff, ihr Haar nicht frisiert und in Locken gelegt, ein paar Strähnen hingen lang herunter, und andere waren liederlich um den Kopf geschlungen. Anscheinend war sie seit gestern abend auch nicht aus den Kleidern gekommen.

Hindley war nicht da. Mr. Heathcliff saß an einem Tisch und blätterte in seinem Notizbuch; aber er stand auf, als ich erschien, fragte ganz freundlich nach meinem Befinden und bot mir einen Stuhl an.

Das einzige, was hier nett und anständig schien, war er, und ich dachte, er hat sich wirklich herausgemacht und noch nie besser ausgesehen. So sehr hatten die Umstände die Stellung der beiden zueinander verändert, daß er sicherlich bei einem Fremden den Eindruck eines durch Geburt und Erziehung ausgewiesenen Gentleman hinterlassen hätte und seine Frau den einer ausgemachten kleinen Schlampe!

Sie kam eilig herbei, mich zu begrüßen, und streckte die Hand aus, um den erwarteten Brief in Empfang zu nehmen.

Ich schüttelte den Kopf. Sie verstand das Zeichen nicht, sondern folgte mir zum Büfett, wo ich meinen Hut ablegen wollte, und bestürmte mich im Flüsterton, ich solle doch sofort hergeben, was ich mitgebracht hätte.

Heathcliff erriet den Grund ihres ungeduldigen Verhaltens und sagte: »Wenn du irgend etwas für Isabella hast, und zweifellos hast du etwas, Nelly, so gib es ihr doch. Du brauchst kein Geheimnis daraus zu machen; wir haben keine Geheimnisse voreinander.«

»Oh, ich habe nichts«, erwiderte ich, denn ich hielt es für das Beste, gleich die Wahrheit zu sagen. »Mein Herr läßt seiner Schwester sagen, daß sie zum gegenwärtigen Zeitpunkt weder einen Brief noch einen Besuch von ihm erwarten darf. Er sendet Ihnen herzliche Grüße, gnädige Frau, und seine guten Wünsche für Ihr Wohlergehen und seine Verzeihung für den Kummer, den Sie ihm bereitet haben; aber er ist der Meinung, daß man in Zukunft jeglichen Verkehr zwischen seinem Haus und diesem hier sein lassen sollte, da nichts Gutes dabei herauskäme, wenn man ihn aufrechterhielte.«

Mrs. Heathcliffs Lippen zitterten ein wenig, und sie kehrte zu ihrem Fensterplatz zurück. Ihr Mann kam zum Kamin und begann mich über Catherine auszufragen.

Ich erzählte ihm so viel von ihrer Krankheit, wie ich für richtig hielt, und durch ein geschicktes Kreuzverhör holte er fast alle Tatsachen und Umstände aus mir heraus, die mit dem Ursprung ihrer Erkrankung zusammenhingen.

Ich gab ihr die Schuld, wie sie es auch verdiente, daß sie sich selbst alles eingebrockt habe, und schloß mit der Hoffnung, daß er Mr. Lintons Beispiel folgen und in Zukunft jegliche Einmischung in seine Familie, ein für allemal, sein lassen werde.

»Mrs. Linton ist nun endlich auf dem Weg der Besserung«, sagte ich. »Sie wird nie wieder die sein, die sie einmal war, aber ihr Leben ist uns erhalten geblieben, und wenn Sie wirklich etwas für sie empfinden, dann vermeiden Sie es, nochmals ihren Weg zu kreuzen. Nein, dann ziehen Sie ganz und gar fort aus diesem Land; und damit es Ihnen leichter fällt, will ich Ihnen noch sagen: Catherine Linton hat sich verändert und ist jetzt so verschieden von Ihrer alten Freundin Catherine Earnshaw, wie diese junge Dame sich von mir unterscheidet! Ihr Äußeres hat sich sehr verändert, noch mehr ihr Charakter; und die Person, die zwangsläufig genötigt ist, als ihr Gefährte ihr Leben zu teilen, wird die Kraft, sich ihr künftig immer wieder liebevoll zuzuwenden, nur aufbringen in Erinnerung an das, was sie einst war, aus Menschlichkeit und Pflichtgefühl!«

»Das ist schon möglich«, bemerkte Heathcliff, der sich bemühte, ruhig zu erscheinen, »schon möglich, daß es nichts weiter ist als Menschlichkeit und Pflichtgefühl, was deinen Herrn noch an ihrer Seite hält. Aber bildest du dir ein, ich werde Catherine seinem Pflichtgefühl und seiner Menschlichkeit überlassen? Und kannst du meine Gefühle in bezug auf Catherine mit seinen vergleichen? Ehe du dieses Haus verläßt, muß ich dein Versprechen haben, daß du mir eine Unterredung mit ihr verschaffst – ob's dir paßt oder nicht: Ich will sie sehen! Nun, was sagst du dazu?«

»Mr. Heathcliff«, erwiderte ich, »ich sage: Sie dürfen nicht und Sie werden sie nicht wiedersehen, nie mit meiner Hilfe. Noch ein solcher Zusammenstoß zwischen Ihnen und dem Herrn – das würde sie bestimmt umbringen!«

»Mit deiner Hilfe könnte das vermieden werden«, fuhr er fort. »Und sollte die Gefahr bestehen, daß so etwas wieder passiert – sollte er ihr nochmals einen Kummer machen –, nun, ich glaube, dann wäre ich wohl berechtigt, bis zum Äußersten zu gehen! Ich wünschte nur, du besäßest so viel Aufrichtigkeit, daß du mir sagen würdest, ob Catherine unter seinem Verlust sehr leiden würde. Nur die Befürchtung, daß es so wäre, hält mich zurück – und daran erkennst du den Unterschied zwischen meinem und seinem Fühlen: Wäre er an meiner Stelle gewesen und ich an seiner, obgleich ich ihn haßte mit einem Haß, der mir das Leben gallenbitter gemacht hätte, würde ich nie eine Hand gegen ihn erhoben haben. Bitte, du kannst ruhig ungläubig dreinschauen! Ich hätte ihn nie aus ihrer Gesellschaft verbannt, solange sie die seine gewünscht hätte. In dem Augenblick, da sie keinen Wert mehr darauf legte, hätte ich ihm das Herz aus dem Leib gerissen und sein Blut getrunken! Aber bis dahin – wenn du mir nicht glaubst, so kennst du mich eben nicht –, bis dahin würde ich mich lieber zu Tode quälen lassen, als daß ich ihm auch nur ein Haar gekrümmt hätte!«

»Und doch«, unterbrach ich ihn, »haben Sie keine Bedenken, alle Hoffnungen auf ihre völlige Wiederherstellung gänzlich zu zerstören, indem Sie sich wieder in ihr Gedächtnis hineindrängen, gerade jetzt, wo sie Sie beinahe vergessen hat, und sie damit in einen neuen Aufruhr zwiespältiger und peinlicher Gefühle stürzen lassen.«

»Du meinst, sie hat mich beinahe vergessen?« sagte er. »O Nelly! Du weißt, das hat sie nicht! Du weißt ebenso gut wie ich, daß auf jeden Gedanken, den sie für Linton hat, tausend kommen, die sie an mich verschwendet! In einer sehr elenden Zeit meines Lebens hatte ich mir Derartiges eingebildet, daß sie mich vergessen hätte, und diese Vorstellung verfolgte mich noch, als ich letzten Sommer zurückkehrte in diese Gegend; doch jetzt könnte nur ihre eigene Versicherung, daß es so ist, diesen schrecklichen Gedanken wieder in mir aufkommen lassen. Und dann würde das alles nichts mehr bedeuten: weder Linton noch Hindley noch all die Träume, die ich je geträumt habe. Zwei Worte würden dann meine Zukunft enthalten: Tod und Hölle – denn wenn ich sie verloren hätte, würde das Dasein eine Hölle sein. Doch ich war ein Narr, auch nur einen Augenblick anzunehmen, daß ihr Edgar Lintons Zuneigung mehr wert sei als meine. Selbst wenn er sie mit aller Kraft seiner kümmerlichen Existenz liebte, könnte er ihr in achtzig Jahren nicht so viel Liebe geben wie ich an einem Tag. Und Catherines Herz ist ebenso tief wie meines; ebenso wenig wie der Futtertrog dort das Meer fassen kann, ebenso wenig kann er ihre Zärtlichkeit und Liebe für sich allein beanspruchen. Pah! Er ist ihr kaum lieber als ihr Hund oder ihr Pferd. Er hat nichts aufzuweisen, um so geliebt zu werden wie ich. Wie kann sie in ihm etwas lieben, was er nicht hat?«

»Catherine und Edgar lieben sich so, wie zwei Menschen sich nur lieben können!« rief Isabella mit plötzlicher Lebhaftigkeit dazwischen. »Niemand hat ein Recht, in dieser Weise zu sprechen, und ich werde nicht ruhig mitanhören, wie mein Bruder herabgesetzt wird!«

»Dein Bruder hat dich auch erstaunlich lieb, nicht wahr?« bemerkte Heathcliff spöttisch. »Mit erstaunlich großer Bereitwilligkeit überläßt er dich deinem Schicksal.«

»Er weiß ja nicht, was ich durchmache«, entgegnete sie. »Davon habe ich ihm nichts verraten.«

»Du hast ihm also etwas verraten – du hast ihm geschrieben, ja?«

»Nur um ihm mitzuteilen, daß ich geheiratet habe – du hast das Briefchen ja gesehen.«

»Und seitdem nichts?«

»Nein.«

»Die junge Lady hat sich durch den Wechsel in den neuen Stand, es ist traurig zu sagen, sehr zu ihrem Nachteil verändert«, bemerkte ich. »Jemand läßt es in ihrem Fall offensichtlich an Liebe fehlen – wer, kann ich wohl erraten; doch sollte ich's vielleicht besser nicht sagen.«

»Soll ich's erraten? Es ist sie selbst«, sagte Heathcliff. »Sie wird zu einer richtigen Schlampe! Sich Mühe zu geben, mir zu gefallen, hat sie ungewöhnlich früh satt bekommen. – Du wirst es kaum glauben, aber selbst an unserem Hochzeitsmorgen weinte sie und wollte nach Hause. Jedenfalls, dafür, daß sie nicht so nett ist, paßt sie um so besser in dieses Haus, und ich werde schon dafür sorgen, daß sie mir keine Schande macht, indem sie sich draußen herumtreibt.«

»Nun, Sir«, erwiderte ich, »Sie dürfen nicht vergessen, daß Mrs. Heathcliff gewohnt ist, umsorgt und bedient zu werden, und sie erzogen worden ist wie eine einzige Tochter, der jeder gern zu Diensten war. Sie müssen ein Mädchen für sie haben, das ihre Sachen aufräumt und in Ordnung hält, und Sie müssen sie freundlich behandeln. Was Sie auch für eine Meinung von Mr. Edgar haben, so können Sie doch nicht daran zweifeln, daß sie zu einer starken Liebe fähig ist, sonst hätte sie nicht die Eleganz und Behaglichkeit und die lieben Freunde ihres früheren Heims aufgegeben, um sich aus freien Stücken in solch einer Wildnis wie hier mit Ihnen niederzulassen.«

»Sie hat das alles aufgegeben, weil sie sich selbst etwas vormachte«, antwortete er, »weil sie in mir einen romantischen Helden sah und von meiner ritterlichen Ergebenheit unbegrenzte Hingabe erwartete. Ich kann sie kaum als ein vernünftiges Wesen ansehen, so verbohrt war sie in ihre Idee, mir die Eigenschaften eines Märchenprinzen anzudichten und unter dem Eindruck dieses ihr so teuren falschen Bildes, das sie sich von mir gemacht hatte, auch zu handeln. Aber ich glaube, jetzt endlich fängt sie an, mich kennenzulernen. Ich sehe ihr dummes Lächeln und die albernen Grimassen nicht mehr, die mich anfangs so erzürnten; und wenn sie bisher in ihrer Torheit außerstande war zu merken, daß es mir ernst war, wenn ich ihr sagte, was ich von ihr und von ihrer Vernarrtheit in mich hielte, scheint sie jetzt langsam etwas zu verstehen. Es bedurfte schon eines bewunderungswürdigen Scharfblicks, um endlich zu entdecken, daß ich sie nicht liebte. Eine Zeitlang glaubte ich tatsächlich, sie würde das nie und nimmer begreifen! Und doch hat sie ihre Lektion nur schlecht gelernt, denn heut morgen verkündete sie – als wäre das eine entsetzliche Nachricht –, daß ich sie tatsächlich so weit gebracht hätte, mich zu hassen! Wirklich eine Herkulesarbeit, das versichere ich dir! Wenn sie getan ist, habe ich Grund zum Feiern. Kann ich mich ernstlich auf deine Versicherung verlassen, Isabella? Bist du sicher, daß du mich haßt? Wenn ich dich einen halben Tag allein lasse, wirst du nicht seufzend und schmeichelnd wieder zu mir kommen? Wahrscheinlich wäre es dir lieber gewesen, ich hätte vor dir den zärtlichen Ehemann gespielt; es verletzt ihre Eitelkeit, daß die Wahrheit ans Licht kommt. Aber von mir aus kann jeder wissen, daß die Leidenschaft nur ganz auf einer Seite war, und ich habe sie in dieser Hinsicht nie angelogen. Sie kann mich nicht beschuldigen, ihr auch nur eine Spur von Liebe je vorgetäuscht zu haben. Als sie sich damals heimlich mit mir aus der Grange davonmachen wollte, war das erste, was ich tat, als sie aus dem Haus herauskam, daß ich ihren kleinen Hund aufhängte, und als sie mich anflehte und bat, ihn leben zu lassen, waren meine ersten Worte, die ich zu ihr sprach, der Wunsch, daß ich alle Wesen, die zu ihr gehören, aufhängen möchte, mit einer Ausnahme – möglicherweise bezog sie das auf sich. Aber Grausamkeit stieß sie nicht ab – ich vermute, sie hat eine angeborene Neigung dazu und findet so etwas prickelnd und reizvoll, solange nur ihre eigene Person verschont bleibt. Nun, war das nicht die größte Ungereimtheit, die man sich denken kann – ja eine ausgemachte Idiotie, daß dies jämmerliche Hurenschwein, das einem in den Arsch kriecht, dies schwachsinnige Miststück davon träumt, ich könnte sie lieben? Du kannst deinem Herrn sagen, Nelly, daß ich in meinem ganzen Leben noch kein so verworfenes Ding getroffen habe, wie sie eins ist – wirklich der letzte und schmutzigste Abschaum! Selbst der Name Linton ist zu gut für sie. Bei meinen Versuchen, wieviel sie aushalten könnte, bin ich schon manchmal weich geworden und habe sie aufgegeben, einfach weil mir nichts mehr einfallen wollte, was ich ihr antun könnte. Sie hält alles aus und kommt schamlos-demütig zurückgekrochen! Aber sage ihm auch, um sein brüderliches und obrigkeitliches Herz zu beruhigen, daß ich mich strikt in den Grenzen des Gesetzes halte. Ich habe ihr bis jetzt nicht den leisesten Grund gegeben, eine Trennung zu fordern, und was mehr bedeutet, sie würde es keinem danken, der uns trennen wollte. Sie kann gehen, wenn sie es wünscht – den Ärger ihrer Gegenwart wiegt die Befriedigung nicht auf, die man davon hat, sie zu quälen!«

»Mr. Heathcliff«, sagte ich, »was Sie da reden, ist das Gerede eines Wahnsinnigen, und Ihre Frau ist höchstwahrscheinlich davon überzeugt, daß Sie wahnsinnig sind, und aus diesem Grunde hat sie bisher mit Ihnen Geduld gehabt. Aber wenn Sie jetzt sagen, sie kann gehen, wird sie zweifellos von der Erlaubnis Gebrauch machen. Nicht wahr, gnädige Frau, Sie sind nicht so bezaubert, daß Sie aus freien Stücken bei ihm bleiben?«

»Nimm dich in acht, Ellen!« antwortete Isabella, und ihre Augen funkelten zornig. Ihr Ausdruck ließ keinen Zweifel aufkommen, daß die Bemühungen ihres Mannes, sich verhaßt zu machen, Erfolg gehabt hatten. »Du darfst ihm nicht ein einziges Wort glauben, das er spricht. Er ist ein Teufel, der stets lügt, ein Ungeheuer – kein Mensch! Das ist nicht das erste Mal, daß er mir gesagt hat, ich könne gehen, und ich habe auch schon den Versuch gemacht, aber ich wage nicht, ihn zu wiederholen! Versprich mir nur, Ellen, daß du keine Silbe von dem, was er Niederträchtiges gesagt hat, meinem Bruder oder Catherine gegenüber erwähnen wirst. Was er auch vorgeben mag und dir erzählt – er hat nur den Wunsch, Edgar herauszufordern und zur Verzweiflung zu bringen. Er sagt, er habe mich nur zu dem Zweck geheiratet, um Macht über ihn zu gewinnen, und das soll ihm nicht gelingen – eher will ich sterben! Ich hoffe nur und bete darum, daß er eines Tages seine teuflische Vorsicht vergißt und mich umbringt! Die einzige Freude, die ich mir noch vorstellen kann, ist, zu sterben oder ihn tot zu sehen!«

»So, das dürfte für den Augenblick genug sein!« sagte Heathcliff. »Solltest du vor Gericht geladen werden, Nelly, so erinnere dich ihrer Worte! Und schau dir dieses Gesicht gut an – sie ist jetzt gleich an dem Punkt, an dem ich sie haben will. Nein, Isabella, du bist jetzt noch nicht reif dazu, auf dich selbst aufzupassen, und ich als dein rechtmäßiger Beschützer muß dich weiter in meiner Obhut behalten, so unangenehm mir diese Pflicht auch sein mag. Geh hinauf! Ich habe mit Ellen noch etwas unter vier Augen zu besprechen. Da geht's nicht zur Treppe – hinauf, habe ich gesagt! Was soll das denn, da geht's hinauf, Kind!«

Er packte sie und stieß sie aus dem Zimmer und murmelte, als er zurückkam: »Ich habe kein Mitleid! Ich habe kein Mitleid! Wenn die Würmer sich krümmen und winden, wächst bei mir das Verlangen, sie totzutreten! Es ist wie ein moralisches Zahnen: Je größer die Schmerzen werden, desto kräftiger beiße ich die Zähne aufeinander.«

»Wissen Sie überhaupt, was das Wort Mitleid bedeutet?« fragte ich, während ich mich beeilte, meinen Hut wieder aufzusetzen. »Haben Sie in Ihrem Leben je so etwas verspürt?«

»Setz das Ding da wieder ab!« unterbrach er mich, als er meine Absicht fortzugehen bemerkte. »Du gehst jetzt noch nicht. Komm her, Nelly! Ich muß unbedingt Catherine sprechen, und zwar unverzüglich, und ich muß dich überreden oder zwingen, mir dabei behilflich zu sein. Ich schwöre dir, daß ich nichts Böses im Sinn habe. Ich möchte weder Unruhe stiften, noch will ich

Mr. Linton erzürnen oder beleidigen, ich möchte nur von ihr selbst hören, wie es ihr geht und wie das mit ihrer Erkrankung gewesen ist, und sie fragen, ob es irgend etwas gibt, was ich für sie tun könnte. Vorige Nacht war ich sechs Stunden lang im Grange-Garten, und ich werde heute nacht wieder dort sein. Ich werde jeden Tag und jede Nacht dort hinkommen, bis ich eine Gelegenheit finde, das Haus zu betreten. Sollte Edgar Linton mir begegnen, werde ich ihn ohne Hemmungen zusammenschlagen, bis er genug hat, so daß ich sicher sein kann, daß er sich schön still und ruhig verhält, solange ich dableibe. Sollten seine Leute mir entgegentreten, werde ich sie mit diesen Pistolen abschrecken. Aber wäre es nicht besser, man verhütet eine Begegnung, so daß ich mit ihnen oder ihrem Herrn gar nicht in Berührung komme? Und du könntest das so leicht bewerkstelligen! Ich würde es dich vorher wissen lassen, wenn ich komme, und dann könntest du mich unbemerkt hineinlassen, sobald sie allein ist, und aufpassen, bis ich wieder fort bin, mit einem ganz ruhigen Gewissen – du würdest ja damit Unheil verhüten.«

Ich weigerte mich, im Haus meines Dienstherrn die schändliche Rolle des Verräters zu spielen, und hielt ihm außerdem vor, wie grausam und selbstsüchtig es sei, wenn er nur um seiner eigenen Befriedigung willen Mrs. Lintons Ruhe und Seelenfrieden stören wolle.

»Der geringste Vorfall regt sie fürchterlich auf«, sagte ich. »Sie ist nur ein Nervenbündel, und ich bin sicher, die Überraschung wäre zu viel für sie. – Bestehen Sie nicht darauf, Sir! Sonst bin ich genötigt, meinen Herrn über Ihr Vorhaben zu informieren, und er wird die nötigen Maßnahmen ergreifen, um sein Haus und dessen Bewohner vor Ihrem unbefugten Eindringen zu schützen!«

»In diesem Fall werde ich Maßnahmen ergreifen, um mich vor dir zu schützen, Weib!« brüllte Heathcliff. »Du wirst Wuthering Heights vor morgen früh nicht verlassen. Das ist ein albernes Geschwätz zu behaupten, daß Catherine ein Wiedersehen mit mir nicht ertragen könnte; und ich habe nicht vor, sie zu überrumpeln, du mußt sie darauf vorbereiten. Frage sie, ob ich kommen darf. Du sagst, daß sie nie meinen Namen nennt und daß ich ihr gegenüber nie erwähnt werde. Ja, mit wem sollte sie über mich sprechen, wenn ich ein verbotenes Gesprächsthema im Hause bin? Sie muß ja denken, ihr seid alle Spitzel ihres Mannes. Oh, ich habe keinen Zweifel, daß das Leben bei euch eine Hölle für sie ist! Gerade ihr Schweigen läßt mich so gut wie alles erraten, was sie empfindet. Du sagst, sie sei oft unruhig und sehe bekümmert aus – ist das etwa ein Beweis für ein ruhiges Gemüt, ein Zeichen für Herzensfrieden? Du redest davon, daß ihr Geist gestört sei. Wie zum Teufel könnte es anders sein, in ihrer fürchterlichen Vereinsamung. Und dieses langweilige, erbärmliche Geschöpf, das sich um sie kümmert aus Pflichtgefühl und Menschlichkeit! Aus Mitleid und Barmherzigkeit! Er könnte ebenso gut eine Eiche in einen Blumentopf pflanzen und erwarten, daß sie da gedeiht, wie sich einbilden, sie könne in dem Boden seiner schalen Fürsorge wieder zu Kräften kommen! Wir wollen das gleich regeln: Willst du hier bleiben, und ich erkämpfe mir meinen Weg zu Catherine über Linton und seine Leute? Oder willst du meine Freundin sein, wie du's bisher gewesen bist, und tun, worum ich dich bitte? Entscheide dich! Ich sehe keinen Grund, mich noch eine Minute länger mit dir aufzuhalten, wenn du deine bockige Haltung nicht aufgibst!«

Nun, Mr. Lockwood, ich habe mit ihm gestritten, ich habe ihn angefleht, und ich habe es ihm fünfzigmal rundweg abgeschlagen, aber nach vielem Hin und Her brachte er mich doch dazu, daß ich mich darauf einließ. Ich übernahm es, meiner Herrin einen Brief von ihm zu überbringen; und sollte sie einverstanden sein, versprach ich, ihm eine Nachricht über Lintons nächste Abwesenheit zu übermitteln. Er könne dann kommen, solle aber selbst zusehen, wie er hineingelange – ich würde nicht da sein, und das übrige Personal sollte ebenfalls aus dem Weg sein.

War es richtig oder falsch? Ich fürchte, es war falsch, obwohl ich es damals für den richtigen Weg hielt. Ich dachte, ich verhütete durch mein Entgegenkommen eine neue Katastrophe, und ich dachte auch, es könnte auf Catherines krankes Gemüt einen günstigen Einfluß ausüben. Und dann erinnerte ich mich an Mr.

Edgars scharfen Tadel wegen meines Weitertragens von Klatschgeschichten, von denen er nichts wissen wolle, und ich versuchte, alles Unbehagen bei dieser Sache loszuwerden, indem ich mir immer wieder und wieder versicherte, daß dieser Vertrauensbruch – wenn das, was ich tat, überhaupt eine so harte Bezeichnung verdiente – der letzte sein sollte.

Trotzdem war ich auf meinem Heimweg noch trauriger als auf dem Hinweg, und es dauerte lange, bis ich mich dazu entschließen konnte, das Schreiben in Mrs. Lintons Hände zu legen.

Aber da kommt Kenneth – ich geh' hinunter und sag' ihm, wieviel besser es Ihnen geht. Meine Geschichte ist »trüb«, wie wir sagen, und wird noch einen Morgen helfen, die Zeit zu vertreiben.

Trüb und traurig! dachte ich, als die gute Frau hinunterging, um den Doktor zu empfangen, und nicht gerade das, was ich mir zur Aufheiterung gewünscht hätte; aber macht nichts! Mrs. Deans bittere Kräuter werden sich als heilsame Arznei erweisen, und vor allem muß ich mich vor dem Zauber hüten, der in Catherine Heathcliffs strahlenden Augen lauert. Ich wäre in einer mißlichen Lage, wenn ich mein Herz an diese junge Person verlöre und die Tochter sich als eine zweite Auflage der Mutter erwiese!

Fünfzehntes Kapitel

Wieder eine Woche vorbei – und ich bin um ebenso viele Tage dem Frühling und der Gesundheit näher! Ich habe nun in mehreren Fortsetzungen die ganze Geschichte meines Nachbarn gehört, wenn die Haushälterin neben ihren wichtigen Arbeiten Zeit erübrigen konnte. Ich fahre mit ihren eigenen Worten fort, nur ein wenig gekürzt. Sie ist im ganzen eine recht gute Erzählerin, und ich glaube nicht, daß ich ihren Stil verbessern könnte.

Am Abend, sagte sie, am Abend nach meinem Besuch auf den Heights wußte ich so genau, als sähe ich ihn, daß Mr. Heathcliff in der Nähe sei, und ich fürchtete mich hinauszugehen, weil ich seinen Brief immer noch mit mir herumtrug und seine Drohungen nicht weiter ertragen wollte.

Ich hatte bei mir beschlossen, ihn erst abzugeben, wenn der Herr außer Haus war, da ich nicht wissen konnte, wie Catherine auf seinen Empfang reagieren würde. Die Folge war, daß er erst nach Verlauf von drei Tagen in ihre Hände kam. Der vierte war ein Sonntag, und ich brachte den Brief auf ihr Zimmer, nachdem die Familie zur Kirche gegangen war.

Vom Personal war ein Mann zurückgeblieben, um mit mir das Haus zu hüten. Gewöhnlich hielten wir das Haus während der Gottesdienstzeit verschlossen; doch an diesem Tag war das Wetter so warm und angenehm, daß ich die Türen weit öffnete, und um mein Versprechen zu halten – da ich ja wußte, wer kommen würde –, erzählte ich dem Diener, daß die gnädige Frau großes Verlangen auf ein paar Apfelsinen hätte, er müßte hinüber ins Dorf und welche holen; die Bezahlung würde morgen erfolgen. Er ging los, und ich stieg die Treppe hinauf. Mrs. Linton saß in einem losen weißen Kleid, mit einem leichten Schal über den Schultern, wie gewöhnlich in der Nische am geöffneten Fenster. Ihr dickes, langes Haar war zu Beginn ihrer Krankheit kurz geschnitten worden, und sie trug es nun schlicht gekämmt in natürlichen Locken, die sich über ihren Schläfen und im Nacken ringelten. Ihr Äußeres hatte sich verändert, wie ich Heathcliff gesagt hatte, aber wenn sie ruhig war, schien in diesem Wandel eine überirdische Schönheit zu liegen.

Das Blitzen ihrer Augen hatte einer verträumten, schwermütigen Sanftheit Platz gemacht. Sie schienen die Gegenstände um sie herum nicht wahrzunehmen, sondern immer hindurch und weit darüber hinaus zu blicken – man könnte sagen, in eine andere Welt. Die Blässe ihres Gesichtes, das sich wieder rundete und nicht mehr so hohlwangig aussah, und der eigentümliche, ihrem Geisteszustand entspringende Ausdruck darin – sollte das auch peinvoll auf den Ernst ihres Zustandes hindeuten – trugen zu der mitfühlenden Teilnahme bei, die sie erweckte. Für mich, das weiß ich, waren das Zeichen – und ich sollte meinen, für jeden, der sie sah –, die ständig die greifbaren Beweise ihrer Besserung

Lügen straften und ihr den Stempel einer vom Tode Gezeichneten aufdrückten.

Ein Buch lag aufgeschlagen vor ihr auf dem Fensterbrett, und der kaum wahrnehmbare Wind ließ die Blätter von Zeit zu Zeit flattern. Ich glaube, Linton hatte es dort hingelegt, denn sie selbst versuchte nie, sich mit einem Buch oder irgendeiner anderen Beschäftigung abzulenken, und er verbrachte wohl manche Stunde mit dem Versuch, ihre Aufmerksamkeit auf einen Gegenstand zu lenken, der ihr früher einmal Vergnügen bereitet hatte.

Sie erriet seine Absicht, ertrug seine Bemühungen geduldig, wenn sie sich in besserer Stimmung befand, und bekundete ihre Nutzlosigkeit nur dadurch, daß sie hin und wieder einen gelangweilten Seufzer unterdrückte, um ihn schließlich mit dem traurigsten Lächeln und mit Küssen zum Einhalten zu bewegen. Zu anderen Zeiten pflegte sie sich verdrießlich abzuwenden und ihr Gesicht in den Händen zu verbergen, oder sie stieß ihn verärgert zurück; dann ließ er sie allein, denn er wußte, daß seine Bemühungen jetzt umsonst sein würden.

Die Kirchenglocken von Gimmerton läuteten noch, und das volle, heitere Plätschern des Baches im Tal klang beruhigend. Es war ein süßer Ersatz für das noch ferne Rauschen des Sommerlaubes, das in der Umgebung der Grange das Lied des Baches übertönte. Auf Wuthering Heights erklang es immer an stillen Tagen, die auf starkes Tauwetter oder anhaltenden Regen folgten – und auf Wuthering Heights war Catherine mit ihren Gedanken, als sie lauschte; das heißt, wenn sie überhaupt dachte und lauschte. Sie hatte wieder jenen leeren, abwesenden Blick, den ich schon erwähnte, welcher nicht erkennen ließ, ob sie mit Auge oder Ohr überhaupt noch irdische Dinge wahrnahm.

»Hier ist ein Brief für Sie, Mrs. Linton«, sagte ich und schob ihn ihr behutsam in die Hand, die auf dem Knie ruhte. »Sie müssen ihn gleich lesen, weil Antwort erwartet wird. Soll ich das Siegel aufbrechen?«

»Ja«, antwortete sie, ohne hinzublicken.

Ich öffnete ihn – er war sehr kurz.

»So«, fuhr ich fort, »lesen Sie ihn.«

FÜNFZEHNTES KAPITEL

Sie zog ihre Hand fort und ließ ihn fallen. Ich legte ihn wieder zurück in ihren Schoß und stand und wartete, bis es ihr gefallen würde, einmal einen Blick darauf zu werfen; aber diese Bewegung ließ so lange auf sich warten, daß ich schließlich wieder fragte: »Soll ich ihn vorlesen, gnädige Frau? Er ist von Mr. Heathcliff.«

Da gab's ein Auffahren, ein kleiner, unruhiger Schimmer der Erinnerung leuchtete auf und die sichtbare Anstrengung, ihre Gedanken zu ordnen. Sie nahm den Brief und schien ihn ernsthaft zu lesen, und als sie zur Unterschrift kam, seufzte sie. Doch dann bemerkte ich, daß sie seine Bedeutung noch immer nicht erfaßt hatte, denn als ich ihre Antwort hören wollte, wies sie nur auf den Namen und starrte mich traurig und ratlos an.

»Nun, er möchte Sie sehen«, sagte ich, da sie offenbar jemand zu brauchen schien, der ihr den Brief erklärte. »Er steht im Garten und ist gespannt, welche Antwort ich ihm bringe.«

Während ich noch sprach, beobachtete ich, wie einer unserer großen Hunde, der unten im sonnigen Gras lag, die Ohren spitzte, als wolle er bellen, sich aber wieder entspannte und mit einem Schwanzwedeln bekundete, daß sich jemand näherte, den er nicht als Fremden betrachtete.

Mrs. Linton beugte sich vor und lauschte atemlos. Einen Augenblick später hörte man Schritte in der Halle: Das offene Haus war eine zu große Versuchung für Heathcliff, als daß er hätte widerstehen können einzutreten. Höchstwahrscheinlich vermutete er, ich würde mein Versprechen nicht halten, und entschloß sich darum, ohne meine Hilfe vorzugehen.

Mit gespannter Erwartung blickte Catherine zur Tür. Er fand nicht sogleich das richtige Zimmer; sie forderte mich durch einen Wink auf, ihn hereinzuholen. Aber er fand es, ehe ich die Tür erreichen konnte, und war in ein oder zwei großen Schritten an ihrer Seite und riß sie in seine Arme.

Während der nächsten fünf Minuten sagte er kein Wort, hielt sie nur fest in seinen Armen und gab ihr in dieser Zeit wohl mehr Küsse als in seinem ganzen bisherigen Leben. Aber es war auch so, daß meine Herrin ihn zuerst geküßt hatte, und ich sah deutlich, daß er es kaum über sich bringen konnte, so schmerzlich war ihm es, ihr ins Gesicht zu blicken! In diesem Augenblick, da er sie sah, war er wie vom Schlag getroffen und wußte ebenso gut wie ich, daß es keine Aussicht auf Besserung gab – sie war vom Tode gezeichnet, mußte sterben.

»O Cathy! O mein Leben! Wie soll ich das ertragen?« war der erste Satz, den er hervorbrachte, in einem Ton offensichtlicher Verzweiflung.

Und dann starrte er sie an, so ernsthaft und hingegeben, daß ich dachte, allein die Intensität seines Blickes müßte ihm die Tränen in die Augen treiben; sie brannten vor Schmerz, blieben aber trocken.

»Was nun?« sagte Catherine, lehnte sich in ihrem Stuhl zurück und erwiderte seinen Blick mit plötzlich umwölkter Stirn – ihre Stimmung war wie eine Wetterfahne ständig wechselnden Launen unterworfen. »Du und Edgar, ihr habt mir das Herz gebrochen, Heathcliff! Und da kommt ihr nun beide an und bejammert die Tat, als wäret ihr die Bemitleidenswerten, die man trösten muß! Ich habe kein Mitleid mit euch, ich nicht. Du hast mich umgebracht – und gedeihst prächtig dabei, denke ich. Wie stark du bist! Wie viele Jahre willst du eigentlich noch leben, wenn ich gegangen bin?«

Heathcliff hatte sich vor ihr auf ein Knie niedergelassen, um sie zu umarmen; er versuchte jetzt aufzustehen, doch sie packte ihn bei den Haaren und drückte ihn herunter.

»Ich wünschte, ich könnte dich halten«, fuhr sie bitter fort, »bis wir beide tot wären! Ich würde mich nicht darum kümmern, was du zu leiden hättest. Nichts bedeuten mir deine Leiden. Warum solltest du nicht auch leiden? Ich leide ja! Wirst du mich vergessen – wirst du glücklich sein, wenn ich unter der Erde bin? Wirst du vielleicht in zwanzig Jahren sagen: ›Das ist das Grab von Catherine Earnshaw. Vor langer Zeit habe ich sie geliebt, und ich war unglücklich, sie zu verlieren; aber das ist vorbei. Ich habe seitdem viele andere geliebt – meine Kinder sind mir mehr ans Herz gewachsen, als sie es einst war, und wenn ich sterbe, werde ich nicht frohlocken, zu ihr zu gehen, ich werde traurig sein, daß ich meine Lieben verlassen muß!‹ Wirst du einmal so sprechen, Heathcliff?«

»Willst du mich so lange foltern, bis ich ebenso wahnsinnig bin wie du?« schrie er, riß seinen Kopf gewaltsam aus ihren Händen und knirschte mit den Zähnen.

Auf einen kühlen Beobachter hätten die beiden einen seltsamen, beängstigenden Eindruck gemacht. Mit Recht mochte Catherine denken, daß der Himmel ein Ort der Verbannung sein würde, wenn sie mit ihrem sterblichen Körper nicht auch ihr sterbliches Wesen abstreifen konnte. Ihr bleiches Gesicht hatte in diesem Augenblick den Ausdruck wildester Rachsucht, die Lippen waren blutleer, und die Augen funkelten; und zwischen ihren krampfhaft geschlossenen Fingern hielt sie ein Büschel Haare, die sie Heathcliff ausgerissen hatte. Er wiederum hatte sich beim Aufstehen auf eine Hand gestützt und mit der andern ihren Arm gepackt, wobei er so wenig Zartgefühl und Rücksicht auf ihren Zustand zeigte, daß ich, als er sie losließ, auf ihrer farblosen Haut vier deutliche Abdrücke seiner Finger sah.

»Bist du vom Teufel besessen«, fuhr er wild auf, »in so einer Art mit mir zu reden, wenn du dem Tod so nah bist? Hast du dir überlegt, daß alle diese Worte in mein Gedächtnis unauslöschlich eingebrannt sind und sich tiefer und tiefer einfressen, wenn du mich verlassen hast? Du weißt, daß du lügst, wenn du sagst, ich hätte dich umgebracht; und, Catherine, du weißt, daß ich dich ebenso wenig vergessen kann wie mein eigenes Dasein. Genügt es deiner teuflischen Selbstsucht denn nicht, daß ich mich in Höllenqualen winden werde, während du deinen Frieden hast?«

»Ich werde keinen Frieden haben«, stöhnte Catherine, der das Gefühl ihrer körperlichen Schwäche ins Bewußtsein zurückgerufen wurde durch das wilde, ungleichmäßige Schlagen ihres Herzens, das bei diesem Übermaß an Aufregung sichtbar und hörbar schlug.

Sie sprach nicht weiter, bis der Anfall vorüber war; dann fuhr sie fort, freundlicher: »Ich wünsche dir keine schlimmere Qual, als ich leide, Heathcliff! Ich wünschte nur, wir würden niemals getrennt – und sollte dich künftig eins meiner Worte betrüben, so denke daran, daß ich unter der Erde den gleichen Kummer fühle, und um meinetwillen vergib mir! Komm wieder her zu mir und knie dich nieder, nah bei mir! Nein, wenn du jetzt zornige Gedanken hegst, wird das für dich eine schmerzlichere Erinnerung sein als meine harten Worte eben! Willst du nicht wieder zu mir kommen? Komm doch, bitte!«

Heathcliff trat hinter die Rückenlehne ihres Stuhls und neigte sich darüber, doch nicht so weit, daß sie sein Gesicht sehen konnte, das aschfahl war vor Bewegung. Sie drehte sich herum, um ihn anzusehen; er wollte es nicht zulassen, wandte sich brüsk ab und ging zum Kamin, wo er schweigend stehen blieb, den Rücken uns zugekehrt.

Mrs. Lintons Augen folgten ihm argwöhnisch, jede Bewegung weckte in ihr eine neue Empfindung. Nach einer Pause und einem langen Blick auf ihn wandte sie sich an mich und sagte im Tonfall tiefster Verstimmung: »Oh, da siehst du's, Nelly! Er würde nicht einen Schritt weit nachgeben, um mich vor dem Grab zu bewahren! *So* werde ich geliebt! Nun, macht nichts! Das ist nicht *mein* Heathcliff. Den meinen liebe ich nach wie vor und werde ihn mit mir nehmen: Er ist in meiner Seele. Und«, fügte sie nachdenklich hinzu, »was mich am meisten verdrießt, ist am Ende dies traurige, brüchige Gefängnis. Ich bin es leid, so leid, hier eingeschlossen zu sein. Ich möchte endlich entfliehen in jene ferne, strahlende Welt und dort für immer sein, möchte sie nicht nur verschwommen durch Tränen sehen und danach schmachten mit wehem Herzen, sondern richtig bei ihr und in ihr sein. Nelly, du denkst, du bist besser und glücklicher dran als ich, kerngesund und stark, wie du bist; du hast Mitleid mit mir – das wird sehr bald anders sein. Ich werde mit *dir* Mitleid haben. Ich werde unvergleichlich weit fort und hoch über euch allen sein. Ich frage mich, ob er mir nicht nahe sein wird!« sprach sie wie zu sich selbst weiter. »Ich dachte, es wäre sein Wunsch. Heathcliff, Lieber! Du solltest jetzt kein finsteres Gesicht machen. Komm doch zu mir, Heathcliff!«

In ihrem Eifer erhob sie sich und stützte sich auf die Armlehne ihres Sessels. Auf diese dringende Bitte hin wandte er sich zu ihr um. Er sah vollkommen verzweifelt aus. Seine Augen, weit offen und endlich tränengefüllt, blitzten trotzig hinüber zu ihr. Krampfhaft hob und senkte sich seine Brust. Einen Augenblick standen sie noch voneinander entfernt, und wie sie zueinander kamen, habe ich kaum richtig gesehen: Catherine machte einen Schritt auf ihn zu, und er fing sie auf, und dann hielten sie sich in einer Umarmung fest umschlossen, daß ich dachte, meine Herrin würde nicht lebend aus ihr befreit werden können. Tatsächlich sah es so aus, als hätte sie das Bewußtsein verloren. Er ließ sich mit ihr in den nächsten Sessel fallen, und als ich eilig herbeikam, um mich zu vergewissern, ob sie ohnmächtig sei, knurrte er mich an und schäumte wie ein toller Hund und preßte sie in gieriger Eifersucht noch fester an sich. Ich hatte nicht das Gefühl, daß ich es noch mit einem menschlichen Wesen gleich mir zu tun hatte; er schien mich nicht zu verstehen, obgleich ich zu ihm sprach, und so zog ich mich in großer Verwirrung zurück.

Eine Bewegung, die Catherine gleich darauf machte, beruhigte mich für den Augenblick. Sie streckte den Arm empor, um seinen Hals zu erfassen und ihre Wange an seine zu drücken, während er sie hielt, wogegen er wiederum sie mit stürmischen Liebkosungen bedeckte und wild hervorstieß: »Du lehrst mich jetzt, wie grausam du gewesen bist – grausam und falsch. Warum hast du mich nicht gewollt? Warum hast du dein eigenes Herz verraten, Cathy? Ich habe jetzt kein Wort des Trostes für dich übrig – du verdienst das. Du hast dich selbst um dein Leben gebracht. Ja, du magst mich ruhig jetzt küssen und weinen und mich so weit bringen, bis du auch meine Küsse und Tränen hast: Sie werden dich vernichten – sie werden dich verdammen. Du liebtest mich – was für ein Recht hattest du dann, mich zu verlassen? Was für ein Recht – wer gab es dir? Antworte mir! Wegen deiner armseligen Empfindungen für Linton? Denn Elend und Erniedrigung und Tod und alles, was Gott oder Satan uns zufügen konnte, hätte uns nicht zu trennen vermocht; *du*, aus deinem eigenen freien Willen, hast die Trennung herbeigeführt. Ich habe dir nicht das Herz gebrochen, *du* hast es gebrochen – und damit hast du meins auch gebrochen. Um so schlimmer für mich, daß ich gesund und stark bin. Will ich denn leben? Was für eine Art Leben wird es sein, wenn du – O Gott! Möchtest du noch leben, wenn deine Seele im Grabe liegt?«

»Laß mich in Ruhe. Laß mich in Ruhe«, schluchzte Catherine. »Wenn ich Unrecht getan habe, sterbe ich auch dafür. Es ist genug! Du hast mich auch verlassen; aber ich will dir keine Vorhaltungen machen! Ich verzeihe dir. Verzeihe mir auch!«

»Es ist schwer, zu verzeihen und dabei in diese Augen zu blicken und diese unnützen siechen Hände zu spüren«, antwortete er. »Küß mich wieder und laß mich nicht deine Augen sehen! Ich verzeihe dir, was du mir angetan hast. Ich liebe *meinen* Mörder, aber *deinen* – wie kann ich das?«

Sie schwiegen, ihre Gesichter aneinandergeschmiegt und von Tränen überströmt. Wenigstens vermute ich, daß beide weinten; anscheinend konnte Heathcliff bei einer großen Gelegenheit wie dieser weinen.

Allmählich wurde es mir sehr unbehaglich, denn der Nachmittag war schnell dahingegangen, der Mann, den ich fortgeschickt hatte, kehrte von seiner Besorgung zurück, und ich konnte beim Schein der Abendsonne, die jetzt ins Tal hineinschien, klar erkennen, wie sich die Menschen vor dem Portal der Kirche von Gimmerton drängten.

»Der Gottesdienst ist zu Ende«, verkündete ich. »Der Herr wird in einer halben Stunde hier sein.«

Heathcliff brummte eine Verwünschung und zog Catherine fester an sich – sie rührte sich nicht.

Bald sah ich eine Gruppe des Gesindes, die von der Straße abbog und auf den Wirtschaftsflügel zuging. Nicht weit hinter ihnen kam Mr. Linton; er öffnete selbst das Tor und schlenderte langsam den Weg herauf. Er schien den lieblichen Nachmittag zu genießen, der so mild war wie im Sommer.

»Jetzt ist er hier!« rief ich. »Um Himmels willen, beeilen Sie sich, daß Sie hinunterkommen! Auf der Vordertreppe treffen Sie niemanden. Machen Sie schnell und bleiben Sie unter den Bäumen, bis er ganz drinnen ist.«

»Ich muß gehen, Cathy«, sagte Heathcliff und versuchte, sich aus ihren Armen zu befreien. »Aber wenn ich am Leben bin, sehe ich dich wieder, ehe du schlafen gehst. Ich werde mich keine zehn Schritte von deinem Fenster entfernen.«

»Du sollst nicht gehen!« antwortete sie und hielt ihn so fest, wie ihre Kräfte es erlaubten. »Du sollst nicht, sag' ich dir.«

»Nur für eine Stunde«, bat er dringend.

»Nicht für eine Minute«, erwiderte sie.

»Ich muß – Linton wird gleich hier oben sein«, beharrte der jetzt beunruhigte Eindringling.

Er wollte aufstehen und ihre Finger gewaltsam lösen – sie klammerte sich an ihn, keuchend; aus ihrem Gesicht sprach die Entschlossenheit einer Wahnsinnigen.

»Nein!« kreischte sie. »O geh nicht, geh nicht! Es ist das letzte Mal! Edgar wird uns nichts tun. Heathcliff, ich werde sterben! Ich werde sterben!«

»Verdammter Narr! Da ist er«, rief Heathcliff und sank auf seinen Stuhl zurück. »Ruhig, mein Liebling! Ruhig, ruhig, Catherine! Ich bleibe ja. Wenn er mich so niederschießen würde, täte ich meinen letzten Atemzug mit einem Dank auf den Lippen.«

Und wieder hielten sie sich fest umschlungen. Ich hörte den Herrn die Treppe heraufkommen – der kalte Schweiß rann mir von der Stirn; mir war gräßlich zumute.

»Wollen Sie wirklich auf ihr wildes Gerede hören?« sagte ich in plötzlichem Zorn. »Sie ist doch verrückt bis zum Wahnsinn und weiß nicht, was sie sagt. Wollen Sie sie ins Unglück stürzen, weil sie nicht Verstand genug besitzt, sich selbst zu helfen? Stehen Sie doch auf! Sie könnten sofort frei sein. Das ist wirklich das Teuflischste und Gemeinste, das Sie je getan haben. Wir sind alle erledigt – der Herr, die gnädige Frau und ich.«

Ich rang die Hände und brach in fassungsloses Weinen aus, und Mr. Linton beschleunigte seinen Schritt bei dem Lärm. Inmitten meiner Aufregung bemerkte ich zu meiner großen Erleichterung, daß Catherines Arme herabgesunken waren und ihr Kopf kraftlos zur Seite hing.

Sie ist ohnmächtig oder tot, dachte ich, um so besser. Viel besser, daß sie tot ist, als daß sie langsam dahinsiecht und ihrer Umgebung zur Last fällt und allen das Leben verdirbt.

Edgar stürzte auf den ungebetenen Gast zu, totenblaß vor Überraschung und Zorn. Was er vorhatte, kann ich nicht sagen; jedenfalls schnitt der andere alle Gefühlsausbrüche sofort ab, indem er ihm die leblose Gestalt in die Arme legte.

»Sehen Sie her«, sagte er. »Wenn Sie kein Unmensch sind, helfen Sie zunächst ihr – dann können Sie mit mir reden!«

Er ging hinüber ins Wohnzimmer und setzte sich hin. Mr. Linton rief mich herbei, und mit großer Mühe, und nachdem wir alles Mögliche versucht und viele Mittel angewendet hatten, gelang es uns, sie wieder zum Bewußtsein zu bringen; aber sie war vollkommen verwirrt, seufzte und stöhnte und erkannte niemand. In seiner Angst um sie hatte Edgar ihren verhaßten Freund ganz vergessen. Ich jedoch nicht. Bei der ersten Gelegenheit ging ich zu ihm hinüber und bat ihn dringend fortzugehen. Ich versicherte ihm gleichzeitig, daß es Catherine besser ginge und er morgen früh von mir hören würde, wie sie die Nacht verbracht hätte.

»Ich will mich nicht weigern, das Haus zu verlassen«, antwortete er, »aber ich werde im Garten bleiben; und, Nelly, daß du ja morgen dein Wort hältst. Ich werde unter den großen Lärchen warten. Komm bestimmt, sonst werde ich euch noch einen zweiten Besuch abstatten, ob nun Linton da ist oder nicht.«

Mit einem schnellen Blick durch die halboffene Zimmertür vergewisserte er sich, daß ich offensichtlich die Wahrheit gesagt hatte, und befreite das Haus von seiner unheilbringenden Gegenwart.

Sechzehntes Kapitel

In dieser Nacht gegen zwölf Uhr wurde die Catherine geboren, die Sie auf Wuthering Heights gesehen haben, ein schwächliches Siebenmonatskind, und zwei Stunden später starb die Mutter, ohne so viel Bewußtsein wiedererlangt zu haben, um Heathcliff zu vermissen oder Edgar zu erkennen.

Des letzteren Verzweiflung über seinen Verlust ist ein zu schmerzliches Thema, um dabei zu verweilen; wie tief der Kummer bei ihm saß, zeigten die späteren Auswirkungen.

Was den Kummer in meinen Augen noch erheblich vermehrte, war der Umstand, daß er nun ohne Erben zurückblieb. Ich beklagte das, wenn ich das kümmerliche mutterlose Kind ansah, und schalt den alten Linton in Gedanken dafür aus, daß er für diesen Fall – was von seinem Standpunkt aus verständlich war – seiner eigenen Tochter den Vorzug in der Erbfolge gab, statt der seines Sohnes, und ihr das Besitztum gesichert hatte.

Es war ein unwillkommenes Kind, armes Ding! Es hätte in diesen ersten Stunden seines Daseins mit lautem Geschrei wieder aus seinem Leben schwinden können – und niemand hätte sich im geringsten darum gekümmert. Wir machten die Vernachlässigung später wieder gut; aber an seinem Lebensanfang war es so verlassen und ohne Freunde, wie es wahrscheinlich an seinem Ende auch wieder sein wird.

Der nächste Morgen – hell und heiter draußen – drang gedämpft durch die Vorhänge in das stille Zimmer und übergoß das Bett und die darauf liegende Gestalt mit einem zarten, warmen Licht.

Edgar Linton hatte seinen Kopf auf das Kissen gelegt und die Augen geschlossen. Seine jungen und schönen Züge waren fast so totenbleich wie die der Gestalt neben ihm und fast ebenso starr; aber *seine* Reglosigkeit war der Ausdruck der Erschöpfung nach ausgestandener Pein, bei *ihr* war's die Stille vollkommenen Friedens. Wenn man sie so sah: die Stirn glatt, die Lider geschlossen, auf den Lippen noch den Ausdruck eines Lächelns – kein Engel im Himmel konnte schöner sein als sie; und ich hatte teil an der unendlichen Ruhe, die über ihr lag. Nie war mir heiliger zumute als in den Augenblicken, wenn ich auf dies ungetrübte Bild himmlischer Ruhe blickte. Unwillkürlich wiederholte ich die Worte, die sie noch vor wenigen Stunden ausgesprochen hatte: »Unvergleichlich weit weg und hoch über uns allen! Ob noch auf Erden oder schon im Himmel, ihr Geist ist daheim bei Gott!«

Ich weiß nicht, ob das nur eine Eigenart bei mir ist, aber ich fühle mich eigentlich immer glücklich, wenn ich in einem Sterbezimmer die Totenwache halte, vorausgesetzt, daß da kein tobender oder verzweifelter Angehöriger sich mit mir die Pflicht teilt. Ich sehe, es gibt eine Ruhe, die weder Welt noch Teufel erschüttern können, und ich fühle eine Gewißheit über das endlose und schattenlose Hernach – die Ewigkeit, in die sie eingetreten sind –, wo alles grenzenlos ist: das Leben in seiner Dauer, die Liebe in ihrer Zuneigung und die Freude in ihrer Fülle. Bei dieser Gelegenheit wurde mir klar, wieviel Selbstsucht sogar in einer Liebe wie der Mr. Lintons sein kann, wenn er Catherines glückliche Erlösung so bedauerte!

Gewiß, in Anbetracht des eigensinnigen und ungeduldigen Daseins, das sie geführt hatte, konnte man seine Zweifel haben, ob sie am Schluß einen Hafen des Friedens verdiente. Man konnte zweifeln in Zeiten kühler Überlegung, aber nicht damals, angesichts ihres Leichnams. Eine eigene Ruhe ging von ihm aus, der man sich nicht entziehen konnte und die für die Seele, die in ihm gewohnt hatte, ebenfalls Ruhe und Frieden zu verbürgen schien.

»Glauben Sie, Sir, daß solche Menschen wirklich glücklich sind in der anderen Welt? Ich würde viel darum geben, wenn ich das wüßte.«

Ich lehnte es ab, Mrs. Deans Frage zu beantworten, die mir nicht in den Rahmen der Kirchenlehre zu passen schien. Sie fuhr fort: »Wenn wir den Lebenslauf von Catherine Linton zurückverfolgen, haben wir, fürchte ich, keinen Grund zu der Annahme, daß sie glücklich ist; aber wir wollen das ihrem Schöpfer überlassen und sie ihm befehlen.«

Der Herr schien eingeschlafen zu sein, und so wagte ich es bald nach Sonnenaufgang, das Zimmer zu verlassen und mich hinauszustehlen in die frische, reine Morgenluft. Das Gesinde dachte, ich wäre hinausgegangen, um mir nach der langen Nachtwache die Beine zu vertreten und die Müdigkeit zu vertreiben; in Wirklichkeit wollte ich mich nach Mr. Heathcliff umsehen. Wenn er die ganze Nacht unter den Lärchen zugebracht hatte, dürfte er von der Aufregung auf der Grange nichts bemerkt haben, es sei denn, er hätte vielleicht das Galoppieren des Boten gehört, der nach Gimmerton unterwegs war. Falls er sich jedoch näher ans Haus herangewagt hatte, würde er wahrscheinlich an den hin und her huschenden Lichtern und dem Öffnen und Schließen der Außentüren erkannt haben, daß drinnen nicht alles in Ordnung war.

Ich wünschte ihn zu finden und fürchtete mich zugleich vor der Begegnung. Ich wußte, die Schreckensbotschaft mußte überbracht werden, und ich wollte es hinter mich bringen, aber wie ich es ihm sagen sollte, das wußte ich nicht.

Er war da – ein paar Schritte tiefer im Park, gegen eine alte Esche gelehnt, ohne Hut, und sein Haar naß vom Tau, der sich an den knospenden Zweigen gesammelt hatte und auf ihn heruntertropfte. Er mußte schon lange Zeit so dagestanden haben, denn ich sah zwei Amseln kaum drei Fuß von ihm entfernt hin und her fliegen, emsig damit beschäftigt, ihr Nest zu bauen, die seiner Nähe nicht mehr Beobachtung schenkten, als sei er ein Stück Holz. Bei meinem Näherkommen flogen sie fort. Er sah auf und sagte: »Sie ist tot! Ich habe nicht auf dich gewartet, um das zu erfahren. Steck dein Taschentuch weg – heul mir nichts vor! Der Teufel hole euch alle! Sie braucht eure Tränen nicht!«

Ich weinte ebenso sehr um ihn wie um sie: Manchmal tun uns Geschöpfe leid, die dieses Gefühl des Mitleids weder für sich noch für andere aufbringen; und gleich als ich ihm ins Gesicht blickte, war mir klar, daß er von der Katastrophe wußte; und es kam mir der törichte Gedanke, daß sein Herz demütig geworden sei und er bete, weil sich seine Lippen bewegten und sein Blick auf den Boden gerichtet war.

»Ja, sie ist tot!« antwortete ich, versuchte mein Schluchzen zu unterdrücken und wischte mir die Tränen ab. »Und jetzt im Himmel, hoffe ich, wo wir alle mit ihr vereint sein dürfen, jeder von uns, wenn wir uns das nun gebührend zur Warnung dienen lassen und unsere bösen Wege aufgeben, um dem Guten zu folgen!«

»Hat *sie* sich denn warnen lassen?« fragte Heathcliff mit einem Hohnlächeln, das ihm nicht ganz gelingen wollte. »Starb sie wie eine Heilige? Komm, erzähl mir genau, wie alles war. Wie starb –«

Er bemühte sich, ihren Namen auszusprechen, brachte es aber nicht fertig: Mit zusammengepreßten Lippen kämpfte er stumm mit seiner inneren Bewegung und wehrte gleichzeitig mit einem herausfordernden, wilden Blick mein Mitgefühl ab.

»Wie starb sie?« fuhr er endlich fort und war ungeachtet seiner Härte darauf angewiesen, eine Stütze hinter sich zu haben, denn nach dem inneren Kampf konnte er nicht verhindern, daß er am ganzen Körper wie Espenlaub zitterte.

Armer Kerl, dachte ich, du hast ein Herz und hast Nerven wie deine Mitmenschen! Warum bist du so ängstlich bestrebt, das zu verbergen? Dein Stolz kann Gott nicht täuschen. Du bringst ihn dazu, dich so zu erschüttern, daß sich dir das Herz umdreht und dir die Nerven durchgehen, bis er dich zur Demut zwingt, zu einem Schrei um Gnade.

»Sanft wie ein Lamm!« sagte ich laut. »Sie seufzte tief und streckte sich, wie ein Kind, das halb erwacht und wieder in Schlaf sinkt; und fünf Minuten später fühlte ich noch einen schwachen Schlag ihres Herzens, und dann nichts mehr!«

»Und – und hat sie noch einmal von mir gesprochen?« fragte er zögernd, als ob er Angst habe, die Antwort auf die Frage werde Einzelheiten offenbaren, die er nicht ertragen könne.

»Sie kam überhaupt nicht wieder zu Bewußtsein – seit Sie von ihr gingen, hat sie niemand mehr erkannt«, sagte ich. »Sie liegt da mit einem süßen Lächeln auf den Lippen, und ihre letzten Gedanken wanderten zu früheren, schönen Tagen zurück. Ihr Leben endete in einem sanften Traum – möge sie ebenso sanft in der anderen Welt erwachen!«

»Möge sie in Höllenqualen erwachen!« schrie er mit furchterregender Heftigkeit, stampfte mit dem Fuß auf und stöhnte in einem plötzlich Anfall unbeherrschter Leidenschaft. »Was denn, sie ist eine Lügnerin von Anfang bis Ende! Wo ist sie? Dort nicht, nicht im Himmel, nicht in der Verdammnis – wo? Oh, du hast gesagt, du scherst dich nicht um meine Leiden! Und ich bete ein Gebet, ich wiederhole es, immer wieder und wieder, bis mir die Zunge steif wird: Catherine Earnshaw, mögest du keine Ruhe finden, solange ich lebe! Du hast gesagt, ich hätte dich umgebracht – gut denn, erscheine mir als Geist und verfolge mich! Es ist doch so, daß die Ermordeten ihre Mörder immer wieder aufsuchen und verfolgen. Ich glaube daran – ich weiß es, daß Geister umgegangen sind auf Erden. Sei immer um mich – nimm jede Gestalt an – treib mich zum Wahnsinn! Nur laß mich doch nicht in diesem Abgrund, wo ich dich nicht finden kann! O Gott! Das ist ja nicht auszudenken! Ich kann ja nicht leben ohne mein Leben! Ich kann ja nicht leben ohne meine Seele!«

Er schlug seinen Kopf gegen den knorrigen Baumstamm, verdrehte die Augen und heulte, nicht wie ein Mensch, sondern wie ein wildes Tier, das man mit Messern und Speeren zu Tode hetzt.

Jetzt erst bemerkte ich mehrere Blutspritzer auf der Rinde des Baumes, und auch seine Hand und Stirn waren blutbefleckt; vermutlich hatte die Verzweiflungsszene, deren Zeuge ich war, sich in der Nacht schon ähnlich abgespielt. Ich konnte kaum ein Mitgefühl aufbringen – im Gegenteil, diese Szene stieß mich ab; dennoch mochte ich jetzt nicht weggehen und ihn in diesem Zustand allein lassen. Aber sobald er sich so weit gefaßt hatte, um meine Anwesenheit zu bemerken, gab er mir mit Donnerstimme den Befehl zu gehen, und ich gehorchte. Es lag nicht in meiner Macht, ihn zu beruhigen oder zu trösten!

Mrs. Lintons Begräbnis sollte an dem Freitag, der ihrem Hinscheiden folgte, stattfinden; bis dahin blieb ihr Sarg offen, mit Blumen und duftenden Blättern bedeckt, im großen Wohnzimmer stehen. Linton verbrachte seine Tage und Nächte dort, ein schlafloser Wächter; und – ein Umstand, der allen außer mir verborgen blieb – noch einer, dem Ruhe ebenso fremd war, verbrachte zum mindesten seine Nächte in der Nähe: Heathcliff stand Nacht für Nacht draußen unter den Fenstern.

Ich unterhielt keine Verbindung mit ihm, dennoch wußte ich, daß es seine Absicht war, wenn er irgend könnte, ins Zimmer hineinzukommen, um Catherine noch einmal zu sehen. Am

Dienstag, kurz nach Dunkelwerden, als mein Herr aus Übermüdung gezwungen war, sich für ein paar Stunden zurückzuziehen, ging ich, durch seine Ausdauer gerührt, und öffnete eines der Fenster, um ihm Gelegenheit zu geben, dem dahinwelkenden Bild seiner Angebeteten ein letztes Lebewohl zu sagen.

Er verfehlte nicht, schnell und vorsichtig die Gelegenheit zu benutzen, so vorsichtig, daß nicht das leiseste Geräusch seine Anwesenheit verriet; ja, auch ich würde kaum entdeckt haben, daß er dagewesen war, wenn nicht das Laken um das Gesicht der Toten verschoben gewesen wäre und wenn ich nicht auf dem Fußboden eine blonde Haarlocke bemerkt hätte, mit einem Silberfaden zusammengebunden, die, wie ich bei näherer Prüfung herausfand, einem Medaillon entnommen war, das Catherine an einem Kettchen um den Hals trug. Heathcliff hatte es geöffnet und seinen Inhalt entfernt, um ihn durch eine seiner eigenen schwarzen Locken zu ersetzen. Ich schlang beide Locken ineinander und schloß sie zusammen ins Medaillon ein.

Mr. Earnshaw war natürlich geladen worden, die sterbliche Hülle seiner Schwester zu Grabe zu geleiten; er sandte keine Entschuldigung, kam aber auch nicht, so daß der Trauerzug neben dem Ehemann nur aus Pächter und Gesinde bestand. Isabella hatte man nicht eingeladen.

Catherine fand ihre letzte Ruhestätte zur Überraschung der Dorfbewohner weder in der Kirche unter dem prächtigen Grabmal der Lintons noch draußen bei den Gräbern ihrer eigenen Verwandtschaft. Ihr Grab liegt an einem grünen Abhang in einer Ecke des Kirchhofs, wo die Mauer so niedrig ist, daß Heide und Heidelbeerpflanzen vom Moor hinübergeklettert sind und Torfgras fast alles überwuchert. Auch ihr Gatte ruht jetzt am selben Ort, und sie haben beide einen schlichten Grabstein zu Häupten und einen glatten grauen Steinblock zu Füßen, um die Gräber zu kennzeichnen.

Siebzehntes Kapitel

Jener Freitag war für einen Monat der letzte schöne Tag. Am Abend schlug das Wetter um, der Wind drehte sich von Süd nach Nordost und brachte zunächst Regen, dann Schnee.

Am andern Morgen konnte man es sich kaum mehr vorstellen, daß drei Wochen lang mildes Sommerwetter gewesen war. Die Primeln und Krokusse waren unter einer winterlichen Schneedecke begraben; die Lerchen blieben stumm, die jungen Blätter der früh ausschlagenden Bäume hatten Frost bekommen und wurden schwarz. Und traurig, kalt und düster schlich der Tag nach der Beerdigung dahin! Der Herr blieb auf seinem Zimmer; ich ergriff Besitz von dem verlassenen Salon und machte daraus ein Kinderzimmer. Da saß ich nun mit dem wimmernden Püppchen auf meinen Knien, wiegte es hin und her und sah dabei dem unablässigen Treiben der Schneeflocken zu, die sich vor dem vorhanglosen Fenster auftürmten und es zuhängten, als die Tür aufging und jemand atemlos und lachend hereinkam.

Im ersten Augenblick war mein Ärger größer als mein Erstaunen. Ich vermutete, es sei eins der Hausmädchen, und schrie: »Hör auf damit! Was fällt dir ein, dich hier so albern aufzuführen? Was würde wohl Mr. Linton sagen, wenn er dich hörte?«

»Entschuldige«, antwortete eine wohlvertraute Stimme; »aber ich weiß, Edgar ist im Bett, und ich kann mich einfach nicht beherrschen.«

Damit trat die Sprechende nach Luft ringend und sich die Seite haltend zum Fenster.

»Ich bin den ganzen Weg von Wuthering Heights bis hierher gerannt«, fuhr sie nach einer Pause fort, »wenn ich nicht gerade hinfiel. Ich könnte nicht sagen, wie oft ich gefallen bin. Oh, mir tut alles weh! Reg dich nicht auf! Ich werde dir gleich alles erklären, sobald ich dazu imstande bin. Nur bitte, sei so gut, geh und bestelle mir die Kutsche, die mich nach Gimmerton bringen soll, und sag einem der Mädchen, daß sie mir ein paar Kleider aus meinem Schrank heraussucht.«

Der Eindringling war Mrs. Heathcliff. Sie schien keineswegs in einer Verfassung zu sein, die zum Lachen Anlaß gab: Schnee und Wasser tropften aus ihrem nassen Haar, das sich gelöst hatte und auf die Schultern herabhing; sie hatte das mädchenhafte Kleid an, das sie gewöhnlich trug, obwohl das mehr zu ihrem jugendlichen Alter als zu ihrem jetzigen Stand paßte, ein Hängerkleid mit kurzen Ärmeln; Kopf und Hals waren unbedeckt. Das dünne Seidenkleidchen klebte an ihr vor Nässe, und an den Füßen trug sie nur leichte Hausschuhe. Denken Sie sich noch eine tiefe Schnittwunde unter einem Ohr hinzu, welche nur der Frost gehindert hatte, stark zu bluten, ein bleiches Gesicht, verkratzt und zerschunden, und einen Körper, der sich vor Müdigkeit kaum aufrecht halten konnte. Sie können sich vorstellen, daß mein Schreck nicht geringer wurde, als ich sie näher betrachtete.

»Meine liebe gnädige Frau«, rief ich aus, »ich werde nirgendwo etwas veranlassen und nichts hören, bis Sie Ihre Kleider abgelegt und trockene Sachen angezogen haben; und bestimmt fahren Sie heute nacht nicht mehr nach Gimmerton, so ist es auch nicht nötig, die Kutsche zu bestellen.«

»Gewiß werde ich das«, sagte sie, »zu Fuß oder zu Pferde. Doch habe ich nichts dagegen, mir etwas Ordentliches anzuziehen. Und – oh, sieh nur, wie mir das Blut am Hals hinunterrinnt!«

Sie bestand darauf, daß ich zunächst ihre Befehle ausführte, ehe sie sich von mir anrühren ließ, und erst, nachdem der Kutscher Anweisung erhalten hatte anzuspannen und ein Mädchen dabei war, ein paar notwendige Kleidungsstücke zusammenzupacken, durfte ich ihr die Wunde verbinden und beim Wechseln der Kleidung helfen.

»Nun, Ellen«, sagte sie, als sie in einem bequemen Lehnstuhl am Kaminfeuer saß, mit einer Tasse Tee vor sich, »setz dich mir gegenüber und leg das Kind der armen Catherine beiseite. Ich mag es nicht sehen! Du mußt nicht denken, daß mir an Catherine wenig liegt, weil ich mich vorhin bei meinem Hereinkommen so albern aufgeführt habe. Ich habe auch geweint, bitterlich – ja, weil ich mehr als jemand sonst Grund zum Weinen hatte. Du weißt doch, wir schieden unversöhnt, und ich werde mir das nie verzeihen. Aber deshalb konnte ich doch für ihn – diese Bestie – kein Gefühl wie Liebe aufbringen! Oh, gib mir den Schürhaken! Das ist das letzte Ding, das ich noch von ihm habe.« Sie zog den goldenen Trauring vom Finger und warf ihn auf den Boden. »Zertreten will ich ihn«, fuhr sie fort und trampelte in kindischem Zorn auf ihm herum, »und dann verbrenne ich ihn!« Und sie nahm den mißhandelten Gegenstand und ließ ihn in die Glut fallen. »So! Er soll einen neuen kaufen, wenn er mich je wiederkriegt. Er ist imstande, mich hier zu suchen, um Edgar zu ärgern. Ich wage nicht zu bleiben, denn es könnte sein, daß er in seiner Bosheit auf einen solchen Gedanken kommt. Und außerdem, Edgar hat sich nicht sehr freundlich mir gegenüber verhalten, nicht wahr? Und ich will ihn darum weder um Hilfe bitten, noch möchte ich ihm weitere Unannehmlichkeiten bereiten. Notgedrungen mußte ich hier Hilfe suchen; aber wenn ich nicht mit Bestimmtheit gewußt hätte, daß ich ihn jetzt nicht treffe, wäre ich nur in die Küche gegangen, hätte mein Gesicht gewaschen, mich aufgewärmt, dich veranlaßt, mir die Sachen zu bringen, die ich brauchte, und wäre wieder gegangen, irgendwohin, nur weg aus der Reichweite meines verfluchten – dieses Teufels in Menschengestalt! Ah, er war in solch einer Rage! Wenn er mich erwischt hätte! Es ist ein Jammer, daß Earnshaw ihm an Körperkraft nicht gewachsen ist, ich wäre sonst nicht eher fortgelaufen, als bis ich ihn am Boden gesehen hätte, fertiggemacht und zusammengeschlagen – wäre Hindley nur dazu fähig gewesen!«

»Nun, nun, sprechen Sie nicht so schnell, Miss«, unterbrach ich sie, »sonst verschiebt sich der Verband, den ich Ihnen um den Kopf gebunden habe, und die Wunde fängt wieder zu bluten an. Trinken Sie Ihren Tee und kommen Sie erst einmal zu Atem und hören Sie auf zu lachen. Unter diesem Dach und in Ihrer Lage ist Lachen wirklich nicht am Platz!«

»Eine unleugbare Wahrheit«, erwiderte sie. »Höre doch dieses Kind! Es hört nicht auf zu schreien – bring es doch für eine Stunde fort, damit ich das nicht mitanhören muß; ich werde nicht länger bleiben.«

Ich klingelte und gab die Kleine einem der Mädchen; dann erkundigte ich mich, was sie veranlaßt hatte, in so unmöglichem Aufzug aus Wuthering Heights zu fliehen, und wohin sie zu gehen gedächte, da sie es ablehne, bei uns zu bleiben.

»Ich sollte und ich wollte auch gern hier bleiben«, antwortete sie, »um Edgar aufzuheitern und mich um das Kind zu kümmern, um nur zwei Gründe zu nennen, und weil die Grange mein rechtmäßiges Zuhause ist – aber ich sag' dir, er würde mich nicht in Ruhe lassen! Meinst du, er könnte es ertragen, mich wohlgenährt und vergnügt zu sehen? Glaubst du, er brächte es fertig, uns hier in Ruhe und Frieden leben zu lassen, ohne danach zu trachten, unser behagliches Leben zu vergiften? Ich habe immerhin jetzt die Befriedigung, daß ich sicher weiß, er verabscheut mich so sehr, daß es ihn schon ernsthaft verdrießt, wenn ich nur in seine Seh- oder Hörweite komme. Sobald ich mich vor ihm blicken lasse, bemerke ich, wie sich seine Gesichtsmuskeln unwillkürlich zu einem Ausdruck des Hasses verziehen. Er haßt mich, weil er weiß, daß ich guten Grund habe, solche Gefühle ihm gegenüber zu hegen, und er haßt mich aus unwiderstehlicher Abneigung. Dieses Gefühl der Abneigung ist so stark, daß ich sicher sein kann, er wird mich nicht durch ganz England verfolgen, wenn er annehmen muß, die Flucht sei mir tatsächlich gelungen. Und darum muß ich weit fort. Ich habe nicht mehr das Verlangen, von ihm umgebracht zu werden. Es wäre mir lieber, er brächte sich selbst um! Er hat meine Liebe vernichtet, und so fühle ich mich wieder frei. Ich kann mich noch daran erinnern, wie sehr ich ihn liebte, und kann mir dunkel vorstellen, daß ich ihn noch immer lieben könnte, wenn... Nein, nein! Selbst wenn er in mich verliebt gewesen wäre, würde seine teuflische Natur eines Tages doch zum Vorschein gekommen sein. Catherine hatte einen schrecklich perversen Geschmack, ihn so hoch zu schätzen, obwohl sie ihn so gut kannte. – Monster! Könnte er doch aus der Schöpfung und aus meinem Gedächtnis gelöscht werden!«

»Still, still! Er ist auch ein Mensch«, sagte ich. »Seien Sie etwas nachsichtiger, es gibt noch schlimmere Männer als ihn.«

»Er ist kein Mensch«, gab sie zurück, »und er hat keinen Anspruch auf meine Nachsicht. Ich gab ihm mein Herz, er nahm es, quälte es zu Tode und warf es mir dann wieder vor die Füße. Menschen fühlen mit dem Herzen, Ellen, und seit er meines zerstört hat, bin ich nicht mehr fähig, noch etwas für ihn zu empfinden, selbst dann nicht, wenn er bis zu seinem Sterbetag stöhnt und jammert und blutige Tränen um Catherine weint! Nein, wirklich, ich kann nicht!« Und hier begann Isabella zu weinen, aber mit einer schnellen Bewegung wischte sie die Tränen fort und begann von neuem:

»Du fragst, was mich schließlich zur Flucht getrieben hat? Ich war dazu gezwungen, weil es mir gelungen war, seinen Zorn noch über seine gewöhnliche Bösartigkeit hinaus zu erregen. Jemandem die Nerven mit rotglühenden Zangen herausreißen erfordert mehr Kaltblütigkeit, als ihm einen Schlag auf den Kopf zu geben. Er war so aufgebracht, daß er seine teuflische Klugheit, auf die er sich etwas einbildet, vergaß und sich zu mörderischer Gewalttätigkeit hinreißen ließ. Daß ich imstande war, ihn so zum Äußersten zu bringen, war für mich ein Grund zur Freude. Und dieses Gefühl der Freude weckte meinen Selbsterhaltungstrieb, und es gelang mir zu entkommen. Und wenn ich je wieder in seine Hände falle, wird er sich furchtbar an mir rächen.

Gestern, weißt du, sollte Mr. Earnshaw eigentlich an der Beerdigung teilnehmen. Er blieb zu diesem Zweck nüchtern – einigermaßen wenigstens, ging nicht wie sonst um sechs Uhr morgens tobend ins Bett, um dann um zwölf wieder betrunken aufzustehen. Entsprechend fühlte er sich sterbenselend, als er sich erhob, für die Kirche ebenso untauglich wie für einen Tanz, und setzte sich statt dessen ans Feuer und trank Gin oder Branntwein aus Wassergläsern.

Heathcliff – es schaudert mich, ihn beim Namen zu nennen! – hat sich seit letztem Sonntag kaum im Hause sehen lassen. Ob die Engel ihn mit Nahrung versorgt haben oder seine Verwandtschaft hier unten, die bösen Mächte, kann ich nicht sagen, aber er hat nahezu eine Woche keine Mahlzeit mit uns eingenommen. Er kam erst in der Morgendämmerung heim, ging sogleich nach oben auf sein Zimmer und schloß sich ein, als ob es jemand von uns auch nur im Traum einfiele, ihm Gesellschaft zu leisten! Dort hat er unaufhörlich gebetet wie ein Methodist, nur daß die Gottheit, die er anflehte, Staub und Asche ist und ihn nicht zu hören vermag, und merkwürdigerweise verwechselte er Gott jedesmal, wenn er sich an ihn wandte, mit seinem eigenen schwarzen Vater, dem Teufel! Nach Schluß dieser sonderbaren Gebete – sie dauerten gewöhnlich sehr lange, bis er heiser war und ihm die Stimme versagte – war er wieder auf und davon, stets geradewegs hinunter zur Grange! Es wundert mich, daß Edgar nicht den Gendarmen geholt hat, um ihn einsperren zu lassen! Obwohl ich wegen Catherine sehr betrübt war, konnte ich doch nicht umhin, mein zeitweiliges Befreitsein von schmählicher Unterdrückung als wahre Feiertage zu empfinden.

Ich hatte wieder so viel Mut geschöpft, daß ich Josephs ewige Predigten anhören konnte, ohne gleich in Tränen auszubrechen, und mich im Haus freier bewegte, statt wie früher angstbebend wie ein Dieb herumzuschleichen, der nicht aufzutreten wagt. Du kannst dir wohl nicht vorstellen, daß ich über etwas, was Joseph sagt, zu weinen anfange, aber er und Hareton sind eine schreckliche Gesellschaft. Ich sitze lieber bei Hindley und höre mir seine schrecklichen Reden an, als bei ›de kleene Härre‹ und seinem getreuen Parteigänger, diesem widerlichen alten Mann!

Ist Heathcliff im Hause, so habe ich oft keine andere Wahl, als die Küche und ihre Gesellschaft aufzusuchen oder in den feuchten, unbewohnten Zimmern zu hungern und zu frieren. Ist er nicht da, wie es letzte Woche der Fall war, so rücke ich mir einen Tisch und einen Stuhl an das große Kaminfeuer auf der Diele und kümmere mich nicht darum, was Mr. Earnshaw treibt, und er läßt mich auch in Frieden. Er ist jetzt ruhiger als früher – falls ihn niemand provoziert –, eher mürrisch und deprimiert, nicht mehr so fuchsteufelswild. Joseph behauptet, er sei ein anderer Mensch geworden, der Herr habe sein Herz angerührt, und er sei gerettet, ›wie durchs Feuer‹. Ich kann beim besten Willen kein Zeichen einer Veränderung zum Guten bei ihm entdecken, doch was geht mich das an.

Gestern abend saß ich in meiner Ecke und las bis Mitternacht in ein paar alten Büchern. Es war mir nicht möglich, bei dem wilden Schneetreiben draußen und mit meinen Gedanken, die ständig zum Kirchhof und dem frischen Grab hinwanderten, auf mein Zimmer zu gehen. Ich wagte kaum, den Blick von meinem Buch zu erheben, denn sogleich stand mir jenes traurige Bild vor Augen.

Hindley saß mir gegenüber, den Kopf in die Hand gestützt, vielleicht mit seinen Gedanken ebenfalls auf dem Kirchhof. Er hatte heute mit dem Trinken aufgehört, als sein Verstand noch nicht umnebelt war. Seit zwei oder drei Stunden hatte er sich nicht gerührt und nicht ein Wort gesprochen. Kein Laut war im Haus zu hören, nur das Klagen des Windes, der hin und wieder an den Fenstern rüttelte, das schwache Knistern des Kohlenfeuers und das Klicken meiner Lichtschere, mit der ich ab und zu den langen Docht der Kerze kürzte. Hareton und Joseph lagen wahrscheinlich längst in ihren Betten und schliefen fest. Es war alles sehr, sehr traurig, und während ich las, seufzte ich, denn es schien mir, als sei alle Freude unwiederbringlich aus der Welt verschwunden.

Die bedrückende Stille wurde durch das Geräusch des Küchentürriegels unterbrochen – Heathcliff war von seinem Wachposten früher als gewöhnlich zurückgekehrt, vermutlich wegen des plötzlich aufgekommenen Sturms.

Jener Eingang war verschlossen, und wir hörten ihn herumgehen, um durch den andern hineinzugelangen. Ich erhob mich mit einem Ausruf des Widerwillens, der mir unwillkürlich auf die Lippen kam. Earnshaw, der zur Tür gestarrt hatte, drehte sich um und sah mich an.

›Ich lasse ihn fünf Minuten ausgesperrt draußen stehen‹, rief er. ›Sie haben doch nichts dagegen?‹

›Nein, wenn's nach mir geht, können Sie ihn die ganze Nacht aussperren‹, antwortete ich. ›Ja! Tun Sie's! Drehen Sie den Schlüssel um und schieben Sie die Riegel vor!‹

Earnshaw führte dies aus, ehe sein Gast die vordere Haustür erreichte; er rückte seinen Stuhl an die andere Seite meines Tisches, lehnte sich darüber und suchte in meinen Augen etwas wie Sympathie mit dem glühenden Haß, der in seinen brannte. Die Gefühle eines Mörders spiegelten sich in seinem Gesicht, die er bei mir nicht finden konnte, aber er entdeckte genug, was ihn zum Sprechen ermutigte.

›Sie und ich‹, sagte er, ›wie haben beide mit dem Mann da draußen eine gehörige Rechnung in Ordnung zu bringen. Wenn wir nicht beide Feiglinge sind, könnten wir uns jetzt zusammentun, um sie zu begleichen. Sind Sie so sanft wie Ihr Bruder? Wollen Sie bis zum letzten nur alles erdulden und nicht ein einziges Mal versuchen, es ihm heimzuzahlen?‹

›Es reicht mir jetzt mit dem Erdulden‹, entgegnete ich, ›und eine Vergeltung, die nicht wieder auf mich zurückfällt, wäre mir schon recht und sollte mich freuen. Aber Verrat und Gewalt sind Speere, die an beiden Enden zugespitzt sind – sie verwunden diejenigen, die als letztes Mittel auf sie zurückgreifen, schlimmer als ihre Feinde.‹

›Verrat und Gewalt sind die einzig richtige Erwiderung auf Verrat und Gewalt!‹ schrie Hindley. ›Mrs. Heathcliff, ich verlange jetzt nichts weiter von Ihnen, als still und stumm zu sein. Sagen Sie mir nun, können Sie das? Ich bin sicher, wenn Sie das Ende dieses Teufels miterleben könnten, würden Sie ebenso viel Freude daran haben wie ich. Wenn Sie ihm nicht zuvorkommen, wird er Ihr Tod sein – und mein Untergang. Verflucht sei dieser höllische Schurke! Er klopft an die Tür, als ob er hier schon der Herr wäre! Versprechen Sie mir, den Mund zu halten, und ehe die Uhr schlägt – es ist drei Minuten vor eins –, sind Sie von ihm befreit!‹

Er nahm die Waffe, die ich dir in meinem Brief beschrieben habe, aus seiner Brusttasche und wollte gerade die Kerze auslöschen – ich entriß sie ihm jedoch und packte ihn am Arm.

›Ich werde meinen Mund nicht halten!‹ sagte ich. ›Sie dürfen ihn nicht anrühren... Lassen Sie die Tür verschlossen und bleiben Sie ruhig!‹

›Nein! Ich habe meinen Entschluß gefaßt, und bei Gott, ich werde ihn ausführen!‹ schrie das verzweifelte Wesen. ›Ich tue Ihnen einen Gefallen, auch gegen Ihren Willen, und Hareton verhelfe ich zu seinem Recht! Und Sie brauchen sich meinetwegen keine Sorgen zu machen, Catherine ist nicht mehr da – keine Menschenseele würde um mich trauern oder sich meiner schämen, wenn ich mir in diesem Augenblick die Kehle durchschneide – und es ist Zeit, ein Ende zu machen!‹

Ich hätte ebenso gut mit einem Bären kämpfen oder mit einem Irren streiten können. Der einzige Ausweg, der mir noch blieb, war der, zu einem der Fenster zu stürzen und das ausersehene Opfer vor dem Geschick, das auf es wartete, zu warnen.

›Du suchst dir heut nacht besser woanders einen Unterschlupf!‹ rief ich in ziemlich triumphierendem Ton. ›Mr. Earnshaw hat die Absicht, dich zu erschießen, wenn du noch weiter versuchst, hier hereinzukommen.‹

›Du öffnest mir lieber die Tür, du…!‹ antwortete er und bezeichnete mich mit einem geschmackvollen Namen, den ich nicht wiederholen will.

›Ich mische mich da nicht ein‹, gab ich wütend zurück. ›Komm herein und laß dich erschießen, wenn du Lust hast, bitte! Ich habe meine Pflicht getan.‹

Damit schloß ich das Fenster und kehrte zu dem Platz am Kaminfeuer zurück, denn es war mir nicht möglich, Angst um sein gefährdetes Leben zu heucheln.

Earnshaw verfluchte mich wütend, behauptete, daß ich den Kerl noch immer liebte, und gab mir Schimpfnamen aller Art wegen der gemeinen Gesinnung, die ich zeigte. Ich aber dachte insgeheim (und ohne Gewissensbisse zu bekommen), was für ein Segen es für *ihn* wäre, wenn Heathcliff ihn auslöschte und seinem Elend damit ein Ende machte, und was für ein Segen für *mich*, wenn er Heathcliff dahin schickte, wo er hingehört, zur Hölle! Während mir solche Überlegungen durch den Kopf gingen, wurde das Fenster hinter mir klirrend eingeschlagen, und Heathcliffs finsteres Gesicht blickte unheilbringend herein. Das Fensterkreuz war aber so eng, daß er seine Schultern nicht hindurchzwängen konnte, und ich lächelte triumphierend in meiner vermeintlichen Sicherheit. Sein Haar und seine Kleidung waren weiß von Schnee, und seine scharfen, vor Kälte und Wut entblößten Raubtierzähne schimmerten durch das Dunkel.

›Isabella, laß mich rein, oder du wirst es bereuen!‹ ›schmälte‹ er, wie Joseph es nennt, wenn er einen anfaucht.

›Ich kann doch keinen Mord begehen‹, entgegnete ich. ›Mr. Hindley liegt auf der Lauer mit einem Messer und einer geladenen Pistole.‹

›Dann laß mich durch die Küchentür rein!‹ sagte er.

›Hindley wird vor mir dort sein‹, antwortete ich. ›Und mit deiner Liebe ist es ja kümmerlich bestellt, wenn sie nicht einmal einem Schneeschauer standhalten kann! Wir konnten ruhig in unseren Betten schlafen, solange das Wetter sommerlich mild war, aber in dem Augenblick, da der Winter zurückkehrt, mußt du heimrennen und Schutz suchen! Heathcliff, ich an deiner Stelle würde mich auf ihr Grab legen und gleich einem treuen Hund dort sterben... Es lohnt sich jetzt ja wirklich nicht mehr, noch weiter in dieser Welt zu leben, nicht wahr? Du hast es mir ja oft genug klargemacht, daß Catherine die einzige Freude deines Lebens war – ich kann mir darum nicht vorstellen, wie du ihren Verlust überleben willst.‹

›Er ist dort, ja?‹ rief Earnshaw und stürmte zu dem zerbrochenen Fenster, wo jetzt ein klaffendes Loch war. ›Wenn ich meinen Arm hindurchkriege, kann ich ihn treffen!‹

Ich fürchte, Ellen, du hältst mich jetzt wirklich für schlecht – aber du weißt noch nicht alles, darum urteile nicht! Selbst wenn es sich um *seine* Person handelt, würde ich um nichts in der Welt bei einem Anschlag auf sein Leben geholfen oder gar dazu angestiftet haben. Wünschen, daß er tot sei, mußte ich, und deshalb war ich fürchterlich enttäuscht und bekam entsetzliche Angst bei dem Gedanken an die Folgen meines höhnischen Redens, als er sich auf Earnshaws Waffe stürzte und sie ihm entriß.

Der Schuß ging los, und das Messer drang beim Zurückschnellen seinem Besitzer ins Handgelenk. Heathcliff zog es mit Gewalt heraus, wobei er das Fleisch aufschlitzte, und steckte es, bluttriefend wie es war, in seine Tasche. Dann nahm er einen Stein, zertrümmerte damit das Fensterkreuz und sprang hinein.

Sein Gegner war vor Schmerzen und infolge des außerordentlichen Blutverlusts – eine Arterie oder eine große Vene schien zerschnitten – ohnmächtig zu Boden gesunken.

Der Rohling trat mit dem Fuß nach ihm und schmetterte mehrmals seinen Kopf gegen die Steinfliesen; dabei hielt er mich mit einer Hand fest, um zu verhindern, daß ich Joseph herbeiholte.

Es bedurfte schon seinerseits einer übermenschlichen Selbstbeherrschung, daß er ihm nicht vollends den Garaus machte, aber da ihm der Atem ausging, ließ er schließlich von ihm ab und schleifte den allem Anschein nach leblosen Körper zur Bank.

Dort riß er den Ärmel von Earnshaws Rock herunter, verband die Wunde mit brutaler Roheit und spuckte und fluchte bei dieser Operation mit der gleichen Heftigkeit, mit der er ihn vorher mit Füßen getreten hatte.

Da ich nun frei war, verlor ich keine Zeit, den alten Knecht zu suchen, der, sobald er meinen hastigen Bericht begriffen hatte, immer zwei Stufen auf einmal nehmend, schwer atmend hinuntereilte.

›Was kämmer da nur dun, jätze? Was kämmer da nur dun, jätze?‹

›Da können wir folgendes tun‹, donnerte Heathcliff. ›Dein Herr ist wahnsinnig, und sollte er noch einen Monat so weitermachen, veranlasse ich, daß er in eine Irrenanstalt kommt. Und wie zum Teufel kommst du dazu, mich auszusperren, du zahnloser Hund? Was stehst du da herum und murmelst und nuschelst in deinen Bart? Komm her, ich habe nicht vor, ihn zu pflegen. Wasch das Zeug da ab! Und paß mit den Funken deiner Kerze auf – sein Blut besteht mehr als zur Hälfte aus Alkohol!‹

Ach su, Sä ham ihn umzubringe väsucht?‹ rief Joseph und hob vor Entsetzen Hände und Augen zum Himmel empor. ›Wänn'ch jä su was gesiehn hab'! Möge der Herr…‹

Heathcliff gab ihm einen Stoß, daß er auf seine Knie fiel, mitten in die Blutlache hinein, und warf ihm ein Handtuch zu. Aber anstatt das Blut aufzuwischen, faltete er die Hände und begann ein Gebet zu sprechen, das mich wegen seiner salbungsvollen

Sprache zum Lachen reizte. Ich war in einer Verfassung, in der mich nichts mehr erschüttern konnte; tatsächlich war ich in meiner Lage ebenso unbekümmert, wie sich manche Übeltäter selbst am Fuße des Galgens noch zeigen.

›Oh, dich habe ich ja ganz vergessen‹, sagte der Tyrann. ›Das kannst du tun. Runter mit dir auf den Boden! Und du machst mit ihm gemeinsame Sache gegen mich, wie, du Schlange? Da, das ist passende Arbeit für dich!‹

Er schüttelte mich, daß mir die Zähne aufeinanderschlugen und schleuderte mich neben Joseph auf den Boden, der seine Gebete unbeirrt zu Ende sprach, sich dann erhob und versicherte, er werde sich sofort auf den Weg zur Grange machen. Mr. Linton sei Friedensrichter, und wenn ihm auch fünfzig Frauen gestorben wären, müsse er doch diese Sache hier untersuchen.

Er beharrte so eigensinnig auf seinem Entschluß, daß Heathcliff es ratsam erschien, von mir nochmals genau berichten zu lassen, was sich zugetragen hatte. Während ich widerstrebend auf seine Fragen antwortete, stand er die ganze Zeit über mir, schwer atmend vor kaum noch zu zügelnder Schlaglust.

Es kostete schon ziemliche Mühe, dem alten Mann klarzumachen, daß Heathcliff nicht der Angreifer gewesen war, zumal jede Antwort mühsam aus mir herausgepreßt werden mußte. Jedenfalls überzeugte ihn Mr. Earnshaw bald selbst, daß er noch am Leben sei, und Joseph flößte ihm eilig etwas Branntwein ein, mit dessen Hilfe sein Herr Bewußtsein und Bewegung augenblicklich wiedererlangte.

Als Heathcliff merkte, daß sein Gegner keine Ahnung hatte, was ihm während seiner Bewußtlosigkeit widerfahren war, erklärte er ihn für sinnlos betrunken und sagte, er könne seine abscheuliche Aufführung nicht mehr ertragen, aber gebe ihm den Rat, sich ins Bett zu scheren. Zu meiner Freude verließ er uns, nachdem er diesen weisen Rat erteilt hatte, und Hindley streckte sich vor dem Kamin aus. Ich begab mich auf mein Zimmer, verwundert, daß ich so leicht davongekommen war.

Als ich heute vormittag so gegen halb zwölf herunterkam, saß Mr. Earnshaw vor dem Kaminfeuer, todkrank; sein böser Geist, fast ebenso hager und gespenstisch, lehnte am Kamin. Keiner schien zum Essen aufgelegt, und nachdem ich gewartet hatte, bis alles auf dem Tisch kalt geworden war, begann ich allein.

Ich hatte keine Hemmungen, herzhaft zuzulangen, und wenn ich ab und zu mit einem gewissen Gefühl der Befriedigung und Überlegenheit einen Blick auf meine schweigsamen Gefährten warf, empfand ich in mir die Wohltat eines ruhigen Gewissens.

Nachdem ich das Essen genossen hatte, nahm ich mir die Freiheit, in die Nähe des wärmenden Feuers zu rücken, was ganz und gar ungewöhnlich war, ging um Earnshaws Stuhl herum und hockte mich neben ihn in die Ecke.

Heathcliff sah nicht zu mir herüber, und so blickte ich ihn an und betrachtete seine Züge furchtlos, als hätte ich ein Standbild aus Stein vor mir. Seine Stirn, die mir einst so männlich erschien und die ich jetzt so teuflisch finde, war von einer dunklen Gewitterwolke beschattet. Seine Basiliskenaugen waren fast blicklos vor Schlaflosigkeit – und vielleicht vor Weinen, denn die Wimpern waren noch feucht. Seine Lippen, denen einmal ihr wilder Hohn fehlte, waren versiegelt mit einem Ausdruck unsagbarer Traurigkeit. Wäre es ein anderer gewesen, ich hätte angesichts solchen Kummers mein Haupt verhüllt. In seinem Fall empfand ich Befriedigung, und wenn es auch unedel erscheinen mag, einen gefallenen Feind zu verhöhnen, konnte ich mir diese Gelegenheit doch nicht entgehen lassen, ihn mit einer spitzen Bemerkung wie mit einem Pfeil zu verwunden. Seine schwachen Stunden waren die einzige Gelegenheit, Böses mit Bösem zu vergelten.«

»Pfui, pfui, Miss!« unterbrach ich. »Man könnte denken, Sie hätten nie in Ihrem Leben die Bibel aufgeschlagen. Wenn Gott Ihre Feinde heimsucht, so sollte Ihnen das doch genügen. Es ist nicht nur gemein, es ist auch überheblich, zu den Plagen, die Gott schickt, noch Ihre Folter hinzuzufügen!«

»Im allgemeinen mag das zutreffen, Ellen«, fuhr sie fort. »Aber wie kann ein Elend, das Heathcliff trifft, mir Genugtuung verschaffen, wenn ich nicht meine Hand dabei im Spiel habe? Dann wäre mir schon lieber, er litte weniger, wenn nur dies Leiden von mir käme und er es wüßte, daß er es mir zu verdanken hat. Oh, da gibt's noch eine große Rechnung zu begleichen. Nur unter einer Bedingung wäre es mir möglich, ihm zu vergeben. Die wäre: Auge um Auge, Zahn um Zahn. Ich möchte, daß er jeden Schmerz durchmacht, den er mir zugefügt hat. Weil er der erste war, der eine Schandtat beging, soll er auch der erste sein, der um Verzeihung bittet. Und dann, Ellen, dann könnte ich mich vielleicht auch großmütig zeigen. Aber es ist ganz und gar unmöglich, daß ich je zu meiner Rache komme, und daher kann ich ihm auch nicht verzeihen. Hindley verlangte Wasser, und ich reichte ihm ein Glas und fragte ihn, wie es ihm ginge.

›Nicht so schlecht, wie ich es mir wünschte‹, entgegnete er. ›Aber abgesehen von meinem Arm, fühle ich mich am ganzen Körper so zerschlagen, als hätte ich mit einem Heer böser Geister gekämpft!‹

›Ja, kein Wunder‹, bemerkte ich darauf. ›Catherine pflegte damit großzutun, sie wäre es, die dafür sorge, daß Ihnen kein Leid geschieht. Sie meinte damit, daß bestimmte Personen sich nicht an Ihnen vergreifen würden, aus Furcht, sie selbst zu verletzen. 's ist nur gut, daß die Toten nicht wirklich aus ihren Gräbern auferstehen, sonst hätte sie letzte Nacht Zeuge einer scheußlichen Szene sein müssen! Haben Sie denn keine blauen Flecken und Wunden an Brust und Schultern?‹

›Ich kann's nicht sagen‹, antwortete er. ›Aber was meinen Sie damit? Hat er etwa gewagt, mich zu schlagen, als ich am Boden lag?‹

›Er hat auf Ihnen herumgetrampelt und Sie getreten und Ihren Kopf gegen den Steinboden geschmettert‹, flüsterte ich. ›Und er lechzte danach, Sie mit seinen Zähnen zu zerreißen, weil er nur zur Hälfte ein Mensch ist, nein, nicht einmal so viel.‹

Mr. Earnshaw sah wie ich zu unserem gemeinsamen Feind auf, der, ganz in seinen Schmerz versunken, nichts um sich herum wahrzunehmen schien. Und je länger er so dastand, desto deutlicher offenbarten seine Züge schwarze Gedanken.

›Oh, wenn Gott mir Kraft gäbe, ihn in meinem letzten Kampf noch zu erwürgen, wollte ich mit Freuden zur Hölle fahren‹, stöhnte der ungeduldige Mann und bemühte sich krampfhaft aufzustehen, sank aber verzweifelt zurück und mußte einsehen, daß er dem Kampf nicht gewachsen war.

›Nein, es reicht, daß er einen von euch umgebracht hat‹, bemerkte ich laut. ›Auf der Grange weiß jedermann, daß Ihre Schwester jetzt noch leben würde, wenn Mr. Heathcliff nicht gewesen wäre. Jedenfalls ist es besser, von ihm gehaßt als von ihm geliebt zu werden. Wenn ich daran denke, wie glücklich wir waren – wie glücklich Catherine war, ehe er kam –, so könnte ich den Tag seiner Rückkehr verfluchen.‹

Höchstwahrscheinlich achtete Heathcliff mehr auf die Wahrheit dessen, was da gesagt wurde, ohne ganz zu erfassen, wer die Person war, die eben gesprochen hatte. Jedenfalls war seine Aufmerksamkeit erregt worden, denn aus seinen Augen stürzten Tränen und tropften in die Asche. Von ersticktem Schluchzen geschüttelt, rang er nach Luft.

Ich sah ihm voll ins Gesicht und lachte verächtlich. Die verdunkelten Fenster der Hölle blitzten mich einen Augenblick lang an; der Teufel jedoch, der gewöhnlich heraussah, war so geschwächt und in Tränen erstickt, daß ich es riskierte, noch ein zweites Mal aufzulachen.

›Steh auf und geh mir aus den Augen‹, sagte der Trauernde.

Wenigstens glaubte ich, daß er so etwas Ähnliches gesagt hatte, denn seine Stimme war kaum zu verstehen.

›Verzeihung!‹ entgegnete ich. ›Aber ich hatte Catherine auch lieb, und ihr Bruder braucht jetzt jemand, der sich um ihn kümmert, was ich um ihretwillen tun will. Nun, da sie tot ist, sehe ich sie in Hindley. Hindley hat ganz ihre Augen, wenn du sie ihm nicht so zugerichtet hättest, daß sie jetzt rot und blau sind, und ihr…‹

›Mach, daß du rauskommst, du verrücktes Biest, bevor ich dich erschlage!‹ schrie er und machte eine Bewegung, die mich aufspringen ließ.

›Aber dann‹, fuhr ich sprungbereit fort, ›würde die arme Catherine, wenn sie sich dir anvertraut und den lächerlichen, verächtlichen, entwürdigenden Namen einer Mrs. Heathcliff angenommen hätte, bald ein ähnliches Bild dargeboten haben! Sie jedenfalls hätte dein abscheuliches Betragen nicht ruhig hingenommen; für ihren Abscheu und Ekel hätte sie schon Worte gefunden.‹

Die Rücklehne der Sitzbank und Earnshaw befanden sich zwischen mir und ihm; statt zu versuchen, mich zu erreichen, griff er nach einem Tafelmesser auf dem Tisch und warf es mir an den Kopf. Es traf mich unter dem Ohr und hinderte mich, den Satz, den ich gerade sagen wollte, noch auszusprechen. Doch ich zog es heraus, sprang zur Tür und sagte von dorther etwas, das, hoffe ich, ihn wohl tiefer traf als mich sein Wurfgeschoß.

Zuletzt sah ich gerade noch, wie er wütend aufsprang und losstürmte, aber durch den Hausherrn aufgehalten wurde, der die Arme ausbreitete und ihn festhielt, und miteinander ringend fielen beide vor dem Kamin zu Boden.

Auf meiner Flucht durch die Küche rief ich Joseph zu, seinem Herrn zu Hilfe zu eilen, riß Hareton um, der gerade dabei war, im Torweg einen Wurf junger Hunde an einer Stuhllehne zu erhängen, und glückselig wie eine dem Fegefeuer entkommene Seele hüpfte, sprang und flog ich die steile Straße hinunter, folgte dann aber nicht weiter ihren Windungen, sondern rannte querfeldein, durchs Moor und über die Heide, rollte Böschungen hinab und watete durch Sümpfe, immer auf das Licht der Grange zu. Lieber wollte ich für immer in die Hölle verdammt sein, als noch einmal eine Nacht unter dem Dach von Wuthering Heights zu verbringen.«

Isabella hörte zu sprechen auf und trank einen Schluck Tee; dann erhob sie sich, ließ sich von mir den Hut umbinden und warm in einen großen Schal einhüllen, den ich gebracht hatte. All meinen inständigen Bitten gegenüber, doch noch eine Stunde zu verweilen, blieb sie unnachgiebig. Sie stieg auf einen Stuhl, küßte die Bilder von Edgar und Catherine, umarmte mich zum Abschied und ging die Treppe hinunter zum Wagen, von Fanny begleitet, die vor Freude wild aufjaulte, als sie ihre Herrin wiedererkannte. Sie fuhr davon, um niemals wiederzukehren, aber es kam zu einem regelmäßigen Briefwechsel zwischen ihr und meinem Herrn, als sich die Gemüter beruhigt hatten.

SIEBZEHNTES KAPITEL

Ich glaube, ihr neuer Wohnsitz war im Süden, nicht weit von London, wo sie wenige Monate nach ihrer Flucht einen Sohn gebar. Er wurde auf den Namen Linton getauft und war von Anfang an, wie sie berichtete, ein kränkelndes, quengeliges Kind.

Mr. Heathcliff, der mich eines Tages im Dorf traf, erkundigte sich, wo sie lebe. Ich weigerte mich, Auskunft zu geben. Er meinte, es sei auch nicht von Bedeutung, nur solle sie sich hüten, zu ihrem Bruder zu ziehen; sie solle nicht bei ihm sein, wenn er für sie aufzukommen hätte.

Obwohl er von mir keine Auskunft bekommen hatte, erfuhr er doch durch jemand vom Personal etwas über ihren Aufenthaltsort und die Existenz des Kindes. Doch hat er sie auch weiterhin in Ruhe gelassen, und ich vermute, diese erstaunliche Zurückhaltung hatte sie nur seiner Abneigung zu verdanken.

Er fragte oft nach dem Kind, wenn er mich sah. Als er seinen Namen hörte, lachte er grimmig und sagte: »Man will wohl, daß ich auch ihn hassen soll, ja?«

»Ich glaube, man wünscht eher, Sie in völliger Unkenntnis über das Kind zu lassen.«

»Aber ich werde ihn haben, wenn ich ihn will. Darauf kann man sich verlassen!«

Zum Glück starb seine Mutter, ehe dieser Tag kam, ungefähr dreizehn Jahre nach Catherines Tod, als Linton zwölf war oder ein wenig älter.

Am Tag nach Isabellas unerwartetem Besuch hatte ich keine Gelegenheit, mit meinem Herrn zu sprechen, denn er ging jeder Unterhaltung aus dem Weg und war für keine langen Erörterungen zu haben. Als ich ihn endlich dazu brachte, mir zuzuhören, sah ich, daß er die Nachricht, seine Schwester habe ihren Mann verlassen, mit Befriedigung aufnahm; er verabscheute ihn mit einer Inbrunst, welche seinem sanftmütigen Wesen völlig zu widersprechen schien. Seine Abneigung saß so tief, und er war so empfindlich, daß er es vermied, irgendwohin zu gehen, wo er möglicherweise Heathcliff gesehen oder gehört hätte. Dies machte ihn im Verein mit seinem Kummer zu einem vollständigen Einsiedler: Er gab seine amtliche Stellung als Friedensrichter auf, hörte sogar auf, zur Kirche zu gehen, mied das Dorf, wo er nur konnte, und führte innerhalb der Grenzen seines Parks und seiner Ländereien ein Leben völliger Abgeschlossenheit, unterbrochen nur von einsamen Wanderungen durchs Moor und Besuchen am Grab seiner Frau, die er fast immer abends oder früh am Morgen unternahm, wenn niemand anders unterwegs war.

Aber er war zu fromm, als daß er durch und durch hätte unglücklich sein können. *Er* betete nicht darum, daß Catherines Seele ihm erscheinen und ihm keine Ruhe lassen möchte. Die Zeit heilt alle Wunden und lehrte ihn, sich im Verzicht zu üben, dazu bescherte sie ihm eine Melancholie, die süßer war als normale Freuden. Er hielt ihr Gedächtnis wach in inbrünstiger, zärtlicher Liebe und hoffendem Verlangen nach jener besseren Welt, in die sie, daran zweifelte er nicht, eingegangen war.

Auch hatte er irdischen Trost und die Zuneigung eines lebendigen Wesens. Ein paar Tage schien er keinen Blick für den kümmerlichen Sprößling der Hingeschiedenen zu haben, doch schmolz diese Kälte so schnell dahin wie Aprilschnee, und ehe das winzigkleine Ding ein Wort lallen oder ein torkelndes Schrittchen machen konnte, schwang es schon ein tyrannisches Zepter in seinem Herzen.

Es bekam den Namen Catherine, aber er rief es nie mit seinem vollen Namen, so wie er der ersten Catherine gegenüber nie eine Abkürzung gebraucht hatte, wahrscheinlich, weil Heathcliff die Gewohnheit hatte, dies zu tun. Die Kleine war immer Cathy, was eine Unterscheidung von der Mutter bedeutete und zugleich auch eine Verbindung mit ihr. Lintons Anhänglichkeit war weit mehr darauf zurückzuführen, daß es eine Beziehung zu ihr hatte, als auf die Tatsache, daß es sein eigen Fleisch und Blut war.

Oftmals zog ich in Gedanken Vergleiche zwischen ihm und Hindley Earnshaw und zerbrach mir den Kopf, warum sie sich unter ähnlichen Umständen so entgegengesetzt verhielten. Beide waren sie liebevolle Ehemänner gewesen, und beide waren ihren Kindern zugetan, und ich konnte nicht einsehen, warum sie nicht beide den gleichen Weg hätten nehmen können, im Guten wie im Bösen. Aber, so dachte ich, Hindley mit dem härteren Schädel,

SIEBZEHNTES KAPITEL

der offensichtlich mehr Willenskraft und Durchsetzungsvermögen besaß, hat sich traurigerweise als der schlechtere und schwächere Mann erwiesen. Als sein Schiff leck geschlagen war, verließ der Kapitän seinen Posten auf der Kommandobrücke, und die Mannschaft, statt einen Rettungsversuch zu unternehmen, geriet in Panik und Verwirrung, so daß es für ihr unglückliches Schiff keine Hoffnung gab. Linton dagegen zeigte den wahren Mut einer treuen und gläubigen Seele: Er hatte Gottvertrauen, und Gott stärkte ihn. Der eine hatte Hoffnung, und der andere gab auf. Jeder wählte sein eigenes Geschick und mußte es gerechterweise nun auch auf sich nehmen und tragen.

Aber Sie wollen mich sicher nicht Moral predigen hören, Mr. Lockwood. Sie können diese Dinge ebenso gut beurteilen wie ich, zum mindesten denken Sie, Sie können es, und das kommt auf das Gleiche heraus.

Earnshaws Ende war, wie man es erwarten mußte: Er folgte bald seiner Schwester – kaum sechs Monate lagen dazwischen. Wir auf der Grange bekamen nie einen klaren Bericht über die Zeit vor seinem Tod. Alles, was ich darüber in Erfahrung brachte, hörte ich, als ich hinging, um bei den Vorbereitungen für das Begräbnis zu helfen. Mr. Kenneth kam, um den Todesfall meinem Herrn zu melden.

»Na, Nelly«, sagte er, als er eines Morgens auf den Hof geritten kam, zu früh, um mich nicht sofort mit bösen Ahnungen in Aufregung zu versetzen, »jetzt sind wir zwei dran mit Trauern, du und ich. Wer, denkst du wohl, hat uns verlassen?«

»Wer?« fragte ich, ganz durcheinandergebracht.

»Was denn, du sollst raten!« erwiderte er, während er vom Pferd stieg und die Zügel um einen Haken neben der Tür schlang. »Und nimm schon den Schürzenzipfel in die Hand, du wirst ihn bestimmt brauchen.«

»Doch nicht etwa Mr. Heathcliff?« rief ich.

»Was? Würdest du denn dem eine Träne nachweinen?« sagte der Doktor. »Nein, Heathcliff ist ein zäher, junger Kerl; er sieht heute geradezu blühend aus – ich habe ihn eben gesehen. Er ist schnell wieder zu Kräften gekommen, seit er seine bessere Hälfte los ist.«

»Wer ist es denn, Mr. Kenneth?« wiederholte ich ungeduldig.
»Hindley Earnshaw! Dein alter Freund Hindley –«, antwortete er, »und mein schlimmer Zechbruder, obwohl er mir's schon lange viel zu toll getrieben hat. Da haben wir's! Ich wußte doch, daß es Tränen geben wird. Aber beruhige dich! Er starb, seinem Wesen treu, besoffen wie ein Lord. Armer Kerl! Er tut mir auch leid. Ob man will oder nicht – so ein alter Kamerad wird einem fehlen – da kann man nichts dagegen machen; obwohl er die übelsten Tricks kannte und mich oft gemein reingelegt hat! Er ist kaum siebenundzwanzig geworden. Das ist auch dein Alter; wer hätte gedacht, daß ihr im gleichen Jahr geboren seid!«

Ich gestehe, das war für mich ein größerer Schlag als der Tod von Mrs. Linton. Alte Kindheitserinnerungen stiegen in mir auf. Ich setzte mich in die Nähe der Haustür und weinte, als wär's ein Blutverwandter, und bat Kenneth, sich jemand anders vom Personal zu suchen, der ihn beim Herrn meldete.

Ich konnte es nicht verhindern, immer wieder über die Frage nachzugrübeln: War da alles mit rechten Dingen zugegangen? Was ich mir auch vornahm und anpackte, durch den ganzen Tag ließ mich dieser Gedanke nicht los, er war so hartnäckig, daß ich beschloß, um die Erlaubnis zu bitten, nach Wuthering Heights zu gehen und mit Hand anzulegen bei den letzten Pflichten für den Toten. Mr. Linton war äußerst zurückhaltend, seine Zustimmung zu geben, aber ich schilderte ihm in beredten Worten die lieblosen Umstände, in denen der Arme dort lag; und ich sagte, mein ehemaliger Herr und Milchbruder hätte ein ebenso gutes Recht auf meine Dienste wie er selbst. Außerdem erinnerte ich ihn daran, daß das Kind, das er zurückließe, Hareton, der Neffe seiner Frau sei und er bei Fehlen näherer Verwandtschaft die Pflicht hätte, sich als Vormund seiner anzunehmen; er solle und müsse feststellen, wie es um die Hinterlassenschaft bestellt sei, und müsse die Interessen seines Schwagers wahrnehmen.

Er war damals nicht imstande, sich um solche Dinge zu kümmern, aber er bat mich, mit seinem Rechtsanwalt zu sprechen, und gestattete mir schließlich zu gehen. Sein Rechtsanwalt war auch der Earnshaws gewesen. Ich sprach im Dorf bei ihm vor

SIEBZEHNTES KAPITEL

und bat ihn, mit mir zu kommen. Er schüttelte den Kopf und gab den Rat, Heathcliff in Ruhe zu lassen, denn, so versicherte er, wenn die Wahrheit bekannt würde, so werde sich herausstellen, daß Hareton nicht viel besser als ein Bettler dastehe.

»Sein Vater starb hoch verschuldet«, sagte er, »der ganze Besitz ist mit Hypotheken belastet, und für den natürlichen Erben besteht die einzige Chance darin, im Herzen des Gläubigers so viel Anteilnahme zu erwecken, daß dieser bereit ist, glimpflich mit ihm zu verfahren.«

Als ich die Heights erreichte, erklärte ich, ich sei gekommen, um dafür zu sorgen, daß alles so vonstatten gehe, wie es sich gehöre. Joseph, dem die ganze Sache offensichtlich sehr naheging, drückte seine Befriedigung über meine Anwesenheit aus. Mr. Heathcliff sagte, er könne nicht recht einsehen, wozu ich nötig sei, aber wenn mir so viel daran liege, möge ich bleiben und die Vorbereitungen für das Begräbnis treffen.

»Von Rechts wegen«, bemerkte er, »sollte man den Leichnam dieses Narren am Weg verscharren, ohne irgendwelche Feierlichkeiten. Ich mußte ihn gestern nachmittag für zehn Minuten allein lassen, diese Gelegenheit hat er benutzt, um beide Haustüren zu verschließen und mich auszusperren, und dann verbrachte er die Nacht damit, sich vorsätzlich zu Tode zu trinken! Heute früh haben wir die Tür aufgebrochen, denn wir hörten ihn schnaufen wie ein Roß, und da lag er, quer über der Bank – man hätte ihn schinden und skalpieren können, ohne daß er aufgewacht wäre. Ich ließ gleich Kenneth holen, aber bis er kam, war das Vieh krepiert: Er war tot, kalt und stocksteif. Und so wirst du zugeben, daß es nutzlos war, sich noch weiter um ihn zu bemühen!«

Der alte Knecht bestätigte diesen Bericht, brummelte aber: »'s wär' mär lieber g'wäs'n, är hätte sälbst nach'm Doktor g'macht! Äch sullt bässer nach'm Härre g'siehn ham – un är war nich dud, als'ch lusging, nich de Spur!«

Ich bestand auf einem würdigen Begräbnis. Mr. Heathcliff ließ mir dabei freie Hand; nur sollte ich auch bedenken, daß das Geld für die ganze Sache aus seiner Tasche käme.

Er legte ein schroffes, unbekümmertes Betragen an den Tag, dem man weder Freude noch Schmerz anmerken konnte. Wenn überhaupt irgend etwas zum Ausdruck kam, so höchstens eiskalte Befriedigung über ein schwieriges Stück Arbeit, das geschafft war. Einmal beobachtete ich tatsächlich so etwas wie Triumph in seinen Zügen; das war in dem Augenblick, als die Männer den Sarg aus dem Haus trugen. Er brachte es noch fertig, den Leidtragenden zu spielen, doch ehe er mit Hareton den andern folgte, hob er das unglückliche Kind auf den Tisch und murmelte mit eigentümlicher Betonung: »Nun, mein Bürschchen, bist du *mein*! Und wir werden sehen, ob ein Baum wie der andere krumm und schief wird, wenn der gleiche Wind an ihm zerrt und zaust!«

Dem arglosen Ding gefiel diese Rede; es spielte mit Heathcliffs Backenbart und patschte seine Wangen, ich aber erriet, was er mit diesen Worten gemeint hatte, und bemerkte scharf: »Der Junge geht mit mir nach Thrushcross Grange, Sir. Nichts in der Welt gehört Ihnen weniger als gerade er!«

»Hat das Linton gesagt?« wollte er wissen.

»Natürlich – er hat mir aufgetragen, ihn mitzunehmen«, erwiderte ich.

»Nun gut«, sagte der Halunke, »wir wollen über dieses Thema jetzt nicht streiten. Aber mir ist der Gedanke gekommen, ich sollte auch einmal versuchen, so einen Jungen großzuziehen. Darum mach deinen Herrn damit vertraut, daß ich mir meinen eigenen holen werde, wenn er versuchen sollte, mir diesen zu nehmen. Ich habe nicht die Absicht, Hareton so ohne weiteres gehen zu lassen; aber sollte das geschehen, werde ich mir ganz bestimmt den andern herholen! Vergiß nicht, ihm das zu sagen.«

Dieser Hinweis genügte, uns die Hände zu binden. Ich wiederholte bei meiner Rückkehr das Wesentliche, und Edgar Linton, von Anfang an wenig interessiert, sprach nicht mehr von Eingreifen. Ich glaube auch nicht, daß irgend etwas dabei herausgekommen wäre, selbst wenn er den besten Willen dazu gehabt hätte.

Der Gast war nun der Herr von Wuthering Heights. Er bewies

dem Anwalt, der es seinerseits wieder Mr. Linton darlegte, daß Earnshaw auf jeden Zollbreit Land, den er besaß, Geld aufgenommen hatte, um seiner Spielleidenschaft zu frönen, und er, Heathcliff, war der Gläubiger und besaß die Hypotheken.

Auf diese Weise geriet Hareton, der jetzt der erste Gentleman in der Nachbarschaft sein müßte, in ein Verhältnis völliger Abhängigkeit von seines Vaters hartnäckigstem Feind. Er lebt in seinem eigenen Haus wie ein Knecht, nur daß er nicht einmal Lohn erhält, und ist ganz außerstande, zu seinem Recht zu kommen, weil er keine Freunde hat und gar nicht weiß, daß ihm Unrecht geschehen ist.

Achtzehntes Kapitel

Die zwölf auf diese trübselige Zeit folgenden Jahre, fuhr Mrs. Dean fort, waren die glücklichsten meines Lebens. Meine größten Sorgen drehten sich um die Kinderkrankheiten unseres kleinen Fräuleins, die sie wie alle Kinder, ob arm oder reich, durchmachen mußte.

Im übrigen schoß sie nach den ersten sechs Monaten auf wie ein Lärchenbaum und konnte laufen und auch auf ihre eigene Weise sprechen, ehe das Heidekraut zum zweiten Mal auf Mrs. Lintons Grab blühte.

Sie war ein liebreizendes Geschöpf, das Sonnenschein in unser verlassenes Haus brachte – eine wirkliche Schönheit mit den hübschen dunklen Augen der Earnshaws, aber der hellen Haut, dem schmalen Gesicht und den blonden, lockigen Haaren der Lintons. Ihr Geist war lebhaft, doch wurde sie nie wild und zügellos, und sie besaß ein empfindsames Herz, das einer über die Maßen starken Zuneigung fähig war. Ihre hingebungsvolle Anhänglichkeit erinnerte mich an ihre Mutter, doch glich sie ihr keineswegs, denn sie konnte sanft und mild sein wie ein Täubchen, und sie hatte eine feine, wohlklingende Stimme und meist einen nachdenklichen, ernsten Ausdruck. Ihr Zorn steigerte sich nie zur Wut, ihre Liebe nie zu wilder Leidenschaft, doch war sie tief und voller Zärtlichkeit.

Dennoch muß gesagt werden, daß sie auch Fehler hatte, die den dunklen Hintergrund bildeten zu ihren guten Anlagen. Sie neigte dazu, vorlaut zu sein und ein störrisches, launisches Wesen hervorzukehren, wie es sich Kinder angewöhnen, die stets ihren Willen bekommen, ob sie nun gutherzig sind oder boshaft. Wenn es vorkam, daß einer vom Gesinde sie erzürnte, so hieß es gleich: »Ich sag's Papa!« Wenn dieser sie auch nur mit einem Blick tadelte, so schien es fast, als müsse ihr das Herz brechen. Ich glaube, er hat ihr nie ein hartes Wort gesagt.

Er nahm ihre Erziehung selbst in die Hand und machte eine vergnügliche Unterhaltung daraus. Glücklicherweise war sie auf Grund ihrer Wißbegier und schnellen Auffassungsgabe eine gute Schülerin; sie lernte schnell und mit großem Eifer und machte seiner Lehrmethode alle Ehre.

Bis zu ihrem dreizehnten Lebensjahr war sie nicht ein einziges Mal allein außerhalb des Parks gewesen. Bei seltenen Gelegenheiten nahm Mr. Linton sie etwa eine Meile mit hinaus, aber er vertraute sie nie jemand anders an. Gimmerton war in ihren Ohren ein Name, der nichts bedeutete; das Kirchlein war außer ihrem eigenen Heim das einzige Gebäude, dem sie sich genähert oder das sie betreten hatte; Wuthering Heights und Mr. Heathcliff existierten für sie nicht; sie war ein vollkommener Einsiedler und augenscheinlich auch zufrieden dabei. Zuweilen allerdings, wenn sie von ihrem Kinderzimmerfenster ins Land hinaussah, fragte sie: »Ellen, wann kann ich einmal auf die Berge dort hinaufsteigen? Ich möchte gern wissen, was auf der andern Seite liegt – ist da das Meer?«

»Nein, Miss Cathy«, pflegte ich dann zu antworten, »da sind wieder Berge, genau wie diese.«

»Und wie sehen die goldenen Felsen dort aus, wenn man gerade darunter steht?« fragte sie einmal.

Der schroffe Abhang der Felsen von Penistone hatte es ihr besonders angetan, zumal wenn die untergehende Sonne darauf schien und die umliegenden Gipfel anstrahlte, während das übrige Land ringsum im Schatten lag.

Ich erklärte ihr, daß es nur kahle Felsmassen seien, die kaum genug Erde in ihren Spalten hätten, um einen verkrüppelten Baum wachsen zu lassen.

»Und warum leuchten sie noch so lange, wenn es hier schon Abend ist?« fuhr sie fort.

»Weil sie ein großes Stück weiter oben sind als wir hier«, antwortete ich. »Du könntest da niemals hinaufsteigen, es ist zu hoch und steil. Im Winter ist der Frost immer zuerst dort, ehe er zu uns kommt, und bis tief in den Sommer hinein habe ich in der schwarzen Schlucht an der Nordostseite noch Schnee gefunden!«

»Oh, du bist oben gewesen!« rief sie entzückt. »Dann kann ich auch hin, wenn ich erwachsen bin. Ist Papa auch oben gewesen, Ellen?«

»Papa könnte Ihnen sagen, Miss«, antwortete ich hastig, »daß sich die Mühe, dort hinaufzusteigen, durchaus nicht lohnt. Im Moor, wo Sie mit ihm wandern, ist es viel hübscher, und Thrushcross Park ist der schönste Platz in der Welt.«

»Aber ich kenne den Park, und die Berge da hinten kenne ich nicht«, murmelte sie wie zu sich selbst. »Und es würde mir so viel Spaß machen, von der höchsten Bergkuppe aus um mich zu schauen. Minny, mein kleines Pony, soll mich einmal dort hinaufbringen.«

Eins der Hausmädchen, das die Feengrotte einmal erwähnte, verdrehte ihr ganz den Kopf, so daß sie nur noch den Wunsch hatte, dieses Vorhaben durchzuführen. Sie quälte Mr. Linton so lange, bis er ihr versprach, sie dürfe den Ausflug machen, wenn sie älter geworden sei. Aber Miss Catherine berechnete ihr Alter nach Monaten.

»Bin ich für die Wanderung nach Penistone Craggs jetzt alt genug?« war ihre immer wiederkehrende Frage.

Der Weg dorthin führte nahe an Wuthering Heights vorbei, und Edgar hatte nicht das Herz, ihn zu gehen. So bekam sie ebenso ständig die Antwort: »Noch nicht, Schatz, noch nicht.«

Ich sagte schon, Mrs. Heathcliff lebte noch etwa zwölf Jahre, nachdem sie ihren Gatten verlassen hatte. Ihre Familie war von zarter Konstitution. Sowohl ihr als auch Edgar fehlte die robuste

Gesundheit, die Sie gewöhnlich hierzulande antreffen. Woran sie gestorben ist, weiß ich nicht genau. Ich vermute, sie starben beide an derselben Krankheit: ein langsames schleichendes Fieber, dem zu Anfang keine Bedeutung beigemessen wird, gegen das man aber machtlos ist und das zum Ende hin schnell die Lebenskraft aufzehrt.

Sie schrieb an ihren Bruder, um ihn über ihr vier Monate währendes Leiden in Kenntnis zu setzen und ihn auf ihr mögliches Ende vorzubereiten. Flehentlich bat sie ihn, wenn irgend möglich, zu kommen, denn sie habe noch viel zu ordnen und wünsche, ihm adieu zu sagen und Linton sicher und wohlbehalten seiner Obhut zu übergeben. Ihre Hoffnung war, daß Linton bei ihm bleiben könne, wie er bisher bei ihr gewesen war; sein Vater, so nahm sie an, habe sicher kein Verlangen, sich die Last seines Unterhalts und seiner Erziehung aufzuladen.

Mein Herr zögerte keinen Augenblick, ihrer Bitte Folge zu leisten. So ungern er sonst sein Heim verließ, diesmal machte er sich in fliegender Eile auf den Weg. Für die Zeit seiner Abwesenheit empfahl er Catherine meiner besonderen Wachsamkeit und schärfte mir immer wieder ein, daß sie bei ihren Streifzügen den Park nicht verlassen dürfe, auch nicht in meiner Begleitung; daß sie auch allein fortgehen könnte, das kam ihm gar nicht in den Sinn.

Er blieb drei Wochen fort. Die ersten zwei Tage saß mein Schützling in einer Ecke der Bibliothek und war so traurig, daß sie weder lesen noch spielen mochte. Solange sie sich so still und ruhig verhielt, machte sie mir wenig Mühe. Aber darauf folgte eine Zeit der Ungeduld und gereizten Langeweile, und da ich zu beschäftigt und auch schon zu alt war, um zu ihrem Vergnügen hin und her und rauf und runter zu rennen, verfiel ich auf das Mittel der Selbstbeschäftigung.

Ich schickte sie auf Entdeckungsreisen durch das ganze Grundstück, mal zu Fuß und mal auf dem Pony, und hörte geduldig ihren wirklichen und erdachten Abenteuern zu, wenn sie heimkehrte.

Der Sommer prangte in voller Blüte, und sie fand solchen Geschmack an diesen einsamen Streifzügen, daß sie oft vom Frühstück bis zum Tee draußen blieb, und die Abende vergingen mit dem Erzählen ihrer phantastischen Geschichten. Ich hatte keine Furcht, daß sie sich über das Verbot hinwegsetzen und aus dem Park herausgehen würde, denn die Pforten waren gewöhnlich verschlossen, und ich dachte, selbst wenn sie weit offengestanden hätten, würde sie sich kaum allein weitergewagt haben.

Unglücklicherweise erwies sich meine Vertrauensseligkeit als unangebracht. Catherine kam eines Morgens um acht zu mir und sagte, sie sei heute ein arabischer Händler, der mit seiner Karawane die Wüste durchqueren müßte, und ich müsse ihr reichlich Proviant für sie selbst und die Tiere mitgeben: ein Pferd und drei Kamele, letztere dargestellt durch einen großen Hund und ein Pointerpärchen.

Ich packte einen ansehnlichen Vorrat an Leckerbissen in einen Korb, den ich an die eine Seite des Sattels hängte. Elfenleicht sprang sie aufs Pferd, durch ihren breitkrempigen Hut und den Gazeschleier vor der Julisonne geschützt, trabte mit einem fröhlichen Lachen davon und hatte für meine ängstlichen Ratschläge, nicht zu galoppieren und rechtzeitig heimzukommen, nur Spott übrig.

Das ungehorsame Ding erschien nicht zur Teezeit. Einer aus der Karawane, der Hund, der alt war und gern seine Bequemlichkeit hatte, kehrte heim, doch weder Cathy noch das Pony noch die beiden Pointer waren irgendwo zu sehen. Ich schickte Kundschafter auf diesen und jenen Pfad und ging zuletzt selbst, sie zu suchen.

Am Ende des Grundstücks sah ich einen Arbeiter, der eine Schonung einzäunte. Ich erkundigte mich bei ihm, ob er unser junges Fräulein gesehen hätte.

»Ich hab' sie am Morgen gesehen«, antwortete er. »Sie ließ sich von mir eine Haselnußgerte abschneiden und jagte dann ihr kleines Pferd über die Hecke, dort drüben, wo sie am niedrigsten ist, und weg war sie im Galopp.«

Sie können sich denken, wie mir zumute war, als ich das hörte. Sofort durchfuhr mich der Gedanke, sie müsse sich auf den Weg nach Penistone Craggs gemacht haben.

»Ach, daß ihr nur nichts passiert!« rief ich aus, zwängte mich durch ein Loch im Zaun, das der Mann gerade reparieren wollte, und lief geradewegs zur Landstraße.

Meile um Meile marschierte ich, als gelte es eine Wette, bis ich von einer Biegung aus die Heights sah; doch war weit und breit keine Catherine zu entdecken.

Die Felsen liegen etwa anderthalb Meilen hinter Mr. Heathcliffs Grundstück, das sind vier von der Grange, und so bekam ich es mit der Angst zu tun, die Dunkelheit könnte hereinbrechen, ehe ich dort ankommen würde.

Und was, wenn sie beim Herumklettern in den Felsen ausgeglitten und abgestürzt ist, überlegte ich, und nun tot ist oder mit gebrochenen Gliedern irgendwo liegt?

Die Ungewißheit, in der ich mich befand, war wirklich qualvoll, und so empfand ich es zunächst als unbeschreibliche Erleichterung, als ich am Gutshaus vorbeieilen wollte und dort Charlie, den wildesten der Pointer, bemerkte, der mit geschwollenem Kopf und blutendem Ohr unter einem Fenster lag. Ich öffnete das Pförtchen und lief zur Haustür, wo ich heftig um Einlaß klopfte. Eine Frau, die ich kannte und die früher in Gimmerton gewohnt hatte, kam zur Tür – sie war seit Mr. Earnshaws Tod als Haushälterin hier im Dienst.

»Ah«, sagte sie, »Sie kommen, Ihr kleines Fräulein zu suchen! Seien Sie ohne Sorge. Sie ist hier und wohlauf. Aber ich bin froh, daß Sie's sind und nicht der Herr.«

»Dann ist er also nicht zu Hause?« keuchte ich, ganz atemlos vom schnellen Laufen und von der Aufregung.

»Nein, nein«, antwortete sie, »beide sind sie fort, er und Joseph, und ich denke, sie werden nicht so bald zurückkommen. Kommen Sie doch rein und ruhen Sie sich ein wenig aus.«

Ich trat ein und sah mein verlorenes Schäfchen am Kamin sitzen, wo sie in einem kleinen Schaukelstuhl saß, in dem einst auch ihre Mutter als Kind gesessen hatte. Ihr Hut hing an der Wand, und sie schien sich völlig zu Haus zu fühlen, lachte und schwatzte in denkbar bester Stimmung mit Hareton, jetzt ein großer, starker Bursche von achtzehn, der sie voll Neugier und

ACHTZEHNTES KAPITEL

Erstaunen anstarrte und wohl herzlich wenig von dem Redeschwall verstand, der unaufhörlich in Fragen und Bemerkungen aus ihrem Mund hervorsprudelte.

»Nun, das ist ja heiter, Miss!« rief ich aus und verbarg meine Freude hinter einer ärgerlichen Miene. »Dies ist Ihr letzter Ritt gewesen, bis Papa wiederkommt. Ich werde Sie keinen Schritt mehr über die Türschwelle lassen, Sie böses, böses Mädchen!«

»Aha, Ellen!« rief sie, sprang auf und kam fröhlich zu mir gelaufen. »Heute abend habe ich dir etwas Hübsches zu erzählen – und da hast du mich also doch gefunden. Bist du jemals in deinem Leben hier gewesen?«

»Setzen Sie Ihren Hut auf, und dann marsch, nach Hause!« sagte ich. »Ich bin furchtbar traurig über Sie, Miss Cathy! Sie haben großes Unrecht getan! Schmollen und Weinen hat jetzt keinen Zweck, das kann die Aufregung und Sorge nicht ungeschehen machen, die ich gehabt habe. Renne umher wie eine Wilde und suche das ganze Land nach Ihnen ab! Wenn ich nur daran denke, wie mir Mr. Linton auf die Seele gebunden hat, Sie nicht aus dem Park hinauszulassen, und Sie stehlen sich einfach auf diese Art davon! Sie sind ein ganz durchtriebener kleiner Fuchs, und niemand wird mehr Vertrauen zu Ihnen haben.«

»Was habe ich denn getan?« schluchzte sie, augenblicklich verletzt. »Papa hat mir nichts verboten – er würde mich nicht ausschelten, Ellen – er ist nie böse, so wie du!«

»Kommen Sie, kommen Sie!« wiederholte ich. »Ich will Ihnen die Schleife binden. Nun wollen wir hier keine Geschichten machen! Oh, das ist ja zum Schämen: Dreizehn Jahre alt und noch solch ein Kind!« Dieser Ausruf entfuhr mir, weil sie sich den Hut vom Kopf riß und zum Kamin zurückwich, wo ich sie nicht fassen konnte.

»Nee doch«, sagte die Haushälterin. »Seien Sie nicht so streng mit dem hübschen Mädchen, Mrs. Dean. Wir haben sie zum Bleiben veranlaßt, sonst wäre sie schon längst heimgeritten, aus Furcht, Sie würden sich Sorgen machen. Aber Hareton hat angeboten, mit ihr zu gehen, und ich meinte, er solle das tun. Es ist ein öder, rauher Weg über die Berge.«

Währenddessen stand Hareton mit den Händen in den Taschen da, zu tölpelhaft, um selbst etwas zu sagen; gleichwohl konnte man ihm ansehen, daß mein Eindringen nicht nach seinem Geschmack war.

»Wie lange soll ich noch warten?« fuhr ich fort, ohne mich um die Einmischung der Frau zu kümmern. »In zehn Minuten ist es dunkel. Wo ist das Pony, Miss Cathy? Und wo ist Phönix? Wenn Sie sich nicht beeilen, gehe ich ohne Sie, also bitte, bequemen Sie sich!«

»Das Pony ist im Hof«, erwiderte sie, »und Phönix ist dort drüben eingesperrt. Er ist gebissen worden und Charlie ebenfalls. Ich wollte dir ja alles erzählen, aber du bist schlechter Laune und verdienst nicht, es zu hören.«

Ich hob ihren Hut auf und näherte mich ihr, um ihn ihr wieder aufzusetzen. Aber da sie sah, daß die Leute vom Haus auf ihrer Seite waren, rannte sie davon und hüpfte im Zimmer umher; ich versuchte, sie zu fassen, doch sie lief wie ein Mäuschen über und unter und hinter die Möbel, so daß ich mich bei einer Fortsetzung der Jagd nur lächerlich gemacht hätte.

Hareton und die Frau lachten, und sie stimmte mit ein und wurde immer dreister, bis ich aufgebracht rief: »Na, Miss Cathy, wenn Sie wüßten, wessen Haus dies ist, so würden Sie froh sein, hier schnell wieder rauszukommen.«

»Es gehört doch deinem Vater, nicht?« sagte sie, zu Hareton gewandt.

»Nee«, antwortete er, blickte scheu zu Boden und errötete.

Dem festen Blick ihrer Augen, obwohl sie ganz den seinen glichen, konnte er nicht standhalten.

»Wem denn – deinem Herrn?« fragte sie.

Er errötete noch tiefer, doch jetzt aus einem anderen Gefühl heraus, brummelte einen Fluch und wandte sich ab.

»Wer ist sein Herr?« fuhr, an mich gewandt, der schreckliche Plagegeist fort. »Er sprach doch von ›unserm Haus‹ und ›unsern Leuten‹. Ich dachte, er sei der Sohn des Eigentümers. Und er sagte nicht ein einziges Mal ›Miss‹; das hätte er doch tun müssen, wenn er zum Gesinde gehört, nicht wahr?«

Haretons Gesicht verfinsterte sich bei diesem kindischen Geplapper wie der Himmel bei Gewitter. Schweigend schüttelte ich meine kleine Herrin und hatte sie schließlich so weit hergerichtet, daß wir fortgehen konnten.

»So, jetzt hol mein Pferd«, sprach sie zu ihrem unbekannten Verwandten, als wäre es der Stallbursche auf der Grange. »Und du kannst mitkommen. Ich möchte sehen, wo der Wichtelfänger im Moor haust, und über die Zauberischen, wie du sie nennst, etwas hören – aber mach schnell! Was hast du denn? Hol mein Pferd, hab' ich gesagt!«

»Verdammt sollst du sein, ehe ich dein Knecht bin!« grollte der Bursche.

»Was soll ich sein?« fragte Catherine überrascht.

»Verdammt – du alte Hexe!« antwortete er.

»Da sehen Sie es, Miss Cathy, in was für eine feine Gesellschaft Sie geraten sind!« rief ich dazwischen. »Eine schöne Sprache wird hier einer jungen Dame gegenüber gesprochen! Bitte, fangen Sie nicht an, mit ihm zu streiten. Kommen Sie, wir wollen uns selbst auf die Suche nach Minny machen, und dann nichts wie fort.«

»Aber Ellen«, schrie sie, ganz starr vor Staunen, »wie kann er es wagen, so mit mir zu sprechen? Sollte man nicht darauf bestehen, daß er tut, was ich ihm sage? Du verdorbenes Geschöpf, ich werde es Papa erzählen, was du gesagt hast – warte nur!«

Hareton schien diese Drohung nicht zu beeindrucken; da traten ihr vor Entrüstung die Tränen in die Augen. »Bringen Sie das Pony«, rief sie, sich an die Frau wendend, »und lassen Sie augenblicklich meinen Hund los!«

»Sachte, sachte, Miss«, antwortete die Angeredete. »Sie werden dadurch nichts verlieren, wenn Sie höflich sind. Wenn auch Mr. Hareton nicht des Hausherrn Sohn ist, so ist er doch Ihr Vetter; und ich bin hier nicht angestellt, um Sie zu bedienen.«

»Er mein Vetter?« rief Cathy mit einem höhnischen Auflachen.

»Ja, allerdings«, entgegnete die Frau.

»O Ellen, laß sie nicht so etwas sagen«, fuhr sie in großer Verwirrung fort. »Papa ist nach London gefahren, um meinen Vetter dort abzuholen. Mein Vetter ist der Sohn eines Gentleman und kommt aus gutem Hause. Der soll mein...« Sie hielt inne und weinte laut, aufgebracht bei der bloßen Vorstellung, mit so einem Bauerntölpel verwandt zu sein.

»Pscht, pscht!« flüsterte ich. »Man kann viele verschiedene Vettern haben, Miss Cathy, ohne deshalb schlechter dran zu sein. Man braucht ja nicht mit ihnen zu verkehren, wenn sie unangenehm und böse sind.«

»Er ist es nicht, er ist nicht mein Vetter, Ellen!« beharrte sie, aber der Gedanke bereitete ihr erneut Kummer, und sie stürzte sich Schutz suchend in meine Arme.

Ich war sehr ärgerlich auf sie und die Haushälterin wegen der Enthüllungen, die sie einander gemacht hatten, hegte ich doch keinen Zweifel, daß Lintons bevorstehende Ankunft, die Catherine mitgeteilt hatte, Mr. Heathcliff zu Ohren kommen würde. Ebenso war es gewiß, daß Catherine von ihrem Vater eine Erklärung über die Behauptung der Haushälterin, ihre ungehobelte Verwandtschaft betreffend, verlangen würde.

Hareton, der sich von seiner Empörung, für einen Knecht angesehen zu werden, langsam erholt hatte, schien von ihrem Schmerz beeindruckt zu sein, und nachdem er das Pony zur Tür gebracht hatte, nahm er, um sie zu versöhnen, einen niedlichen, krummbeinigen Terrier-Welpen aus der Hundehütte, legte ihn in ihre Arme und bat sie, sich zu beruhigen, denn er habe es nicht böse gemeint.

Sie hielt in ihrem Schluchzen inne, betrachtete ihn mit einem Blick, der Scheu und Entsetzen ausdrückte, und brach dann in neue Tränen aus.

Ich konnte mich kaum eines Lächelns erwehren angesichts dieser Abneigung gegen den armen Burschen, der ein wohlgestalter, kräftiger junger Mann war von angenehmem Äußeren, stark und gesund, jedoch in abgerissener, schmutziger Kleidung, wie sie für seine tägliche Beschäftigung, die Arbeit auf dem Gut und das Umherstreifen im Moor auf der Jagd nach Kaninchen und anderem Wild, am passendsten war. Doch meinte ich in seinen Zügen bessere Qualitäten zu entdecken, als sein Vater sie je besessen hatte. Gute Anlagen, verloren mitten in einer Wildnis von Unkraut, das sie in ihrem zurückgebliebenen Wachstum weit überwucherte, und trotz alledem Anzeichen für einen reichen Boden, der unter anderen und günstigeren Umständen üppige Frucht hervorbringen könnte. Mr. Heathcliff schien ihn körperlich nicht mißhandelt zu haben, dank seiner furchtlosen Natur, die keinen Anreiz bot zu solcherart Unterdrückung; da war keine Spur von Ängstlichkeit, die nach Heathcliffs Urteil Mißhandlung geradezu herausforderte. Er schien seine Bosheit darauf gerichtet zu haben, aus ihm einen rohen, ungebildeten Menschen zu machen. Er hatte nie Unterricht im Lesen oder Schreiben gehabt, wurde nie wegen einer schlechten Gewohnheit zurechtgewiesen, soweit sie seinen Pflegevater nicht ärgerte, nie einen einzigen Schritt hin zur Tugend gelenkt oder durch ein einziges Gebot vor dem Laster bewahrt. Und nach dem, was ich hörte, hat Joseph durch seine engstirnige Parteilichkeit, die ihn veranlaßte, ihm als Kind zu schmeicheln und ihn zu verwöhnen, weil er das Haupt der alten Familie war, viel zu seiner Verderbnis beigetragen. Wie es seine Art gewesen war, Catherine Earnshaw und Heathcliff anzuschwärzen, daß sie als Kinder den Herrn so weit gebracht hätten, die Geduld zu verlieren, und ihn veranlaßten, wegen ihrer »sündhaften Wege«, wie er es nannte, Trost im Alkohol zu suchen, so legte er jetzt die ganze Last und Verantwortung für Haretons Fehler auf die Schultern dessen, der sich seinen Besitz widerrechtlich angeeignet hatte.

Wenn der Bursche fluchte, wies er ihn nicht zurecht, mochte er sich noch so sträflich benehmen. Anscheinend bereitete es ihm eine gewisse Genugtuung zu beobachten, wie es immer weiter abwärts mit ihm ging. Er sah tatenlos zu, wie er zugrunde gerichtet, wie seine Seele dem Verderben preisgegeben wurde, denn, so sagte er sich, Heathcliff werde die Verantwortung dafür tragen müssen. Haretons Blut, das an seinen Händen klebe, werde man von ihm fordern, und in diesem Gedanken lag für ihn unermeßlicher Trost.

Joseph hatte ihm Stolz auf seinen Namen und seine Herkunft

eingeflößt. Wenn er es gewagt hätte, würde er ihn zum Haß gegen den gegenwärtigen Eigentümer der Heights ermutigt haben, aber die Angst vor diesem Eigentümer grenzte schon an Aberglauben, und er beschränkte seine Gefühlsäußerungen ihm gegenüber auf halblaut gemurmelte Andeutungen und heimliche Drohungen.

Ich will nicht den Anschein erwecken, als sei ich über die Lebensgewohnheiten auf Wuthering Heights in jenen Tagen genauestens im Bild gewesen. Ich spreche nur vom Hörensagen, denn ich bekam wenig zu sehen. Die Leute vom Dorf versicherten jedenfalls, Mr. Heathcliff sei knauserig und zu seinen Pächtern ein grausam harter Gutsherr. Aber unter weiblicher Leitung hatte das Innere des Hauses sein früheres behagliches Aussehen wiedererlangt, und laute Szenen wie zu Hindleys Zeiten wurden jetzt in seinen Mauern nicht mehr aufgeführt. Der Herr war zu trübsinnig, um Anschluß an irgendwelche gute oder böse Gesellschaft zu suchen, und so ist er geblieben. Dies führt aber meine Geschichte nicht weiter. Miss Cathy wies das Friedensangebot mit dem Terrier zurück und verlangte statt dessen ihre eigenen Hunde Charlie und Phönix. Sie kamen angehinkt und ließen die Köpfe hängen. Wir brachen tief niedergeschlagen und verstimmt nach Hause auf. Ich konnte aus meinem jungen Fräulein nicht herausbekommen, wie sie den Tag verbracht hatte, nur so viel, daß das Ziel ihrer Wallfahrt, wie ich vermutet hatte, Penistone Craggs gewesen war und sie ohne Abenteuer bis zum Tor des Bauernhauses gelangte, als gerade in diesem Augenblick Hareton herauskam, gefolgt von einer Hundemeute, die ihr Gefolge angriff.

Es gab unter den Hunden einen erbitterten Kampf, ehe es ihren Eigentümern gelang, sie auseinanderzubringen. Diese Auseinandersetzung war der Anfang ihrer Bekanntschaft. Catherine erzählte Hareton, wer sie sei und wohin sie wolle, bat ihn, ihr den Weg zu zeigen, und überredete ihn schließlich, mit ihr zu kommen.

Er erschloß ihr den Zugang zu den Geheimnissen der Feengrotte und zu zwanzig anderen merkwürdigen Plätzen, aber da ich in Ungnade gefallen war, wurde mir eine Beschreibung der interessanten Dinge, die sie gesehen hatte, nicht zuteil.

Ich konnte immerhin annehmen, daß sich Hareton ihrer Gunst erfreute, bis sie seine Gefühle verletzt hatte, indem sie ihn wie einen Knecht behandelte, und Heathcliffs Haushälterin hatte wiederum ihre verletzt, als sie ihn ihren Vetter nannte.

Überdies war sie durch die Art, in der man mit ihr gesprochen hatte, aufs tiefste beleidigt: Sie, die für jedermann auf der Grange immer nur »Schätzchen«, »Liebling«, »Prinzeßchen« und »Engel« war, mußte sich so gräßlich beschimpfen lassen, und ausgerechnet von einem Fremden! Sie konnte es nicht fassen, und es kostete mich ein hartes Stück Arbeit, bis sie versprach, ihrem Vater nichts von diesen Vorkommnissen zu melden.

Ich versuchte ihr zu erklären, daß ihr Vater große Bedenken gegen alle Bewohner auf den Heights hätte und wie sehr es ihn betrüben würde, wenn er von ihrem Aufenthalt dort erführe. Aber ich legte besonderes Gewicht auf den Umstand, daß ihr Vater, falls sie meine Nachlässigkeit seinen Anweisungen gegenüber kundtun würde, vielleicht so ärgerlich sein werde, daß ich gehen müßte, und diese Aussicht konnte Cathy nicht ertragen; sie gab ihr Wort und hielt es, mir zuliebe. Schließlich war sie doch – trotz allem – ein süßes, liebes Mädchen.

Neunzehntes Kapitel

Ein Brief mit Trauerrand kündigte mir die Rückkehr meines Herrn an. Isabella war tot, und er schrieb, ich solle für seine Tochter Trauerkleidung besorgen und ein Zimmer mit allen Bequemlichkeiten für seinen jungen Neffen herrichten.

Catherine geriet außer Rand und Band vor Freude bei dem Gedanken, ihren Vater bald wiederzusehen, und gab sich den hoffnungsvollsten Erwartungen hin, was die zahllosen Vorzüge ihres »richtigen« Vetters betraf.

Der Abend, an dem wir ihre Ankunft erwarteten, kam. Seit dem frühen Morgen war sie eifrig damit beschäftigt gewesen, ihre eigenen kleinen Angelegenheiten zu ordnen, und jetzt hatte sie ihr neues schwarzes Kleid an – armes Ding! Der Tod ihrer Tante ging ihr nicht sonderlich nahe, und sie nötigte mich, mit ihr durch das Grundstück den Erwarteten entgegenzugehen, da sie es vor Ungeduld nicht mehr aushalten konnte.

»Linton ist sechs Monate jünger als ich«, plauderte sie daher, während wir gemächlich im Schatten der Bäume über den moosigen, hügeligen Rasen dahinschlenderten. »Wie herrlich das sein wird, ihn als Spielkameraden zu haben! Tante Isabella schickte Papa einmal eine wunderschöne Locke von seinem Haar, sie war heller als mein Haar, noch blonder, aber ebenso fein. Ich habe sie sorgfältig in einer kleinen Glasdose aufgehoben, und oft habe ich gedacht, wie ich mich freuen würde, wenn ich den Jungen einmal zu sehen bekäme, dem sie gehört. Oh, ich bin glücklich – und Papa, lieber, lieber Papa! Komm, Ellen, los, laß uns rennen! Komm, lauf mit!«

Sie lief los und kam zurück und rannte wieder voraus, viele Male, bevor ich mit meinem besonnenen Schritt das Tor erreichte, und dann setzte sie sich auf die grasbewachsene Böschung am Weg und versuchte, geduldig zu warten. Aber das war unmöglich, sie konnte nicht eine Minute still sitzen.

»Wie lange sie ausbleiben!« rief sie. »Ach, ich sehe auf der Straße eine Staubwolke – sie kommen! Nein, sie sind's nicht. Wann werden sie endlich hier sein? Können wir ihnen nicht noch ein kleines Stück entgegengehen – eine halbe Meile, Ellen, nur eine halbe Meile? Sag doch ja, bis zu den Birken dort an der Wegbiegung!«

Ich weigerte mich standhaft, und endlich war es soweit: Die mit Spannung erwartete Reisekutsche kam in Sicht.

Miss Cathy stieß einen Jubelschrei aus und streckte ihre Arme aus, sobald sie hinter dem Wagenfenster das Gesicht ihres Vaters entdeckte. Er stieg aus, fast ebenso aufgeregt wie sie selbst, und eine geraume Zeit verstrich, bis sie für etwas anderes einen Gedanken übrig hatten.

Während sie Zärtlichkeiten austauschten, warf ich einen verstohlenen Blick in den Wagen, um Linton zu sehen. Er schlief in einer Ecke, eingehüllt in einen warmen pelzgefütterten Mantel, als ob es schon Winter wäre. Ein blasser, zarter, mädchenhafter Junge, den man für den jüngeren Bruder meines Herrn hätte halten können, so stark war die Ähnlichkeit, doch war in seinen Zügen eine krankhafte Reizbarkeit, die Edgar Linton nie gehabt hatte.

Dieser sah, daß ich den Jungen betrachtete, und nachdem er mir die Hand geschüttelt hatte, wies er mich an, die Wagentür zu schließen und ihn nicht zu stören, denn die Reise habe ihn ermüdet.

Cathy hätte gern einen Blick auf ihn geworfen, aber ihr Vater rief ihr zu, sie solle mit ihm kommen, und gemeinsam wanderten sie durch den Park hinauf, während ich vorauseilte, um die Dienerschaft zu benachrichtigen.

»Siehst du, Liebling«, sagte Mr. Linton zu seiner Tochter, als sie am Fuße der Freitreppe stehen blieben, »dein Vetter ist nicht so kräftig wie du und auch nicht so lustig – bedenke, er hat gerade seine Mutter verloren; darum erwarte nicht, daß er gleich mit dir spielt und herumspringt. Und plag ihn nicht zu viel mit Reden – laß ihn wenigstens heute abend in Ruhe, ja?«

»Ja, ja, Papa«, antwortete Catherine, »aber sehen möchte ich ihn doch wenigstens, und er hat nicht ein einziges Mal herausgeschaut.«

Die Kutsche hielt, und der Schläfer wurde aufgeweckt und von seinem Onkel heruntergehoben.

»Linton, das ist deine Base Cathy«, sagte er und legte ihre kleinen Hände ineinander. »Sie hat dich schon jetzt sehr gern, darum betrübe sie heute abend nicht durch deine Tränen. Versuch jetzt einmal, fröhlich zu sein; die Reise ist zu Ende, du kannst dich jetzt ausruhen und tun, wozu du Lust hast.«

»Dann laß mich zu Bett gehen«, antwortete der Junge, vor Catherines Gruß zurückschreckend, und schon wischte er die ersten Tränen aus den Augen.

»Komm, komm, sei ein guter Junge«, flüsterte ich ihm zu, während ich ihn hineinführte. »Du wirst sie noch zum Weinen bringen – sieh nur, wie traurig sie dreinschaut!«

Ich weiß nicht, ob sie seinetwegen betrübt war, doch blickte seine Base ebenso traurig wie er und ging zurück zu ihrem Vater. Alle drei traten ein und stiegen die Treppe hinauf zur Bibliothek, wo der Tee bereitstand.

Ich machte mich daran, Linton Mütze und Mantel abzunehmen, und setzte ihn auf einen Stuhl am Tisch; doch kaum, daß er saß, begann er von neuem zu weinen. Mein Herr erkundigte sich, was es gäbe.

»Auf einem Stuhl kann ich nicht sitzen«, schluchzte der Junge.

»Dann geh aufs Sofa, und Ellen wird dir deinen Tee bringen«, antwortete sein Onkel geduldig.

Seine Geduld mußte während der Reise von diesem reizbaren, kränklichen Kind ganz gehörig auf die Probe gestellt worden sein, davon war ich überzeugt.

Linton ging langsam zum Sofa hinüber und legte sich nieder. Cathy holte eine Fußbank und setzte sich mit ihrer Tasse zu ihm.

Zunächst saß sie schweigend da, doch lange konnte das nicht dauern. Sie hatte beschlossen, aus ihrem kleinen Vetter einen verhätschelten Liebling zu machen, wie sie sich ihn wünschte, und so begann sie, seine Locken zu streicheln, ihn auf die Wangen zu küssen und ihm Tee aus ihrer Untertasse anzubieten, als sei er ein kleines Kind. Das gefiel ihm, denn er war im Grunde auch nichts anderes; er trocknete sich die Augen, und ein schwaches Lächeln erhellte sein Gesicht.

»Oh, er wird sich schon machen«, sagte der Herr zu mir, nachdem er die beiden ein Weilchen beobachtet hatte. »Der wird sich schon machen, wenn wir ihn nur behalten dürfen, Ellen. Das Zusammensein mit einem Kind seines Alters wird bald aus ihm einen anderen Menschen machen, und der Wunsch, stark zu sein, um spielen und herumtoben zu können, wird ihm auch Kräfte geben.«

Ja, wenn wir ihn behalten dürfen! dachte ich bei mir, und böse Vorahnungen überkamen mich, daß es da nur eine geringe Hoffnung gab. Und dann, überlegte ich, wie um alles in der Welt will dieser Schwächling auf Wuthering Heights leben, zwischen seinem Vater und Hareton? Was für Spielkameraden und Erzieher sie ihm wären!

Wir wurden nicht lange in Ungewißheit gelassen; eher, als ich erwartet hatte, war alles entschieden. Ich hatte die Kinder nach dem Abendbrot in ihre Zimmer gebracht und noch bei Linton gesessen, bis er eingeschlafen war – er wollte mich nicht eher fortlassen –, und war dann wieder heruntergekommen. Nun stand ich am Tisch in der Halle und zündete eben eine Schlafzimmerkerze für Mr. Edgar an, als eins der Mädchen aus der Küche kam und mir mitteilte, daß Mr. Heathcliffs Knecht Joseph an der Tür sei und den Herrn zu sprechen wünsche.

»Ich frage ihn erst einmal, was er will«, sagte ich, ziemlich bestürzt. »Eine ganz unmögliche Stunde, um Leute zu belästigen, und noch dazu, wenn sie gerade von einer langen Reise zurückgekommen sind. Ich glaube nicht, daß der Herr ihn jetzt empfangen kann.«

Joseph war während meiner Worte aus der Küche gekommen und stand schon in der Diele. Er hatte sein Sonntagsgewand angelegt und seine scheinheiligste und sauerste Miene aufgesetzt. In der einen Hand seinen Hut haltend und in der andern seinen Stock, fing er an, umständlich seine Stiefel auf der Matte zu reinigen.

»Guten Abend, Joseph«, sagte ich kühl. »Was bringt Euch denn zu so später Stunde noch her?«

»'s ist der Härr Linton, dän'ch spräche muß«, antwortete er und schob mich geringschätzig beiseite.

»Mr. Linton geht jetzt gerade zu Bett. Wenn es nicht etwas sehr Wichtiges ist, was Ihr zu bestellen habt, will er es jetzt nicht hören, da bin ich sicher«, fuhr ich fort. »Ihr würdet besser daran tun, Euch dort hinzusetzen und mir Euren Auftrag anzuvertrauen.«

»Wälchs ist'n sein Zimmer?« beharrte er eigensinnig und musterte die Reihe geschlossener Türen.

Ich sah, daß er sich nicht auf meine Vermittlung einlassen wollte, und so begab ich mich sehr zögernd hinauf in die Bibliothek und meldete den ungelegenen Besucher, gab aber den Rat, ihn bis zum nächsten Morgen abzuweisen.

Mr. Linton hatte jedoch keine Zeit, mich dazu zu ermächtigen, denn Joseph war mir dicht auf den Fersen gefolgt und drang jetzt in das Zimmer ein. Er pflanzte sich am anderen Ende des Tisches auf, stützte beide Fäuste auf den Knauf seines Stockes und begann mit einer Stimme, die jedem Widerspruch zuvorkam: »Häthcliff hat mich nach sei'm Jungen geschickt, un'ch darf näch hamkumme uhne ihn.«

Einen Augenblick schwieg Edgar Linton. Ein Ausdruck tiefen Kummers überschattete sein Gesicht. Er hätte ohnehin schon Mitleid mit dem Kind gehabt, aber wenn er an Isabella dachte, ihre Hoffnungen und Ängste, wie sie besorgt war um ihren Sohn und ihn seiner Fürsorge anbefohlen hatte, war er aufs tiefste beunruhigt bei dem Gedanken, ihn hergeben zu müssen, und sein Herz suchte verzweifelt nach einem Ausweg. Kein Plan bot sich an. Ließe er auch nur den Wunsch durchblicken, ihn zu behalten, so würde das zur Folge haben, daß Heathcliff um so entschiedener auf seinem Recht bestehe. Es blieb nichts übrig, als ihn herzugeben. Doch hatte er keinesfalls vor, ihn jetzt aus dem Schlaf zu holen.

»Sage Mr. Heathcliff«, antwortete er ruhig, »daß sein Sohn morgen nach Wuthering Heights kommen wird. Er ist im Bett und zu müde, diesen weiten Weg jetzt noch zu machen. Du kannst ihm auch bestellen, daß Lintons Mutter gewünscht hat, er solle unter meiner Vormundschaft bleiben, und zur Zeit ist seine Gesundheit sehr angegriffen.«

»Nä!« sagte Joseph, stieß mit seinem Knotenstock dröhnend auf den Boden und setzte eine gebieterische Miene auf. »Nä! Su ham mär's nich gemeent – Häthcliff schärt sich nich um de Mudder un um Sie ämsu wän'ch – aber är will sein Jungen ham, un äch muss'n mitbringe – su, habt'rs nune kapiert?«

»Heut nacht jedenfalls nicht!« antwortete Linton mit Bestimmtheit. »Mach jetzt, daß du die Treppe hinunterkommst, sofort, und richte deinem Herrn aus, was ich gesagt habe. Ellen, zeig ihm den Weg hinunter! Geh!«

Und seinen Worten Nachdruck verleihend, packte er den empörten Alten am Arm und schob ihn zur Tür hinaus, die er hinter ihm schloß.

»Na scheen!« schrie Joseph, als er sich langsam zurückzog. »Morchen wird'r sälwer kumme, und dann wärft'n nur raus, wänn'r eich draut!«

Zwanzigstes Kapitel

Um es erst gar nicht zur Ausführung dieser Drohung kommen zu lassen, beauftragte mich Mr. Linton, den Jungen in aller Frühe auf Catherines Pony in sein neues Heim zu bringen: »Da wir jetzt keinen Einfluß mehr auf sein Geschick haben, weder im Guten noch im Bösen, darfst du meiner Tochter nichts davon sagen, wo er hingegangen ist. Sie kann künftig nicht mehr mit ihm verkehren, und es ist darum besser für sie, wenn sie nicht weiß, daß er in der Nähe lebt, denn sonst wird sie alles daransetzen, die Heights zu besuchen. Sage ihr nur, sein Vater habe plötzlich nach ihm geschickt, und so habe er uns verlassen müssen.«

Linton war sehr ungehalten darüber, um fünf Uhr in der Frühe sein Bett verlassen zu müssen, und erstaunt, als er von seiner Weiterreise erfuhr. Aber ich versuchte, ihm die Sache schmackhaft zu machen mit der Behauptung, er werde eine Weile bei seinem Vater, Mr. Heathcliff, sein. Dieser wünsche so sehnlich, ihn zu sehen, daß er die Wiedersehensfreude nicht so lange hinausschieben wolle, bis er sich von seiner langen Reise erholt habe.

»Mein Vater!« rief er, über die Maßen erstaunt. »Mama hat mir nie erzählt, daß ich einen Vater habe. Wo lebt er denn? Ich möchte lieber beim Onkel bleiben.«

»Er wohnt nicht weit von der Grange«, erwiderte ich, »hinter den Bergen dort – gar nicht weit, Sie können zu Fuß herüberkommen zu uns, wenn Sie kräftig genug sind. Sie sollten froh sein, daß es nach Hause geht und Sie ihn sehen. Sie müssen versuchen, ihn liebzuhaben, wie Sie Ihre Mutter liebhatten, und dann wird er Sie auch liebhaben.«

»Aber warum habe ich noch nie etwas von ihm gehört?« fragte Linton. »Warum lebten Mama und er nicht zusammen wie andere Eltern?«

»Er hatte Geschäfte, die ihn im Norden festhielten«, antwortete ich, »und Ihre Mutter mußte ihrer Gesundheit wegen im Süden leben.«

»Und warum hat mir Mama nichts von ihm erzählt?« beharrte das Kind. »Vom Onkel hat sie oft gesprochen, so daß ich längst gelernt habe, ihn liebzuhaben. Wie soll ich aber Papa lieben? Ich kenne ihn gar nicht.«

»Oh, alle Kinder haben ihre Eltern lieb«, sagte ich. »Ihre Mutter hat vielleicht gedacht, Sie würden zu ihm wollen, wenn sie öfter von ihm gesprochen hätte. Nun wollen wir uns aber beeilen. Ein Ritt in der Frühe an einem so schönen Morgen ist doch weit besser als ein Stündchen länger im Bett liegen und schlafen.«

»Kommt *sie* mit«, fragte er, »das kleine Mädchen, das ich gestern gesehen habe?«

»Jetzt nicht«, erwiderte ich.

»Und Onkel?« fuhr er fort.

»Nein, aber ich begleite Sie dorthin«, sagte ich.

Linton sank zurück auf sein Kissen und verfiel in dumpfes Brüten.

»Ohne Onkel gehe ich nicht!« rief er schließlich. »Wer weiß, wo Sie mich hinschleppen wollen!«

Ich versuchte ihm klarzumachen, wie ungezogen es sei, sich so widerstrebend zu zeigen, wenn es darum ginge, seinen Vater zu besuchen. Doch hartnäckig sträubte er sich gegen alle Bemühungen, ihn anzukleiden, und ich mußte meinen Herrn zu Hilfe rufen, um ihn schließlich durch viel gutes Zureden zum Aufstehen zu bewegen.

Der arme kleine Kerl zog schließlich mit etlichen trügerischen Versicherungen los, daß er nicht lange fortbleiben würde, daß Mr. Edgar und Cathy ihn besuchen würden, und anderen, ebenso schwer einzulösenden Versprechungen, welche ich erfand und unterwegs von Zeit zu Zeit wiederholte.

Die reine, würzige Heideluft, der helle Sonnenschein und Minnys leichter Galopp ließen seine verzagte Stimmung nach einer Weile dahinschwinden. Mit größerer Teilnahme und Lebhaftigkeit begann er Fragen nach seinem neuen Heim und dessen Bewohnern zu stellen.

ZWANZIGSTES KAPITEL

»Ist Wuthering Heights ebenso schön wie Thrushcross Grange?« erkundigte er sich, drehte sich dabei um und warf einen letzten Blick hinunter ins Tal, aus dem ein leichter Nebel aufstieg, der am blauen Himmel Schäfchenwolken formte.

»Es liegt nicht so unter Bäumen versteckt«, erwiderte ich, »und ist nicht ganz so groß, aber Sie haben einen wunderschönen Rundblick weit über das ganze Land, und die Luft ist gesünder für Sie, frischer und nicht so feucht. Das Gebäude wird Ihnen auf den ersten Blick vielleicht alt und düster vorkommen, und doch ist es ein ansehnliches Haus, das zweitschönste in der Umgegend. Und Sie werden Gelegenheit haben zu so schönen Streifzügen durchs Moor! Hareton Earnshaw – das ist Miss Cathys anderer Vetter und gewissermaßen damit auch Ihrer – wird Ihnen die hübschesten Stellen zeigen, und Sie können bei schönem Wetter ein Buch mitnehmen und draußen im Grünen studieren. Und dann und wann kommt vielleicht auch Ihr Onkel mit; er geht oft hinaus ins Moor.«

»Und wie sieht mein Vater aus?« fragte er. »Ist er so jung und stattlich wie der Onkel?«

»Er ist ebenso jung«, sagte ich, »aber er hat schwarzes Haar und dunkle Augen und sieht strenger aus, und überhaupt ist er größer und stärker. Er wird Ihnen vielleicht im Anfang nicht so freundlich und nett vorkommen, denn das ist nicht seine Art – doch seien Sie immer offen und herzlich zu ihm, denken Sie daran, und natürlich wird er Sie lieber haben als irgendein Onkel, denn Sie sind ja sein eigen Fleisch und Blut.«

»Schwarze Haare und dunkle Augen!« wiederholte Linton nachdenklich. »Ich kann ihn mir nicht vorstellen. Dann bin ich ihm also gar nicht ähnlich?«

»Nicht sehr«, antwortete ich. Nicht die Spur, dachte ich und musterte mit Bedauern das bleiche Gesicht und die schmächtige Gestalt meines Gefährten und seine großen, matten Augen... Seiner Mutter Augen, nur daß sie, wenn sie nicht in krankhafter Reizbarkeit einen Augenblick aufflackerten, nichts von ihrem funkelnden Geist hatten.

»Wie merkwürdig, daß er Mama und mich nie hat besuchen

wollen«, murmelte er. »Hat er mich überhaupt je gesehen? Wenn ja, dann muß ich noch ein Kind gewesen sein – ich kann mich überhaupt nicht an ihn erinnern!«

»Nun, Master Linton«, sagte ich, »dreihundert Meilen sind eine große Entfernung, und zehn Jahre sind für einen erwachsenen Menschen gar nicht so lang wie zum Beispiel für Sie. Wahrscheinlich hat sich Mr. Heathcliff Sommer für Sommer vorgenommen, euch zu besuchen, aber hat nie eine passende Gelegenheit gefunden, und nun ist es zu spät. – Stellen Sie ihm nur nicht solche Fragen, das regt ihn nur unnötig auf und führt zu nichts.«

Der Junge war für den Rest des Weges mit seinen Gedanken beschäftigt, bis wir vor der Gartenpforte des Gutshauses anhielten. Ich beobachtete ihn, um den Eindruck, den der Ort auf ihn machte, in seinem Gesicht abzulesen. Er musterte mit gespannter Aufmerksamkeit die geschnitzte Hausfront und die niedrigen Fenster, die hier und da wuchernden Stachelbeersträucher und die krummen Kiefern und schüttelte dann den Kopf. Gefühlsmäßig mißfiel ihm das Äußere seines neuen Wohnsitzes völlig. Aber er war so vernünftig, sich jetzt noch nicht dazu zu äußern – es konnte ja innen um so besser sein.

Noch ehe er abstieg, ging ich und öffnete die Tür. Es war halb sieben. Die Familie hatte gerade das Frühstück beendet. Die Haushälterin war dabei, den Tisch abzuräumen und zu säubern. Joseph stand neben dem Stuhl seines Herrn und erzählte irgendeine Geschichte, ein lahmes Pferd betreffend. Hareton machte sich fertig, um ins Heu zu fahren.

»Hallo, Nelly!« rief Mr. Heathcliff, als er mich sah. »Ich dachte schon, ich müßte runterkommen und mir mein Eigentum selbst holen. Du hast ihn mitgebracht, ja? Ich will sehen, was wir damit anfangen können.«

Er stand auf und kam zur Tür. Hareton und Joseph folgten. Der arme Linton warf einen erschrockenen Blick auf die drei neugierig gaffenden Gesichter.

»'s is wuhl sicher«, sagte Joseph nach bedächtiger Prüfung, »är hat's Ihne vertauscht, Härre, un da driebn, das is seine Tochter!«

Heathcliff, der seinen Sohn so lange angestarrt hatte, bis dieser in fieberhafte Verwirrung geraten war, stieß ein verächtliches Lachen aus.

»Gott! Was für eine Schönheit! Was für ein niedliches, reizendes Ding!« rief er aus. »Das haben sie wohl mit Schnecken und saurer Milch aufgezogen, Nelly? Oh, Gott verdamm' mich! Aber das ist ja schlimmer, als ich erwartet hatte – und, weiß der Teufel, ich hatte nicht viel erhofft!«

Ich ließ das verwirrte, zitternde Kind absteigen und eintreten. Er verstand den Sinn der Worte seines Vaters nicht, und ob er überhaupt damit gemeint war. Ja, er war nicht einmal sicher, ob dieser finstere, höhnisch grinsende Fremde sein Vater sei. Mit wachsender Furcht klammerte er sich an mich, und als Mr. Heathcliff sich setzte und ihn aufforderte: »Komm her!«, verbarg er sein Gesicht an meiner Schulter und weinte.

»Tut, tut!« sagte Heathcliff, streckte eine Hand aus und zog ihn unsanft zu sich heran, nahm ihn zwischen seine Knie, faßte ihn am Kinn und hob seinen Kopf hoch. »Laß diesen Unsinn! Wir tun dir doch nichts, Linton – das ist doch dein Name? Du bist deiner Mutter Kind, ganz und gar. Von mir hast du wohl nichts, du Jammerlappen?«

Er nahm dem Jungen die Mütze ab und strich ihm seine dichten blonden Locken zurück, befühlte die dünnen Arme und schmalen Finger. Während dieser Untersuchung hörte Linton auf zu weinen und schlug seine großen blauen Augen auf zu dem Mann, um ihn seinerseits genau anzusehen.

»Kennst du mich?« fragte Heathcliff, der sich überzeugt hatte, daß die Glieder alle gleich zart und zerbrechlich waren.

»Nein!« sagte Linton mit einem Blick unbestimmter Angst.

»Aber du hast vermutlich von mir gehört?«

»Nein«, entgegnete er wieder.

»Nein? Welch eine Schande, daß deine Mutter nie deine kindlichen Gefühle für mich geweckt hat! Du bist nämlich mein Sohn, das sag' ich dir, und deine Mutter war eine gemeine Schlampe, daß sie dich in Unkenntnis über deinen Vater ließ. – Nun, zuck nicht zusammen und werd nicht gleich rot! Aber freilich ist das schon etwas zu sehen, daß du kein weißes Blut hast. Sei ein guter Junge, und ich will für dich sorgen. Nelly, wenn du müde bist, kannst du dich hinsetzen, wenn nicht, mach, daß du wieder nach Hause kommst. Ich nehme an, du wirst dieser Null auf der Grange alles genau berichten, was du hier hörst und siehst, und darum wird diese Sache nicht geregelt, solange du dich hier noch herumdrückst.«

»Nun gut«, entgegnete ich, »ich hoffe, Sie sind nett zu dem Jungen, Mr. Heathcliff, sonst werden Sie ihn nicht lange behalten, und er ist der einzige Verwandte, den Sie auf der weiten Welt haben – vergessen Sie das nicht.«

»Ich werde sehr nett zu ihm sein, du brauchst keine Angst zu haben!« sagte er lachend. »Nur darf niemand sonst nett zu ihm sein – ich bin eifersüchtig und will seine Liebe allein für mich haben. Und um mit meiner Freundlichkeit gleich zu beginnen: Joseph! Bring dem Burschen Frühstück! – Hareton, du verdammtes Biest, mach, daß du an die Arbeit kommst! Ja, Nell«, fügte er hinzu, als sie gegangen waren, »mein Sohn wird voraussichtlich Eigentümer eures Gutes, und ich würde ihm nicht wünschen, daß er stirbt, bevor ich die Gewißheit habe, der nächste in der Erbfolge zu sein. Außerdem ist er mein Sohn, und ich möchte den Triumph auskosten, meinen Nachkommen als rechtmäßigen Herrn auf ihren Besitzungen zu sehen und zu erleben, wie mein Kind ihre Kinder anstellt, damit sie gegen Lohn ihrer Väter Boden bearbeiten. Das ist die einzige Überlegung, die mich veranlassen kann, den Balg zu ertragen. Ich mag ihn nicht, so wie er ist, und hasse ihn wegen der Erinnerungen, die er wachruft! Aber diese Überlegung ist Grund genug: Er ist bei mir so sicher wie bei euch und soll so sorgfältig gehütet werden, wie dein Herr sein eigenes Kind hütet. Ich habe oben ein hübsch eingerichtetes Zimmer für ihn. Ich habe auch einen Lehrer für ihn angestellt, der zwanzig Meilen entfernt wohnt und dreimal die Woche herkommt, um ihm das beizubringen, was er gern lernen möchte. Ich habe Hareton befohlen, ihm zu gehorchen, und ja, tatsächlich, ich habe alles bis ins Einzelne so geordnet, daß ihm das Gefühl erhalten bleibt, der Höhergestellte und der Gentleman zu

ZWANZIGSTES KAPITEL

sein, der seinen Hausgenossen überlegen ist. Ich bedaure nur, daß er so viel Mühe kaum wert ist – wenn ich mir irgend etwas auf der Welt wünschte, so wäre es ein Sohn, auf den man mit Recht stolz sein könnte, und ich bin bitter enttäuscht von diesem weinerlichen Milchgesicht!«

Während er noch sprach, kam Joseph zurück und brachte eine Schüssel mit Milchporridge, die er vor Linton hinstellte. Der rührte widerwillig in dem schlichten Gericht herum und behauptete, es nicht essen zu können.

Ich sah, der alte Knecht stand dem Kind genauso verächtlich gegenüber wie sein Herr, wenn er auch genötigt war, dieses Gefühl zu verbergen, weil Heathcliff strikt darauf sah, daß seine Untergebenen ihm nicht unehrerbietig begegneten.

»Kannst's nich äsi?« wiederholte er, blickte Linton forschend ins Gesicht und dämpfte seine Stimme zu einem Flüstern, damit sein Herr ihn nicht hören konnte. »Awer Master Hareton hat nie was anners gässe, su lang als'r noch klän war, un was fär'n gud g'nuch war, is wuhl gud g'nuch fär Sie, sullt'ch meene!«

»Ich werde es nicht essen!« antwortete Linton schnippisch. »Nimm es weg.«

Joseph riß ihm entrüstet das Essen fort und brachte es zu uns.

»Is da was mit'm Äsi?« fragte er und hielt das Tablett Heathcliff unter die Nase.

»Was soll denn verkehrt daran sein?« sagte er.

»No«, antwortete Joseph, »dr verwähnte Borsche spröcht, är kann's nich äsi. Aber ech gloobe, 's wärd schun seine Rächt'chkeit ham! Sei Mudder war grad su eine – mär wärn ähr fast zu dräck'ch, 's Koorn ze säe, aus däm se's Brud gebacken krächte.«

»Erwähne nicht seine Mutter vor mir«, sagte der Herr verärgert. »Schaff ihm etwas herbei, das er essen kann, und damit Schluß. Was ißt er denn gewöhnlich, Nelly?«

Ich schlug gekochte Milch oder Tee vor, und die Haushälterin bekam Anweisung, etwas Derartiges zuzubereiten.

Sieh einer an, dachte ich bei mir, seines Vaters Selbstsucht kann dazu beitragen, daß er es recht angenehm hat. Er erkennt ja seine zarte Konstitution und sieht die Notwendigkeit ein, ihn gut zu behandeln. Es wird für Mr. Edgar ein Trost sein, wenn er hört, welche Wendung sich in Heathcliffs Einstellung vollzogen hat.

Da ich keinen Grund hatte, noch länger zu bleiben, schlich ich hinaus, während Linton damit beschäftigt war, die Annäherungsversuche eines gutmütigen Schäferhundes furchtsam zurückzuweisen. Aber er war doch zu sehr auf der Hut, als daß man ihn hätte täuschen können: Als ich die Tür schloß, hörte ich einen Schrei und die in verzweifelter Angst wiederholten Worte: »Geh nicht weg! Ich will nicht hier bleiben! Ich will nicht hier bleiben!«

Dann wurde der Riegel vorgeschoben – sie ließen ihn nicht hinaus. Ich bestieg Minny und ließ sie traben; und so endete meine kurze Beschützerrolle.

Einundzwanzigstes Kapitel

An jenem Tag hatten wir mit der kleinen Cathy unsere liebe Not. Sie war in Hochstimmung aufgestanden und brannte darauf, ihren Vetter zu sehen, und als sie von seiner Abreise erfuhr, brach sie so leidenschaftlich in Tränen aus, daß Mr. Edgar selbst sie nicht anders zu beruhigen wußte als mit der Zusicherung, er werde bald zurückkommen; er fügte jedoch hinzu: »Wenn ich ihn zurückbekommen kann«, und dafür bestand keine Hoffnung.

Dieses Versprechen war nur ein schwacher Trost; aber die Zeit tat das Ihre, und wenn sie sich auch in Abständen bei ihrem Vater erkundigte, wann Linton wiederkäme, so waren seine Züge, ehe sie ihn wiedersah, in ihrer Erinnerung schon so verblaßt, daß sie ihn nicht wiedererkannte.

Wenn ich bei meinen Einkäufen in Gimmerton gelegentlich die Haushälterin von Wuthering Heights traf, fragte ich jedesmal, wie es dem jungen Herrn ginge, denn er lebte fast ebenso zurückgezogen wie Catherine, und man bekam ihn nie zu sehen. Ich konnte ihren Antworten entnehmen, daß seine Gesundheit nach wie vor zu wünschen übrig ließ und er ein recht ermüdender Hausgenosse sei. Sie sagte, Mr. Heathcliff scheine ihn immer weniger leiden zu können, je länger sein Aufenthalt dauere, obschon er sich einige Mühe gebe, das zu verbergen. Er habe schon eine Abneigung gegen den Klang seiner Stimme, und länger als ein paar Minuten könne er es einfach nicht ertragen, mit ihm im gleichen Zimmer zu sitzen.

Selten würde zwischen ihnen gesprochen; Linton mache seine Schulaufgaben und verbringe die Abende in einem kleinen Zimmer, das sie das Wohnzimmer nannten, oder läge sonst den lieben langen Tag zu Bett, denn er habe ständig etwas: Husten und Erkältungen oder Schmerzen irgendwelcher Art.

»So ein zimperliches Geschöpf ist mir in meinem ganzen Leben noch nicht vorgekommen«, fügte die Frau hinzu, »und keines, das so ängstlich um sich selbst besorgt ist. Wie er sich anstellt, wenn ich das Fenster abends etwas länger offen lasse! Oh! Ein Hauch Nachtluft ist lebensgefährlich! Und mitten im Sommer muß er ein Kaminfeuer anhaben. Josephs Tabakspfeife ist Gift für ihn, und stets muß er Süßigkeiten und Leckereien haben, und seine Milch, Milch muß immerzu für ihn da sein, wobei er nicht danach fragt, ob wir andern im Winter genug haben. Und da sitzt er dann, eingemummt in einen Pelzmantel, im Stuhl am Feuer und hat oben auf dem Kaminsims immer Toast und Wasser oder etwas anderes zum Trinken, damit er davon nippen kann. Wenn Hareton in seiner Gutmütigkeit einmal zu ihm kommt, um ihm Gesellschaft zu leisten und ihn aufzumuntern – Hareton ist nämlich nicht übel, wenn er auch ein wenig grob ist –, so gehen sie bestimmt bald auseinander, der eine fluchend, heulend der andere. Ich glaube, wäre es nicht sein Sohn, so hätte der Herr durchaus nichts dagegen, wenn Earnshaw ihn krumm und lahm schlüge, und ich bin sicher, er brächte es fertig, ihn an die Luft zu setzen, wenn er nur die Hälfte von dem wüßte, was der für ein Wesen um seine werte Person macht. Aber er geht dieser Versuchung geschickt aus dem Weg. Nie betritt er das kleine Wohnzimmer, und sollte sich Linton im großen Gemeinschaftsraum in seiner Gegenwart so benehmen, so schickt er ihn sofort nach oben.«

Ich schloß aus diesem Bericht, daß der völlige Mangel an Liebe den jungen Heathcliff egoistisch und unliebenswürdig gemacht hatte, wenn er nicht schon immer so gewesen war, und infolgedessen ließ mein Interesse an ihm nach, obwohl mich immer noch ein Gefühl der Traurigkeit beschlich, wenn ich an sein Los dachte und wünschte, daß man ihn bei uns gelassen hätte.

Mr. Edgar ermunterte mich, weiterhin nach ihm zu fragen. Ich glaube, er dachte viel an ihn und hätte auch etwas aufs Spiel gesetzt, um ihn zu sehen; einmal trug er mir auf, die Haushälterin zu fragen, ob er wohl jemals ins Dorf käme.

Sie sagte, er sei nur zweimal dort gewesen, als er seinen Vater zu Pferde begleitete, und beide Male habe er sich noch drei oder vier Tage danach ganz zerschlagen gefühlt.

Wenn ich mich recht entsinne, verließ diese Haushälterin zwei Jahre nach Lintons Kommen ihre Stelle, und eine andere, die ich nicht kannte, wurde ihre Nachfolgerin; sie lebt jetzt noch dort.

Auf der Grange verlief das Leben in alter, gewohnter Weise, bis Miss Cathy sechzehn Jahre alt wurde. Ihr Geburtstag war niemals fröhlich gefeiert worden, weil er zugleich der Todestag meiner verstorbenen Mistress war. Ihr Vater verbrachte diesen Tag stets allein in der Bibliothek und wanderte zur Dämmerzeit zum Friedhof von Gimmerton hinaus, wo er sich oft bis nach Mitternacht aufhielt. Daher war Catherine an diesem Tag sich selbst überlassen.

Dieser zwanzigste März war ein wunderschöner Frühlingstag, und als ihr Vater sich zurückgezogen hatte, kam mein junges Fräulein zum Ausgehen fertig herunter und sagte, sie habe gefragt, ob sie mit mir einen Streifzug am Moor entlang machen dürfe, und Mr. Linton habe es ihr erlaubt, wenn wir nicht zu weit gingen und in einer Stunde zurück wären.

»So beeil dich, Ellen!« rief sie. »Ich weiß schon, wo ich hin möchte: zu den Birkhühnern. Ich möchte sehen, ob sie schon beim Nestbauen sind.«

»Das muß ziemlich weit sein«, antwortete ich, »die nisten tief drinnen im Moor.«

»Nein, das ist nicht weit«, sagte sie. »Ich bin mit Papa schon einmal fast dort gewesen.«

EINUNDZWANZIGSTES KAPITEL

Ich setzte meinen Hut auf und machte mich mit ihr auf den Weg, ohne weiter darüber nachzudenken. Sie sprang vor mir her, kam zurück und lief wieder fort, wie ein junger Hund; und zuerst machte es mir viel Vergnügen, den Lerchen zu lauschen, die nah und fern sangen, und den süßen, warmen Sonnenschein zu genießen und sie, meinen Liebling und meine Wonne, zu beobachten, mit ihren goldenen Locken, die ihr um den Kopf flogen, ihren rosig angehauchten Wangen, so zart und duftig in ihrer Blüte wie wilde Rosen, und ihren in ungetrübtem Glück strahlenden Augen. Sie war ein glückliches Geschöpf in jenen Tagen und ein Engel. Schade, daß sie sich damit nicht zufriedengeben konnte.

»Nun«, sagte ich, »wo sind Ihre Birkhühner, Miss Cathy? Wir müßten längst da sein – den Zaun zum Grange-Park haben wir schon weit hinter uns.«

»Oh, ein bißchen weiter noch – nur ein bißchen weiter, Ellen«, war ihre ständige Antwort. »Steige den Hügel dort hinauf, und wenn du auf der anderen Seite wieder unten angekommen bist, werde ich die Vögel aufgestöbert haben.«

Aber da waren so viele Hügel zu erklettern und Abhänge hinunterzusteigen, daß ich es mit der Zeit leid war und ihr sagte, wir müßten haltmachen und zurückkehren.

Ich mußte laut nach ihr rufen, da sie weit vorausgelaufen war; aber sie hörte nicht oder wollte nicht hören und sprang unbekümmert weiter, so daß ich gezwungen war, ihr zu folgen. Zuletzt verschwand sie völlig in einer Vertiefung, und ehe ich sie wieder zu Gesicht bekam, war sie Wuthering Heights zwei Meilen näher als ihrem eigenen Heim; ich sah, daß sie von zwei Personen angehalten wurde, und hatte das sichere Gefühl, eine von ihnen mußte Mr. Heathcliff selbst sein.

Cathy war beim Plündern oder zum mindesten doch beim Aufstöbern der Birkhuhnnester ertappt worden.

Die Heights waren Heathcliffs Land, und er machte der kleinen Wilddiebin Vorhaltungen.

»Ich habe weder welche genommen noch überhaupt welche gefunden«, sagte sie, als ich mich zu ihnen hinaufgequält hatte, und zeigte zur Bestätigung die leeren Hände vor. »Ich hatte nicht vor, sie auszunehmen, aber Papa hat mir erzählt, hier oben gäbe es Unmengen davon, und ich wollte gern die Eier sehen.«

Heathcliff blickte mit einem boshaften Lächeln zu mir hinüber, mit dem er zum Ausdruck brachte, daß ihm die Beteiligten wohlbekannt seien und dementsprechend mit keiner Milde zu rechnen hätten. Er fragte, wer denn »Papa« sei.

»Mr. Linton auf Thrushcross Grange«, erwiderte sie. »Ich dachte mir schon, daß Sie mich nicht kennen, sonst hätten Sie nicht so mit mir gesprochen.«

»Demnach meinen Sie also, Ihr Papa sei hoch angesehen und respektiert?« sagte er sarkastisch.

»Und wer sind Sie?« erkundigte sich Catherine und betrachtete neugierig den Sprecher. »Den jungen Mann da habe ich schon einmal gesehen. Ist das Ihr Sohn?«

Sie wies auf Hareton, der Heathcliff begleitete; er hatte in den zwei Jahren, die vergangen waren, zwar an Größe und Stärke zugenommen, aber sonst schien er unbeholfen und grobschlächtig wie eh und je.

»Miss Cathy«, unterbrach ich, »statt einer sind wir nun schon fast drei Stunden unterwegs. Wir müssen uns jetzt wirklich auf den Heimweg machen.«

»Nein, der junge Mann da ist nicht mein Sohn«, antwortete Heathcliff und schob mich beiseite. »Aber ich habe einen, und Sie haben ihn auch schon einmal kennengelernt, und obwohl Ihre Begleiterin es so eilig hat, könnte ich mir denken, daß eine kleine Rast Ihnen beiden jetzt besser bekäme. Wollen Sie nicht mitkommen, gerade hier um den Heidehügel herum, in mein Haus? Ausgeruht kommen Sie früher nach Hause, und Sie sind mir herzlich willkommen.«

Ich flüsterte Catherine zu, sie dürfe auf gar keinen Fall dem Vorschlag zustimmen, es käme überhaupt nicht in Frage.

»Warum?« fragte sie laut. »Ich bin müde vom Herumlaufen, und der Boden ist feucht – ich kann mich hier nicht hinsetzen. Laß uns doch hingehen, Ellen! Außerdem sagt er, ich hätte seinen Sohn schon einmal kennengelernt. Ich glaube, er irrt sich, aber ich kann mir schon denken, wo er wohnt: in dem Bauernhaus, in dem ich einkehrte, als ich von Penistone Craggs kam. Stimmt's?«

»Stimmt! Komm, Nelly, halt den Mund – es wird ihr Spaß machen, sich einmal bei uns umzuschauen. Los, Hareton, geh mit dem Mädel voran. Du gehst mit mir, Nelly.«

»Nein, sie geht keinesfalls dorthin«, schrie ich und versuchte, meinen Arm aus seinem festen Griff zu befreien; aber sie war schon fast an der Türschwelle, so eilig lief sie um die Bergkuppe herum. Der ihr zugeordnete Gefährte gab erst gar nicht vor, sie zu begleiten, er bog von der Landstraße ab und verschwand.

»Mr. Heathcliff, es ist großes Unrecht, was Sie tun«, fuhr ich fort. »Sie haben nichts Gutes im Sinn, das wissen Sie selbst genau; dort wird sie Linton sehen, und alles wird brühwarm erzählt, sowie wir zu Hause sind, und ich bekomme die Vorwürfe.«

»Ich möchte, daß sie Linton einmal besucht«, antwortete er. »Seit ein paar Tagen scheint's ihm besser zu gehen; er ist nicht oft in der Verfassung, daß man ihn besuchen kann. Und wir werden sie schon überreden, den Besuch geheimzuhalten – was ist denn dabei?«

»Was dabei ist? Ihr Vater wird mir bitterböse sein, wenn er erfährt, daß ich es zugelassen habe, daß sie Ihr Haus betritt, und ich bin überzeugt, Sie haben etwas Böses vor, wenn Sie sie dazu ermuntern«, erwiderte ich.

»Was ich vorhabe, ist äußerst ehrenhaft. Ich will dich über alles ins Bild setzen«, sagte er. »Die beiden sollen sich ineinander verlieben und sich heiraten. Ich verhalte mich großzügig deinem Herrn gegenüber. Seine Tochter hat keine Aussichten; doch sollte sie meine Wünsche unterstützen, so ist sie sofort versorgt als gemeinsame Erbin mit Linton.«

»Wenn Linton stirbt«, antwortete ich, »denn man weiß nicht, ob er lange lebt, auf seine Gesundheit ist kein Verlaß, so wäre Catherine die Erbin.«

»Nein, das wäre sie nicht«, sagte er. »Das Testament weist keine Klausel auf, um sie so zu sichern. Sein Besitz würde dann auf mich übergehen. Um aber jeden Streit zu vermeiden, wünsche ich ihre Verbindung und bin entschlossen, sie zustande zu bringen.«

»Und was mich betrifft: Ich bin entschlossen, dafür zu sorgen, daß sie nie wieder in die Nähe Ihres Hauses kommt«, gab ich zurück, als wir das Tor erreichten, wo Miss Cathy auf uns wartete.

Heathcliff gebot mir, ruhig zu sein, und eilte voraus, um uns die Tür zu öffnen. Mein junges Fräulein sah ihn mehrmals von der Seite an, als ob sie nicht genau wüßte, was sie von ihm halten sollte. Aber jetzt lächelte er, als sich ihre Blicke trafen, und dämpfte seine Stimme, als er mit ihr sprach. Ich war so töricht, mir einzubilden, die Erinnerung an ihre Mutter könnte ihn entwaffnen und davon abhalten, ihr zu schaden.

Linton stand beim Feuer. Er war draußen gewesen und hatte einen Gang durch die Felder gemacht, denn er hatte seine Mütze noch auf und rief nach Joseph, er solle ihm trockene Schuhe bringen.

Er war groß geworden für sein Alter, fehlten ihm doch noch einige Monate an Sechzehn. Seine Züge waren immer noch hübsch, ja seine Augen waren heller und seine Gesichtsfarbe frischer, als ich sie in Erinnerung hatte, aber das war wohl dem momentanen Einfluß der stärkenden Luft und der wohltuenden Sonne zuzuschreiben.

»Nun, wer ist das?« fragte Mr. Heathcliff, sich an Cathy wendend. »Kennen Sie ihn?«

»Ihr Sohn?« sagte sie, nachdem sie zweifelnd von einem zum andern geblickt hatte.

»Ja, ja«, antwortete er, »aber ist dies das erste Mal, daß Sie ihn zu sehen bekommen? Denken Sie nach! Ah! Sie haben ein kurzes Gedächtnis. Linton, erinnerst du dich nicht mehr an deine Base, mit der du uns gehörig geplagt hast, weil du sie unbedingt wiedersehen wolltest?«

»Was, Linton?« schrie Cathy, und ihr Gesicht strahlte vor freudiger Überraschung. »Ist das der kleine Linton? Er ist ja größer als ich! Du bist also Linton?«

Der junge Mann kam heran und bestätigte, daß er es sei. Sie

küßte ihn mit Inbrunst, und dann betrachteten sie einander verwundert darüber, wie die Zeit die äußere Erscheinung eines jeden gewandelt hatte.

Catherine hatte ihre volle Größe erreicht. Ihre Figur war zugleich rundlich und schlank, biegsam wie eine Gerte, ja das Mädchen war ein Bild sprühender Gesundheit und Lebensfreude. Lintons Blicke und Bewegungen wirkten dagegen sehr matt, und seine Gestalt war äußerst schmächtig, aber da war eine gewisse Anmut in seinem Auftreten und Benehmen, die diese Mängel ausglich und ihn nicht unsympathisch erscheinen ließ.

Nach dem Austausch zahlreicher Zärtlichkeitsbeweise ging seine Base zu Mr. Heathcliff hinüber, der sich an der Tür aufhielt und nach draußen zu blicken schien; in Wirklichkeit aber ließ er sich nichts von dem, was drinnen vorging, entgehen.

»Und Sie sind also mein Onkel!« rief sie und hob die Arme zu ihm auf, um ihm einen Kuß zu geben. »Ich mochte Sie eigentlich schon gleich von Anfang an, obwohl Sie zuerst böse waren. Warum besuchen Sie uns nicht einmal mit Linton auf der Grange? All diese Jahre als so nahe Nachbarn beieinander zu wohnen und uns nicht zu sehen ist doch merkwürdig. Warum eigentlich nicht? Haben Sie nie daran gedacht?«

»Ich war ein- oder zweimal zu oft dort, bevor Sie geboren wurden«, antwortete er. »Was soll das? Verdammt! Wenn Sie Küsse übrig haben, dann geben Sie sie Linton, an mich sind sie verschwendet.«

»Nichtsnutzige Ellen!« rief Catherine aus, flog auf mich zu, um mich als nächstes freigebig mit ihren Liebkosungen zu überschütten. »Böse Ellen! Und du wolltest mich noch am Eintreten hindern! Aber in Zukunft komme ich jeden Morgen hierher – darf ich, Onkel? –, und manchmal werde ich auch Papa mitbringen. Würden Sie sich nicht freuen, uns zu sehen?«

»Natürlich!« erwiderte der Onkel mit einer mühsam unterdrückten Grimasse, die seine tiefe Abneigung gegen beide in Aussicht gestellten Besucher zeigte. »Doch warten Sie«, fuhr er fort, sich der jungen Dame zuwendend. »Ich denke, ich erzähle es Ihnen besser jetzt. Mr. Linton hat etwas gegen mich. Wir haben einmal in unserem Leben ganz unchristlich wild miteinander gestritten, und wenn Sie ihm gegenüber erwähnen, daß Sie hierher gehen, so wird er Ihnen jeden weiteren Besuch verbieten. Darum dürfen Sie nichts davon sagen, es sei denn, Sie legten keinen Wert darauf, Ihren Vetter künftig wiederzusehen. Sie können kommen, wann Sie mögen, aber Sie dürfen nicht darüber sprechen.«

»Warum habt ihr euch gestritten?« fragte Catherine ziemlich niedergeschlagen.

»Er hielt mich für zu arm, seine Schwester zu heiraten«, antwortete Heathcliff, »und es war unerträglich für ihn, daß ich sie doch bekam – sein Stolz war verletzt, und das wird er mir nie verzeihen.«

»Das ist unrecht!« sagte die junge Dame. »Ich werde ihm das auch einmal sagen. Aber Linton und mich geht euer Streit nichts an. Ich kann also nicht hierherkommen, aber er soll zur Grange hinunterkommen.«

»Das ist zu weit für mich«, murmelte der Vetter. »Vier Meilen zu Fuß würden mich umbringen. Nein, kommen Sie lieber dann und wann hierher, Miss Catherine, nicht jeden Tag, aber ein- oder zweimal die Woche.«

Der Vater warf seinem Sohn einen Blick voll bitterer Verachtung zu.

»Ich fürchte, Nelly, hier ist alle meine Mühe umsonst«, murmelte er zu mir hin. »Miss Catherine, wie der Dummkopf sie nennt, wird bald seinen wahren Wert entdecken und ihn zum Teufel schicken. Ja, wenn es Hareton wäre – weißt du, daß ich zwanzigmal am Tag denke, der Hareton wäre mir als Sohn lieber, so heruntergekommen, wie er ist? Ich hätte den Burschen liebhaben können, wäre er nur das Kind eines andern. Aber ich glaube, vor *ihrer* Liebe ist er wohl sicher. Ich werde ihn noch gegen dieses armselige Geschöpf ausspielen, wenn er sich nicht bald besinnt und sich an sie heranmacht. Es wird mit ihm wohl kaum so lange dauern, bis er achtzehn ist. O verdammt, das langweilige Ding! Er ist nur damit beschäftigt, seine Füße abzutrocknen, und guckt sie überhaupt nicht an – Linton!«

EINUNDZWANZIGSTES KAPITEL

»Ja, Vater?« antwortete der Junge.

»Hast du gar nichts, was du deiner Base zeigen könntest, nicht einmal ein Kaninchen oder einen Wieselbau? Nimm sie mit in den Garten, ehe du die Schuhe wechselst, und in den Stall, um ihr dein Pferd zu zeigen.«

»Würden Sie nicht lieber hier sitzen bleiben?« fragte Linton Cathy in einem Ton, der verriet, daß er nicht noch einmal hinausgehen wollte.

»Ich weiß nicht«, erwiderte sie und warf einen sehnsüchtigen Blick zur Tür, offensichtlich voller Tatendrang.

Er blieb sitzen und rückte noch näher ans Feuer.

Heathcliff erhob sich und ging in die Küche und von dort in den Hof, um nach Hareton zu rufen.

Hareton antwortete, und gleich darauf traten die beiden gemeinsam wieder ein. Der junge Mann hatte sich augenscheinlich gewaschen, seine Wangen waren gerötet, und sein Haar hing naß herunter.

»O Onkel, Sie will ich jetzt etwas fragen«, rief Miss Cathy, sich an die Behauptung der Haushälterin erinnernd. »Das ist doch nicht mein Vetter, nicht wahr?«

»Doch«, erwiderte er, »der Neffe Ihrer Mutter. Gefällt er Ihnen denn nicht?«

Catherine schaute zweifelnd drein.

»Ist er nicht ein hübscher Junge?« fuhr er fort.

Das unhöfliche Ding stellte sich auf die Zehenspitzen und flüsterte Heathcliff etwas ins Ohr.

Er lachte. Hareton wurde rot. Ich sah, daß er auf eine vermutete geringschätzige Behandlung sehr empfindlich reagierte und offenbar eine dunkle Ahnung von seiner Minderwertigkeit hatte. Aber sein Herr und Vormund verscheuchte die Wolke auf seiner Stirn mit dem Ausruf: »Du bist der Favorit unter uns, Hareton! Sie sagt, du seist ein... Was war es doch gleich? Nun, irgend etwas sehr Schmeichelhaftes jedenfalls. – So, du gehst jetzt mit ihr und zeigst ihr den Hof. Und benimm dich wie ein Gentleman, hörst du! Gebrauche keine schlimmen Wörter und starre die junge Dame nicht immerzu an, sondern guck sie nur an, wenn sie mit dir spricht. Und wenn du etwas sagst, sprich hübsch langsam und steck die Hände nicht in die Taschen. So, nun ab mit dir, und unterhalte sie, so gut du kannst.«

Er beobachtete durchs Fenster, wie das Paar davonging. Earnshaw hatte sein Gesicht ganz von seiner Begleiterin abgewandt. Er schien die vertraute Landschaft mit dem Interesse eines Fremden und Künstlers zu betrachten.

Catherine warf ihm einen verstohlenen Blick zu, der wenig Bewunderung ausdrückte. Dann wandte sie sich entschlossen von ihm ab, um auf eigene Faust Unterhaltung zu suchen, trippelte fröhlich umher und summte ein Liedchen vor sich hin, da ein Gespräch wohl nicht aufkommen wollte.

»Ich habe ihm die Zunge angebunden«, bemerkte Heathcliff. »Er wird die ganze Zeit nicht wagen, den Mund aufzutun! Nelly, du erinnerst dich doch an mich, als ich in seinem Alter, nein, noch ein paar Jahre jünger war, habe ich je so blöde dreingeschaut wie er, so ›doof‹, wie Joseph sagt?«

»Schlimmer«, erwiderte ich, »weil Sie obendrein noch ewig den Gekränkten spielten.«

»An ihm habe ich Freude!« fuhr er, ganz in Gedanken fort. »Er hat meinen Erwartungen entsprochen und mich zufriedengestellt. Wenn er ein geborener Dummkopf wäre, hätte ich nicht halb so viel Freude gehabt. Aber er ist kein Dummkopf, und ich kann alle seine Gefühle so gut verstehen, habe ich doch ebenso empfunden. Ich weiß zum Beispiel genau, was er jetzt leidet – obwohl das erst der Anfang ist von dem, was er noch durchmachen wird. Und er wird nie imstande sein, aus der Tiefe seiner groben Unbildung und Unwissenheit herauszukommen. Ich habe ihn fester in der Hand, als sein Vater, der Schurke, mich damals hatte, und halte ihn tiefer unten. Denn er ist stolz auf seine Grobheit. Ich habe ihn gelehrt, alles, was über das Animalische hinausgeht, als albern und schwächlich zu verachten. Meinst du nicht, Hindley würde auf seinen Sohn stolz sein, wenn er ihn so sehen könnte? Fast so stolz wie ich auf meinen. Aber da gibt's noch diesen Unterschied: Der eine ist Gold, das als Straßenpflaster benutzt wird, und der andere ist Zinn, das poliert wird, um ein Silbergeschirr vorzutäuschen. Meiner hat nichts Wertvolles aufzuweisen, doch habe ich immerhin das Verdienst, aus ihm herauszuholen, was man aus einem so kümmerlichen Zeug eben herausholen kann. Seiner hat erstklassige Anlagen, und die sind verloren, liegen, was schlimmer ist, brach und werden nicht genutzt. Ich für mein Teil habe nichts zu bereuen; Hindley hätte mehr Grund dazu, mehr, als irgend jemand außer mir weiß. Und das Beste ist: Hareton hat mich verdammt gern! Du mußt zugeben, daß ich hier Hindley übertroffen habe. Wenn der tote Halunke aus seinem Grab steigen könnte, um sich an mir für das seinem Sprößling angetane Unrecht zu rächen und mich zu verfluchen, so würde ich den Spaß erleben, daß besagter Sprößling sich gegen ihn zur Wehr setzt, empört darüber, daß er es wagt, den einzigen Freund, den er in der Welt hat, zu beschimpfen!«

Heathcliff lachte bei dem Gedanken leise in sich hinein – es war ein teuflisches Lachen. Ich gab keine Antwort, da ich sah, daß er keine erwartete.

Inzwischen begann unser junger Freund, der zu entfernt saß, um das Gespräch zu hören, unruhig zu werden; wahrscheinlich bedauerte er, daß er sich selbst um den Genuß von Catherines Gesellschaft gebracht hatte, aus Furcht vor ein wenig Müdigkeit.

Sein Vater bemerkte die zum Fenster wandernden unruhigen Blicke und sah ihn unentschlossen nach seiner Mütze greifen.

»Los, steh auf, du fauler Bub!« rief er mit gespielter Herzlichkeit. »Fort, ihnen nach... Sie sind gerade an der Ecke bei den Bienenstöcken.«

Linton raffte alle seine Energie zusammen und verließ das wärmende Feuer. Das Fenster stand offen, und als er hinaustrat, hörte ich gerade, wie Cathy sich bei ihrem ungeselligen Begleiter nach der Inschrift über der Tür erkundigte.

Hareton starrte hinauf und kratzte sich den Kopf wie ein richtiger Tölpel.

»'s ist irgend so 'ne verdammte Schrift«, antwortete er. »Ich kann's nicht lesen.«

»Kannst es nicht lesen?« rief Catherine. »Ich kann das lesen... Es ist Englisch... Aber ich möchte wissen, warum das da oben steht.«

Linton kicherte – das erste Zeichen von Fröhlichkeit, das er von sich gab.

»Er kennt die Buchstaben nicht«, sagte er zu seiner Base. »Kann man das glauben, daß es solch kolossale Dummheit noch gibt?«

»Ist wohl alles in Ordnung mit ihm?« fragte Miss Cathy ernsthaft, »oder ist er blöd... nicht ganz richtig im Kopf? Ich hab' ihn nun zweimal etwas gefragt, und jedesmal guckt er so dumm drein, daß ich denke, er versteht mich nicht. Gewiß, ich kann ja *ihn* kaum verstehen!«

Linton mußte wiederum lachen und warf einen spöttischen Blick auf Hareton, der in diesem Augenblick wirklich nichts zu begreifen schien.

»Da ist nichts verkehrt mit ihm, nur Faulheit ist's, nicht wahr, Earnshaw? Meine Base denkt, du bist ein Idiot... Da siehst du es einmal, was dabei herauskommt, wenn man ›Buch-Lärnen‹, wie du sagst, verachtet... Ist ihnen, Catherine, sein fürchterliches Yorkshire-Platt aufgefallen?«

»Was soll's denn, wofür zum Teufel soll das gut sein?« brummte Hareton, eher bereit, seinem täglichen Gefährten zu antworten. Er wollte sich noch weiter darüber auslassen, aber die beiden jungen Leute brachen in lärmende Heiterkeit aus. Meine leichtfertige Miss war offensichtlich entzückt über die Entdekkung, daß man sich über seine merkwürdige Art zu sprechen lustig machen konnte.

»Was soll der Teufel in dem Satz, wofür soll der gut sein?« kicherte Linton. »Papa hat dir doch gesagt, du sollst keine schlechten Wörter sagen, und du kannst nicht ohne eins den Mund aufmachen... Versuch doch mal, dich wie ein Gentleman zu benehmen, versuch's mal!«

»Wenn du nich mehr 'n Mädchen wärst als wie 'n Mann, ich würd' dich jetzt in dieser Minute zusammenschlagen, das würde ich, du armseliger Schlappschwanz!« gab der Grobian wütend zurück und ging davon, während sein Gesicht vor Zorn und Demütigung brannte, denn er hatte die empfangene Beleidigung wohl empfunden und wußte nun nicht, wie er sich dafür rächen sollte.

Mr. Heathcliff, der die Unterhaltung ebenfalls angehört hatte, lächelte, als er ihn davongehen sah, warf aber gleich darauf einen widerwilligen Blick auf das ausgelassene Paar, das schwatzend im Eingang stehen blieb. Der Junge wurde erstaunlich lebhaft bei der Erörterung von Haretons Fehlern und Unzulänglichkeiten und gab kleine Geschichten über dessen Tun und Treiben zum besten, und das Mädchen genoß seine kecken und boshaften Reden, ohne sich darüber im klaren zu sein, welch böser Charakterzug sich darin offenbarte. Mir aber begann Linton immer weniger zu gefallen, ich konnte kein Mitleid mehr mit ihm haben und fand sogar Verständnis für seinen Vater, der ihn so verachtete.

Wir blieben bis zum Nachmittag. Eher konnte ich Miss Cathy nicht fortbringen; aber glücklicherweise hatte mein Herr sein Zimmer nicht verlassen und daher von unserem langen Ausbleiben nichts gemerkt.

Als wir auf dem Heimweg waren, hätte ich sie gern über den Charakter der Leute, die wir verlassen hatten, aufgeklärt, aber in ihrem Kopf saß nun einmal die Meinung fest, daß ich gegen sie voreingenommen sei.

»Aha«, rief sie aus, »du stehst auf Papas Seite, Ellen, du bist parteiisch, ich weiß, sonst hättest du mich nicht so viele Jahre in dem Glauben gelassen, Linton lebe weit weg von hier. Ich bin wirklich furchtbar böse auf dich, nur freue ich mich jetzt so, daß ich es nicht zeigen kann! Aber halte den Mund und sage nichts über meinen Onkel. Bedenke, er ist *mein* Onkel, und ich werde Papa schelten, daß er mit ihm Streit hat.«

Und so redete sie in einem fort weiter, bis ich es aufgab, mich noch weiter zu bemühen, sie von ihrem Irrtum zu überzeugen.

An diesem Abend ließ sie von dem Besuch nichts verlauten, weil sie Mr. Linton nicht sah. Aber am nächsten Tag kam alles heraus, was mir äußerst peinlich war, und doch war es mir in gewissem Sinn sogar recht. Ich dachte, es wäre wirksamer, wenn er jetzt die Last der Verantwortung übernähme, hier einzuschreiten und zu warnen, als wenn ich es täte. Aber er war zu zaghaft, um befriedigende Gründe für seinen Wunsch, daß sie jeden Verkehr mit den Heights meiden sollte, anzugeben, und Catherine wollte für jedes Verbot schon gute Gründe wissen, da sie sonst stets ihren Willen bekam.

»Papa«, rief sie nach der morgendlichen Begrüßung aus, »rate, wen ich gestern auf meinem Spaziergang durchs Moor gesehen habe. Ah, Papa, du zuckst zusammen! Du hast ein schlechtes Gewissen, nicht wahr? Ich hab's wohl gesehen. Aber paß nur auf, du sollst hören, wie ich dir auf die Schliche gekommen bin, und Ellen, die deine Verbündete ist und doch so mitleidig tat, als ich noch auf Lintons Rückkehr hoffte und immer wieder enttäuscht wurde.«

Sie gab einen genauen Bericht über den Ausflug und seine Folgen, und mein Herr, obgleich er mir mehr als einen vorwurfsvollen Blick zuwarf, sagte nichts, bis sie zu Ende war. Dann zog er sie zu sich heran und fragte sie, ob sie sich denken könne, warum er ihr verheimlicht habe, daß Linton sich in der nächsten Nachbarschaft befinde. Ob sie etwa denken könne, daß es geschehen sei, um ihr eine harmlose Freude vorzuenthalten?

»Du hast es getan, weil du Mr. Heathcliff nicht magst«, antwortete sie.

»Dann glaubst du also, daß mir meine eigenen Gefühle wichtiger sind als deine, Cathy?« sagte er. »Nein, es war nicht, weil ich Mr. Heathcliff nicht mag, sondern weil Mr. Heathcliff mich nicht mag, und er ist ein teuflischer Mann, der seine Freude daran hat, denen, die er haßt, Schaden zuzufügen und sie zugrunde zu richten, wenn sie ihm die geringste Möglichkeit dazu bieten. Ich wußte, daß du die Bekanntschaft mit deinem Vetter nicht aufrechterhalten konntest, ohne auch mit ihm in Kontakt zu kommen, und ich wußte, er würde dich meinetwegen verabscheuen. So habe ich nur darum, weil ich dein Bestes wollte, und aus keinem anderen Grund Vorsichtsmaßnahmen getroffen, damit du Linton nicht wiedersiehst. Ich hatte vor, dir dies eines Tages, wenn du älter geworden bist, zu erklären, und es tut mir leid, daß ich es immer hinausgeschoben habe.«

»Aber Mr. Heathcliff war sehr herzlich, Papa«, bemerkte Catherine, ganz und gar nicht überzeugt, »und er hatte nichts dagegen, daß wir einander besuchen. Er sagte, ich könne zu seinem Haus kommen, wann immer ich wolle, nur darf ich es dir nicht sagen, weil du mit ihm zerstritten bist und ihm nicht vergeben würdest, daß er Tante Isabella geheiratet hat. Und du bist doch der, der nicht will – du bist der, dem man die Schuld geben muß – er ist wenigstens damit einverstanden, uns Freunde sein zu lassen, Linton und mich – und du bist es nicht.«

Als mein Herr merkte, daß sie seinen Worten über den bösen Charakter ihres Onkels keinen Glauben schenkte, berichtete er ihr mit ein paar hastigen Worten, wie er sich Isabella gegenüber aufgeführt hatte und auf welche Weise Wuthering Heights sein Eigentum geworden sei. Er konnte es nicht ertragen, ein längeres Gespräch darüber zu führen, denn obschon er sich kaum darüber äußerte, fühlte er immer noch dasselbe Entsetzen und den gleichen Abscheu vor seinem alten Feind, Gefühle, die ihn seit Mrs. Lintons Tod nicht verlassen hatten. »Sie könnte noch am Leben sein, wenn er nicht gewesen wäre!« war seine ständige bittere Überlegung, und in seinen Augen war Heathcliff ein Mörder.

Miss Cathy, mit keinen bösen Taten vertraut außer ihren eigenen kleinen Vergehen wie Ungehorsam, Ungerechtigkeit und Wutausbrüchen, die ihrem hitzigen Temperament oder einer gewissen Gedankenlosigkeit entsprangen und noch am gleichen Tag, an dem sie geschahen, bereut wurden, war höchst erstaunt über die Finsternis eines Geistes, der jahrelang heimlich über Rache brüten konnte und ohne einen Anflug von Gewissensbissen wohlüberlegt seine Pläne verfolgte. Sie erschien so tief beeindruckt und erschüttert von diesem neuen Einblick in die menschliche Natur, der außerhalb all ihrer bisherigen Erfahrungen und Vorstellungen lag, daß es Mr. Edgar unnötig erschien, noch weiter darauf einzugehen. Er fügte bloß hinzu: »Du wirst nun einsehen, Liebling, warum ich wünsche, daß du sein Haus und seine Familie meidest. Nun kehre zurück zu deiner gewohnten Beschäftigung und dem, was dir Freude macht, und denk nicht mehr daran.«

Catherine küßte ihren Vater und saß für ein paar Stunden still an ihren Lektionen, wie sie es gewohnt war. Dann begleitete sie ihn auf einem Gang durch das Grundstück, und der ganze Tag verging wie üblich. Aber am Abend, als sie sich auf ihr Zimmer zurückgezogen hatte und ich kam, um ihr beim Ausziehen zu helfen, fand ich sie weinend vor ihrem Bett knien.

»O pfui, dummes Kind!« rief ich aus. »Wenn Sie jemals wirklich Kummer gehabt hätten, würden Sie sich schämen, eine Träne wegen dieser kleinen Widrigkeit zu vergießen. Nie hatten Sie auch nur den Schatten einer richtigen Sorge, Miss Catherine. Stellen Sie sich nur einen Augenblick lang vor, der Herr und ich wären tot und Sie ständen ganz allein in der Welt: Wie würden Sie sich dann fühlen? Vergleichen Sie einmal den heutigen Anlaß mit solch einem Leid und seien Sie dankbar für die Freunde, die Sie haben, anstatt neue herbeizusehen.«

»Ich weine ja nicht um mich, Ellen«, antwortete sie, »es ist seinetwegen. Er nimmt an, mich morgen wiederzusehen, und da wird er so enttäuscht sein – und er wird auf mich warten, und ich werde nicht kommen!«

»Unsinn!« sagte ich. »Bilden Sie sich ein, er hat so oft an Sie gedacht wie Sie an ihn? Hat er nicht Hareton zur Gesellschaft? Von Hunderten würde nicht einer darüber weinen, wenn er einen Bekannten verliert, den er grad zweimal gesehen hat. Linton wird sich denken können, wie die Dinge stehen, und Ihnen nicht weiter nachtrauern.«

»Aber kann ich ihm nicht ein paar Zeilen schreiben, um ihm zu sagen, warum ich nicht kommen kann?« fragte sie und stand auf. »Und ihm die Bücher schicken, die ich ihm zu leihen versprochen habe? Er hat längst nicht so schöne Bücher wie ich, und er wollte sie so gern haben, als ich ihm erzählte, wie spannend sie sind. Darf ich, Ellen?«

»Nein, auf keinen Fall, auf gar keinen Fall!« erwiderte ich mit Entschiedenheit. »Dann würde er Ihnen schreiben, und das nähme kein Ende. Nein, Miss Catherine, die Bekanntschaft muß vollständig aufhören, so erwartet es Papa, und ich werde darauf achten, daß das geschieht.«

»Aber wie können ein paar Zeilen...«, begann sie wieder und sah mich flehend an.

»Still!« unterbrach ich sie. »Wir fangen gar nicht erst an mit Ihren paar Zeilen. Legen Sie sich schlafen!«

Sie warf mir einen sehr bösen Blick zu, so herausfordernd, daß ich ihr zuerst keinen Gutenachtkuß geben wollte. Ich steckte die Bettdecke fest und schloß die Tür hinter mir, sehr ungehalten über sie. Aber auf halbem Weg tat es mir leid, ich kam leise zurück, und sieh einer an! Da stand Miss Cathy am Tisch mit einem Stück weißem Papier vor sich und einem Bleistift in der Hand, den sie schuldbewußt verschwinden ließ, als ich das Zimmer wieder betrat.

»Sie werden niemanden finden, der Ihnen das besorgt, Catherine«, sagte ich, »wenn Sie ihm schreiben; und jetzt werde ich Ihre Kerze auslöschen.«

Ich setzte das Hütchen des Kerzenlöschers auf die Flamme und wurde im selben Augenblick auf meine Hand geschlagen und angefaucht: »Böses Biest!« Ich verließ sie dann wieder, und sie schob in schlimmster Laune den Riegel vor.

Der Brief wurde zu Ende geschrieben, und ein Milchabholer, der aus dem Dorf kam, beförderte ihn zu seinem Bestimmungsort; aber das erfuhr ich erst einige Zeit später. Wochen vergingen, und Cathy hatte ihre alte Gemütsart wiedergefunden. Doch sie entwickelte eine merkwürdige Vorliebe dafür, zu verschwinden und sich in einen Winkel zurückzuziehen, um allein zu sein. Oft, wenn ich plötzlich in ihre Nähe kam, während sie las, fuhr sie auf und beugte sich über ihr Buch, offensichtlich bestrebt, es zu verbergen, und ich bemerkte Ränder losen Papiers, die zwischen den Seiten hervorguckten.

Sie hatte neuerdings auch die Eigenheit, schon früh am Morgen herunterzukommen und in der Nähe der Küche herumzulungern, als ob sie auf irgend etwas warte. Und in der Bibliothek hatte sie in einem Schrank eine kleine Schublade, mit der sie sich stundenlang beschäftigen konnte und deren Schlüssel sie immer sorgfältig abzog, wenn sie fortging.

Eines Tages, als sie diese Schublade wieder einmal inspizierte, bemerkte ich, daß die Spielsachen und Schmuckstücke, die noch kürzlich darin gelegen hatten, durch Bogen zusammengefalteten Papiers ersetzt worden waren.

Meine Neugier und mein Mißtrauen waren erwacht. Ich beschloß, heimlich einen Blick auf ihre mysteriösen Schätze zu werfen. Am Abend also, sobald ich sicher wußte, daß sie und mein Herr oben waren, suchte und fand ich auch gleich unter meinen Hausschlüsseln einen, der in das Schloß paßte. Ich öffnete die Schublade, leerte den Inhalt in meine Schürze und nahm ihn mit auf mein Zimmer, um ihn dort in Ruhe durchzusehen.

Obwohl ich schon einen Verdacht hatte, war ich doch überrascht zu entdecken, daß es sich um eine umfangreiche, fast tägliche Korrespondenz von Linton Heathcliff handelte, Antworten auf Briefe von ihr. Die früher datierten waren verlegen und kurz, allmählich weiteten sie sich jedoch zu inhaltsreichen Liebesbriefen aus, albern, wie es das Alter des Schreibers nicht anders erwarten ließ, doch hier und da mit Spuren, welche, dachte ich, geborgt waren und aus einer erfahreneren Quelle stammten.

Einige von ihnen fielen mir auf als ein besonders seltsames Gemisch von Leidenschaft und Plattheit: Sie begannen mit starkem Gefühl und wurden in der affektierten, wortreichen Weise zu Ende geführt, wie sie ein Schuljunge vielleicht einem erdachten Liebling gegenüber anwendet.

Ob sie Cathy befriedigten, weiß ich nicht, mir jedenfalls erschienen sie als wertloses Geschwätz.

Nachdem ich einige Briefe durchgelesen hatte und es mir zu genügen schien, band ich sie in ein Taschentuch und legte sie beiseite, während ich die leere Schublade wieder verschloß.

Ihrer Gewohnheit folgend, kam das junge Fräulein früh herunter und ging in die Küche. Ich beobachtete, wie sie bei der Ankunft eines gewissen kleinen Jungen zur Tür ging, und während das Milchmädchen seine Kanne füllte, steckte sie ihm etwas in die Jackentasche und nahm etwas anderes wieder heraus.

Ich ging um den Garten herum und lauerte dem Boten auf, der mutig das ihm Anvertraute verteidigte, so daß wir zwischen uns die Milch verschütteten. Aber es gelang mir, ihm den Brief abzunehmen, und ich drohte ihm mit ernsten Konsequenzen, wenn er nicht schleunigst machte, daß er heimkam. Dann blieb ich unter der Gartenmauer stehen und las Miss Cathys verliebten Brief. Er war schlichter und beredter als ihres Vetters Geschreibsel, sehr hübsch und sehr naiv. Ich schüttelte den Kopf und ging nachdenklich ins Haus zurück.

Da es ein regnerischer Tag war, konnte sie nicht draußen im Park umherstreifen. So ging sie am Ende ihrer Morgenlektion zu ihrer Schublade, um dort Trost zu finden. Ihr Vater saß am Tisch und las, und ich hatte mir absichtlich ein Stück Arbeit an der Fenstergardine vorgenommen, wo noch einige Fransen anzubringen waren. So konnte ich ständig beobachten, was sie tat.

Ein Vogel, der zu einem geplünderten Nest zurückkehrt, das er randvoll mit piepsenden Jungen verlassen hatte, könnte mit seinem ängstlichen Geschrei und Geflatter keine tiefere Verzweiflung ausdrücken als sie mit einem einzigen »Oh!« und der Veränderung ihres eben noch glücklichen Gesichtes. Mr. Linton schaute auf.

»Was ist los, Liebling? Hast du dir weh getan?« fragte er.

Sein Ton und Blick gaben ihr die Gewißheit, daß *er* nicht der Entdecker des Schatzes gewesen war.

»Nein, Papa –«, stieß sie, nach Atem ringend, hervor. »Ellen! Ellen! Komm mit mir hinauf... Ich fühle mich schlecht!«

Ich gehorchte ihrer Aufforderung und begleitete sie hinaus.

»O Ellen! Du hast sie!« begann sie sofort, als die Tür hinter uns geschlossen und wir allein waren, und fiel auf die Knie nieder. »O gib sie mir, und ich werde so etwas nie, nie wieder tun! Sag es nicht Papa... Du hast doch Papa nichts gesagt, Ellen, sag?! Ich bin sehr unartig gewesen, aber ich will es gewiß nicht wieder tun!«

Mit strenger Miene gebot ich ihr aufzustehen.

»So«, rief ich aus, »Miss Catherine, Sie sind ganz schön weit gegangen, wie es scheint – Sie haben allen Grund, sich zu schämen! Einen schönen Haufen Schund studieren Sie in Ihrer Freizeit, das ist gewiß... Es ist wert, gedruckt zu werden! Und was meinen Sie, wird der Herr wohl dazu sagen, wenn ich ihm das zeige? Noch habe ich es ihm nicht gezeigt, aber bilden Sie sich nicht ein, daß ich Ihre lächerlichen Geheimnisse hüten werde. Schämen Sie sich! Und Sie müssen den Anfang gemacht haben, solchen Unsinn zu schreiben, er hätte nicht daran gedacht, damit zu beginnen, da bin ich sicher.«

»Ich war's nicht! Ich war's nicht!« schluchzte Cathy herzzerreißend. »Ich habe überhaupt nicht an so etwas gedacht, wie ihn zu lieben, bis...«

»Lieben!« Ich rief das Wort so spöttisch aus, wie ich nur konnte. »Lieben! Hat man je so etwas gehört! Ich kann genauso gut sagen, daß ich den Müller liebe, der einmal im Jahr kommt, um unser Korn zu kaufen. Eine schöne Liebe, wirklich! Und dabei haben Sie Linton, wenn wir die beiden Male zusammenrechnen, kaum vier Stunden in Ihrem Leben gesehen! Nun, hier ist das kindische Zeug. Ich gehe damit in die Bibliothek, und wir werden sehen, was Ihr Vater zu solcher Liebe sagt.«

Sie sprang nach ihren kostbaren Briefen, aber ich hielt sie hoch über meinen Kopf, und dann kam wieder ein Schwall von flehentlichen Bitten, ich möchte sie lieber verbrennen – ich könnte alles damit tun, sie nur nicht zeigen. Da mir in Wirklichkeit eher zum Lachen als zum Schelten zumute war – denn es schien mir nichts weiter dahinter zu sein als jungmädchenhafte Eitelkeit –, ließ ich mich schließlich bis zu einem gewissen Grade erweichen und fragte: »Wenn ich damit einverstanden bin, sie zu verbrennen, wollen Sie mir dann aufrichtig versprechen, keinen Brief mehr abzuschicken noch zu empfangen, auch kein Buch – denn ich weiß, Sie haben ihm auch Bücher geschickt – und auch keine Haarlocken oder Ringe oder Spielsachen?«

»Wir schicken uns keine Spielsachen!« rief Catherine in verletztem Stolz.

»Auch nicht etwas anderes, mein Fräulein!« sagte ich. »Wenn Sie nicht wollen, gehe ich auf der Stelle.«

»Ich verspreche es, Ellen!« rief sie und hielt mich am Kleid fest. »O steck sie ins Feuer, ja, tu es!«

Als ich dann aber mit dem Feuerhaken die Glut aufschürte, um dafür Platz zu schaffen, war ihr das Opfer, das sie bringen sollte, doch zu groß. Sie bat flehentlich, ihr einen oder zwei zu lassen.

»Einen oder zwei, Ellen, die ich aufhebe um Lintons willen!«

Ich knotete das Taschentuch auf und begann, die Briefe einen nach dem andern ins Feuer zu werfen, und die Flamme züngelte zum Schornstein hinauf.

»Ich will einen haben, du böse, grausame Hexe!« kreischte sie, griff schnell mit der Hand ins Feuer und zog auf Kosten ihrer Finger ein paar halbverbrannte Fetzen heraus.

»Na schön, und ich will ein paar behalten, um sie Papa zu zeigen!« antwortete ich, schob den Rest zurück ins Bündel und wandte mich zur Tür.

Sie warf ihre geschwärzten Stücke zurück in die Flammen und gab mir zu verstehen, das Brandopfer zu vollenden. Es geschah. Ich stocherte in der Asche und begrub alles unter einer Schaufel Kohlen. Sie zog sich stumm, als wäre ihr bitteres Unrecht geschehen, in ihr Schlafzimmer zurück. Ich ging hinunter, um meinem Herrn zu berichten, daß der Schwächeanfall der jungen Dame fast vorüber sei, daß ich es aber für das Beste hielte, wenn sie sich eine Weile hinlegte.

Sie wollte nicht zu Mittag essen, aber zum Tee erschien sie wieder, bleich und mit rotgeränderten Augen und dem äußeren Anschein nach merkwürdig besänftigt.

Am nächsten Morgen beantwortete ich den Brief mit einem Zettel, auf dem geschrieben stand: »Master Heathcliff wird ersucht, keine Briefe mehr an Miss Linton zu schicken, da sie diese nicht annehmen wird.« Und von da an kam der kleine Junge mit leeren Taschen.

Zweiundzwanzigstes Kapitel

Der Sommer ging zu Ende und auch der Frühherbst – es war nach Michaelis, aber die Ernte war spät in jenem Jahr, und einige unserer Felder waren noch nicht abgeerntet.

Mr. Linton und seine Tochter pflegten häufig zu den Schnittern hinauszugehen. Als die letzten Garben eingebracht wurden, blieben sie bis zur Dunkelheit draußen, und da die Abende kalt und feucht waren, holte sich mein Herr eine böse Erkältung, die sich hartnäckig auf die Lungen legte und ihn den ganzen Winter über nahezu ununterbrochen ans Haus fesselte.

Die arme Cathy, aus ihrer kleinen Romanze aufgeschreckt, war viel ernster geworden, seit sie sie aufgegeben hatte, und machte oft einen matten, lustlosen Eindruck. Ihr Vater bestand darauf, daß sie weniger lese und sich mehr Bewegung verschaffe. Da er sie nicht begleiten konnte, hielt ich es für meine Aufgabe, ihn so gut wie möglich zu ersetzen – ein schwacher Ersatz, denn ich konnte mich nur zwei oder drei Stunden von meinen zahlreichen täglichen Pflichten freimachen, um ihr zu folgen, und dann war meine Gesellschaft offensichtlich weniger begehrt als die seine.

An einem kühlen, regnerischen Nachmittag im Oktober oder Anfang November, als auf Rasen und Wegen das feuchte, welke Laub raschelte und der kalte blaue Himmel hinter dunkelgrauen Wolken, die mit großer Geschwindigkeit von Westen heraufzogen und reichlichen Regen ankündigten, halb verborgen war, ersuchte ich die junge Dame, heute auf ihre Wanderung zu verzichten, weil ich sicher war, daß es Regen geben werde. Sie lehnte diese Bitte ab, und unwillig legte ich einen Mantel um und nahm meinen Regenschirm, um sie auf einem Gang zum Ende des Parks zu begleiten. Ein bevorzugter Spaziergang, den sie machte, wenn sie niedergeschlagen war – und das war sie stets, wenn es Mr. Edgar schlechter als gewöhnlich ging. Das gestand er uns übrigens nie selbst ein, wir errieten es aber beide, sie und ich, aus seinem vermehrten Schweigen und dem melancholischen Ausdruck seines Gesichts.

Sie ging trübsinnig dahin. Es gab kein Rennen und Springen jetzt, obwohl der kalte Wind sie leicht zu einem Wettlauf hätte verlocken können. Und oft, wenn ich sie heimlich von der Seite ansah, sah ich, wie sie eine Hand hob und etwas von ihrer Wange wischte.

Ich blickte mich nach etwas um, was ihre Gedanken in eine andere Richtung lenken könnte. An einer Seite des Weges erhob sich eine hohe Böschung, wo Haselnußsträucher und verkrüppelte Eichen, deren Wurzeln halb freilagen, ein unsicheres Leben führten. Das lockere Erdreich bot letzteren keinen Halt, und starke Winde hatten einige der Bäume umgelegt und in fast waagrechte Lage gebracht. Im Sommer machte es Miss Catherine viel Vergnügen, diese Baumstämme entlangzuklettern und zwanzig Fuß über dem Boden in den schaukelnden Ästen zu sitzen. Und ich hatte meine Freude an ihrer Behendigkeit und ihrem unbeschwerten, kindlichen Gemüt, doch hielt ich es für angebracht, jedesmal, wenn ich sie auf solcher Höhentour entdeckte, zu schelten, aber so, daß sie wußte, sie brauche nicht herunterzukommen. Vom Mittagessen bis zum Tee lag sie droben in ihrer vom Wind geschaukelten Wiege und tat nichts anderes, als alte Lieder – meinen Schatz an Kinderliedern, den ich ihr einst beigebracht hatte – vor sich hin zu singen oder die Vögel, ihre Mitbewohner, zu beobachten, wie sie ihre Jungen fütterten und sie lockten, das Fliegen zu probieren, oder einfach eingekuschelt wie in einem Nest mit geschlossenen Augen zu sinnen und zu träumen, glücklicher, als Worte es ausdrücken können.

»Sehen Sie nur, Miss«, rief ich und wies unter das Wurzelwerk eines verkrümmten Baumes. »Hier ist der Winter noch nicht hingekommen. Dort oben blüht noch ein kleines Blümchen, das letzte aus der Menge der Glockenblumen, die im Juli hier so dicht standen, daß der Rasen einen bläulich-violetten Schimmer bekam. Wollen Sie nicht hinaufklettern und es pflücken, um es Papa zu zeigen?«

Cathy starrte lange Zeit auf die einsame, im Schutz des Erdreichs zitternde Blüte und sagte schließlich: »Nein, ich rühr's nicht an – aber es sieht traurig aus, nicht wahr, Ellen?«

»Ja«, bemerkte ich, »fast ebenso verhungert und kraftlos wie Sie – wie blaß Sie sind! Kommen Sie, wir wollen uns an den Händen fassen und ein wenig rennen! Sie sind ja so langsam, daß ich es mit Ihnen aufzunehmen wage.«

»Nein«, wiederholte sie und schlenderte weiter. Ab und zu machte sie halt, um ein Stückchen Moos sinnend zu betrachten oder ein Büschel fahlen Grases oder einen Pilz, der seinen leuchtenden Orangeton zwischen die braunen Blätter setzte. Und immer wieder fuhr sie mit der Hand über ihr Gesicht.

»Catherine, warum weinen Sie, Liebling?« fragte ich und legte meinen Arm um ihre Schulter. »Sie müssen nicht weinen, weil

Papa eine Erkältung hat; seien Sie dankbar, daß es nichts Schlimmeres ist.«

Sie ließ nun ihren Tränen freien Lauf und wurde von Schluchzen geschüttelt.

»Oh, es *wird* etwas Schlimmeres sein«, sagte sie. »Und was soll ich tun, wenn ihr beide, Papa und du, mich verlaßt und ich allein in der Welt bin? Ich kann deine Worte nicht vergessen, Ellen, sie sind mir immer im Ohr. Wie anders das Leben sein wird, wie traurig die Welt, wenn ihr beide, Papa und du, tot seid.«

»Niemand kann sagen, ob Sie nicht vor uns sterben werden«, entgegnete ich. »Es ist nicht recht, den Teufel an die Wand zu malen. Wir wollen hoffen, daß noch viele Jahre kommen, ehe einer von uns geht – der Herr ist jung, und ich bin kräftig und kaum fünfundvierzig. Meine Mutter ist achtzig geworden und war bis zuletzt eine lebensfrohe Frau. Und angenommen, Mr. Linton bliebe uns erhalten und erlebte noch die Sechzig, das wären mehr Jahre, als Sie heute zählen, Miss. Und ist es nicht töricht, ein Unglück zwanzig Jahre im voraus zu beweinen?«

»Aber Tante Isabella war jünger als Papa«, bemerkte sie und blickte, weiteren Trost suchend, in zaghafter Hoffnung zu mir auf.

»Tante Isabella hatte weder Sie noch mich zur Pflege«, entgegnete ich. »Sie war nicht so glücklich wie der Herr, sie hatte nichts, was ihrem Leben Sinn gab und wofür es sich zu leben lohnte. Alles, was Sie tun müssen, ist, Ihren Vater gut zu versorgen und ihn dadurch aufzuheitern, daß er Sie selber heiter sieht; und vermeiden Sie, ihm irgendeinen Anlaß zur Sorge zu geben – denken Sie daran, Cathy! Ich will es nicht verbergen, daß Sie ihn töten könnten, wenn Sie unbekümmert und rücksichtslos wären und eine törichte, eingebildete Liebe für den Sohn eines gewissen Jemand hegten, der ihn gern im Grab wüßte, und wenn Sie sich anmerken ließen, daß Sie über die Trennung bekümmert sind, die anzuordnen er für gut und zweckmäßig hielt.«

»Nichts auf der Welt bekümmert mich außer Papas Krankheit«, antwortete sie. »Im Vergleich mit Papa ist mir alles andere unwichtig. Und ich werde nie, nie, oh, niemals, solange ich alle meine Sinne beisammen habe, etwas tun oder sagen, was ihn erzürnen könnte. Ich liebe ihn mehr als mich selbst, Ellen. Ich bete jeden Abend, daß ich ihn überleben möge, denn lieber will ich unglücklich sein, als daß er es wäre. Das beweist doch, daß ich ihn mehr liebe als mich selbst.«

»Schöne Worte«, entgegnete ich. »Aber Taten müssen sie beweisen; und wenn es ihm wieder gut geht, passen Sie auf, daß Sie Vorsätze, die Sie in der Stunde der Angst gefaßt haben, nicht vergessen.«

Während wir so sprachen, näherten wir uns einer Pforte, die auf die Straße hinausführte, und mein junges Fräulein, das wieder strahlte wie der Sonnenschein, kletterte hinauf und setzte sich oben auf die Mauer. Sie langte hinüber, um von den höchsten Zweigen der Heckenrosen, die die Landstraße beschatteten, ein paar rotleuchtende Hagebutten abzupflücken. Die Früchte weiter unten waren verschwunden, und die oberen konnten nur die Vögel und Cathy von ihrem augenblicklichen Platz aus erreichen.

Als sie sich reckte, um sie zu sich heranzuziehen, fiel ihr Hut hinunter, und da das Pförtchen verschlossen war, wollte sie hinunterklettern, um ihn zu holen. Ich ermahnte sie, recht vorsichtig zu sein, damit sie nicht falle, und schnell war sie verschwunden.

Aber wieder heraufzukommen war keine so leichte Sache. Die Steine waren glatt und sauber verputzt, und die Rosenbüsche und Brombeersträucher hier und da konnten beim Emporklimmen keinen Halt geben. Ich Närrin erfaßte das aber erst, als ich sie lachen und ausrufen hörte: »Ellen! Du wirst schon den Schlüssel holen müssen, oder ich muß um die Mauer ganz herumlaufen bis zum Pförtnerhäuschen. Ich kann von dieser Seite nicht hinaufkommen!«

»Bleiben Sie, wo Sie sind«, antwortete ich, »ich habe mein Schlüsselbund in der Tasche. Vielleicht paßt einer, und ich kann damit die Tür öffnen; wenn nicht, so gehe ich.«

Catherine amüsierte sich damit, draußen vor der Pforte auf und ab zu tanzen, während ich der Reihe nach alle großen

Schlüssel ausprobierte. Ich hatte den letzten versucht und festgestellt: Keiner paßte. So wollte ich schnell nach Hause eilen. Als ich sie nochmals bat, dort zu bleiben und auf mich zu warten, wurde ich durch ein näherkommendes Geräusch zurückgehalten. Es war der Hufschlag eines Pferdes. Cathy hielt im Tanzen inne, und einen Augenblick später hielt auch das Pferd an.

»Wer ist das?« flüsterte ich.

»Ellen, ich wünschte, du könntest die Tür öffnen!« flüsterte sie besorgt zurück.

»Ho, Miss Linton!« rief die tiefe Stimme des Reiters. »Ich bin froh, daß ich Sie treffe. Gehen Sie nicht so eilig hinein, denn Sie sind mir noch eine Erklärung schuldig.«

»Ich werde nicht mit Ihnen sprechen, Mr. Heathcliff!« antwortete Catherine. »Papa sagt, Sie sind ein schlechter Mensch und hassen ihn und mich, und Ellen sagt das auch.«

»Das hat nichts mit meiner Frage zu tun«, sagte Heathcliff – denn er war es. »Ich denke, meinen Sohn hasse ich nicht, und seinetwegen bitte ich um Ihre Aufmerksamkeit. Ja, Sie haben allen Grund zu erröten. Vor zwei oder drei Monaten, hatten Sie da nicht die Gewohnheit, regelmäßig an Linton zu schreiben? Die Liebe als Spiel, he? Ihr verdientet alle beide Prügel dafür! Sie besonders, die Ältere und, wie sich herausstellt, die weniger Empfindsame. Ich habe Ihre Briefe, und wenn Sie mir frech kommen, schicke ich sie Ihrem Vater. Ich vermute, das Spiel hatte für Sie keinen Reiz mehr, Sie waren es leid und hörten damit auf, Sie ließen es fallen wie ein Thema, das nicht mehr interessiert, wie einen Ball, den man nicht willens ist zurückzuwerfen, nicht wahr? Nun gut, Sie ließen damit auch Linton fallen – in einen Abgrund der Verzweiflung. Er meinte es ernst mit der Liebe, wirklich. So wahr ich lebe, er stirbt Ihretwegen – Ihre Unbeständigkeit bricht ihm das Herz, nicht bildlich gesprochen, sondern tatsächlich! Obwohl Hareton ihn seit sechs Wochen ständig zur Zielscheibe seines Spottes macht und ich ernsthaftere Maßnahmen ergriffen habe, ihm diesen Blödsinn auszutreiben, geht es ihm täglich schlechter, und er wird vor dem Sommer unter der Erde liegen, wenn Sie ihn nicht retten!«

»Wie können Sie das arme Kind so unverschämt anlügen!« rief ich von innen. »Bitte reiten Sie weiter! Wie können Sie vorsätzlich so erbärmliche Lügen auftischen? Miss Cathy, ich zerschlage das Schloß mit einem Stein. Sie werden doch diesen schändlichen Unsinn nicht glauben. Das können Sie doch bei sich selbst empfinden, daß es unmöglich ist, daß jemand aus Liebe zu einem Unbekannten, den er kaum gesehen hat, sterben sollte.«

»Ich war mir nicht bewußt, daß es Lauscher gibt hinter der Tür«, knurrte der ertappte Schurke. »Werte Mrs. Dean, ich habe Sie sehr gern, aber Ihr Doppelspiel habe ich gar nicht gern«, fügte er laut hinzu. »Wie konnten Sie so unverschämt lügen und behaupten, ich hätte etwas gegen das ›arme Kind‹? Und schreckliche Geschichten erfinden, um ihr Angst zu machen, daß sie sich nicht zu meiner Tür traut? Catherine Linton – schon bei dem Namen wird mir warm ums Herz –, mein gutes Mädchen, ich bin die ganze Woche von zu Hause fort, gehen Sie und überzeugen Sie sich selbst, ob ich die Wahrheit gesprochen habe. Bitte, seien Sie so lieb! Stellen Sie sich nur einen Augenblick Ihren Vater an meiner Stelle vor und Linton an Ihrer, und dann denken Sie darüber nach, was Sie von Ihrem leichtsinnigen Liebhaber halten würden, wenn er es ablehnte, einen Schritt zu machen, um Sie zu trösten, wenn Ihr Vater selbst ihn darum anfleht; und machen Sie nicht aus purer Dummheit den gleichen Fehler. Ich schwöre bei meiner Seligkeit, mit Riesenschritten geht er auf sein Grab zu, und niemand außer Ihnen kann ihn retten!«

Das Schloß gab endlich nach, und ich schoß heraus.

»Ich schwöre, Linton stirbt uns«, wiederholte Heathcliff und blickte scharf zu mir her. »Und Kummer und Enttäuschung beschleunigen seinen Tod. Nelly, wenn du sie nicht gehen lassen willst, kannst du dich ja selbst einmal auf den Weg machen und zu uns herüberkommen. Ich werde erst in einer Woche zurück sein und denke, daß dein Herr kaum etwas dagegen haben wird, wenn sie ihren kranken Vetter besucht!«

»Kommen Sie hinein«, sagte ich, nahm Cathy beim Arm und mußte sie halb zwingen, wieder einzutreten, denn sie zögerte noch und betrachtete mit ängstlichen Augen die Gesichtszüge des Sprechers, aber diese waren zu hart und zu starr, um etwas von seiner Falschheit zu verraten.

Er drängte sein Pferd dicht heran, beugte sich zu ihr nieder und bemerkte: »Miss Catherine, ich will Ihnen gern gestehen, daß ich wenig Geduld mit Linton habe, und Hareton und Joseph haben noch weniger. Ich gebe zu, er befindet sich in rauher Gesellschaft. Er sehnt sich nach Freundlichkeit und Liebe, und ein freundliches Wort von Ihnen würde die beste Medizin für ihn sein. Nehmen Sie Mrs. Dean und ihre Schreckgespenster nicht ernst, sondern beweisen Sie Mut und ein großes Herz und finden Sie einen Weg und besuchen Sie ihn. Er träumt Tag und Nacht von Ihnen, und man kann ihn nicht davon überzeugen, daß Sie ihn noch gern haben, da Sie ja weder schreiben noch sich sehen lassen.«

Ich schloß die Pforte und wälzte einen Stein davor, der das wackelige Schloß unterstützen sollte, sie zuzuhalten. Dann spannte ich meinen Regenschirm auf und zog meinen Schützling darunter, denn der Regen tropfte schon durch die ächzenden Zweige der Bäume und trieb uns zur Eile an.

Unsere Hast, mit der wir nach Hause strebten, verhinderte jede Bemerkung über die Begegnung mit Heathcliff, aber instinktiv erriet ich, daß Catherines Herz nun doppelt schwer war. Ihr Gesicht war so traurig, es schien gar nicht das ihre zu sein. Offensichtlich hielt sie jede Silbe, die sie soeben gehört hatte, für wahr.

Der Herr hatte sich schon zurückgezogen, bevor wir nach Hause kamen. Cathy schlich sich in sein Zimmer, um nach seinem Befinden zu fragen. Er war eingeschlafen. Sie kam zurück und bat mich, mit ihr noch ein wenig in der Bibliothek zu sitzen. Wir tranken unseren Tee gemeinsam, danach streckte sie sich auf dem dicken wollenen Teppich aus und sagte mir, ich solle nicht sprechen, denn sie sei müde.

Ich holte mir ein Buch und gab vor zu lesen. Sobald sie vermutete, ich sei in mein Buch vertieft, begann sie wieder still vor sich hin zu weinen. Das schien im Augenblick ihre Lieblingsbeschäftigung. Eine Weile ließ ich ihr dieses Vergnügen. Dann aber machte ich ihr Vorhaltungen, verspottete alles, was Mr. Heathcliff über seinen Sohn behauptet hatte, und zog es ins Lächerliche, als ob ich sicher wäre, sie würde mit mir einer Meinung sein. Ach! Ich war nicht gewandt genug, dem Eindruck entgegenzuwirken, den sein Bericht gemacht hatte; er hatte erreicht, was er wollte.

»Du magst recht haben, Ellen«, antwortete sie, »aber ich werde nicht eher Ruhe haben, als bis ich Bescheid weiß. Und ich muß Linton sagen, daß es nicht meine Schuld ist, wenn ich nicht schreibe, und ihn davon überzeugen, daß ich mich nicht ändern werde.«

Was nützten da Zorn und Widerspruch angesichts ihrer törichten Leichtgläubigkeit? An jenem Abend gingen wir als Gegner auseinander – aber der nächste Tag sah mich auf der Landstraße nach Wuthering Heights neben dem Pony meiner eigensinnigen jungen Herrin. Ich konnte ihren Kummer nicht länger mitansehen, ihr blasses, niedergeschlagenes Gesicht und die rotgeweinten Augen; und ich gab nach, in der schwachen Hoffnung, daß Linton selbst durch die Art, wie er uns empfing, beweisen würde, wie wenig die Geschichte seines Vaters auf Tatsachen beruhte.

Dreiundzwanzigstes Kapitel

Der regnerischen Nacht folgte ein nebliger Morgen – halb Frost, halb Nieselregen –, und frisch entstandene Bächlein kreuzten unseren Pfad, die vom Hochland heruntersprudelten. Meine Füße waren durch und durch naß, ich war verdrießlich und niedergeschlagen, also genau in der richtigen Stimmung, um auf diese unangenehmen Dinge besonders empfindlich zu reagieren.

Wir betraten das Gutshaus durch die Küche, um uns zu vergewissern, ob Mr. Heathcliff wirklich abwesend sei, denn ich hatte wenig Vertrauen in das, was er sagte.

Joseph schien in einer Art Elysium zu sitzen, einem Zustand vollkommener Glückseligkeit, ganz für sich allein neben einem knatternden Feuer, ein Viertel Bier neben sich auf dem Tisch, auf dem große Stücke gerösteter Haferkuchen lagen, und seine schwarze, kurze Pfeife im Mund.

Catherine lief zum Kamin, um sich zu wärmen. Ich fragte, ob der Herr daheim sei.

Meine Frage blieb so lange unbeantwortet, daß ich dachte, der alte Mann sei taub geworden, und sie lauter wiederholte.

»Nä-äh!« knurrte oder vielmehr schnaubte er durch die Nase. »Nä-äh! Da mißt'r redur gähe, wu är härkumme seid.«

»Joseph«, schrie gleichzeitig mit mir eine wehleidige Stimme aus dem Zimmer nebenan, »wie oft soll ich dich rufen? Jetzt ist kaum noch etwas Glut. Joseph! Komm jetzt sofort!«

Heftiges Paffen und ein unbekümmertes Starren ins Feuer zeigten an, daß er diesen Befehl nicht hören wollte. Die Haushälterin und Hareton waren nicht zu sehen; wahrscheinlich machte sie eine Besorgung, und er war bei seiner Arbeit. Wir erkannten Lintons Stimme und traten ein.

»Oh, ich hoffe, du wirst mal vor Frost umkommen!« sagte der Junge, der meinte, der nachlässige Dienstbote betrete sein Zimmer.

Er hielt inne, als er seinen Irrtum bemerkte; seine Base flog auf ihn zu.

»Sind Sie es, Miss Linton?« sagte er und hob seinen Kopf aus dem großen Lehnstuhl, in dem er ruhte. »Nein, küssen Sie mich nicht. Das bringt mich ganz außer Atem – ach, du liebe Zeit! Genug! Papa sagte, Sie würden vorbeikommen«, fuhr er fort, nachdem er sich ein wenig von Catherines Umarmung erholt hatte, während sie ganz zerknirscht neben ihm stand. »Wollen Sie bitte die Tür schließen? Sie ließen sie offen, und diese – diese ekelhaften Kreaturen wollen mir keine Kohlen fürs Feuer bringen. Es ist so kalt!«

Ich schürte in der Asche und holte selbst einen Eimer voll Kohlen. Der Kranke beschwerte sich, ich hätte solchen Staub aufgewirbelt, er wäre ganz mit Asche bedeckt; aber da er einen quälenden Husten hatte und fiebrig und krank aussah, mochte ich ihm seine üble Laune nicht vorwerfen.

»Nun, Linton«, fragte Catherine mit sanfter Stimme, als sich seine Stirn wieder geglättet hatte, »freust du dich, mich zu sehen? Kann ich dir irgendwie nützlich sein?«

»Warum sind Sie nicht eher gekommen?« fragte er. »Sie hätten kommen sollen, anstatt zu schreiben. Das hat mich schrecklich angestrengt, solche langen Briefe zu schreiben. Ich hätte mich viel lieber mit Ihnen unterhalten. Jetzt kann ich weder sprechen noch sonst etwas vertragen. Ich frage mich, wo Zillah bleibt! Würden Sie wohl« – wobei er mich ansah – »mal in die Küche gehen und nachsehen?«

Ich hatte für meinen anderen Dienst keinen Dank erhalten, und nicht gewillt, auf sein Geheiß ständig hin und her zu laufen, gab ich zur Antwort: »In der Küche ist niemand außer Joseph.«

»Ich möchte etwas zu trinken«, rief er mit quengeliger Stimme und wandte sich ab. »Zillah streicht ständig in Gimmerton umher, seit Papa fort ist. Es ist ein Elend! Und ich bin gezwungen, mein Zimmer zu verlassen und hier herunterzukommen, denn oben will mich keiner hören.«

»Kümmert sich Ihr Vater um Sie, Master Heathcliff?« fragte ich, da ich sah, daß er auf Catherines freundliches Entgegenkommen nicht eingegangen war.

»Kümmern? Wenigstens sorgt er dafür, daß *sie* sich ein wenig mehr um mich kümmern«, rief er. »Diese Halunken! Wissen Sie, Miss Linton, der Hareton ist so gemein, er lacht über mich – ich hasse ihn – wirklich, ich hasse sie alle! Sie sind abscheulich.«

Cathy machte sich auf die Suche nach etwas Wasser. Sie fand einen Krug im Schrank, füllte ein Glas und reichte es ihm. Er bat sie, einen Löffel Wein aus der Flasche auf dem Tisch hinzuzufügen, und nachdem er einen kleinen Schluck genommen hatte, machte er einen ruhigeren Eindruck und sagte, sie sei sehr freundlich.

»Und freust du dich, mich zu sehen?« fragte sie, ihre Frage von vorhin wiederholend, und war schon froh, die schwache Andeutung eines Lächelns zu sehen.

»Ja doch – 's ist mal etwas Neues, eine Stimme wie die Ihre zu hören!« gab er zur Antwort. »Aber ich war Ihnen böse, weil Sie nicht kommen wollten – und Papa gab mir die Schuld. Er nannte mich einen erbärmlichen Feigling, Drückeberger und Taugenichts und sagte, Sie verachteten mich, und wenn er an meiner Stelle gewesen wäre, würde er inzwischen mehr auf der Grange zu sagen haben als Ihr Vater. Aber Sie verachten mich nicht, nicht wahr, Miss?«

»Ich wünschte, du würdest Catherine oder Cathy sagen!« unterbrach mein junges Fräulein. »Dich verachten? Nein! Nach Papa und Ellen gibt es keinen auf der Welt, den ich lieber habe als dich. Aber Mr. Heathcliff mag ich nicht, und wenn er wieder da ist, traue ich mich nicht herzukommen. Wird er länger wegbleiben?«

»Nicht lange«, antwortete Linton, »aber seit die Jagdzeit begonnen hat, geht er häufig ins Moor, und wenn er fort ist, könntest du ein oder zwei Stunden bei mir sein. Bitte! Sage ja! Ich glaube, bei dir würde ich nicht so unzufrieden sein. Du würdest mich nicht ärgern und herausfordern, und du würdest immer bereit sein, mir zu helfen, nicht wahr?«

»Ja«, sagte Catherine und strich ihm über sein langes, weiches Haar. »Wenn ich nur Papas Zustimmung bekäme, würde ich die Hälfte meiner Zeit bei dir verbringen. Linton, mein Guter! Ich wünschte, du wärst mein Bruder!«

»Und dann würdest du mich genauso gern haben wie deinen Vater?« bemerkte er ein wenig fröhlicher. »Aber Papa sagt, du würdest mich lieber haben als deinen Vater und alles auf der Welt, wenn du meine Frau wärst – darum wünsche ich mir eigentlich, du würdest es!«

»Nein, ich könnte nie jemanden lieber haben als Papa«, erwiderte sie ernst. »Und es gibt auch Männer, die ihre Frauen nicht mögen, wohl aber ihre Brüder und Schwestern, und wenn du das wärst, würdest du bei uns wohnen, und Papa würde dich genauso gern haben wie mich.«

Linton bestritt, daß es Männer gäbe, die ihre Frauen nicht mögen, aber Cathy behauptete, das käme vor, und nannte in ihrer Weisheit als Beispiel die Abneigung seines eigenen Vaters gegen ihre Tante.

Ich bemühte mich, ihr loses Mundwerk zum Schweigen zu bringen, doch ohne Erfolg, bis alles, was sie wußte, heraus war. Master Heathcliff, sehr zornig, bestand darauf, ihr Bericht müsse falsch sein.

»Papa hat es mir erzählt, und Papa erzählt keine Lügen!« antwortete sie schnippisch.

»*Mein* Papa möchte mit deinem nichts zu tun haben!« schrie Linton. »Er nennt ihn einen Leisetreter und Dummkopf!«

»Deiner ist ein schlechter Mensch«, gab Catherine wütend zurück, »und es ist sehr ungezogen von dir, daß du zu wiederholen wagst, was er sagt. Er muß schlecht sein, wenn er Tante Isabella so weit gebracht hat, ihn zu verlassen!«

»Sie hat ihn nicht verlassen«, sagte der Junge. »Du sollst mir nicht widersprechen!«

»Doch, sie hat!« schrie mein junges Fräulein.

»Schön, jetzt werde ich *dir* etwas erzählen!« sagte Linton. »Deine Mutter hat deinen Vater gehaßt, damit du's weißt.«

»Oh!« rief Catherine aus, zu sehr in Rage, um weitersprechen zu können.

»Und sie hat meinen geliebt!« fügte er hinzu.

»Du Lügner, du! Jetzt hasse ich dich!« keuchte sie, und ihr Gesicht lief vor Wut rot an.

»Doch, sie hat, sie hat!« sang Linton, verzog sich in den Schlupfwinkel seines Sessels und lehnte seinen Kopf zurück, um die Aufregung seiner Partnerin zu genießen, die hinter ihm stand.

»Pst, seien Sie still, Master Heathcliff!« sagte ich. »Die Geschichte haben Sie auch von Ihrem Vater, vermute ich.«

»Nein, gar nicht. Halten Sie doch den Mund!« antwortete er. »Es stimmt, Catherine, sie hat, sie hat!«

Cathy, ganz außer sich, versetzte dem Sessel einen heftigen Stoß, so daß er seitwärts gegen die Armlehne fiel. Sogleich wurde er von einem erstickenden Husten befallen, der seinen Triumph schnell beendete.

Er war so anhaltend, daß selbst ich erschrocken war. Was seine Base betraf, die weinte herzbrechend, bestürzt über das Unheil, das sie angerichtet hatte, wenn sie auch nichts sagte.

Ich stützte ihn, bis der Anfall vorüber war. Dann stieß er mich weg und saß mit gesenktem Kopf schweigend da. Auch Catherine bezwang ihr Weinen, nahm ihm gegenüber Platz und blickte ernst ins Feuer.

»Wie fühlen Sie sich jetzt, Master Heathcliff?« erkundigte ich mich nach zehn Minuten.

»Ich wünschte, *sie* fühlte sich so wie ich«, antwortete er. »Boshaftes, grausames Ding! Hareton rührt mich nie an, er hat mich noch nie im Leben geschlagen. Und gerade heute ging es mir besser... und da...«, seine Stimme erstarb in einem Wimmern.

»*Ich* habe dich nicht geschlagen!« murmelte Cathy und biß sich auf die Lippen, um einen neuen Gefühlsausbruch zu verhindern.

Er seufzte und stöhnte wie einer, der viel zu leiden hat, und tat das eine Viertelstunde lang, offensichtlich in der Absicht, seine Base zu betrüben, denn jedesmal, wenn er ein unterdrücktes Schluchzen von ihr vernahm, wurde seine Stimme noch schmerzlicher und peinvoller.

»Es tut mir leid, daß ich dir weh getan habe, Linton!« sagte sie endlich, als sie diese Folter nicht mehr ertragen konnte. »Aber *mir* hätte so ein kleiner Stoß nichts ausgemacht, und ich hatte keine Ahnung, daß er dir weh tun könnte – aber es war doch nicht schlimm, nicht wahr, Linton? Laß mich nicht heimgehen mit dem Gedanken, daß ich dir geschadet habe! So antworte doch, sag ein Wort!«

»Ich kann nicht mit dir sprechen«, murmelte er. »Du hast mir so weh getan, daß ich die ganze Nacht wach liegen werde, vom Husten geschüttelt. Wenn du ihn hättest, würdest du wissen, wie das ist – aber *du* wirst angenehm schlafen, während ich mich quälen muß, und kein Mensch bei mir! Ich möchte wissen, wie es dir gefallen würde, solche fürchterlichen Nächte durchzumachen!« Und er fing an, aus lauter Mitleid mit sich selbst laut loszuweinen.

»Da Sie es gewöhnt sind, fürchterliche Nächte zu haben«, sagte ich, »wird es nicht Miss Cathy sein, die sie verschuldet hat. Es wäre nicht anders, auch wenn sie nie gekommen wäre. Jedenfalls wird sie Sie nicht noch einmal stören – und vielleicht kommen Sie besser zur Ruhe, wenn wir jetzt gehen.«

»Soll ich gehen?« fragte Catherine traurig und beugte sich über ihn. »Willst du, daß ich gehe, Linton?«

»Du kannst es nicht wiedergutmachen, was du angerichtet hast«, antwortete er gereizt und wich vor ihr zurück, »sondern nur noch verschlimmern, indem du mich jetzt aufregst, bis ich Fieber habe!«

»Schön, dann soll ich also gehen?« wiederholte sie.

»Laß mich wenigstens in Ruhe«, sagte er, »ich kann dein ständiges Reden nicht ertragen!«

Sie zögerte noch eine ganze Weile und widersetzte sich all meinen Überredungskünsten, sie zum Aufbruch zu bewegen. Aber da er weder aufsah noch sprach, machte sie endlich eine Bewegung zur Tür hin, und ich folgte ihr.

Wir wurden durch einen Aufschrei zurückgerufen. Linton war von seinem Lehnstuhl auf die Steinfliesen vor dem Kamin herabgeglitten und wand sich dort mit dem ganzen Eigensinn eines verwöhnten Kindes, das entschlossen ist, so unausstehlich und unleidlich wie nur möglich zu sein.

Sein Benehmen verriet mir sofort, wie töricht es wäre, noch zu versuchen, auf seine Launen einzugehen. Doch meine Begleiterin lief in schrecklicher Angst zurück, kniete nieder und weinte und redete ihm gut zu und flehte ihn an, bis er ruhig wurde, nicht etwa, weil er Gewissensbisse bekam, sie so beunruhigt zu haben, sondern weil ihm die Luft ausging.

»Ich werde ihn auf die Bank legen«, sagte ich, »dort kann er sich umherwälzen, so viel er will. Wir können nicht hier stehen bleiben und ihm dabei zusehen. Ich hoffe, Sie haben sich davon überzeugt, Miss Cathy, daß *Sie* nicht die Person sind, die ihm gut tut, und daß sein Gesundheitszustand nichts mit der Zuneigung zu Ihnen zu tun hat. So, da liegt er! Kommen Sie, gehen wir – sobald er merkt, daß niemand mehr da ist, der sich um seinen Unsinn kümmert, wird er froh sein, still liegen zu können!«

Sie legte ihm ein Kissen unter den Kopf und bot ihm etwas Wasser an. Das Wasser wies er zurück, und auf dem Kissen wälzte er sich so unruhig hin und her, als wäre es ein Stein oder ein Holzklotz.

Sie versuchte, es ihm bequemer hinzulegen.

»So liegt es nicht richtig«, sagte er, »es ist nicht hoch genug!«

Catherine brachte ein zweites, um es daraufzulegen.

»Das ist zu hoch!« murrte der Quälgeist.

»Wie soll ich es denn machen?« fragte sie ganz verzweifelt.

Er zog sich an ihr, die neben der Bank halb kniete, hoch und benutzte ihre Schulter als Kopfstütze.

»Nein, so geht das nicht!« sagte ich. »Sie müssen schon mit dem Kissen zufrieden sein, Master Heathcliff! Miss Cathy hat mit Ihnen schon so viel Zeit vertan; wir können nicht noch fünf Minuten länger bleiben.«

»Doch, doch, wir können!« gab Cathy zur Antwort. »Jetzt ist er brav und geduldig. Er denkt nun auch daran, daß ich heute nacht weit größeres Elend haben werde als er, wenn ich annehmen müßte, daß es ihm schlechter geht auf Grund meines Besuchs; und dann wage ich nicht wiederzukommen. Sage die Wahrheit, Linton – denn wenn ich dir weh getan habe, dürfte ich ja nicht mehr kommen.«

»Du mußt kommen, damit ich gesund werde«, antwortete er. »Du hast schon deshalb zu kommen, weil du mir weh getan hast. Denn du weißt, das hast du, ziemlich sogar! Als du hereinkamst, war ich nicht so krank, wie ich nun bin – nicht wahr?«

»Aber du hast dich doch selbst krank gemacht durch dein Schreien und Wüten. Es war nicht alles meine Schuld«, sagte seine Base. »Jedenfalls wollen wir jetzt wieder Freunde sein. Und du brauchst mich also? Du möchtest mich wirklich manchmal hier sehen?«

»Ich habe es dir doch gesagt!« gab er ungeduldig zur Antwort. »Setz dich auf die Bank und laß mich den Kopf in deinen Schoß legen. So habe ich es bei Mama gemacht, ganze Nachmittage lang. Sitz ganz still und sprich nicht, aber du darfst ein Lied singen, wenn du singen kannst, oder du darfst auch eine schöne, lange, spannende Ballade aufsagen, eine von denen, die du mir beibringen wolltest, oder eine Geschichte erzählen. Doch hätte ich lieber eine Ballade. Fang an.«

Catherine sagte die längste Ballade auf, die sie kannte, und sie unterhielten sich dabei vorzüglich. Linton wollte noch eine hören und danach noch eine, ungeachtet meiner heftigen Proteste; und so ging es weiter, bis die Uhr zwölf schlug und wir Hareton im Hof hörten, der zum Essen heimkam.

»Und morgen, Catherine, kommst du morgen wieder her?« fragte der junge Heathcliff und hielt sie am Kleid fest, als sie widerstrebend aufstand.

»Nein«, antwortete ich, »und auch übermorgen nicht.« Sie jedoch gab ihm offensichtlich eine andere Antwort, denn sein Gesicht hellte sich auf, als sie sich niederbeugte und ihm etwas ins Ohr flüsterte.

»Sie werden morgen nicht hingehen, denken Sie dran, Miss!« begann ich, als wir aus der Haustür traten. »Sie denken doch nicht im Traum daran, oder?«

Sie lächelte.

»Oh, ich werde gut aufpassen!« fuhr ich fort. »Das Schloß ist bis dahin repariert, dafür sorge ich, und Sie können auf keinem andern Weg hinaus.«

»Ich kann über die Mauer klettern«, sagte sie lachend. »Die Grange ist doch kein Gefängnis, Ellen, und du bist nicht mein Wärter. Und außerdem bin ich fast siebzehn. Ich bin erwachsen. Und ich bin sicher, Linton würde sich schnell erholen, wenn ich mich um ihn kümmerte. Ich bin älter als er, weißt du, und verständiger, weniger kindisch, bin ich das nicht? Und mit ein wenig Geduld und gutem Zureden wird er bald tun, was ich ihm sage. Er ist so ein hübsches Bürschchen, solch ein lieber Kerl, wenn er brav ist. Ich würde ihn ja so verwöhnen, wenn er mein wäre. Wir würden nie miteinander Streit haben – warum sollten wir, wenn wir uns erst aneinander gewöhnt haben?! Magst du ihn denn nicht, Ellen?«

»Ich ihn mögen?« rief ich aus. »Dieses übellaunige, kränkelnde Küken, das sich abstrampelt, um in seine Flegeljahre hineinzukommen! Glücklicherweise wird er, wie Mr. Heathcliff vermutet, nicht die Zwanzig erreichen! Ich zweifle sogar, ob er noch den Frühling erleben wird. Es wird kein großer Verlust für seine Familie sein, wenn er stirbt, und für uns ist es ein Glück, daß sein Vater ihn nahm. Je freundlicher man ihn behandelt, desto launenhafter und selbstsüchtiger wird er. Ich bin froh, daß Sie keine Aussicht haben, ihn zum Gatten zu bekommen, Miss Catherine!«

Meine Begleiterin wurde bei meinen Worten ernst. Daß ich so rücksichtslos von seinem Tod sprechen konnte, verletzte ihre Gefühle.

»Er ist jünger als ich«, antwortete sie nach einer längeren Pause des Nachsinnens, »und eigentlich sollte er länger leben: Er wird, er muß so lange leben wie ich. Er ist jetzt ebenso kräftig wie damals, als er hierher in den Norden kam, davon bin ich überzeugt! Es ist nur eine Erkältung, die ihm zu schaffen macht, gerade so eine, wie Papa sie hat. Du sagst, Papa wird es bald besser gehen, warum also ihm nicht auch?«

»Na schön, lassen wir's!« rief ich. »Schließlich brauchen wir uns darüber keine Gedanken zu machen. Denn hören Sie gut zu, Miss – passen Sie auf, ich halte mein Wort: Wenn Sie versuchen, wieder nach Wuthering Heights zu gehen, ob mit mir oder allein, werde ich Mr. Linton davon in Kenntnis setzen, und wenn er seine Erlaubnis nicht gibt, darf der Umgang mit Ihrem Vetter nicht wiederaufgenommen werden.«

»Er ist bereits wiederaufgenommen worden!« murmelte Cathy schmollend.

»Dann darf er eben nicht fortgesetzt werden!« sagte ich.

»Wir werden sehen!« war ihre Antwort, und damit ritt sie im Galopp davon und ließ mich mühselig hinterherlaufen.

Wir kamen beide noch vor unserer Essenszeit zu Hause an. Mein Herr nahm an, wir hätten einen Spaziergang durch den Park gemacht, und verlangte daher keine Erklärung über unsere Abwesenheit. Kaum war ich zur Tür herein, beeilte ich mich, meine durchnäßten Schuhe und Strümpfe zu wechseln. Aber das lange Herumsitzen in den nassen Sachen in Wuthering Heights war mir schlecht bekommen. Am anderen Morgen mußte ich im Bett bleiben, und für die Dauer von drei Wochen war ich nicht in der Lage, meine Pflichten wahrzunehmen – ein Unglück, das mir bis dahin nie passiert war und, ich bin dankbar, es sagen zu können, auch später nie wieder passierte.

Meine kleine Herrin betrug sich wie ein Engel, kam und betreute mich und heiterte mich in meiner Einsamkeit auf, denn es bedrückte mich ungemein, daß ich ans Bett gefesselt war. Es ist eine Geduldsprobe für einen Menschen, der sonst ständig lebhaft und in Bewegung ist – aber es gibt kaum jemand, der weniger Grund zur Klage hatte als ich damals. Sowie Catherine Mr. Lintons Zimmer verlassen hatte, erschien sie auch schon an meinem Bett. Ihr Tag wurde zwischen uns aufgeteilt. Nicht eine Minute hatte sie für sich, sie nahm sich kaum Zeit für ihre Mahlzeiten und das Studium und gönnte sich kein Vergnügen, und sie war die zärtlichste Krankenschwester, die man sich denken kann. Sie muß schon ein warmes, mitfühlendes Herz gehabt haben, daß sie bei aller Liebe zu ihrem Vater mir noch so viel Zeit opferte!

Ich sagte, ihren Tag teilte sie zwischen uns auf. Aber der Herr zog sich schon früh zurück, und ich benötigte gewöhnlich nach sechs Uhr auch nichts mehr, also gehörte der Abend ihr.

Armes Ding! Ich machte mir nie Gedanken, was sie nach dem Tee mit sich selbst anfing. Und obwohl mir häufig, wenn sie spät noch hereinschaute, um mir gute Nacht zu sagen, die frische Farbe ihrer Wangen auffiel und eine Rötung an ihren schlanken Fingern, schob ich es auf ein warmes Kaminfeuer in der Bibliothek, anstatt mir vorzustellen, daß die Farbe von einem Ritt in der Kälte über das Moor stammen könnte.

Vierundzwanzigstes Kapitel

Am Ende der dritten Woche war ich imstande, mein Zimmer zu verlassen und mich im Hause zu bewegen. Und als ich zum erstenmal am Abend aufblieb, bat ich Catherine, mir etwas vorzulesen, denn meine Augen waren schwach. Wir waren in der Bibliothek, der Herr war schon zu Bett gegangen. Sie schien keine rechte Lust zu haben, und da ich dachte, meine Bücher wären nicht nach ihrem Geschmack, schlug ich ihr vor, ein Buch nach ihrer eigenen Wahl auszusuchen.

Sie nahm eines ihrer Lieblingsbücher heraus und las wohl eine Stunde lang daraus vor. Dann kamen häufig Fragen: »Ellen, bist du nicht müde? Wäre es nicht besser, wenn du dich jetzt hinlegtest? Du wirst wieder krank, wenn du so lange aufbleibst, Ellen.«

»Nein, nein, mein Herzchen, ich bin nicht müde«, gab ich immer wieder zur Antwort. Als sie merkte, daß ich unerschütterlich blieb, versuchte sie, mir mit einer anderen Methode begreiflich zu machen, wie wenig ihr das Vorlesen gefiel. Es wurde gegähnt und sich gerekelt und gereckt, und dann: »Ellen, ich bin müde.«

»Dann hören Sie auf, und wir wollen uns statt dessen unterhalten«, antwortete ich.

Das war noch schlimmer. Sie zog ein Gesicht, rutschte unruhig hin und her, seufzte und sah nach der Uhr. Bis sie gegen acht Uhr auf ihr Zimmer ging, vollständig vom Schlaf überwältigt, wie man aus ihrer grämlichen, schläfrigen Miene und dem ständigen Reiben ihrer Augen schließen konnte.

Am folgenden Abend schien sie noch ungeduldiger, und am dritten klagte sie über Kopfweh und ließ mich allein.

Ich fand ihr Verhalten merkwürdig, und nachdem ich eine Weile so allein dagesessen hatte, beschloß ich, nach oben zu gehen und mich zu erkundigen, ob es ihr besser ginge, und sie zu bitten, doch herunterzukommen und auf dem Sofa zu liegen, anstatt dort oben im Dunkeln.

Keine Catherine konnte ich finden, weder oben in ihrem Zimmer noch unten im Haus. Die Dienstboten versicherten, sie hätten sie nicht gesehen. Ich horchte an Mr. Edgars Tür – alles war still. Ich kehrte zurück auf ihr Zimmer, löschte meine Kerze und setzte mich ans Fenster.

Der Mond schien hell. Ein wenig Schnee bedeckte den Boden, und ich überlegte, es könnte ihr vielleicht der Gedanke gekommen sein, sich durch einen Gang im Garten zu erfrischen. Ich entdeckte eine Gestalt, die am Parkgitter entlangschlich. Aber es war nicht meine junge Herrin. Als die Gestalt ins Mondlicht hinaustrat, erkannte ich einen der Stallburschen.

Er stand dort lange Zeit und blickte die Fahrstraße hinunter,

VIERUNDZWANZIGSTES KAPITEL

die durch das Grundstück führt, dann ging er plötzlich in schnellem Schritt los, als ob er etwas entdeckt hätte, und erschien gleich darauf wieder; er führte Miss Cathys Pony am Zügel. Und da war sie; eben abgestiegen, ging sie neben dem Pferd her.

Der Mann brachte das ihm übergebene Tier in aller Heimlichkeit über den Rasen zum Stall. Cathy trat durch die Glastür ein, die vom Wohnzimmer in den Garten führt, und glitt geräuschlos nach oben, wo ich auf sie wartete. Sie schloß behutsam die Tür, schlüpfte aus ihren schneenassen Schuhen, band ihren Hut auf und war dabei, sich ihren Mantel auszuziehen, ohne etwas von meiner Anwesenheit zu ahnen, als ich plötzlich aufstand und mich zu erkennen gab. Einen Augenblick war sie wie versteinert vor Überraschung. Sie stieß einen unartikulierten Laut aus und blieb wie angewurzelt stehen.

»Meine liebe Miss Catherine«, begann ich, noch zu sehr beeindruckt von ihren mir kürzlich erwiesenen Liebenswürdigkeiten, als daß ich sie hätte schelten können. »Wo sind Sie zu dieser späten Stunde hingeritten? Und warum haben Sie versucht, mich zu täuschen, indem Sie mir etwas von Kopfweh vorschwindelten? Wo sind Sie gewesen? Antworten Sie!«

»Am Ende des Parks«, stammelte sie. »Ich habe nicht geschwindelt.«

»Und nirgends sonst?« fragte ich.

»Nein«, war die gemurmelte Antwort.

»O Catherine«, rief ich bekümmert, »Sie wissen, Sie haben unrecht getan, sonst würden Sie sich nicht gezwungen sehen, mir die Unwahrheit zu sagen. Das macht mich traurig. Lieber möchte ich drei Monate krank sein, als hören zu müssen, wie Sie mir eine wohlüberlegte Lüge vorsetzen.«

Sie fiel mir um den Hals und brach in Tränen aus.

»Ach, Ellen, ich habe solche Angst, daß du böse wirst«, sagte sie. »Versprich mir, nicht böse zu sein, und du sollst die ganze Wahrheit wissen. Ich mag es gar nicht, dir etwas zu verheimlichen.«

Wir setzten uns auf die Fensterbank. Ich versicherte ihr, ich würde nicht schelten, was auch ihr Geheimnis sei, und natürlich hatte ich es längst erraten, und so begann sie: »Ich war auf Wuthering Heights, Ellen, und seit Beginn deiner Krankheit bin ich jeden Tag dort gewesen und habe keinen Tag versäumt, bis auf dreimal, bevor es dir besser ging und du dein Zimmer verlassen konntest, und zweimal danach. Ich habe Michael Bücher und Bilder gegeben, damit er mir Minny jeden Abend sattelt und sie nachher wieder zurück in den Stall bringt. Du darfst ihn auch nicht schelten, denke daran. Gegen halb sieben war ich oben auf den Heights und blieb gewöhnlich bis halb neun und galoppierte dann heim. Ich machte den Weg wirklich nicht zu meinem Vergnügen, oft fühlte ich mich die ganze Zeit über unglücklich. Manchmal war ich glücklich, einmal in der Woche vielleicht. Weißt du, zuerst dachte ich, daß es viel Mühe kosten würde, dich zu überreden, Linton mein Wort zu halten, denn als wir ihn verließen, hatte ich versprochen, am nächsten Tag wieder bei ihm zu sein. Aber da du oben auf deinem Zimmer bliebst, konnte ich mich um diese unangenehme Aufgabe herumdrücken. Während Michael an der Parktür das Schloß ausbesserte, nahm ich den Schlüssel an mich und erzählte ihm, wie sehr mein Vetter meinen Besuch wünsche, da er krank sei und nicht zur Grange kommen könne, und daß Papa dagegen sei. Und dann verhandelte ich mit ihm wegen des Ponys. Er liest gern und denkt daran, bald fortzugehen, um zu heiraten. So erklärte er sich bereit zu tun, was ich wünschte, wenn ich ihm Bücher aus der Bibliothek leihen würde, aber ich zog es vor, ihm meine eigenen zu geben, und damit war ihm noch mehr gedient.

Bei meinem zweiten Besuch schien Linton in besserer Stimmung zu sein, und Zillah – das ist die Haushälterin – brachte das Zimmer in Ordnung und machte uns ein gemütliches Feuer. Sie sagte, wir könnten tun, was wir wollten, da Joseph zu einer Gebetsstunde gegangen und Hareton Earnshaw mit seinen Hunden fort sei – wie ich später hörte, hat er in unseren Wäldern Fasanen gejagt.

Sie brachte mir Glühwein und Ingwerbrot und war ungemein liebenswürdig. Linton saß im Lehnstuhl und ich in dem kleinen Schaukelstuhl vor dem Kamin. Wir plauderten sehr vergnügt und lachten und hatten uns so viel zu sagen; wir machten Pläne, wo wir im Sommer hingehen würden und was wir alles tun wollten. Ich will es nicht wiederholen, denn du fändest es doch albern.

Einmal jedoch hätten wir uns beinahe gezankt. Er sagte, die schönste Art, einen heißen Julitag zu verbringen, sei, von morgens bis abends mitten in der Heide zu liegen, wenn die Bienen einschläfernd zwischen den Blüten umhersummen und die Lerchen hoch über unsern Köpfen singen und vom blauen, wolkenlosen Himmel ständig die Sonne scheint. Das war seine Vorstellung von vollkommenstem Glück und himmlischer Seligkeit. Meine aber war, mich in einem rauschenden grünen Baum zu wiegen, während ein tüchtiger Westwind bläst und leuchtendweiße Wolken eilig über mich dahinfliegen. Und nicht nur Lerchen, auch Drosseln und Amseln und Hänflinge und Kuckucke müßten rundum Musik machen. Und das Moor ist in der Ferne zu sehen, durchschnitten von kühlen, dämmerigen Tälern; aber ganz in der Nähe sind sanfte Hügel mit hohen Gräsern, die wie ein großes, grünes Meer in Wellen dahinwogen im Wind. Und Wälder und rauschendes Wasser, und die ganze Welt ist wach und jubelt vor Freude. Er wollte, daß alles im tiefsten Frieden liegt, ich wünschte mir alles in Bewegung, funkelnd und tanzend in einer herrlichen Feier.

Ich sagte, sein Himmel wäre nur halb lebendig, und er sagte, meiner wäre betrunken. Ich sagte, ich würde in seinem einschlafen, und er sagte, er könne in meinem nicht atmen, und fing an, sehr bissig zu werden. Zuletzt kamen wir überein, beide Himmel auszuprobieren, sobald das richtige Wetter käme; und dann küßten wir uns und waren wieder Freunde. Nachdem wir eine Stunde stillgesessen hatten, sah ich mich in dem großen Raum um und dachte, wie hübsch es sich hier auf dem glatten Fußboden ohne Teppich spielen ließe, wenn wir den Tisch wegrückten. Und ich bat Linton, Zillah hereinzurufen, daß sie uns helfe und wir Blindekuh spielen könnten – sie sollte versuchen, uns zu fangen, wie du es früher getan hast, weißt du noch, Ellen? Er wollte nicht. Das mache keinen Spaß, meinte er. Aber er willigte ein, mit mir Ball zu spielen. Wir fanden zwei Bälle in dem alten Büffet, unter einem Haufen alter Spielsachen: Kreisel, Reifen, Schläger und Federbälle. Der eine Ball war mit C gezeichnet, und der andere mit H. Ich wollte den C. haben, weil ich Catherine heiße, und H. könnte Heathcliff heißen, sein Name. Aber dieser Ball hatte ein Loch, und Linton mochte ihn nicht haben.

Ich spielte viel besser als er und schlug ihn ständig, er wurde wieder ärgerlich und kehrte hustend zu seinem Lehnstuhl zurück. An jenem Abend fand er freilich seine gute Laune bald wieder. Denn er war ganz bezaubert von zwei oder drei hübschen Liedern, die ich ihm vorsang, deinen Liedern, Ellen, und als ich gehen mußte, ließ er mich nicht fort, bis ich versprochen hatte, am nächsten Abend wiederzukommen.

Minny und ich flogen wie ein Sturmwind nach Hause, und ich träumte von Wuthering Heights und meinem süßen geliebten Vetter bis zum Morgen.

Am nächsten Morgen war ich traurig, zunächst weil es dir schlecht ging, und dann, weil ich mir wünschte, mein Vater wüßte von meinen Ausflügen und wäre damit einverstanden. Aber nach dem Tee war herrlichster Mondschein, und als ich davonritt, hellte sich auch meine trübe Stimmung auf.

Ich werde wieder einen frohen Abend haben, dachte ich bei mir, und was mich noch mehr beglückt, mein lieber Linton auch.

Ich trabte ihren Gartenweg hinauf und wollte zum Hintereingang des Hauses abbiegen, als dieser Bursche, der Earnshaw, mir entgegenkam, mir die Zügel abnahm und mich bat, den vorderen Eingang zu benutzen. Er streichelte Minny am Hals und sagte, sie sei ein hübsches Tier, und machte ganz den Eindruck, als ob er sich gern mit mir unterhalten wolle. Ich sagte ihm aber nur, er solle mein Pferd in Ruhe lassen, weil es sonst nach ihm ausschlagen könnte.

Er antwortete in seiner gewöhnlichen Sprache: ›Das würd' mir nich sehr weh tun, wenn's das täte‹ und betrachtete mit einem Lächeln die Beine des Ponys.

Ich war drauf und dran, es auf einen Versuch ankommen zu lassen; er ging jedoch voraus, um die Tür zu öffnen, und als er den Riegel hob, schaute er hinauf zu der Inschrift darüber und sagte in einer blöden Mischung von Unbeholfenheit und Stolz: ›Miss Catherine! Nu kann ich's lesen!‹

›Großartig!‹ rief ich. ›Bitte, laß hören, was du kannst – du bist ja sehr gescheit geworden!‹

Er buchstabierte und brachte silbenweise gedehnt den Namen ›Hareton Earnshaw‹ heraus. ›Und die Zahlen?‹ rief ich, ihn ermunternd, denn ich sah wohl, daß er nicht weiterkam.

›Die kenne ich noch nicht‹, antwortete er.

›O du Dummkopf!‹ rief ich und lachte ihn wegen seines Versagens gewaltig aus.

Der Narr stand da und starrte mich an, mit einem Grinsen um die Lippen und einem Stirnrunzeln, als wüßte er nicht recht, ob er in meine Fröhlichkeit einstimmen sollte, ob das eine scherzhafte Vertraulichkeit wäre oder, was es wirklich war, Verachtung.

Ich machte seinen Zweifeln ein Ende, indem ich plötzlich wieder ernst wurde und ihn ersuchte, seiner Wege zu gehen, denn ich wäre nicht gekommen, um ihn zu besuchen, sondern Linton.

Er errötete – ich sah es im Mondlicht –, ließ den Riegel fallen und drückte sich davon, ein Bild gekränkter Eitelkeit. Ich glaube, er hielt sich für ebenso gebildet wie Linton, weil er seinen eigenen Namen buchstabieren konnte, und war sehr verwundert und verärgert, daß ich nicht der gleichen Ansicht war.«

»Halt, Miss Catherine, meine Liebe!« unterbrach ich. »Ich will nicht schelten, aber wie Sie sich da betragen haben, gefällt mir nicht. Wenn Sie daran gedacht hätten, daß Hareton ebenso Ihr Vetter ist wie Master Heathcliff, hätten Sie fühlen müssen, wie unpassend es war, sich so zu benehmen. Jedenfalls war es doch ein lobenswerter Ehrgeiz bei ihm, daß er den Wunsch hatte, ebenso gebildet zu sein wie Linton, und wahrscheinlich hat er nicht nur gelernt, um sich damit zu brüsten. Zweifellos haben Sie ihn schon früher einmal wegen seiner Unwissenheit in Verlegenheit gebracht, und er wünschte, diesem Zustand abzuhelfen und Ihnen zu gefallen. Seinen unvollkommenen Versuch mit Hohngelächter zu belohnen zeugt von keiner Bildung. Wenn Sie in seinen Verhältnissen aufgewachsen wären, würden Sie dann nicht genauso ungebildet sein? Er war ein ebenso aufgewecktes und intelligentes Kind wie Sie, und es tut mir weh, daß er nun verachtet wird, weil dieser schändliche Heathcliff ihn so ungerecht behandelt hat.«

»Nun, Ellen, fang deshalb nicht gleich an zu weinen, bitte!« rief sie aus, erstaunt über meinen Ernst. »Aber warte nur, du sollst hören, ob er mir zu Gefallen sein Abc konnte und ob es sich lohnte, zu diesem Grobian höflich zu sein. Ich trat ein; Linton lag auf der Bank und richtete sich halb auf, um mich zu begrüßen.

›Ich fühle mich heute abend nicht gut, Catherine, Liebste‹, sagte er, ›du mußt die Unterhaltung allein führen und mich zuhören lassen. Komm und setz dich zu mir – ich wußte, du würdest Wort halten, und auch heute mußt du mir, ehe du gehst, dein Versprechen geben, daß du morgen wiederkommst.‹

Ich wußte nun, daß ich ihn nicht aufregen durfte, weil er krank war, deshalb sprach ich mit leiser Stimme und stellte keine Fragen und vermied es, ihn auf irgendeine Weise aufzuregen. Ich hatte ihm einige meiner schönsten Bücher mitgebracht; er bat mich, ihm etwas vorzulesen, und ich wollte ihm gerade den Wunsch erfüllen, als Earnshaw, der durch weiteres Grübeln wohl auf böse Gedanken gekommen war, die Tür aufriß. Er ging direkt auf uns zu, packte Linton beim Arm und riß ihn von der Bank herunter.

›Mach, daß du auf dein eigenes Zimmer kommst!‹ sagte er mit bebender Stimme, die vor Erregung fast unverständlich war, und sein Gesicht war rot vor Wut. ›Nimm sie mit zu dir, wenn sie dich besuchen kommt – ich lass' mich nicht von dir vertreiben. Raus mit euch beiden!‹

Er fluchte und ließ Linton keine Zeit zu antworten, sondern warf ihn beinahe in die Küche. Als ich folgte, drohte er mir mit der Faust und hatte anscheinend nicht übel Lust, mich niederzuboxen. Einen Augenblick war ich erschrocken und ließ eins der Bücher fallen; mit einem Fußtritt schleuderte er es hinter mir her und verriegelte hinter uns die Tür.

Ich hörte ein krächzendes, schadenfrohes Lachen, das vom

Kaminfeuer her kam; als ich mich umdrehte, sah ich dort den verhaßten Joseph, der sich die knochigen Hände rieb und zitternd dastand.

›Äch wußt's, är zahlt's eich z'rück! Är's ä grußart'cher Borsche! Är hadd'n rächt'chen Gääst! Är wääß es – ei jo, är wääß es grad so gut als iche, wär hier herum dr Härre sin sullt – hä, hä, hää! Är hot eich dichtig Beene g'macht! Hä, hä, hää!‹

›Wo sollen wir hingehen?‹ fragte ich meinen Vetter, ohne den Spott des alten Kerls zu beachten.

Linton war bleich und zitterte. Er war in diesem Augenblick nicht mehr der hübsche Junge, Ellen. O nein! Er sah schrecklich aus! Sein schmales Gesicht mit den großen Augen war in rasender, ohnmächtiger Wut ganz verzerrt. Er packte den Türgriff und rüttelte an der Tür – sie war von innen verschlossen.

›Wenn du mich nicht reinläßt, bring' ich dich um! Wenn du mich nicht reinläßt, bring' ich dich um!‹ kreischte er mehr, als daß er sprach. ›Teufel, Teufel! Ich bring' dich um, ich bring' dich um!‹

Von Joseph hörte man wieder sein krächzendes Lachen.

›Da, das äs ganz dr Vatter!‹ rief er. ›Ganz dr Vatter! Mär ham alsu doch stäts vun beede Seit was in uns. Nur kä Angst, Hareton, Borsche, färcht dich nich – är kann nich dir was dun!‹

Ich ergriff Lintons Hände und versuchte ihn wegzuziehen. Aber er kreischte so gräßlich, daß ich es aufgab. Schließlich wurde sein Schreien von einem schrecklichen Hustenanfall erstickt; Blut floß aus seinem Mund, und er fiel zu Boden.

Ich rannte in den Hof – mir war ganz übel vor Schreck – und rief, so laut ich konnte, nach Zillah. Zum Glück hörte sie mich bald. Sie war gerade dabei, die Kühe im Schuppen hinter der Scheune zu melken, stand von ihrer Arbeit auf und kam herbeigeeilt, um sich zu erkundigen, was es gäbe.

Ich war so außer Atem, daß ich nichts erklären konnte; deshalb zerrte ich sie ins Haus und sah mich nach Linton um. Earnshaw war herausgekommen, um sich das Unglück, das er verursacht hatte, anzusehen. Er trug Linton gerade die Treppe hinauf. Zillah und ich folgten ihm. Aber am Ende der Treppe hielt er mich an und sagte, ich dürfe nicht mit hinein – ich solle heimgehen.

Ich schrie ihn an, er habe Linton getötet, und ich würde eintreten.

Joseph verriegelte die Tür und erklärte, ich solle ›nich sulch Zeig‹ tun, und fragte mich, ob ich ›druff un dran wär, su varrickt zu sein wie är‹.

Ich stand da und weinte, bis die Haushälterin wieder zurückkam. Sie behauptete, es ginge ihm schon besser, aber er könne dieses Schreien und Lärmen nicht vertragen. Sie umfaßte mich und trug mich fast nach unten ins ›Haus‹.

Ellen, ich hätte mir die Haare ausraufen können! Ich schluchzte und weinte so, daß meine Augen fast blind waren. Der Rohling, mit dem du so viel Mitgefühl hast, stand vor mir und erdreistete sich, mir hin und wieder zu gebieten, ich solle ruhig sein, und leugnete, daß es seine Schuld sei. Schließlich aber, geängstigt durch meine Drohung, ich würde es Papa sagen und er käme ins Gefängnis und würde gehängt, begann er zu weinen, und er stürzte eilig hinaus, um seine Feigheit zu verbergen.

Doch ich war ihn noch nicht los. Als es ihnen endlich gelungen war, mich zum Aufbruch zu überreden, und ich einige hundert Meter vom Haus entfernt war, trat er plötzlich aus dem Schatten am Straßenrand, griff Minny in die Zügel und hielt mich an.

›Miss Catherine, ich bin sehr traurig‹, begann er, ›aber es ist ja zu schlimm, daß…‹

Ich dachte, er wollte mich vielleicht umbringen, und gab ihm einen Hieb mit der Reitpeitsche. Er ließ mich los, stieß einen seiner schrecklichen Flüche aus, und ich galoppierte heim, halb von Sinnen.

An dem Abend habe ich dir nicht gute Nacht gesagt, und am nächsten Tag bin ich nicht nach Wuthering Heights geritten. Ich brannte darauf, aber ich hatte große Angst zu hören, daß Linton tot sei, und dann schauderte ich wiederum bei dem Gedanken, Hareton zu begegnen.

Am dritten Tag nahm ich meinen Mut zusammen; ich konnte die Ungewißheit nicht länger ertragen und stahl mich wieder einmal davon. Ich ging um fünf Uhr los, und zwar zu Fuß, da ich glaubte, unbeobachtet ins Haus und in Lintons Zimmer schleichen zu können. Die Hunde jedoch gaben Laut und meldeten mein Kommen an. Zillah empfing mich, sagte: ›Der Bursche ist hübsch auf dem Wege der Besserung‹ und führte mich in ein schmales, sauberes, mit Teppichen ausgelegtes Zimmer, wo ich zu meiner unaussprechlichen Freude Linton erblickte, der auf einem kleinen Sofa lag und in einem meiner Bücher las. Aber er wollte weder mit mir sprechen noch mich ansehen. Eine ganze Stunde lang beachtete er mich nicht. Ellen, er hat so eine unglückliche Veranlagung und ist lange nachtragend – und was mich geradezu bestürzte: Als er schließlich mit mir sprach, behauptete er, daß ich den ganzen Aufruhr verursacht hätte und Hareton keine Schuld treffe, was eine Lüge ist!

Ich war außerstande, darauf zu antworten, so empört war ich, stand schweigend auf und ging aus dem Zimmer. Er rief ein schwaches ›Catherine!‹ hinter mir her. Er hatte wohl nicht erwartet, daß ihm so geantwortet würde, aber ich drehte mich nicht um. Am folgenden Tag blieb ich zum zweitenmal zu Hause, beinahe entschlossen, ihn nicht mehr zu besuchen.

Aber es war so traurig, zu Bett zu gehen und aufzustehen, ohne etwas von ihm gehört zu haben, daß mein Entschluß dahinschmolz, ehe er richtig gefaßt war. Es war mir unrecht erschienen, als ich mit den heimlichen Besuchen anfing – nun schien es unrecht, sie wieder einzustellen. Michael kam, um zu fragen, ob er Minny satteln solle. Ich sagte: ›Ja‹ und kam mir vor wie jemand, der seine Pflicht erfüllt, als sie mich über die Hügel trug.

Ich mußte, um in den Hof zu gelangen, an den vorderen Fenstern vorbei; es hatte also keinen Zweck, mein Kommen verbergen zu wollen.

›Der junge Herr ist im ‚Haus‘‹, sagte Zillah, als sie mich auf das Wohnzimmer zugehen sah.

Ich trat ein. Earnshaw war auch da, aber er verließ sofort den Raum. Linton saß halb schlafend in dem großen Lehnstuhl. Ich stellte mich ans Feuer und begann in ernstem Ton: ›Da du mich nicht leiden kannst, Linton, und offenbar denkst, ich komme jedesmal nur in der Absicht, dir weh zu tun, ist dies heute unser letztes Zusammentreffen – wir wollen Abschied nehmen. Und sage Mr. Heathcliff, daß dir nichts daran liegt, mich zu sehen, und daß er in dieser Sache nicht noch mehr Lügen erfinden soll.‹ Von der Wahrheit dieser Worte war ich selbst, zumindest teilweise, fest überzeugt.

›Setz dich, Catherine, und nimm den Hut ab‹, antwortete er. ›Du bist so viel glücklicher als ich – du solltest auch besser sein. Papa redet genug von meinen Fehlern und zeigt mir so deutlich seine Verachtung, daß es nur natürlich ist, wenn ich an mir selbst zweifle. Ich denke dann oft, ich sei tatsächlich überflüssig und zu nichts nütze, wie er immer behauptet. Dann fühle ich mich so verärgert und verbittert und könnte jeden Menschen hassen! Ich *bin* unnütz und reizbar und langweilig, fast immer. Wenn du willst, kannst du mir jetzt Lebewohl sagen – du wirst einen ständigen Ärger los. Nur, Catherine, du kannst mir glauben, wenn ich so süß und freundlich und gut sein könnte, wie du es bist, würde ich es sein, und daran läge mir mehr noch, als ebenso glücklich und gesund zu sein wie du. Und glaube mir, deine unverdiente Güte und Freundlichkeit ist mir mehr zu Herzen gegangen, als wenn ich deine Liebe verdient hätte. Auch wenn ich nie fähig sein werde, sie zu verdienen, und dir nur meine wahre Natur zeigen kann, so bedauere und bereue ich doch, daß ich so bin, und werde es bedauern und bereuen, bis ich sterbe!‹

Ich fühlte, er sprach die Wahrheit, und ich fühlte, ich mußte ihm vergeben, und sollte er schon im nächsten Augenblick wieder lieblos sein und streiten, so müßte ich ihm wieder verzeihen. Wir versöhnten uns, dennoch weinten wir die ganze Zeit, während ich bei ihm saß – nicht nur aus Kummer, aber ich war sehr traurig wegen Lintons unheilvollem Charakter. Seine Freunde werden sich nie bei ihm wohl fühlen, und er selbst wird sich in seiner Haut nie wohl fühlen!

Seit jenem Abend habe ich ihn immer in seinem kleinen Wohnzimmer besucht, weil sein Vater am folgenden Tag zurückkam. Dreimal vielleicht waren wir vergnügt und voller Hoffnung wie am ersten Abend. Meine übrigen Besuche sind mir in düsterer Erinnerung und brachten nur Aufregung und Unannehmlichkeiten – mal waren sie durch seine Selbstsucht und Bosheit getrübt und dann wieder durch seine Krankheit. Aber ich habe gelernt, das eine mit so wenig Ärger und Groll zu ertragen wie das andere.

Mr. Heathcliff geht mir absichtlich aus dem Weg; ich habe ihn kaum gesehen. Letzten Sonntag allerdings, als ich ausnahmsweise früher kam, hörte ich, wie er den armen Linton heftig wegen seines Benehmens am Abend vorher ausschimpfte. Ich kann mir nicht erklären, wie er davon wissen konnte, es sei denn, er hat uns belauscht. Linton hatte sich wirklich schlimm aufgeführt, aber das war meine Sache und ging niemanden etwas an. Ich unterbrach Mr. Heathcliffs Strafpredigt, indem ich eintrat und ihm das sagte. Er brach in Lachen aus und ging fort mit den Worten, er sei froh, daß ich die Sache so ansehe. Seitdem, habe ich zu Linton gesagt, muß er mir seine Ungezogenheiten im Flüsterton sagen.

So, Ellen, jetzt hast du alles gehört. Und wenn man mich hindert, nach Wuthering Heights zu gehen, so macht man zwei Menschen unglücklich – wenn du hingegen Papa nichts davon sagst, so werden meine Besuche keinen in seiner Ruhe stören. Du sagst doch nichts, nicht wahr? Es wäre sehr herzlos von dir, wenn du es tätest.«

»Ich muß mir das bis morgen überlegen, Miss Catherine«, gab ich zur Antwort. »Das erfordert einiges Nachdenken. Deshalb will ich Sie jetzt verlassen, damit Sie zur Ruhe kommen und ich darüber nachdenken kann.«

Ich dachte in Gegenwart meines Herrn darüber nach, denn von ihrem Zimmer ging ich direkt zu seinem und erzählte die ganze Geschichte. Nur ihre Unterhaltungen mit Hareton ließ ich weg, ich erwähnte ihn überhaupt nicht.

Mr. Linton war beunruhigt und bekümmert, mehr als er mir gegenüber zugeben wollte. Am Morgen erfuhr Catherine von meinem Vertrauensbruch, und daß es mit ihren heimlichen Besuchen ein Ende hätte.

Vergebens weinte sie, lehnte sich gegen das Verbot auf und

flehte ihren Vater an, Mitleid mit Linton zu haben. Als einzigen Trost erhielt sie das Versprechen, daß er ihm schreiben wolle und ihm erlauben werde, wann immer er wolle, zur Grange zu kommen, aber zugleich mit der Erklärung, daß er nicht länger erwarten dürfe, Catherine auf Wuthering Heights zu sehen. Wenn er den Charakter und Gesundheitszustand seines Neffen genauer gekannt hätte, würde er es vielleicht für richtig gehalten haben, selbst diesen schwachen Trost zurückzuhalten.

Fünfundzwanzigstes Kapitel

»Das alles ereignete sich im vorigen Winter, Sir«, sagte Mrs. Dean, »vor kaum einem Jahr. Zu der Zeit dachte ich noch nicht, daß ich zwölf Monate später einen Fremden mit diesen Geschichten unterhalten werde! Doch wer weiß, wie lange Sie noch für die Familie ein Fremder sein werden? Sie sind zu jung, um sich immer damit zufriedenzugeben, allein zu leben. Und irgendwie bilde ich mir ein, niemand könne Catherine Linton sehen, ohne sie liebzugewinnen. Sie lächeln, aber warum sind Sie so lebhaft und interessiert, wenn ich von ihr spreche, und warum haben Sie mich gebeten, ihr Bild hier bei Ihnen aufzuhängen? Und warum...«

»Halt, meine gute Frau!« rief ich. »Es mag durchaus sein, daß ich sie lieben könnte, aber würde sie mich lieben? Da habe ich zu große Zweifel, um meine Ruhe aufs Spiel zu setzen und mich auf diese Verlockung einzulassen. Und dann bin ich hier nicht zu Hause. Ich komme aus der betriebsamen Welt einer großen Stadt, und dorthin muß ich zurückkehren. Fahren Sie fort. Hat Catherine die Anordnungen des Vaters gehorsam befolgt?«

»Ja, sie hat«, fuhr die Haushälterin fort. »Ihre Zuneigung für ihn war doch das stärkste Gefühl in ihrem Herzen. Und er hatte ohne Zorn mit großer Zärtlichkeit gesprochen, wie einer, der seinen Schatz von Gefahren und Feinden umringt zurücklassen muß und der weiß, daß die Erinnerung an seine Worte die einzige Hilfe ist, die er noch geben kann.«

FÜNFUNDZWANZIGSTES KAPITEL

Er sagte ein paar Tage später zu mir: »Ich wünschte, Ellen, mein Neffe würde schreiben oder uns besuchen kommen. Sage mir ehrlich, was du von ihm hältst. Hat er sich zu seinem Vorteil verändert, oder besteht wenigstens Aussicht darauf, wenn er zum Mann heranwächst?«

»Er ist sehr zart, Sir«, gab ich zur Antwort, »und es sieht nicht so aus, als ob er das Mannesalter erreichen wird. Aber das kann ich sagen: Er hat keine Ähnlichkeit mit seinem Vater, und wenn Miss Catherine das Unglück haben sollte, ihn zu heiraten, dann könnte sie ihn beeinflussen, wenn sie sich nicht zu nachgiebig ihm gegenüber verhält, was ganz töricht wäre. Jedenfalls haben Sie reichlich Zeit, Herr, ihn kennenzulernen und zu sehen, ob er zu ihr paßt – bis er mündig ist, sind es noch mehr als vier Jahre.«

Mr. Edgar seufzte, trat ans Fenster und sah nach der Kirche von Gimmerton hinaus. Es war ein dunstiger Nachmittag, die Februarsonne schien nur matt, und wir konnten gerade noch die beiden Tannen auf dem Friedhof und die spärlich verstreuten Grabsteine erkennen.

»Ich habe oft gebetet«, sprach er halb zu sich selbst, »und mir das Unvermeidliche herbeigewünscht, was nun nahe ist, und jetzt fange ich an, davor zurückzuschrecken und mich zu fürchten. Ich dachte, die Erinnerung an die Stunde, da ich als Bräutigam diese Schlucht hinunterkam, wäre nicht so süß wie die Vorfreude, daß ich bald, in wenigen Monaten oder möglicherweise Wochen, dort hinaufgetragen werde und man mich bettet in ein einsames, kleines Loch! Ellen, ich bin mit meiner kleinen Cathy sehr glücklich gewesen. In Winternächten und an Sommertagen war sie an meiner Seite eine lebendige Hoffnung, aber ich war ebenso glücklich, wenn ich ganz für mich zwischen den Grabsteinen bei der alten Kirche hin und her ging und nachsann oder an langen Juniabenden auf dem grünen Hügel über dem Grab ihrer Mutter lag und mich danach sehnte darunterzuliegen. Was kann ich für Cathy tun? Wie lasse ich sie zurück? Es würde mir überhaupt nichts ausmachen, daß Linton Heathcliffs Sohn ist noch daß er sie mir wegnimmt, wenn er sie nur über meinen Verlust trösten könnte. Es sollte mich auch nicht bekümmern, wenn

Heathcliff sein Ziel erreichte und mir triumphierend mein letztes Glück raubte! Aber sollte Linton sie nicht wert sein – nur ein blindes Werkzeug in seines Vaters Händen –, könnte ich sie ihm nicht anvertrauen! Und wenn es auch hart ist, ein so heiteres Gemüt zu beschweren, bleibt mir dann nichts weiter übrig, als sie weiter traurig zu machen, solange ich lebe, und sie einsam zurückzulassen, wenn ich sterbe. Mein Liebling! Lieber wollte ich sie Gott anbefehlen und sie vor mir in die Erde betten.«

»Vertrauen Sie sie Gott an und dem Leben, wie es ist, Sir«, antwortete ich, »und wenn wir Sie verlieren sollten – was Er verhüten möge –, so will ich ihr mit Seiner Hilfe als Freund und Ratgeber bis zuletzt beistehen. Miss Catherine ist ein gutes Mädchen. Ich habe keine Angst, daß sie vorsätzlich etwas Unrechtes tun wird, und Menschen, die ihre Pflicht tun, werden am Ende immer belohnt.«

Der Frühling kam, doch mein Herr kam nicht recht zu Kräften, obwohl er die Spaziergänge mit seiner Tochter durch das Grundstück wiederaufgenommen hatte. Bei ihrer Unerfahrenheit war dies für sie schon ein Zeichen der Besserung. Und da seine Wangen oft gerötet waren und seine Augen glänzten, war sie überzeugt, daß er gesund werde.

An ihrem siebzehnten Geburtstag besuchte er nicht den Kirchhof. Es regnete, und ich bemerkte: »Heute abend gehen Sie doch sicherlich nicht mehr fort, Sir?«

Er antwortete: »Nein, ich werde es dieses Jahr noch ein wenig hinausschieben.«

Er schrieb wieder an Linton und brachte seinen großen Wunsch zum Ausdruck, ihn zu sehen. Wäre der Kranke auch nur einigermaßen vorzeigbar gewesen, ich bin überzeugt, sein Vater hätte ihm den Besuch erlaubt. So, wie die Dinge lagen, antwortete er brieflich, offenbar auf Anweisung, und deutete an, daß Mr. Heathcliff gegen einen Besuch auf der Grange sei, aber es freue ihn, daß sein Onkel sich so freundlich seiner erinnere, und er hoffe, ihm einmal auf seinen Spaziergängen zu begegnen und ihn dann persönlich bitten zu können, daß seine Base und er nicht auf die Dauer so gänzlich getrennt voneinander blieben.

Dieser Teil des Briefes war simpel und stammte offenbar von ihm selbst. Heathcliff wußte, er konnte beredt genug sein, wenn es um ein Zusammensein mit Catherine ging, denn: »Ich verlange nicht«, schrieb er, »daß sie mich hier besuchen kommt. Aber soll ich sie nie wiedersehen, weil mein Vater mir verbietet, sie in ihrem Heim aufzusuchen, und Du ihr das meine verbietest? Reite doch hin und wieder mit ihr in Richtung der Heights und lasse uns in Deinem Beisein ein paar Worte wechseln! Wir haben nichts getan, womit wir diese Trennung verdienen; und Du bist nicht böse auf mich. Du hast keinen Grund, mich nicht mehr zu mögen – das mußt Du selbst zugeben. Lieber Onkel! Sende mir morgen ein paar freundliche Zeilen mit der Erlaubnis, daß ich mit Euch zusammentreffen kann – irgendwo, wo es Dir beliebt, ausgenommen Thrushcross Grange. Ich glaube, ein Gespräch mit mir würde Dich bald überzeugen, daß ich nicht meines Vaters Charakter habe. Er behauptet, ich sei mehr Dein Neffe als sein Sohn. Und obgleich ich Fehler habe, die mich Catherines unwürdig machen, hat sie diese doch entschuldigt, und um ihretwillen solltest Du es auch tun. Du fragst nach meiner Gesundheit. Es geht mir jetzt besser. Aber solange ich von jeder Hoffnung abgeschnitten und zur Einsamkeit verurteilt bin oder zur Gesellschaft mit solchen, die mich noch nie leiden mochten und nie leiden werden, wie kann ich da fröhlich sein und mich wohl fühlen?«

Obschon Mr. Edgar Mitgefühl zeigte, so konnte er Lintons Bitte doch nicht stattgeben, weil er Catherine nicht begleiten konnte.

Er schrieb, sie könnten sich vielleicht im Sommer treffen. Inzwischen solle er fortfahren, ihm in gewissen Abständen zu schreiben, und er versprach, ihm brieflich Rat und Trost zu geben, so gut er könne, da ihm seine schwierige Stellung in der Familie wohl bewußt sei.

Linton fügte sich, und wäre er sich selbst überlassen gewesen, hätte er wahrscheinlich alles verdorben, indem er seine Briefe mit Beschwerden und Klagen gefüllt hätte. Aber sein Vater hielt ein wachsames Auge auf ihn und bestand darauf, daß ihm jede Zeile, die mein Herr schrieb, gezeigt wurde. Anstatt also von seinen eigentümlichen persönlichen Leiden und Kümmernissen zu schreiben, die seine Gedanken ständig beschäftigten, klagte er immer wieder das grausame Geschick an, das ihn von seiner allerliebsten Freundin trenne, und gab leise zu verstehen, daß Mr. Linton bald eine Zusammenkunft gewähren solle, sonst müsse er annehmen, daß er ihn absichtlich mit leeren Versprechungen hinhalte.

Cathy war Linton eine starke Verbündete, und gemeinsam erlangten sie endlich von meinem Herrn die Einwilligung, daß sie unter meiner Aufsicht auf dem der Grange nächst gelegenen Moor ungefähr einmal die Woche einen Ritt oder einen Spaziergang zusammen unternehmen dürften. Denn auch im Juni war er noch nicht auf dem Weg der Besserung. Seine Kräfte ließen weiter nach. Und obwohl er jährlich einen Teil seines Einkommens für Cathys Zukunft beiseite gelegt hatte, war es doch sein begreiflicher Wunsch, daß ihr das Haus ihrer Ahnen erhalten bliebe oder es ihr wenigstens möglich sei, in Kürze dahin zurückzukehren. Die einzige Aussicht, dies zu erreichen, sah er in einer Verbindung mit Linton, seinem Erben. Er hatte ja keine Ahnung, daß diesen die Kräfte fast ebenso schnell verließen wie ihn selbst und er dem Grab ebenso nahe war. Und auch sonst ahnte es niemand, glaube ich. Kein Arzt kam nach den Heights, und niemand, der von seinem Gesundheitszustand hätte berichten können, bekam Master Heathcliff zu Gesicht.

Selbst ich begann den Eindruck zu haben, meine Ahnungen hätten mich getrogen. Ich bildete mir ein, er müsse sich gut erholt haben, da er vom Reiten und Wandern im Moor schrieb und sein Ziel so ernsthaft zu verfolgen schien.

Ich konnte mir nicht vorstellen, daß ein Vater sein sterbendes Kind so zu tyrannisieren vermochte, wie Heathcliff – ich erfuhr es später – es getan hat. Er zwang Linton zur Aufbietung seiner letzten Lebensenergie, damit dieser sich so verliebt und eifrig zeigen konnte. Seine Anstrengungen verdoppelten sich, je mehr seinen habgierigen und herzlosen Plänen eine Niederlage durch den Tod drohte.

Sechsundzwanzigstes Kapitel

Sommeranfang war schon vorbei, als Edgar widerstrebend dem Bitten und Betteln nachgab und Catherine und ich zu unserem ersten Ritt aufbrachen, um mit ihrem Vetter zusammenzutreffen.

Es war ein schwüler, trüber Tag ohne Sonnenschein, aber der Himmel mit seinen leichten Wolken ließ keinen Regen befürchten. Unser Treffpunkt war am Wegstein der Straßenkreuzung. Als wir jedoch dort ankamen, sagte uns ein kleiner Hütejunge, als Bote geschickt, daß Linton auf der anderen Seite des Hügels sei und uns dankbar wäre, wenn wir hinüberkämen.

»Dann hat Master Linton offenbar die erste Bedingung seines Onkels vergessen«, bemerkte ich. »Er gebot uns, auf dem Land der Grange zu bleiben, und hier ist es gleich zu Ende.«

»Nun, dann wenden wir eben die Pferde, sobald wir bei ihm sind«, antwortete meine Begleiterin, »und machen den gemeinsamen Ausflug in unsere Richtung.«

Aber als wir bei ihm anlangten, kaum eine Viertelmeile von der eigenen Haustür entfernt, sahen wir, daß er kein Pferd hatte, und so waren wir gezwungen, abzusteigen und unsere Pferde grasen zu lassen.

Er lag im Heidekraut und erwartete unser Kommen, doch stand er erst auf, als wir bis auf wenige Meter herangekommen waren. Dann war sein Gang so unsicher, und er sah so blaß aus, daß ich sogleich ausrief: »Nanu, Master Heathcliff, heute morgen sind Sie aber nicht in der richtigen Verfassung, um an einem Spaziergang Vergnügen zu haben. Wie schlecht Sie aussehen!«

Catherine betrachtete ihn erstaunt und bekümmert. Der Freudenschrei erstarb ihr auf den Lippen und verwandelte sich in einen Angstruf, und aus der Freude über das so lange hinausgeschobene Wiedersehen wurde die bange Frage, ob es ihm schlechter als sonst ginge.

»Nein – besser – besser!« keuchte er und hielt zitternd ihre Hand fest, als benötigte er eine Stütze, während seine großen blauen Augen furchtsam über sie hinwanderten; daß sie tief in den Höhlen lagen, in einem abgezehrten Gesicht, gab diesen ehemals so matten Augen einen Ausdruck verstörter Wildheit.

»Aber es geht dir schlechter«, beharrte seine Base, »schlechter als damals, als ich dich das letzte Mal sah – du bist magerer geworden, und...«

»Ich bin müde«, fiel er ihr hastig ins Wort. »Es ist zu heiß zum Spazierengehen, wir wollen uns hier ausruhen. Und morgens ist mir oft übel – Papa sagt, ich wachse zu schnell.«

Nur wenig zufriedengestellt, setzte sich Cathy nieder, und er legte sich neben sie ins Heidekraut.

»Hier ist es fast so wie in deinem Paradies«, sagte sie und gab sich Mühe, fröhlich zu sein. »Erinnerst du dich, daß wir ausgemacht haben, jeder von uns solle einmal einen Tag an dem Ort und auf die Weise verbringen, wie er es am angenehmsten findet? Dies ist fast dein Paradies, nur sind Wolken da. Aber dann sind sie wieder so weich und rund, daß es schöner ist als Sonnenschein. Wenn du kannst, wollen wir nächste Woche zum Grange-Park hinunterreiten und auch mein Paradies ausprobieren.«

Linton schien sich nicht zu erinnern, wovon sie sprach, und hatte offenbar große Schwierigkeiten, überhaupt einer Unterhaltung zu folgen. Sein mangelndes Interesse an allem, wovon sie zu sprechen begann, und ebenso sein völliges Unvermögen, irgend etwas zur Unterhaltung beizutragen, waren so offensichtlich, daß sie ihre Enttäuschung nicht verbergen konnte. Eine nicht klar zu bestimmende Veränderung war mit seiner Person und der Art, sich zu geben, vor sich gegangen. Die Reizbarkeit, die früher weggeküßt und in Zärtlichkeit umgewandelt werden konnte, hatte einer stumpfen Teilnahmslosigkeit Platz gemacht. Da war weniger von dem launischen Temperament eines Kindes, das trotzt und schmollt, bis man sich ihm zuwendet und es tröstet, und mehr von der finsteren Ichbezogenheit eines mürrischen Kranken, der jeden Trost zurückweist und die gutgemeinte Fröhlichkeit anderer als eine Beleidigung ansieht.

Catherine sah ebenso gut wie ich, daß es für ihn mehr eine Strafe als ein Vergnügen war, unsere Gesellschaft zu ertragen, und machte darum ohne Bedenken den Vorschlag, sogleich wieder heimzureiten.

Unerwarteterweise rüttelte dieser Vorschlag Linton aus seiner Lethargie auf und versetzte ihn in einen seltsamen Zustand der Aufregung. Er blickte ängstlich zu den Heights hinüber und bettelte, sie möchte wenigstens noch eine weitere halbe Stunde bleiben.

»Aber ich denke«, sagte Cathy, »du hast zu Hause mehr Bequemlichkeit, als wenn du hier herumsitzt. Und ich sehe, ich kann dich heute mit meinen Geschichten und Liedern und meinem Geplauder doch nicht unterhalten. Du bist in diesen sechs Monaten viel vernünftiger geworden als ich. Sicherlich findest du jetzt keinen Geschmack mehr an meinem Zeitvertreib. Denn sonst, wenn ich dich irgendwie unterhalten könnte, wollte ich ja gerne bleiben.«

»Bleibe noch und ruhe dich aus«, gab er zur Antwort. »Und, Catherine, du mußt nicht denken oder sagen, daß ich sehr krank bin. Es ist das drückende Wetter und die Hitze, die mich so matt machen, und ehe du kamst, bin ich noch ein großes Stück allein spazierengegangen. Sage Onkel, daß ich in recht guter Verfassung bin, willst du?«

»Ich werde ihm sagen, daß *du* es so sagst, Linton. Ich könnte ihm nicht versichern, daß du es wirklich bist«, bemerkte meine junge Herrin und wunderte sich, daß er hartnäckig etwas behauptete, was offensichtlich die Unwahrheit war.

»Und sei nächsten Donnerstag wieder hier«, fuhr er fort und wich ihrem zögernden Blick aus. »Und überbringe ihm meinen besten Dank dafür, daß er dir zu kommen erlaubte – meinen besten Dank, Catherine. Und... und solltest du meinen Vater treffen und sollte er dich ausfragen über mich, so laß ihn nicht etwa annehmen, daß ich außergewöhnlich schweigsam und schlecht gelaunt gewesen sei – du mußt nicht so traurig und niedergeschlagen dreinschauen wie jetzt, sonst wird er böse.«

»Das macht mir nichts aus, wenn er böse wird«, rief Cathy aus, die sich vorstellte, sie würde seinen Zorn auf sich ziehen.

»Aber mir«, sagte ihr Vetter, und es schauderte ihn bei dem

Gedanken. »Bitte, bring ihn nicht gegen mich auf, Catherine, denn er ist sehr hart.«

»Ist er streng mit Ihnen, Master Heathcliff?« erkundigte ich mich. »Ist er es leid geworden, die Zügel schleifen zu lassen, und läßt er nun seinen Haß tätlich an Ihnen aus?«

Linton sah mich an, gab aber keine Antwort. Cathy saß noch weitere zehn Minuten an seiner Seite, während dieser Zeit sank ihm der Kopf schläfrig auf die Brust, und er gab nichts mehr von sich außer unterdrücktem Stöhnen, sei es vor Erschöpfung oder vor Schmerzen. So begann sie anderweitig Trost zu suchen, indem sie nach Heidelbeeren Ausschau hielt und die gesammelten Früchte mit mir teilte. Ihm bot sie keine an, denn sie sah, es würde ihn nur belästigen und verdrießen, wenn sie ihn ein weiteres Mal anspräche.

»Die halbe Stunde ist jetzt um, Ellen!« flüsterte sie schließlich in mein Ohr. »Ich wüßte nicht, warum wir noch bleiben sollten. Er schläft, und Papa wird uns schon sehnlichst zurückerwarten.«

»Schön, aber wir können ihn nicht so liegen lassen und fortgehen, während er schläft«, antwortete ich. »Seien Sie noch ein wenig geduldig und warten Sie, bis er aufwacht. Sie konnten doch nicht früh genug aufbrechen, um den armen Linton wiederzusehen – aber Ihre Sehnsucht hat sich sehr schnell verflüchtigt!«

»Warum hat er mich denn sehen wollen?« erwiderte Catherine. »Er war mir früher in seiner schlimmsten Laune lieber als jetzt in seiner merkwürdigen Verfassung. Es ist gerade, als wäre dieses Gespräch eine Schulaufgabe, zu der er gezwungen ist – aus Furcht, sein Vater könnte ihn schelten. Aber ich werde kaum deshalb kommen, um Mr. Heathcliff eine Freude zu machen, was für Gründe er auch haben mag, Linton solche Bußübungen aufzuerlegen. Wenn ich auch froh bin, daß es ihm gesundheitlich besser geht, so macht es mich doch traurig, daß er jetzt so viel weniger vergnügt ist und auch nicht mehr so lieb zu mir.«

»Sie meinen also, daß es ihm tatsächlich besser geht?« fragte ich.

»Ja«, antwortete sie. »Du weißt, sonst hat er immer so viel Aufhebens von seinen Leiden gemacht. Er ist wohl nicht so gesund, wie er vorgibt, damit ich es Papa ausrichte, aber allem Anschein nach geht es ihm besser.«

»Da sind wir verschiedener Meinung, Miss Cathy«, bemerkte ich. »Ich würde meinen, es gehe ihm viel schlechter.«

Hier schreckte Linton aus seinem Schlummer hoch und fragte verwirrt, ob jemand ihn gerufen habe.

»Nein«, sagte Catherine, »höchstens im Traum. Ich kann nicht begreifen, wie du schon am Morgen draußen im Freien schlafen kannst.«

»Ich dachte, ich hörte meinen Vater«, keuchte er und warf einen Blick hinauf zu dem finsteren Berg über uns. »Bist du sicher, daß niemand gerufen hat?«

»Ganz sicher«, erwiderte seine Base. »Nur: Ellen und ich sind uns nicht einig wegen deiner Gesundheit. Bist du jetzt wirklich kräftiger, Linton, als damals im Winter, als wir uns trennten? Und wenn du es bist, so ist eines gewiß nicht kräftiger geworden: dein Gefühl für mich, die Beachtung, die du mir schenkst! – Sprich, bist du jetzt kräftiger?«

Tränen stürzten aus Lintons Augen, als er antwortete: »Ja, ja, ich bin es!«

Und immer noch im Bann der eingebildeten Stimme, wanderte sein Blick umher, um zu entdecken, woher sie kam.

Cathy erhob sich.

»Für heute müssen wir uns trennen«, sagte sie. »Und ich will dir nicht verhehlen, daß ich von unserem Treffen bitter enttäuscht bin, wenn ich es auch keinem außer dir sagen werde – nicht etwa, daß ich vor Mr. Heathcliff Angst hätte!«

»Schsch! Still!« flüsterte Linton. »Um Gottes willen, still! Er kommt.« Und er klammerte sich an Catherines Arm, um sie zurückzuhalten. Sie aber machte sich bei dieser Ankündigung hastig los und pfiff Minny herbei, die ihr wie ein Hund gehorchte.

»Nächsten Donnerstag bin ich wieder hier«, rief sie und sprang in den Sattel. »Leb wohl. Rasch, Ellen, beeil dich!«

Und so verließen wir ihn. Er war so in Anspruch genommen von der ängstlichen Erwartung seines Vaters, daß ihm unser Aufbruch kaum bewußt wurde.

Ehe wir daheim anlangten, hatte sich Catherines Verdruß gelegt und war einem verwirrten Gefühl des Mitleids und Bedauerns gewichen, in das sich unbestimmte, unbehagliche Zweifel an Lintons tatsächlicher körperlicher und seelischer Verfassung mischten. Ich teilte ihre Zweifel, doch gab ich ihr den Rat, vorläufig nicht viel darüber zu reden, denn nach einem zweiten Besuch könnten wir besser urteilen.

Mein Herr verlangte einen Bericht von uns. Miss Cathy richtete den Dank ihres Vetters getreulich aus, das übrige erzählte sie nur flüchtig. Auch ich konnte ihm auf seine Fragen wenig sagen, wußte ich doch selbst kaum, was zu verbergen und was zu enthüllen war.

Siebenundzwanzigstes Kapitel

Sieben Tage vergingen; ein jeder hinterließ seine Spur und brachte für Edgar Linton eine rapide Verschlechterung. Was sich in monatelanger Auszehrung vorbereitet hatte, war nun das Werk von Stunden.

Wir hätten es Catherine gern noch verheimlicht, aber ihr aufgeweckter Geist ließ sich nicht täuschen, erriet insgeheim und brütete über der furchtbaren Wahrscheinlichkeit, die allmählich zur Gewißheit heranreifte.

Sie brachte es nicht übers Herz, von dem beabsichtigten Ausritt zu sprechen, als der Donnerstag herangekommen war; darum tat ich es für sie und erhielt die Erlaubnis, sie ins Freie hinauszuschicken. Denn die Bibliothek, wo ihr Vater sich täglich für eine Weile aufhielt – die kurze Zeit, die er es ertragen konnte zu sitzen –, und sein Schlafzimmer waren ihre ganze Welt geworden. Sie grollte jedem Augenblick, den sie nicht über sein Kissen gebeugt oder neben ihm sitzend verbrachte. Vor Wachen und Sorgen hatte sie ein ganz blasses, elendes Gesicht bekommen, und mein Herr glaubte, die andere Umgebung und Gesellschaft werde eine glückliche Abwechslung für sie sein. Zudem tröstete er sich mit der Hoffnung, daß sie nun nicht gänzlich allein gelassen sei nach seinem Tod.

Es hatte sich bei ihm der Gedanke festgesetzt und war zu einer fixen Idee geworden – wie ich aus mancherlei Bemerkungen, die er fallen ließ, schloß –, daß sein Neffe, da er ihm äußerlich ähnlich sei, ihm auch im Wesen gleichen müsse, denn Lintons Briefe enthielten wenige oder gar keine Hinweise auf seine Charakterfehler. Und ich unterließ es aus verzeihlicher Schwäche, seinen Irrtum richtigzustellen, denn ich fragte mich, was es für einen Nutzen hätte, ihn in seinen letzten Stunden noch durch solche Aufklärung zu beunruhigen, da er weder die Macht noch die Gelegenheit hatte, den Lauf der Dinge zu beeinflussen.

Wir schoben unseren Ausflug bis zum Nachmittag auf, einem goldenen Augustnachmittag, jeder Hauch von den Hügeln so voller Leben, daß es schien, als müsse jeder, der ihn einatmete, selbst wenn er im Sterben liege, wieder zu Kräften kommen.

Catherines Gesicht war genau wie die Landschaft – Schatten und Sonnenschein huschten in rascher Folge darüber, aber die Schatten verweilten länger, und der Sonnenschein war flüchtiger, und das arme kleine Herz machte sich sogar noch Vorwürfe, weil es für einen Augenblick seine Sorgen vergaß.

Wir sahen Linton an derselben Stelle, die er uns voriges Mal für unser Treffen ausgesucht hatte, Ausschau nach uns halten. Meine junge Herrin stieg ab und sagte mir, ich solle, da sie entschlossen sei, nur ein Weilchen zu bleiben, lieber das Pony halten und auf meinem Pferd sitzen bleiben. Aber ich war anderer Meinung. Ich wollte es nicht riskieren, den mir anvertrauten Schützling auch nur eine Minute aus den Augen zu verlieren. So stiegen wir gemeinsam die Heideböschung hinauf.

Master Heathcliff empfing uns dieses Mal mit größerer Lebhaftigkeit, allerdings war es nicht die Lebhaftigkeit, die aus gehobener Stimmung kommt, auch nicht die der Freude, sondern aus Angst.

»Es ist spät!« sagte er kurzatmig und mit Mühe. »Ist dein Vater nicht sehr krank? Ich dachte, du würdest nicht kommen.«

»Warum bist du nicht ehrlich?« rief Catherine und schluckte ihren Gruß herunter. »Warum kannst du nicht gleich sagen, daß du mich nicht haben willst? Es ist merkwürdig, Linton, daß du mich zum zweitenmal hierherbestellt hast und offenbar nur in der Absicht, uns gegenseitig Kummer zu machen und uns weh zu tun, aus keinem andern Grund sonst.«

Linton zitterte und warf ihr einen Blick zu, halb flehend, halb beschämt, aber die Geduld seiner Base war erschöpft.

»Mein Vater *ist* sehr krank«, sagte sie. »Und warum holt man mich von seinem Krankenlager? Warum schickst du mir nicht eine Nachricht und entbindest mich von meinem Versprechen, da du dir doch wünschest, daß ich es nicht halte? Komm! Ich verlange eine Erklärung! Für Scherz und Spiel habe ich jetzt kein Verständnis, und ich kann mich jetzt auch nicht um dein Getue kümmern!«

»Mein Getue!« murmelte er. »Was ist das denn? Um Himmels willen, Catherine, guck nicht so böse! Verachte mich, so viel du willst. Ich bin ein nichtswürdiger, feiger Mensch, ein armseliger Wicht – man kann mich nicht genug verachten! Doch für deinen Zorn bin ich zu unbedeutend. Hasse meinen Vater, für mich aber habe nur Verachtung übrig!«

»Unsinn!« schrie Catherine aufgebracht. »Alberner, dummer Junge! Und sieh einer an! Er zittert ja, als ob ich ihm wirklich etwas antun wollte! Du brauchst nicht erst noch um Verachtung zu bitten, Linton. Jedermann wird dir sowieso damit dienen. Mach, daß du wegkommst! Ich werde heimkehren. Es ist närrisch, dich hinterm Ofen vorzuholen und mir etwas vorzumachen – ja, was machen wir uns eigentlich hier vor? Laß mein Kleid los! Wenn ich Mitleid mit dir hätte, weil du weinst und so verschreckt dreinschaust, so solltest du auf solches Mitleid keinen Wert legen und darauf pfeifen! Ellen, sag du ihm, was für eine Schande es ist, sich so zu benehmen. Steh auf und erniedrige dich nicht selbst zu einem Wurm, der auf der Erde herumkriecht – hörst du?«

Mit tränennassem Gesicht und einem Ausdruck höchster Qual im Blick hatte er sich zu Boden sinken lassen, scheinbar von schrecklicher Angst geschüttelt.

»Oh!« schluchzte er. »Ich kann es nicht ertragen! Catherine, Catherine, ich bin auch ein Verräter, und ich wage es dir nicht zu sagen! Doch wenn du mich jetzt verläßt, bringt man mich um!

Liebe Catherine, mein Leben ist in deiner Hand, und du hast gesagt, du liebtest mich – und wenn du mich liebtest, so wäre es doch völlig harmlos und würde dir keinen Schaden tun. Du gehst also nicht fort? Liebe, süße, gute Catherine! Und vielleicht wirst du ja auch einverstanden sein – und er wird mich bei dir sterben lassen!«

Als mein junges Fräulein wahrnahm, welche Qualen er litt, beugte sie sich nieder, um ihn aufzurichten. Das alte Gefühl nachsichtiger Zärtlichkeit verdrängte ihren Ärger; sie war bewegt und sehr beunruhigt.

»Einverstanden womit?« fragte sie. »Dazubleiben? Sag mir, was dies merkwürdige Gerede bedeutet. Du widersprichst deinen eigenen Worten und machst mich ganz wirr! Sei ruhig und offen und sag mir einmal alles, was du auf dem Herzen hast. Du würdest mich doch nicht verletzen wollen, Linton, nicht wahr? Du würdest auch nicht zulassen, daß irgendein böser Mensch mir weh tut, wenn du es verhindern kannst? Ich will wohl glauben, daß du ein Feigling bist, wenn es dich selbst betrifft, aber du würdest nicht ein feiger Verräter deines besten Freundes sein.«

»Aber mein Vater hat mir doch gedroht«, keuchte der Junge und faltete seine dürren Hände, »und ich habe Angst vor ihm – schreckliche Angst! Ich traue mich nicht, etwas zu sagen!«

»Na gut«, sagte Catherine mit mitleidiger Verachtung, »behalte dein Geheimnis für dich – *ich* bin kein Feigling – bring dich selbst in Sicherheit, ich fürchte mich nicht!«

Ihre Großmut rührte ihn zu Tränen; er weinte ungestüm, küßte die ihn haltenden Hände und konnte doch nicht den Mut aufbringen, frei auszusprechen, was ihn drückte.

Ich dachte darüber nach, was für ein Geheimnis das wohl sein mochte, und versicherte mir selbst, darauf zu achten, daß weder er noch irgend jemand sonst Catherine in ihrer Freundlichkeit ausnutzen konnte. Da vernahm ich ein Rascheln im Heidekraut, und aufblickend sah ich Mr. Heathcliff, der von den Heights herunterkam und schon in unserer Nähe war. Er warf nicht einen Blick auf die beiden jungen Leute, obwohl er Lintons Schluchzen gehört haben mußte, aber er begrüßte mich mit allen Zeichen der Freude; und in einem fast herzlichen Ton, den er sonst niemand gegenüber anschlug und an dessen Aufrichtigkeit ich doch zweifelte, sagte er: »Das ist schon etwas, dich so nahe meinem Haus zu sehen, Nelly! Wie geht es euch denn auf der Grange? Laß hören! Man sagt«, fügte er leiser hinzu, »daß Edgar Linton auf dem Sterbebett liege. Vielleicht übertreiben die Leute und machen die Krankheit schlimmer, als sie ist?«

»Nein, mein Herr stirbt«, erwiderte ich, »es ist leider nur zu wahr. Traurig ist es für uns alle, aber ein Glück für ihn!«

»Was denkst du, wie lange wird es mit ihm noch dauern?« fragte er.

»Ich weiß nicht«, sagte ich.

»Weil«, fuhr er fort und sah auf die beiden jungen Leute, die unter seinen Augen wie versteinert wirkten – es schien, als ob Linton nicht wage, sich zu rühren oder den Kopf zu heben, und Catherine sich seinetwegen auch nicht bewegen konnte –, »weil der Bursche dort drüben es sich anscheinend in den Kopf gesetzt hat, meine Pläne zu vereiteln – und ich wäre seinem Onkel dankbar, wenn er schnell macht und vor ihm geht. Hallo! Hat der Junge das Spiel schon lange getrieben? Ich habe ihm doch wegen seines Greinens schon so manche Lektion erteilt. Ist er denn gewöhnlich etwas munterer bei Miss Linton?«

»Munter? Nein, er muß sich fürchterlich elend fühlen«, antwortete ich. »Wenn man ihn so sieht, würde ich sagen, er gehöre ins Bett und in ärztliche Behandlung, statt mit seinem Liebchen sich in den Bergen zu treffen.«

»Soll er auch, in ein oder zwei Tagen«, knurrte Heathcliff. »Aber erst einmal: Steh auf, Linton! Steh auf!« brüllte er. »Kriech nicht da auf dem Boden herum – auf, aber augenblicklich!«

Linton lag wieder ausgestreckt auf dem Boden, niedergesunken in einem neuen Anfall hilfloser Furcht, vermutlich verursacht durch den Blick des Vaters, denn da war sonst nichts, was diese Demütigung hätte bewirken können. Er machte mehrmals den Versuch zu gehorchen, aber seine geringen Kräfte reichten nicht aus, und er fiel mit einem Stöhnen zurück.

Mr. Heathcliff ging zu ihm hin und hob ihn so weit hoch, daß er sich gegen einen Stapel Torf lehnen konnte.

»Jetzt werde ich böse«, sagte er mit unterdrückter Wut. »Nimm dich ein wenig zusammen und beherrsche dich, verdammt noch mal! Steh sofort auf!«

»Ich will ja, Vater!« keuchte er. »Nur laß mich in Ruhe, sonst bekomme ich einen Anfall! Ich habe getan, was du wolltest, bestimmt. Catherine kann dir sagen, daß ich – daß ich freundlich gewesen bin. Oh! Bleib bei mir, Catherine, gib mir deine Hand.«

»Nimm meine«, sagte sein Vater, »und steh auf! Na also, soweit wären wir – sie gibt dir nun ihren Arm... so ist's recht, schau *sie* an. Sie mögen wohl denken, ich sei der Teufel höchstpersönlich, Miss Linton, daß ich jemanden derart in Schrecken versetze. Seien Sie so freundlich und gehen Sie mit ihm heim, ja? Er zittert, wenn ich ihn anfasse.«

»Linton, mein Lieber!« flüsterte Catherine. »Ich kann nicht mit nach Wuthering Heights gehen... Papa hat es mir verboten... Er wird dir nichts tun, warum hast du solche Angst?«

»Ich kann nie wieder zurück in dieses Haus«, antwortete er. »Ich darf nicht wieder hinein ohne dich!«

»Hör auf!« schrie sein Vater. »Wir wollen Catherines kindliches Versprechen respektieren. Nelly, bring du ihn hinein, und ich werde unverzüglich deinem Rat folgen, was den Doktor betrifft.«

»Daran werden Sie gut tun«, erwiderte ich. »Aber ich muß bei meiner Herrin bleiben. Mich um Ihren Sohn zu kümmern ist nicht meine Aufgabe.«

»Du bist wirklich nicht entgegenkommend!« sagte Heathcliff. »Ich weiß das – aber du zwingst mich ja nun, das Kind zu fassen und es zum Schreien zu bringen, da es nicht eher dein Mitgefühl weckt. Komm also, mein Held! Willst du von mir begleitet heimgehen?«

Er näherte sich ihm wieder und tat, als wolle er nach dem zerbrechlichen Geschöpf greifen. Aber Linton wich zurück, klammerte sich an seine Base und flehte sie so eindringlich an, ihn zu begleiten, daß eine Weigerung nicht möglich war.

So wenig ich auch damit einverstanden war, konnte ich sie doch nicht hindern, ja, wie hätte sie es ihm denn abschlagen können? Worin diese Angst begründet lag, konnten wir nicht erfahren, so sehr wir uns auch mühten; aber offensichtlich stand er völlig hilflos unter ihrem Zugriff, und jede Steigerung dieser Angst schien imstande, ihn in den Wahnsinn zu treiben.

Wir erreichten die Haustür. Catherine ging hinein, und ich blieb draußen stehen, um zu warten, bis sie den Kranken zu einem Stuhl geführt hatte, in der Annahme, daß sie gleich wieder herauskommen werde. Da schob mich Mr. Heathcliff vorwärts und rief: »Mein Haus ist nicht von der Pest befallen, Nelly, und ich habe im Sinn, heute gastfreundlich zu sein. Setz dich hin und gestatte, daß ich die Tür zumache.«

Er machte sie zu und schloß auch ab. Ich erschrak.

»Ihr sollt Tee haben, bevor ihr euch auf den Heimweg macht«, fügte er hinzu. »Ich bin allein. Hareton ist mit dem Vieh draußen auf der Weide, und Zillah und Joseph sind auf einer Vergnügungsfahrt. Wenn ich es auch gewöhnt bin, allein zu sein, ist mir doch interessante Gesellschaft lieber, wenn ich sie haben kann. Miss Linton, setzen Sie sich zu ihm. Ich gebe Ihnen, was ich habe. Das Geschenk ist kaum wert, daß man es annimmt, aber ich habe nichts anderes zu bieten. Ich meine Linton. Wie sie mich anstarrt! Es ist merkwürdig, was für wilde Gefühle ich bekomme, wenn jemand Angst vor mir hat! Wäre ich geboren, wo die Gesetze weniger streng sind und der Geschmack weniger fein, ich würde mir ein Feierabendvergnügen daraus machen, die beiden an den Spieß zu stecken und lebendig zu braten.«

Er zog tief den Atem ein, schlug auf den Tisch und fluchte in sich hinein: »Zum Teufel! Sie sind mir zuwider, ich hasse sie!«

»Ich habe keine Angst vor Ihnen!« rief Catherine, die nicht hören konnte, was er zuletzt gesagt hatte.

Sie trat nahe an ihn heran; ihre schwarzen Augen blitzten auf vor verhaltener Wut und Entschlossenheit.

»Geben Sie mir den Schlüssel – ich will ihn haben!« sagte sie. »Ich würde hier nicht essen und trinken, und wenn ich am Verhungern wäre.«

SIEBENUNDZWANZIGSTES KAPITEL

Heathcliff hatte den Schlüssel in der Hand, die auf dem Tisch lag. Er sah auf, überrascht von ihrer Kühnheit oder möglicherweise auch durch Blick und Stimme an die Person erinnert, von der sie beides geerbt hatte.

Sie griff nach dem Schlüssel, und es war ihr schon halb gelungen, ihn seinen gelockerten Fingern zu entreißen; dadurch in die Gegenwart zurückversetzt, schloß sich seine Hand schnell wieder um den Schlüssel.

»Nun, Catherine Linton«, sagte er, »halten Sie Abstand, oder ich schlage Sie zu Boden, und das wird Mrs. Dean verrückt machen.«

Ungeachtet dieser Warnung versuchte sie von neuem, seine Hand zu öffnen.

»Wir *wollen* jetzt gehen!« wiederholte sie und machte äußerste Anstrengungen, um den eisernen Griff zu lockern. Als sie feststellte, daß ihre Nägel keinen Eindruck machten, gebrauchte sie ihre Zähne und biß scharf zu.

Heathcliff warf mir einen Blick zu, der mich einen Moment davon abhielt dazwischenzutreten. Catherine achtete nicht auf seinen Gesichtsausdruck, sie war zu eifrig damit beschäftigt, seine Finger zu lösen. Er öffnete die Hand plötzlich und überließ ihr das Streitobjekt, doch ehe sie es an sich gebracht hatte, ergriff er sie mit der nun freien Hand, zog sie gegen seine Knie und verabreichte ihr mit der andern fürchterliche Ohrfeigen auf beide Seiten des Kopfes, von denen schon eine genügt hätte, seine Drohung wahrzumachen, wäre sie imstande gewesen zu fallen.

Bei diesem teuflischen Gewaltakt fuhr ich wütend auf ihn los.

»Sie abscheulicher Mensch!« begann ich zu schreien. »Sie abscheulicher Mensch!«

Ein Stoß gegen die Brust brachte mich zum Schweigen. Ich bin beleibt und gerate schnell außer Atem, was zusammen mit der Aufregung bewirkte, daß ich benommen zurücktaumelte, und ich fühlte mich, als müsse ich ersticken oder als würde ich vom Schlag getroffen.

Die Szene war in zwei Minuten vorbei. Catherine, wieder frei, hielt beide Hände an die Schläfen und sah aus, als wüßte sie nicht recht, ob sie ihre Ohren noch habe oder nicht. Sie zitterte wie Espenlaub, armes Ding, und lehnte sich gegen den Tisch, vollkommen verwirrt.

»Du siehst, ich weiß, wie man Kinder züchtigt«, sagte der Schurke grimmig, während er sich bückte, um wieder in den Besitz des Schlüssels zu kommen, der auf den Boden gefallen war. »Geh jetzt zu Linton, wie ich dir gesagt habe, und heul dich bei ihm aus! Ich werde morgen dein Vater sein – und in ein paar Tagen alles, was du an Vater haben wirst, und du sollst Schläge genug haben – du kannst viel vertragen – du bist kein Schwächling – du sollst jeden Tag etwas davon schmecken, wenn ich wieder solch einen Jähzorn in deinen Augen aufblitzen sehe!«

Cathy lief zu mir anstatt zu Linton, kniete nieder und barg ihren Kopf mit den brennenden Wangen laut weinend in meinem Schoß. Ihr Vetter hatte sich ganz in eine Ecke der Sitzbank verkrochen und verhielt sich mäuschenstill; er beglückwünschte sich wahrscheinlich, daß die Strafe nicht ihn, sondern einen andern getroffen hatte.

Als Mr. Heathcliff bemerkte, wie bestürzt wir alle waren, stand er auf und machte selbst den Tee. Die Tassen und Untertassen standen schon bereit. Er goß ein und reichte mir eine Tasse.

»Da, spül deinen Ärger damit hinunter«, sagte er, »und bediene auch deinen unartigen Liebling und meinen. Der Tee ist nicht vergiftet, wenn ich ihn auch gemacht habe. Ich gehe hinaus und suche eure Pferde.«

Als er uns verlassen hatte, war unser erster Gedanke, uns gewaltsam irgendwo einen Ausgang zu verschaffen. Wir versuchten es an der Küchentür, aber die war von außen verriegelt; wir sahen nach den Fenstern, doch sie waren selbst für Cathys zierliche Gestalt viel zu schmal.

»Master Linton«, schrie ich ihn an, als ich sah, daß wir regelrecht eingesperrt waren, »Sie wissen, was Ihr teuflischer Vater vorhat, und Sie werden es uns jetzt sagen, oder Sie bekommen von mir ebenso viele Ohrfeigen wie eben Ihre Base von ihm!«

»Ja, Linton, du mußt es uns sagen«, sagte Catherine. »Deinetwegen bin ich ja hergekommen, und es wäre schändlich undankbar, wenn du dich weigerst.«

»Gib mir eine Tasse Tee, ich habe Durst, und dann will ich es dir sagen«, antwortete er. »Mrs. Dean, gehen Sie weg. Ich mag es nicht, wie Sie da so über mir stehen. Nun, Catherine, läßt du auch noch deine Tränen in meine Tasse fallen! Das werde ich nicht trinken. Gib mir eine andere.«

Catherine schob ihm eine andere hin und wischte sich das Gesicht ab. Ich fand die Gemütsruhe, die der kleine Teufel zeigte, seit er nicht mehr länger Angst um sich selbst haben mußte, abscheulich. Die ganze Aufregung, die er draußen gezeigt hatte, legte sich völlig, sobald wir das Haus betreten hatten. Daraus schloß ich, daß man ihm mit einem fürchterlichen Ausbruch des väterlichen Zorns gedroht hatte, falls es ihm nicht gelänge, uns herzulocken. Nachdem das vollbracht war, hatte er vorläufig keine Angst mehr.

»Papa wünscht, daß wir heiraten«, fuhr er fort, nachdem er ein Schlückchen Tee genommen hatte. »Und er weiß, daß dein Papa es jetzt noch nicht zulassen würde. Er fürchtet jedoch, daß ich sterbe, wenn wir warten. So sollen wir morgen früh getraut werden, und du mußt die Nacht über hier bleiben. Wenn du tust, was er wünscht, kannst du am nächsten Tag wieder heimkehren und mich mit dir nehmen.«

»Sie mitnehmen, Sie erbärmlicher Wicht?« rief ich aus. »Sie heiraten? Was denn, der Mann ist verrückt, oder er hält uns alle zum Narren. Und bilden Sie sich etwa ein, diese schöne junge Dame, dieses gesunde, herzige Mädchen wird sich an solch einen kleinen sterbenden Affen wie Sie binden? Können Sie sich vorstellen, daß irgend jemand, sprechen wir mal gar nicht von Miss Catherine Linton, Sie zum Ehemann haben wollte? Prügel verdienten Sie dafür, daß Sie uns auf eine so heimtückische Art mit Ihrem Gewinsel und Gestöhne hierhergebracht haben. Und – gucken Sie nicht so dumm! Ich habe große Lust, Sie einmal ordentlich durchzuschütteln für Ihren gemeinen Verrat und für den Schwachsinn, den Sie sich einbilden.«

Ich rüttelte ihn leicht, aber das brachte ihn gleich zum Husten, und er griff zu seinem üblichen Hilfsmittel, herumzustöhnen und zu weinen, und Catherine rügte mich.

»Die Nacht über hier bleiben? Nein!« sagte sie, während sie sich langsam umsah. »Ellen, und wenn ich die Tür da niederbrennen muß, aber herauskommen werde ich.«

Und sie hätte sich auch gleich an die Ausführung ihrer Drohung gemacht, doch Linton war schon wieder um sein liebes Ich besorgt. Er klammerte seine dünnen Arme um sie und schluchzte: »Willst du denn mich nicht haben, mich nicht retten – mich nicht zur Grange kommen lassen? Oh! Liebste Catherine! Du darfst jetzt nicht gehen und mich allein lassen, nach allem. Du mußt meinem Vater gehorchen, du mußt!«

»Ich muß dem meinen gehorchen«, erwiderte sie, »und ihn von dieser grausamen Ungewißheit befreien. Die ganze Nacht! Was soll er wohl denken? Er wird sich jetzt schon Sorgen machen. Ich brenne oder breche mir einen Weg aus diesem Haus. Sei ruhig! Du bist ja in keiner Gefahr – aber wenn du mich hinderst, Linton, dann laß dir gesagt sein: Ich habe Papa lieber als dich!«

Der tödliche Schrecken, den er vor Mr. Heathcliffs Zorn empfand, brachte den Jungen wieder zu feiger Beredsamkeit. Catherine war nahe daran, sich von ihm verrückt machen zu lassen – doch sie bestand darauf, daß sie heimgehen müsse, und versuchte ihrerseits, auf ihn einzureden, seine egoistischen Angstzustände zu überwinden.

Während sie noch damit beschäftigt waren, einander zu überreden und zu überzeugen, trat unser Gefängniswärter wieder ein.

»Eure Tiere haben sich auf und davon gemacht«, sagte er, »und... Nanu, Linton, wieder am Schluchzen? Was hat sie dir getan? Komm, komm, laß es gut sein und mach, daß du ins Bett kommst. Wenn sie dich auch jetzt tyrannisiert, in einem Monat oder zwei, mein Bursche, bist du imstande, ihr mit kräftiger Hand alles heimzuzahlen. Du vergehst vor Sehnsucht nach wahrer Liebe, nicht wahr? Nach nichts sonst auf der Welt – und sie soll dich haben! So, nun ins Bett! Zillah ist heute nacht nicht hier; du mußt dich schon selbst ausziehen. Still! Hörst du jetzt auf zu jammern! Bist du erst einmal oben in deinem Zimmer, werde ich dir nicht zu nahe kommen, du brauchst keine Angst zu haben. Du hast Glück gehabt und deine Sache ganz gut gemacht. Ich werde mich um den Rest kümmern.«

Während er so zu seinem Sohn sprach, hielt er ihm die Tür auf, und Linton schlich wie ein Spaniel, der einen boshaften hinterhältigen Fußtritt erwartet, davon.

Die Tür wurde wieder verschlossen. Heathcliff näherte sich dem Kaminfeuer, wo meine Herrin und ich schweigend standen. Catherine schaute auf und hob instinktiv ihre Hand zum Gesicht – seine Nähe weckte bei ihr sogleich eine schmerzhafte Empfindung. Niemand sonst wäre imstande gewesen, diese unwillkürliche Bewegung eines Kindes mit Strenge zu betrachten, er aber blickte sie finster an und brummelte: »Oh, Sie haben doch nicht etwa Angst vor mir? Wo ist Ihr Mut geblieben? Sie scheinen jedenfalls verdammt Angst zu haben!«

»Ich habe jetzt auch Angst«, entgegnete sie, »weil Papa ganz unglücklich sein wird, wenn ich hier bleibe; und wie kann ich's ertragen, ihn unglücklich zu machen... wo er doch... wo er doch... Mr. Heathcliff, lassen Sie mich heimgehen! Ich verspreche, Linton zu heiraten – Papa möchte es gern, und ich liebe ihn – und warum sollten Sie mich mit Gewalt zu etwas zwingen, was ich von mir aus gern freiwillig tue?«

»Das sollte er nur wagen, Sie zu zwingen!« rief ich. »Es gibt noch Recht und Ordnung im Land, Gott sei Dank, das gibt's, befinden wir uns auch hier in einer abgelegenen Gegend. Ich würde ihn anzeigen, wenn es mein eigener Sohn wäre, denn ohne Segen der Kirche ist das ein schweres Verbrechen.«

»Schweig still!« sagte der Rüpel. »Zum Teufel mit deinem Gezeter! Ich habe dich nicht um deine Meinung gebeten. Miss Linton, der Gedanke, daß Ihr Vater unglücklich sein wird, bereitet mir ein außerordentliches Vergnügen. Ich werde vor Genugtuung darüber nicht einschlafen können. Sie hätten auf keinen besseren Weg verfallen können, um Ihren Aufenthalt unter meinem Dach für die nächsten vierundzwanzig Stunden festzusetzen, als mich darüber zu informieren, daß solch ein Ergebnis die Folge sein würde. Was Ihr Versprechen betrifft, Linton zu heiraten, werde ich dafür sorgen, daß Sie es halten, denn Sie werden diesen Ort nicht eher verlassen, als bis es erfüllt ist.«

»Dann schicken Sie Ellen, um Papa wissen zu lassen, daß ich wohlauf bin!« rief Catherine bitterlich weinend aus. »Oder lassen Sie uns gleich trauen. Armer Papa! Ellen, er wird denken, wir haben uns verirrt. Was sollen wir bloß tun?«

»O nein, das wird er nicht! Er wird denken, Sie sind es leid geworden, ihn zu betreuen, und davongelaufen, um sich ein wenig Vergnügen zu verschaffen«, antwortete Heathcliff. »Sie können nicht leugnen, daß Sie mein Haus aus freien Stücken betreten haben, unter Mißachtung seines ausdrücklichen Verbots. Und es ist ganz natürlich, daß Sie in Ihrem Alter nach Abwechslung verlangen und daß Sie es überdrüssig sind, einen kranken Mann zu pflegen, und wenn dieser Mann noch dazu nur Ihr Vater ist. Catherine, seine glücklichsten Tage waren schon vorbei, als Ihr Leben gerade begann. Den Tag, an dem Sie zur Welt kamen, hat er verflucht, möchte ich behaupten – ich jedenfalls habe es getan. Und es wäre nur recht, wenn er Sie auch verfluchte, jetzt, da er aus dieser Welt geht. Da würde ich ihm sogar beistimmen. Ich mag Sie nicht! Wie sollte ich auch? Weinen Sie nur tüchtig. Soweit ich sehen kann, wird das zukünftig Ihre Hauptbeschäftigung sein, wenn nicht Linton andere Verluste wiedergutmacht; und Ihr treusorgender Vater scheint sich vorgestellt zu haben, daß er das könnte. Seine Briefe voll Trost und Rat fand ich ungeheuer unterhaltend. In seinem letzten empfiehlt er meinem Sohn, treu für Sie zu sorgen und lieb zu Ihnen zu sein, wenn er Sie bekommen habe. Treusorgend und lieb – das ist väterlich! Aber Linton benötigt seinen gesamten Vorrat an Fürsorge und Liebe für sich selbst. Linton kann gut den kleinen Tyrannen spielen. Er würde es übernehmen, jede beliebige Zahl von Katzen zu quälen, wenn man ihnen vorher die Zähne gezogen und die Klauen gestutzt hat. Wenn Sie wieder nach Hause kommen, können Sie seinem Onkel schöne Geschichten von ihm erzählen, wie lieb und nett er ist, das versichere ich Ihnen.«

»Daran tun Sie recht!« sagte ich. »Schildern Sie Ihres Sohnes Charakter. Zeigen Sie, wie ähnlich er Ihnen ist. Und dann, hoffe ich, wird es sich Miss Cathy zweimal überlegen, ehe sie diesen Giftzwerg nimmt!«

»Es macht mir nicht viel aus, jetzt von seinen liebenswerten Eigenschaften zu sprechen«, antwortete er, »denn entweder sie heiratet ihn, oder sie muß eine Gefangene bleiben, und du mit ihr, bis dein Herr stirbt. Ich kann euch beide hier festhalten, ganz verborgen, ohne daß jemand etwas davon ahnt. Wenn du es nicht glaubst, so ermuntere sie doch, ihr Wort zurückzunehmen, und du hast eine Gelegenheit, dir selbst eine Meinung zu bilden!«

»Ich nehme mein Wort nicht zurück«, sagte Catherine. »Ich heirate ihn noch in dieser Stunde, wenn ich anschließend nach Thrushcross Grange gehen kann. Mr. Heathcliff, Sie sind ein harter Mann, aber ein Teufel sind Sie nicht, und Sie werden nicht aus purer Bosheit mein ganzes Glück unwiederbringlich zerstören. Wenn Papa denken müßte, ich hätte ihn wohlüberlegt verlassen, und wenn er stürbe, ehe ich zurückkäme, wie könnte ich dann das Leben noch ertragen? Ich habe aufgehört zu weinen, aber ich knie jetzt hier zu Ihren Füßen nieder und hebe meine Augen zu Ihnen auf, und ich werde nicht aufstehen und meinen Blick nicht von Ihnen wenden, bis auch Sie mich anschauen! Nein, wenden Sie sich nicht ab! Schauen Sie doch her! Sie sehen nichts, was Sie wütend machen könnte. Ich hasse Sie nicht. Ich bin Ihnen nicht böse, weil Sie mich geschlagen haben. Haben Sie nie in Ihrem Leben irgend jemand liebgehabt, Onkel? Nie? Ah! Sie müssen mich ansehen – ich bin so unglücklich – am Ende können Sie doch gar nicht anders, Sie müssen Mitleid mit mir haben.«

»Nimm deine Eidechsenfinger weg und mach dich fort, oder ich geb' dir einen Tritt!« schrie Heathcliff und stieß sie grob zurück. »Lieber möchte ich von einer Schlange umarmt werden. Wie, zum Teufel, kannst du auf die Idee kommen, vor mir auf dem Boden herumzukriechen? Ich finde dich widerlich!«

Er hob die Schultern, ja, er schüttelte sich tatsächlich vor Ekel und stieß seinen Stuhl zurück. Währenddessen war ich aufgesprungen und hatte begonnen, ihm gehörig die Meinung zu sagen, doch wurde ich mitten im ersten Satz durch die Drohung, man würde mir einen Raum zeigen, wo ich allein sein könnte, wenn ich noch ein Wort sagte, zum Schweigen gebracht.

Es begann zu dunkeln – wir hörten Stimmen von der Gartenpforte her. Unser Gastgeber eilte augenblicklich hinaus. Er hatte seine Sinne beisammen, wir nicht. Wir hörten eine Unterredung von zwei oder drei Minuten, dann kehrte er allein zurück.

»Ich dachte, es wäre Ihr Vetter Hareton«, bemerkte ich zu Catherine. »Ich wünschte, er käme! Wer weiß, vielleicht würde er unsere Partei ergreifen?«

»Es waren drei Knechte von der Grange, die euch suchen sollten«, sagte Heathcliff, der meine Bemerkung gehört hatte. »Du hättest ein Fenster öffnen und hinausschreien sollen! Aber ich möchte schwören, die Kleine da ist froh, daß du es nicht getan hast. Sie freut sich, daß sie hier bleiben muß, da bin ich sicher.«

Als wir erfuhren, welche Gelegenheit wir uns hatten entgehen lassen, konnten wir unseren Kummer nicht länger unterdrücken: Laut begannen wir zu klagen und zu jammern. Bis gegen neun Uhr störte Heathcliff uns nicht; dann hieß er uns die Treppe hinaufgehen, durch die Küche, zu Zillahs Kammer, und ich flüsterte Catherine zu, ihm zu gehorchen. Vielleicht war es möglich, dort aus dem Fenster zu klettern oder durch die Dachluke einer Bodenkammer zu entkommen.

Das Fenster war jedoch ebenso schmal wie unten, und die Bodenluke war vor unseren Versuchen sicher, denn wir wurden eingesperrt wie zuvor.

Wir legten uns beide nicht hin. Catherine setzte sich ans Fenster und wartete sehnsüchtig auf den Morgen – ein tiefer Seufzer war die einzige Antwort auf mein oft wiederholtes Bitten, sich ein wenig hinzulegen und zu ruhen.

Ich ließ mich in einem Schaukelstuhl nieder und schaukelte hin und her; dabei ging ich wegen meiner zahlreichen Pflichtversäumnisse hart mit mir ins Gericht, denn hierin – so wollte mir scheinen – lag das Unglück meiner Herrschaft begründet. Das war in Wirklichkeit nicht der Fall, ich weiß, aber in meiner Vorstellung war es so, in jener schrecklichen Nacht, und ich hielt Heathcliff für weniger schuldig als mich.

Um sieben Uhr kam er und erkundigte sich, ob Miss Linton aufgestanden sei.

Sie lief sogleich zur Tür und antwortete: »Ja.«

»Dann komm«, sagte er, öffnete die Tür und zog sie hinaus. Ich stand auf, um ihr zu folgen, aber er drehte den Schlüssel wieder um. Ich forderte meine Freilassung.

»Hab Geduld«, erwiderte er. »Ich schicke dir, wenn es soweit ist, das Frühstück hinauf.«

Ich trommelte mit den Fäusten gegen die Tür und rüttelte wütend an der Klinke, und Catherine fragte, warum ich noch weiter eingesperrt bliebe. Er antwortete, ich müsse es schon noch eine Stunde aushalten, und sie gingen fort.

Ich hielt es noch zwei oder drei Stunden aus. Endlich hörte ich Schritte, nicht die Heathcliffs.

»Ich hab' Ihnen was zu essen gebracht«, sagte eine Stimme; »öffnen Se de Tür!«

Eifrig folgte ich der Aufforderung und erblickte Hareton, beladen mit genug Essen für den ganzen Tag.

»Da, nehmen Se's!« fügte er hinzu und drückte mir das Tablett in die Hände.

»Bleib eine Minute«, begann ich.

»Nee!« schrie er, zog sich zurück und ließ meine Bitten unbeachtet, was ich auch vorbringen mochte, um ihn festzuhalten.

Und da blieb ich nun eingesperrt, den ganzen Tag und die ganze folgende Nacht, und noch eine, und noch eine. Fünf Nächte und vier Tage blieb ich insgesamt dort und sah niemanden als jeden Morgen Hareton, der ein vorbildlicher Gefängniswärter war, gewiß, und stumm und taub für jeden Versuch, seinen Gerechtigkeitssinn oder sein Mitleid zu wecken.

Achtundzwanzigstes Kapitel

Am fünften Morgen, oder vielmehr Nachmittag, näherte sich ein anderer Schritt – leichter und kürzer, und diesmal betrat die Person das Zimmer. Es war Zillah, in ihren scharlachroten Schal gewickelt, ein schwarzes Seidenhäubchen auf dem Kopf, und am Arm hatte sie einen Weidenkorb hängen.

»O du meine Güte! Mrs. Dean!« rief sie aus. »Na! In Gimmerton hört man schöne Geschichten über Sie. Ich dachte, Sie wären im Blackhorse-Moor ertrunken und Missy mit Ihnen, bis der Herr mir sagte, Sie wären gefunden worden, und er hätte sie hier untergebracht! Was, da müssen Sie ja wohl auf eine Insel geraten sein? Und wie lange haben Sie im Loch gesteckt? Hat der Herr Sie gerettet, Mrs. Dean? Aber so abgemagert sind Sie gar nicht – so schlecht kann es Ihnen doch nicht gegangen sein, oder?«

»Ihr Herr ist ein ausgemachter Schurke!« erwiderte ich. »Aber er wird sich noch verantworten müssen. Dieses Märchen hätte er nicht zu verbreiten brauchen – es wird doch alles an den Tag kommen!«

»Wie meinen Sie das?« fragte Zillah. »Die Geschichte stammt nicht von ihm – man erzählt das im Dorf, wie Sie sich verirrt haben im Moor, und als ich reinkomme, rufe ich Earnshaw zu: ›Na, da sind ja merkwürdige Sachen passiert, Mr. Hareton, seit ich weg bin. Jammerschade ist es um das nette junge Mädchen und die muntere Nelly Dean!‹

Er machte große Augen, und da ich dachte, er hätte von nichts gehört, erzählte ich ihm von dem Gerücht.

Der Herr stand auch dabei und lächelte nur in sich hinein und sagte: ›Wenn sie im Moor gewesen sind, so sind sie jetzt jedenfalls wieder heraus, Zillah. Nelly Dean ist in diesem Augenblick in deinem Zimmer, wo wir sie untergebracht haben. Du kannst ihr sagen, daß sie gehen soll, wenn du raufgehst; hier ist der Schlüssel. Das Moorwasser ist ihr zu Kopf gestiegen, und sie wäre ganz verwirrt nach Hause gelaufen, aber ich behielt sie hier, bis sie wieder zu Verstand gekommen ist. Du kannst ihr sagen, sie soll sofort zur Grange gehen, wenn sie dazu imstande ist, und von mir die Nachricht überbringen, daß ihr junges Fräulein rechtzeitig nachkommen würde, um der Beerdigung des Gutsherrn beizuwohnen.‹«

»Mr. Edgar ist doch nicht tot?« keuchte ich. »O Zillah, Zillah!«

»Nein, nein, setzen Sie sich hin, meine gute Frau!« erwiderte sie. »Ihnen ist immer noch ganz schön elend. Er ist nicht tot. Dr. Kenneth glaubt, es könnte mit ihm noch Tage dauern – ich habe ihn auf der Straße getroffen und ihn gefragt.«

Anstatt mich hinzusetzen, griff ich meine Sachen und hastete nach unten, denn der Weg war frei.

Unten im »Haus« blickte ich mich nach jemand um, der mir über Catherine hätte Auskunft geben können.

Der Raum war voller Sonnenschein, und die Tür stand weit offen, aber niemand schien in der Nähe zu sein.

Während ich noch zögerte, ob ich gleich losgehen oder erst meine Herrin suchen sollte, hörte ich ein schwaches Husten vom Kamin her.

Linton lag auf dem Sofa, lutschte an einer Zuckerstange und verfolgte mit teilnahmslosen Augen meine Bewegungen.

»Wo ist Miss Catherine?« fragte ich streng, in der Annahme, ich könnte ihn, da er allein war, durch Einschüchterung dazu bringen, mir Auskunft zu geben.

Er lutschte weiter wie ein Unschuldslamm.

»Ist sie fort?« fragte ich.

»Nein«, antwortete er, »sie ist oben – sie darf nicht weggehen; wir lassen sie nicht fort.«

»Sie wollen sie nicht fortlassen, Sie kleiner Dummkopf!« rief ich aus. »Sie führen mich sofort zu ihrem Zimmer, sonst können Sie etwas erleben!«

»Sie können gleich etwas erleben von meinem Papa, wenn Sie das versuchen sollten!« antwortete er. »Er sagt, ich soll mit Catherine nicht zimperlich sein – sie ist meine Frau, und es ist eine Schande, daß sie von mir fort will! Er sagt, sie haßt mich und wartet nur darauf, daß ich sterbe, damit sie an mein Geld heran kann, aber sie soll es nicht bekommen, und sie soll auch nicht nach Hause gehen! Niemals! Sie kann heulen und krank sein, so viel sie will!« Er kehrte zu seiner Beschäftigung zurück, leckte an seinem Zuckerzeug und schloß die Augen, als ob er einschlafen wolle.

»Master Heathcliff«, begann ich wieder, »haben Sie ganz vergessen, wie nett Catherine zu Ihnen war im letzten Winter, als Sie ihr versicherten, Sie liebten sie, und wie sie Ihnen Bücher gebracht hat und Lieder vorgesungen und viele, viele Male durch Wind und Schnee hergekommen ist, um Sie zu besuchen? Sie weinte, wenn sie einen Abend nicht mit Ihnen verbringen konnte, weil Sie enttäuscht sein würden. Und damals meinten Sie, daß sie viel, viel zu gut zu Ihnen wäre. Und nun glauben Sie die Lügen, die Ihr Vater Ihnen erzählt, obwohl Sie doch wissen, daß er Sie beide haßt! Und nun machen Sie mit ihm gemeinsame Sache gegen sie. Das ist vielleicht eine schöne Dankbarkeit, nicht wahr?«

Lintons Mundwinkel sanken herab, und er nahm die Zuckerstange von den Lippen.

»Ist sie etwa nach Wuthering Heights gekommen, weil sie Sie haßte?« fuhr ich fort. »Denken Sie einmal darüber nach! Was Ihr Geld angeht, weiß sie nicht einmal, daß Sie welches haben werden. Und Sie sagen, sie sei krank, und dennoch lassen Sie sie allein da oben in einem fremden Haus! Sie, der Sie gespürt haben, wie es ist, wenn man vernachlässigt wird! Mit sich selbst hatten Sie Mitleid wegen Ihrer Leiden, und sie hat auch daran Anteil genommen, aber für ihren Kummer haben Sie jetzt kein Mitgefühl! Ich vergieße Tränen, Master Heathcliff, sehen Sie – eine ältere Frau und nur ein Dienstbote – und Sie, der Sie allen Grund hätten, sie anzubeten, Sie können nach all ihren Liebesbeteuerungen ruhig daliegen und heben jede Träne, die Sie haben, sorgfältig für sich selbst auf. Ach, Sie sind ein herzloser, selbstsüchtiger Junge!«

»Ich kann nicht bei ihr sein«, antwortete er verärgert. »Ich bleibe nicht bei ihr, allein. Sie weint so sehr, ich kann das nicht ertragen, und sie hört nicht auf, auch wenn ich ihr sage, daß ich meinen Vater hole. Einmal habe ich ihn wirklich geholt, und er hat ihr angedroht, sie zu erwürgen, wenn sie nicht gleich still wäre; aber kaum, daß er aus dem Zimmer war, fing sie wieder an mit ihren Klagen, und das ging so die ganze Nacht, obwohl ich sie laut angeschrien habe vor Verdruß darüber, daß ich nicht schlafen konnte.«

»Ist Mr. Heathcliff aus?« erkundigte ich mich, da ich einsah, daß das elende Geschöpf nicht fähig war, an den seelischen Qualen seiner Base Anteil zu nehmen.

»Er ist im Hof«, entgegnete er, »und spricht mit Dr. Kenneth, der sagt, daß Onkel nun wirklich im Sterben liegt, endlich – das freut mich, denn ich werde nach ihm Herr auf der Grange – und Catherine sprach immer von *ihrem* Haus. Es ist nicht ihrs! Es ist meins. Papa sagt, alles, was sie hat, gehört mir. Alle ihre schönen Bücher gehören mir. Sie hat sie mir angeboten, und auch ihre hübschen Vögel und ihr Pony Minny, wenn ich den Schlüssel zu unserem Zimmer holen und sie herauslassen würde. Aber ich habe ihr gesagt, daß sie nichts zum Verschenken hat, denn alles, alles ist sowieso mein. Und da weinte sie und nahm ein kleines Medaillon von ihrem Hals und sagte, das solle ich haben. Zwei Bilder waren in dem goldenen Gehäuse, auf der einen Seite ihre Mutter und auf der andern Onkel, als sie jung waren. Das war gestern – ich sagte, sie gehörten auch mir, und versuchte, sie ihr wegzunehmen. Das boshafte Ding wollte sie nicht hergeben, schubste mich weg und hat mir weh getan. Ich kreischte – das macht ihr immer Angst. Als sie Papa kommen hörte, brach sie das Medaillon auseinander und gab mir die eine Hälfte mit dem Bild ihrer Mutter, die andere versuchte sie zu verstecken. Aber Papa fragte, was los sei, und ich erklärte ihm alles. Er nahm mir meine Hälfte weg und gebot ihr, mir ihre zu geben. Sie weigerte sich, und er – er schlug sie zu Boden, riß das Bildchen von der Kette und zertrat es mit dem Fuß.«

»Und hat es Sie gefreut zu sehen, wie sie geschlagen wurde?« fragte ich und ermunterte ihn absichtlich weiter zum Reden.

»Ich habe die Augen zugemacht«, antwortete er. »Ich mache die Augen immer zu, wenn mein Vater einen Hund oder ein Pferd schlägt – er schlägt so hart zu. Doch zuerst war ich froh – sie hatte Strafe verdient, weil sie mich geschubst hatte. Aber als Papa fort war, ließ sie mich zum Fenster kommen und zeigte mir, wie ihre Wange innen durch die Zähne ganz aufgerissen war, und ihr Mund war voll Blut. Dann sammelte sie die Stückchen des Medaillons auf und setzte sich mit dem Gesicht zur Wand. Seither hat sie mit mir kein Wort mehr gesprochen; und manchmal denke ich, sie kann vor Schmerzen nicht reden. Ich mag gar nicht daran denken! Aber es ist ungezogen, daß sie ständig weint! Und sie sieht so blaß und wild aus, ich habe Angst vor ihr!«

»Und Sie können an den Schlüssel heran, wenn Sie wollen?« fragte ich.

»Ja, wenn ich oben bin«, antwortete er. »Aber ich kann jetzt nicht hinaufgehen.«

»Wo liegt er denn, in welchem Zimmer?« fragte ich.

»Oh«, schrie er, »ich werde dir nicht sagen, wo er ist! Das ist unser Geheimnis. Niemand darf es wissen, weder Hareton noch Zillah. So, jetzt habe ich aber genug! Ich ertrage dich nicht länger – geh weg, geh weg!« Er legte den Kopf auf den Arm und schloß wieder die Augen.

Ich hielt es für das Beste, wegzugehen, ohne Mr. Heathcliff noch einmal über den Weg zu laufen, und für mein junges Fräulein Hilfe von der Grange zu holen.

Als ich dort ankam, war das Erstaunen der anderen Dienstboten, mich wiederzusehen, und auch ihre Freude sehr groß. Und als sie hörten, daß ihre kleine Herrin wohlauf war, wollten zwei oder drei gleich hinaufeilen und die Neuigkeit Mr. Edgar durch die Tür rufen. Aber diese Nachricht wollte ich ihm lieber selbst überbringen.

Wie hatte er sich in den wenigen Tagen verändert! Da lag er, ein Bild der Traurigkeit, ohne Hoffnung auf seinen Tod wartend. Er sah sehr jung aus; obwohl er neununddreißig war, würde man ihn mindestens um zehn Jahre jünger geschätzt haben. Er dachte an Catherine, denn er murmelte ihren Namen. Ich berührte seine Hand.

»Catherine kommt, lieber Herr!« flüsterte ich. »Sie lebt und ist gesund und wird, hoffe ich, noch heute abend hier sein.«

Ich zitterte bei der ersten Wirkung dieser Nachricht: Er richtete sich halb auf, sah sich begierig im Zimmer um und sank dann in einem Schwächeanfall zurück.

Sobald er sich erholt hatte, erzählte ich von unserem erzwungenen Besuch, und wie man uns festgehalten hatte auf den

Heights. Ich sagte, Heathcliff habe mich gezwungen hineinzugehen, was nicht ganz der Wahrheit entsprach. Ich äußerte so wenig Nachteiliges wie möglich über Linton, noch erzählte ich Einzelheiten des brutalen Benehmens seines Vaters, denn ich wollte seinem übervollen Leidenskelch nicht noch Bitternis hinzufügen.

Er erriet, daß eine der Absichten seines Feindes dahin ging, sowohl das persönliche Eigentum wie auch den Grundbesitz seinem Sohn, oder vielmehr sich selbst, zu sichern. Doch warum er damit nicht bis zu seinem Ableben wartete, war für meinen Herrn ein Rätsel – er wußte ja nicht, wie bald auch sein Neffe diese Welt verlassen würde.

Jedenfalls war er der Meinung, daß sein Testament besser abgeändert werden sollte – statt Catherine das Vermögen zur freien Verfügung zu überlassen, faßte er den Entschluß, es in die Hände von Treuhändern zu geben, die es für sie verwalten sollten, so daß sie die Nutznießung auf Lebenszeit hätte und nach ihr ihre Kinder, falls sie welche haben würde. Durch diese Maßnahme konnte es nicht an Mr. Heathcliff fallen, wenn Linton starb.

Entsprechend seinen Anweisungen schickte ich einen Mann weg, den Notar zu holen, und vier andere, versehen mit Waffen, um Catherine von ihrem Kerkermeister herauszufordern. Sie blieben alle lange aus. Der einzelne Dienstbote kehrte als erster zurück.

Er sagte, Mr. Green, der Rechtsanwalt, sei nicht daheim gewesen und er habe zwei Stunden auf seine Rückkehr warten müssen; und dann habe ihm Mr. Green gesagt, er habe noch eine kleine Sache im Dorf zu erledigen, er werde aber noch vor dem Morgen in Thrushcross Grange sein.

Auch die vier Männer kamen allein zurück. Sie brachten den Bescheid, daß sie krank sei, zu krank, um ihr Zimmer zu verlassen, und Heathcliff wollte ihnen auch nicht gestatten, sie zu sehen.

Ich schimpfte heftig mit den dummen Burschen, weil sie sich ein Märchen hatten auftischen lassen, das ich meinem Herrn nicht erzählen würde, und ich beschloß, bei Tagesanbruch einen ganzen Trupp zu den Heights mit hinaufzunehmen und den Hof regelrecht zu stürmen, wenn uns die Gefangene nicht im guten übergeben werde.

Ihr Vater soll sie sehen, gelobte ich mir wieder und wieder, und wenn man diesen Teufel bei seinem Versuch, es zu verhindern, an der eigenen Türschwelle erschlagen müßte!

Glücklicherweise blieben mir der Weg hinauf und die Unannehmlichkeiten erspart.

Um drei Uhr in der Frühe war ich nach unten gegangen, um einen Krug Wasser zu holen, und war damit gerade auf meinem Rückweg durch die Halle, als ein energisches Klopfen an der Haustür mich zusammenfahren ließ.

»Oh! Das ist Green«, sagte ich, mich beruhigend, »nur Green kann das sein«, und ich ging weiter in der Absicht, jemand anders zu schicken, damit er ihm öffne. Aber das Klopfen wiederholte sich, nicht laut, aber doch dringlich.

Ich stellte den Krug auf einen Sockel des Treppengeländers und eilte, um den Klopfenden selbst einzulassen.

Der Herbstmond schien klar. Es war nicht der Anwalt. Meine süße kleine Herrin fiel mir schluchzend um den Hals: »Ellen! Ellen! Ist Papa noch am Leben?«

»Ja«, rief ich, »ja, mein Engel, er lebt! Gott sei Dank, daß Sie heil wieder bei uns sind!«

Sie wollte atemlos, wie sie war, zu Mr. Lintons Zimmer hinauflaufen; aber ich zwang sie, sich erst einmal auf einen Stuhl zu setzen und etwas zu trinken. Dann wusch ich ihr blasses Gesichtchen, und es bekam sogar etwas Farbe, als ich es mit meiner Schürze trocken rieb. Ich sagte ihr, zunächst müsse ich hineingehen und ihm behutsam berichten, daß sie angekommen sei. Auch bat ich sie flehentlich, doch zu sagen, daß sie mit dem jungen Heathcliff glücklich wäre. Sie starrte mich einen Augenblick verständnislos an, aber schnell begreifend, warum ich ihr zu einer Lüge riet, versicherte sie mir, sie werde nicht klagen.

Ich konnte es nicht ertragen, bei dem Wiedersehen zugegen zu sein. Eine Viertelstunde stand ich draußen vor der Schlafzimmertür und wagte mich auch dann kaum in die Nähe des Bettes.

ACHTUNDZWANZIGSTES KAPITEL

Jedoch verlief alles ruhig und gefaßt. Catherines Verzweiflung war ebenso stumm wie ihres Vaters Freude. Sie stützte ihn, äußerlich ruhig, und er heftete seine Augen, die sich vor Verzükkung zu weiten schienen, unverwandt auf ihre Züge.

Er starb glückselig, Mr. Lockwood, ja, so starb er. Er küßte ihre Wange und flüsterte: »Ich gehe zu ihr, und du, geliebtes Kind, sollst zu uns kommen.« Dann rührte er sich nicht mehr, fuhr aber fort, sie weiter anzusehen mit diesem strahlenden, verzückten Blick, bis sein Puls unmerklich aussetzte und seine Seele von ihm schied. Niemand hätte die genaue Minute seines Todes angeben können, so völlig ohne Kampf verschied er.

Ob Catherine schon zu viel geweint und keine Tränen mehr hatte oder ob der Schmerz zu groß und gewaltig war, um sie fließen zu lassen, sie saß mit trockenen Augen, bis die Sonne aufging, sie saß zu Mittag noch so da und hätte sich nicht vom Totenbett weggerührt, wenn ich nicht darauf bestanden hätte, daß sie sich etwas Ruhe gönne.

Es war gut, daß es mir gelungen war, sie zu überreden, denn zur Essenszeit erschien der Rechtsanwalt, der auf Wuthering Heights vorgesprochen hatte, um sich dort Anweisungen zu holen, wie er sich verhalten sollte. Er hatte sich an Mr. Heathcliff verkauft; das war der Grund gewesen, weshalb er sich Zeit nahm und der Aufforderung meines Herrn nicht gleich Folge leistete. Glücklicherweise dachte dieser nach Ankunft seiner Tochter nicht mehr an weltliche Geschäfte, die ihn beunruhigt hätten.

Mr. Green übernahm es selbst, alles und jedes zu ordnen, was das Haus betraf. Alle Dienstboten außer mir erhielten ihre Kündigung. Er würde seine ihm übertragene Autorität so weit getrieben haben, darauf zu bestehen, daß Edgar Linton nicht neben seiner Frau bestattet werde, sondern in der Kirche bei seiner Familie. Da waren jedoch sein Testament, um das zu verhindern, und meine lauten Proteste gegen jede Mißachtung seiner Anordnungen.

Das Begräbnis wurde schnell in die Wege geleitet. Catherine, Mrs. Linton Heathcliff jetzt, ließ man auf der Grange bleiben, bis der Leichnam ihres Vaters das Haus verlassen hatte.

Sie erzählte mir, daß ihre Qualen zuletzt Linton veranlaßt hatten, das Wagnis ihrer Befreiung auf sich zu nehmen. Sie hörte die Männer, die ich geschickt hatte, an der Tür mit Heathcliff sprechen und erriet den Sinn seiner Antwort. Das brachte sie zur Verzweiflung. Linton, den man bald, nachdem ich gegangen war, ins kleine Wohnzimmer gebracht hatte, war so erschrocken, daß er den Schlüssel holte, ehe sein Vater wieder heraufkam.

Er besaß die Schlauheit, die Tür auf- und wieder zuzuschließen, ohne sie ins Schloß fallen zu lassen, und als es Zeit für ihn war, zu Bett zu gehen, bettelte er, bei Hareton schlafen zu dürfen, was ihm für diese Nacht erlaubt wurde.

Catherine schlich sich hinaus, bevor es Tag wurde. Sie wagte nicht, eine der Türen zu probieren, um hinauszukommen, denn die Hunde hätten sicherlich angeschlagen. Sie untersuchte die Fenster leerstehender Kammern, und glücklicherweise geriet sie gleich in die ihrer Mutter, kam leicht aus dem Fenster und über eine Tanne, die dicht danebenstand, auf den Boden hinunter. Ihr Helfer hatte ungeachtet seines raffinierten Tricks für seine Mithilfe bei der Flucht einiges durchzumachen.

Neunundzwanzigstes Kapitel

Am Abend nach dem Begräbnis saßen mein junges Fräulein und ich in der Bibliothek. Trauernd und voller Verzweiflung sannen wir unserem Verlust nach und wagten Vermutungen über die düster aussehende Zukunft.

Wir waren übereingekommen, das beste Geschick, das Catherine erwarten konnte, wäre die Erlaubnis, hier auf der Grange wohnen zu bleiben, wenigstens solange Linton lebte. Er und sie könnten hier gemeinsam wohnen, und ich würde ihre Haushälterin bleiben. Das schien uns allerdings eine zu schöne Lösung, als daß man darauf hoffen durfte, und doch hoffte ich es und begann bei der Aussicht, mein Heim zu behalten und meine Stellung und vor allem meine geliebte junge Herrin, wieder Mut zu fassen. Da kam ein Dienstbote – einer von den entlassenen, der

NEUNUNDZWANZIGSTES KAPITEL

noch nicht ausgezogen war – hastig hereingestürzt und sagte, »dieser Teufel Heathcliff« käme über den Hof; ob er ihm die Tür vor der Nase zuschlagen und verriegeln solle?

Selbst wenn wir so verrückt gewesen wären, so etwas anzuordnen, so hatten wir doch keine Zeit mehr dazu. Er machte keine Umstände, etwa anzuklopfen oder sich anmelden zu lassen; er war hier der Herr und machte von seinem Herrenrecht Gebrauch, geradewegs hereinzukommen, ohne ein Wort zu sagen.

Die Stimme des Dieners führte ihn zur Bibliothek. Er trat ein, wies ihn mit einer Handbewegung hinaus und schloß die Tür.

Es war das gleiche Zimmer, in welches man ihn vor achtzehn Jahren als Gast geführt hatte. Derselbe Mond schien zum Fenster herein, und die gleiche Herbstlandschaft lag draußen. Wir hatten noch kein Licht angezündet, aber das ganze Zimmer war erhellt, und alle Gegenstände waren gut sichtbar, selbst die Porträts an der Wand – der prachtvolle Kopf von Mrs. Linton und der anmutige ihres Gatten.

Heathcliff trat zum Kamin. Die Zeit hatte ihn wenig verändert. Das war derselbe Mann: sein dunkles Gesicht nur einen Schein blasser und die Züge beherrschter, sein Körper vielleicht zehn oder zwanzig Pfund schwerer, und sonst kein Unterschied.

Catherine war aufgesprungen, als sie ihn sah, wahrscheinlich, um hinauszurennen.

»Halt!« sagte er und hielt sie am Arm fest. »Kein Ausreißen mehr! Wo wolltest du auch hin? Ich bin gekommen, dich heimzuholen, und ich hoffe, du wirst eine gehorsame Tochter sein und meinen Sohn nicht zu weiterem Ungehorsam ermutigen. Ich wußte nicht, wie ich ihn bestrafen sollte, als ich entdeckte, welchen Anteil er an der Sache hatte – er ist nicht mehr als ein Windhauch, ein Stoß macht ihm schon den Garaus –, aber du wirst es gleich an seinem Blick sehen, daß er sein Teil bekommen hat! Ich habe ihn einen Abend heruntergeholt, vorgestern, und ihn auf einen Stuhl gesetzt, und seitdem habe ich ihn nicht wieder angerührt. Hareton schickte ich hinaus, so daß wir den Raum für uns allein hatten. Zwei Stunden später habe ich Joseph gerufen, um ihn wieder hinaufzutragen; und seitdem wirkt meine Gegenwart auf seine überreizten Nerven, als wäre ich ein Geist. Ich habe den Eindruck, er sieht mich oft, obwohl ich gar nicht in der Nähe bin. Hareton sagt, er wacht nachts auf und schreit in einem fort und ruft nach dir, du sollst ihn vor mir beschützen. Ob du deinen kostbaren Gatten nun gern hast oder nicht, du mußt kommen – das ist jetzt deine Angelegenheit. Ich kümmere mich nicht mehr um ihn, sondern überlasse ihn ganz dir.«

»Warum können Sie Catherine nicht hier lassen«, wandte ich ein, »und Master Linton zu ihr schicken? Da Sie beide nicht mögen, würden Sie sie nicht vermissen – sie können für Ihr unnatürliches Herz doch nur eine tägliche Plage sein.«

»Ich suche einen Pächter für die Grange«, antwortete er, »und ich wünsche meine Kinder um mich zu haben, das ist wohl klar – außerdem schuldet das Mädchen mir ihre Dienste, dafür, daß sie mein Brot ißt. Ich habe nicht vor, ihr ein Leben in Luxus und Müßiggang zu bieten, wenn Linton nicht mehr da ist. Beeile dich und mach dich fertig, jetzt, und zwinge mich nicht, Gewalt anzuwenden.«

»Ich will ja«, sagte Catherine. »Linton ist alles, was ich auf der Welt noch lieben kann, und obwohl Sie getan haben, was Sie konnten, um ihn mir verhaßt zu machen und mich ihm, können Sie uns doch nicht so weit bringen, einander zu hassen! Und ich werde es nicht zulassen, daß Sie ihm weh tun, wenn ich dabei bin, und ich lasse mich auch nicht von Ihnen einschüchtern.«

»Hör auf mit deiner Großsprecherei!« erwiderte Heathcliff. »Aber so gern habe ich dich auch wieder nicht, daß ich ihm etwas antue – du sollst den Quälgeist voll und ganz genießen, solange es mit ihm dauert. Nicht ich bin es, der ihn dir verhaßt macht, dafür wird er schon selbst sorgen mit seinem lieben, reizenden Wesen. Er ist bitter wie Galle wegen deiner Flucht und ihrer Folgen – erwarte keinen Dank für diese edle Aufopferung. Ich hörte, wie er Zillah ausmalte, was er dir antun würde, wäre er so stark wie ich – die Neigung ist vorhanden, und gerade seine körperliche Schwäche wird seinen Verstand schärfen, um für mangelnde Kraft einen Ersatz zu finden.«

»Ich weiß, er hat einen schlechten Charakter«, sagte Catherine, »er ist Ihr Sohn. Aber ich bin froh, daß ich einen besseren habe – und so kann ich ihm vergeben. Und ich weiß, er liebt mich, und aus diesem Grunde liebe ich ihn. Mr. Heathcliff, Sie haben niemand, der Sie liebt, und wie unglücklich Sie uns auch machen, so werden wir doch unsere Rache haben in dem Gedanken, daß Ihre Grausamkeit nur von Ihrem größeren Elend herrührt. Sie sind doch unglücklich, nicht wahr? Einsam wie der Teufel und neidisch wie er? Niemand liebt Sie – niemand wird weinen, wenn Sie sterben! Ich möchte nicht Sie sein!«

Als Catherine dies sagte, schien sie einen düsteren Triumph zu empfinden und dazu entschlossen, sich der Geistesart ihrer neuen Familie anzupassen und am Leid ihrer Feinde ihr Vergnügen zu finden.

»Gleich wird es dir leid tun, du selbst zu sein«, sagte ihr Schwiegervater, »wenn du dort noch eine Minute stehst. Mach, daß du fortkommst, Hexe, und hol deine Sachen!«

Mit verächtlicher Miene zog sie sich zurück.

Während ihrer Abwesenheit begann ich, um Zillahs Stellung auf den Heights zu bitten, und bot an, sie könne dafür hier die meine übernehmen, aber er wollte davon nichts wissen. Er gebot mir, ruhig zu sein, und sah sich dann zum ersten Mal im Zimmer um und warf auch einen Blick auf die Bilder. Nachdem er das von Mrs. Linton eine Zeitlang betrachtet hatte, sagte er: »Das will ich bei mir zu Hause haben. Nicht weil ich es brauche, aber...«

Er wandte sich brüsk zum Feuer um und fuhr fort mit – nun, mangels eines besseren Ausdrucks kann ich nur sagen: mit einem Lächeln.

»Ich will dir sagen, was ich gestern getan habe! Ich habe den Totengräber, der Lintons Grab aushob, dazu gebracht, von ihrem Sargdeckel die Erde wegzuschaufeln, und habe ihn geöffnet. Als ich ihr Gesicht wiedersah – es ist immer noch ihres –, da dachte ich, einmal wollte ich bei ihr liegen, und er hatte seine liebe Not, mich da wieder wegzubekommen. Aber er sagte, es würde sich verändern, wenn die Luft drankäme, und so schlug ich die eine Seitenwand des Sarges los und deckte alles wieder zu

– natürlich nicht Lintons Seite, verdammt soll er sein! Ich wünschte, man hätte ihn mit Blei verlötet. Und ich habe den Totengräber bestochen, das Sargbrett wegzunehmen, wenn man mich dort bestattet, und es auch bei mir herauszunehmen, dann wird er uns nicht mehr auseinanderkennen!«

»Da haben Sie eine schwere Sünde begangen, Mr. Heathcliff!« rief ich aus. »Schämen Sie sich nicht, die Ruhe der Toten zu stören?«

»Ich habe niemand gestört, Nelly«, erwiderte er, »und mir habe ich etwas Erleichterung verschafft. Jetzt fühle ich mich sehr viel wohler, und ihr habt mehr Aussicht, daß ich dort bleibe, wenn ich erst einmal unter der Erde bin. Ihre Ruhe gestört? Nein! Sie hat meine Ruhe gestört, Tag und Nacht, achtzehn Jahre lang – ununterbrochen – unerbittlich – bis gestern nacht. Und gestern nacht war ich ruhig. Ich träumte, ich läge im letzten Schlaf an ihrer Seite, mein Herz hatte aufgehört zu schlagen, und meine Wange lag erstarrt an ihrer.«

»Und wenn sie inzwischen verwest gewesen wäre, zu Erde geworden oder schlimmer, was hätten Sie wohl dann geträumt?« fragte ich.

»Mit ihr zu zerfallen und noch glücklicher zu sein!« antwortete er. »Meinst du, ich fürchte mich vor solch einem Vorgang? Ich habe eigentlich eine derartige Veränderung erwartet, als ich den Deckel hob; aber es ist mir noch lieber, wenn sie nicht eher beginnt, als bis ich daran teilnehme. Übrigens, hätte ich nicht einen so klaren Eindruck von ihren leidenschaftslosen Zügen empfangen, wäre dieses seltsame Empfinden wohl kaum von mir gewichen. Es fing merkwürdig an. Du weißt, wie verwirrt ich nach ihrem Tod war, und beständig, Tag für Tag, habe ich sie angefleht, daß sie – ihr Geist – zu mir zurückkehre. Ich habe einen starken Glauben an Geister und bin fest überzeugt davon, daß sie da sind – sie können um uns sein und tun es auch!

Am Tag ihres Begräbnisses bekamen wir starken Schneefall. Abends ging ich zum Kirchhof. Rauh wie im Winter blies der Wind, alles war einsam ringsum. Ich hatte keine Furcht, daß ihr Dummkopf von einem Ehemann so spät noch hinaufkommen würde – und sonst hatte niemand dort irgend etwas zu suchen.

Allein und mir bewußt, daß zwei Meter lockerer Erde jetzt das einzige Hindernis zwischen uns waren, sagte ich zu mir: ›Ich will sie noch einmal in meinen Armen halten! Ist sie kalt, so denke ich, es ist der Nordwind, der mich frösteln macht, und ist sie reglos, so ist es Schlaf.‹

Ich holte einen Spaten aus dem Geräteschuppen und begann mit aller Kraft zu graben, bis ein kratzendes Geräusch mir sagte, daß ich auf den Sarg stieß. Da arbeitete ich mit den Händen weiter. Das Holz begann da, wo die Schrauben steckten, zu knakken, ich war nahe am Ziel. Da war mir, als hörte ich einen Seufzer, der von oben kam, so als stehe jemand nahe am Rand des Grabes und beuge sich hinab. ›Wenn ich dies nur öffnen könnte‹, murmelte ich, ›dann mögen sie die Erde hineinschaufeln – auf uns beide, das wäre mir gerade recht!‹, und ich riß noch heftiger und verzweifelter am Sargdeckel. Da war wieder ein Seufzer, nahe an meinem Ohr. Mir schien, als ob ich einen warmen Atem spürte, der für einen Augenblick den eisigen Schneeregen unterbrach. Ich wußte, da war kein lebendes Wesen aus Fleisch und Blut bei mir – aber ebenso deutlich, wie du im Dunkeln spürst, daß sich dir ein lebendiger Mensch nähert, obwohl er mit den Augen nicht auszumachen ist, ebenso sicher fühlte ich, daß Cathy da war, nicht unter mir, sondern auf der Erde.

Ein plötzliches Gefühl der Erleichterung strömte von meinem Herzen durch alle Glieder. Ich gab mein verzweifeltes Bemühen auf und kehrte um, augenblicklich getröstet, unaussprechlich getröstet. Sie blieb bei mir – ich spürte ihre Gegenwart –, während ich das Grab wieder zuschaufelte, und fühlte mich heim. Du kannst ruhig lachen, wenn du willst, aber ich war sicher, ich würde sie dort sehen. Ich war sicher, daß sie bei mir sei, und ich konnte nicht anders, ich mußte mit ihr sprechen.

Oben auf den Heights angelangt, hatte ich es eilig, ins Haus zu kommen. Die Tür war verschlossen, und ich erinnere mich, daß der verfluchte Earnshaw und mein Weib mir den Eintritt verwehrten. Irgendwann hörte ich auf, ihm mit Fußtritten den Garaus zu machen, und bin hinaufgeeilt zu meinem und ihrem Zimmer. Ungeduldig sah ich mich um – ich fühlte sie mir nahe – ich konnte sie beinahe sehen, und doch konnte ich es nicht! Eigentlich hätte ich Blut schwitzen müssen damals, so qualvoll war meine Sehnsucht, so inbrünstig meine Bitten, mir nur einen kurzen Blick zu vergönnen! Nicht ein einziger war mir vergönnt. Sie zeigte sich mal wieder, wie so oft im Leben, als ein Teufel! Und seither bin ich, manchmal mehr und manchmal weniger, der Spielball dieser unerträglichen Qual gewesen! Höllisch – meine Nerven waren stets zum Zerreißen gespannt, daß sie, wären sie nicht so elastisch wie Darmsaiten gewesen, schon längst nachgegeben hätten wie bei Linton.

Saß ich mit Hareton im ›Haus‹, so sah es so aus, als ob ich sie treffen sollte, wenn ich ausginge. Lief ich im Moor umher, dann war's wieder gerade so, als sollte ich sie treffen, wenn ich heimkäme. War ich von zu Hause fort, so eilte ich heim – sie *muß* irgendwo auf den Heights sein, ich war sicher! Und wenn ich in ihrer Kammer schlief, so wurde ich hinausgetrieben – ich konnte dort nicht liegen. In dem Augenblick, da ich die Augen schloß, war sie entweder draußen vor dem Fenster oder schob die Schiebetüren vom Bett zurück oder trat ins Zimmer oder legte gar ihren lieben Kopf auf das selbe Kissen, wie sie es als Kind tat. Und ich mußte die Lider öffnen, um nachzusehen. Und so öffnete und schloß ich sie wohl hundertmal in einer Nacht – um stets enttäuscht zu sein! Das war für mich eine Folter! Ich habe oft laut gestöhnt, so daß dieser alte Schurke Joseph ohne Zweifel geglaubt hat, mein schlechtes Gewissen plage mich.

Nun, seit ich sie wiedergesehen habe, bin ich ein wenig ruhiger. Eine merkwürdige Art, mich langsam zu Tode zu quälen, nicht zentimeterweise, sondern um Bruchteile einer Haaresbreite, mich achtzehn Jahre lang mit dem Gespenst einer Hoffnung zu betrügen!«

Mr. Heathcliff machte eine Pause und wischte sich die Stirn – sein Haar klebte, naß von Schweiß. Seine Augen waren auf die rotglühenden Kohlen des Kaminfeuers geheftet, die Augenbrauen nicht zusammengezogen, sondern zu den Schläfen hin erhoben, wodurch das grimmige Aussehen seines Gesichts abgemildert war, was ihm aber ein eigenartig besorgtes Aussehen verlieh und eine seelische Anspannung, hervorgerufen durch einen ihn ganz in Anspruch nehmenden Gegenstand, schmerzhaft zutage treten ließ. Er sprach nur halb zu mir, und ich schwieg – ich hörte ihn nicht gern so reden!

Nach kurzer Zeit starrte er wieder sinnend auf das Bild, nahm es herunter und lehnte es gegen das Sofa, um es besser betrachten zu können. Während er damit beschäftigt war, trat Catherine ein und verkündete, daß sie bereit sei, sobald ihr Pony gesattelt sein würde.

»Schickt das Bild morgen herüber«, sagte Heathcliff zu mir; sich an sie wendend, fügte er hinzu: »Du kannst ohne dein Pony auskommen – es ist ein schöner Abend, und auf Wuthering Heights wirst du keine Ponys brauchen, denn was du dort an Reisen unternimmst, dafür dienen dir die eigenen Füße. – Also los jetzt, komm!«

»Gott befohlen, Ellen!« flüsterte meine liebe kleine Herrin. Sie küßte mich – ihre Lippen waren kalt wie Eis. »Komm und besuche mich, Ellen, vergiß es nicht.«

»Hütet Euch, dergleichen zu tun, Mrs. Dean!« sagte ihr neuer Vater. »Wenn ich Euch zu sprechen wünsche, werde ich herkommen. Ich wünsche nicht, daß Ihr in meinem Haus umherschnüffelt!«

Er gab ihr ein Zeichen, mit ihm zu kommen, und mit einem Blick, der mir ins Herz schnitt, gehorchte sie.

Ich beobachtete vom Fenster aus, wie sie den Gartenpfad hinuntergingen. Heathcliff klemmte Catherines Arm unter seinen, obwohl sie augenscheinlich zuerst dagegen Einspruch erhob, und mit raschen Schritten bog er mit ihr in die Allee ein, hinter deren Bäumen sie nicht mehr zu sehen waren.

Dreißigstes Kapitel

Ich habe den Heights einen Besuch abgestattet, aber sie habe ich nicht zu sehen bekommen. Joseph hielt die Tür in der Hand, als ich nach ihr fragte, und wollte mich nicht hineinlassen. Er sagte,

Mrs. Linton sei »beschäftigt« und der Herr nicht zu Hause. Zillah hat mir einiges davon erzählt, wie sie dort leben, sonst wüßte ich kaum, wer tot ist und wer noch am Leben.

Daß sie Catherine für hochmütig hält und sie nicht mag, kann ich ihrem Gerede entnehmen. Mein junges Fräulein bat sie um etwas Hilfe, als sie angekommen war, aber Mr. Heathcliff sagte ihr, sie solle sich um ihre eigenen Dinge kümmern, und seine Schwiegertochter solle zusehen, wie sie selbst fertig werde. Zillah gab sich gern damit zufrieden, ist sie doch eine engherzige, selbstsüchtige Person. Catherine reagierte mit kindlichem Ärger auf diese Vernachlässigung, zahlte es ihr mit Verachtung zurück und hatte sich auf diese Weise ebenso sicher einen weiteren Feind zugezogen, als wenn sie ihr großes Unrecht angetan hätte.

Ich hatte ein langes Gespräch mit Zillah vor ungefähr sechs Wochen, kurz bevor Sie kamen. Wir begegneten uns eines Tages zufällig draußen im Moor, und sie erzählte mir folgendes: »Das erste, was Mrs. Linton tat, als sie auf den Heights ankam, war, die Treppe hinaufzurennen, ohne mir und Joseph guten Abend zu wünschen. Sie schloß sich in Lintons Zimmer ein und blieb dort bis zum Morgen. Dann, als der Herr und Earnshaw beim Frühstück saßen, kam sie ins ›Haus‹ herunter und fragte, am ganzen Leibe zitternd, ob man nach dem Doktor schicken könnte, ihr Vetter sei sehr krank.

›Das wissen wir‹, antwortete Heathcliff, ›aber sein Leben ist keinen Heller mehr wert, und ich habe nicht vor, noch einen Heller für ihn auszugeben.‹

›Aber ich weiß nicht, was ich tun soll‹, sagte sie, ›und wenn mir niemand hilft, wird er sterben!‹

›Mach, daß du rauskommst‹, schrie der Herr, ›und laß mich kein Wort mehr davon hören! Keinen kümmert es hier, was aus ihm wird. Wenn es dich kümmert, so mach die Krankenschwester und pfleg ihn; wenn nicht, so schließ ihn ein und geh fort. Laß ihn verrecken.‹

Dann fiel sie mir damit auf die Nerven, und ich sagte, ich hätte genug Plage mit dem lästigen Ding gehabt. Wir hätten jeder unsere Pflichten, und ihre Arbeit bestände darin, Linton zu versorgen; auf Mr. Heathcliffs Geheiß sollte ich ihr dies allein überlassen.

Wie die beiden miteinander auskamen, kann ich nicht sagen. Ich glaube, er war meist gereizt und stöhnte und jammerte Tag und Nacht; daß sie sehr wenig Ruhe hatte, konnte man ihrem blassen Gesicht und den müden, geschwollenen Augen ansehen. Sie kam manchmal ganz verstört in die Küche und sah aus, als ob sie gern um Hilfe gebeten hätte. Aber ich hatte nicht vor, dem Herrn ungehorsam zu sein – ich würde nie wagen, mich ihm zu widersetzen, Mrs. Dean, und obwohl ich es für verkehrt hielt, daß nicht nach Kenneth geschickt wurde, ging es mich nichts an, und es war nicht meine Sache, hier einen Rat zu geben oder mich zu beschweren. Ich habe mich immer strikt aus allem rausgehalten.

Ein- oder zweimal, nachdem wir schon zu Bett gegangen waren, habe ich meine Tür noch einmal geöffnet und gesehen, wie sie auf der obersten Treppenstufe saß und weinte. Dann habe ich die Tür schnell wieder zugemacht und mich eingeschlossen, aus Furcht, ich könnte mich sonst dazu bewegen lassen einzugreifen. Sie tat mir damals wirklich leid, doch wünschte ich nicht, meine Stellung zu verlieren, Sie verstehen! Schließlich, eines Nachts, kam sie einfach in meine Kammer und erschreckte mich maßlos, indem sie sagte: ›Sag Mr. Heathcliff, daß sein Sohn stirbt – ich bin sicher, dieses Mal ist es soweit. Steh auf, sofort, und sag es ihm!‹

Nachdem sie das gesagt hatte, verschwand sie wieder. Ich lag eine Viertelstunde lang da, horchte und zitterte. Nichts rührte sich, im Haus war alles still.

›Sie hat sich geirrt‹, sagte ich mir. ›Er ist jetzt drüber weg. Ich brauche niemanden zu wecken.‹ Und ich fing an, schläfrig zu werden, und schlummerte ein. Aber mein Schlaf wurde ein zweites Mal gestört durch das schrille Klingeln einer Glocke – der einzigen Glocke, die wir haben und die eigens für Linton angeschafft wurde. Der Herr rief nach mir, ich solle nachsehen, was es gäbe, und ihnen mitteilen, daß er diesen Lärm nicht noch einmal hören wolle.

Ich richtete nun Catherines Botschaft aus. Er fluchte vor sich hin, und nach ein paar Minuten ging er mit einer brennenden Kerze zu ihrem Zimmer. Ich folgte. Mrs. Heathcliff saß neben dem Bett, die gefalteten Hände auf den Knien. Ihr Schwiegervater trat heran, leuchtete Linton ins Gesicht, sah ihn an und berührte ihn, dann drehte er sich zu ihr um.

›Nun, Catherine‹, sagte er, ›wie fühlst du dich?‹

Sie blieb stumm.

›Wie fühlst du dich, Catherine?‹ wiederholte er.

›Er hat es geschafft, und ich bin frei‹, antwortete sie. ›Ich sollte mich wohl fühlen – aber‹, fuhr sie mit einer Bitterkeit fort, die sie nicht verbergen konnte, ›Sie haben mich so lange allein gegen den Tod kämpfen lassen, daß ich überall nur den Tod fühle und sehe! Ich fühle mich wie tot!‹

Und sie sah auch so aus! Ich gab ihr ein wenig Wein. Hareton und Joseph, die durch das Läuten und die Unruhe im Haus aufgewacht waren und uns von draußen reden hörten, kamen herein.

Joseph war froh, glaube ich, daß man den Burschen nun los war. Hareton schien doch etwas betroffen, obwohl er mehr davon in Anspruch genommen war, auf Catherine zu starren, als an Linton zu denken. Der Herr schickte ihn aber wieder zu Bett – wir benötigten seine Hilfe nicht. Später ließ er den Leichnam von Joseph in seine Kammer schaffen, sagte mir, ich solle in die meinige zurückkehren, und Mrs. Heathcliff blieb allein.

Am Morgen schickte er mich hinaus, um ihr zu sagen, sie solle zum Frühstück herunterkommen. Sie hatte sich ausgezogen, um sich hinzulegen, und sagte, sie sei krank, was mich kaum wunderte. Ich richtete es Mr. Heathcliff aus, und er gab zur Antwort: ›Gut, laß sie in Ruhe bis nach dem Begräbnis und geh ab und zu hinauf und bring ihr, was sie nötig hat. Und sobald es ihr besser geht, sag mir Bescheid.‹«

Cathy blieb vierzehn Tage oben, wie Zillah berichtete, die sie zweimal am Tag besuchte und jetzt gern freundlicher zu ihr gewesen wäre, jedoch kurz und stolz zurückgewiesen wurde.

Einmal ging Heathcliff hinauf, um ihr Lintons Testament zu

zeigen. Er hatte alles, was sein war, und ihr bewegliches Eigentum seinem Vater vermacht. Das arme Geschöpf war mit Drohungen und guten Worten während ihrer Abwesenheit, als sein Onkel starb, dazu getrieben worden. Über die Ländereien konnte er nicht verfügen, da er noch minderjährig war. Dessen ungeachtet hat Mr. Heathcliff sie auf Grund des Anspruchs, den seine Frau und er ebenfalls hatten – ich vermute ganz legal –, übernommen. Auf jeden Fall kann Catherine, die ohne Geldmittel und ohne Freunde ist, ihm seinen Besitz nicht streitig machen.

»Niemand außer mir«, sagte Zillah, »kam je an ihre Tür, ausgenommen dieses eine Mal, und niemand erkundigte sich je nach ihrem Befinden. An einem Sonntagnachmittag kam sie zum ersten Mal herunter in das ›Haus‹.

Als ich ihr das Mittagessen hinaufbrachte, hatte sie laut geschrien, sie halte es nicht länger aus, in der Kälte zu sitzen. Ich sagte ihr, der Herr würde nach Thrushcross Grange gehen, und Earnshaw und ich brauchten für sie kein Hinderungsgrund sein, um herunterzukommen. So kam sie zum Vorschein, sobald sie Heathcliffs Pferd forttraben hörte, ganz in Schwarz und ihre blonden Locken schlicht wie ein Quäker hinter die Ohren zurückgekämmt – ganz glatt auskämmen konnte sie sie ja nicht.

Joseph und ich gehen gewöhnlich sonntags zur Kapelle.« (Die Kirche, wissen Sie, hat zur Zeit keinen Pfarrer, erklärte Mrs. Dean, und sie nennen den Versammlungsort der Methodisten oder Baptisten, ich kann nicht mal sagen, welche dort in Gimmerton sind, die Kapelle.) »Joseph war gegangen«, fuhr sie fort, »aber ich hielt es für richtiger, zu Hause zu bleiben. Für junge Leute ist es immer besser, wenn ein Älterer sie beaufsichtigt, und Hareton mit all seiner Schüchternheit ist gerade kein Muster guten Benehmens. Ich gab ihm zu verstehen, daß seine Base höchstwahrscheinlich bei uns sitzen würde, und da sie es immer gewöhnt gewesen wäre, Sonntagsruhe zu halten, solle er sein Flintenputzen und seine kleinen Arbeiten einmal unterlassen, solange sie bei uns sei.

Er wurde ganz rot bei der Neuigkeit und blickte auf seine Hände und seine Kleidung. Der Fischtran zum Gewehrreinigen und das Schießpulver waren im Augenblick beiseite geräumt. Ich sah, er dachte ernsthaft daran, ihr Gesellschaft zu leisten, und an der Art seiner Vorbereitungen bemerkte ich, daß er einen anständigen Eindruck machen wollte. Da habe ich gelacht, wie ich nicht lachen darf, wenn der Herr in der Nähe ist, und angeboten, ihm zu helfen, wenn er wollte, und habe ihn wegen seiner Verlegenheit aufgezogen. Da wurde er böse und fing an zu fluchen.

Nun, Mrs. Dean«, fuhr sie fort, als sie sah, daß mir ihre Art nicht gefiel, »Sie denken vielleicht, Ihre junge Dame sei zu fein für Mr. Hareton, und vielleicht haben Sie damit recht – aber ich gestehe, ich würde sie liebend gern von ihrem hohen Roß herunterbringen. Und was soll ihr nun das Lernen und ihre Feinheit nützen? Sie ist ebenso arm wie Sie oder ich – ja, ich bin überzeugt, ärmer noch –, denn Sie sparen, und ich lege mir auch ein wenig beiseite, so gut ich kann.«

Hareton ließ sich wirklich von Zillah helfen, und mit Schmeicheleien brachte sie ihn wieder zu guter Laune, so daß er, als Catherine erschien, ihre früheren Kränkungen halb vergaß und dank der Haushälterin versuchte, einen möglichst angenehmen Eindruck zu machen.

»Missis trat ein«, sagte sie, »kalt wie ein Eiszapfen und hochnäsig wie eine Prinzessin. Ich stand auf und bot ihr meinen Platz im Lehnstuhl an. Sie rümpfte nur die Nase über meine Höflichkeit. Earnshaw hatte sich ebenfalls erhoben und bat sie, zur Sitzbank herüberzukommen und nah beim Feuer zu sitzen; sie müsse ja vor Kälte fast umgekommen sein.

›Einen Monat oder länger bin ich vor Kälte fast umgekommen‹, antwortete sie mit höhnischer Betonung in der Stimme.

Sie holte sich selbst einen Stuhl und setzte sich in gehöriger Entfernung von uns beiden. Nachdem sie so eine Weile gesessen hatte und warm geworden war, fing sie an, sich umzuschauen. Im Küchenschrank entdeckte sie eine Anzahl Bücher. Sie war augenblicklich wieder auf den Füßen und reckte sich, um sie zu erreichen, aber sie lagen zu hoch. Ihr Vetter hatte eine Weile ihre Bemühungen beobachtet und faßte schließlich den Mut, ihr zu helfen. Sie breitete ihren Rock aus, und er füllte ihn mit Büchern, wie sie ihm gerade in die Hand kamen.

Das war ein großer Fortschritt für den Burschen. Sie sagte ihm kein Dankeschön, doch er fühlte sich schon beglückt, daß sie seine Hilfe angenommen hatte, und wagte es, hinter ihr stehen zu bleiben, als sie in den Büchern blätterte, und sogar sich, wenn sie bei gewissen alten Bildern innehielt, zu ihr niederzubeugen, um zu zeigen, was auf ihn Eindruck gemacht hatte. Auch ließ er sich nicht entmutigen, als sie seine Finger von den Seiten wegstieß, trat ein wenig zurück und gab sich damit zufrieden, statt des Buches jetzt sie anzuschauen.

Sie fuhr fort, zu lesen oder etwas zum Lesen zu suchen. Er vertiefte sich mehr und mehr in den Anblick ihrer dicken, seidigen Locken – ihr Gesicht konnte er nicht sehen, und sie konnte ihn nicht sehen. Und vielleicht, ohne zu wissen, was er tat, aber angezogen wie ein Kind von einer Kerze, ging er vom Anschauen zum Anfassen über. Er streckte die Hand aus und strich so zart über eine Locke, als sei sie ein kleiner Vogel. Sie fuhr herum, als hätte er ihr ein Messer in den Nacken gestoßen.

›Mach, daß du fortkommst, augenblicklich! Wie kannst du es wagen, mich anzufassen? Was stehst du hier herum?‹ rief sie in einem Ton des Widerwillens. ›Ich kann dich nicht ertragen! Wenn du mir noch einmal zu nahe kommst, gehe ich wieder hinauf.‹

Mr. Hareton schreckte zurück und guckte dabei so dumm, wie er nur konnte. Er setzte sich – sehr ruhig – auf die Ofenbank, und sie fuhr fort, etwa eine halbe Stunde in ihren Büchern zu blättern. Schließlich kam Earnshaw zu mir herüber und flüsterte mir zu: ›Willst du sie darum bitten, uns etwas vorzulesen, Zillah? Ich hab's satt, herumzusitzen und nichts zu tun, und ich möchte gerne – ich würde ihr gerne zuhören! Mußt nicht sagen, ich wollte es, sondern frag von dir aus.‹

›Mr. Hareton wünscht, Sie möchten uns etwas vorlesen, gnä' Frau‹, sagte ich sogleich. ›Er fände es sehr nett – er wäre Ihnen sehr verbunden.‹

›Mr. Hareton und die ganze Sippschaft von euch mag gefälligst zur Kenntnis nehmen, daß ich auf alles freundliche Getue, das von eurer Seite kommt, verzichten kann! Ich verachte euch und will mit keinem von euch etwas zu tun haben! Als ich soweit war, daß ich mein Leben gegeben hätte für ein einziges freundliches Wort, ja auch nur eins eurer Gesichter zu sehen, bliebt ihr alle weg. Aber ich will mich vor euch nicht beklagen! Die Kälte hat mich heruntergetrieben, und ich bin weder hier, um euch zu unterhalten, noch um Gesellschaft bei euch zu suchen.‹

›Was hab' ich denn wohl getan?‹ fing Earnshaw an. ›Wieso gibt man mir die Schuld?‹

›Oh! Du bist eine Ausnahme‹, antwortete Mrs. Heathcliff. ›Was dich betrifft, so habe ich dich nie vermißt.‹

›Aber ich habe mich mehr als einmal angeboten und hab' gefragt‹, sagte er und geriet wegen ihrer schnippischen Bemerkungen langsam in Hitze. ›Ich habe Mr. Heathcliff gefragt, ob ich nicht für dich wachen könnte...‹

›Sei still! Lieber gehe ich hinaus oder sonst irgendwohin, als deine unangenehme Stimme im Ohr zu haben!‹ sagte die junge Lady.

Hareton brummelte, sie könne sich seinetwegen zum Teufel scheren, nahm seine Flinte vom Haken und ließ sich nicht länger von seiner Sonntagsbeschäftigung abhalten.

Er redete jetzt frei von der Leber weg, und sie hielt es an der Zeit, sich in ihre Einsamkeit zurückzuziehen; aber der Frost hatte eingesetzt, und obwohl es ganz gegen ihren Stolz ging, war sie doch mehr und mehr gezwungen, unsere Gesellschaft zu ertragen.

Mir wird es jedenfalls nicht noch einmal passieren, daß sie meine Gutmütigkeit verspottet – ich bin seitdem genauso steif wie sie, und sie hat nicht einen Freund unter uns, der sie gern hat oder mag. Sie verdient auch keinen; denn wer auch nur das geringste Wort zu ihr sagt, dem gibt sie's zurück, ohne Respekt vor irgend jemand! Sie faucht sogar den Herrn an und fordert ihn damit heraus, sie zu schlagen, und je mehr Prügel sie kriegt, desto giftiger wird sie.«

Als ich diesen Bericht von Zillah gehört hatte, beschloß ich zuerst, meine Stellung aufzugeben, ein Häuschen zu erwerben und Catherine zu veranlassen, zu mir zu kommen und bei mir zu leben. Aber Mr. Heathcliff hätte das ebenso wenig erlaubt, wie er Hareton die Selbständigkeit gestattet hätte. Und so kann ich jetzt keinen Ausweg sehen, es sei denn, sie könnte sich wieder verheiraten, und so etwas zu arrangieren kommt mir nicht zu.

So endete Mrs. Deans Geschichte. Ungeachtet der Prophezeiung des Doktors komme ich schnell wieder zu Kräften, und obwohl wir erst in der zweiten Januarwoche sind, habe ich mir vorgenommen, in ein oder zwei Tagen einen Ausflug zu Pferde zu machen. Ich werde nach Wuthering Heights hinüberreiten, um meinen Gutsherrn davon zu unterrichten, daß ich die nächsten sechs Monate in London verbringen werde, und wenn er will, kann er sich nach einem andern Pächter umsehen, der das Haus im Oktober übernimmt. Ich möchte nicht noch einen Winter hier verbringen, nicht um alles in der Welt.

Einunddreißigstes Kapitel

Gestern war ein klarer, ruhiger Frosttag. Ich ritt zu den Heights, wie ich es mir vorgenommen hatte. Meine Haushälterin beschwor mich, ein paar Zeilen von ihr an die junge Lady mitzunehmen, und ich lehnte nicht ab, denn die ehrenwerte Frau war sich nicht bewußt, daß irgend etwas Ungewöhnliches oder Unpassendes an ihrer Bitte war.

Die Haustür stand offen, aber das Gartentor war, wie bei meinem letzten Besuch, abgeschlossen. Ich klopfte und rief Earnshaw von den Gemüsebeeten herüber. Er machte die Kette los, und ich trat ein. So einen hübschen, stattlichen Burschen muß man gesehen haben. Diesmal gab ich besonders auf ihn acht; augenscheinlich gibt er sich dann die größte Mühe, seine Vorzüge herunterzuspielen und sich in einem wenig vorteilhaften Licht zu zeigen.

Ich fragte, ob Mr. Heathcliff zu Hause sei. Er antwortete: »Nein«, aber er würde zur Mittagszeit wieder da sein. Es war elf Uhr, und ich sagte ihm, daß ich hineingehen und auf ihn warten wolle, worauf er sogleich sein Gerät hinwarf und mich begleitete, aber nicht in Vertretung des Gastgebers, sondern wie ein Wachhund.

Wir traten zusammen ein. Catherine war da und machte sich nützlich, indem sie für die bevorstehende Mahlzeit das Gemüse vorbereitete. Sie sah mißgestimmt und weniger lebhaft als bei meinem ersten Besuch aus. Von mir schien sie kaum Notiz zu nehmen, sondern setzte ihre Beschäftigung unter Mißachtung allgemeinster Höflichkeitsformen fort, ohne auch nur mit dem kleinsten Zeichen meine Verbeugung und meinen »Guten Morgen« zu erwidern.

Sie scheint nicht so liebenswürdig, dachte ich, wie Mrs. Dean mich glauben machen wollte. Sie ist eine Schönheit, das ist wahr, aber ein Engel ist sie nicht.

Earnshaw ersuchte sie mürrisch, sie möge sich mit ihren Sachen in die Küche entfernen.

»Entferne sie doch selbst«, sagte sie und stieß sie von sich, sobald sie damit fertig war. Dann zog sie sich zu einem Stuhl am Fenster zurück und begann, aus den Rübenabfällen in ihrem Schoß Vogel- und Tiergestalten auszuschneiden.

Ich näherte mich ihr, indem ich so tat, als wolle ich einen Blick in den Garten werfen, und ließ Mrs. Deans Briefchen auf ihr Knie fallen, von Hareton unbemerkt – wie ich mir einbildete –, aber sie fragte laut: »Was ist das?« und stieß es fort.

»Ein Brief von Ihrer alten Bekannten, der Haushälterin auf der Grange«, antwortete ich, verärgert über ihr Verhalten, meine gute Tat derartig bloßzustellen, und besorgt, sie könne denken, das Briefchen käme von mir.

Nach dieser Erklärung hätte sie es liebend gern wieder aufgehoben, aber Hareton war schneller als sie. Er ergriff es und steckte es in seine Westentasche, wobei er sagte, erst solle Mr. Heathcliff es sehen.

Daraufhin wandte Catherine schweigend ihr Gesicht ab und zog ganz verstohlen ihr Taschentuch hervor, mit dem sie sich die Augen wischte; und nachdem ihr Vetter eine Weile mit sich gekämpft hatte, um nicht weich zu werden, zog er den Brief wieder heraus und warf ihn ihr, so unfreundlich er konnte, vor die Füße.

Catherine raffte ihn auf und las ihn begierig, dann stellte sie mir ein paar Fragen über die Bewohner ihres alten Heims, und zu den Hügeln hinüberblickend, murmelte sie wie im Selbstgespräch: »Wie gern würde ich mit Minny da hinunterreiten! Wie gern würde ich dort umherklettern! Oh, mir reicht's – ich habe es satt, Hareton!«

Und sie lehnte ihren hübschen Kopf halb gähnend, halb seufzend gegen den Fensterpfosten und fiel in einen Zustand geistesabwesender Traurigkeit, ohne sich zu fragen, ob wir sie beobachteten.

»Mrs. Heathcliff«, sagte ich, nachdem ich eine Zeitlang stumm dagesessen hatte, »Sie wissen nicht, daß Sie mir sehr vertraut sind? So vertraut, daß es mir seltsam vorkommt, daß Sie nicht mit mir reden wollen. Meine Haushälterin wird nie müde, von Ihnen zu sprechen und Sie zu rühmen. Sie wird sehr enttäuscht sein, wenn ich mit keinen andern Nachrichten über Sie oder von Ihnen heimkomme, außer daß Sie ihren Brief empfangen und nichts gesagt haben!«

Sie schien sich über diese Worte zu wundern und fragte: »Hat Ellen Sie gern?«

»Ja, sehr gern«, gab ich ohne Zögern zur Antwort.

»Sie müssen ihr sagen«, fuhr sie fort, »daß ich ihren Brief gerne beantworten würde, aber ich habe nichts zum Schreiben da, nicht einmal ein Buch, aus dem ich eine Seite herausreißen könnte.«

»Keine Bücher!« rief ich aus. »Wie bringen Sie es fertig, hier ohne Bücher zu leben, wenn ich mir die Frage erlauben darf? Obwohl ich eine große Bibliothek zur Verfügung habe, finde ich das Leben oft sehr eintönig auf der Grange – nähme man mir die Bücher weg, so wäre ich ein verzweifelter Mensch!«

»Solange ich sie hatte, war ich ständig am Lesen«, sagte Catherine, »aber Mr. Heathcliff liest überhaupt nicht; deshalb hat er es sich eines Tages in den Kopf gesetzt, meine Bücher zu vernichten. Ich habe schon seit Wochen keines mehr gesehen. Nur einmal durchstöberte ich Josephs Regal mit Theologie, zu seiner großen Entrüstung, und einmal, Hareton, stieß ich auf einen geheimen Bestand in deinem Zimmer... einiges Lateinische und Griechische und Erzählungen und Gedichte, lauter alte Freunde – ich habe sie hierher gebracht, und du hast sie an dich genommen und fortgetragen, wie eine Elster Silberlöffel aufliest und fortträgt, nur aus Lust am Stehlen! Dir nützen sie doch nichts, oder hast du sie in der bösen Absicht versteckt, daß niemand anders sich daran freuen soll, wenn du keine Freude an ihnen hast? Vielleicht bist du es gewesen, der aus Neid Mr. Heathcliff veranlaßt hat, mich meiner Schätze zu berauben? Aber die meisten sind in mein Gedächtnis geschrieben und eingeprägt in mein Herz, und die kannst du mir nicht rauben!«

Earnshaw bekam einen roten Kopf, als seine Base diese Enthüllungen über seine private literarische Sammlung machte, und wehrte sich entrüstet gegen ihre Anschuldigungen.

»Mr. Hareton hat den Wunsch, sein Wissen zu erweitern«, sagte ich, um ihm zu Hilfe zu kommen. »Er ist nicht neidisch, sondern strebsam und möchte sich Ihre Kenntnisse auch aneignen. In ein paar Jahren ist er ein gescheiter Mann, ein richtiger Gelehrter!«

»Und er möchte, daß *ich* inzwischen zum Dummkopf werde und herabsinke auf sein Niveau«, antwortete Catherine. »Ja, ich höre, wie er versucht zu buchstabieren und laut vor sich hin liest, und schöne Schnitzer macht er! Ich wünschte, du würdest noch einmal die ›Hetzjagd‹ lesen, so wie du sie gestern gelesen hast – es war zu komisch! Ich habe dich gehört... und ich hörte, wie du das Wörterbuch wälztest, um die schwierigen Wörter herauszufinden, und dann fluchtest, weil du die Erklärungen nicht verstehen konntest!«

Der junge Mann fand es offensichtlich zu schlimm, daß er erst wegen seiner Unwissenheit ausgelacht wurde und dann wieder, weil er diese beheben wollte. Ich hatte ein ähnliches Empfinden, und in Erinnerung an Mrs. Deans Anekdote von seinem ersten Versuch, die Dunkelheit, in der er aufgewachsen war, zu erhellen, bemerkte ich: »Aber, Mrs. Heathcliff, wir haben alle einmal angefangen und standen auf unsicheren Beinen; hätten unsere Lehrer uns damals ausgelacht, anstatt uns zu helfen, so würden wir noch heute unsicher sein, stolpern und torkeln.«

»Oh«, erwiderte sie, »ich will das, was er sich an Fähigkeiten erworben hat, nicht in Frage stellen... Doch hat er nicht das Recht, sich anzueignen, was mein ist, und es durch die grausamen Fehler, die er macht, und seine falsche Aussprache lächerlich zu machen! Diese Bücher in Prosa und Versen waren mir einmal heilig, und ich mag es nicht, daß sie nun durch seinen Mund herabgesetzt und entweiht werden! Außerdem hat er sich von allem, wie aus wohlüberlegter Bosheit, gerade meine Lieblingsstücke ausgesucht, die ich besonders gern wiederhole.«

Haretons Brust hob und senkte sich, er atmete schwer, kurze Zeit in Schweigen gehüllt. Er fühlte sich gedemütigt, und Zorn stieg in ihm auf; es war für ihn nicht leicht, mit diesen Gefühlen fertig zu werden.

In dem Bestreben, ihm seine unangenehme Lage zu erleichtern und aus der Verlegenheit herauszuhelfen, stand ich auf und stellte mich in den Türeingang, von wo ich nach draußen blicken konnte.

Er folgte meinem Beispiel und verließ das Zimmer, erschien aber gleich darauf wieder mit einem halben Dutzend Bücher in den Händen, die er in Catherines Schoß warf. Dabei schrie er: »Da hast du sie! Ich will nie wieder von ihnen etwas hören oder lesen oder an sie denken!«

»Jetzt will ich sie nicht mehr haben!« antwortete sie. »Ich werde sie jetzt immer mit dir in Verbindung bringen, und darum mag ich sie nicht mehr!«

Sie schlug eins auf, in dem offensichtlich oft geblättert worden war, und las ein Stück in dem leiernden Ton eines Anfängers, lachte dann und warf es von sich.

»Und hör dir das an!« fuhr sie herausfordernd fort und begann den Vers einer alten Ballade in derselben leiernden Weise.

Aber seine Selbstliebe konnte diese Quälerei nicht länger ertragen. Ich hörte, und durchaus nicht mißbilligend, wie er ihr freches Mundwerk durch eine Ohrfeige zum Schweigen brachte. Die kleine Hexe hatte alles darangesetzt, die empfindsamen, wenn auch nicht ausgebildeten, Gefühle ihres Vetters zu verletzen, und ein handgreifliches Argument war die einzige Weise, die er zur Verfügung hatte, um das zurückzuzahlen, was sie ihm zugefügt hatte.

Danach sammelte er die Bücher auf und schleuderte sie ins Feuer. Ich las in seinem Gesicht, welche Pein es für ihn war, seinem Groll dieses Opfer zu bringen. Ich stellte mir vor, daß er sich erinnerte, während sie vom Feuer verzehrt wurden, welches Vergnügen sie ihm schon bereitet hatten und was er alles noch von ihnen erwartet hatte an Triumph und stets zunehmender Freude – ich ahnte auch, ich erriet, was ihn zu diesen heimlichen Studien antrieb. Er war mit seiner täglichen Arbeit und seinen rohen Genüssen zufrieden gewesen, bis Catherine seinen Weg kreuzte. Scham über ihre Verachtung und Hoffnung auf ihre Anerkennung spornten ihn zu höherem Streben an; und statt ihn vor ihrem Spott zu bewahren und ihren Beifall zu erhalten, hatten diese Bemühungen das genaue Gegenteil bewirkt.

»Ja, das ist alles, was an Nutzen so ein Rohling wie du aus ihnen ziehen kann«, schrie Catherine, die an ihrer verletzten Lippe sog und mit empörten Augen die Zerstörung ihrer Bücher beobachtete.

»Du solltest jetzt besser deinen Mund halten!« antwortete er grimmig.

Und da seine Erregung ihm weiteres Sprechen unmöglich machte, schritt er hastig zur Tür, wo ich beiseite trat, damit er vorbeigehen konnte. Aber ehe er noch die Schwelle überschritten hatte, stieß er auf Mr. Heathcliff, der gerade heraufgekommen war. Heathcliff packte ihn an der Schulter und fragte: »Wohin so eilig, mein Bursche, was hast du vor?«

»Nichts, nichts!« sagte er und stürzte davon, um mit seinem Kummer und Ärger allein zu sein.

Heathcliff starrte ihm nach und seufzte.

»Es wäre seltsam, wenn ich mir selbst alles durchkreuze!« murmelte er, ohne zu wissen, daß ich hinter ihm stand. »Aber wenn ich mir sein Gesicht daraufhin anschaue, ob ich Ähnlichkeit mit seinem Vater feststellen kann, finde ich ihn *ihr* immer ähnlicher! Warum, zum Teufel, gleicht er ihr so? Ich kann es kaum ertragen, ihn zu sehen.«

Er blickte zu Boden und trat nachdenklich ein. Ein unruhiger, besorgter Ausdruck war in seinem Gesicht, den ich nie zuvor wahrgenommen hatte, und er sah auch magerer aus.

Seine Schwiegertochter, die ihn durchs Fenster erblickt hatte, flüchtete sogleich in die Küche, so daß ich mit ihm allein blieb.

»Es freut mich, Sie wieder draußen zu sehen, Mr. Lockwood«, sagte er auf meinen Gruß, »zum Teil aus selbstsüchtigen Motiven: So leicht wird sich kein Ersatz für Sie finden, und in dieser Einsamkeit werde ich Ihre Gesellschaft vermissen. Ich habe mich mehr als einmal gefragt, was Sie eigentlich hierhergebracht hat.«

»Eine Laune, fürchte ich, Sir«, war meine Antwort, »und aus einer Laune heraus werde ich auch wieder von hier verschwinden. Nächste Woche werde ich nach London aufbrechen, und ich muß Ihnen kündigen, da ich mich nicht in der Lage sehe, Thrushcross Grange über zwölf Monate hinaus, für die ich den Pachtvertrag unterschrieben habe, noch zu behalten. Ich glaube nicht, daß ich dort noch weiter wohnen werde.«

»Ach, nicht möglich! Sind Sie es leid, aus der Welt verbannt zu sein, ja?« sagte er. »Aber wenn Sie wegen eines Nachlasses gekommen sind, weil Sie für ein Haus zahlen, in dem Sie nicht wohnen wollen, dann haben Sie den Weg umsonst gemacht – ich lasse mich nie erweichen, von keinem, und nehme es sehr genau mit dem, was mir zusteht.«

»Ich wollte keinen Nachlaß von der Pachtsumme haben!« rief ich verärgert. »Wenn Sie es wünschen, regle ich die Sache sofort«, und ich zückte meine Brieftasche.

»Nein, nein«, erwiderte er kühl, »Sie lassen genug zurück, um Ihre Schulden zu decken, falls Sie nicht wiederkommen sollten... So eilig habe ich es nicht. – Setzen Sie sich und essen Sie mit uns zu Mittag! Einen Gast, bei dem man sicher ist, daß er nicht wiederkommt, wird man gewöhnlich auch gern willkommen heißen. Catherine! Deck den Tisch! Wo bist du?«

Catherine kam wieder zum Vorschein und trug ein Tablett mit Messern und Gabeln.

»Du kannst mit Joseph essen«, murmelte Heathcliff leise zu ihr hin, »und bleib in der Küche, bis er gegangen ist.«

Sie folgte seinen Anweisungen sofort, als ob es keinen Grund gäbe, ihnen zuwiderzuhandeln. Da sie nur unter Narren und Menschenfeinden lebt, weiß sie es wahrscheinlich gar nicht zu schätzen, wenn sie vornehmere Menschen trifft.

Mit Mr. Heathcliff, grimmig und schwermütig, auf der einen Seite und Hareton, absolut stumm, auf der anderen war es ein freudloses Mahl, und ich sagte bald adieu. Ich wollte eigentlich zur Hintertür hinausgehen, um noch einen letzten Blick von Catherine zu erhaschen und den alten Joseph zu ärgern, aber Hareton erhielt den Befehl, mein Pferd herzuführen, und mein Gastgeber begleitete mich selbst zur Tür, so daß ich mir diesen Wunsch nicht erfüllen konnte.

Wie traurig das Leben in diesem Haus dahingeht! dachte ich, während ich die Straße entlangritt. Romantischer als ein Märchen hätte die Wirklichkeit für Mrs. Linton Heathcliff sein können, wenn sie und ich eine Bindung miteinander eingegangen wären, wie es sich ihr gutes Kindermädchen wünschte, und wir dann zusammen in die erregende Atmosphäre der Großstadt gezogen wären!

Zweiunddreißigstes Kapitel

1802. – In diesem September war ich in die Heidemoore eines Freundes im Norden zur Jagd eingeladen worden, und auf meiner Reise zu seinem Landsitz befand ich mich ganz unerwartet fünfzehn Meilen von Gimmerton entfernt. Der Stallknecht eines Gasthauses an der Straße hielt gerade meinen Pferden einen Eimer Wasser hin, um sie zu tränken, als ein Karren mit sehr grünem, frisch geschnittenem Hafer vorbeikam, und er bemerkte: »Das kommt von Gimmerton, die sind mit der Ernte immer drei Wochen hinter den anderen Leuten.«

»Gimmerton?« wiederholte ich – die Erinnerung an meinen Aufenthalt in jener Gegend war schon undeutlich und traumhaft geworden. »Ah! Ich weiß! Wie weit ist es denn von hier?«

»Na, so vierzehn Meilen über die Berge und 'ne schlechte Straße«, antwortete er.

ZWEIUNDDREISSIGSTES KAPITEL

Ein plötzlicher Einfall packte mich, Thrushcross Grange zu besuchen. Es war kaum Mittag, und ich überlegte mir, daß ich die Nacht ebenso gut unter meinem eigenen Dach zubringen könnte wie in einem Gasthof. Außerdem konnte ich mit Leichtigkeit einen Tag erübrigen, um mit meinem Gutsherrn alles zu regeln, und mir die Mühe einer nochmaligen Reise in diese Gegend sparen.

Nach einer Ruhepause wies ich meinen Diener an, sich den Weg zum Dorf beschreiben zu lassen, und trotz der großen Ermüdung unserer Tiere schafften wir den Weg doch in etwa drei Stunden.

Ich ließ ihn dort und setzte meinen Weg das Tal hinunter allein fort. Die graue Kirche wirkte noch grauer und der einsame Kirchhof noch einsamer. Ich bemerkte ein Moorschaf, das das kurze Gras auf den Gräbern abnagte. Es war angenehmes, warmes Wetter – zu warm zum Reisen, aber die Hitze hinderte mich nicht am Genuß der herrlichen Landschaft über und unter mir. Wäre es August gewesen, hätte sie mich ohne Zweifel verlockt, einen Monat in der Einsamkeit zuzubringen. Im Winter gibt es nichts Trostloseres, im Sommer nichts Herrlicheres als diese von Bergen eingeschlossenen Täler und das im Wind wogende, kräftige Heidekraut.

Ich erreichte die Grange vor Sonnenuntergang und klopfte an die Vordertür, aber das Gesinde hatte sich in den hinteren Teil des Hauses zurückgezogen, was ich aus einer dünnen blauen Rauchfahne schloß, die aus dem Küchenschornstein emporstieg, und hörte mich nicht.

Ich ritt in den Hof. Unter dem Vordach saß ein Mädchen von neun oder zehn und strickte, und eine alte Frau lehnte sich an die Rampe und schmauchte gedankenvoll ein Pfeifchen.

»Ist Mrs. Dean drin?« fragte ich die Frau.

»Mistress Dean? Nee«, antwortete sie, »die wohnt nicht mehr hier. Die ist droben auf den Heights.«

»Dann sind Sie die Haushälterin«, erwiderte ich.

»Ja, ich halt's Haus sauber«, erwiderte sie.

»Schön, ich bin Mr. Lockwood, der Hausherr. Haben Sie

wohl ein Zimmer, wo Sie mich unterbringen können? Ich habe vor, die Nacht über hier zu bleiben.«

»Der Hausherr!« rief sie voll Erstaunen. »Ja, wer um alles in der Welt wußte denn, daß Sie kommen würden! Da ist nichts trocken noch anständig im ganzen Haus – nee, da ist nichts!«

Sie warf ihre Pfeife hin und hastete ins Haus, das Mädchen folgte, und ich trat ebenfalls ein und stellte bald fest, daß ihre Worte den Tatsachen entsprachen und daß ich sie überdies durch mein unerwartetes Erscheinen ganz kopflos gemacht hatte.

Ich ersuchte sie, ruhig zu sein und nicht die Fassung zu verlieren. Ich würde jetzt hinausgehen und einen Spaziergang machen, inzwischen müsse sie versuchen, ein Eckchen im Wohnzimmer für mich herzurichten, wo ich zu Abend essen könne, und auch ein Schlafzimmer, um darin zu schlafen. Kein Fegen und Staubwischen, nur ein gutes Kaminfeuer und trockene Bettlaken wären nötig.

Sie schien den besten Willen zu haben, wenn sie auch unglaublich verwirrt war, so daß sie mit dem Herdbesen, den sie für den Schürhaken hielt, im Kamin herumstocherte und verschiedene andere Werkzeuge durcheinanderbrachte. Aber im Vertrauen darauf, ein Plätzchen zum Ausruhen bei meiner Rückkehr vorzufinden, zog ich mich zurück.

Wuthering Heights war das Ziel meines Ausflugs. Da kam mir ein Gedanke, der mich umkehren ließ, als ich den Hof schon verlassen hatte.

»Alle wohlauf auf den Heights?« erkundigte ich mich bei der Frau.

»Ja, soweit ich weiß!« antwortete sie und schlurfte mit einer Schaufel glühender Kohlen davon.

Eigentlich wollte ich sie noch fragen, warum Mrs. Dean die Grange verlassen hatte, aber ich sah ein, daß ich die aufgeregte Alte jetzt nicht aufhalten durfte. Ich fragte sie also nicht weiter und machte mich wieder auf den Weg. Gemächlich wanderte ich dahin; die Glut der sinkenden Sonne ergoß sich hinter mir und die milde Pracht des aufgehenden Mondes vor mir, die eine verblassend, die andere heller werdend, als ich den Park verließ und die steinige Nebenstraße emporstieg, die zu Mr. Heathcliffs Behausung abzweigte.

Ehe ich sie sehen konnte, war alles, was vom Tag noch übrigblieb, ein strahlenloses, bernsteinfarbenes Licht am Rand des westlichen Himmels, aber ich konnte bei diesem prächtigen Mondschein jeden Kiesel auf dem Pfad und jeden Grashalm erkennen.

Ich brauchte weder zu klopfen noch über das Tor zu steigen: Es gab meiner Hand nach.

Das ist ein Fortschritt! dachte ich. Und ich bemerkte noch einen andern: Ein Duft von Levkojen und Goldlack schwebte in der Luft, der von den Obstbäumen herüberkam.

Türen und Fenster standen offen, und doch leuchtete ein schönes rotes Feuer im Kamin, wie man es gewöhnlich in einer Gegend antrifft, wo Kohle gefördert wird. Die Behaglichkeit, die so ein Kaminfeuer verbreitet, und das Vergnügen des Zusehens läßt einen die große Hitze gern ertragen. Überdies sind die Räumlichkeiten von Wuthering Heights so groß, daß die Bewohner genug Platz haben, um sich der unmittelbaren Einwirkung des Feuers zu entziehen, und dementsprechend hatten sich alle Hausgenossen in der Nähe der Fenster niedergelassen. Ich konnte sie sehen und hören, bevor ich eintrat, und konnte mir nicht versagen, zu schauen und zu lauschen, getrieben von einem gemischten Gefühl von Neugier und Neid, das sich noch verstärkte, während ich draußen verweilte.

»Gegenteil!« sagte eine Stimme, so hell wie ein Silberglöckchen. »Zum dritten Mal, du Dummkopf! Ich sag's dir nicht noch einmal. Merke es dir, oder ich ziehe dir die Ohren lang!«

»Gegenteil also«, antwortete eine andere, tiefere Stimme in besänftigendem Ton. »Und nun gib mir einen Kuß dafür, daß ich so gut aufpasse.«

»Nein, erst liest du das Ganze noch einmal, ohne einen einzigen Fehler.«

Der männliche Sprecher begann zu lesen – es war ein gutangezogener junger Mann, der an einem Tisch saß und ein Buch vor sich hatte. Sein hübsches Gesicht glühte vor Freude, und seine

Augen wanderten immer wieder ungeduldig von der Seite seines Buches zu einer schmalen weißen Hand auf seiner Schulter, die ihm jedesmal, wenn er ein Zeichen von Unaufmerksamkeit verriet, einen leichten Schlag auf die Wange versetzte.

Diese Hand gehörte einer jungen Frau, die hinter ihm stand; ihre hellen, glänzenden Ringellöckchen vermischten sich mit seinen braunen Locken, wenn sie sich über ihn beugte, um seine Studien zu überwachen. Und ihr Gesicht – glücklicherweise konnte er ihr Gesicht nicht sehen, sonst wäre er nicht so stetig bei seiner Arbeit geblieben. Ich konnte es sehen, und ich biß mir auf die Lippe vor Ärger, daß ich die Gelegenheit, diese bezaubernde Schönheit für mich zu erringen, statt sie nur anzustarren, nicht genutzt hatte.

Die Aufgabe wurde, nicht frei von weiteren Fehlern, zu Ende gebracht, aber der Schüler verlangte trotzdem eine Belohnung und erhielt wenigstens fünf Küsse, welche er jedoch großzügig zurückgab. Dann kamen sie zur Tür, und aus ihrer Unterhaltung schloß ich, daß sie noch ausgehen und einen Spaziergang durchs Moor machen wollten. Ich glaube, Hareton Earnshaw wäre mir für immer böse gewesen, und er hätte mich – wenn nicht mit Worten, so doch in seinem Herzen – in die unterste Hölle gewünscht, wenn ich meine unglückliche Person gerade jetzt in seiner Nähe gezeigt hätte, und mit ziemlich schlechtem Gewissen schlich ich ums Haus herum, um Zuflucht in der Küche zu suchen.

Auch auf dieser Seite konnte ich ungehindert hineingehen. An der Tür saß meine alte Freundin, Nelly Dean, nähte und sang ein Lied dazu, das oft von drinnen durch barsche Worte des Spotts und der Unduldsamkeit unterbrochen wurde, die keineswegs als musikalische Akzente gelten konnten.

»'s wär mer viel lieber, Se fluche mer von morgens bis abens de Uhren full, als Eich heere zu misse, jädenfalls!« rief es aus der Küche als Antwort auf eine von mir nicht gehörte Rede Nellys. »'s is 'ne wahre Schand, ich kann die Heilige Schrift nich uffmache, su kimmt Ihr mit Eirer Satanshymne dazwische un besingt dä Schlächtigkeiten, die jäden, där in de Wält hineingeboren wird, zugrunde richten! Oh, Ihr seid mer dä Rächte, Ihr taucht nix, un de annere is aach nich bässer, un där arme Borsche is glatt verlore zwischen Eich. Armer Kerl!« fügte die krächzende Stimme mit einem mißbilligenden Brummen hinzu. »Är's värhext, davon bin'ch ieberzeicht! O Härre, richte sie, dänn da is wäder Gesätz noch Gerächtigkeet unner dän, die uff Erden regiern!«

»Nein, denn sonst würden wir schon im Fegfeuer sitzen, vermute ich«, antwortete schlagfertig die Sängerin. »Aber nun seid still, alter Mann, und lest Eure Bibel, wie sich's für einen Christen gehört, und achtet nicht auf mich. Dies ist jetzt ›Fee Annies Hochzeit‹, eine hübsche Melodie, man kann danach tanzen.«

Mrs. Dean wollte gerade wieder mit Singen anfangen, als ich näher trat. Sie erkannte mich sofort, sprang auf und rief: »Du meine Güte, Mr. Lockwood! Wie konnten Sie nur auf solche Weise kommen – ohne sich anzumelden? Auf Thrushcross Grange ist alles abgeschlossen. Sie hätten uns Bescheid geben sollen!

»Ich habe schon alles geordnet und bin für die Dauer meines Aufenthalts dort untergebracht«, antwortete ich. »Ich reise übrigens morgen schon wieder ab. Und warum sind Sie hierher verpflanzt worden, Mrs. Dean? Erzählen Sie mir das.«

»Zillah verließ ihre Stelle, bald nach Ihrer Abreise nach London, und Mr. Heathcliff wünschte, daß ich herkomme. Aber treten Sie doch ein, bitte! Sind Sie zu Fuß heute abend von Gimmerton gekommen?«

»Von der Grange«, erwiderte ich, »und während sie mir da ein Zimmer für die Nacht herrichten, möchte ich mit Ihrem Herrn gern das Geschäftliche erledigen, denn ich glaube nicht, daß ich so bald wieder eine Gelegenheit dazu habe.«

»Was für Geschäfte, Sir?« fragte Nelly, während sie mich ins Haus führte. »Er ist jetzt ausgegangen und wird so bald nicht wiederkommen.«

»Wegen der Pacht«, antwortete ich.

»Oh, dann ist es Mrs. Heathcliff, mit der Sie das in Ordnung bringen müssen«, bemerkte sie, »oder besser noch mit mir. Sie hat noch nicht gelernt, ihre Geschäfte selbst zu führen, darum erledige ich das für sie. Sonst ist niemand da.«

Ich blickte erstaunt drein.

»Ah! Ich begreife, Sie haben noch nicht von Heathcliffs Tod gehört!« fuhr sie fort.

»Heathcliff tot?« rief ich überrascht. »Wie lange ist das her?«

»Drei Monate – aber setzen Sie sich doch und geben Sie mir Ihren Hut, ich werde Ihnen alles erzählen. Halt, Sie haben noch nichts zu essen gehabt, nicht wahr?«

»Ich möchte nichts. Ich habe mir Abendbrot zu Hause bestellt. Nun setzen Sie sich aber zu mir. Ich habe nie im Traum daran gedacht, daß er sterben könnte! Lassen Sie mich hören, wie das gekommen ist. Sie sagen, Sie erwarten sie nicht so schnell zurück – die jungen Leute?«

»Nein. Ich muß sie jeden Abend ausschelten, daß sie so spät noch spazierengehen, aber sie kümmern sich nicht um mich. Probieren Sie wenigstens unser altes Ale – es wird Ihnen gut tun. Sie sehen müde aus.«

Sie beeilte sich, es zu holen, ehe ich ablehnen konnte, und ich hörte Joseph fragen, ob »es nich een hiemelschreiender Schkandal wär', daß se in ehrem Alter noch Värährer hätt'? Un for die de Käller vum Härre ze plindere! Es wär 'ne Schand, das könne man nich ruhich mit ansiehn«.

Sie hielt sich nicht damit auf, es ihm zurückzugeben, sondern trat einen Augenblick später mit einem schäumenden Silberkrug wieder ein, dessen Inhalt ich mit gebührendem Ernst kostete und pries. Und danach erzählte sie mir die Fortsetzung von Heathcliffs Geschichte. Er hatte ein »merkwürdiges« Ende, wie sie es ausdrückte.

Kaum vierzehn Tage nachdem Sie uns verlassen hatten, wurde ich aufgefordert, nach Wuthering Heights zu kommen, und wegen Catherine folgte ich diesem Ruf freudig.

Mein erstes Wiedersehen mit ihr bekümmerte und erschreckte mich – so hatte sie sich seit unserer Trennung verändert! Mr. Heathcliff begründete nicht, warum er seine Meinung über mein

Herkommen geändert hatte. Er sagte nur, er brauche mich und er sei es leid, Catherine ständig zu sehen. Ich solle mir den kleinen Empfangsraum als Wohnzimmer einrichten und sie bei mir behalten. Es wäre schon genug, wenn er sie ein- oder zweimal am Tag sehen müsse.

Sie schien über diese Regelung erfreut, und nach und nach schmuggelte ich viele Bücher und andere Dinge herein, die ihr auf der Grange Freude gemacht hatten, und redete mir ein, wir würden es uns schon recht schön und behaglich machen.

Die Täuschung währte nicht lange. Catherine, zunächst zufrieden, wurde nach kurzer Zeit reizbar und unruhig. Zum Beispiel war es ihr verboten, aus dem Garten zu gehen, und als der Frühling kam, fand sie es unerträglich, auf diesen engen Raum beschränkt zu sein. Dazu kam noch, daß ich sie wegen meiner Pflichten im Haushalt häufig allein lassen mußte, und sie klagte über Einsamkeit. Sie zog es vor, in der Küche mit Joseph herumzustreiten, statt allein auf ihrem Zimmer zu sitzen und friedlich zu sein.

Ich kümmerte mich nicht um ihre Plänkeleien, aber Hareton war oft genötigt, die Küche ebenfalls aufzusuchen, wenn der Herr das »Haus« für sich beanspruchte. Anfangs ging sie bei seinem Kommen hinaus oder half mir still bei der Arbeit und vermied es, ihn zu bemerken oder anzureden – er war stets so mürrisch und schweigsam wie nur möglich. Nach einer Weile änderte sie jedoch ihr Verhalten und war nun außerstande, ihn in Ruhe zu lassen. Sie stichelte, machte Bemerkungen über seine Dummheit und Faulheit, drückte ihr Erstaunen darüber aus, wie er das Leben, das er führte, ertragen könne, wie er einen ganzen Abend dasitzen und ins Feuer starren und vor sich hin dösen könne.

»Er ist genau wie ein Hund, nicht wahr, Ellen?« bemerkte sie einmal. »Oder wie ein Ackergaul: Er tut seine Arbeit, kriegt sein Essen und schläft, und ewig so weiter! Wie leer und öde muß es in seinem Kopf aussehen! Träumst du jemals, Hareton? Und falls doch, was eigentlich? Aber du bist ja nicht einmal imstande, den Mund aufzumachen und mit mir zu sprechen!«

Dann sah sie ihn prüfend an, aber er wollte weder seinen Mund auftun noch ihren Blick erwidern.

»Vielleicht träumt er jetzt gerade«, fuhr sie fort. »Seine Schulter zuckte eben, so wie Juno es im Schlaf macht. Frag ihn, Ellen.«

»Wenn Sie sich nicht benehmen können, wird Mr. Hareton den Herrn fragen, ob er Sie nicht nach oben schicken kann!« sagte ich. Er hatte nicht nur mit der Schulter gezuckt, sondern auch die Faust geballt, als wolle er zuhauen.

»Ich weiß, warum Hareton nie spricht, wenn ich in der Küche bin«, rief sie bei einer anderen Gelegenheit aus. »Er hat Angst, daß ich ihn auslache. Ellen, was hältst du davon? Er hat einmal angefangen, sich das Lesen beizubringen, und weil ich gelacht habe, verbrannte er seine Bücher und gab es auf – war er nicht ein Narr?«

»Waren Sie nicht ungezogen?« fragte ich. »Antworten Sie mir einmal darauf!«

»Vielleicht war ich es«, fuhr sie fort, »aber ich hatte nicht von ihm erwartet, daß er sich so töricht benehmen würde. Hareton, wenn ich dir jetzt ein Buch gäbe, würdest du es nehmen? Ich werde es versuchen!«

Sie legte ihm eines, in dem sie gerade gelesen hatte, in seine Hand. Er schleuderte es fort und knurrte, wenn sie das nicht sein ließe, werde er ihr das Genick brechen.

»Also gut«, sagte sie, »ich lege es hier in die Tischschublade und gehe jetzt zu Bett.«

Dann flüsterte sie mir zu, ich solle aufpassen, ob er es anrühre, und ging davon. Aber er dachte nicht daran, es anzurühren, und das sagte ich ihr am andern Morgen, zu ihrer großen Enttäuschung. Ich sah, sie war über seine dauernde Mißstimmung und Gleichgültigkeit betrübt – ihr Gewissen plagte sie, daß sie ihm all sein Bemühen, sich weiterzubilden, gründlich verleidet hatte.

Aber ihr erfinderischer Geist ruhte nicht, und sie bot ihren ganzen Einfallsreichtum auf, um den Schaden wiedergutzumachen. Wenn ich bügelte oder anderen Beschäftigungen nachging, die ich nicht im Wohnzimmer erledigen konnte, kam sie gewöhnlich zu mir und brachte ein nettes Buch mit, aus dem sie mir vorlas. Wenn Hareton da war, hörte sie bei einer spannenden Stelle auf, ließ aber das Buch liegen. So versuchte sie es mehrere Male, aber er war bockig wie ein Maulesel, und statt nach ihrem Köder zu schnappen, verlegte er sich bei schlechtem Wetter darauf, mit Joseph zu rauchen. Und da saßen sie wie zwei Automaten, an jeder Seite des Feuers einer, der Ältere zum Glück taub, um ihr gottloses Geschwätz – wie er es genannt hätte – zu verstehen, während der Jüngere sich alle Mühe gab, so zu erscheinen, als ob er es nicht beachte. An schönen Abenden, wenn Hareton herumstreifte, um zu jagen, gähnte sie und seufzte und quälte mich, ihr etwas zu erzählen; doch sobald ich damit begann, lief sie in den Hof oder Garten, bis sie zuletzt weinte und jammerte, sie habe das Leben satt, es sei vollkommen überflüssig und zu nichts nütze.

Mr. Heathcliff, mehr und mehr jeder Gesellschaft abgeneigt, hatte Earnshaw fast ganz aus den vorderen Räumen verbannt. Infolge eines Unfalls, Anfang März, hielt er sich für einige Tage ständig in der Küche auf. Sein Gewehr war losgegangen, als er allein in den Bergen war; ein Splitter riß ihm den Arm auf, und er verlor ziemlich viel Blut, bis er daheim ankam. Infolgedessen war er notgedrungen zu ruhigem, häuslichem Leben am Kamin verurteilt, bis er sich wieder erholt hatte.

Es gefiel Catherine, ihn dortzuhaben; jedenfalls war dies der Anlaß, daß sie ihr Zimmer weniger denn je mochte, und sie drängte mich geradezu, mir unten eine Beschäftigung zu suchen, damit sie mich begleiten könne.

Am Ostermontag ging Joseph mit einigen Stück Vieh zum Markt nach Gimmerton, und am Nachmittag war ich damit beschäftigt, in der Küche das Leinen zu falten. Earnshaw saß, wie üblich, mürrisch in der Kaminecke. Catherine verbrachte eine Mußestunde auf angenehme Art, indem sie Figuren auf die Fensterscheiben malte. Dieser Zeitvertreib wurde begleitet von unterdrücktem Gesang, geflüsterten Ausrufen und schnellen Blicken des Ärgers und der Ungeduld in die Richtung ihres Vetters, der unverwandt rauchte und in den Kamin schaute.

Auf eine Bemerkung von mir, daß sie mir ständig das Licht

wegnehme und ich so nicht weiterarbeiten könne, ging sie zum Kamin hinüber. Ich schenkte dem wenig Aufmerksamkeit, aber schließlich hörte ich sie beginnen: »Ich habe herausgefunden, Hareton, daß ich mir wünsche – daß ich froh bin – daß ich gern möchte, daß du mein Vetter bist, jetzt, wenn du nur nicht so böse zu mir wärest und so grob.«

Hareton gab keine Antwort.

»Hareton, Hareton, Hareton! Hörst du?« fuhr sie fort.

»Mach, daß du wegkommst!« knurrte er mit unnachgiebiger Schroffheit.

»Gib mir mal die Pfeife«, sagte sie, streckte vorsichtig die Hand aus und nahm sie ihm aus dem Mund.

Ehe er den Versuch machen konnte, sie wiederzuerlangen, lag sie zerbrochen im Feuer. Er fluchte und griff nach einer andern.

»Halt«, rief sie, »erst mußt du mir zuhören, und ich kann nicht sprechen, solange du mir dicke Wolken ins Gesicht bläst.«

»Geh doch zum Teufel«, brüllte er, wild geworden, »und laß mich in Ruhe!«

»Nein«, beharrte sie, »ich lasse dich nicht in Ruhe. Ich weiß nicht, was ich machen soll, damit du mit mir sprichst, denn du willst einfach nicht verstehen. Wenn ich zu dir ›blöder Kerl‹ sage, meine ich das gar nicht so – ich will damit nicht sagen, daß ich dich verachte. Komm, sieh mich an, Hareton, du bist mein Vetter, und du sollst mich endlich beachten!«

»Ich will nichts mit dir zu tun haben und deinem widerlichen Stolz und deinen verdammten Tricks, mit denen du dich über mich lustig machst!« antwortete er. »Ehe ich mich noch einmal nach dir umschaue, soll mich lieber mit Leib und Seele der Teufel holen! Jetzt mach, daß du fortkommst, augenblicklich!«

Catherine runzelte die Stirn und zog sich zur Fensterbank zurück, kaute an ihren Lippen und bemühte sich, durch Summen einer lustigen Melodie zu verbergen, daß sie nahe daran war, in Schluchzen auszubrechen.

»Sie sollten sich mit Ihrer Base wieder vertragen, Mr. Hareton«, unterbrach ich, »da sie ihre Ungezogenheiten bereut! Es würde Ihnen außerordentlich gut tun – es würde einen anderen Menschen aus Ihnen machen, wenn Sie sie als Gefährtin hätten.«

»Eine Gefährtin?« rief er aus. »Wenn sie mich haßt und mich nicht einmal für wert hält, ihr die Schuhe zu putzen? Nee, und wenn's mich auch zum König machte, wird mich keiner mehr dazu bringen, noch mal eine Freundschaft zu suchen und dafür ausgelacht zu werden.«

»Es ist nicht wahr, daß ich dich hasse, du bist es doch, der mich haßt!« schluchzte Catherine, die ihren Kummer nicht länger verbergen konnte. »Du haßt mich ebenso sehr wie Mr. Heathcliff, wenn nicht noch mehr.«

»Du bist 'ne verdammte Lügnerin!« begann Earnshaw. »Warum habe ich ihn dann zornig gemacht, der ich auf deiner Seite war, wohl an die hundertmal? Und das, obwohl du mich mit Hohnlächeln und Verachtung bedachtest, und... Wenn du mich so weiterquälst, gehe ich rüber und sage, du hast mich aus der Küche hinausgegrault!«

»Ich wußte nicht, daß du zu mir gehalten hast und für mich eingetreten bist«, antwortete sie und trocknete sich die Augen. »Und ich fühlte mich damals so elend und alleingelassen und war verbittert gegen jedermann. Aber nun danke ich dir und bitte dich, mir zu verzeihen – was kann ich sonst noch tun?«

Sie kehrte zum Kamin zurück und streckte ihm freimütig ihre Hand hin.

Er aber sah finster und drohend wie eine Gewitterwolke aus und hielt seine Fäuste fest geschlossen und seinen Blick zu Boden geheftet.

Catherine muß instinktiv erraten haben, daß er sich nur aus trotzigem Eigensinn und nicht aus Abneigung so hartnäckig verhielt, denn nach einem Augenblick der Unentschlossenheit neigte sie sich zu ihm nieder und drückte einen zarten Kuß auf seine Wange.

Der kleine Schlingel dachte wohl, ich hätte das nicht gesehen, und zog sich zu ihrem alten Platz am Fenster zurück, ganz brav und bescheiden, als wäre nichts gewesen.

Ich schüttelte mißbilligend den Kopf, da errötete sie und flüsterte: »Nun, was hätte ich sonst tun sollen, Ellen? Er wollte mir nicht die Hand geben, und er wollte mich nicht ansehen – ich mußte ihm doch auf irgendeine Weise zeigen, daß ich ihn gern habe und daß ich mit ihm Freundschaft schließen möchte.«

Ob der Kuß Hareton überzeugt hat, kann ich nicht sagen. Er war für einige Minuten sehr darauf bedacht, daß man sein Gesicht nicht zu sehen bekam, und als er schließlich den Kopf hob, war er in arger Verlegenheit und wußte nicht, wohin er seine Augen wenden sollte.

Catherine war damit beschäftigt, ein hübsches Buch in weißes Papier einzupacken, und nachdem sie es mit einem Stück Band verschnürt und an »Mr. Hareton Earnshaw« adressiert hatte, ersuchte sie mich, das Geschenk dem Empfänger, für den es bestimmt war, zu übermitteln.

»Und sage ihm, wenn er es annimmt, will ich ihm auch beibringen, es richtig zu lesen«, sagte sie. »Wenn er die Annahme verweigert, gehe ich hinauf und werde ihn nie wieder quälen.«

Ich überbrachte das Buch und richtete die Botschaft aus, von ihr besorgt beobachtet. Hareton wollte seine Hand nicht öffnen, so legte ich das Päckchen auf seine Knie. Er stieß es auch nicht fort. Ich kehrte zu meiner Arbeit zurück. Catherine hatte Kopf und Arme auf den Tisch gestützt und blieb in dieser Haltung, bis sie hörte, wie mit leichtem Rascheln das Einwickelpapier entfernt wurde. Dann schlich sie sich hinüber zu ihrem Vetter und setzte sich still zu ihm. Er zitterte, und sein Gesicht glühte. Seine ganze Grobheit und seine finstere Strenge waren verschwunden. Zuerst konnte er nicht einmal eine Silbe herausbringen auf ihren fragenden Blick und ihre geflüsterte Bitte.

»Sag, daß du mir verzeihst, Hareton, bitte! Du kannst mich so glücklich machen, wenn du nur dieses eine kleine Wort sprichst.«

Er murmelte irgend etwas Unverständliches.

»Und du willst mein Freund sein?« fügte Catherine hinzu.

»Nee! Bis an dein Lebensende wirst du dich meiner schämen«, antwortete er. »Und je mehr du mich kennst, um so mehr, und das kann ich nicht ertragen.«

»So, du willst also nicht mein Freund sein?« sagte sie mit einem süßen Lächeln und rückte näher zu ihm hin.

Was sie weiter miteinander sprachen, war nicht mehr zu verstehen, aber als ich wieder aufblickte, sah ich zwei so strahlende Gesichter über das Buch gebeugt, daß ich keinen Zweifel daran hatte: Der Friedensschluß war von beiden Seiten vollzogen worden, und die Feinde waren von nun an verschworene Verbündete.

Das Werk, das sie zusammen studierten, war voll kostbarer Bilder, und diese Bilder sowie die innige Nähe, in der sie einander spürten, bewirkten, daß sie regungslos beisammensaßen, bis Joseph heimkam. Der arme Mann war vollkommen entsetzt, Catherine auf derselben Bank mit Hareton Earnshaw sitzen zu sehen, die noch dazu ihre Hand auf seine Schulter legte, und die Ausdauer, mit der sein Liebling ihre Nähe ertrug, verwirrte ihn. Es erschütterte ihn so tief, daß es ihm unmöglich war, an diesem Abend auch nur eine Bemerkung darüber zu machen. Seine Gemütsbewegung offenbarte sich nur in gewaltigen Seufzern, als er die große Bibel feierlich auf dem Tisch aufschlug und sie mit schmutzigen Banknoten aus seiner Brieftasche bedeckte, das Ergebnis seiner Geschäfte an diesem Tag. Endlich entschloß er sich doch, Hareton von seinem Platz aufzuschrecken, und rief ihn zu sich: »Bring das nüber zum Härre, Borsche«, sagte er, »un bleib durten. Äch gäh' nuff uf meine Stub! Dieser Ram is wäder anständich noch schicklich for unsereens – mer misse mache, daß mer nauskumme, un 'nen annern suche!«

»Kommen Sie, Catherine«, sagte ich, »wir müssen auch machen, daß wir rauskommen – ich bin fertig mit dem Bügeln, kommen Sie mit?«

»Es ist noch nicht acht Uhr!« antwortete sie, während sie sich unwillig erhob. »Hareton, ich lasse dieses Buch auf dem Kaminsims liegen, und morgen bringe ich dir noch einige andere mit.«

»Ärchenwälche Biecher, die Se hier rumliege lasse, wärd'ch ins Has bringe zum Härre«, sagte Joseph, »un Se ham Glück, wänn Se se wiederfinne dun. So, nu mache Se, was Se wolln!«

Cathy drohte, daß seine Bücher dafür büßen würden, und für jedes Buch, das er ihr fortnähme, werde sie ihm eins entwenden; dann lächelte sie Hareton im Vorbeigehen zu und stieg singend die Treppe hinauf, mit so leichtem und frohem Herzen – wage ich zu behaupten –, wie sie es noch nie zuvor unter diesem Dach gehabt hatte, die ersten Besuche bei Linton vielleicht ausgenommen.

Die so begonnene Freundschaft gedieh zusehends, wenn sie auch noch manchen kleinen Stoß erfuhr. Earnshaw war nicht mit einem Schlag zu zivilisieren, und die junge Dame war kein Philosoph und auch kein Ausbund an Geduld. Aber da sie beide den Wunsch hatten, einander zu lieben und zu achten, brachten sie dies am Ende doch fertig.

Sie sehen, Mr. Lockwood, es war leicht genug, Mrs. Heathcliffs Herz zu gewinnen. Aber jetzt bin ich froh, daß Sie den Versuch nicht unternommen haben. Die Krone aller meiner Wünsche wird die Vereinigung dieser beiden sein. An ihrem Hochzeitstag werde ich niemand beneiden – da wird es keine glücklichere Frau in England geben als mich!

Dreiunddreißigstes Kapitel

Am folgenden Morgen – Earnshaw war noch nicht imstande, seiner gewöhnlichen Beschäftigung nachzugehen, und trieb sich daher in der Nähe des Hauses herum – sah ich sehr schnell ein, daß es undurchführbar war, meine Schutzbefohlenen wie bisher an meiner Seite zu halten.

Sie war schon vor mir die Treppe hinunter und draußen in den Garten gegangen, wo sie ihren Vetter einige leichte Arbeiten ausführen sah. Und als ich hinging, um sie zum Frühstück zu rufen, sah ich, daß sie ihn überredet hatte, von einem ziemlich großen Stück Land die Johannis- und Stachelbeersträucher auszuroden. Nun machten sie eifrig Pläne, wie man Gewächse von der Grange hierher verpflanzen könnte.

Ich war erschrocken über die Verwüstung, die in kaum einer halben Stunde hier angerichtet worden war. Die schwarzen Johannisbeeren waren Josephs Augapfel, und sie hatte es sich in den Kopf gesetzt, ausgerechnet dort, wo sie standen, ein Blumenbeet anzulegen.

»Da habt ihr aber was angerichtet! Das wird doch dem Herrn gezeigt werden, sobald man es entdeckt hat. Und was für eine Entschuldigung habt ihr vorzubringen, daß ihr euch solche Freiheiten mit dem Garten herausnehmt? Da kommt noch etwas nach, wartet es nur ab! Mr. Hareton, ich muß mich doch sehr wundern, daß Sie nicht mehr Verstand haben, als hinzugehen und auf ihr Geheiß solch eine Verwüstung anzurichten!«

»Ich hatte nicht daran gedacht, daß es Josephs Sträucher waren«, antwortete Earnshaw ziemlich betreten, »aber ich werde ihm sagen, daß ich es gewesen bin.«

Wir nahmen stets mit Mr. Heathcliff zusammen unsere Mahlzeiten ein. Ich vertrat die Hausfrau, machte den Tee und schnitt den Braten auf, war also bei Tisch unabkömmlich. Catherine saß gewöhnlich neben mir, heute aber rückte sie näher zu Hareton, und ich sah gleich, sie würde aus ihrer Freundschaft ebenso wenig einen Hehl machen wie früher aus ihrer Feindschaft.

»Passen Sie auf, daß Sie jetzt nicht zu viel mit Ihrem Vetter sprechen und ihn nicht zu sehr beachten«, flüsterte ich ihr zu, als wir den Raum betraten. »Es wird Mr. Heathcliff bestimmt ärgern, und er wird wütend werden auf euch beide.«

»Das habe ich nicht vor«, antwortete sie.

Einen Augenblick später war sie dicht an ihn herangerückt und schmückte seinen Porridgeteller mit Primeln.

Er wagte nicht, mit ihr zu sprechen, er wagte kaum aufzusehen, und doch fuhr sie fort mit ihren Späßen, bis er zweimal nahe daran war loszuprusten. Ich runzelte mißbilligend die Stirn, und daraufhin warf sie einen schnellen Blick zu dem Herrn hinüber, dessen Geist mit anderen Dingen als seiner Umgebung beschäftigt war, wie sein abwesender Gesichtsausdruck zeigte. Sie nahm sich für einen Augenblick zusammen und musterte ihn mit großem Ernst. Bald aber trieb sie neuen Unsinn, bis Hareton schließlich mit einem unterdrückten Lachen herausplatzte.

Mr. Heathcliff fuhr auf, sein Auge musterte schnell unsere Gesichter. Catherine begegnete seinem Blick mit ihrem gewohnten Ausdruck von Nervosität und Trotz, den er verabscheute.

»Sei nur froh, daß du außerhalb meiner Reichweite bist«, rief er aus. »Was ist in dich gefahren, daß du mich dauernd anstarrst mit diesen Teufelsaugen? Schlag sie nieder! Und erinnere mich nicht wieder an deine Anwesenheit. Ich dachte, ich hätte dir das Lachen abgewöhnt!«

»Ich war es«, murmelte Hareton.

»Was sagst du?« fragte der Herr.

Hareton sah auf seinen Teller und wiederholte sein Bekenntnis nicht.

Mr. Heathcliff sah ihn einen Augenblick an und wandte sich dann schweigend wieder dem Frühstück und seinen eigenen Gedanken zu.

Wir waren fast fertig; die beiden jungen Leute saßen klugerweise etwas weiter auseinander, so daß ich keine weitere Störung bei Tisch erwartete, als Joseph in der Tür erschien. Seine zitternden Lippen und die zornigen Augen verrieten, daß er das an seinen kostbaren Sträuchern begangene Verbrechen entdeckt hatte.

Er mußte Cathy und ihren Vetter schon im Garten gesehen haben, ehe er die Untat entdeckte, denn er fing so an, während seine Kinnbacken aufeinandermahlten wie die einer wiederkäuenden Kuh, was seine Rede schwer verständlich machte. »Nu muß'ch mei Lohn ham un muß gähn! Äch wär' gärne gestorbe, wo'ch nu schun sachz'ch Jahr gedient hab'. Un'ch daachte, äch schließ' mei Biecher in de Bodenkammer ein un all mei Zeich, un se sulln de Kiche für sich alläne ham, damit Ruhe is. 's wär' hart, mein eechnen Platz am Feier uffzugäm, awer äch daacht', äch kinnt das dun. Awer, nune, näm' se mir mei Gaarde wäch, un wahrhaft'ch, Härre, das kann'ch nich ertragen! Ihr möcht' eich unners Joch beuge, wänn'r wullt. Äch bin su was nich gewehnt, un en alder Mann kann sech nich an so neie Bürde gewiehne. Liewer will'ch mei Ässen un mei Supp uff där Stroße mit ä Hammer verdiene – als Stäneklopper!«

»Nun mach's kurz, du Schwachkopf!« unterbrach Heathcliff. »Worüber regst du dich so auf? Ich mische mich in keinen Streit zwischen dir und Nelly. Von mir aus kann sie dich in den Kohlenkeller stecken.«

»'s is nich Nelly!« antwortete Joseph. »Äch wärd' nich abricke wächen Nelly – su schlimm se aach is. Die kann känem mähr de Kopp verdrähn! Die is niemols su hibsch gewäsen, daß jäder ihr nachlaufe müßt'. 's is das verdorbene Miststück durten, die su vornehm dut wie 'ne Königin un mit jädermann Schindluder treibt, die unsern Borschen behäxt hot mit ähren fräschen Augen un ährer vurwitz'chen Art, bis... Nää! 's bricht mer's Härze! Är hot alles vergässe, was'ch for ihn gedan hab' un aus'm gemacht hab', un gäht hin und reißt mer ne ganze Reihe vun de scheene Johannisbeerstraicher raus!« Und hier verlor er die Selbstbeherrschung und fing laut zu jammern an, übermannt von dem Gefühl des ihm angetanen bitteren Unrechts, von Earnshaws Undankbarkeit und gefährlichem Zustand.

»Ist der Kerl betrunken?« fragte Mr. Heathcliff. »Hareton, bist du es, über den er sich beklagt?«

»Ich habe zwei oder drei Büsche herausgezogen«, erwiderte der junge Mann, »aber ich setz' sie wieder rein.«

»Und warum hast du sie herausgezogen?« fragte der Herr.

Hier konnte es Catherine nicht lassen, sich einzumischen.

»Wir wollten dort ein paar Blumen hinpflanzen«, rief sie. »Es ist meine Schuld, denn ich hatte ihn darum gebeten.«

»Und wer, zum Teufel, gab dir das Recht, hier einen einzigen Stengel anzurühren?« fragte ihr Schwiegervater höchst erstaunt. »Und wer hat dir geboten, ihr zu gehorchen?« fügte er hinzu, sich an Hareton wendend.

Dieser war sprachlos. Seine Base antwortete: »Du solltest mir ruhig ein paar Meter Erde für ein Zierbeet gönnen, während du mir all mein Land genommen hast!«

»Dein Land, freche Schlampe? Du hast nie welches gehabt!« sagte Heathcliff.

»Und mein Geld«, fuhr sie fort, wobei sie seinen ärgerlichen Blick erwiderte und zwischendurch in ein Stück Kruste biß, Reste ihres Frühstücks.

»Still!« schrie er. »Mach, daß du fertig wirst und hinauskommst!«

»Und Haretons Land und sein Geld«, setzte unbekümmert das leichtsinnige Ding fort. »Hareton und ich sind jetzt Freunde, und ich werde ihm alles über dich erzählen!«

Der Herr schien einen Augenblick bestürzt. Er wurde bleich und erhob sich, während er sie die ganze Zeit mit einem Ausdruck tödlichen Hasses ansah.

»Wenn du mich schlägst, wird Hareton dich schlagen!« sagte sie. »Also kannst du dich ebenso gut wieder hinsetzen.«

»Wenn Hareton dich nicht sofort hinauswirft, werde ich ihn zur Hölle befördern«, donnerte Heathcliff. »Verdammte Hexe! Meinst du, du könntest ihn gegen mich aufhetzen? Raus mit ihr! Hörst du? Wirf sie hinaus in die Küche! Ich bringe sie um, Ellen Dean, wenn du sie mir noch einmal vor Augen kommen läßt!«

Hareton versuchte flüsternd, sie zum Hinausgehen zu bewegen.

»Schleif sie hinaus!« schrie Heathcliff in wilder Wut. »Was stehst du da und hältst Reden?« Und er kam näher, um seinen Befehl selbst auszuführen.

»Er wird dir, gemeiner Kerl, nicht mehr gehorchen«, sagte Catherine, »und dich bald ebenso verachten wie ich!«

»Scht! Scht!« zischte der junge Mann vorwurfsvoll. »Ich mag nicht hören, daß du so zu ihm sprichst – sei still!«

»Aber du wirst nicht dulden, daß er mich schlägt?« schrie sie.

»So komm endlich!« flüsterte er, und sein Gesicht war sehr ernst.

Es war zu spät – Heathcliff hatte sie zu fassen gekriegt.

»So, nun gehst *du*!« sagte er zu Earnshaw. »Verfluchte Hexe! Diesmal hat sie mich in einem Moment herausgefordert, da ich es nicht ertragen konnte. Und das wird ihr für immer leid tun!«

Er hatte sie bei den Haaren gepackt. Hareton versuchte, ihre Locken aus seinem Griff zu befreien, und beschwor ihn, ihr nicht weh zu tun. Heathcliffs schwarze Augen blitzten; es schien, als wolle er Catherine in Stücke reißen, und ich wollte ihr gerade zu Hilfe eilen, als sich plötzlich seine Finger lösten, seine Hand von ihrem Kopf auf ihren Arm herabglitt und er ihr aufmerksam ins Gesicht sah. Dann bedeckte er mit der Hand seine Augen und stand einen Moment da, als wolle er sich sammeln. Schließlich wandte er sich wieder an Catherine und sagte mit erzwungener Ruhe: »Du mußt es vermeiden, mich in Wut zu bringen, sonst bringe ich dich wirklich eines Tages um! Geh mit Mrs. Dean und bleib bei ihr; es genügt, daß ihre Ohren deine Unverschämtheiten zu hören kriegen. Und was Hareton Earnshaw betrifft: Wenn ich sehe, daß er auf dich hört, kann er gehen und sich sein Brot woanders verdienen! Deine Liebe wird aus ihm einen Ausgestoßenen und einen Bettler machen. Nelly, nimm sie mit und laß mich nun allein! Laßt mich allein!«

Meine junge Herrin war froh, so leicht davongekommen zu sein, und ließ sich von mir willig hinausführen; Earnshaw folgte, und Mr. Heathcliff blieb bis zum Mittag allein.

Ich hatte Catherine geraten, oben zu bleiben, aber sobald er ihren leeren Stuhl bemerkte, schickte er mich, sie zu rufen. Er sprach zu keinem von uns, aß sehr wenig und ging unmittelbar danach aus und deutete an, daß er vor dem Abendessen nicht zurück sein würde.

Die beiden neuen Freunde richteten sich während seiner Abwesenheit im »Haus« ein. Ich hörte, daß Hareton seine Base streng zurechtwies, als sie ihm Enthüllungen über das Betragen ihres Schwiegervaters seinem Vater gegenüber machen wollte. Er sagte, nicht ein Wort der Verunglimpfung wolle er hören, und wenn er der Teufel selbst sei, so würde das auch nichts bedeuten. Er würde zu ihm stehen, und es wäre ihm lieber, sie würde ihn wieder schmähen und herabsetzen, wie sie es früher getan hatte, als etwas gegen Mr. Heathcliff zu sagen.

Catherine wurde zunächst ärgerlich, aber er fand einen Weg, sie zum Schweigen zu bringen, indem er sie fragte, ob ihr das wohl gefallen würde, wenn *er* schlecht von ihrem Vater spräche. Und da verstand sie, daß es bei Heathcliffs Ehre auch um seine eigene ging und er mit ihm verbunden war durch Bande, die stärker waren, als daß Vernunftgründe sie zerreißen konnten – Ketten, von der Gewohnheit geschmiedet, die lösen zu wollen grausam gewesen wäre.

Sie bewies ihr gutes Herz, indem sie Klagen oder Ausdrücke des Hasses gegen Heathcliff vermied. Mir gegenüber gestand sie einmal ein, daß es ihr leid tue, Unfrieden zwischen ihm und Hareton gestiftet zu haben. Ich glaube, sie hat seither nie in

Earnshaws Gegenwart auch nur ein Sterbenswörtchen gegen ihren Unterdrücker gesagt.

Als diese kleine Meinungsverschiedenheit vorüber war, waren sie wieder gute Freunde; sie nahmen ihre Lieblingsbeschäftigung als Schüler und Lehrer wieder auf und widmeten sich ihr mit größtmöglichem Eifer. Ich setzte mich zu ihnen, wenn ich meine Arbeit getan hatte, um ihnen zuzuschauen, was für mich so beruhigend und tröstlich war, daß ich gar nicht merkte, wie die Zeit verging. Wissen Sie, beide konnten gewissermaßen meine Kinder sein; auf eins war ich schon lange stolz gewesen, und nun war ich sicher, daß das andere mir die gleiche Freude machen würde. Haretons aufrichtige, warme und intelligente Natur schüttelte schnell die Finsternis der Unwissenheit und Erniedrigung ab, in der er aufgewachsen war, und Catherines aufrichtiges Lob spornte ihn zu neuem Fleiß an. Sein klarer werdender Geist hellte auch seine Gesichtszüge auf und gab ihnen einen edlen, beseelten Ausdruck. Ich konnte kaum glauben, daß dies derselbe Mensch war, den ich an dem Tag gesehen hatte, als ich mein kleines Fräulein nach ihrem Ausflug zur Felsenklippe hier auf Wuthering Heights wiederfand.

Während sie arbeiteten und ich aus dem Staunen nicht herauskam, brach die Dämmerung herein, und der Herr kehrte zurück. Da er zur vorderen Tür hereingekommen war, trat er ganz unerwartet in unsere Mitte und konnte uns drei beobachten, ehe wir ihn bemerkt hatten.

Nun, überlegte ich, es gab wohl nie einen lieblicheren und harmloseren Anblick, und es wäre eine Schande, sie zu schelten. Der Widerschein des roten Feuers umglühte ihre hübschen Köpfe und ließ ihre Gesichter erkennen, die in kindlichem Eifer und Wissensdurst strahlten. Denn obwohl er dreiundzwanzig war und sie achtzehn, gab es für jeden so viel Neues zu erfahren und zu lernen, daß sie sich noch nicht wie besonnene und nüchterne Erwachsene fühlten oder benahmen.

Sie blickten beide gleichzeitig auf, und ihre Augen begegneten denen Mr. Heathcliffs. Vielleicht haben Sie nie bemerkt, daß sie genau die gleichen Augen haben – es sind die von Catherine

DREIUNDDREISSIGSTES KAPITEL

Earnshaw. Die junge Catherine hat keine weitere Ähnlichkeit mit ihr bis auf die hohe Stirn und eine gewisse Wölbung der Nasenflügel, was sie ziemlich hochmütig erscheinen läßt, ob sie will oder nicht. Bei Hareton geht die Ähnlichkeit weiter, so daß es einen immer seltsam berührt; in diesem Augenblick aber war sie besonders auffallend, denn seine Sinne waren wach und seine geistigen Fähigkeiten zu ungewohnter Tätigkeit angeregt.

Ich vermute, diese Ähnlichkeit entwaffnete Mr. Heathcliff. Er schritt zum Kamin hinüber in offensichtlicher Erregung, aber diese Erregung ließ schnell nach, als er zu dem jungen Mann hinsah, oder, ich sollte besser sagen, änderte ihren Charakter, denn er stand ja noch weiter unter ihrem Einfluß.

Er nahm das Buch aus Haretons Hand und warf einen Blick auf die aufgeschlagene Seite, gab es dann zurück ohne irgendeine Bemerkung. Catherine gab er ein Zeichen zu verschwinden. Ihr Gefährte drückte sich gleich hinter ihr hinaus, und auch ich wollte mich entfernen, aber er gebot mir, sitzen zu bleiben.

»Das ist ein schlechter Schluß, nicht wahr?« bemerkte er, nachdem er eine Weile über dem soeben Erlebten gebrütet hatte. »Ist es nicht ein absurdes Ende all meiner heftigen Bemühungen? Ich hole Hebel und Kreuzhacken, um die beiden Häuser niederzureißen, verlange mir das Letzte ab und arbeite wie ein Herkules, und wenn alles so weit fertig ist und alles in meiner Macht, stelle ich fest: Der Wille, auch nur einen Schiefer von einem der Dächer abzudecken, ist verschwunden! Meine alten Feinde haben mich nicht geschlagen – jetzt wäre der richtige Zeitpunkt da, mich an ihren Nachkommen zu rächen – ich könnte es tun, und niemand könnte mich hindern. Aber was soll es? Ich mache mir nichts mehr daraus zuzuschlagen, es ist mir zu viel Mühe, die Hand zu erheben! Das klingt, als ob ich die ganze Zeit nur gearbeitet hätte, um am Schluß Großmut an den Tag zu legen. Weit gefehlt! Ich habe einfach die Fähigkeit verloren, das Werk meiner Zerstörung zu genießen, und für nichts und wieder nichts zu zerstören, dazu habe ich keine Lust.

Nelly, eine merkwürdige Veränderung geht vor – sie wirft jetzt ihre Schatten auf mich. Ich habe so wenig Interesse an meinem Leben, daß ich fast zu essen und zu trinken vergesse. Diese beiden, die gerade den Raum verlassen haben, sind für mich die einzigen, die noch eine deutliche materielle Erscheinung haben, und diese Erscheinung verursacht mir Schmerzen, die sich zu höchsten Qualen steigern. Über *sie* will ich nicht sprechen, und ich mag auch nicht an sie denken. Aber ich wünsche mir ernsthaft, sie wäre unsichtbar – ihre Gegenwart beschwört nur Empfindungen herauf, die mich verrückt machen können. *Er* ruft andere Gefühle in mir hervor, und doch, wenn ich es tun könnte, ohne als wahnsinnig zu gelten, möchte ich ihn nie wieder sehen! Du wirst vielleicht denken, ich bin dicht davor, und es fehlt nicht mehr viel«, fügte er hinzu und gab sich Mühe, ein Lächeln zustande zu bringen, »wenn ich all die tausend Formen von Gedanken und Vorstellungen aus der Vergangenheit zu beschreiben versuchte, die er erweckt oder verkörpert. Aber du sprichst nicht über das, was ich dir sage, und ich lebe ständig so zurückgezogen in mir selbst, daß es zuletzt eine große Versuchung ist, sich einem anderen mitzuteilen.

Vor fünf Minuten schien Hareton die Verkörperung meiner Jugend zu sein, nicht ein menschliches Wesen. Was ich ihm gegenüber empfand, war so vielerlei, daß es unmöglich gewesen wäre, ihn vernünftig anzusprechen.

An erster Stelle war es seine auffallende Ähnlichkeit mit Catherine, die ihn in erschreckendem Maß mit ihr verbindet. Das jedoch, was dir das Allerwirksamste scheint, meine Vorstellungskraft gefangenzunehmen, ist tatsächlich von geringfügiger Bedeutung – denn was steht nicht mit ihr in Verbindung? Und was erinnert nicht an sie? Ich kann nicht hinunterblicken auf diesen Fußboden, ohne daß die Steinfliesen die Form ihrer Gesichtszüge annehmen! In jeder Wolke, in jedem Baum – die Nachtluft ist voll davon, tagsüber in jedem Gegenstand, den mein Auge flüchtig wahrnimmt, überall rings um mich finde ich ihr Bild! Die allergewöhnlichsten Gesichter von Männern und Frauen – meine eigenen Züge – narren mich mit einer Ähnlichkeit. Die ganze Welt ist eine schreckliche Sammlung von Hinweisen darauf, daß sie wirklich gelebt hat und daß ich sie verloren habe!

Nun, Haretons Anblick war der Geist meiner unsterblichen Liebe, meiner wilden Anstrengungen, mir mein Recht zu verschaffen, meine Erniedrigung, mein Stolz, mein Glück und meine Qual.

Aber es ist Wahnsinn, diese Gedanken alle vor dir auszubreiten. Nur wirst du dann wissen, warum mir seine Gesellschaft nicht gut tut, obwohl es mir widerstrebt, immer allein zu sein, und seine Anwesenheit eher die ständige Qual, die ich leide, noch verschlimmert; und dies trägt mit dazu bei, daß es mir gleichgültig ist, wie er und seine Base miteinander umgehen. Das kümmert mich ganz und gar nicht mehr.«

»Aber was meinen Sie mit einer Veränderung, Mr. Heathcliff?« fragte ich, beunruhigt über sein merkwürdiges Benehmen, obwohl er weder in Gefahr war, seinen Verstand zu verlieren noch zu sterben. Nach meinem Urteil war er körperlich ganz in Ordnung, stark und gesund, und was seinen Verstand betraf, so hatte er von Kindheit an Vergnügen daran gehabt, sich mit dunklen Dingen, merkwürdigen Phantasien zu beschäftigen. Er mag eine Monomanie gehabt haben, was die Person seines hingeschiedenen Idols betraf, aber in allen anderen Dingen hatte er seine Sinne so klar beisammen wie ich die meinen.

»Ich werde das erst wissen, wenn sie da ist«, sagte er, »mir ist das jetzt nur halb bewußt.«

»Sie haben nicht das Gefühl, krank zu sein, oder?« fragte ich.

»Nein, Nelly, keineswegs«, antwortete er.

»Dann haben Sie auch keine Angst vor dem Tod?« fuhr ich fort.

»Angst? Nein!« gab er zur Antwort. »Ich habe weder Angst noch eine Vorahnung noch die Hoffnung zu sterben. Bei meiner eisernen Gesundheit, meiner mäßigen Lebensweise und meinem ungefährlichen Beruf sollte ich eigentlich und werde höchstwahrscheinlich noch über und nicht unter der Erde sein, wenn es kaum mehr ein schwarzes Haar auf meinem Kopf gibt. Und doch kann ich so nicht weitermachen, in diesem Zustand! Ich muß mich sogar daran erinnern, daß ich das Atmen nicht vergesse, muß fast mein Herz daran erinnern zu schlagen! Es ist, als wenn man eine starke Springfeder zurückbiegt – zur kleinsten und selbstverständlichsten Handlung muß ich mich zwingen, wenn sie nicht durch den einen Gedanken veranlaßt wird, und ich muß mich dazu zwingen, überhaupt etwas wahrzunehmen, daß es lebendig ist oder tot, wenn es nicht im Zusammenhang steht mit der einen unendlichen Idee, die mir die Welt bedeutet... Ich habe einen einzigen Wunsch, und mein ganzes Sein und Wesen sehnt sich danach, ihn zu erlangen. Ich habe mich so lange danach gesehnt und mich nicht davon abbringen lassen, daß ich überzeugt bin, er wird mir erfüllt werden – und bald –, weil er mein Dasein aufgezehrt hat – er hat mich an sich gerissen, und ich bin ganz in seiner Macht, in der Erwartung seiner Erfüllung.

Meine Bekenntnisse machen mir das Herz nicht leichter, aber sie mögen die sonst unerklärlichen Stimmungen erklären, die ich zeige. O Gott! Es ist ein langer Kampf; ich wünschte, er wäre vorüber!«

Er begann im Zimmer auf und ab zu gehen und murmelte dabei schreckliche Dinge vor sich hin, bis ich geneigt war, mit Joseph zu glauben, daß das böse Gewissen sein Herz zu einer irdischen Hölle verwandelt hatte. Ich war sehr besorgt, wie das alles wohl enden würde.

Obwohl er diesen Gemütszustand, selbst durch Blicke, zuvor selten enthüllt hatte, zweifelte ich nicht, daß dies seine gewöhnliche Stimmung war. Er selbst behauptete es ja, aber niemand würde das auf Grund seiner äußeren Haltung vermutet haben. Sie doch auch nicht, Mr. Lockwood – und zu dem Zeitpunkt, von dem ich spreche, war er genau derselbe wie damals, als Sie ihn sahen, nur liebte er das ständige Alleinsein noch mehr und war vielleicht noch einsilbiger in Gesellschaft.

Vierunddreißigstes Kapitel

Nach diesem Abend vermied es Mr. Heathcliff für ein paar Tage, uns bei den Mahlzeiten zu treffen, doch dachte er nicht daran, Hareton und Cathy vom Tisch auszuschließen. Es war ihm so zuwider, völlig seinen Gefühlen nachzugeben, daß er es vorzog, lieber selbst fernzubleiben. Und es schien ihm zu genügen, einmal in vierundzwanzig Stunden etwas zu essen.

Eines Nachts, als alles schon zu Bett war, hörte ich ihn die Treppe hinuntergehen und das Haus durch die Vordertür verlassen. Ich hörte ihn nicht wieder hereinkommen, und am Morgen stellte ich fest, daß er noch immer fort war.

Wir hatten damals April. Das Wetter war angenehm und mild, das Gras so grün, wie es nur Aprilregen und Frühlingssonne schaffen können, und die beiden Zwergapfelbäume an der Südwand standen in voller Blüte.

Nach dem Frühstück bestand Catherine darauf, daß ich mir einen Stuhl hinausbrächte und mich mit meiner Arbeit unter die Tannen am Ende des Hauses setzte. Sie überredete Hareton, der sich von seinem Unfall völlig erholt hatte, ihren kleinen Garten, der auf Grund von Josephs Beschwerden in diese Ecke verlegt worden war, umzugraben und in Ordnung zu bringen.

Ich fühlte mich recht behaglich und genoß in vollen Zügen den Frühlingsduft und das wunderschöne sanfte Himmelsblau über mir, als meine junge Lady, die zum Tor hinuntergerannt war, um dort einige Primelwurzeln für eine Beeteinfassung auszustechen, nur mit halber Last zurückkam und uns erzählte, daß Mr. Heathcliff gerade heimkäme.

»Und er hat mit mir gesprochen«, fügte sie mit einem verblüfften Gesicht hinzu.

»Was hat er denn gesagt?« fragte Hareton.

»Er sagte, ich solle machen, daß ich fortkomme, so schnell wie möglich«, antwortete sie. »Aber er sah so anders aus als sonst, daß ich einen Moment stehen blieb, um ihn anzustarren.«

»Wie denn?« forschte Hareton weiter.

»Nun, beinahe strahlend und heiter. Nein, beinahe ist nicht der richtige Ausdruck – äußerst munter, ausgelassen und froh!« antwortete sie.

»Nachtwanderungen machen ihm also Spaß«, bemerkte ich mit gespielter Sorglosigkeit. In Wirklichkeit war ich ebenso überrascht wie sie. Begierig, die Wahrheit herauszufinden – denn ein froh dreinschauender Herr würde kein alltäglicher Anblick sein –, erfand ich einen Grund, um ins Haus zu gehen.

Heathcliff stand in der offenen Tür. Er war blaß, und er zitterte, doch ja, gewiß! Er hatte ein seltsames frohes Leuchten in seinen Augen, das sein ganzes Gesicht veränderte.

»Wollen Sie Frühstück haben?« fragte ich. »Sie müssen ja hungrig sein, wenn Sie die ganze Nacht unterwegs waren!«

Ich wollte herausbekommen, wo er gewesen war, mochte aber nicht direkt danach fragen.

»Nein, ich bin nicht hungrig«, antwortete er mit abgewandtem Gesicht und in etwas verächtlichem Ton, als ob er erraten hätte, daß ich den Anlaß für seine gute Stimmung herauszukriegen versuchte.

Ich war verwirrt, und ich wußte nicht, ob jetzt die richtige Gelegenheit war, ihn zu ermahnen.

»Ich halte es nicht für richtig, draußen umherzulaufen statt im Bett zu liegen«, bemerkte ich. »Auf jeden Fall ist es in dieser feuchten Jahreszeit unklug. Wahrschenlich haben Sie sich dabei eine böse Erkältung oder ein Fieber geholt – irgend etwas ist mit Ihnen nicht in Ordnung!«

»Was es auch ist, ich kann es ertragen, und sogar mit dem größten Vergnügen, vorausgesetzt, du läßt mich in Ruhe – mach, daß du hineinkommst, und reg mich nicht auf!«

Ich gehorchte, und im Vorbeigehen bemerkte ich, daß er so schnell atmete wie eine Katze.

Ja, überlegte ich, da steckt wohl eine Krankheit in ihm, deren Ausbruch wir bald erleben werden. Ich kann mir einfach nicht denken, was er getrieben hat.

Zur Mittagszeit setzte er sich mit uns zu Tisch und ließ sich von mir einen so aufgehäuften Teller geben, als beabsichtige er, früheres Fasten wiedergutzumachen.

»Ich bin weder erkältet, noch habe ich Fieber, Nelly«, bemerkte er, in Anspielung auf meine morgendliche Ermahnung. »Und ich gedenke auch, deinem Essen Ehre anzutun.«

Er nahm Messer und Gabel und wollte anfangen zu essen, als es plötzlich schien, als sei ihm der Appetit vergangen. Er legte das

Besteck auf den Tisch zurück, blickte angespannt zum Fenster, stand dann auf und ging hinaus.

Während wir die Mahlzeit beendeten, sahen wir ihn im Garten hin und her gehen, und Earnshaw sagte, er wolle zu ihm gehen und ihn fragen, warum er nicht zu Mittag esse. Er dachte, wir hätten ihm irgendwie die Laune verdorben.

»Nun, kommt er?« rief Catherine, als ihr Vetter zurückkehrte.

»Nee«, antwortete dieser, »aber er ist nicht böse. Er machte einen ungewöhnlich glücklichen und zufriedenen Eindruck. Nur machte ich ihn ungeduldig, weil ich ihn zweimal ansprach. Und dann schickte er mich fort, ich solle machen, daß ich zu dir komme, er müsse sich doch sehr wundern, wie ich noch nach anderer Gesellschaft verlangen könne.«

Ich stellte seinen Teller, um ihn warm zu halten, auf den Herd, und nach einer Stunde oder zwei kam er wieder herein, als der Raum leer und aufgeräumt war. Er war jedoch um nichts ruhiger: Derselbe unnatürliche – er war unnatürlich – Ausdruck von Freude stand unter seinen schwarzen Brauen, dieselbe blutlose Farbe im Gesicht, über das hin und wieder ein geisterhaftes Lächeln huschte. Sein Körper zitterte, aber nicht so, wie einer zittert vor Frost oder Schwäche, sondern wie eine straff gespannte Saite bebt – es war eher ein starkes Erschauern als ein Zittern.

Ich will ihn fragen, was er hat, dachte ich, wer soll es sonst tun? Und ich rief aus: »Haben Sie irgendwelche guten Neuigkeiten gehört, Mr. Heathcliff? Sie wirken so ungewöhnlich munter.«

»Woher sollten gute Neuigkeiten für mich kommen?« sagte er. »Ich habe Hunger und freue mich aufs Essen, aber anscheinend soll ich nicht zum Essen kommen.«

»Ihr Essen steht hier«, erwiderte ich. »Warum nehmen Sie denn nichts?«

»Ich will es jetzt nicht«, murmelte er hastig. »Ich warte bis zum Abendessen. Und, Nelly, ein für allemal, halte mir die beiden jungen Leute fern. Ich möchte von niemandem gestört werden. Ich will diesen Raum für mich allein haben.«

»Gibt es einen besonderen Grund für diese Verbannung?« erkundigte ich mich. »Sagen Sie mir, warum verhalten Sie sich so merkwürdig, Mr. Heathcliff? Wo waren Sie letzte Nacht? Ich stelle die Frage nicht aus bloßer Neugier, sondern...«

»Jawohl, du stellst die Frage aus bloßer Neugier«, unterbrach er mich mit einem Lachen. »Doch ich will sie dir beantworten. Letzte Nacht war ich an der Schwelle zur Hölle. Heute erblicke ich meinen Himmel – ich habe ihn vor Augen. Kaum drei Schritt trennen mich von ihm! Und nun wär's besser, du gehst. Du wirst nichts sehen oder hören, was dich erschrecken könnte, wenn du dich einmal zurückhältst und nicht neugierig umherspionierst.«

Nachdem ich die Feuerstelle gefegt und den Tisch abgewischt hatte, ließ ich ihn allein und war noch verwirrter als zuvor.

Er verließ das Haus an jenem Nachmittag nicht mehr, und niemand störte seine Einsamkeit, bis ich es um acht Uhr für richtig hielt, ihm unaufgefordert eine Kerze und Abendbrot hineinzubringen.

Er lehnte am Sims eines offenen Fensters, schaute aber nicht hinaus. Sein Gesicht war der Dunkelheit drinnen zugewandt. Das Feuer war zu einem glimmenden Aschenhaufen heruntergebrannt. Der Raum war von der feuchten, milden Abendluft erfüllt und so still, daß man nicht nur das Murmeln des Bächleins nach Gimmerton hinunter vernehmen konnte, sondern klar unterscheidbar auch sein Plätschern und Gurgeln über den Kieseln oder zwischen den großen Steinen hindurch, die es nicht bedecken konnte.

Angesichts des erlöschenden Feuers stieß ich einen Ausruf der Unzufriedenheit aus und begann ein Fenster nach dem anderen zu schließen, bis ich an das seine kam.

»Soll ich dies auch schließen?« fragte ich, um ihn aufzurütteln, da er sich nicht rührte.

Das Kerzenlicht fiel auf sein Gesicht, als ich sprach. O Mr. Lockwood, ich kann nicht ausdrücken, wie es mich durchfuhr bei dem Anblick, der sich mir in diesem Augenblick bot! Diese tiefen schwarzen Augen! Dieses Lächeln und die gespenstische Blässe! Es schien mir nicht Mr. Heathcliff, sondern ein Gespenst zu sein, und in meinem Schrecken ließ ich die Kerze gegen die Wand fallen, so daß sie erlosch und mich im Dunkeln ließ.

»Ja, mach es zu«, erwiderte er mit seiner vertrauten Stimme. »Das war eine Ungeschicklichkeit! Warum hältst du auch die Kerze waagerecht? Bring schnell eine andere.«

In einem Zustand törichter Angst eilte ich hinaus und sagte zu Joseph: »Der Herr wünscht, daß du ihm ein Licht bringst und das Feuer wieder anzündest.« Denn ich wagte mich in diesem Augenblick nicht wieder zu ihm hinein.

Mit Gepolter nahm Joseph etwas Glut auf die Schaufel und ging, aber er kam sogleich damit zurück, in der anderen Hand das Tablett mit dem unberührten Abendessen, und erklärte, Mr. Heathcliff gehe jetzt zu Bett und wolle nichts mehr essen.

Wir hörten ihn gleich darauf die Treppe hinaufgehen, doch ging er nicht zu seiner Kammer, sondern in die mit dem Kastenbett – das Fenster dort ist, wie ich schon früher erwähnte, breit genug für jedermann, um hinauszuklettern, und es kam mir sofort in den Sinn, daß er wieder einen mitternächtlichen Ausflug plante, den er aber vor uns geheimhalten wollte.

Ist er ein Leichenschänder oder ein Vampir? grübelte ich. Von solchen scheußlichen Dämonen in Menschengestalt hatte ich nämlich gelesen. Und ich begann mich zu erinnern, wie ich ihn in seiner Kindheit gehütet hatte, sah ihn aufwachsen zu einem jungen Mann und verfolgte fast seinen ganzen Lebenslauf. Am Schluß gestand ich mir ein, welch ein Unsinn es doch war, mich so verwirren zu lassen.

»Aber wo kam es eigentlich her, das kleine, dunkle Ding, das ein guter Mann zu seinem Verderben und zum Unglück seiner Kinder aufgenommen hatte?« raunte mir der Aberglaube ins Ohr, als ich langsam einnickte. Und so fing ich an, mich im Halbschlaf mit der Frage nach seiner Herkunft abzumühen, und versuchte, mir die passenden Eltern vorzustellen, und wiederholte meine Gedanken von vorhin, folgte wieder der Spur seines Lebens, mit schaurigen Vorstellungen, und malte mir zuletzt seinen Tod und das Begräbnis aus, wovon mir nur noch in Erinnerung geblieben ist, daß ich mich äußerst unwohl fühlte, weil ich die Aufgabe hatte, die Inschrift für den Grabstein anzugeben, und mich deswegen mit dem Totengräber beriet. Und da er keinen

Nachnamen hatte und wir nicht sagen konnten, wie alt er war, mußten wir uns mit dem einen Wort »Heathcliff« begnügen. Das wurde wahr. Es blieb uns nichts anderes übrig. Wenn Sie den Kirchhof betreten, lesen Sie auf seinem Grabstein nur diesen Namen und das Datum seines Todes.

Die Morgendämmerung brachte mich wieder zur Vernunft. Ich stand auf und ging, sobald ich etwas sehen konnte, in den Garten, um festzustellen, ob Fußspuren unter dem Fenster waren. Ich fand keine.

Er ist also zu Haus geblieben, dachte ich, und wird heute wieder in Ordnung sein.

Ich machte das Frühstück, wie ich es immer tat, sagte aber zu Hareton und Catherine, sie sollten schon frühstücken und nicht warten, bis der Herr herunterkäme, denn er schien heute spät dran zu sein und sollte sich einmal ausschlafen. Die jungen Leute wollten im Garten unter den Bäumen sitzen und ihr Frühstück mit hinaus nehmen, und ich stellte ihnen zu ihrer Bequemlichkeit dort einen Tisch auf.

Als ich wieder hereinkam, fand ich Mr. Heathcliff unten. Er und Joseph unterhielten sich über landwirtschaftliche Angelegenheiten. Er gab klare, sehr genaue Anweisungen in der betreffenden Sache, sprach aber sehr schnell und wandte beständig seinen Kopf zur Seite und hatte denselben merkwürdigen Ausdruck im Gesicht wie tags zuvor, ja, er wirkte eher noch aufgeregter.

Als Joseph den Raum verlassen hatte, setzte er sich an seinen gewohnten Platz, und ich stellte eine Schale mit Kaffee vor ihn. Er schob sie näher zu sich heran, stützte dann die Arme auf den Tisch und vertiefte sich in die Betrachtung der gegenüberliegenden Wand. Seine unruhigen, glitzernden Augen schienen dort eine bestimmte Stelle genau zu beobachten, und er tat das so eindringlich, daß er sogar für eine halbe Minute den Atem anhielt.

»Nun kommen Sie«, rief ich aus und schob ihm das Brot zu. »Essen Sie und trinken Sie das, solange es heiß ist. Es hat schon fast eine Stunde gestanden und auf Sie gewartet.«

Er bemerkte mich nicht und lächelte trotzdem. Ich hätte es lieber gesehen, er hätte mit den Zähnen geknirscht, als so zu lächeln.

»Mr. Heathcliff! Herr!« schrie ich. »Um Gottes willen, starren Sie nicht so, als hätten Sie eine Geistererscheinung.«

»Schrei um Gottes willen nicht so laut«, gab er zur Antwort. »Sieh dich um und sag mir, ob wir ganz allein sind.«

»Natürlich«, war meine Antwort, »natürlich sind wir allein.«

Doch unwillkürlich gehorchte ich ihm und sah mich um, als wäre ich nicht ganz sicher.

Mit einer Handbewegung schaffte er sich zwischen dem Frühstücksgeschirr einen freien Platz und lehnte sich vor, um besser sehen zu können.

Nun merkte ich, er sah gar nicht zur Wand, denn wenn ich ihn in Ruhe betrachtete, schien es mir, als ob er auf etwas blickte, das kaum zwei Meter von ihm entfernt war. Und was immer es war, es schien offensichtlich große gegensätzliche Gefühle in ihm wachzurufen: unerhörte Freude und namenlose Qual; wenigstens ließ der schmerzliche und doch verzückte Ausdruck in seinem Gesicht darauf schließen.

Der eingebildete Gegenstand seiner Betrachtung schien keinen festen Standort zu haben. Seine Augen verfolgten ihn hin und her mit unermüdlicher Wachsamkeit, und selbst wenn er mit mir sprach, folgte er ihm mit seinen Blicken. Vergebens erinnerte ich ihn daran, daß er schon lange nichts mehr zu sich genommen habe. Als er auf meine inständigen Bitten, endlich etwas zu essen, die Hand ausstreckte, um nach dem Brot zu greifen, schlossen sich seine Finger, noch ehe sie es berührt hatten, blieben auf dem Tisch liegen und schienen ihr Ziel vergessen zu haben.

Geduldig saß ich da und versuchte immer wieder, seine Aufmerksamkeit zu gewinnen und ihn von seiner angespannten Grübelei abzulenken, bis er gereizt aufstand und fragte, warum ich ihm nicht gestatten wolle, seine Mahlzeiten einzunehmen, wann es ihm passe. Ein andermal brauche ich nicht zu warten, ich könne die Dinge hinstellen und gehen.

Mit diesen Worten verließ er das Haus, schlenderte langsam den Gartenpfad hinunter und verschwand durch das Tor.

Die Stunden schlichen langsam, sorgenvoll dahin, und wieder kam der Abend heran. Sehr spät erst begab ich mich zur Ruhe, und auch dann konnte ich nicht schlafen. Er kehrte erst nach Mitternacht zurück und schloß sich, anstatt zu Bett zu gehen, in dem Raum darunter ein. Ich horchte, wälzte mich hin und her und zog mich schließlich an und ging hinunter. Ich war es leid, im Bett zu liegen und mir das Hirn mit hundert nutzlosen bösen Ahnungen zu zermartern.

Ich hörte Mr. Heathcliff rastlos auf den Steinfliesen hin und her gehen, häufig unterbrach er die Stille mit einem tiefen Atemholen, das eher einem Stöhnen glich. Auch unzusammenhängende Worte murmelte er; das einzige, was ich verstehen konnte, war der Name Catherine in Verbindung mit wilden Koseworten oder Schmerzensschreien. Er sprach wie zu einer Person, die anwesend war – leise und ernst, jedes Wort aus der Tiefe seiner Seele.

Ich hatte nicht den Mut, zu ihm hineinzugehen, aber ich wollte ihn von seiner Träumerei abbringen, und begann deshalb, das Küchenfeuer wieder anzufachen und die Asche durchzurütteln. Das lockte ihn schneller herbei, als ich erwartet hatte. Er öffnete unverzüglich die Tür und sagte: »Nelly, komm her – ist es schon Morgen? Komm herein mit deinem Licht.«

»Es schlägt gleich vier«, antwortete ich. »Sie suchen eine Kerze, um hinaufzugehen? Sie hätten sich eine am Feuer hier anzünden können.«

»Nein, ich will nicht nach oben gehen«, sagte er. »Komm herein und zünde bei mir ein Feuer an und bring das Zimmer in Ordnung.«

»Ich muß erst die Glut entfachen, ehe ich Ihnen welche herüberbringen kann«, erwiderte ich und holte mir einen Stuhl und den Blasebalg.

Er wanderte inzwischen hin und her in einem Zustand, der mit Geistesgestörtheit Ähnlichkeit hatte. Seine schweren Seufzer folgten einander so rasch, daß ihm normales Atemholen kaum noch möglich war.

»Sobald es Tag wird, schicke ich nach Green«, sagte er. »Ich will mich bei ihm nach der Rechtslage erkundigen, solange ich noch an dergleichen denken und ruhig handeln kann. Ich habe mein Testament noch nicht geschrieben, und wem ich mein Eigentum hinterlassen soll, kann ich nicht entscheiden! Am liebsten wäre mir, ich könnte es vernichten, daß es vom Erdboden verschwindet.«

»Ich würde so nicht sprechen, Mr. Heathcliff«, warf ich dazwischen. »Lassen Sie Ihr Testament noch eine Weile ruhen. Sie haben noch Zeit, manches Unrecht zu bereuen. Ich hätte nie gedacht, daß Ihre Nerven einmal in Unordnung geraten könnten. Doch im Augenblick sind sie erschüttert, und fast nur durch Ihr eigenes Verschulden. Die Art und Weise, wie Sie diese letzten drei Tage verbracht haben, hätte einen Riesen umwerfen können. Nehmen Sie etwas zu sich und gönnen Sie sich Ruhe. Sie brauchen sich nur im Spiegel zu betrachten, um zu sehen, wie nötig Sie beides haben. Ihre Wangen sind hohl und Ihre Augen blutunterlaufen, wie bei jemandem, der am Verhungern ist und fast blind aus Mangel an Schlaf.«

»Es ist nicht meine Schuld, daß ich nichts essen kann und keine Ruhe finde«, erwiderte er. »Ich versichere dir, das geschieht nicht aus Absicht. Sobald es mir möglich ist, will ich beides tun. Aber ebenso gut könntest du einem Mann, der eine Armeslänge vom Strand entfernt gegen das Wasser kämpft, Ruhe gebieten. Zuerst muß ich ans Ufer kommen, dann will ich mich ausruhen. Nun gut, lassen wir jetzt Mr. Green. Was das Bereuen meiner Ungerechtigkeiten betrifft: Ich habe keine Ungerechtigkeit begangen und bereue nichts. Ich bin zu glücklich – und doch nicht glücklich genug. Meiner Seele Seligkeit sprengt meinen Leib und bringt ihn um, aber findet dennoch kein Genügen.«

»Glücklich, Herr?« rief ich. »Merkwürdiges Glück! Wenn Sie mich anhören wollten, ohne zornig zu werden, könnte ich Ihnen wohl einen Rat geben, der Sie glücklicher machen würde.«

»Welchen Rat?« fragte er. »Sprich nur.«

»Sie wissen selbst, Mr. Heathcliff«, sagte ich, »daß Sie von der Zeit an, als Sie dreizehn Jahre alt waren, ein selbstsüchtiges, unchristliches Leben geführt haben und seitdem wahrscheinlich nie eine Bibel in den Händen hatten. Sie müssen den Inhalt des Buches vergessen haben und haben jetzt vielleicht keine Zeit mehr herauszufinden, was darin steht. Könnte es etwas schaden, nach einem Geistlichen zu schicken, ganz gleich, welchen Bekenntnisses, der Sie mit den Worten der Bibel wieder vertraut macht und Ihnen zeigt, wie weit Sie von ihren Geboten abgekommen sind und wie untauglich Sie für den Himmel sein werden, wenn Sie sich nicht ändern, bevor Sie sterben?«

»Ich bin dir eher dankbar als böse, Nelly«, sagte er, »denn du erinnerst mich daran, wie ich begraben sein möchte. Ich will am Abend zum Kirchhof getragen werden. Du und Hareton, ihr mögt, wenn ihr wollt, mich begleiten – und paßt auf und achtet besonders darauf, daß der Totengräber meine Anweisungen, die die beiden Särge betreffen, befolgt! Kein Pfarrer soll kommen, noch soll an meinem Grab gesprochen werden. Ich sage dir, ich habe *meinen* Himmel nahezu erreicht, und der Himmel der andern ist ganz und gar wertlos und ohne Anziehung für mich!«

»Und angenommen, Sie setzen Ihr hartnäckiges Fasten fort und sterben daran und sie weigern sich, Sie auf dem Friedhof zu beerdigen?« sagte ich, erschüttert über seine gottlose Gleichgültigkeit. »Wie würde Ihnen das gefallen?«

»Sie würden so was nicht tun«, gab er zur Antwort, »und wenn sie es täten, so mußt du mich heimlich wieder ausgraben und dort hinschaffen, wo ich liegen will. Und wenn du es versäumst, so sollst du erfahren, daß die Toten wirklich nicht vernichtet sind, sondern weiterleben!«

Sobald er die anderen Hausbewohner kommen hörte, zog er sich in sein Zimmer zurück, und ich atmete freier. Am Nachmittag aber, als Joseph und Hareton draußen bei der Arbeit waren, kam er wieder in die Küche und bat mich mit einem wilden Blick, zu kommen und bei ihm im »Haus« zu sitzen – er wolle jemand bei sich haben.

Ich lehnte ab und sagte ihm frei heraus, daß sein seltsames Reden und Benehmen mich erschrecke und daß ich weder die Nerven noch den Willen hätte, allein mit ihm zusammenzusitzen.

»Ich glaube, du hältst mich für einen Teufel«, sagte er mit seinem gräßlichen Lachen, »zu scheußlich, um unter einem anständigen Dach zu leben!«

Dann, sich an Catherine wendend, die sich aus Furcht vor ihm hinter mich geflüchtet hatte, fügte er halb ironisch hinzu: »Willst *du* kommen, Kleines? Ich tue dir nichts. Nein! Dir gegenüber habe ich mich schlimmer als der Teufel betragen. Nun gut, *eine* gibt es, die vor meiner Gesellschaft nicht zurückschrecken wird! Bei Gott, sie ist hart und unbarmherzig. O verflucht noch mal! Es ist mehr, als Fleisch und Blut ertragen kann – es ist zu viel, selbst für mich.«

Er bat niemand mehr um Gesellschaft. In der Dämmerung ging er hinauf in seine Kammer. Die ganze Nacht und weit in den Morgen hinein hörten wir ihn stöhnen und vor sich hin brummen. Hareton wollte schon zu ihm gehen, aber ich schickte ihn zu Mr. Kenneth, der nach ihm sehen sollte.

Als der Arzt kam und ich um Einlaß bat und die Tür öffnen wollte, fand ich sie verschlossen. Heathcliff fluchte und sagte, wir sollten uns alle zum Teufel scheren. Es gehe ihm besser, und er wolle allein bleiben. So ging der Doktor also wieder fort.

Der folgende Abend war sehr naß, es goß in Strömen, bis der Tag anbrach. Und als ich meinen Morgengang um das Haus machte, bemerkte ich, daß ein Fenster im Zimmer von Mr. Heathcliff offenstand; der Wind rüttelte daran, und es regnete stark hinein.

Er kann nicht im Bett sein, dachte ich, der Regen würde ihn völlig durchnässen! Er muß entweder aufgestanden oder draußen sein. Aber nun mache ich keine weiteren Umstände, ich gehe einfach hinein und sehe nach!

Nachdem es mir gelungen war, mit Hilfe eines anderen Schlüssels hineinzukommen, lief ich rasch zum Wandbett, denn das Zimmer war leer. Schnell schob ich die Bretter beiseite und sah verstohlen hinein: Mr. Heathcliff war da. Er lag auf dem Rücken. Seine Augen sahen mich so durchdringend und wild an, daß ich erschrak. Und dann schien er zu lächeln.

Ich konnte mir nicht vorstellen, daß er tot war – aber sein Gesicht und Hals waren vom Regen naß, die Bettwäsche tropfte, und er war vollkommen still. Das hin und her schlagende Fenster hatte eine seiner Hände, die auf dem Fensterbrett ruhte, abgeschürft – aus der aufgerissenen Wunde tropfte kein Blut, und als ich meine Finger darauflegte, konnte ich nicht mehr zweifeln: Er war tot und starr!

Ich hakte das Fenster zu. Ich kämmte ihm das schwarze lange Haar aus der Stirn. Ich versuchte, seine Augen zu schließen – um, wenn möglich, diesen schrecklichen, fast lebendigen Triumphblick auszulöschen, ehe jemand anders ihn sah. Sie wollten sich nicht schließen lassen – sie schienen über meine Versuche höhnisch zu lächeln, und seine geöffneten Lippen und scharfen weißen Zähne lächelten ebenfalls höhnisch! In einem neuen Anfall feiger Angst rief ich laut nach Joseph. Er kam herbeigeschlurft und machte ein großes Geschrei, weigerte sich aber, ihn anzufassen.

»Dr Daibel hot seine Sääle gehult«, rief er, »un nu muß är sein Kadaver als Zugabe ham, was schärt mich das! Äh! Was sieht är beese aus un tut noch grinse im Tode!« Und der alte Sünder grinste, um ihn nachzuäffen.

Erst dachte ich, er wolle vor Freude um das Bett herumspringen, aber er besann sich plötzlich, fiel auf seine Knie, erhob die Hände und sprach ein Dankgebet, in dem er dafür dankte, daß der gesetzmäßige Herr und der alte Stamm wieder in ihre Rechte eingesetzt seien.

Ich fühlte mich wie gelähmt durch das schreckliche Ereignis, und unvermeidlich kehrten meine Gedanken wehmütig zu früheren Zeiten zurück. Der arme Hareton aber, der am meisten Unrecht gelitten hatte, war der einzige, der wirklich großen Schmerz empfand. Er saß die ganze Nacht bei dem Leichnam und weinte aufrichtig. Er drückte seine Hände und küßte das sarkastische, wilde Gesicht, vor dem sonst jedermann zurückschrak, und betrauerte ihn mit der tiefen, echten Trauer, die einem großmütigen Herzen entspringt, mag es auch hart sein wie Stahl.

Kenneth war bei der Feststellung der Todesursache in Verlegenheit. Ich verschwieg die Tatsache, daß er seit vier Tagen nichts zu sich genommen hatte, aus Furcht, daß das zu Unannehmlichkeiten führen könne. Und dann – ich bin überzeugt, er hat nicht absichtlich gefastet; das war die Folge seiner merkwürdigen Krankheit, nicht die Ursache.

Wir begruben ihn so, wie es sein Wunsch gewesen war, zum Ärgernis der ganzen Nachbarschaft. Earnshaw und ich, der Totengräber und sechs Mann, die den Sarg trugen, bildeten das Geleit.

Die sechs Männer gingen fort, nachdem sie den Sarg in die Grube hinuntergelassen hatten. Wir blieben, um zu sehen, wie sie zugeschaufelt wurde. Hareton, mit tränenüberströmtem Gesicht, stach grüne Rasenstücke ab und legte sie selbst auf den braunen Hügel. Jetzt ist er so glatt und grün wie die benachbarten Grabhügel – und ich hoffe, daß der, der unter ihm liegt, ebenso friedlich ruht wie die anderen. Aber die Leute vom Lande hier, wenn Sie sie fragten, würden auf die Bibel schwören, daß er umgeht. Es gibt Leute, die ihn nahe der Kirche und auf dem Moor und sogar hier im Haus gesehen haben wollen. Dummes Geschwätz, werden Sie sagen, und das sage auch ich. Aber der alte Mann dort beim Küchenfeuer behauptet, daß seit seinem Tod in jeder Regennacht zwei Gestalten aus seinem Kammerfenster heraussehen, und vor etwa einem Monat erlebte ich etwas Seltsames.

Eines Abends ging ich zur Grange – es war ein dunkler Abend mit drohendem Gewitter –, und an der Wegbiegung zu den Heights traf ich auf einen kleinen Jungen mit einem Schaf und zwei Lämmern. Er weinte herzzerreißend, und ich vermutete, die Lämmer wären störrisch und wollten sich nicht leiten lassen.

»Was hast du denn, mein kleiner Mann?« fragte ich.

»Da is Heathcliff und eine Frau, da drüben«, schluchzte er, »un ich trau' mich nich vorbei.«

Ich sah nichts, aber weder die Schafe noch er wollten vorwärts gehen. So gab ich ihm den Rat, die untere Straße zu nehmen.

Wahrscheinlich hat er auf seinem Weg durchs einsame Moor an all den Unsinn gedacht, den seine Eltern und Spielkameraden erzählt hatten, und dadurch die Erscheinungen hervorgerufen.

Aber noch jetzt mag ich nicht im Dunkeln draußen oder allein in diesem düsteren Haus sein. Ich kann mir nicht helfen, ich werde froh sein, wenn sie hier ausziehen und zur Grange übersiedeln!

»Dann ziehen sie also zur Grange um?« fragte ich.

»Ja«, antwortete Mrs. Dean, »sobald sie geheiratet haben, und das wird am Neujahrstag sein.«

»Und wer wird dann hier wohnen?«

»Nun, Joseph, er wird sich um das Haus kümmern, und vielleicht ein Junge, um ihm Gesellschaft zu leisten. Sie werden in der Küche hausen, und der Rest wird abgeschlossen.«

»Zur gefälligen Benutzung der Gespenster, die es vorziehen, hier zu wohnen«, bemerkte ich.

»Nein, Mr. Lockwood«, sagte Mrs. Dean und schüttelte den Kopf, »ich glaube, die Toten ruhen in Frieden. Aber es ist nicht recht, leichtfertig über solche Dinge zu reden.«

In diesem Augenblick hörten wir die Gartenpforte zuschlagen. Die Spaziergänger kehrten zurück.

»Die haben vor nichts Angst«, brummte ich, während ich sie vom Fenster aus beobachtete. »Zusammen würden die dem Satan mit all seinen Legionen trotzen.«

Als sie die Steinstufen zur Haustür hinaufschritten und stehen blieben, um noch einen letzten Blick auf den Mond zu werfen, oder richtiger, um beim Mondschein einander noch einmal anzusehen, fühlte ich den unwiderstehlichen Drang, ihnen aufs neue zu entkommen. Ich drückte Mrs. Dean als Andenken ein Geldstück in die Hand, und ihre Vorhaltungen wegen meiner Unhöflichkeit nicht beachtend, verschwand ich durch die Küche in dem Augenblick, als sie die Haustür öffneten, und hätte so Joseph in seiner Meinung über Mrs. Deans lockeren Lebenswandel bestärkt, hätte er mich nicht dank eines Geldstücks zu seinen Füßen als einen respektablen Charakter erkannt.

Mein Heimweg wurde durch einen Abstecher in Richtung der Kirche etwas länger. Als ich dicht vor ihren Mauern stand, sah ich, daß der Verfall in den letzten sieben Monaten vorangeschritten war: Viele Fenster zeigten dunkle Lücken ohne Glas; hier

VIERUNDDREISSIGSTES KAPITEL

und da waren die Schiefer verrutscht und ragten über den Dachvorsprung hinaus, die kommenden Herbststürme würden sie vollends herunterreißen und vernichten.

Ich suchte und fand bald die drei Grabsteine am Abhang, wo das Moor beginnt. Der mittlere grau und halb verschwunden in der Heide, der Edgar Lintons in Einklang gebracht mit den anderen durch den Rasen und das Moos, das an seinem Fuß hinaufkletterte, der Heathcliffs noch kahl.

Ich verweilte bei ihnen und schritt unter diesem freundlichen Himmel langsam um sie herum, sah die Nachtfalter zwischen Heidekraut und Glockenblumen umherflattern, lauschte auf den sanften Wind, der flüsternd durch das Gras strich – und ich konnte mir durchaus nicht vorstellen, daß die Schläfer einen unruhigen Schlummer hatten hier in dieser stillen Erde.

Nachwort

Immer war ich der Meinung, daß ich die Dichter, die mich am meisten faszinierten, weil sie sich ganz in ihr Werk hineinbegeben hatten, noch besser verstehen würde, wenn ich auch einmal den Ort sah, wo sie gelebt haben. Georges Bernanos habe ich besser verstanden, als mich eines Tages der Zufall durch Fressin (Pas-de-Calais) führte und ich auf dem Boden stand, wo er auch gestanden hatte, da, wo »das liebe alte Haus« sich befand, in dem er seine Jugend verbrachte. Nietzsche rückte mir näher, als ich in Sils Maria sein Haus besuchte und die milde Engadiner Luft atmete, die er geatmet hat während seines Aufenthaltes dort. Und so machte ich mich eines Tages, als ich noch im Norden Englands lebte, auf den Weg und fuhr mit dem Auto durch das eintönige Moor nach Haworth in Yorkshire, stieg die steile Main Street mit den grauen Steinhäusern rechts und links hinauf und betrat das Pastorat, in dem Emily Brontë zwar nicht geboren ist – sie wurde am 30. Juli 1818 in Thornton geboren, wie übrigens auch die zwei Jahre ältere Schwester Charlotte, der um ein Jahr ältere Bruder Branwell und die jüngere Schwester Anne –, aber doch fast ihr ganzes Leben verbracht hat und auch gestorben ist.

Die Familie zog 1820 hier ein. Schon ein Jahr später starb die Mutter, und der Vater, der Reverend Patrick Brontë, ein gebürtiger Ire, hat nicht wieder geheiratet. Eine Tante, Miss Elizabeth Branwell, die ältere Schwester der Mutter, kam und übernahm die Leitung des verwaisten Haushalts. In den achtziger Jahren wurde das Haus um den Westflügel erweitert, den man sich also wegdenken muß. Seit 1928 ist das Pfarrhaus Museum, und man hat es so wieder eingerichtet, wie es in den Brontë-Tagen war. Gleich, wenn man zur Haustür hineinkommt, befindet sich rechts das Studierzimmer des alten Brontë – man kann noch seinen Spazierstock sehen und seinen Hut. Gegenüber ist das Wohnzimmer der Familie, »The Parlour« genannt, in dem sich die Schwestern nach getaner Tagesarbeit gegen neun Uhr abends trafen. Wie oft schmiedeten sie hier Zukunftspläne oder lasen einander ihre Entwürfe vor und diskutierten sie. Dahinter kommt man in die Küche und den Vorratsraum. Oben befinden sich vier Schlafzimmer und ein kleiner, nicht heizbarer Raum, der den Kindern vorbehalten war. Dort haben sie mit den Holzsoldaten gespielt, die der alte Brontë aus Leeds für Branwell mitgebracht hatte, Anregung für so viele literarische Produktionen, Bücher und Zeitschriften im Liliput-Format, in denen die Abenteuer der »jungen Männer« beschrieben wurden. Sie sind liebevoll im Pfarrhaus aufbewahrt. Genau der Haustür gegenüber befindet sich das Westportal der Kirche. Von zwei Seiten ist das Haus von den Gräbern des Kirchhofs umgeben. Es war ein bescheidenes, spartanisches Leben, das man hier geführt hat. Es war fußkalt und feucht, und es gab kaum Teppiche. Das schmale Gehalt eines englischen Pfarrers reichte nicht aus, die Familie zu ernähren. Hier haben die drei Schwestern, immer auf der Suche nach einer Existenzmöglichkeit, im Jahre 1846 ihre Romane geschrieben, von denen zwei Weltruhm erlangen sollten: »Wuthering Heights« und »Jane Eyre«.

Während der Arbeit an der vorliegenden Übersetzung erschien 1976 die von Hilda Marsden und Ian Jack edierte kritische Ausgabe bei der Clarendon Press in Oxford, die ich dann meiner Übersetzung zugrunde gelegt habe. Im Unterschied zu allen bisherigen Übersetzungen des Werkes, die auf die zweite, von Charlotte Brontë durchgesehene und mit einer biographischen Notiz und einem Vorwort versehene Ausgabe zurückgehen, die 1850 auch bei einem neuen Verleger, Smith, Elder and Co., dem Verleger der Werke Charlottes, erschien, nehme ich mit der kritischen Clarendon-Ausgabe den ersten, von dem Verleger Thomas Cautley Newby veranstalteten Druck wieder ernst, um dem ursprünglichen Text, wie ihn Emilys nicht mehr vorhandenes Manuskript bot, möglichst nahe zu kommen.

Charlotte hatte mit Recht den Eindruck, daß das Buch ihrer

Schwester bei dem Verleger Newby nicht in guten Hände war. Es erschien im Dezember 1847 als dreibändiges Werk zusammen mit dem Roman »Agnes Grey« von Anne Brontë, der den dritten Band füllt. Es wimmelte von Druckfehlern. Der Verleger hatte sich von den Autoren £ 50 im voraus zahlen lassen, die zurückvergütet werden sollten, wenn die Unkosten durch den Verkauf des Buches gedeckt wären. Eine Abrechnung hat es aber nie gegeben. Er hatte 350 Exemplare drucken sollen, druckte aber nur 250. Das Buch war ein völliger Fehlschlag. Die Kritik, soweit sie überhaupt davon Notiz nahm, hielt den Verfasser für einen abwegigen, kranken Geist, das Buch in seiner Wildheit und Brutalität für unzumutbar.

Der Ruhm der Schwester Charlotte, die mit »Jane Eyre« ihren großen Erfolg hatte, verhalf Emily nach ihrem frühen Tod immerhin zu einer zweiten, wesentlich liebevolleren Drucklegung und damit zu neuer Beachtung. Ein Vergleich der beiden Ausgaben zeigt: Textliche Varianten ergeben sich kaum. Charlotte hatte so viel Achtung vor dem Text ihrer Schwester, daß sie daran nichts geändert hat. Wohl hat sie den Yorkshire-Dialekt des Joseph umgeschrieben, der nach ihrer Meinung für englische Leser unverständlich war. Sie hat die vielen Druckfehler beseitigt und überflüssige Kommas ausgemerzt. Was aber sofort ins Auge fällt als wesentlicher Unterschied, sind die vielen Absätze in der ersten Ausgabe. Es ist kaum anzunehmen, daß der geizige Verleger Newby sie hereingebracht hat, denn das kostete viele Seiten und verteuerte die Herstellung des Buches. Sie gehen auf das Originalmanuskript zurück, und es muß also das Werk Charlottes bzw. des Verlegers Smith gewesen sein, die vielen Absätze zusammenzuziehen zu größeren Abschnitten, womit aber auch etwas von dem lebhaften Stil Emilys unterdrückt wurde, denn die vielen Absätze gehören offenbar ebenso zu ihrer Art zu schreiben wie die vielen Gedankenstriche und Ausrufezeichen, die sie verwendet.

Das Buch war eine Frucht des gemeinsamen Versuchs der drei Schwestern, schreibend eine Existenz zu finden, nachdem der Gedanke, eine Privatschule und Pension für junge Mädchen zu gründen, sich mangels Interessenten nicht verwirklichen ließ. Der damaligen Frau standen nicht viele berufliche Möglichkeiten offen. Es ist ein Erstlingswerk, aber keineswegs das Werk eines im Schreiben unerfahrenen Anfängers. Es geht viel literarische Übung diesem Buch voraus, niedergelegt in winzig kleinen Heftchen, die die Schwestern gemeinsam mit dem Bruder Branwell schon in ihrer Kindheit vollschrieben und die in winzig kleiner Schrift ganze Sagenkränze enthielten.

Emily schrieb gemeinsam mit ihrer jüngeren Schwester Anne an einem endlosen Epos über »Gondal«, eine imaginäre Insel im Nordpazifik mit einer eigenen Geographie, Chronologie und Genealogie ihrer Bevölkerung. Es war ein ins Endlose fortgesetztes Spiel der Phantasie und doch mehr als ein Spiel, wurde doch hier die Kunst der Erzählung geübt. Handlungen und Charaktere wurden hier vorgezeichnet, die, ich möchte nicht sagen: in ihrem Roman bewußt Wiederverwendung fanden, aber doch in veränderter Gestalt als Catherine, Heathcliff und Edgar, Cathy, Hareton und Isabella eine Art Wiedergeburt erlebten. Leider ist die gesamte »Gondal«-Literatur vernichtet worden, doch wissen wir von ihrer Existenz aus Tagebuchnotizen und den dazugehörigen »Gondal«-Gedichten.

Vorausgegangen sind auch Emilys Gedichte, die zum Teil zu diesem Sagenkreis gehören und die überhaupt der Anlaß waren zu einem Versuch in dieser Richtung. Charlotte schreibt darüber in ihrer biographischen Notiz: »Eines Tages im Herbst 1845 stieß ich zufällig auf ein Heft mit Gedichten in der Handschrift meiner Schwester Emily. Natürlich war ich nicht erstaunt, da ich ja wußte, daß sie Verse schreiben konnte und es auch tat. Ich überflog sie – und war mehr als überrascht. Ich war fest davon überzeugt, daß dies keine gewöhnlichen Ergüsse waren, auch nicht in irgendeiner Weise den Versen ähnlich, wie sie Frauen im allgemeinen schreiben. Ich fand sie gerafft und knapp, kräftig und ursprünglich. In meinen Ohren hatten sie auch eine eigenartige Musik: wild, schwermütig und erhebend.«

Emily hat der Schwester diese Indiskretion zunächst nicht verziehen, ließ sich dann aber von Charlotte überreden, mit einem

Bändchen Gedichte gemeinsam an die Öffentlichkeit zu treten, denn auch Charlotte gestand, Gedichte geschrieben zu haben, und Anne brachte ebenfalls von ihren poetischen Versuchen einiges zum Vorschein. Das Bändchen gemeinsamer Gedichte erschien unter dem Titel »Poems by Currer, Ellis and Acton Bell«. Die Verfasser wählten ein Pseudonym, bei dem ein gerade frisch eingetroffener Hilfsprediger des Vaters, der später Charlotte heiratete, Reverend Arthur Bell Nicholls, ahnungslos Pate stand, von dem sie sich den Namen »Bell« borgten. Die Vornamen wählten sie so, daß sie mit dem Anfangsbuchstaben ihrer richtigen Namen begannen, aber im übrigen weder eindeutig weiblich noch männlich klangen. Auf diese Weise wollten sie die Tatsache verschleiern, daß es sich bei den Verfassern um Frauen handele, und sich nicht gleich dem Vorurteil der zeitgenössischen Kritik gegenüber schreibenden Frauen aussetzen, zum anderen sollte das Unternehmen auch vor dem Papa, dem Bruder Branwell und der ganzen Gegend des West Riding, wo sie bekannt waren, geheimgehalten werden. Emily Brontë hatte zu diesem Büchlein fünfzehn Gedichte und sechs »Gondal«-Gedichte beigesteuert, wobei sie aus den letzteren alle Spuren von »Gondal«, die den Leser verwirren konnten, entfernte.

Das Büchlein erschien im Mai 1846, gedruckt auf Kosten der Verfasser, und der Erfolg war nach dem Versand von Rezensions- und Widmungsexemplaren, daß ganze zwei Stück verkauft wurden. »Alles, was davon wirklich verdient, bekannt zu sein, sind die Gedichte von Ellis Bell«, schrieb Charlotte in ihrer biographischen Notiz. Doch ließen sich die Schwestern nicht entmutigen, sondern beschlossen, nun einen Versuch in Prosa zu wagen.

Jede von ihnen machte sich an die Arbeit. Emily schrieb »Wuthering Heights«, Anne »Agnes Grey« und Charlotte »Der Professor«, ein Werk, das sie später im Gefühl seiner Mängel durch »Jane Eyre« ersetzte. Anderthalb Jahre schickten sie, wieder unter den gleichen Decknamen, die Manuskripte verschiedensten Verlegern zu, um sie immer wieder zurückzubekommen, bis schließlich »Wuthering Heights« und »Agnes Grey« von

Newby akzeptiert wurden, allerdings unter wenig lukrativen Bedingungen für die Autoren. Die Veröffentlichung ließ lange auf sich warten. Inzwischen hatte Charlotte »Jane Eyre« geschrieben, das im Oktober 1847 bei Smith erschienen war und dessen zweite Auflage gerade im Dezember herauskam, als die Ankunft der sechs vereinbarten Autorenexemplare ankündigte, daß Emilys und Annes Bücher endlich erschienen waren.

Spät erst ist Emilys Buch die Aufmerksamkeit zuteil geworden, die es verdiente. Es scheint, daß die Zeit nicht reif dafür war. Während Charlottes »Jane Eyre« noch besser hineinpaßte in das Lebensgefühl der viktorianischen Zeit und begeistert gelesen wurde, mußte dieses Buch schockieren. Geistig gehört Emily nicht in die viktorianische Zeit, sondern eher in das Jahrhundert vorher, und auch die Handlung von »Wuthering Heights« verläuft von 1771 bis 1802. Es fehlt die viktorianische Heiterkeit und die Sittenstrenge, die mindestens nach außen bewahrte Haltung und Wohlanständigkeit, statt dessen finden wir das leidenschaftliche Ausleben der Gefühle, ja, die Zügellosigkeit der Sitten und Gebräuche. Das ist 18. Jahrhundert, und das ist die Luft, die in Wuthering Heights weht und die wir auch noch auf dem Land in Yorkshire finden, wo die Bevölkerung mit einem Augenzwinkern Sympathie und Verständnis gezeigt hätte für die Prügelszenen des Buches.

Man hat viel darüber gerätselt, wie ein behütet aufgewachsenes Pfarrerstöchterlein, das in einem kleinen, weltfernen Ort im Norden Englands lebte und nichts von der Welt kannte außer dem täglichen Weg vom Pfarrhaus die Hauptstraße hinunter zum Kaufmann, ein solches Buch hat schreiben können. Abgesehen von dem Besuch von zwei Boarding-Schools in ihrer Kindheit hat sie nur zweimal das Pfarrhaus in Haworth verlassen: einmal, um, vermutlich für achtzehn Monate, in Law Hill, einer »Girls' Boarding-School« nicht weit von Halifax, als Erzieherin tätig zu sein, das zweite Mal, um gemeinsam mit Charlotte sich im Institut des Professors Héger in Brüssel noch eine Ausbildung zu holen für den Plan, im Pastorat eine Schule einzurichten. Sie ist jedesmal vor Heimweh fast umgekommen.

Nun, auch ihr Buch spielt in der heimatlichen Landschaft, doch ist es kein harmloses Heimatbuch. Das einsame Moor, die unendlichen Strecken der hügeligen Heidelandschaft, die gleich hinter dem Pfarrhaus begann und wo sie so gern umherzustreifen pflegte, spielt darin sogar die Hauptrolle. Man hat versucht, Wuthering Heights zu identifizieren, ebenso Thrushcross Grange. Ein einsamer Bauernhof auf der Höhe im Haworth Moor und mehrere schöne Herrensitze in der Umgebung von Law Hill mögen als Vorbild gedient haben. Doch mit welcher Leidenschaft wird hier geliebt und gehaßt! Schreibt das Mädchen aus eigener Erfahrung? Hat sie überhaupt je selbst geliebt?

Sehr bald, nachdem das Buch die ihm gebührende Aufmerksamkeit erfuhr, hat man ein Geheimnis bei der Autorin gewittert. Es gab die verschiedensten, von der Freudschen Psychoanalyse inspirierten Vermutungen: Man hat ein inzestuöses Verhältnis mit ihrer Schwester Anne angenommen oder ein gleiches mit ihrem Bruder Branwell. Man hat ihr sogar die Verfasserschaft abgesprochen und auf Branwell als Autor getippt. Tatsächlich war es Emily, die mitten in der Nacht aufstand und dem Bruder die Tür öffnete, um ihn hineinzulassen, wenn er in volltrunkenem Zustand aus dem »Black Bull« kam. Die schrecklichen Szenen tobender Betrunkener, die sie in ihrem Buch schildert, hat sie mit ihrem eigenen Bruder, und zwar bis zum Delirium, selbst erlebt. Ein solches Buch hätte Branwell nicht mehr zustande gebracht. Keine dieser Theorien, die ein Geheimnis, vielleicht eine Abwegigkeit, bei Emily vermutet, hält näherer Prüfung stand. Die Wahrheit ist simpel: Es gibt kein Geheimnis.

Es ist das Buch eines keuschen jungen Mädchens, das die Liebe zu einem Mann nicht gekannt hat. Zurückhaltend und fast herb in ihrem Äußeren, war sie gern für sich allein und machte mit ihrem großen Hund Keeper weite, einsame Spaziergänge ins Moor hinaus. Sie war so zurückhaltend, daß sie nicht einmal ihre allernächsten Familienangehörigen hat je in ihr Herz blicken lassen. Das Schreiben des Buches gab ihr die Möglichkeit, ihre Seele zu offenbaren. Es war wie in der Kindheit, wo der Vater, der selbst schriftstellerische Versuche gemacht hatte und seine Kinder früh anregte, sich mit Büchern, aber auch mit der Zeitung und Fragen der Tagespolitik zu beschäftigen, ein eigenartiges Mittel anwandte, um seine Kinder dazu zu bringen, sich frank und frei zu äußern. Die Älteste, Charlotte, war damals zehn, Emily acht Jahre alt. Es gab eine Maske im Haus, und er ließ die Kinder die Maske nehmen und brachte sie damit so weit, daß sie ihm mit der vorgehaltenen Maske ungehemmt Dinge sagten, die sie ihm sonst nicht anzuvertrauen pflegten. Der Vater hatte überhaupt seltsame Eigenheiten, weckte seine Familie morgens mit Pistolenschüssen und lebte im übrigen wie ein Einsiedler im Haus. Er hat zum Beispiel nie mit der Familie gemeinsam gegessen, sondern immer für sich allein in seinem Studierzimmer. Aber kommen wir zurück zur Maske. Unter der Maske von Catherine gibt dies zurückhaltende Menschenkind in ihrem Buch viel von sich preis. Hier hat sie uns ihr eigenes Bild hinterlassen, lernen wir sie kennen, wer sie wirklich war, schauen wir hinter das spröde Äußere und blicken in ein leidenschaftliches Herz. Aber sie ist auch Mr. Lockwood, dieser etwas blasierte, vornehme Gentleman, der in diese einsame Gegend verschlagen wird und in seiner Rolle als Zuhörer und Zuschauer des ganzen turbulenten Geschehens etwas von der Einsamkeit des Erzählers widerspiegelt. In Nelly Dean aber, der Haushälterin, die den Faden der Erzählung in der Hand hält und immer wieder aufnimmt, hat sie ihrem alten Kindermädchen Tabitha ein Denkmal gesetzt, die ohne Zweifel mit ihren Sagen und Geschichten von der Gegend auch eine wichtige Quelle für die Handlung von Wuthering Heights gewesen ist. Tabitha Ackroyd spielte eine wichtige Rolle im Leben Emilys. Sie kam 1825 ins Pfarrhaus, als Emily gerade sieben war, und brachte dem Kind, das mit drei Jahren seine Mutter verloren hatte, die Liebe und Zärtlichkeit entgegen, die es so nötig brauchte. Als vierzehn Jahre später der Pastor Brontë sie fortschicken wollte, da sie infolge eines Unfalls pflegebedürftig geworden war, widersetzte sich Emily und bestand darauf, daß sie im Pfarrhaus blieb. Sie übernahm selbst die von ihr bis dahin wahrgenommenen Haushaltspflichten und pflegte und betreute sie.

Die großen Themen des Buches sind Liebe und Tod. Es ist ein anderes Verhältnis zu Tod und Sterben, als es die heutige Zeit hat. Es wird nichts verschleiert und beschönigt. Sterben wird hier miterlebt, und es wird sich ständig mit dem Tod auseinandergesetzt. Die Schreiberin wurde groß in einem Pfarrhaus, wo der Blick aus dem Fenster auf die Gräber des Kirchhofs fiel. Sie hat in zartestem Alter ihre Mutter verloren, hat das Sterben ihrer älteren Geschwister, der Tante und zuletzt das Sterben des geliebten Bruders Branwell miterlebt, im Jahre nach dem Erscheinen von »Wuthering Heights«. Sie holt sich bei seiner Beerdigung eine Erkältung. Deutliche Zeichen einer Tuberkulose zeigen sich bald, aber sie weigert sich bis zuletzt, einen Arzt rufen zu lassen, geht ihren Haushaltspflichten nach und stirbt drei Monate später, sozusagen in den Kleidern und in Ausübung ihrer täglichen Pflichten, am 19. Dezember 1848, dreißig Jahre alt.

Aber wenn sie auch, jung wie sie war, Sterben kannte und Tod, wie konnte sie über das Thema Liebe schreiben und eine Leidenschaft von solcher Intensität darstellen, wenn sie selbst nie geliebt hat? War sie nicht geschaffen für die menschliche Liebe, wie sie jeder erlebt und erfährt? Fehlte ihr hier ein wesentlicher Instinkt? Der Skeptizismus des Mr. Lockwood in ihrem Buch deutet auf so etwas hin. Er sehnt sich zwar nach einer Verbindung und bleibt doch einsam. Er sagt, daß er bisher nicht einmal an eine Liebe von Jahresdauer habe glauben können – und hält es doch für möglich, daß es hier, unter diesen Menschen, Liebe für ein ganzes Leben geben könne. Was hat das junge Mädchen veranlaßt, so früh schon so skeptisch gegenüber der Liebe zu sein und doch gleichzeitig das Höchste von ihr zu erwarten: Liebe für ein ganzes Leben, mehr: ein mystisches Einssein – »Er ist ich«, sagt Cathy von Heathcliff –? War es so, daß Emily jedem Kontakt außerhalb ihrer Familie aus dem Weg gegangen ist, weil sie ahnte, daß diese Identität der Liebenden, diese mystische Vereinigung der Seelen, wie sie sie bei Heathcliff und Catherine darstellt, sich nicht verwirklichen läßt, daß darum eine solche Liebe nur im Tod Erfüllung findet? »Stärker als ein Mann, einfältiger als ein Kind, stand sie... mit ihrem Wesen abseits«, schreibt Charlotte von ihr. Es war eine fatale Einsamkeit.

Die letzten Zeilen des Buches und die letzten Worte, die die Erzählung im Original wie in meiner Übersetzung beschließen, handeln von der Erde. Man hat Emily wegen ihrer Liebe zur Erde für eine Heidin gehalten. In einem Traum, den Cathy Ellen Dean erzählt, war sie im Himmel und weinte vor Heimweh nach der Erde. Die Engel waren so wütend, daß sie sie wieder hinauswarfen, und sie fällt mitten in die Heide, oberhalb von Wuthering Heights, und weint – vor Glück. Aber das ist nicht unfromm. Der Himmel ist für sie unten, nicht oben. Erde ist für sie Gottes Erde – zwar nicht der Gott des Katechismus ihres Vaters, aber einer, dem sie ihr ganzes Vertrauen schenkt. Es ist Gott selbst, dem sie sich anvertraut, wenn sie auf der Erde liegt, ein Gott, der sie liebt. Hier wird nach Streit und Unruhe, Enttäuschung und Schmerz alle Sehnsucht gestillt. Auch die Schläfer sind geborgen, die hier eingebettet liegen – unvorstellbar, daß sie »einen unruhigen Schlummer hatten hier in dieser stillen Erde«.

Johannes F. Boeckel

Zeittafel zu Emily Brontë

1818 30. Juli: Emily Jane Brontë als fünftes von sechs Kindern des Pfarrers Patrick Brontë in Thornton in der nordenglischen Grafschaft York geboren.

1820 April: Die Familie zieht in das etwa 20 Kilometer entfernte Haworth um, wo Patrick Brontë eine Pfarrstelle mit höherem Einkommen erhalten hat.

1821 Emilys Mutter Maria Brontë stirbt an Krebs.

1825 Maria und Elizabeth, die beiden ältesten Kinder von Patrick Brontë, sterben an Schwindsucht.

1826 Erste Schreibversuche von Emilys älterer Schwester Charlotte (geboren 1816).

1837 Herbst: Emily wird Lehrerin an einer Privatschule in Law Hill bei Halifax (Yorkshire), kehrt aber im darauffolgenden Juni nach Haworth zurück.

1842 Februar: Charlotte und Emily reisen nach Brüssel, um sich dort zu Französischlehrerinnen ausbilden zu lassen. Im November Rückreise nach Haworth.

1846 Februar: Die Gedichte von Charlotte, Emily und Anne Brontë, der jüngeren Schwester (geboren 1820), erscheinen unter einem Pseudonym.

1847 Mitte Oktober: Charlottes Roman »Jane Eyre« wird veröffentlicht.

Dezember: Emilys Roman »Wuthering Heights« (»Sturmhöhe«) und Annes Roman »Agnes Grey« erscheinen.

1848 September: Tod von Emilys Bruder Branwell (geboren 1817).

19. Dezember: Emily stirbt an Schwindsucht. An derselben Krankheit sterben ihre Schwestern Anne (1849) und Charlotte (1855). Patrick Brontë, gestorben 1861, überlebt seine Frau und alle seine Kinder.

Anmerkungen

12 *Die besessene Schweineherde konnte bestimmt keine übleren Geister in sich gehabt haben:* Anspielung auf die in Matthäus 8, 28–34, berichtete Heilung zweier Besessenen durch Jesus. In Vers 30–32 heißt es: »Es war aber ferne von ihnen eine große Herde Säue auf der Weide. Da baten ihn die Teufel und sprachen: ›Willst du uns austreiben, so erlaube uns, in die Herde Säue zu fahren.‹ Und er sprach: ›Fahret hin!‹ Da fuhren sie aus und fuhren in die Herde Säue. Und siehe, die ganze Herde Säue stürzte sich von dem Abhang ins Meer und ersoffen im Wasser.«

14 *»Was wollen Se?« schrie er. »Der Härr is drunnen...«:* Im Original spricht Joseph die Mundart der nordenglischen Grafschaft York.

24 *König Lear:* der Held von Shakespeares gleichnamiger Tragödie (1604/05).

30 *»Siebenzigmal sieben und die erste der einundsiebzig:* Anspielung auf Matthäus 18, 21/22: »Da trat Petrus zu ihm (Jesus) und sprach: ›Herr, wie oft muß ich denn meinem Bruder, der an mir sündigt, vergeben? Ist's genug siebenmal?‹ Jesus sprach zu ihm: ›Ich sage dir: Nicht siebenmal, sondern siebzigmal siebenmal.‹« Die eine Sünde darüber hinaus ist also die, die kein Christ zu vergeben braucht.

32 *»Du bist der Mann!«:* Diesen Satz spricht der Prophet Nathan in seiner Bußpredigt an König David (2. Samuel 12, 7).

63 *Negus:* eine Art Punsch.

93 *Die Kinder weinten...:* Anfangszeilen der schottischen Ballade »The Ghaist's Warning« (»Die Geisterwarnung«).

98 *Milons Geschick:* Milon von Kroton (1. Hälfte des 6. Jahrhunderts v. Chr.), ein Ringkämpfer von sprichwörtlicher Körperkraft und sechsmal Sieger in Olympia, soll beim Versuch, einen gespaltenen Baum mit den Händen auseinanderzureißen, eingeklemmt und von wilden Tieren gefressen worden sein.

103 *Noah:* Vgl. die in 1. Mose 5, 29 – 9, 29 erzählte Geschichte Noahs.
Lot: Vgl. 1. Mose 19, 1–29.
Jona: israelitischer Prophet, Held des Buches Jona des Alten Testaments. Sein Name steht für jemand, der an einem Unheil, das über andere kommt, schuld ist.

147 *sie stopfen Taubenfedern in die Kissen:* Nach dem englischen Volksglauben kann ein Mensch nicht sterben, in dessen Bett Taubenfedern sind.
Elfenpfeile: vorgeschichtliche Pfeilspitzen aus Stein.

173 *Miss Cathy:* Tatsächlich ist Isabella gemeint.

174 *Has:* Mit »Haus« ist in Yorkshire die große Wohnküche gemeint, die sich unten befindet. Vgl. Seite 9.
Ihn, där immer dän Dritten macht: den Teufel.

208 ›*wie durchs Feuer*‹: Vgl. 1. Korinther 3, 13–15: »Welcherlei eines jeglichen Werk sei, wird das Feuer bewähren. Wird jemandes Werk bleiben, das er gebaut hat, so wird er Lohn empfangen. Wird aber jemandes Werk verbrennen, so wird er Schaden leiden; er selbst aber wird selig werden, jedoch wie durchs Feuer.«

354 *die* ›*Hetzjagd*‹: Gemeint ist die spätmittelalterliche englische Ballade »The Chevy Chase« (»Die Jagd in den Cheviot-Bergen«). Sie handelt vom Kampf der englischen Adelsfamilie Percy mit dem schottischen Clan Douglas im englisch-schottischen Grenzgebiet.

Personen des Romans

Die Familien Earnshaw, Linton und Heathcliff

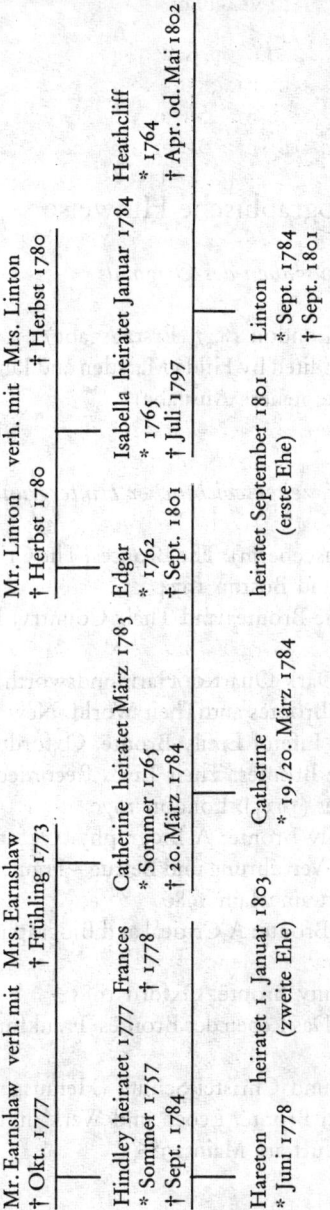

Mr. Earnshaw verh. mit Mrs. Earnshaw	Mr. Linton verh. mit Mrs. Linton	
† Okt. 1777 † Frühling 1773	† Herbst 1780 † Herbst 1780	

Hindley heiratet 1777 Frances
* Sommer 1757 * 1778
† Sept. 1784 † Juni 1778

Catherine heiratet März 1783
* Sommer 1765
† 20. März 1784

Edgar
* 1762
† Sept. 1801

Isabella heiratet Januar 1784 Heathcliff
* 1765   * 1764
† Juli 1797   † Apr. od. Mai 1802

Hareton heiratet 1. Januar 1803 Catherine   heiratet September 1801   Linton
* Juni 1778   (zweite Ehe)   * 19./20. März 1784   (erste Ehe)   * Sept. 1784
                                                                        † Sept. 1801

Weitere Personen des Romans:

Mrs. Ellen Dean * 1757, Milchschwester von Hindley Earnshaw, als Haushälterin auf Wuthering Heights bis 1783 und ab 1802; von 1783 bis 1802 in Thrushcross Grange. Sie erzählt den größten Teil der Geschichte.

Mr. Lockwood, Heathcliffs Pächter in Thrushcross Grange 1801/02. Er zeichnet in seinem Tagebuch die Geschichte auf, wie er sie von Mrs. Dean erzählt bekommt, und fügt seine eigenen Erlebnisse hinzu.

Joseph, Knecht auf Wuthering Heights seit 1742.

Zillah, im Dienst auf Wuthering Heights von 1799 bis 1802.

Mr. Kenneth, ein Arzt aus Gimmerton.

Bibliographische Hinweise

Ausgaben des Originals

Wuthering Heights. London 1847 (Erstausgabe)
Wuthering Heights. Edited by Hilda Marsden and Ian Jack. Oxford 1976 (beste neuere Ausgabe)

Biographien, zeitgeschichtlicher Hintergrund

Miriam Allott (Herausgeberin): The Brontës. The Critical Heritage. London und Boston 1974
Cyril Bainbridge: The Brontës and Their Country. East Bergholt 1978
Lynne Reid Banks: Dark Quartet. Harmondsworth 1986
Phyllis Bentley: The Brontës and Their World. New York 1979
Edward Chitham: A Life of Emily Brontë. Oxford 1987
E. M. Delafield: The Brontës. Their Lives Recorded by Their Contemporaries (1935). London 1979
Winifred Gérin: Emily Brontë: A Biography. Oxford 1979
Elizabeth Hardwick: Verführung und Betrug – Frauen und Literatur. Frankfurt am Main 1986
John Hewish: Emily Brontë: A Critical and Biographical Study. London 1969
James Kavanagh: Emily Brontë. Oxford 1985
Elsemarie Maletzke: Das Leben der Brontës. Frankfurt am Main 1988
Elsemarie Maletzke und Christel Schütz (Herausgeberinnen): Die Schwestern Brontë. Leben und Werk in Texten und Bildern. Frankfurt am Main 1986

Margaret J. Miller: Emily: The Story of Emily Brontë. London 1969

Muriel Spark und Derek Stanford: Emily Brontë: Her Life and Work. London 1966

Werner Waldmann: Die Schwestern Brontë. Mit Selbstzeugnissen und Bilddokumenten. Reinbek 1990 (mit ausführlicher Bibliographie)

Monographien, Literatur zu »Sturmhöhe«

Miriam Allott (Herausgeberin): Emily Brontë, »Wuthering Heights«. A Casebook. London und Basingstoke 1970

Norma Crandall: Emily Brontë: A Psychological Portrait. Mount Vernon 1979

Herbert Dingle: The Mind of Emily Brontë. London 1974

Jonathan Frank Goodridge: Emily Brontë: Wuthering Heights. London 1964

U. C. Knoepflmacher: Emily Brontë: Wuthering Heights. Cambridge 1989

Elizabeth van de Laar: The Inner Structure of »Wuthering Heights«. The Hague 1969

Anna L'Estrange: Return to Wuthering Heights. London 1978

Richard Lettis und William E. Morris: A Wuthering Heights Handbook. New York 1961

Thomas C. Moser: »Wuthering Heights«: Text, Sources, Criticism. New York 1962

Jenny Oldfield: »Jane Eyre« and »Wuthering Heights«. A Study Guide. London 1976

Anne Smith (Herausgeberin): The Art of Emily Brontë. London 1976

Mary Visick: The Genesis of »Wuthering Heights«. Hongkong und London 1958

Kunst und Leben

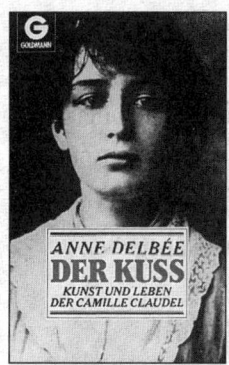

Anne Delbée
Der Kuß
8983

Hilda Doolittle
HERmione
9295

Jeanne Champion
Sturmhöhen
9342

Ingeborg Drewitz
Bettina von Armin
9328

Jeanne Champion
Die Vielgeliebte
9634

Maurice Lever
Primavera
9700

GOLDMANN

GOLDMANN TASCHENBÜCHER

Fordern Sie das kostenlose Gesamtverzeichnis an!

Literatur · **U**nterhaltung · **B**estseller · **L**yrik

Frauen heute · **T**hriller · **B**iographien

Bücher zu Film und Fernsehen · **K**riminalromane

Science-Fiction · **F**antasy · **A**benteuer · **S**piele-Bücher

Lesespaß zum Jubelpreis · **S**chock · **C**artoon · **H**eiteres

Klassiker mit Erläuterungen · **W**erkausgaben

****

Sachbücher zu Politik, Gesellschaft,

Zeitgeschichte und Geschichte; zu Wissenschaft,

Natur und Psychologie

Ein Siedler Buch bei Goldmann

****

Esoterik · **M**agisch reisen

****

Ratgeber zu Psychologie, Lebenshilfe,

Sexualität und Partnerschaft;

zu Ernährung und für die gesunde Küche

Rechtsratgeber für Beruf und Ausbildung

Goldmann Verlag · Neumarkter Str. 18 · 8000 München 80

Bitte senden Sie mir das neue Gesamtverzeichnis.

Name: _____

Straße: _____

PLZ/Ort: _____